別送

鍾文音——著

【出版緣起】

「長篇小說創作發表專案」第四十部作品出版（二〇二一年）

國家文化藝術基金會董事長

國藝會長期致力關注藝文生態發展及需求，營造有利文化藝術工作者的展演環境，辦理常態補助，支持各藝術領域創作，並推動具前瞻性、倡議性、符合時代發展的專案補助。

長篇小說專案啟動於二〇〇三年，以「支持創作、穩固藝文生態」為核心，從創作、出版到推廣的「一條龍」概念進行補助。至二〇二〇年，已辦理十八屆，補助六十五部原創計畫，出版三十九部著作，其中不乏為作家個人的第一部長篇小說創作，亦有多部獲得國內外獎項者。

除了補助政策的有效推動，也期待讓藝術發揮更大影響力，與社會大眾產生連結，達到「Arts to Everyone」目標。藉由「藝企平台」的推動，鼓勵企業參與藝文，支持臺灣原創作品，「和碩聯合科技股份有限公司」從二〇一三年持續贊助本專案。我們也從「協作」的思考出發，在二〇一七年推動「小說青年培養皿」，結合教學現場、深耕校園，培養讀者，也培育未來的創作者。二〇一八年建置「長篇小說專題資料庫」，提供各界研究及運用。二〇一九年舉辦「長篇小說跨領域論壇」，促進學者及業界的跨領域對話。二〇二〇年亦結合馬來西亞華校，共同舉辦線上文學課程，並邀請台、馬小說家進行作品互評，擴大推廣效益。

本書《別送》，是長篇專案第四十部作品，總字數四十萬字，近七百頁，是鍾文音的「異鄉人」小說系列第二部。書寫台灣和西藏，首度將宗教題材納入世間女子情慾書寫，是創作者三十年來的突破。作者人生閱歷豐富，涉略不同藝術領域，大學畢業赴美國紐約藝術學生聯盟學習油畫、曾任電影劇照師、記者、周遊各國，目前專職創作。曾參與美國愛荷華大學、聖塔菲藝術中心、德國柏林文學學會、香港浸會大學……等國際作家駐村／校計畫，有豐富的國際交流經驗。她的台灣島嶼三部曲的二部曲《短歌行》，二〇一〇年在本專案支持下出版，二〇一三年由日本株式會社作品社出版日文版。也期待她後續作品的進一步發展！

一本書的出版製作，需要集合眾人之力，才能呈現最精采的一面。最後，要向本書的編輯製作團隊及參與者，表達誠摯謝意！

塵埃落而不定
——鍾文音《別送》

王德威

「諸微塵，如來說非微塵，是名微塵。」——《金剛經》

鍾文音來自雲林二崙尖厝崙，以往那裡土地相對貧瘠，居民為了謀生，往往南下北上打工創業，四散飄移。在鍾文音的記憶裡，故鄉「空氣裡那種荒涼，生命的總總無奈，土地的煙塵……」成為揮之不去的印象。尤其「沙塵特別多，其實以前就很多，停車五分鐘車頂上面都是沙，〈風飛沙〉這首歌應該獻給雲林。」[1]

就像許多鄉親一樣，鍾文音很早離家，赴北部就學，日後她遊走世界，行行復行行，成為一個總是在路上的旅人。她以文字，也以繪畫攝影，呈現各地所見所聞；她也頻頻回首，不斷銘記自己所來

1 鍾文音，〈雲林演講〉，二〇一三，http://ennlin.blogspot.com/2013/07/blog-post_30.html。

之處。從九〇年代初以來，這個出身嘉南平原的女子已經連續創作——也行走——近三十年。同輩作家中論寫作能量之豐沛，旅行經驗之練達，少有能出其右者。

鍾文音的創作數量龐大，但總有一個主題縈繞其中：女性的愛恨嗔癡。她的第一部長篇作品《女島紀行》（一九九八）顧名思義，正是為台灣女性塑像；故鄉不同世代的女性命運成為靈感的泉源。近期作品《想你到大海》（二〇一八）穿越十九世紀與當代，書寫兩個女子的異國情緣及想像對話。完成於二〇〇六年到二〇一一年間的「女性百年物語」三部曲，《豔歌行》、《短歌行》、《傷歌行》，則以上百萬字篇幅描寫台灣女性的家族、歷史際會，以及自身的情感經驗。

識者或謂女性書寫早已是當代文學的小傳統，鍾文音執著同類題材，難免有重複之虞。鍾卻不以為然：長久以來，女性的地位與經驗卑微而無明；她們的命運起落不定，有如塵埃，但即使最不足道的微塵裡，也投射三千世界裡的悲哀與歡喜。世間女子的故事看似瑣碎，卻有無盡曲折，必須一再書寫，新作《別送》正是懷抱這樣的信念展開。

小說描寫一個單身大齡女子經歷母親生命尾聲的種種挑戰，以及獨自處理母親後事的心路歷程。這類題材近年文學和影視作品屢見不鮮，但鍾文音不但選擇，且發展成長達四十三萬五千字、近七百頁的敘述，就不能讓我們等閒視之。

就在母親纏綿病榻同時，女子自己也深陷情網，難以自拔——那是另一種病。母親與情人，白天與黑夜，死亡的陰影和欲望的誘惑互為表裡。不僅如此，小說叩問，逝者已矣，生者如何應付接踵而來的憂傷、怨懟、追念和愧疚？

《別送》部分情節似乎來自鍾文音個人經驗，但小說不是自傳，讀者無需對號入座。小說中遭逢家變後的女子踏上遠行之路，去到西藏，從而觸發新的緣法。愛染輪迴，中陰救度，俗骨凡胎，方死方生。在高原凜冽的空氣中，一個台灣女子出入寺院和市廛、荒野和葬場。她尋尋覓覓，能獲得什麼啟悟？抑或是，她的度亡之旅只是又一次「受想行識」的遭遇，一場因色見空的輪迴？

鍾文音早已寫盡世間女子的七情六慾。《別送》卻是她第一次傾全力從宗教角度看待此一話題，這為她的小說帶來突破。她多年尋道、旅行的經驗以及個人生命的轉折，必然成為小說誕生的契機。透過寫作，鍾文音企圖證成因果，超度所愛之人。但小說作為虛構，也可能只是隨緣戲論，抽空她的渴求。有我非我，亦虛亦實，在各種可能中，《別送》衍生繁複意義。

有情與愛染

《別送》中的女主人翁已近中年，饒有文學繪畫才情，不願受現實羈絆。她曾流浪各地，也歷經幾段浮世因緣。她的人生某日因為母親突然中風昏迷而徹底改變。這是一個人丁單薄的家庭，只有母女二人。她必須擔負照顧母親的責任。殊不知母親一病三年，而且每下愈況，失智失能，最後成為植物人。女子陷入困境，除了中斷自己率性的生活，更為醫療及看護的龐大花費一籌莫展。

鍾文音的故事此中有人，寫來令讀者動容。母親早在《女島紀行》即已出現。她來自台西鄉下，沒有受過教育，早早結婚，卻所遇非人。生活的壓力讓母親磨練出堅毅也固執的性格。母親對現實生活逆來順受，極少有表達苦樂的方式和機會。但母親自有寄託，那也許是凡夫俗婦最素樸的信仰，但心誠則靈。女兒記得母親曾經參加進香，甚至在人潮中衣服背後被香火燒出許多小洞而不自知——這不也是剎那解脫的印記？

鍾文音筆下的女兒與母親關係一向微妙而緊張。母親不能理解女兒遊蕩不婚的生涯，每每口出惡言；女兒無從解釋自己的想法和追求，愈發任性而為。敘事者點明，儘管母女表面齟齬疏離，實際上卻有深深的依賴。同為女性，她們各自經歷命定的漂泊與孤獨，竟然在最不可能的情況下，有了相濡以沫的機會。她回憶母親一生「年輕時密道封閉，晚年食道封閉，接著尿道失守。鼻胃管與尿管成了身體的管線大人，牢牢捆住人的身體自由。」她感慨，「如果這一切可以重來，難道自己的生命就會不一樣嗎？」

女兒與看護照料母親無微不至，即使如此，也難以承受日復一日的冗長與不堪。母親長久昏迷，不能進食，僅靠胃部瘻口灌入流質，她的身軀逐漸胖大成為龐然怪物。那瘻口「像是魚鰓的嘴巴口外皮糜爛，息肉長滿。長在腹部的嘴巴……就像……一個人面瘡，長得和人的臉一模一樣，」一經碰觸，立刻引來母親淒厲的叫聲。這只是開始，「嗎啡已成病體末期身體最需要的無言呼喊。」

鍾文音有關母親病榻紀事如此真實，令人感同身受，但筆鋒一轉，她又架構了一段平行故事。原來女兒不僅勉力照顧母親，還得演算自己的慾望邏輯。她和一個大她十七歲的男子糾纏多年，欲捨難離。這個代號為「蟬」的男人已有兩段婚姻，好幾個孩子，事業一敗塗地，窮途末路，甚至必須靠女子支付所有偷情開銷。我們的女主人翁早已不耐這樣的關係，卻無法斬斷情絲。蟬，纏也，那人如「夏日蟬聲纏繞，纏人。」蟬男人的占有欲到了驚人地步，在女子母親纏綿病榻的同時，他纏住他的獵物，變本加厲。

情場如戰場，鍾文音寫這類剪不斷、理還亂的故事最是拿手。與以往不同的是，這回男女選手都有了年紀，疲態醜態百出卻撒不了手。彷彿間，《豔歌行》系列裡的奇女子鍾小娜到了《別送》也有了力不從心之歎，但這正是小說要緊之處。女兒照護母親筋疲力竭，越是如此，反而越不由自主的與蟬男人幽會，在一次又一次極度的放縱——與事前事後的怨懟——中找尋發洩。她的生活早已捉襟見肘，失去了自己的住處，只能與男人從一個摩鐵換到另一個摩鐵，有如露水因緣。詭異的是，為了生計，女子曾受僱摩鐵作情色彩繪。有幾次男人搓弄之時，她無聊目瞪壁上春宮，才發覺原來是自己的傑作。如此相逢……自是有緣了。

我們於是有了小說最戲劇化的設置。從病房到摩鐵，從人之將死到欲仙欲死，女兒日夜轉換兩種角色。母親病後三年，

若以上千個日子計算，除以二，她大概有五百多個日子夜晚潮濕著蟬的氣味再轉到母親的病房，她一邊安撫著夜裡經常無法闔眼的母親，一邊聞著氣味濃烈的空間，香精屎尿混雜的分子駭著自己如臭蛋的氣味……就像上午為母親念的經「請救度我的壽命」變成傍晚前往摩鐵的「請吃我的肉和血」……自己只剩下身體了，心被掏空，錢也被洗劫一空。

鍾文音書寫這些片段時有神來之筆，活色生香又凌厲殘酷。病厄與情欲難分難捨，她讓文字成為另外一種祕戲圖，陰森幽麗，卻也觸目心驚。

在這樣的設置上，鍾文音帶出這本小說的真正企圖。死與生、空與色，都是人之大欲所在。寫了這麼多年飲食男女後，下一步是什麼？《別送》中的女子十八歲開始與佛法結緣，多少年來出入種種禪修靜坐場合，結識眾家師兄師姐，按照常理，她早該有些根柢。事實恰恰相反，女子滿腦子緣起性空，但卻身不由己。朝聞道，夕不可死，她持續紅塵冒險，太陽依舊升起時，修煉重新開始。

如此宗教寄託到底是大開「方便」法門，還是最誠實的自曝其短，呈現肉身無待的虛妄？我們這才明白，《別送》中女子的兩難非自今始。母親病危、情人糾纏其實只演繹了她此生的五蘊——色、受、

想、行、識——又一循環。

失能研究（disability studies）是近年學界的新寵，但多數研究局限身體或物理現象的變異。鍾文音的作品提供另一種思考可能。《別送》寫母親有病，但真正「有病」的是女兒，病因來自有情。《瑜伽師地論》以阿賴耶識為「一切雜染根本，所以者何。由此識是有情世間生起根，本能生諸根、根所依處及轉識等故，亦是器世間生起根本，由能生起器世間故。」[2]眾生有情，有情的諸根——身體感官及物質世界——從唯識宗觀點來說，都是由阿賴耶識所蘊藏的無數種子轉變而來。在明、色之前，諸法無性也無常，一旦緣起，無明流轉而發「生」之意識，從而有「情」，不僅是七情六慾的情，也是生命與物質環境互動的情。一切「雜染」由此開始。雜染並不等同邪惡，卻指向世間渾濁不清的現象，那是病癥，而我們卻居之不疑。

《別送》裡雜染的徵候是愛。愛是對無常諸法所引起的貪戀與執著，是眾生諸苦的根源。小說中的男女無不輾轉在各種貪愛的誘惑間，有的（如母親）渴求而不得，有的（如女兒）淫溢而難捨。他們墮入罣戹，難以自拔。母親輾轉病榻的煎熬，正是肉身疾苦的表徵。而女兒的病徵更為複雜。她一心向佛，但難以斷離情根，她要侍母盡孝，但先得服侍自己嗷嗷待哺的慾望。

鍾文音處理這些人物的方式，令人聯想到《法門經》的「三愛」：「三愛，是佛所說，欲愛、色愛、無色愛。」[3]「欲愛」是對慾望本能的追求；「色愛」是對物質世界色相存有的癡迷；「無色愛」是對「無色界的禪悅之耽溺。」[4]《別送》中的女子周旋欲愛與色愛間，但最危險的誘惑無非來自無色愛。她的聰慧讓她易於入門佛法世界，卻以此沾沾自喜。她的書寫、誦念佛偈有如漫天花雨，但云空未必空。午夜夢迴，她想到的不是佛陀，而是男人。

佛家的愛分兩種，「一染污，二不染污。染污者體是渴愛，不染污者是信渴。」[5] 上述「三愛」皆屬於渴愛，也就是染污愛。這樣的愛有如燈蛾撲火，只能結出煩惱。真正的愛是對佛法、對真諦的信望而非貪戀，那是不染污愛。如何分別她的愛，是鍾文音這次書寫的大關鍵。她引用王維詩句「愛染日已薄，禪寂日已固」，作為對陷溺「三愛」者的反省。然而分別愛染的有情之愛與禪寂的無礙之愛恰似水中撈月。染污與不染污，愛的環保學哪裡可以簡單成就？

《別送》的女子從母親與情人那裡學習愛的辯證。三年的病榻守候來到最後時刻，母親「失能失語失明失序失智，進入死神懷抱的最後兩部曲是最後的失溫與失……漫長的身體告別，眼耳鼻舌身意。」「供燈將熄，心燈常燃。刺血抄經，無血可沾。淚水也依然乾涸，曾經的淚流滿面，已經完成了洗滌的任務。」與此同時，噩耗突然傳來，蟬男人心肌梗塞，突然死去。她日夜求之而不得的解脫突然實現了。

母親和蟬男人的平行故事乍看過於巧合，卻不妨視為鍾文音個人演繹的公案。女子想親愛母親而難以接近，想切割男人而難以分離。當兩者同時消失，她反而悵然若失。鍾文音更加上另一重機關：女子傷感之餘，意外得知她竟是情人祕密壽險的受益人。峰迴路轉，一無所有的她突然有了身家保障。

男人是鍾文音小說所有女性的冤家，在《別送》裡似乎多了一項榮譽職。蟬男人，纏男人，還是

2《唯識三十論頌》《瑜伽師地論》第五十一卷，《大正藏》（台北：中華電子佛典協會，二〇〇〇），第三十冊。
3《佛說大集法門經》第一卷，《大正藏》（台北：中華電子佛典協會，一九九九），第一冊。
4 林朝成、郭朝順，《佛學概論》（台北：三民書店，二〇一二），頁四八。
5《阿毘曇毘婆沙論》第十六卷，《大正藏》（台北：中華電子佛典協會，二〇〇〇），第二十八冊。

禪男人？他的存在和消失就像公案的謎面，只有在最後一刻給出當頭棒喝。這是一則反諷吧。有了男人的保險金，女子解決燃眉之急，得以前進西藏，尋求她的「不染污愛」。女子對曾經驅之不去的男人開始有了綿綿相思，要為他超度。

塵埃落而不定

現代中文小說書寫佛教因緣的作品並不多見。上個世紀最重要的作家有許地山（一八九三—一九四一）與高行健（b.一九四〇）。許地山生於台南，在中國及美國接受教育，是五四後重要的宗教學者。他鑽研梵文及佛學，並以此作為小說創作的靈感。作品如〈綴網勞蛛〉、〈商人婦〉、〈命命鳥〉等描寫一個歷經啟蒙革命的社會，如何重新認識宗教——尤其是佛教——並從中獲得啟悟。許地山作品並不渲染任何教義，但他深諳敘事奧妙，以曲折的故事敘寫生命的無常劫毀，思考眾生皆苦的宿命，終歸於空寂。

高行健是文革後中國第一批提出西方現代主義命題的文化人。他以研究法國存在主義及荒謬劇場起家，八〇年代中期開始對禪宗發生興趣，並在劇本及小說中摸索結合現代主義與佛學感悟的可能。但在「袪除精神污染」和「反資產階級自由化」的運動中，高行健的創作之路磕磕碰碰。八〇年代末他遠走法國，完成《靈山》（一九九〇），並以此書及其他作品獲得二〇〇〇年諾貝爾文學獎。

《靈山》根據高行健個人經歷敷衍而成。曾經他被誤診為末期惡性腫瘤患者，萬念俱灰，獨自流浪中國西南，反而看開生死。小說不乏夫子自道，敘事者遍歷大山大水，也時時反思前半生的顛簸困惑。他四出探訪那傳說中的靈山，總也得不到確切答案。最後，某夜他寄宿荒山古剎，在一隻青蛙的眼中看見靈光一閃。靈山何在？盡在不言之中。

鍾文音的《別送》寫五蘊皆苦，寫孤獨的心路與身路歷程，結構上可以與《靈山》對照。但兩作有不同之處。《靈山》中的男子遊走長江中上游，探訪靈山而渺不可得；《別送》中的女子從島嶼來到青藏高原，逐步接近心目中的寶山。如何不空手而回，就看她的修為造化。更進一步，《靈山》調度禪宗式的智慧，隨立隨掃，不著痕跡，因此旅人路上所見一花一木，似乎都可能帶來立地成佛的啟悟。《別送》則傾向藏傳佛教教義，尤其著重中陰救度。「中陰」指的是心識的根本現象。在日常生命裡，中陰每每受到障蔽，隱而不顯；當生命陷入極不確定的狀態時——如臨終，法性、受生——中陰幽然浮現。[6]中陰既然已經是生命的本然，如何掌握那浮現的時刻，掙脫業力牽絆，不再墮入輪迴，成為信眾一生修行最重要的功課。《西藏生死書》、《西藏度亡經》都教導信眾向死而生，一輩子時時刻刻為終末作準備，期待中陰順利度脫。

鍾文音安排《別送》的女子來到拉薩，住進一個名叫「塵埃落定」的民宿，用意呼之欲出。前塵往事猶如昨日死，女子必須把握中陰轉化的過渡時刻，為自己也為她所愛之人進行救贖。女子隨同僧侶信眾赴懸崖峭壁畫下天悌、又製作壇城曼陀羅沙畫，祈禱亡靈早日超生；她見證同修閉關前的鍛煉與閉關中的寂寞恐懼；她為走火入魔的僧侶歎息、為病入膏肓者送行；她也目睹天葬、水葬儀式中的神秘與虔敬。行有餘力，她甚至化身為藏族女子，導遊、轉經、禮佛。

鍾文音巧為利用個人西藏見聞，寫來細膩和華麗，層層疊疊，有如她所記錄的曼陀羅圖像。其中最引人注目的是天葬場景。天葬原是藏傳佛教度化往生者的神聖儀式，經過獵奇者的渲染，成為一種

6《佛學概論》，頁三八二—三八三。

禁忌的誘惑。鍾文音筆下的女子來到拉薩，融入地方同修，有了參與天葬的機會。在經文誦讚中，逝者肉身被斬剁成塊，無數禿鷹早已盤桓天空。一聲佛號，巨鳥俯衝而下，片刻將遺骸吞噬殆盡；肉身解放，逝者靈魂上升至蒼穹之上之外，另一次輪迴或超越就此開始。

女子為天葬的莊嚴與酷烈深深感動，但她另有所獲。年輕的天葬師粗獷英武，不禁讓她心旌動搖。她與天葬師又在一次放生活動相見，彼此種下情愫。以後發展，不問可知。熟悉鍾文音小說路數的讀者大約要暗暗歎道：又來了！的確，鍾文音談情說愛總是鋌而走險，這一回逼向極限。

來到佛國的女子一心二用，一面超渡母親和情人，一面由色生情，和那專業開膛破肚的「天使殺手」有了親密關係：

> 她那夜像是站在傷心的懸崖，望向愛情那難以捉摸的地貌。她看著這自願到地獄的人，她第一次摸著那雙剁碎屍體的手，長滿了硬繭的肌膚，摸著自己時時有奇怪的觸感，磨砂紙般，溫柔卻微微刺痛著，呻吟般的快感刺痛……刀燈摸她的手時，那手像是刀，摸到哪她就被切到哪。被支解的愛，沒有執著的依止處。

鍾文音的文字優美如詩，她要解剖的愛欲詭異如屍。如果讀者只見到異國加異色的慾望劇場，只能自愧修為不夠。鍾文音毋寧想寫出一則寓言，並將其放在她對中陰度轉的體會中。天葬師修的是「不淨觀，白骨觀，屍陀林修行。」女子來到高原求佛，但她的魔性不減。她必須在經歷靈肉洗禮，釐清愛染是什麼，無染是什麼；抑或，愛染即是無染。一晌貪歡後，天葬師必須離去，他的職業是送行。「色身的盡頭，必得空無如夢。」

鍾文音如此寫她的「愛染經」與「受難經」，代表寫作的生涯的重要轉折點。但我們仍不禁好奇：她是來真的麼？《別送》扉頁寫下偈語般的，「徘徊煙花與佛家的半人半僧，尋找臨終未見佛者的旅行指南，」頗有現身說法之意。其實她所謂的「煙花與佛家」、「半人與半僧」前有來者：上世紀兩位重要的「情僧」，蘇曼殊（一八八四－一九一八）和李叔同（一八八〇－一九四二）。

蘇曼殊出身悲苦，少年寄身寺院。但他俗緣未了，繼續遊戲人間。他浪跡天涯，幾段感情不了了之，最終只能寄情於《斷鴻零雁記》、《絳紗記》這樣的哀感豔情小說。蘇曼殊不僅難捨情場，對口腹之欲一樣耽溺無度，一九一八年驟逝時不到三十五歲。有謂他死於暴飲暴食，消化不良。

李叔同來自鹽商家庭，自幼錦衣玉食，雅好詩文金石。及長赴日留學，除推動現代音樂、繪畫外，更成立春柳社，演出《茶花女遺事》等，成為現代戲劇第一人。李叔同婚姻美滿，天賦過人，卻在一九一八年於杭州虎跑寺出家，法號弘一。他皈依戒律最嚴的律宗，在在展現以身殉道的決心。弘一前半生的繁華和後半生的枯寂形成強烈對比，他坐化後留下「悲欣交集」四字，到今天仍是我們不斷參詳的法門。[7]

蘇曼殊與李叔同形成現代文學與佛學的重要對話關係。蘇曼殊縱欲多情，李叔同寡欲少情，彷彿各走極端。但他們以肉身成毀印證有情無情，畢竟是「都無罣礙」的幻相，他們留下的作品則猶其餘事了。一百年後，台灣的女作家鍾文音有意無意重拾這段對話，並付諸新的詮釋。《別送》裡的女子自謂是「天生兩端迴游的人，有這種流浪氣息的人，又魅惑又感傷、又性感又貞節、又秩序又浪蕩，

7 見應磊的討論，〈現代梵音〉，《哈佛新編中國現代文學史（上）》（台北：麥田，二〇二一），頁二七二－二七七。

既柔軟又剛烈、既煙花又佛家的多重氣質，矛盾卻又和諧，單純卻難懂。」她知道「修行與寫字都要慎防濫情，但她卻明知故犯。」

這位女子的自嘲卻也可能是此地無銀三百兩的自戀。文字作為她的「毒癮」與「藥引」來回擺盪，讓小說的佛學與文學關係滑溜如水。女子的懺悔往往勞而無功，用旁觀者的話說，「藝術家和許多文人懺悔最少，因為他們只看見自己放大自己，什麼都是我我我。」

《別送》這本小說到底是作者放大了自己，還是縮小了自己？我們於是來到小說中心象徵，塵埃落定。如前所述，塵埃不必只是佛學意象，它更像是鍾文音的本命。她來自「風飛沙」的故鄉，自幼與塵埃為伍。多少年了，她企圖從寫作，從藝術，從流浪，從宗教體會塵埃的況味，想像身心安頓的方法。當小說裡的女子住進「塵埃落定」旅館時，不也抱持同樣希望？

塵埃何止在人間。行過千山萬水，鍾文音筆下的女子聽到火葬場有屍體說話：「這世界布滿看不見的死的塵埃，當人們停下來，呼吸到這塵埃時，才知道時候到了。」塵埃更是「宇宙爆炸後被遺忘過久的碎裂星塵，」或宇宙之為宇宙的本質。女子發願「真心洗心革面發虔誠，為自己在塵世沾染的塵垢甚深淨化。」她要「一直都低到灰塵，且低到都吃灰塵了。」

如此我們來到小說高潮。渡亡旅程上，女子五體投地，一路膜拜到白日將盡，暮色生成的晦暗中。她深深懺悔，油然而生大悲之心。頓時「父母合體，秋蟬合體，高原平原合體，愛染經受難經度亡經心經也合體。」夜空綻放，萬法歸一，「沒有盡頭的世界，卻躲在一粒塵埃裡。」

作為小說，《別送》的結尾悲欣交集，鍾文音寫出她的證道故事。小說以翻轉「送別」成為「別送」作結，深意自在其中。然而作為書寫「塵埃落定」的小說家果真完成了她的答卷嗎？還是創造新的謎題？女子從台灣來到西藏，求得解脫。但高原畢竟不是久居之地，她和法師同修暫聚會，然後各奔前程。《別送》之後，女子回到島上，將是一切好了，還是一如既往？

「菩提本無樹，明鏡亦非台，本來無一物，何處惹塵埃？」禪宗著名的偈語撲面而來。鍾文音創作三十年，她的紅塵男女故事有如風飛沙起，四散飄移。藉著《別送》，她有意面向宇宙星塵，讓那未知與不可知在筆下爆裂湧現，從而證成須彌盡在芥子之中。而如果塵埃也只是虛構，她的文字因緣是別是送，染污還是不染污，何能一語斷定？塵埃落而不定，鍾文音「有情」又「無情」的敘事完而未了，文學與佛學的對話仍在持續。

王德威，美國哈佛大學 Edward C. Henderson 講座教授。

目次

／

徘徊煙花與佛家的半人半僧，
尋找臨終未見佛者的旅行指南。

請不要盛夏走

0

那一年的櫻花像母親，患了失語症。全啞了，不開花。

她彷彿變成一個沒有觀眾的鋼管女郎，在空檔蒼白的時間，手抓腳勾生鏽的鋼管，轉著轉著，像是長出翅膀的人。原本給母親伸展手腳用的單槓成了她排遣寂寥的遊戲機，另類的鋼管。擺滿復健器材的客廳像是廢棄的遊樂園，腳踏板、手部伸展儀、按摩器、蒸足機、泡腳機、抖抖機、搖擺震動機、遠紅外線太空艙、活絡氣血循環機。

鋼管逐漸鏽蝕，蝕出她母親纏綿臥榻的時間刻度。

鏽蝕停止。

沉睡多年的冬神來了預兆，暗示她的母親即將啟程。

那時屋前來了舞獅，那是一個奇特的午後，灰階的天空下展演高彩度的桃紅鮮黃，一對獅子朝她舞踏，不知是哪家廟出巡。

彷彿報信者。

穴居千日，終將一別。

有人養兒養女養毛孩子，她養母，長照之路易失心喪志，她卻一路養肥了執著，執著兩面刃，生出韌勞意志也長出拉扯的痛，不捨又該捨。

她是耐操后，可烈焰長跑；她也是美耐板，尖刺即碎倒。

記憶如熱風焚燒，只見生死叩關，敲得人茫然心痛。她得為母親送行，為母親淨化，雖然她不知母親髒污何處。

她經常有個擔憂，害怕母親在盛夏時光離世。

在母親變成遺體前若天氣太熱，那麼她想自己將無法報答這最後僅餘的百尺路母恩，彷彿將全功盡棄。一如她本想在日子山窮水盡時考慮過把母親送到安養院，走訪幾家如戰後浮生錄的一點也不安養的中心，眼映皮肉剝離的褥瘡，耳聞呻吟囈語或叫喊，鼻吸臭氣屎尿酸腐，還有一整個屋子的孤獨。送母親去一點也不安養的安養中心或可減輕壓力，但她知道日後將懊惱懊悔。

何況她的腦子被植入信仰程式，滿腦子都是必須在母親斷氣之後在遺體不動之下為母親念滿至少十二小時的經文。她祈求母親不要盛夏走，因為太熱就只好移到冰庫，於是她的冰箱上層冰櫃儲存了許多包在超商買的冰塊。她分了幾次買足好冰塊，熟面孔超商店員結帳時還聊天似地說最近常喝啤酒啊。她慘笑無語，抱著冰塊走著，心想誰會知道這些冰塊是要來防腐防臭的，用來冰鎮母親的。她想著，走著，手心冰涼，臉上一陣熱淚。

秋風一起，她就放心，知道母親慈悲，擔心她的擔心。秋老虎的母親沒有讓女兒陷入盛夏恐慌，冰塊一包也沒用上。那些為了預防四大皆空突如其來，使得身體不再運轉而隨著時間所飄出的臭氣而事先備下的冰塊，安安靜靜地繼續躺在冰櫃內。當陽光高高朝頭頂直射而下時，她知道地球自轉已經逐漸甩掉了太靠近的太陽，盛夏已走，秋日的烈性只是太陽短暫的臨別秋波，待秋風一起，一雨便成秋。

母親即將度過此世色身最危脆也最寧靜的中陰最後一哩路了。

當夜雨開始的那一天起，她在窗前看著這即將把夏日的酷暑趨離的大雨，之後一連幾天的雨夜，把熱曬了一季的柏油路冰涼開來，整個鼻息皮膚便能感到涼意，一雨成秋，河岸一夜白頭，霧氣瀰漫。她望著母親，跟母親道謝，母親緊抓著她的手不放，彷彿已感到秋訣。媽媽，別怕，冥使等您上路很久了。母親彷彿默默說好似的在舊曆年一過竟就別離，讓她擔心盛夏母親走的憂慮沒有來到，冰箱的冰塊完整如從小七商店剛買來的樣子，像是為歡樂啤酒添加冷度的冰塊依然在藍色塑膠袋裡。她取出來時，放了一塊冰塊在嘴裡，舌頭熾燙得哀愁。

千萬不要把我放進冰櫃，我怕冷，她答應過母親。

窩居千日，終須出洞。

母親告訴過她一個悲慘的畫面，兩三歲的女孩爬去躺在草蓆上的母親旁想要掀開母親的上衣，要吃奶，頓時女孩被父親一把抓走，哭得震天價響。女孩的母親是夜跟父親說想吃鴨肉，父親去殺了隻鴨，燉煮了薑，那母親吃了一口竟就離世。那是料峭春日，南方霧鎖。那個頓失母親吃不到奶被父親抓走還氣得狂咬父親手臂的烈性女孩，晚年卻成了躺在電動床的安靜巨嬰。她想去為母親煮一碗薑母湯，不含毒性強的鴨，那碗薑湯還沒熬好，就成了送行的腳尾飯。

那時忽然蒼蠅變多了。

她一直對秋天還不斷飛行撞壁的蒼蠅懷有戒心，盛夏不死的蒼蠅，彷彿死魔繞梁，嗜吃腐朽。如高燒不退的記憶侵蝕著腦波。那些日子每到盛夏夜晚冷氣得開到如冰箱的溫度才能減緩母親枕上那覆蓋的毛巾濕了又濕，換了又換，頭顱像火爐，焚風不斷打進，等待摧枯拉朽沾黏不走的愛執。

夏魔怖畏。

獅子吼告訴過她，至少十二個小時不要動，如能二十四小時更好，不要冰過，冰過會變得很難超度。她聽聞過之後，自此非常害怕母親夏天走。但誰能控制夏天沒有人亡逝，於是她買了很多冰塊預防，像是夏日飲啤酒的偽尋歡人。

霧靄裡有凍得沁入骨髓深處的寒氣，天還沒亮就離宴的人還沒急著趕路，等待暮鼓晨鐘，等待臨別秋波。她摸摸母親，心臟還熱著，母親的靈魂等著她來到。從河岸倒映著幾抹星辰，黯淡的星光也等著深情目送。她聽到一早疾馳而過的加油罐卡車的聲響，她點燃艾草燻著，這回的艾草不除障，除的是哀傷。開窗，寒氣飄進，她感到供養多時的海底龍族與天上的大鵬金翅鳥都來了。

隔壁的桂花香飄來，有形的人只有她和還不知發生什麼事的沉睡者阿娣，沒有人打擾驚怖母親這最後風止心息之路。

長年拖延的中風已經成為自家的事自己的苦了，最先探望的也早不來了，不曾來探望的當然更不會來。世界安靜，走後更安靜，還在天未破曉時分。她摸摸母親的手，輕喚著媽，冷嗎？她緩緩將窩藏在母親肚腹中的那只已經變得鵝黃色的塑膠管抽離，人工的一張嘴，胃造廔口，長在腹部的嘴巴。幾個月前她去門診拿慢性箋藥時，醫生驚訝地說妳媽媽一年沒換胃造廔口，下次來要帶上她一起來門診順便換喔。她笑了笑，心想也許不用走到那一天。

眼睜睜看一個人等待死神等待如此之久，生命被緩緩地停掉所有的功能。一隻腳，一隻手，一張嘴，一個食道，一雙眼睛，一對耳朵，一只大腦，一顆心臟……死神不是沒來，只是在旁邊待著，祂有的是時間等待，人卻沒有時間忍受。她早已明白與母親的死別將是最苦的一回，卻無法解苦。以苦入苦，無有休息。見相即離，警醒再三，卻毫無招架能力。心如牆壁，頓成豆腐。

自然地離開肉身竟是人所不能自主的。

眼看離輪迴的港口不遠，卻跋涉龜速難以抵達，必須死神出航，送行一個已經差不多早可離開的人，卻就是送不了行。目送這被延遲離去而尊嚴潰散的生命，她自問自己情感的強度還在嗎？韌度雖潰堤，強度竟是依然。漫長準備時間緩衝了驚嚇也怠速了傷害，但無法驅走傷心。

她握著母親猶溫的手，軟軟綿綿，爆起的青筋不再凸起，逐漸如蛇褪乾涸，佈滿的斑點是這段時間的血淚印記。她看著沉睡似的母親，兩道新紋的眉毛像是窗外固定來探望的喜鵲，神祕而恬靜。她握著就像童年隨著母親跑單幫移動的旅店夜晚，她緊握著母親的手，深怕母親遺棄她摸黑離開。

直到皮膚的溫度降為冰冷。點燃的艾草，氣味煙塵瀰漫，燻醒了阿娣。把手放唇邊，要她安靜，怕阿娣見了阿嬤離去尖叫，壞了臨終布局，擾了亡者寧靜。

終於來到訣別的時間，她成了母親生命現場的目擊見證人。

十二個小時保持母親的身體不動。母親晚年如繭不動，母親吞下最後一口氣，卻要努力念經才能維持母親不被移動。她備妥低矮桌椅與經書，放在母親旁邊，接著調好鬧鐘，準備開始整整十二個小時的念誦。生活的長期折損，突然讓她十分疲憊，在瀰漫睡意中念經，阿娣在旁拜她的阿拉。

十二小時鈴響，她上通諸佛天人下告幽冥遊神之後，正式的告別才來到，她翻開一本醫院印製的臨終說明書，依照在家離世的官方通報步驟，報信給陌生人，死亡首先必須讓不相干的人一起參與，不傷心不流淚的陌生人。

十八分鐘後，第一個陌生人來到。

里長。

二十二分鐘後，第二個陌生人來到。

警察。

三十三分鐘後，第三個陌生人來到。

醫生。

看看藥包，四處巡著，聞著，看著彷彿睡去的母親。

沒有他殺自殺嫌疑。

有了死亡證明書。亡者可以合法離去。

死亡必須被證明，亡者無法千言萬語。

六十三分鐘之後，送行者來到。

一個穿著西裝打領帶的年輕禮儀師環視四周，訝異著這是他見過最少家屬的死亡現場。一個女兒，一個印尼看護，一個不再呼吸的阿嬤。但有很多的佛菩薩，彷彿每個月都可以為不同的佛菩薩辦慶生會。他在等待這女兒從哀傷中抬頭的瞬間拿出了手機，像股票交易員般老練地滑動螢幕，時尚的死亡祭品映在他的瞳孔，他停在木質紋棺木與貼著水鑽卍字的白玉骨灰罈，他的直覺告訴他眼前這個不說話的阿嬤會喜歡。即將躺進零下十一度房間的阿嬤，表情看起來如此祥和，兩頰甚至還滲著緋紅的蘋果肌。

九十七分鐘後，第一個出家人來到。

爾時大眾中，有諸聲聞漏盡阿羅漢阿若憍陳如等千二百人及發聲聞辟支佛、比丘、比丘尼、優婆塞、優婆夷，各作是念……她跟著葬儀社請來的出家師父念，邊念邊想起長者憍陳如八十二歲告別佛陀後，回到了六牙森林，走到最後的寂滅，森林裡的眾生都為此流淚，他的火葬由那伽達多天神率領八千頭大象隆重舉行，從最低的天神到最高的梵天神全都來到，八十八佛全抵達，以阿那律尊者為首的五百比丘也如雲聚集眼前。就連當代有「象語者」之稱的南非大象保護人勞倫斯過世之後都有二十一頭大象遠從幾里外之地長途跋涉而來，牠們彷彿有神通地在葬禮上列隊仰鼻致哀。

那廂是史上最莊嚴最龐大如宇宙銀河的葬禮，她這邊是孤單如一輪明月高懸虛空的葬禮。時尚老佛爺拉格斐沒有伴侶也沒有子嗣，六十二億遺產想給愛貓，奢華的遺產。母親的遺產只有愛，史上最難以估算的遺產，讓她重新想認識早就認識卻又不認識的佛，海水可竭，唯佛難酬。

那個曾經痛哭失去母親而咬傷父親手臂的三歲女孩，把那種悲痛遺傳給了女兒，把悲傷遺傳悲傷。自此她才知道，每一天都可以找到痛哭的理由卻又流不出眼淚的那種痛，她這個女兒沒有人可以咬，她只能咬自己。被壓抑的悲傷會變成鬼魂，住進心裡，她的身體寄居著母親打自嬰孩時期失去母親的那種悲傷，她的傷心自此是凝固的眼淚，悲傷必須被讚美才能融化。唱歌舞踏吟誦哀號吶喊甚至性愛都是讚美悲傷的方式，她用書寫融化悲傷。

怖畏金剛已經啟程，這個以死亡征服者著稱的牛頭明王加緊趕路，閻魔敵降伏死魔，卻來不及安撫失去者那種乍然被不捨屠殺的椎心之痛。當現實用針刺入心房，仍不吝惜給予微光的是牆上幾尊佛像旁的小燈，她推開後門的窗戶，望見自己寂寂一身地佇立在觀音山的面前，被初陽已曬得暖亮的早冬相思樹落滿一地的鵝黃，亂葬崗的鬼火點燃又滅去，她那時候才明白和她一起白頭偕老的是母親。

在這樣的安慰裡，她轉身打開旁邊櫃子的一只抽屜，裡面有一套衣服一雙新鞋子兩只光明燈幾顆甘露丸一罐金剛砂幾張底片。她在光下看著底片，最後挑了其中一張母親留下最後一抹微笑的肖像，在這張照片中母親不再緊抿著嘴，不再眉頭深鎖，頭髮不灰白，弧度如蓮花瓣地綻開兩側，額頭光潔地暴露在她這個唯一的弔唁者的目光下，母親從此不再是苦旦。

亡者留給世人最後的形象，而這所謂的世人也不過是女兒一人而已。

悲傷來襲前，她事先寫給未來的預知死亡記事：

當母親的乾渴來到，當死神咆哮聲揚起，請讓我細心當好守屍人，為妳取來無死的甘露，為妳塗上解脫的香膏。漫長的等待如雨季，雨季終於不再來。等待上路的母親，等著女兒唱誦阿彌陀經，未來佛的接引是不會對大信者食言的，不退菩薩是冥陽兩岸永恆的伴侶，但願，她這麼地相信著。

詩人寫受傷的鹿跳得最高
獵人說那只是死亡的狂喜
必須從傷口處再長出新肉
才能與死比老與高原等高

【離開之謎】

一　受難經

等待離開的人

1

整間屋子最能撐過時間摧殘的除了供桌上的佛像就是她手上的萬年筆，還有小強。

萬年是山，是海，是一座山奔向大海，是亡去的黑暗星辰猶閃光在天際，是想要以數大即美以抵抗時間的無情轉瞬。緩慢筆墨是一座海，書寫線條是洋流。她將信紙放入信封，以吻封緘，郵票牢牢地黏在信封上，她用無法言語的母親名義寄給自己的信，已然好幾落，最後一封即將來到了盡頭。

她早已脫離大學時期那種慾望燃燒卻神色青嫩的樣子，逐漸艱難陷落這俗世的困境，舉步已是異鄉。這世界遠離了老靈魂，她經歷母病的每一個秋，每一場冬，知道若有天啟也只應允大信者，而非她這種相信又缺乏大信之輩。每日一炷香，就幻想擁有整座金山銀山的癡想者。只把真心交出一丁點的信徒和菩薩的星燃碰撞，注定走不出如來掌。大信者必須像歷經地球五次大滅絕仍悍強活下來的單口物種，其一心一意常讓她不寒而慄且敬畏異常。

她不是神的好孩子，但因她膽小，一點風吹草動就驚駭自問是否犯錯，這種人格體質很適合當信徒，但她當得不徹底，總是保有退路。她的手寫筆記本堆疊得很高，那是她十八歲起就在大學社團固定聽課以來的筆記本。大師姐低頭跟她咬耳朵說妳寫到「佛」這個字要用〇代替，因為怕紙張亂飛亂丟，若有人踩到佛字而不敬佛。佛學社也不印佛學教材，也不收那些印有佛字的佛學菩提刊物，因為收了要丟掉很麻煩。當時她年紀輕，一心就相信，相信久了就內化成機制，年輕的誓言比較容易守，沒見過世面，又容易感到害怕，沒有與神對賭，沒有擲去誓言籌碼以兌換願望的能耐，那種什麼佛來佛斬魔來魔斬殺活同時對她只是小說才有的境界。於是自此她的筆記本到處都是〇，甚至避諱成癖，日久連打電腦也把佛字打成〇、菩薩〇〇，佛菩薩〇〇〇，就像密碼似地成為暗號。強迫內鍵模式早已完成。內鍵模式頑強到什麼地步呢？狂信者只要遇到佛字就會啟動保護佛的身心機制，過年時簡直忙亂異常。那是垃圾還落地年代，新年前後她曾跟社團被叫做大師姐的學姐到處去撿印有「佛跳牆」的外帶年菜紙盒，然後很尊敬地雙手合十，一一將紙盒上的每個「佛」字剪下來，剪下來的字要經過特殊火化儀式燒去，佛字飛灰煙滅時，她聞到佛跳牆的芋頭鴿子蛋的香氣。

佛哪裡會跳牆，還不都是人心貪吃跳牆卻說佛跳牆。大師姐聽了笑說妳有慧根，沒錯佛是自心，說穿了這是提點我們要尊重自心。於是社團有英文名叫珍妮佛者，也改寫成珍妮芙或珍妮福。福報人人要，惡報去之如惡疾。

她從來都膽小，總覺四周經常環繞無數生靈含識，鬼界痛苦，歷歷可指。到了熟女階段卻遇到母親臥床，更是經常想起獅子吼說過的小強也可能當過妳不知哪一世的父母親時，她就極力小心地避開小強行經之地，好像牠們是媽媽。小強出動如廟會出巡，她得暫停走動，先讓蟲神轎穿行，怕一時忍不住會湧起想要踩扁牠們的惡之華瞬間飆起。

放下拖鞋如放下屠刀，不小心踩到而死的還灑甘露水以求小強解冤結，可別記恨。

當東北季風收起風口，冬日結束之後，爬蟲觸鬚探到了熱氣，開始張牙舞爪地從屋角四處竄出，彷彿牠們彼此通風報信，深知這戶的家主不殺生，而臥床的老女人想殺但無法殺。小強嘉年華會，歡樂占領地盤，天天開趴瘋趴，沿著河水吹上來的熱風腐氣，像是爬蟲的春光歡宴。小強不知生不知死，最後連藥都吃，牠們在藥盒與殘餘間爬行交歡死去，默默地拓出一條亡骸小徑。

這亡骸小徑沒有什麼駭麗繽紛的恐怖滅絕，只有單調的色澤如掉了滿地的餅乾碎屑。

她的生命無聊到觀察蟲蟲以解憂。

臨時為母親租的窩出現蟲類已久。以為臨時，卻住了上千個日子，住到牆壁油漆剝落，面河窗的牆長出霉斑，所有的燈泡都壞滅。等待死神來到前猶如蛇褪皮的前夕，眼翳灰白，脆弱得必須找藏身之所，她替母親找到臨河穴居，開始過著山頂洞人近乎不見天日的生活。漫長的臨時居所，臨時得很不短暫，臨時得世界翻了好幾番，島嶼政權輪替，世足賽落幕。島嶼成圍城，世界變籠子。

到處都有著餅乾糖果等零食餵養著靈魂傷心狂亂的人，一併吸引了屋子白牆縫隙角落爬行而來的小強大軍，有時牠們吃撐高掛牆上靜止如打禪，一掛就是好幾天如閉關。她的母親無法自嘴巴進食，小強個個卻吃得肚皮撐到無法動彈。她任爬滿屋子的小強占據白牆，啃食書堆雜食。德國小蟑像尾指指甲片大小，其實並不可怕，可怕的是那種等待母親終將離世卻又不知何時的煎熬。

檢視廚房就知道住在這空間的飲食情況，阿娣喜歡烹飪，在印尼可以包辦婚宴佳肴，就像大廚出任務的厲害，整座南洋彷彿都在眼前，一身好手藝卻遇到只愛吃甜點很少吃正餐的雇主，她天生又怕辣怕油怕辛，加上為母親祈福幾乎不吃魚肉，阿娣烹煮的往往又辣又嗆，沒有一樣她有福消受，築成極樂窩，小強快樂分食。

阿娣遠離了剛來她家時的又乾又瘦，白白胖胖的阿娣開始化妝，每天在下午自娛上傳美圖，圍上神祕面紗，修圖之後，頗有幾分嫵媚。在她的協助下，阿娣照護母親得心應手，八里偏遠，四周沒有什麼商店菜市場，所有母親與阿娣需要的事物全由她採買，彷彿她才是傭人。靠海之屋，孤家寡人偏僻偏遠，她的手臂長年扛下來，經常拉傷而疼痛，日久沾黏，難以伸展。

穴居千日不僅養肥了阿娣，也養肥了無法動彈的母親，更養肥了以繁衍為樂的爬行生物。

蟑螂小強成了棘手之事。螞蟻還可供養，一點糖就讓一窩安安靜靜的異族沿著蟻路成就她的善心供養之路。但蟑螂讓她害怕，這難改變，且下水道總是有病菌。不能殺生而成禍害，家裡已然成了小強的新樂園。

全巢皆死的殺小強藥，她一直不敢買，尤其當蟑螂有了小強的名字，彷彿有了人格。父親曾說過軍隊以前吃狗肉，但父親不敢吃，因為那些狗都有名字，狗被棒子敲死前叫著牠們的名字時都還會搖擺尾巴，不知死之將至。大學社團某學妹曾問獅子吼租處出現許多白蟻怎麼辦？獅子吼說搬家吧。這學妹問了獅子吼卻又不照獅子吼的方式做，學妹找來滅蟻公司一舉消滅了白蟻。做了之後學妹卻又傻傻地去跟獅子吼說起這件事。搞得獅子吼搖頭嘆息不語，只以悲哀的神情望著學妹。她後來代學妹再詢問後果，獅子吼說妳這學妹真奇怪，問我怎麼辦卻又自行其是，做了卻又問我這樣可不可以？妳說呢？當然不可以，殺那麼多白蟻。學妹後來跑去跟獅子吼懺悔，獅子吼說跟我懺悔幹嘛，去跟白蟻懺悔吧。這就是眾生，做的時候都很猛，做完才問怎麼辦，獅子吼無奈無言。因為這樣，現在她對小強特別慎重，在網路找了很久，也只找到驅逐小強到外境的，自嘲是佛教徒專用的滅蟑劑，但短暫有效久了也沒效。空氣飄散著香茅、柑橘、檸檬、尤加利、檜木、海鹽、山梨醇的氣味，而小強們仍經常嬉戲暗處，或靜止在白牆上，或悄悄歇息在靜止的母親身旁，偷嗜著母親胃造口周圍的牛奶。半夜，她被小強環伺的噩夢驚醒。如此寂寥的靜室，唯獨小強殺之滅之趕之仍不離不棄。

不能殺生，不能殺生，早已如咒語般緊箍著她的腦門，見殺令殺自殺都不可，獅子吼耳提面命。這念頭養在她的腦門，使得小強在母親的病巢築窩，快樂橫行，好幾次還爬到她母親的病床，母親一個手掌拍下突然壓到，小強遇泰山壓頂被夾殺得無辜。小強嬉戲在母親私穴四周，她立即噴香茅，小強聞味竄出，毫不遲疑。有時心情不好見狀她會拍著床吼著，走走走，快走。心情好時，自言自語彷彿跟著小強說話，視這些生命為孤獨陷落一方床枕的母親訪客。這地球古老的生命以其強大快速的繁衍能力永遠不被消滅，環繞母親四周。

古老蟲類在母親的病房到處遊走如闖歡樂域異地。上億年的生命力很快就因人煙擴張子孫地盤，尤其阿娣烹煮的南洋食物鮮艷如夜女郎，濃烈香氣四處飄散，這死寂的房間最有生命的現象是小強幾天就繁殖一大窩。

小強吃了蟑會滅，回窩之後會把病毒傳給整窩的老少小強，死法是逐漸乾渴而死，被鎖喉的小強，她轉眼看見母親那千日無進食的喉部，乾咳劇咳的每個日夜難挨，瞬間她把蟑會滅丟進垃圾桶。垃圾桶上躺著文字，她這個食字獸不免又盯著瞧了幾句：超強力誘食性終極殺蟑配方、雷達殺蟑連環套、三代連鎖趕盡殺絕，殺殺殺殺。不能殺生不能殺生不能殺生，牠們都當過我們的父母親，她想起獅子吼的提點，只好戲謔地朝小強喊著爸爸媽媽，阿娣笑說小姐瘋瘋。

給她蟑會滅的這個朋友曾因要分攤死去孩子的痛苦，故將幾隻小強或者抓到的昆蟲往高速旋轉的電扇葉片丟去，剎那屍骸分攤了死別的苦，使惡的快感。一個小孩最怕被母親遺棄，這朋友長大後賣蟑會滅，聽張惠妹歌，張開眼就要看見光，不能睡在無光無人的房子。最怕沒人陪，最厭小強陪。

小姐瘋瘋，她不是瘋是膽小。

新聞播放用辣椒水把抗議者衝離現場的畫面，讓她靈光一閃，用二十粒花椒泡水驅離小強。這小強衝散之後，很快就知道這只是把戲，不僅回窩還交媾熾盛，上百隻小強嘉年華遊行在她這一口子家的荒寂地。

直到母親過世，這座已然清空等待盤點好交給房東的沿河小屋，乾乾淨淨。沒有屎尿味沒有油煙味，更沒有南洋香料的香辛辣嗆，沒有一絲食物殘渣，甚至沒有肉體的腐敗氣味，唯一剩下的是一丁點淡淡的藥味。沿著白牆，只剩零星幾隻賴著不走的小強靜止在房間的白牆上，彷彿是變種小壁虎。原是虎霸母的母親起先也躺成了一隻壁虎，小小的壁虎，在死神大腳壓境下終成了等待成灰的乾屍。

漫長的諾曼地登陸，小強大軍撤隊，沒撤退的和母親一樣成了標本，如片片枯葉，掛在牆上。她一個人在窗前眺望河水，母親躺的巨大電動床即將撤走，當一切都撤走，房間將顯得空蕩如海，幾隻不死心的小強仍釘在白牆，不離這無死的極樂窩。彷彿小強才是修道者，偷偷跟著母親聽了上千日的阿彌陀佛也鍛鍊成無死虹身，化成一道彩虹的神祕死亡方式，她嚮往著。

窗外漁人河中垂釣，她總是朝著窗前說祝你們今天不要釣到魚，沒有魚沒有魚。阿娣會意過來，又說小姐瘋瘋。她在阿娣眼裡一定是被漫長時光給磨瘋的女兒，光是她每日繁複的祭祀煙供儀式，應該早讓阿娣覺得還是自己的阿拉技高一籌，阿娣沒幾分鐘就結束禮拜麥加，她念完一部經卻往往一個小時還沒結束。一天才分一兩個小時給佛，又要討生又要養顧母親，以此速度終生都不可能看完大藏經的百分之一，她的時間微薄，只好低頭謙卑，和佛撒嬌，向菩薩討拍，她對佛陀說您老人家為什麼這麼多語啊？耶穌就說一本。佛菩薩夢中也笑她多話，這輩子不也用文字嘮嘮叨叨，簡直就是太后（太厚）級的食字獸。

佛多語是因這世界五色人等各有所需，各有所執，各有所愛。那她為何多語？如此多語，只等著在書架上成為墓碑。她又撒嬌地問佛，佛經不也都供給了灰塵，多少經典無人翻閱？灰塵裡有蟎蟲，紙頁裡有蛀蟲，看來最後得道的都是蟲了。佛拈花微笑說妳就是千年前那隻躲在經書爬行的蟲兒。突然她覺得自己全身爬滿了小強，頓然從打盹中驚醒，悠悠想起獅子吼也曾說她上一世是他做施食時每日來窗前吃小米的喜鵲，那時大師姐問那我呢？獅子吼抿嘴微笑說，妳是我養的一隻牧羊犬。

比寫小說都精彩的前世故事，前世何以證？不證不證，信者得永生。全憑對我的一信。行善者，內心充滿了對神佛的愛。善哉善女人善男子，僧團結夏安居，不再沿路托缽，怕走路踩到這些微小螞蟻蟑螂昆蟲，夏日不踩地，安居方寸。善哉母親，母親不只結夏安居，母親是四季安居，直到死之前雙腳都沒再踩過地，一座電動床彷彿結界了罪惡，清除業力雷區，乾乾淨淨。女兒卻得到處踩地，張羅這張羅那，長出如狗兒腳蹼的彈性，才能直驅踩踏情感地雷。她不怕東奔西走，就怕百足之蟲與不死小強。

獅子吼說慈悲心不分生命大小，都怕踩到牠們了，何能還刻意殺死牠們。那該怎麼辦？和蟑螂共處？她記得在社團討論課上曾這麼問著。首先要先防堵成因，而不是問已有結果了那怎麼辦，在因地小心，在結果就盡人意。眾生不怕因，多半不是不怕是不知怕，總是做了再說，因而後悔連連，菩薩是先思考前因，就不受後有。比如她問的問題應該是如何讓小強不來，那就是空間要保持乾淨乾燥，守護好這個因，果就結不成了。大家轉頭看向她，好像她家裡很髒亂的樣子。但她覺得無辜，小強生命早超越了一切，牠們可以沿著水管爬到只要有人居住的任何一角落，除非家裡不開伙。她仍然喃喃自語著那怎麼辦？已經結果了怎麼辦？

最萬無一失的方法就是一切皆懺悔，不管做對做錯，獅子吼彷彿聽見她的呢喃，突然大聲說著懺悔，把她駭了好大一跳。怎麼懺悔？請問老師，有同學問。發露懺悔，發露就是表露，要說出來。她想那她最常發露了，書寫根本就是懺悔，就是詔己之罪。

大家不要以為自己平常行得正，沒做什麼錯事就不用懺悔，佛陀時代每個月都有進行懺悔的儀式，叫做布薩，也就是當眾發露懺悔，每個月檢視自己這些日子以來的善惡罪過，善增長，惡即滅。懺悔是連很微細的念頭都要加以檢視，何況我們怎麼知道過去世有沒有做錯事呢。她聽見有人低聲說著哪管得到過去世。孩童時代誰沒抓過昆蟲玩耍之類的頑皮事，小巴，你來說說你童年時做過什麼事？

突然被叫起的小巴吞吞吐吐地說，我以前住鄉下，抓過青蛙，還把牠們都剁烹來吃，用竹竿黏過蟬，把蜈蚣分屍，以火槍燒螞蟻，毒死老鼠窩，釣過魚，踢過小狗，揍過我弟弟，和朋友幹架……大家紛紛覺得可怕，心想人類真夠壞的。謝謝小巴，這些事情很多人都做過，但大部分人都覺得沒什麼，對吧。我告訴各位，絕對有什麼，四生皆生命，四生是哪四生？

卵生胎生濕生化生，大家如唱佛機般地吐出彷彿無感情無生命的字詞。

對，四生都是生命，但童少無知，所以犯錯，沒關係，有罪即懺悔，永不再造，這就是真懺悔。她當時聽著很害怕，以往也殺了不少小強。懺悔就沒有小強了嗎？懺悔小強就原諒人類了嗎？她亂想著。相信就有力量，獅子吼彷彿聽見她的心音回答了她。寧可被當瘋子，也要進行想要懺悔的事。一路走來千山萬水，她還是做錯了很多事，守不住慾念狂瀉的後果。彷彿自己就是餐廳裡的水族箱，上一刻還悠游，下一刻卻成了三吃。屠宰場，一隻牛走進去，出來成了火鍋碎片。最後是人，推進火場，灰飛煙滅。

她從往事中驚醒，盜著熱汗，心裡發顫喃喃自語著對不起對不起，那些被不合法愛情所迷眩的子宮產物全都化為精靈奔向她來。那時她跑去母親病床懺悔，也替母親求懺悔。在母親耳邊說著媽媽請妳原諒我，原諒女兒以前的任性，對不起，請妳原諒我。母親握著她的手，力道更緊，她知道母親原諒自己了。接著她照獅子吼所說，每天念經迴向無緣眾生。同時朝著靜止在牆壁桌上和匍匐在地板上的小強說對不起對不起，以前殺了數十隻你們的同類，你們現在想要在這裡待多久就多久，想吃什麼就吃吧，她甚至癡心地把一些殘食放在角落。

後來小強連母親的電動床都敢爬上，連母親的藥也偷吃，一粒粒的白藥粉藥丸被小強嚙咬成碎粉，她傷感想母親這一生實在吃太多太多的藥了。唯獨有兩帖藥，母親不願意吃：不動聲色是藥、忍辱柔和是藥。她知道母親看似靜默，聲色仍是洶湧不已，如眼前這座海。她朝小強唱誦佛樂，原本靜止在牆上偽裝自己不存在的小強們在入夜寂靜時分，開始四處移動，她想應該是聽到自己發出善意聲波故大膽散步人間花園。

如果有人記錄這一刻，應該會以為她照顧母親而瘋狂了。

因愛癲狂，可否列入善女子？

2

保險員阿芳來到家裡的時候，看到她的母親，立即明白為何她會在生命的這個時間渡口想要買殘照險了。害怕沒有陽光的長照漫漫，只好先買如夕陽殘照之險。

生平的第一張保單，保單所羅列的身體可以補助的傷害部分，看起來像是一連串的身體精密儀器下被解構的物質，無言存在卻四處疼痛尖鳴著，看著保單彷彿聽見獅子吼口中常說的業力警報器。

身體比起所有的萬用字典或商業術語都要來得繁複，如一座宇宙，厚厚一本關於身體名稱搭配著各式各樣如星空銀河的手術，如顯微鏡下抹片細胞分裂的繁花異景。分流術、分離術、切除術、切開術、切斷術、造瘻術、造口術、截除術、植入術、復位術、移植術、吻合術、造袋術、縫合術、整形術、修補術、重建術、剖解術、擴張術、閉鎖術、減壓術、穿刺放液術、迴路成形術，切割重塑修補擬造，有要擴張有要閉鎖的，人的身體不再是整體，而是節節支解成可供換算的保額積分點數。

身體如何是存在之詩？這些身體的字詞，滿滿印在保險單上，就像千佛萬佛，佛的各種名號猶如倒映著人心的渴望。無逃走神經切除術，無逃走？該逃走卻沒逃走的神經是什麼？失去痛反應的神經是因為逃走而不痛了嗎？

阿芳聽著笑說反正別生病，這些字眼都與我們無關。那買保險幹嘛？她又問。阿芳說，買來防萬一啊，萬一是千金難買早知道，果然是保險員如金玉良言的話術。母親是活生生的例子，她要防萬一這倒是千真萬確，母親什麼保險也沒有，連勞保都被母親怕太老會領不到而早早結清。保險不能保命，但或可保危險時的經濟救助。阿芳送她一枝原子筆，上面印著手機電話，像摩鐵旅館床櫃旁附贈的筆。阿芳就像所有的保險業者對保險有著奇異的執迷，深信可買未來的安心。她簽下保單，將首筆款項交到阿芳手上，完成此生此世對身體必要承諾似的慎重。

我的姊姊是利用保險獲得理賠的，姊姊留給小孩和丈夫一筆錢，她透過完美的一場精心設計，終結了自己，阿芳邊數著錢邊對她說。她驚訝至極，瞬間有種錯覺阿芳是在暗示她如走投無路可以臨淵一跳似的。正想問細節時，阿芳的手機響起，下一個客戶臨時改時間要阿芳火速前往。我知道妳很好奇如何精心完美設計，其實說穿了就是讓保險公司抓不到把柄。姊姊把車開向斷壁懸崖，看起來像是一場意外，但我到現場就知道是姊姊刻意的。她聽了覺得奇特，那麼精工於人心的保險公司難道不知道？因為沒有人比我了解我的姊姊。阿芳留下神祕微笑離去，那張神祕的臉，彷彿讓她看見阿芳的姊姊，決定一場精心設計的完美死亡過程，從出發到按下死亡倒數計時器，這阿芳姊姊是如何辦到的？為何自己沒辦法為母親設計一趟完美的死亡旅程？她吃著阿芳帶來的新竹米粉，目眶噙著熱湯的濕氣，夾起第一口如霜降的米粉時，淚滴了下來。明白和死神的交易，必須藝高膽大且心細異常，她代母親和死神交手多回，死神卻毫無提前到來的跡象。阿芳轉身，她突然明白死神不和執著的人交易，因為執著者如鐵球，瞬間就沉入苦海；只有空鐵缽的人，才能乘著水隨潮流而行。

她和母親都在等著將鐵球磨成空鐵缽，倒盡這一切。

3

隨著復健無望，母親不再需要按摩師，母親需要的是度亡師。

到處都有按摩師，度亡師卻難尋，度亡師要有經驗，但度亡師的經驗如何經驗？那個控告父母將他生出來前沒有經過他同意的新聞聽得她直嘆世間無奇不有，新聞奇花異草下的浮生亂世某種程度也讓她安頓，知道原來她的生活仍是可喜至尚未被崩壞。那個被質問的父母說，我去哪裡徵求你出生的同意書？必須有勞神鬼辦案，問問度亡師。

按摩師則不用問，按摩師的手一摸，彷彿探視器，視障者的眼睛全長在手上。

最初母親歷經整年推拿按摩的舒筋整骨經絡舒通與針灸電療，甚至去嘗試蜂針治療，她想要喚醒母親死去的神經，但當她看著蜜蜂的頭部被反覆擠壓而露出防衛性的尾部螯刺時，她心裡開始後悔，接著蜜蜂的毒針像針炙經穴的針器具扎進母親的皮膚，伴隨母親的尖叫聲與淚流不止，她看著母親手上虎口跳動著白色的球囊，中醫師邊說著球囊裡面就是蜂毒，正在一張一縮的推動毒液進入體內。母親的淚水瞬間真是鑽心，她忙跟醫師說不治療了，失語母親才停止流眼淚。

母親的運動神經沒被喚醒，卻加強了痛覺神經。她夢見亂竄撲騰的蜜蜂倒鉤拉出自己的心臟、腸子時嚇醒，起來開燈，跪著念經，邊懺悔邊迴向給白日因母親而死去的一隻隻蜜蜂，兩三隻蜜蜂就讓她投降，母親怕痛，她是看母親痛而痛。外力種種只徒增母親劇痛，而身體仍是故障。

其實真正需要按摩的是女兒，她的腰肩舊傷，按摩師彷彿是通靈師算命仙，一摸就成精地知曉身體的疾病史與傷心史。捏、掐、頂、戳、彈、擠，她的身體是刀俎下的骨肉。故障的右手關節，逐漸冰凍卡住，骨肉沾黏，骨肉不分。長年支撐她身體的骨架脊椎也幾節反錯扭絞。按摩師有如摸壁鬼吸血鬼，不是吸吮她的皮就是用擒拿術鎖住各個穴道關節。回顧這歷程，所經歷的江湖奇人異士，各種奇怪曖昧的空間，散著中藥補血補氣的蔘薑枸杞味道。她買過各種療程與儀器。試過原始痛點棒、蒸腳機、氣血機、電療、針療、氣壓衣、高壓氧機、遠紅外線艙。她去了各種奇異的國術館與養生館，那些月入百萬的師傅，談笑風生或評論時事的瞬間就把她的骨頭折了幾下，才上午號碼到她已三十幾號。她和那些骨頭彎掉的人並坐在藍色塑膠椅子上，像是垮掉的故障人列隊等著秒殺送修。

那間靠近車站的一間地下室，生意好到要抽牌的國術館，就一個師傅和兩個助理，拿著木製鐵鎚敲打著她，兩個助理架起她，把她的手拉起再硬推，就像卡榫歸位。當晚讓她痛到覺得手像是被對折過的劇痛，三分鐘六百元，接著拿了一包很像羊屎的黑色藥丸給她，她還在套鞋子，下一號已躺上床。她想要問自己究竟是怎麼回事，師傅早已不理只管忙著下一位。某一回她又聽到有奇人奇術可以治療骨頭疼，診所滿滿像是朝香團，上午來到時號碼竟已一百多號。醫師手裡拿著像釘槍的電動器具，往人的身體像牆壁般釘著，整間診所像是股東發放產品大會。每個空間都有人，坐的位子更是有人起來就立馬有人搶入。長得像釘槍的脈衝光像衝鋒槍地釘著，感覺只是鬆開肌肉，對她的沾黏似乎無用。至於其他常見的泰式按摩腳底按摩復健科電動鐵床拉腰或拉頸椎，針灸、電針、拔罐、埋針，早已如喝水般的普通。

那些為縮小骨盆縮小腰縮小臉縮小腿而來的美眉們和因受傷而來的人，一眼就可判讀分別，美眉們總盯著手機瞧，疼痛不關她們的事。不若她和等待受刑的人總盯著床上的身體瞧，想從別人的疼痛現場暗示自己疼痛並不可怕的幻覺，聽著別人的哀號也舒緩了孤單與疼痛。

那個林森北路按摩雙人組，妻子負責抓腳，丈夫按摩全身。說是獨門獨派祖傳功夫，氣功了得，按摩時會灌注一股真氣，鬆解所有的氣血堵塞。氣血堵塞則病灶生，氣血一通百病癒。那時她和還沒倒下的母親走在中山北路，楓香樹影秋光日暖，母女兩人走在起風的下午，秋陽從枝葉中篩漏光影，那時她好想和母親一直散步下去，那是她印象中少數幾個和母親悠閒同行的美好時刻，沒有碎語沒有怨語，靜靜走著，朝目標踱去。

母親那天穿著一件暗紫色輕薄型毛衣，毛衣靠近肩頸繡著彩翼蝴蝶，蝶翼上綴滿小水晶，秋陽下閃爍燦爛流光。她沒意識到母親當時的身形是傾斜的，走路歪向一邊，一直撞到她的右背膀，於是她換走到母親的另一邊，但又覺得母親靠馬路走很危險，於是又走回原來那一邊，母親繼續每隔幾步就撞著她的右臂。（後來她回想起來心裡充滿歉意，如果當時牽著母親的手走就可以免去這樣的左邊右邊皆不得的窘境，但她們不習慣碰觸，那會像炭般地火燙。她無知於彼時神遺下的記號，給予她母親走路傾斜的疾病暗示。）那日的秋陽樹影成了回憶川流的岸上風景，錯身的台北都會女性的亮麗和她們母女的暗色調形成對比，彎曲傾斜的母親時不時就轉頭對她說著妳怎麼不穿漂亮一點？穿靚亮一點？妳看看別的女生。她聽了笑著沒回話，她一輩子沒穿過窄裙套裝高跟鞋，她不屬於這樣的打扮，但母親總是非常期待女兒打扮很流行時尚（許久之後她才明白隱身在集體流行洪流裡是如此輕盈，走在路上和所有的集體陌生人如雨融海，毫無邊界），打扮這件事深深影響著母女的感情，她當年經常莽撞回話，言語如手榴彈，把彼此的心炸成碎片。

按摩店位在最熱鬧的色情酒店與旅館充斥的七條通鄰近的窄巷，拉著行李入駐日租屋的旅客川流在機車陣中。老舊的大廈電梯上下時就像喘氣的老人，出入的多半是住套房的金絲貓仔，夜晚在鄰近七條通上夜班的女子和她們這樣的母女打照面，眼皮浮腫，散發貓羶味。攢食查某，母親低聲說著，口氣沒有鄙視，倒像是跟女兒解說這世界充滿五色人的口吻。

那回母親被雙人按摩組按得哀哀叫，按摩男師傅笑說妳是肉在痛，還是錢在痛？捨不得花錢。都痛，都痛，痛死了，她的母親又哀哀叫地回答。後來母親不願去，她幫母親付錢也不去，母親說真是太痛。母親曾偷偷問她，那個按摩老公有偷吃妳豆腐嗎？她笑說沒有，怕媽媽擔心。起初因為覺得被按了真的身體有轉好，但日久卻因為再也無法忍受那語言的暗示侵入與手的調情偷渡。男師傅有回說，我這手法對女生身體特別好，因為我的陽氣灌到妳的陰體上，又悄悄邊按邊說妳要身體好，要觀想和我做那件事，這樣妳就可以獲得滋潤。她笑著假裝沒聽到，身體卻抗拒地搖著，男師傅感覺到了竟說沒想到妳這麼保守。那次她忍住按摩整個結束，換衣服時，她就決定再也不來，心靈忍受著騷擾，身體也不會好到哪了。

男師傅說他小時候看見過阿公打坐的身體浮起來，當時躲在神桌下，不敢喊阿公，怕一喊阿公就從空中掉下來。她想這阿公沒有教孫子在按摩時千萬不要逾越或若有似無地碰觸女生私處？自此她不再讓任何男性按摩。滿街暗巷懸掛著養生會館、日式中式泰式按摩、經絡推拿、腳底按摩民俗療法、雙乳壓油壓指壓、芳療紓壓，走進去彷彿動輒要刷上萬元被扒一層皮才能離開的店家總是讓她害怕，想起之前傻傻走進去以為一堂九百元，按摩一半卻不斷兜售好幾萬療程的擾人，幾乎是快速穿上衣服匆匆套上鞋子狼狽地離開。心志不堅時，刷上兩三萬元也是曾有過的事，買課程之後要預約按摩時間往往困難如買明星演唱會的票。

她曾陪母親跑過一些奇怪推拿店，推門進去時感覺就像遇見老派揚州老師傅，男人多半精瘦細膚，女人一身硬頸硬骨，帶著江湖氣。後來她才理解母親不再去七條通那間按摩店是因為母親不喜歡給男人按摩，母親守寡多年，對不管各種年齡層的男生總是心懷抗拒。抗拒就按不好，就跟她後來抗拒語言的騷擾一樣，即使手藝再好都無法承受。母親喜歡給台灣老阿姨按摩，因為聊天可以轉移疼痛，其次是大陸女人，偶爾才接受泰國女人。母親也不選太瘦或太胖的，太瘦如南洋曬傷的那種烏溜溜女孩讓母親沒安全，但又嫌那種胖女孩爬上按摩床在脊柱腰椎踩踏時會心慌慌。在那黑暗的密室裡，她有時會陪著母親，手握著母親，陪伴母親勞頓的身體如舟子般地翻船漏水，被拗折反剪倒扣時發出的尖叫哀號。

那是她和母親以身體交換親密的一段苦時光。

身體軌道因年久失修而散碎漂浮的零件得以在短時間裡被拼圖，女人們彷彿像太空機械的手臂馴服著骨與肉。最可怕的是推拿師傅為了知道哪邊氣血不通，朝背部的針灸或用十幾個玻璃盞吸住血肉的拔罐，大約類似被水蛭或食人魚的嚙齒咬進血肉的痛，讓母親汗流浹背，咬牙切齒。最後一著是母親被推拿師傅用膝蓋將其臀部頂了起來，把母親嚇得像是背後有個看不見的魔抓住她似地放聲尖叫。

母親起身之後，發誓再也不來。

她自己一個人去體驗時，以為母親先前經歷的這些已是疼痛之最了，哪裡知道師傅竟說她的身體用針灸沒效，要用小圓針才行。小圓針是一種針刀，立面如圓刀，切進肉與肉的筋脈，她被切二十六刀，一刀竟索價五百元。她癱軟離開那間中醫診所時，首次有解離之感，靈魂與身體的解離，走回停車場，連車的方向盤都無法握，手腳分離斷裂感的窒痛一波波襲來。

母親後來在小診所醫生的鼓吹下，朝腰間最痛的點打消炎針解決，就像母親年輕時連治療蛀牙都嫌浪費時間，竟致直接拔掉，老年一口牙也沒有，拔掉牙的老虎，除了語言繼續吐出火焰，其餘只要她轉身就再也傷不了她。她想連大象都因不想被拔去象牙而開始演化成無牙之象，人類演化過程，為何無法除去疼痛？

4

深海般的車站地下層，人潮來往的美食地下街，角落擺著一整排椅子，背後站著身穿白色制服的盲人，等著路過的人停下繳上百元伸出頸肩給一雙陌生的手按摩捏掐，那些把頭擱在椅子上的人穿著染上一日疲憊風霜的白色襯衫，期望百元十分鐘可以獲致短暫的舒服幻覺。她每每經過時覺得這些人像是表演的列隊者，重複的疲憊川流在一座大型車站的地下道，暗無天日的地下道連結著管線似的通路。沒生意時，盲人像是靜默的雕像，帶著墨鏡如深海的魚群，也像街頭表演者。巔峰時間，他們又像是開武林大會的對決者，進行著快手練拳的反覆動作，朝每個肩頸趴伏者下各種按捏掐的重手。流動的人群與靜止的盲眼按摩師並置，恍然一邊是深海洋流，一方是失去光反應的魚群，快速與慢速的極端運轉中，突然有流動的洋流轉向靜默的盲眼深海時，盲眼按摩師瞬間以觸鬚探觸身體，通道裡任何的聲紋，都逃不過聽覺敏銳如雷達的盲眼按摩師。

她看見一個沒有戴上墨鏡的盲眼人以濁白眼珠望著她，她知道那是錯覺，那盲眼人什麼也沒看到。但她突然瞬間如魚被鉤挫殤之感，那濁白眼珠竟像極了母親。她想起聽見母親哭泣的那個清晨，她起身拍著母親，用手揮舞在母親眼前時，母親的眼睛沒有反應，母親應該是發現四周一片昏暗時大哭了。母親那張像是未完成的雕像容顏，混濁的瞳孔裡窩藏著一潭深水，她躲進去避開夏日過度曝光的刺目之光，在地窖般的千古黑暗中尋覓一絲母親的光。不可逆轉的失明，一旦失去就永遠失去的殘酷，她多麼想給母親一丁點的視力，一點微火。她要媽媽別怕，女兒的光還在。

在靜謐的甬道密室裡，一整排如剛砌下大理石的那種待形塑的臉龐，隱沒在森林藤蔓纏繞黑穴裡的青苔，穿著白色制服的盲眼師傅們聽見推門有人走動的聲音紛紛豎起兩張耳膜。她停在這個有著像母親濁灰白眼珠子的人面前，盲眼洪流裡唯一不戴墨鏡的裸臉者。她指名要讓這個人按摩，遞給推拿店老闆百元，坐下後，將頭靠在鋪著不織布的洞口，臉面朝下。她發現洞口的地上擱置著一盆小小的多肉葉仙人掌，讓無聊望著地面的人可以把眼光停在仙人掌上，或許也是轉移疼痛的方法。她聽見身後這個眼白混濁阿姨按下碼表的聲音。妳肩膀很硬，阿姨聲線粗啞。按摩話術都差不多，不外很硬很彎很錯位很沾黏。濁灰白眼阿姨將指勁摁進她的頭頸痠痲穴位，放鬆後扭動著她的頸部。喀嚓一聲，骨頭錯位瞬間回正。碼表響起，時間到了。按摩的疼痛與舒服結束，鈔票奉上，身體繼續傾斜，沾黏，冰凍，無法旋轉。十分鐘像是快速奔馳而過的飛船，眼白混濁的阿姨問要不要延長啊？她抬起頭，臉上還沾著不織布，扯下不織布遞給阿姨，她搖頭笑著說了聲謝謝。下一個號碼很快就遞補上來，像是百元剪髮。所有服務身體的事情都轉變成固定模式與精簡的計費時間。她用不疼痛左手抓抓右肩，感覺還是硬梆梆，身體仍像是走動一只肥肥企鵝的時間之海，等待傾倒沉積的心靈垃圾。在車站巨大的停車之海，她找到自己的小舟，等待取車繳費時，她看見大學時同在佛學社的老同學，一個很久不見的所謂同修，但同修早已不同修。

好久不見，她打招呼著。那同修卻有點不想跟她多說話的感覺，只淡淡說，慚愧了。她頓時知道他的意思是這段時間沒來，退步而慚愧了。她正要回說我也很久沒去時，他卻急忙轉身下樓。她本想安慰他每個人都有不同時期各陷落於世俗的狀態，或短或長，或者永遠不再來者也是極多。且那些突然不來的人往往最初都是最精進的學生，他們期望高，一旦失望也就迅速退場，學佛場有時也如股票交易場，來時像火燒，走時像灰燼。心靈需要復健期，有些人進入漫長亂投醫的狀態有時竟至綿延一生，最終只是成了一輛心靈拼裝車。心靈史就像按摩史，每個人都各有偏方進入身體的歧路花園。

5

繞著母親色身轉的是汗水，熱天裡臥床者的色身總濕透了床枕；到了冬日，手腳轉僵硬，縮成剪刀手，觸摸如冰塊。起初固定來家裡的陌生人有居家護理師、針灸師，還有一位幫母親從醫院按摩到家裡的盲眼人。盲眼人每回來總像一個明眼人地說著她的房子陳設，說著她掛的神像是誰，說著她母親的手掌紋路圖，盲眼人解讀其中的密碼謎團，說著她的母親很捨不得走。

盲眼人一直想幫母親復健手腳，但卻沒有辦法防堵不斷在吃掉母親身體的病菌，菌去復返，臥床者的大敵，色身準備投降。於是很多的角色即將落幕，隨著母親啟動最後一場告別的來臨。採買工拍背工沐浴工打掃工朗讀工陪病工，隨著母親即將離宴人世而將告別的分裂自我。當這些疲憊都成了身後事時，她知道日後將常想念起這些因為母親才擁有的奇特身分。

最後一個來見母親當時還能張開一絲目光且手腳尚能微動的陌生人是居家復健師，長照方案的一點點福利。那個個子不高老是帶著微笑的復健師是母親唯一出院後見到陌生者會微笑的人，但那回她來，似乎知道這將是最後一次來幫她的母親做復健了，彷彿心裡回響著這是最後一次的回音，以後不再見面了，於是復健師所有的聲音與動作都被放慢，很仔細地按著揉著。她怕母親躺久不動變成剪刀手剪刀腳，還請另一位自費的盲眼按摩師來家裡，這盲眼按摩師很願意到府服務，即使她知道媽媽不喜歡給男生按摩，但她想盲眼人什麼都看不到，色身應可跨越那條難堪的界線吧。母親沒有復健希望，逐漸地針灸師復健師護理師都退位了，最後只剩下盲眼按摩師還願意撐起母親的病體。家裡沒有人走動，又恢復深海般的死寂。

這盲眼按摩師身體頗壯，看起來像是可以爬一百零八層刀梯的乩身靈體，在神明出巡的陣頭之前，吞火球刀刺背的人。他說起自己是三十幾歲才眼睛瞎掉的，是一個眼睛光明時到處遊玩的匪類人，所以什麼樣的身體極品也都玩過。她聽了自己就更不給這個男盲眼師按摩，對男按摩師的戒心依在。雖然這盲眼師暗示過很多次可以按完她的母親之後換按她，母女合起來且只收一千元。她笑著沒有接話，且因聽過盲眼師曾跟母親附耳說阿嬤把汝查某囝嫁乎我好否？雖是玩笑話，但不知為何她覺得這玩笑話聽起來比真話還真。也許連盲眼師都感覺到這屋子的空蕩蕩，一間沒有男人氣息的屋子，盲眼師故而探視地說鬧著。

盲眼按摩師幫她母親按摩，她在旁邊看著，說是看著倒更像是盯著盲眼按摩師手腳乾不乾淨似的，那盲眼按摩師也總打破沉默地邊按摩邊和她說著話。

妳的書很多，每一本都有看完嗎？你怎麼知道？她覺得奇特。我聞到很多紙的味道，他說的時候，正把母親按得哀爸叫母。母親的眼睛翳灰，瞳孔因痛溢著淚光，眼裡求饒地帶著怒氣。彷彿說著我再活能有幾年，為什麼妳非得這樣讓我受苦？她退到床的後邊，不敢靠近母親。妳看這麼多書，但仍然常感到灰心無力？盲眼按摩師又說著。沒等她回話就又說著妳的唐卡最好去裱起來，藏式唐卡佛像裱在卷軸上容易受潮，最好改成壓克力框。連客廳牆上掛著唐卡他都知道，她想著這人根本沒盲。你又聞到味道了？你聞到我經常焚香這不難，因為空氣到處都是香塵殘存的氣味。但要知道我掛的是唐卡，這就很難的，我可能擺的是立體佛像也可能是玻璃框的佛像，但知道我掛的是比較少見的西藏唐卡，除非你觸摸，不然不會知道。

其實我是猜的，因為妳燒的香是藏香，一般會燒藏香的多半懸掛唐卡。當然也可能是裱立體框而不是卷軸，只是憑直覺，覺得妳會喜歡卷軸，比較古典。

又何以知道我比較喜歡古典？

妳的傢俱偏木質氣味，且是老木頭的香味，這種人大概都滿古典的。盲眼按摩師忽然低語說著唐卡上的佛像是準提佛母，妳修持得很好。她聽了驚詫，盲眼按摩師怎麼如此精確地知道上面掛的是準提佛母像。就是要猜也會猜觀音菩薩或阿彌陀佛，很多明眼人看過她懸掛的佛像還無法分辨是千手千眼觀音或是準提佛母。盲眼師還說這張唐卡將準提佛母十八臂各臂或結印或持劍或捻數珠或舉金剛杵等物，十八樣寶物，繪得栩栩如生。

她聽到盲眼師在按摩時邊念念有詞，念咒似地念著稽首皈依蘇悉帝，頭面頂禮七俱胝，我今稱讚大準提，惟願慈悲垂加護。縱然不斷酒肉妻子，只要依法修持。無不成就。準提佛母，簡直對世人太寬容。她聽到末句不斷酒肉與妻子時笑了，世人生活照舊如常，慾望如常，卻希望自己的福報是強大升級版，裝載著抵達淨土的各種超載具功能。

她聽著盲眼按摩師倒背如流的佛言佛語，一時竟喃喃自語地說著希望母親不要再延壽了，這苦吃太久了。

盲眼師聽到了笑著往門外走時說母親延不延壽不是看妳，也不是看佛。

她覺得這盲眼師根本不是盲眼人，倒像是有著二十七雙眼睛的千手千眼觀音。

那你猜猜我長什麼樣子？她笑說。

那我得摸妳才知道，盲眼按摩師笑回。

她聽了忙轉話題，你按摩我母親全身，那你說我媽媽長什麼樣子？

妳媽媽身型偏中胖，腿漂亮，個性不是屬於秀氣的人，頗大氣呢，可惜妳媽媽脾氣很急，煩惱很多，摸起來總是手腳冰冷，頭部卻熱脹。

她聽得猛稱是，覺得這盲眼按摩師根本像是一個卜命的摸骨師。

妳要我幫妳按摩嗎？盲眼按摩師又問。

不用謝謝，她快速回著。

盲眼按摩師聽她忙說不用也心知肚明地微笑著。

他笑著嘆口氣，彷彿是可惜啊可惜啊。妳長得滿好看的，尤其有一雙閃著星子般的美麗如湖水的眼睛。她聽了突然有種感動，在這樣如荒原般的房子有陌生人傳來溫度，即使是曖昧的語詞竟也是可喜。

他每回剛進到屋子，常要她形容住家的河邊風景給他聽。

有一回她沒說窗外風景，倒說了手機收到不斷轉傳的勵志故事。有一個盲人在街上乞討，盲人在板子上寫說我看不見，我是盲人，我看不見，請你們幫助我。有個女生看到他板子上寫的文字，就上去幫他改了文字：我看不見你們所看見的，所以請你們幫助我。改了意思完全就不一樣，不是看不見，只是看不見你們所看見的。

你看見很多我們看不見的東西，她邊說邊遞給盲眼按摩師七百元，他來家裡按摩母親一次的費用。他接過，不用摸就知道的數字。盲眼按摩師潛入這座寂靜如深海的空間，每周一回，甚至母親因敗血症住院時這盲眼按摩師也沒間斷地去醫院病房探望母親，但也是那個時候，她跟盲眼按摩師說母親出院後就不需再按摩了，因為敗血症把母親最後的眼睛餘光也吞噬一空了，我想讓母親就安安靜靜地過完餘生，且每回按摩其實我媽媽都很抗拒，媽媽很怕痛。

盲眼按摩師聽了點頭，然後他用手摸了摸她母親，彷彿在道別。接著杵在她面前良久，無語，彷彿那看不見的眼睛窩藏著一團火。

盲眼按摩師拄著拐杖離開病房，拐杖聲敲擊著地磚，蒼白的鎢絲燈下身影孤寂，他背後好像長出眼睛似的，突然轉身朝著還杵在大門口望向他的她揮手道別。

又一個轉身自此不再相見的人，最後一個撤退母親這場不斷拉長戰線的人。所有的醫病關係，走到盡頭時，不說再見。

這最靠近母親身體的一師也撤退了，度亡師還遠在天邊。最後的訪客離開，她又回到習慣的寂靜空氣。

6

生命所有的傷心來得非常早。

秋風與秋雨，送行與接引的淚水哀歌，每天都在時間的廊下迴盪著嘆息，這樣的冬日，蕭索得彷彿像是一個老去的退役上校，日日在雨港裡等不到退休薪俸的通知，母親的康復希望渺茫如斯。然而當她抬頭卻眼見虛空幻化，在烏雲後方劈開一片湛然。湛然之後，烏雲又攏上。

她停止在光裡如塵埃飄盪時，有人搖著她的肩膀。睜眼，看見是阿娣。母親要上岸的輪迴渡口，暫時封閉。

阿娣叫喚她，阿娣還在，母親就還在。

任意門關，回到現實，母親那長在腹部的嘴巴長滿息肉，阿娣沒敢處理，因為一碰觸母親的胃造瘻口，母親就尖叫，叫聲淒厲。她想難怪剛剛午休的夢中像是聽到淒厲如從地獄發出的撕裂聲。她起身，穿過門簾，走進母親房間，像是魚腮的嘴巴口外皮糜爛，息肉長滿。長在腹部的嘴巴，就像水懺經文裡那個悟達國師在坐上國師寶座之後生出一念傲慢，從此膝蓋生出一個人面瘡，長得和人的臉一模一樣，每天還得餵食這張需要吃東西的人面瘡。人造嘴巴長在胃部外，取代母親之前的鼻胃管，貪婪嘴巴的息肉日漸擴張，如她不狠心處理就必須勞師動眾送母親到醫院，其結果只是換另一個人更粗暴更狠心地處理，讓母親如入地獄的尖聲嘶吼。上一回送母親去檢查胃造瘻口，醫生要護士撕開紗布，她邊在旁邊說著母親的胃造瘻口很麻煩，息肉去了又長了。醫生沒回答她，要護士去拿東西，她也聽不懂拿什麼，只見護士拿了一個棉棒與鋼杯，還有一個奇怪的鐵線棉棒，上頭沾著她不認識的液體。醫生抓過鐵線棉棒，接著就傳來母親自失語以來最尖聲吶喊大叫的一回，她低頭看母親，乾涸的眼睛竟熱淚飆流，心跳劇烈，其痛苦可想而知。原來那棉棒上沾的是硝酸鹽，強力侵蝕息肉，竟如王水將息肉銷溶。

沒有別的方法嗎？

醫生冷淡地說，那就要用電療，一樣痛，但這只是暫時的痛，回家也頂多再痛個幾天，總比妳每天都要面對這個問題好吧。她說這可以支撐多久不用再回診？醫生眼睛繼續看著電腦螢幕，不想理會她的問題，只說開放性傷口就是會長息肉，時間只能問老天爺。她推著含著眼淚的母親離開診間，好像兩個戰敗的老兵，頓失軍糧。她心裡知道不能再送母親回診了，當初作胃造瘻口手術只想母親可以不用再掛著日夜扯離的一條鼻胃管，說好聽是當象鼻財神，其實是豬尾巴掛在臉上。以為胃造瘻口手術之後就一勞永逸，未想息肉夜夜抽長，虎視眈眈，病體毫無招架能力。

夢中的母親清爽的微笑如夢似幻，現實的母親總是繁衍無止盡的息肉，像是枯萎的玫瑰複瓣，只要一日不清創就回堵在傷口處，頻頻出征的戰士屢戰屢敗，日久面臨更大的疼痛磨難。就在這時，天可憐見，她無路可走故勇於嘗試新品，朋友給她一瓶所謂的細胞還原水，是鹽水製但本質已不是鹽水的一種信號水，說是可以喚醒細胞連結，她死馬當活馬醫，發現水對清除息肉有重大助益。息肉被控制住，每天不用再打戰了，謝謝科技，母親在夢中繼續微笑，中陰世界將面臨的刺目光與柔光，母親暫時還不用煩惱要選哪一邊，選秀節目那種晉升或淘汰的上天堂或下地獄還沒秀出結局的按鍵。

天人繼續給她救贖與反哺的時間。

母親最初還有口腔慾望，像個孩子，香蕉不知剝皮，抓起來就往嘴巴放，那時她想母親是餓昏了還是變癡了。最後一年是連張嘴都難。被拋進絕望的煎熬，難以忍受的疼痛，嗎啡嗎啡，嗎啡已成了病體末期身體最需要的無言呼喊。年輕時密道封閉，晚年食道封閉，接著尿道失守。鼻胃管或胃造口與尿管成了身體的管線大人，牢牢捆住人的身體自由。如果這一切可以重來，難道自己的生命就會不一樣嗎？但事實上不會不一樣，因為所有的本性都還是在裡頭，很難改變。那麼這一趟漫長的傷心路的意義是為了什麼？

她餵母親最後一口布丁食物，之後母親口腔慾望不再，流質食物直接灌入長在腹部的嘴巴，流入流出的不是慾望而是女兒的期望。她為母親裝置的胃造瘻口與尿管都不曾放棄努力，極盡所能地服侍著母親這具即將四大崩毀的最後色身。維持母親進食的管線流進一切也倒空一切，日夜匪懈如小馬達抽送液體。食道封鎖，一如道路封閉，得繞道而行。在喉嚨在腸胃切一個開口，可以安撫飢餓的空無。外來的醫療器具正在服務著精密工藝般的細胞色身，寄居在一座名為靈魂的地方。飢餓的母親，那個幼童頓失母親的女兒到了晚年也不用怕餓鬼上身了，母親不用像兒時爬行泥地想要去掀開躺在草蓆上已然斷氣的母親上衣尋找沒有乳汁的乳房。

管灌世界，直接入胃，幾秒就安撫飢餓怪獸，她默默拴上胃造廔口的蓋子，母親的胃被灌飽，母親終於闔上老是睜著眼卻什麼也看不見的眼睛，聽見母親打呼，沉沉睡去。她才開始用餐，用餐前，先行施食，念供養咒。十八歲以來的習慣。餓鬼們各各肚大喉細，爭搶一口痰，入口卻成火焰。餓鬼道也有大神通的鬼，如鬼母為養活鬼子鬼女，到了地獄繼續造惡。她吃飯時經常想起鬼母，死還要再死的鬼，鬼母能生鬼子鬼女，在飢餓中每胎就有幾百個鬼孩出生，張嘴搶食，飢餓更甚。鬼母也是餓鬼道的小強，可以不斷繁衍。為愛造惡的鬼母，如母親。她在寂靜中聽見自己咀嚼食物的碎響，那是母親以前最愛吃的花生，被她的牙齒咬碎如粉，散發出母親故鄉平原蘇府王爺供桌上經常飄出的土豆氣味。

7

她偶爾逃脫母親的房間，晃蕩在城市咖啡館暫歇的時光裡，黃昏到來，常見垃圾車經過，一條街上站著婆婆媽媽與外傭，等待倒垃圾車的人，黃色的車身標語轉印的字是：清潔與美麗的力量。她總是不斷在清潔，清潔母親，清潔廚餘，清潔不合時宜的情緒，清潔有礙健康的感傷。時時勤拂拭，莫使惹塵埃。不只是清潔，還有更多是還清債款，還清情債。母親生病這段時間挖斷挖空她本來就很稀少的錢脈，為了日後能出發遠方，還債成了先行要務。多年來，她幾乎都在為生存打戰，打好幾份工，她不再只是為自己吐出文字，她為母親的生存吐出文字，她為生存開口說著一直重複的話語話術。她的相機為很多人拍下他們存在的美麗一瞬，也為母親拍下人生最後一哩路的照片。她兼好多份工作，標準斜槓女，幾乎忘了她最初一心一意的工作是想要創作，沒有品牌的人只能代工，成為影子。

所有的工作都可以被換算，換算多少包大人紙尿片管罐亞培安素，換算成母親多少頓的溫飽與阿娣的薪資。她開始學會代數生活，把尊嚴降到最低最低，像失去自我的一場愛情，直到傷心的盡頭，等待母親化為二十一公克的靈魂與五百公克的灰燼。如一隻小蜜蜂一顆鈕扣一個十字星芒，等待把母親放在心口的項鍊上，放在外套的小口袋裡。

母親身體的崩壞中，唯一的安慰是母親耳根還算清明，她的聲音給了母親巨大撫慰，從母親滿意的表情裡她也獲得安慰。母親在沿河居所對岸的這家基督長老教會所屬醫院看病時光二十多年，在病體的醫療上母親幾乎成了這家醫院的隱形信徒，雖然在根生的信仰上母親是拜媽祖觀音與王爺千歲。

醫院外的街區成了新興的商圈，活絡得好像與病死為鄰是一樁多麼熱氣騰騰的生意。衣物都是廉價的，一件百元不用思考，供給外傭看護和臨時落腳的家屬可替換衣物。每隔幾家就是小吃店，炸排骨雞腿的快餐店，切仔麵米粉湯烤物，熱騰騰地忘了後方的病體容顏氣味。巷裡的印尼店是她喜歡去的，經常有印尼女孩抓著她說話，隨後看她一臉茫然才以神情回應原來妳不是同鄉，接著就會冒出妳是越南、菲律賓。好像她就不可能是台灣人，平日白天流落於此的彷彿是流動的異鄉潮。她去買一百元的衣服時，店家更直接憐惜地對肩膀貼著撒隆巴斯的她說很辛苦喔，這麼年輕就要離家來照顧我們的老人。這麼真誠的關心，害她都不好意思開口回應。有次回問有沒有其他顏色？服飾店老闆娘竟驚呼妳的國語好標準。

我就台灣人啊，她笑著說。不好意思耶，把妳當作印尼妹。不會啊，習慣。照顧長輩？服飾店老闆娘竟還滿熱情的，雖然她結帳時只花了兩百元。

好孩子，照顧阿嬤？老闆娘將兩件運動褲裝入紅線條的塑膠袋時說著。她笑著點頭，心裡想的是媽媽。手裡拎著塑膠袋，更像是外出覓食的外傭妹了。往印尼店的巷子拐去時，迎面機車的阿伯有時也會飄來不懷好意打量她的神情，她覺得台灣人的眼神很帶階級，探問的語氣也刻板得假掰。我是好女兒嗎？她搖頭，如果是應該在母親還沒生病的時候陪她，而不是等到母親生病了才贖罪似的陪伴。她也是假掰嗎？她笑著自嘲，她知道如果是的話，那麼這實在是太痛苦的假掰了，所以不是，因為沒有任何一個假掰可以在漫長的痛苦中完成。痛苦是如此真真切切，無能閃躲。

迎面的印尼看護們嘰嘰呱呱丟下一路的陌語，結伴的看護們，二十來歲，輕易跳過剛剛在病房的悶滯，不若她依然裹著弔喪的顏容，在熟女時間點遇到母親倒下，一下子就看見死神在對岸。幽冥遊神偶爾會朝她揮手，要她看看河岸已經開始走動的信使。

信使還沒上岸。

趁陰司他遊空檔，她佯裝沒看見幽冥教主面燃鬼王正在呼喚亡靈歸戶，她知道檔案裡有父親之名，但還沒有母親的名字。她安然走在醫院一帶，她以為在這充滿死氣陰靈的四周附近最容易逃脫陰司鬼王的地方竟是熱絡滾滾的印尼雜貨店，裡面是年輕南洋女人的外來語，陰司鬼王應會被刺鼻的蒜蔥辣嗆暈或者被聲浪吵得暈頭轉向。

店外騎樓一排排靜默如石膏雕像的老人垂掛在輪椅裡，撇下老人逕自在店裡聊天的是一團青春物語著熱帶不憂鬱的異鄉女孩，嘰嘰喳喳嚤嚤擦擦。整間印尼店散著一座熱情的南洋國境，隱形的地圖，召喚食物與賀爾蒙的熱度。各種湯頭料理包魚肉罐頭餅乾速食麵蝦米餅檸檬香茅起司餅椰子果肉紅毛丹罐頭咖哩辣椒醬鹹魚乾咖啡，店口桌面到了中午更是透明塑膠盒便當排滿了一整桌，這是唯獨讓她有點食慾的小小宴席，食物口味多，羊肉牛肉雞肉淋著綠咖哩與紅咖哩，幾條紅辣椒烘托食慾，不吃魚肉的可選也不少，油豆腐內包著高麗菜與紅蘿蔔絲的炸物和糯米製顏色假到像上了層色素的甜食是她的首選。店裡掛著很多看起來是仿自名牌設計的包包，鐵架上掛著尼龍長圍巾與念誦可蘭經的木頭念珠，她覺得自己和這些異鄉女生很親近，挨著挑物品時，聞到女孩們的身體濃烈狐騷氣味，或因身陷醫院而無暇打理日久沾染特殊酒精藥水的味道，氣味咬著布料。她下意識地也常舉起手臂聞聞腋下，好像聞不太到自己的體味。她晃晃塑膠袋心想沒關係，百元衣物穿穿就可隨手拋，體味在醫院裡就像藥味，沒人在意，因為比體味更可怕的屎尿或者病體氣味早已蓋過這一切。

印尼店交織著可見與不可見，而不可見往往比可見的精彩。看護們的氣味可以延伸出一座醫院長廊和異鄉國境的方位。有時候她光聞其他看護身上的味道就約略知曉其所照顧的背後病主，照顧長期臥病的老人與照顧年輕因意外受重傷的氣味截然不同。腐朽的酸老人味與年輕的狐臭生猛是點燃她鼻息氣味的兩個極端。甚至氣味也可以聞到看護工的年齡，有時靠太近還可以聞到經血長久擱在私密處的魚腥味，還有南洋女孩皮膚烘烤陽光的汗鹽味。

她知道自己的氣味雖沾染著母親臥床濕褥的味道，她想自己應該還是帶點香氣的吧，因為她是好鼻師，氣味是侵略，她擅長以點香氛繞經別人的鼻息。濃度要淡而美，尤其在這苦痛之地。中午與傍晚時分出來短暫覓食的並不包括她的母親。母親的嘴巴已被封印如只是畫上去的雙唇，不具任何作用了。而她的嘴巴也日益沉默，對食物的熱情簡直低到谷底，走出來曬曬陽光，聞聞市井氣味，在酷寒國度燒出一點點微小的熱度裹身。推母親曬太陽，母親頭低垂至胸，整個背後的髮絲被她剃得如出家之短，免於流汗免於搔癢。母親頸部拱起一座如駱駝的單峰，久了僵硬如崗岩，頭與頸線逐漸垂直，筋脈被時間石化，肌肉被光陰萎縮。

8

菩薩星球，救贖的棲息地。在地球犯案，尋求能贖罪，抵達菩薩星球。贖罪無他，必須釋冤解，解冤解仇，淨化至無可淨化。她聽著獅子吼說著，腦中想像著所謂的淨土就像是一顆顆星球。

相信未來的，試著和各種江湖通靈者打交道，在現世尋求解藥。她想要為母親買向抵達菩薩星球的票券所花費的財資並不低於醫療費，各種和通靈有關的場所如有機會她也好奇。比如為好友慶生的那個餐會，餐會充滿著算命卜卦八字生命靈數紫微星盤的氣氛，就像在交流身體密碼似的靈異餐會。家學淵源深厚不為算命斂財的八字通只酌收象徵性的一元。

她是從不暴露在眾人面前算命的，獅子吼從認識她的十八歲的那天起就跟她耳提面命天機只能自己知道，她的祖父是風水卜卦師與中醫師，從童年起也跟她說別和人講妳的生日。他們也從不知獅子吼的生日，最多只知是八月。所以獅子吼就算不提醒她，她也不會讓自己的命盤暴露在各種人等聚會的耳朵裡。別人未必聽進去，但她心裡總有一旦被聽到好運就會被吸走，而壞運卻被牢記的錯覺。當然最主要是她的阿公早在她的孩提時代就告訴她別隨便把生辰八字交給別人，如有人問妳，妳就隨便掰個數字，厲害的人會知道妳給的不是對的，而更厲害的是給對給錯都能算出個準的。

獅子吼更厲害，之前有一個人只是拿了個連名字都沒有的生日數字給他算，他就說這個人已經掛了還拿來給我算，你來踢館啊。

她瞪著天花板盯著一隻匍匐在角落的壁虎，耳膜流過餐會算命的聲波浪潮。沒有慾望的人是算不準的，因為已經超越三時，一個超越過去現在未來的人，自然沒有人算得準他的命。你是整個缺水的命格，那個已經得過最頂級最奢華桂冠的人竟然命盤水庫只有兩三滴水。她心想那自己不就已然見底的龜裂？烈日當空的生命，毫無甘霖跡象。除非大爆炸，方可脫離束縛的牽引力。那個叫哈雷的人，到八十五歲都不曾停止研究彗星，將死之際，叫人拿了杯紅酒，喝完就走了，跟彗星一樣橫掃自己生命的快意恩仇。每七十六年彗星回來，最近一次是一九八六年彗星歸返。再來二零六一年，屆時她若還活著已然老人一枚，必須死去再生才能和新人類接軌。精彩的菩薩星球秀，將會是五千億顆星星在死亡前一起在天際舞踏。星星的葬禮這般華麗，星星的鬼魂，卻讓人的聚會保守得彷彿中世紀不死的女巫，整個聚會環繞星盤。

表面散漫浪漫的妳，因為水星在處女座，因此其實做事很有條理，有意思的是妳的火星也在處女座，但太陽和金星都在雙魚座，因此表面看起來像是個到處亂放電的人，很多人也都這樣被妳吸引到床上，但一到床上，妳卻死也不打開。這樣就會激怒男人的雄性基因。

大家聽了都笑了，她尷尬地笑著，竟然講得這麼白。其實她給的是錯誤的生日呢。

星座之後轉為靈魂之旅。她再次豎起耳朵，想著多少年後，自己可以和母親重逢？如果按照時間輪迴定律，四十九天洗一次牌，每一天都要清醒去處，中陰之旅上路要快，先去先贏，文武百尊路徑繁多，寂靜尊與忿怒尊閃爍著請登陸的暗號，唯有心緒穩定者可以辨識。就像登陸前，她得負責確定母親這個旅客如何神識清楚地知道閃過的影像是佛菩薩還是魔無常。如拖到四十九天之後都還在徘徊的靈魂大都沒好去處，或沒地方去成了幽冥，自此如星塵飄盪，孤單渴切地望著南瞻部州這個擠滿人的地球上還住著所愛而哭泣迴圈無期嗎？

重點是不能失去和亡者魂魄的聯繫，得心和心相印。她的耳朵灌進這句她以為整個聚會最有意義的話。

這個聚會之夜，她因聚會有意思而不趕時間回去。每一回以無法出門或者得提早回家為由時，她心裡都對母親發出歉意，因為母親是她最好的擋箭牌，實則有時候是因為自己不想出門。聚會起先聊的都是感情，接著談養身，誰生病誰哪邊不舒服誰突然掛了，她內心聽了忽然有了種奇異的哀憫感，因為提及了某位年輕時有一度還滿密集往來的女性友人生病，在餐會中她瞬間晃過這女生的身影。許多奇人異士的各種武林祕笈紛紛出籠，她突然置身養生武林之列。有人轉移話題談起誰整型成功，誰整壞了，結論是若要整型要趁年輕，太老臉皮地基撐不住劇烈增生或變化，即使成功也是怪。

續攤的場合是在善導寺後面的暗巷。

她之前才去善導寺參加幾場法會，牆壁的暗巷彩繪著孔雀。孔雀食毒，羽翼才如此美眩。孔雀有本事分辨哪一種毒可以吃，這才是厲害之處，不會誤踏雷區。她看著眼前的創作者，吃毒者也不少，但因無法分辨什麼是可吃的什麼是不可吃的，毒沒有為現實所用卻被吞噬。

獅子吼說，是孔雀資材卻沒有學會分辨毒素，這太可惜了。如是烏鴉就算了，因為烏鴉不管吃哪種毒都不會使羽翼更漂亮，是一吃毒就掛掉的物種。

回到母親的病房已然半夜，她呼吸著不一樣的空氣回到母親的身旁。這如夢似幻恰恰承接了她的現實。就在幾分鐘前，她熄了火，杵在地下室的機械停車格，靜靜的空間裡空轉著腦袋。入夜，輾轉難眠。即使泡腳放鬆，喝了舒眠茶。她知道今晚考驗沒有過關，長年以來她以為她被感情已經纏得毫無感受了。但這夜卻被某些慾念燃起，雖然這慾火柴薪也只燃燒兩三分鐘，但這罪惡感卻當夜燒了兩三個小時都讓她無法成眠。後來安慰她的是，慾念燃燒三分鐘，也就把自己和某個人燒掉了。不在真實的生活裡發生，不會再引出另一個牽絆。

9

欲寫祿位，下次請早。

那時她在寺院當義工，在山上一住三個月。

眾生的要求不能拒絕，他們告訴她的最高指導原則。

因而聽到功德增長上萬千億倍時，法會快結束前，都已經要拆掉牆上登記的祈福名牌時，還有人急急忙忙地趕來櫃檯要她寫上祿位名字。

功德上億倍，就像幾萬幾千劫一樣難想像時，只能說無數無盡就是了。但高原人的數字都是可以計數的，即使念上無數的上億遍，也是真心去計數它。

十萬盞，她總是被數字迷炫。高原人起跳都是十萬，就像拍賣會場似的每天都和數字有關。一百零八顆念珠，一百零八遍咒語，一百零八盞燈。

換來幾劫不可數的功德。母親生病時，她年年參加孝親報恩超薦法會功德登記，榮譽功德主十萬，會主五萬，壇主一萬，個人一千。超薦冤親債主歷代祖先父母親地基主，七月水陸法會，新年拜懺，加上藥師佛釋迦牟尼佛觀音菩薩聖誕，幾乎每兩三個月一回，別人是跑趴，她也跑趴。跑的趴不一樣，她跑神佛趴，和青春時期的逸樂跑趴是兩個極端。

功德增長日最宜密集行善——布施、齋戒、禮佛、供燈、放生、誦經。新年神變節功德增長一億倍，日蝕功德增長一億倍，月蝕功德增長一億倍，釋尊初轉法輪功德增長一億倍，佛初傳時輪金剛功德增長一億倍，釋尊入胎紀念日功德增長一億倍，釋尊出生功德增長一億倍，釋尊成佛功德增長一億倍，釋尊涅槃紀念日功德增長一億倍，釋尊答應從兜率天返回人間紀念日功德增長一億倍，釋尊從兜率天返回人間紀念日功德增長一億倍。

好幾個億，她像大陸人經常掛在嘴巴上的幾個億，感覺自己是全宇宙最無敵的好業人。

裝飾好的佛桌，中間有一個小浴盆，裡面立著一尊一個手肘大的小孩樹脂塑像，點燈的人依序走到佛桌前用水瓢舀起水，象徵為佛沐浴，也象徵洗淨自己，誕生總是如此歡樂，如美肌鏡頭總是過濾了年歲皺紋與斑點，遮掩了誕生之後的人生悲苦。

她問獅子吼為何迷你版的嬰孩小悉達多王子一手指著天上一手指著地下？

獅子吼說因為天上天下，唯我獨尊。

這句話怎麼聽起來有點刺耳，佛陀怎麼可能說出這種唯我獨尊的話？

我以為妳疑惑的會是怎麼一個剛出生的嬰兒就會走路且開口說話呢。

這倒還好，傳奇故事很多都是超乎人的想像樣子，摩耶夫人一手支著憂婆羅樹，就從右脇誕生一個嬰孩，像是賈寶玉一出生就帶著通靈寶玉，也沒人覺得奇怪。

獅子吼笑答，妳的問題很好，穿越了表象外相。表象外相製造了很多訛傳。其實唯我獨尊的我是指我們眾生的本性，我們的本性是很尊貴的，獨一無二的，是這個世界上唯一的種子，心的種子，可以長成各式各樣的眾生微塵，故很尊貴。

這是她從十八歲認識獅子吼以來，覺得目前聽過最明白且受用的話。

10

失去意識的肉身，命繫一線的體溫。

生病母親的五部曲是失能失語失明失序失智，進入死神懷抱的最後兩部曲是最後的失溫與失聽，耳朵是最漫長的執著感官，裝著親人最後的呼喊哭喊或者祈福誦經。漫長的身體告別，眼耳鼻舌身意。五部曲走到了失智的前兆，母親逐漸對她的聲音沒有反應，記不得女兒的母親終要解脫人世最後的懸念執苦。

她等候母親的中陰身靈魂再現。供燈將熄，心燈常燃。刺血抄經，無血可沾。淚水也已然乾涸，曾經的淚流滿面，已經完成了洗滌的任務。

獅子吼說因為妳某一世曾經為一座淋雨的石雕佛像遮雨而有了美服衣裳穿之不盡的福報。又因以鮮花供佛而得美貌，又因口業守得好而獲得此世的音聲曼妙，音質柔美，人人愛聽。唯獨唯獨啊，妳因驕傲，而有了此世個子稍微矮了些的缺憾。那母親呢？文盲的母親，從小失去母親的母親，又該是何其因果？獅子吼笑著說，妳知道的，但妳想確定。去看看十業報因果經、百業經，看了妳就會算命了，懂中陰也知其中一二了。

六十九歲一個即將要往生的老小姐，卻還念念不忘某個男人。當初因為省籍反對，到老卻不忘，男的都已經是阿公了，根本不值得留戀。注意，貪愛無明，必墮三惡道。她聽了毛骨悚然回家速速奔去母親耳旁，大喊著媽媽，別愛我，別太愛我喔。

一個網紅來見獅子吼。獅子吼不客氣地說，你賺再多錢也沒用，死後要下地獄。網紅急問那怎麼辦？

改變內容。

改變內容就沒人愛聽了，這名來自大陸交換生網紅跟獅子吼苦惱地說著。

每個人的選擇，看你自己，因為苦樂都是自己受，這一世風光短暫，到了地獄也許就漫漫無期。

但地獄看不到，無法證明。這一世卻是看得用，用得到。

看不到才可怕，不需要證明，因為經典就說明了一切，難道釋迦牟尼佛或者玄奘大師這些人是傻瓜啊，一個貴為王子為何不享受？一個十三歲就可以開壇講經對大眾說法接受供養的人，為何要歷盡千辛萬苦九難一生西行取經？更別談整個歷代以來所有的大成就者，難道他們不會享受財富嗎？難道也都是傻瓜？獅子吼講得嚴厲，但神情卻輕鬆自若。

她看著那網紅臉也大紅，後來就沒再看見這位網紅了。有天有人轉給她輕鬆一下的節目，她打開卻看見那名她在獅子吼靜坐中心所見的網紅。網紅談話的內容依然是羶腥怒罵揶揄嘲諷，不僅沒改變，似乎更變本加厲，也更加紅了。顯然網紅選擇這一世的名氣財富。她聽著，偶爾也笑著，但很快就覺得無趣無聊。她想如果換作是自己呢，會怎麼做？別人把名利堆在眼前時，自己又當如何？她慶幸自己沒有被考驗，但也失落沒有被考驗，因為永遠不知道名利的滋味，也不知道拒絕的力量。她像小強，安靜匍匐在白牆上，偶爾飢餓走出白牆，尋覓一丁點的食物碎屑就足以過活了。

她打開經典，念經。她為母親讀經，為愛讀經，這使她在自己手痛還要照顧母親的身心靈高度壓力之下依然覺得音波連結時，整個大千世界之須彌都在傾聽她那如芥子般的煩惱。

11

那時藥師佛的法會上來了一個陌生女人。

她不認識這女人，但陌生女人卻認識她，正確地說應該是陌生女人的母親認識她的母親。這使她覺得，她想去認識陌生女人的母親，這樣可以透過這個她者的母親說出自己母親最後的晚年生活。兩個母親在運動場認識，早上都一起運動散步。她還沒拜訪那個陌生女人的母親，那個陌生女人突然有一天傳來她的母親去檢查身體竟得了癌末，她覺得去拜訪那個母親會很唐突就作罷了。

尋求陌生人的慈悲，奇異的陌生安慰。後來她在另一個虛擬世界的陌生空氣裡聞到可以打發愁緒又可讓那時候尚未失去眼睛最後一線光明的母親擁有一點點娛樂。包裝美麗衣物的塑膠袋回收裝的是母親成坨的屎尿片，是否這也是色即是空，蜂蜜與大便無分無別？

母親最後光景穿著有如僧人之衣，只有幾套衣服替換。春夏兩套，秋冬兩套，雨天備用兩套。她當然並非捨不得幫母親置購新衣，而是那穿久的棉衣，非常舒服，洗得淡雅而素白，臥躺床上的母親看起來如入須彌雲霧太虛，若把電動床搖起，母親就像在禪坐，眼皮覆下，與世無關。她剛好相反，她經常買平價廉價的時尚流行新衣穿，起先是為了討母親開心。母親失明之後，她則是為了打發陪病時光的寂寥。手指滑動各式各樣時尚網站或在網海淘寶，和男生打電動沒什麼兩樣。她當時和外界的聯繫幾乎都是網路，在房間陪著彷彿被困在跑步機的母親，跑盡所有體力也到不了天涯海角的方寸之地。

她左手讓母親握著，右手滑著擱在腿上的手機介面。因為鮮少出門又不愛逛街更不愛跟店員交涉更無餘錢可以奢侈多用，因此自然而然她就成了淘寶的親，店家叫顧客：親。這個被電腦程式寫入制式回答的簡體字：「亲」，似乎某種程度也給了她一種奇異的安慰。不到百元人民幣讓淘寶掏心掏肺個個叫你「亲」，滿口寶貝寶貝的甜膩著。叫得她的生命荒原瞬間桃花朵朵開。那是她以為自己最後的青春燃燒，化為灰燼前的最高溫。紗裙世界，網紗網住了她的目光，她知道母親如果還能走動，還能目睹她鍾愛的女兒，母親會喜歡她柔美又帶著仙氣的樣子。

那是柔美的女人，那是真正在愛情世界可以旗開得勝的女人。

但是一切來得遲了，她只能將母親睜眼看她的一剎那延伸成永遠的注目。

她是直到母親倒下才成為女人。

那些網站流行字詞她都可以隨口說出，就像一個米蘭時尚周主編的詞語。韓版小高領長袖鏤空蕾絲打底衫百搭透視上衣，潮韓百搭兔毛帽保暖針織貝雷帽，正韓寬鬆針織甜美春衣，潮版針織馬甲背心短袖，網紗新款百搭金絲絨百褶裙，正韓不規則網紗甜美蓬蓬裙，顯瘦百搭網紗刺繡金絲絨長裙，顯瘦金絲絨釘珠裙，減齡蕾絲鏤空拼接寬鬆蝙蝠衣，減齡圓領下襬開衩洋裝。秋天一片絲絨，柔軟發亮甜美艷麗。韓版、正版、潮版、百搭、顯瘦、減齡是關鍵字。撩人、小賤人、撩漢高手，賣家比寫字者更懂語詞境界。韓版正版是關鍵詞，東大門明洞，讓她熟悉得如士林夜市。她自己為了幫母親籌點生活費用也上網學賣東西，但她的字詞除了獨一無二，旅行自帶之外，就很乾澀了，在這心惶惶的十字路口，母病如核爆過後，讓她陷入空洞蒼涼的熱網時光。

偶爾在臉書也還能賣給幾個識貨者，但基本上光是回答問題就讓她覺得疲憊，她明白在螢幕背後的那個人的擔憂，因為看不到實體，何況照片經常是照騙。母親以往常在她耳邊說的買如金，賣如土，母親給女兒的警世錄，能換現金就是王道。以前當耳邊風，現下卻無風無雨。在照顧母親的這段時間，唯一能讓她用時尚想念的地方竟是異城首爾，她因短暫為某公司寫稿出差而在時尚之城買了些衣服，繼續穿在她的日常生活裡。

那些燦爛又孤單的男孩女孩行經而過，頂著線條精準的版型襯衫裙褲，他們已經不是張愛玲時代的那種煙媚視行了，而是快速跟得上時代的純真，不煙視也不媚行，是想要永不老去如塑膠臉的停格，不知也不能知人間有風霜有疾苦。輕奢華的那種日常半寶石塑膠裝飾品，廉價如一次性物品，隨時可拋。爆款姊與擔貨郎，就在幾條街圍成的明洞街心朝著她推銷著，壓克力透明架上的無數品牌的面膜都打著膠原美白去斑拉提的動人字詞。一如她在陪病母親旁邊點著手機時尚介面，病體和美麗隔鄰。

攤販最能反映流行，雙頭虎雙頭蛇雙頭蜂雙頭魚雙頭鳥，不知何時時尚圈成了動物世界。她離開時尚如磁鐵的明洞，跟一個小販買了一個酒神包做最後的巡禮，買來相思並不揹用，仿冒無妨，何況錢也只夠付贗品。酒神包上的兩隻虎像是母親附身，虎霸母，她的懸念。暫時把獅子吼戒酒令放在一邊，她打開一瓶超市買的小瓶葡萄酒，倒上一杯敬狄俄尼索斯，可以讓人忘卻煩憂的酒神。

春季的象牙白，猶如花園般夢幻錦簇著色彩，整間店櫥窗常得順著季節更動裝置，異國情調、波希米亞、優雅低調、奢華皮革、編織、皺褶、手染、拼接，她吐出這些話就像在陪病母親時聽到醫護人員吐出的血壓血糖血脂血色素等名詞般地熟悉了。她熟悉時尚的純棉、混棉、羊毛、真絲、人造絲、混絲、尼龍、烏干紗、雪紡紗、刺繡蕾絲、亞麻、珠繡，一如她熟悉鼻胃管、胃造廔口、嬰兒膠帶、乒乓球手套、紗布、不織布Y紗、尿片、針管、張口棒、尿袋、繃帶、滅菌棉花棒、酒精。櫥窗裡的時尚麻豆與在醫院長廊輪椅上的老人形成她的視覺兩端。

那時醫療業務員來到母親的病床旁，要幫母親量小腿，母親很緊張，一直抓著她。她跟母親說是買輪椅要用的，回家就有自己的輪椅了。她想母親起先可能以為是量棺材的無常幽冥鬼來了。她順便量了自己的腿長，才知道小腿有三十九點五公分，是標準上身短，下身長。媽媽比她高，卻只有三十四，加上胖，難怪媽媽看起來比她矮，但站在她身旁，媽媽可比自己高呢。她想難怪自己看起來不顯矮，除非跟了個高個子站在一起。

她且喜歡追蹤物流。喜歡路徑上有著清楚的時間刻度，喜歡看著那如溫度計的時間表寫上有著陌生地點與陌生人的名字：上海賣家發貨—松江劉丹丹已攬件—快件到達上海航空部—快件已從上海航空部發出—快件已從東莞沙田中心發出—東莞沙田的蕭百剛正在派件—您的包裹已被快遞順通集運倉簽收—正常入庫—入庫成功—發往目地的—簽收成功。簡體字介面上的刘丹丹、肖百刚、小小音、黃谚非，剛認識的新名字，正在接收處理即將飛過海洋的包裹，即將飛來河邊居所的彼岸之物，像是聖誕老公公帶來了禮物，她喜歡拆箱的感覺，這種經常拆包裹的感覺，刷亮了她陷在母親電動床的黑洞之感，彷彿在和母親分享一起開箱。

萬杜那海洋裡那靜靜等待潛水人拿防水明信片來蓋上郵戳的水底郵差，或者那個在珠穆朗瑪峰下珠峰郵局裡為明信片蓋上郵戳的人，天涯海角的荒境還比她熱鬧。

於是她有一段時間迷上這樣的樂趣。想像著遠方的刘丹丹長什麼樣子，肖百刚是否真是如百剛之堅強，她陷入自我的娛樂想像。收到物件的心情都沒有這個過程來得有趣，賣家收件員掃描員轉運公司中轉中心，經手物件者手中的掃描器，彷彿山林奔飛的火金姑，點點光芒都是性愛的舞踏，一如物件對女人發射出費洛蒙，飄著愉悅調情的氣味。一頂帽子一個袋子一件衣服，從青島山東北京上海杭州雲南廣東廣西福建飛過海洋抵達她的眼皮下，經手許多的掃描員與送貨員。她在母親病房旁拆著塑膠袋，跟母親說有禮物喔。十五天才發貨的網物，等得及主人穿戴展示，她走上白色巨塔的展示台，觀者有母親與在角落偷窺的幽冥遊神。

某一回她在手機介面看見顯示的簡體字：快件已到达广州犀牛角集散中心，掃描員高冬桂。她看見掃描員的名字眼睛一亮，和母親同名的「桂」字，使她倍感親切，一種孤獨星球亟需和外界取得通聯的寂寞安慰。母親是秋桂，掃描員是冬桂，她們是秋冬姊妹花。

她在母親滯留醫院復健的流浪日子，就這樣徘徊在春暖花開與遲暮寒冬的兩極，這讓她的心逐漸長出了四季的風貌，知道這兩端是歷程是時間，也是年華的折射。

歷經狂亂，將逐漸少慾，讓常年凌駕她靈魂的物質慾望，逐漸長出了腐朽的根，然後溶入泥土，消失殆盡。

母親是她的貴人，這個貴人等著裝進一只木櫃，化成櫃人，將靜默無語，如僧人閉眼冥坐，等待烈焰灰燼。

母親是她生命的第一人，也是牽絆她的最後一人。

12

提早進入守孝時光的人，她是一個守屍鬼。

她抓緊時間利用母親眼睛最後一絲光線來進行綵衣娛親秀已走到了終要落幕的尾聲，敗血症的菌吞噬掉母親眼井裡最後的一線光，眼睛對手電筒那樣刺目的光線都了無反應時，她知道母親再見不著女兒的樣子了。女兒可以隨心所欲的穿著了，她再次找出母親生病前常穿的黑灰白藍色布衣，母親討厭類似道姑或者單調死沉的顏色。

最後三個月，提前校準告別的分秒，準備啟動守孝時光，彩色退去，黑色衣服再次上場。沒有人知道她的內心守孝儀式，當然也毋須解釋。她再取出布衣時，衣服散著沿河雨水的發霉味。收下華服，收下亮衣，送別的哀傷時間提早演練，別後來臨，每一天都在練習如何揚起揮別的手勢。

失明的母親再也不會因為看到女兒穿成道姑模樣而大力搖頭或生氣了，母親怕她出家。她看著這些象徵著某種寡欲潔白的布衣，那種經常在古琴雅集或者茶道香道上常見的衣服，如人心合一，見者歡喜。但很多時候，她感覺那些穿這類布衣服飾者若穿在不對的人身上則雅不可耐，就像某些古文詞藻。但適合者穿之卻讓她著迷那種簡單的清幽氣質，她自覺自己沒有這種清幽，但曾有一度讓她極為喜愛的布衣，可能物隨心轉，母親生病後一度又讓她封箱不碰，討好母親是送別前的首要任務。怪的是即使封箱布衣，改穿裝飾著亮片或者現代感剪裁的合身服飾她也沒有違和感。她內心知道，往後多的是穿布衣的年齡，現階段得將最後一波身體的騷動釋放。從布衣到紗裙，如此兩極的衣服內裡則隱含著符碼，衣服的符碼再現主人的心，妓女不會穿道袍布衣，在家居士或出家人不會穿閃爍的珠珠亮片。她的佛家與煙花，展現在這兩極上，完全貼合的奇特，一臉菩薩，一臉妓女，如雙面人，就像她的繪畫，可以切成兩半。一白日一黑夜，一亮一暗。

母親還有觸覺，手仍會抓著人，比較是本能的抓了，和辨識是女兒的緊抓感已經完全不同。她可以感覺到是一種陌生化缺乏安全感的抓法。因仍有觸覺，所以即使母親看不見她的穿著，但她出現母親面前時仍穿著這些有珠珠亮片或者紗裙繡花的衣服，母親沿著她的手背和身體亂摸時可以摸到一種立體的觸覺。直到母親連這個感受也失去，並非忘記摸女兒，而是母親舉起手會停在原地，彷彿忘記為何要舉起手。為此，僅僅十指相扣已如天長地久，因為母親緊抓不放手。女兒手是僅存母親對世界最後的唯一接觸，像創世紀。她的手指是母親的創世紀，也是她自己的創世紀。

夢透過陰司來報信了，母親說我將冬日離開。

於是她開始收拾那些只穿幾季的流行衣服時，那種落寞就像兒時跟母親去市場賣東西時恰恰遇到母親生意完全冷清的心情。她不敢看母親一眼，彷彿看一眼就會看見垮掉的王國，那堅毅如王的女人一一收拾著沒人光顧的攤子，落寞如秋天落葉。

這上千個日子，慾望變形扭曲在一個又一個的購物頻道和購物網站，她聽著那些瘋狂與喧囂的語言是如何瓦解這整間屋子的冷漠靜默，有時她需要這樣的瘋狂聲浪滑過沒有聲息的房間。她常想起聽說已經在某個地方靈修的佛學社社團老學姐王玲，除了年齡比她大之外，王玲的經歷幾乎就是她的覆轍。王玲在赴他鄉之前，也是一個人照顧失語失能母親，王玲單身無資源。王玲曾告訴一個讓她印象深刻的事情，王玲購物不用網路，而是打電話給電視購物台，專人接聽。王玲在午夜和隨機接到的客服說著話，彷彿自己依然有很多朋友似的。王玲半夜看著電視購物頻道，亂訂東西，而且都是透過客服電話訂貨，只為了和人說說話，如果遇到聲音好聽且是男生的客服人員，王玲更是鉅細靡遺地問好多問題，午夜的陌生人聲音，安撫了王玲的孤單心。照顧者衝動的非理性時刻。那種暗夜瘋狂亂買東西，一個人照顧母親時的瘋狂行徑。購物頻道是整個沉寂世界唯一的聲音，但清晨醒來，面街的窗口逐漸傳進人車聲音時，忽然想起昨夜瘋狂亂訂東西，瞬間又打電話取消。直到被列為黑名單，又換了一家，讓自己的內心孤寂和外界產生一種連結。

她並沒有王玲這種要和客服人員通話的毛病，她的毛病是手指亂滑，亂逛著如洪流般的網海，被那些命名為寧靜飛翔琴弦憙上遙望簡兮赴約風縷夏荷純真詩歌絮語等文字吸引。當然屢屢打開從對岸寄來的衣物，實品和圖片常差異甚大，但是開箱的過程也是一種樂趣，因為她會一件一件地在母親床前拆封，然後走秀式的換穿，為了彌補母親過往對她總是穿著不滿意的遺憾，她改以母親的眼光添購自己的衣裳。那種貼近時尚女孩的樣子是她過去少見的，但母親喜歡時尚，尤其是那種日系韓系女孩的甜美樣子。她每天到母親的病房前都會打扮一番，由於母親失語，因此母親一搖頭她就去換衣服，直到母親點頭。

這場單人秀的默劇，她主演了三年。直到母親完全失明，燈滅。

她下台，朝唯一的觀眾鞠躬再鞠躬。母親，謝謝。謝謝，母親。

綵衣娛親的任務已然完勝，母親帶著女兒的美麗樣子進入闇黑的永夜。

她看著母親的臉流露母親一輩子都不曾出現過的一種如夢似幻的恬靜。

一切怖畏皆得解脫，唱盤繼續唱誦佛音。

收起閃亮的日子，布衣女子河岸佇立，心啟動守孝的肅穆沉靜。從黑白到花閃，再從花閃到黑白，衣裝彷彿是這段時間的延伸舞台，她幾度離開母親想成為自己，又幾度靠近母親只為了不成為自己。

那些花花綠綠綴滿珠珠星辰的衣裳在母親進入失明時光的最後幾個月終於按下了熄燈號，舞台燈滅，唯一觀眾也將離席了。唯一觀眾眼眸裡僅存的稀微星火再也無法燎原。死灰之眼，睜開猶暗。那些亮片綴滿著刺繡絲綢的華服與對抗重量的無重力紗裙，瞬間像是要脫離天使的羽翼。像棉花糖的輕薄，像馬卡龍的甜美，她逐漸將這衣物收拾在箱子裡。那些衣服有部分是來自代班當櫃姐的過季物，繡品精緻卻到處勾勾搭搭，很難轉售的華美衣服，很挑人穿，也難保養。美麗華服像是下台的皇親貴族，落寞得如後宮地沁著寒氣。

她像是整理女王似的將衣物一件一件地從鐵架上取下，分門別類，有的放進箱子，有的準備拍賣。啟動提早的守孝時光，讓她進入零購物的重整人生，只留下怦然心動的東西。那些原為了討好母親而添購的衣裳收拾起來頗是費了她一番工夫，去留與否成了難題。她一一拍照，一一上網，也學著將衣物照片分別取了好聽的名字：淺紫外套為阡陌、粉紅上衣名傾心、湛藍包包稱星光、棕綠圍巾叫大地、米白鞋子是年年月月，上面的文案就像瓊瑤加方文山，什麼穿透塵埃、綻放心靈深處、時光如流雲……衝突美學對抗精緻穿搭，洋裝配布鞋、紗裙搭皮衣、靴子配印花。她轉成網姐，只是她這個網姐不是網紅，所賣有限，最終拍不掉的衣物只好收納箱內，逐一轉贈親友或寄送給陌生他者。她整理過一批衣物送給鄰近精神療養院與教會老人院，某日她去市區辦事，在街上瞥見某些空地廣場走動著好些個熟悉的身影，才發現自己的衣服穿到陌生人的身上了。那些雞皮鶴髮或者精神病患者穿上她的美麗衣服，像是街上的影舞者，充滿超現實的奇異失真的表演感，像外太空墜落的隕星，或者是被釘在箱子裡的斑斕蝴蝶。

斷捨離，隨緣不滅，佛言佛語輕易為人所用，但沒有人給佛版稅。

日日滑手機時跳出的三個字，簡單慢生活全都變成了行銷術語，最終斷捨離就像環保帆布包，過度製造而一點也不環保。或者像生態擁護者手上的那台高倍數相機，那些捕捉微光下破蛹的蝶翼或者拍下珍稀鳥禽身影的相機成了祕境的報信者，祕境的正義之文從此成了商機。但她是真心想斷捨離而不可得，丟來丟去，感覺屋子充滿嘆息聲，交頭接耳的耳語在旁。妳不愛我了？這可是某人送妳的禮物。妳要丟捨我？這可是某人寫給妳的情書。妳要斷離我？這可是母親買給妳的棉被。她逐一逐一封箱，換得心音如退潮的遠去。

母親的內衣，中風後從醫院撤下的內衣來到了她的空間，自此母親沒再穿過任何一件正常的衣服，內衣像是遠在天邊的星子，或可改成當母親的眼罩。

她看見母親曾是穿馬甲的女人，內衣成扣成排卻變不了魔術，風情都屬前朝事，自心風月無人知。在色身盡頭，母親穿上女兒添購的衣服，女兒準備的往生被，放在一個專用盒內，盒子收在佛桌下的大抽屜。每天唱盤轉動，連衣物都要聽佛音，聞佛香，終日播送的佛號，使房間聖靈充滿。她是如此恐懼母親的離去，不是離去的本身，是沒有準備的本身，她怕那種乍然離別的到來，她日夜所擔心的措手不及，因而只要想到和母親臨終一別可以用得上的東西她就往盒子放。陀羅尼經被只要蓋在亡者身上，亡者觸即解脫。以金銀絲線繡的淨土壇城與佛像的往生被，她早已向獅子吼的靜坐中心請回家裡，提醒死亡就在旁邊，也以備無常殺鬼到來之需。獅子吼提醒她得依照生者的信仰來進行告別，母親以往一天拜觀音三回，早上傍晚和入睡，點香磕頭，和神說話。

她還特地買了一盞吃電池的ＬＥＤ燈泡，上冥路者怕暗黑，要有光亮引路，隨時都要點燈。她想心慌意亂時去哪買燈，因而提前準備。除了這些踏上冥河的物質之外，最重要的是要取得解脫甘露，嚐即解脫；備妥阿彌陀佛照片，見即解脫；備妥陀羅尼經被，觸即解脫。再取出大師姐寄來印度恆河旅行時她親取的恆河金剛砂，金光明砂，令往者升天。甘露和金剛砂等小物裝在小盒子裡，每天放在包包的內袋裡，唯恐出門在外天有不測風雲時，可以不耽擱地立即派上用場，為母親能往生善道，她做足了自以為的萬全準備。

唯獨她一直拖延著採買母親最後入殮要穿的衣服，那代表著臨終一刻最後的抵達，告別母親的最後身物。直到不得不去準備母親最後一哩路之物，她才以擺渡人之姿，打理著母親通向解脫之路的靈糧之後，眼前曾吐出女兒的這具母體沙漏已經進入倒數。

古巴比倫氣息吹拂著黑暗的房間，三角窗投射一道光。到處浮現七的倍數。醫院福音志工朝病房的人發著宣傳單，傳單紙上只有一句話：天國近了。基督醫院到處是福音，佛教醫院則連進駐醫院的商店都不能賣葷食，彷彿進來者都必然是信仰下的徒眾。數字也分凡聖之分，七是神聖的數字，病人要用洗罪油在身體膏抹七次。她不用油膏，她用的是大師姐很早就給她寄來的除障香與驅魔香，之後她將用念過摧破金剛咒語的甘露水幫母親洗淨。

她平常念經或持咒的念珠，也是以七為單位，計數器的發明，多麼仁善又實用。所有當代的慈善都可以被數字代換。功德金換算成通往淨土的邀請或保留席位，看得見的鈔票轉換成看不見的琉璃金殿。她在病房的禱告室，把忙碌的慘白鎢絲燈走道拋在身後。禱告室無人，只有一面十字架，簡單內斂，只讓她看見自己的心。她把禱告室當成念經室，每天口誦讚嘆她的佛。她知道佛哪裡需要她的讚嘆，是她這個陰陽擺渡人需要。

13

曾經一心想要離開母親管控的十八歲少女，頭也不回地轉身關門。提著衣物就往克難坡行去。一心想要離開母親羽翼保護的小雛鳥，終於來到這座愛苦之海的面前，臣服在時間的浪潮裡。她的耳朵彷彿寄生著一隻名為佛的夏蟬。佛佛佛或者嗡嗡嗡地響個不停。在靜默的房間，日日佛號唱誦，一心認定母親可以升天，可以花開見佛。

她問獅子吼，咒語念得不準可以嗎？

就像打電話給妳，電話號碼少一個或錯撥一個號碼可以嗎？妳念錯，菩薩根本接不到。她聽了噗哧一笑地說之前老師不是說過一個把嗡嘛呢唄咪吽念成嗡嘛呢唄咪牛的不識字老婦能念到整個房間都放光，即使吽念成了牛。這當然是信心之故。所以故事妳只聽一半，故事的後半部是她被更正要念吽之後，燈就不亮了，失去一心，失去信心。

多了母親這個聆聽者，使她既是母親的陪病者，也是佛經故事的轉述者，她感到母親的空間是最屬靈的地方。從來只有附佛者，沒有佛附者，佛連相都不著，又怎須附人。但人要附佛以壯大自己，忘了佛就在心裡，心外求法就是外道，獅子吼的話猶言在耳，提醒她把所有的外都納入內，連一隻螞蟻也是布施的對象，大千須彌都納在小小如芥子的心裡。供養螞蟻總讓她覺得自己很富有，一塊餅乾屑就可以餵養整個窩。她有一次看到蟻后出巡，用放大鏡看著蟻后行經，嘆覺姿態萬千，生命尊嚴不分大小。她想起獅子吼說出家人的前幾世有的曾當過螞蟻，問老師為什麼？又被獅子吼笑說她是最愛問為什麼的人。

螞蟻沿著餅乾屑構築的路線前進蟻后之地，向蟻后獻供。使她覺得自己也如螞蟻，向諸佛菩薩和鬼神及母親獻供養。幾根指頭的溫度就可以讓母親感到安心地閉上眼，她的指頭就是餅乾屑，如此輕易就讓她在貧困生活覺得自己是大富翁，像海般遼闊。

她總是刻意扭開螢幕，動物星球頻道和旅遊節目是首選，看著動物依著本能追殺撕咬，本能的道德驅動飢來食飽來睏的禪宗般似的明晰，甚比壓抑的道德可能入道還容易。但看到獅子追殺小羊，仍要迅速轉到風光明媚的旅遊節目，尤其新興的賣房看房子節目，那麼大的房子對比著母親擱淺的電動床。洋人那種誇張的買尬買尬，整個就是一個空虛。聲音驅走這長期失語的空間，無法對話之地。破除寂靜的還有經常被島嶼當代文學躍升為敘述主角的阿娣不是在看手機就是在講電話，勤於和原鄉人視訊。母親盯著天花板看，上面有她彩繪的圖。天花板後來被她畫了一個壇城宇宙圖，還會變化光源色彩。很像她青春時在摩鐵房間畫的壁畫，摩鐵誘佛魔女變成仙女天女，一切看起來就非常寧靜。

每天都有加入死神隊伍的列隊者，神佛已成虛幻大隱者，無能停止現實的喪鐘。或有主動闖進死神懷抱的求死者，無能再被死魔糟蹋的照顧者與被照顧者的悲歌總是響起，或有逃離安寧病房的求生者，或有在她手心寫下「死」字的老朋友，請求助其一死，請求別再治療。或有拿枕頭自己要悶死自己的，或有自己做不到而漲紅著臉眼珠子暴突地哀求家屬將他悶死，或有因照顧太久心生不忍而將其掐死刺死的。原本切甜蜜水果的刀子突然變成了血腥的刀子。或有久病厭世趁自己還有能力時跳河跳樓臥軌喝農藥，以各種方法就是要離開這個再也堪難忍受的人世。或有生不能同時死欲同時的夫妻。

如藺時光，身體牢關，她母親這場仗打到快要沒有一兵一卒了，母親仍一口氣如烏龜吐息就像駱駝藏水，可以和海比老。那原先比母親晚生病或者病情本不嚴重的人有的竟先走一步了，比如和她約好要去聽某趟音樂會的阿敏，突然就食道癌過世，比如曾來探望過母親還叮囑母親要多保重的叔叔突然就心肌梗塞，比如母親童年玩伴的養蜂人身體好到讓人艷羨卻去巡田時跌到水溝，因昏倒過久沒人發現而離世，比如她的堂弟年紀輕輕卻因勞力工作長年抽菸吃檳榔而口腔癌走了，比如和母親少女時代同去當女工的阿姨也倒下來了。更別提新聞有些母親認得的知名人物的迅速往生，陪伴母親許多年後寂寥打發時間看的豬哥亮也走了。臉書與即時更新媒體，隨手滑動的悲喜交加。前不久還看他貼照片，下一刻卻傳來意外猝死。或有從飯店樓梯滑下的，或有從高樓墜下的。或有她年輕時買的第一輛二手車的帥老闆生病前感慨地說菩薩要你走，你也活不了，菩薩不要你走，你怎麼樣也走不了。列隊者有的是她認識的，她在外太空似的母病靜室想著彼此的交誼與疏離。臉書的集體悼亡氛圍，生前是討厭鬼的也會頓成亡沒天使。在母親的黑暗電動床旁滑動著手機介面，藍光映著瞳孔，讓跳動的世界來到安靜如藺的房間，那些他者，竄流的訊息，黑白無常幽冥殺鬼隱沒其中。前一秒的歡樂與後一秒的哀傷，併置成當代的繁花與凋萎勝景。

陪伴靜室裡的母親的每個奇異片刻，新聞死亡事件的每天放送，各種失魂落魄的自殘者或自認藝高膽大的飆車族，或糟蹋酒神之名的酒鬼，或各種公安疏漏的集體傷亡，各種離奇的車禍，各種小屁孩目中無人的傷人，各種情傷自虐或者他虐，或者性侵醜聞或者不斷被砲轟的高薪實習生，母病時光最後來到了封城恐慌，她加入搶衛生紙、尿片行列。傷害之後是無聊的新聞，口水四處飛的政論節目或做作的旅遊節目，都使她的這方寂靜顯得如此怪異荒誕，如處月球望向擠著七十幾億人的地球。

頑強秋老虎烈性，知道要給女兒準備漫長的告別時間，母親撐過比她以為的訣別時日還硬是多出一倍的時間好讓她學習這趟生命旅程。

母親與死神對弈已久，有天她獲得暗示，那時已過了炎熱的盛夏，失去身體的靈魂在光下徘徊，等待冬神揚起第一道冷空氣，冷喚醒昏沉。有一天她得到神語，訊息是出海的港口障礙都已經除去，可以出航了。她看見供養過的蟻后出巡，風華絕代，夢中的螞蟻如高樓般，一間房子一間房子地走在她的雲端，彷佛答謝她日日供養糖果餅乾似地頂禮，她醒轉回憶這個夢境，覺得訊息美好而清晰。

守孝時光的不確定使她變得患得患失或者緊張兮兮，一出門就害怕手機響起，一入睡就害怕半夜會被嚇醒。迎接死神派對，怎麼準備都無法確定日期，如何探測都無法丈量悲傷的強度。她從而明白獅子吼說的除了是大善菩薩或是極惡之人，否則無法預知死亡記事，大善人會告訴孩子幾號要走了，大惡人是別人幫他定讞日期。除此，她才明白死神是突然降臨的，多少人都是在瞬間那一刻經歷暴衝似突如其來的撞擊，留下每個人在看新聞時湧起無限錯愕或者無常的心緒，墜機墜海墜樓撞車、心肌梗塞腦溢血氣喘、下個樓梯跌跤、嗑個瓜子哽住呼吸道、睡眠呼吸中止、打錯針吃錯藥、捷運遇到死劫鬼剎、火車掉了螺絲脫軌撞毀、愛上恐怖情人、只是去學個射擊就自此不回、只是去樂園同歡就遇火劫，只是喝個咖啡卻染疫。然而轉眼看完他人頓時離別的人生卻無助於人們從無常中掙脫。倒不是以為那是別人的不幸，而是不知如何面對無常。或者心存僥倖以為自己或可倖免，但轉角經常遇到的不是愛而是死神派來的幽冥使者。

14

夜幕即將降臨的黃昏，染著灰色鬼魅的氣氛，多年以來她一直在構思一本環繞生死寫就的書，關於許多修行者如何從慾望的切離與丟籌碼和死神對決的各種逃脫路徑，關於拋棄塵俗退隱山林的靈性歧路旅程，關於神話比人話更慾望焚身的故事。這些未竟的未完成，多年以來成了廢紙廢思，沒有寫就是因為都被逐漸微縮在母親身上了。母親的生死難關內化成她的恐懼核心，幾乎就是她多年來關注的一切的凝結。看不見影子的死神，卻又如影隨形地陪伴在母親的終點，且終點之後還有另一個世界的旅程要奔赴，死了再死，死而復活，淨土天堂與穢土地獄，平行時空裡的宇宙星辰銀河是母親的新旅程。這個旅程是從母親倒下即開始按下告別的開關，接著才引爆出她自我的凝視，那壓抑或者偽裝的自我都必須剝落。這個重新看待自我與世界的方式，也是她要前進母親心靈的冒險新經歷。

死神是主角，幽冥遊神是跑龍套，靜室裡擺放的籌碼是母親如沙漏般的時光。母親派出女兒披掛上場迎戰，直接面對日日逼近的死神死魔，有時是神，有時是魔。關於抵達，關於離開，關於留下，關於時間，關於看見與看不見。某回她因為後牙根斷裂，醫生安排她一個人照X光的時候，她在密閉空間等著閃光一閃，雖是分秒之事，她卻感到一種前所未有的感傷，想著母親之前那些獨自在醫療台上的各種檢驗或者手術。無法言說時的恐懼。之後確定要拔牙治療等麻醉過程，都使她的心中浮上了難以抹滅的蒼衰感，一種死亡的陰影籠罩上空。幾天後她帶著牙痛感去首爾時，就在那個時候，她看到車程窗外一片燦爛花海，照映著她內心那殘破如瓦礫堆的景象，她感到崩解後等待重組的世界如此亟需。

她曾在醫院看著母親反覆在插管與拔管中拔河，整個手背手腕被針管打得瘀青發紫，當再度看見母親罩著氧氣罩與抽痰的掙扎時，即使近在眼前，卻是無可奈何。妳不該為我傷心，妳要為我祈禱。她聽見母親心裡發出這個聲音時，她立刻安靜坐下，拉開醫院旁的鐵椅，拿出一小本心經，開始一百零八回的念誦。一如她在首爾或者滯留外地所進行的每日課誦，甚至是和男人結束愛慾交歡的旅館空檔的念經，在充滿精液的洨味，在男人鼾聲雷動的旁邊，她的觀自在菩薩是否也能梵音如海潮音？如果真的無可奈何，無可奈何死神那反覆無常或者喜怒無常的可能哀憐，那麼念誦的意義何在？是有可奈何，是誰奈我何，能打贏才有意義的吧。

女兒太認真，母親反而走不了。母親中風昏迷沒走，母親敗血症沒走，死神駐足了幾日，過門不入，死神笑她執著就輸了，留下才是苦的。

母親繼續風中殘燭。

她每天都在預防死神突如其來的拜訪，但每一天祂都沒有來敲門。只有依稀幾個夢境有過祂拜訪的痕跡，但指涉仍如此隱晦，大約都是母親在夢中跟她說阿娣不用再請了、阿娣偷錢不能再用了、阿娣說的話我都聽不懂的抱怨。看護阿娣代表的背後意思就是花錢，母親捨不得花錢，死神就要她為母親多花錢。三年三百多萬，往你最匱乏的地方砍去。但她想錢再賺就好了，母親可只有一個。於是死神輸了，死神投降不怕花錢不怕花時間不怕花淚水的家屬，決定快馬加鞭趕行程。但其實說沒在怕是騙人的，她是怕的，就像和老虎對弈，怎麼知道何時牠會伸出撂倒她的巨爪。母親在她剛退出愛情市場的年齡倒下來，使她開玩笑說現在色衰愛弛，即使想要下海救母都不可能。佛陀前世曾捨身餵虎，她只能捨時間以餵母親這隻秋老虎。

15

天人有五衰，死神出現也有徵兆，性情大變，日夜顛倒，自說自話，身體飄臭。她等待母親突然看得見突然開口說話的奇蹟，但沒有，仍靜悄悄的，彷彿她只為母親贏得留下，卻失去一切。

新的暗示是母親老用手遮住眼睛，看不見的眼睛何須遮住？是因為下意識感受到可怕的鬼遮眼嗎？是冤親債主來了？是父親來了嗎？是母親死去的孩子來了嗎？還是長得恐怖的馬頭明王來了？凡人無法預知死日到來，死神總是出沒在很微小的裂縫裡，讓人措手不及。但她有獅子吼提醒，還是些微感到死神的腳步。她跟獅子吼提及母親經常遮住雙眼之事，獅子吼旋即暗示她，妳母親看到不該看到的魂，舊曆年來到前，妳要注意。

母親想要投入死神懷抱卻不可得，那時母親尚屬於菩薩還暫時不收留的殘敗者。每個人的生命都是暫時寄放人間。朋友母親驟逝，其父親屢屢對著虛空說，請帶我一起走吧，不要讓我孤單在這裡。說了很久，朋友父親懷疑這世界有靈的話為什麼都不回應他的願望？他深愛的妻子沒聽到嗎？這父親後來否定神的存在，有神的話早聽見我的回應了。但神為什麼要回應？就算回應了，人認得出神的記號嗎？菩薩是誰？菩薩真的能決定人的去留？多少死亡新聞流過她的耳膜，母親生病這段時間的奇異新聞。各種死亡方式的新聞提點著她死神抵達前，人是一無所知的，就連只是停在路邊收東西的貨車夫婦和在旁幫忙看顧東西的保全都會瞬間被小屁孩亂駕駛而撞死，或者騎重機者才在上路前自拍一張咖啡館照片，未久就機車撞護欄彈飛撞地而亡。或者清晨跟著超跑男友開心在臉書留下身影，幾分鐘後，那張照片成了弔亡。

彷彿死神也開臉書帳號，新興媒體快速把死亡訊息翻轉成日常風景。

亡者猶活，一串串留言彷彿仍在應答，或者人走了，網路訂購的東西姍姍來到，尤其跨海郵購。人亡物不死，讓代簽收者啞然悲傷。

猶有最新名詞「自拍死」讓她驚，為了取美照，無視危險，照片成了目睹的證人。那些午夜滑過母親病房窗前的高速機車跑車轎車卡車飆速著彷彿世間不死的馬力，刮刺著耳朵神經。在速度的迷幻中完全沒有他者他物的存在，更沒有什麼生命珍貴這件事的良知片刻。有一回她開車在快速道路，一輛超跑在後面緊貼著，她沒理會依然用正常的速度開，她想你要快不會超車啊，超跑很快就超越她且兇狠地鳴響了幾聲喇叭示威。未久她發現前面有車禍，竟就是那輛超跑撞上別車。她經過時搖頭不解，這些人似乎不知自己是活著，也不知別人也活著這件事，不知活著，自然不知有死，故不是怕死，是不知怕。這些極速運動只能是年輕人為之，因為她深切知道年紀愈大之後會愈感受到危險，不是膽子變小，是凡事都會看到結果了。她十八歲第一次開車時，也是一路向前奔，一開就開到台南，多年後回想是因為不知危險。

被餽贈的倖存，得小心地用著額度。

這漫長時光裡她一個人經常午夜佇立在死亡邊線，腦中轉過許多關於死神死魔的想法，關於事物的終結，她大學時期充滿對學習團體的懷疑因而轉成所幸如我者還有團體可以依靠的安全感，對於自己還有神佛菩薩加持升起無比的安慰。當然這種依靠和安慰也都是很虛幻的。

她真切知道為何當我們觀看旁人的不幸時即使有同理也未必能抵達真正的愛苦之海，因為旁觀時的痛感是不夠的，悲傷的劑量是不足的。真正自己事到臨頭和體會他人的病殤離苦，完全兩回事。有時候她會升起幾種強烈莫名的憂鬱感，雖然明知憂鬱不僅有害健康還有害創作，且憂鬱最讓她挫敗的是她打從大學參加佛學社團於今多年，感覺所有的什麼念經修法持咒，種種努力在遇到事情時經常又被打回了原形，千年砍柴一火燒，燒得她心慌馬亂，有一陣子她覺得自己還倒退嚕，上完心靈課程，下課卻去遊藝場夾娃娃，或一手握著母親的手，一手握著心靈墓碑似的螢幕亂下訂單，或回歸當手藝人，刻印章塗鴉寫書法抄經，或做風箏去河岸邊放，看著風箏高高升起又低低墜落。像是曹雪芹為殘廢者寫的廢藝齋文。她是廢藝齋閣主，母親殘廢，她也成齋室主人，廢文版主。憂鬱在睡覺時穿透她的心靈，有時候感覺必須廢掉一整天最珍貴的時間，當廢材以擺脫黑暗的時光。

16

人昏迷時，意識在哪裡？靈被困住，無法喚醒肉身。死而復活的報信者說見到光，光滅。謎，菩薩也有隔陰之迷，羅漢有住胎之昏，凡人是又昏又迷。不見因果相續，無知輪迴流轉。獅子吼在臉書貼的字詞，正等著她按讚。獅子吼的臉書粉絲稀少，太正經八百的長輩文，不合時宜。

又昏又迷，只要入胎，盡數全忘。如何是好，以我如此凡夫？不斷退墮，如何停止輪迴轉動。要依賴可以斷妳無明的善知識，還要一心清明，看住念頭。妳當然看不住，所以方便法門是多念咒念經。她問善知識何處尋？如何一心？獅子吼寄來一個圖，一隻貓咪在看書的表情。多讀書，多來上課，妳蹺課太久了。她寄了一個吐舌的俏皮圖樣過去。妳日後將上高原，和妳有緣的善知識已經在那裡等妳了，是一處可以學法又可以埋骨之地，獅子吼又傳字過來。很多人學了又退了，退了又學了，就像一壺水燒了又冷，冷了又燒，直到生命盡頭，水燒乾了才後悔。妳上高原後，記得要懷抱著四不退，位不退、行不退、念不退、究竟不退。我只告訴妳，要打死不退。她玩味著話，一時之間卻不知怎麼回答，就寄了個跳舞灑花的圖案過去。

人們經常掛在嘴上的不偏不倚，也就是好死不死或是章回小說的說時遲那時快，新聞字詞飛上了她的耳膜。某清晨時光照例帶著他的陶瓷茶壺想要去給土地公奉茶的老人，在這一天卻被看見老人極為興奮的黃狗瞬間撞個滿懷，老人頓時倒地，陶瓷茶壺也應聲而碎，陶片卻不偏不倚劃過老人的頸動脈。聯想起鄉下叔公每三個月就上台北大醫院健檢，小心維護著健康，卻在某一日去巡田水時，只為了採摘一顆藤瓜卻跌到溝渠，不偏不倚那本沒水的溝渠卻有一灘夜雨降下積成的小水灘，叔公跌下去無力爬起，鼻息竟又被那一小灘水給堵住，就這樣走了。或者不該有那通電話響起，開計程車的司機回家路途接到女兒電話，希望父親可以順路去買她喜歡吃的便當。小黃司機想說買個便當沒多少時間，就把車子停在便當店門口，哪知道進去後才發現便當店大排長龍，他想來了就排吧，未料出來車子卻被拖吊，回頭見那拖吊車在前方，小黃司機就開始追車，想要追回來，但跑太快了，半途卻心肌梗塞，走了。

17

敘述者將展開什麼樣的旅程才能一一看清人生旅途裡分岔的地圖上那如埋針般的催魂機關，如何閃過神鬼交鋒天未亮的抓交替時間節點。

離開之謎，何時開始按下死亡的倒數計時器？各式各樣的離開。早一步晚一步，都可以從密室逃脫，但為何正好就是那個時刻？時間無涯的荒漠，愛情是大千世界的那個冤親，死神也是大千世界的那個債主，必須剛剛好。所謂逃過一劫，不是逃過，是必須早一步或晚一步。

既是謎，已無法解析成分。

獅子吼的阿公則知死期，招來家人，獨漏獅子吼不在，那阿公就說我等獅子吼回來再走。獅子吼回來，阿公見了笑說這場遊戲結束，我可以走了，說完這句話就真的瞬間呼吸停止。瀟灑離去者如某上師告知弟子們自己的死期，弟子們一再哀求上師再留下，上師就說好吧，那明年同一個時間，我再走。果然隔年同一天到來，上師召來弟子交代完事情之後立馬離世。唐朝龐蘊居士全家人比賽誰先走，死神揮舞旗幟看誰先衝破死亡線。有一天龐蘊要女兒去外頭看太陽來到正午了沒，因為太陽走到正午他就要死去。女兒出去看卻沒進來，龐蘊心知肚明，走出去看，女兒早就站立往生，比老爸還快一步，說走就走，自在如風。也有禪師問弟子希望師父用什麼方式走？弟子有的說希望師父坐著，有的說站著，有的說倒立，有的說飛起來。這師父聽了笑說我可只死一次，餘弟子還沒說完，師父說完竟倒立往生，厲害的是身體倒著，衣服卻沒跟著地心引力往下掉。

如何能夠自然而然地想要斷氣就斷氣？她聽著故事，心裡艷羨，卻無從體會。

一如她當然知悉母親想早早斷氣好了此生，誰要臥床這種爛苦人生，活著比死著痛苦，這種痛苦讓人發瘋。有時死神來訪，她有看見預兆：比如母親日夜顛倒，比如突然盯著她看，恍如臨終之眼。但死神像一陣風吹起窗簾，就又離去。一種提醒之姿，並無要留下之意。

她等待母親的離開，尊重母體生命的離開之謎，昏迷之謎，迷亂之謎，離開者如何離開這日漸火燒的南瞻部洲，這擁擠的須彌地球，這眾病所集的芥子色身。

黃昏的靜室連時間之神也陷入昏迷似的一片陰鬱。靈魂不滅，在那個時候靈魂在哪？靈魂撇開身體去浪遊嗎？獨留她這個守屍鬼？畫家高更畫著窺視靈魂的人，在簾幕之後，是否有一個靈魂看著臥床的色身？母親後來總是用手遮住眼睛，像是前方有讓她害怕的東西。其實有時候來的是神我們也會害怕，因為我們沒看過神，神未必都是慈眉善目，相反地魔更有可能因為要誘惑人而佯裝慈眉善目。

離去的人會看著自己的肉身卻無法醒轉嗎？死魔會昏迷誤了接引時辰嗎？秉燭夜遊的靈魂去哪裡

遊蕩了？為何幽冥遊神總是既知遊晃也知準時抵達？昏迷者的意識在哪裡？靈被困住，還是看著自己無法醒的肉身。朋友說還是寧可昏迷無感吧，他說起父親因為對麻藥過敏因而無法在開刀時施打麻醉藥，竟至只好活體切割地領受著劇痛。對麻醉藥過敏，開刀者與被開者如何面對那解剖之痛？痛下殺手的人也是要救援的人，殺活如何同時？她聽得靜默無言，彷彿那把刀也正活生生地切向自己。來吧，對決吧，伸頭一刀，縮頭一刀，修行者的氣魄比慈悲更貼近真正的人格。慈悲可為，風骨難得。

解脫與咒語仍屬抽象如詩的隱喻，無法救拔活在現世的倖存者。母親滯留醫院病房期間迎來許多從昏迷之境醒來者的新聞，一級方程式車神舒馬克在昏迷五年後醒過來，史上最豪華的救人小組，舒馬克妻子僱用十五人的醫療團隊二十四小時照顧，五年超過七億台幣。去有錢人家當看護的朋友說照顧有錢阿嬤是分工的，有人只負責洗髮，有人只負責按摩，有人只盯住服藥時間，有人只負責洗換衣服，有人只負責娛樂阿嬤，阿嬤外出曬太陽如抬轎出巡媽祖般，八個看護當起守屍鬼。

她常常想起賽車手這樣的生命，在賽後喝著香檳慶祝名利時，他們才剛剛經歷各種生命最危險的可能擦撞爆衝撞毀，就像玄奘回到長安時的萬人空巷，沒有人談他那生死歷劫的西行，只想分享他取經的長生不老與富貴。

獅子吼說他在藏地高原的大師兄有天突然暈倒在上師的關房外。事後那個師兄醒過來後曾告訴他，突然看見上師關房跑出一個十幾隻手十幾隻腳的巨大魔獸而嚇暈過去。後來才知道那不是魔獸，是馬頭明王，是讓閻羅王都害怕的護法神。神來了，卻被嚇暈了。魔來了，反成可親的毒藥。高如大樓有著幾十雙手腳與眼睛的忿怒金剛，其長相讓人心生恐懼，也因此許多要往生的靈魂沒往護法神那裡去，不知護法是好神，反而跑去感覺很舒服的迷濛之境，往往那就是輪迴的幻境陷阱，連死亡之路都在反映人的習性。

離開之謎，臉書墓碑，文字供品，列隊祭拜。昔日謾罵厭惡者都轉溫暖溫情，擠在小小螢幕裡繼續讓亡者能在陰間爭寵受寵。

她的同輩裡提早加入時光列隊者的名單，從年輕開始就得劃掉許多聯絡人，提早離開的人，憂鬱成為壓彎生命基柱的最大震央，將自殺推到野蠻之神懷抱的謎中謎。她曾問自殺可以算是決定自己的死期與死路嗎？獅子吼回答說當然不算，妳看到的只是表面，「任何鐵釘把木頭釘得再怎麼牢固，也比不上淚水封閉他們眼睛的硬度。」淚水竟比鐵釘硬，妳沒看見他們之後的淚水。如果妳去送行就知道。於是她去送行，送自裁者。在板橋殯儀館弔唁，那是一間位在異常繁忙市區的告別場，弔唁者像是去參加百貨公司周年慶般的漁汛熱鬧，還會跑錯場捻錯香。

家屬讓摯友們對自裁者的棺木行最後的告別禮。她在暗暗的空間祭拜，瞬間懂了獅子吼說過的話，在棺木裡那個她曾熟悉的朋友不僅臉目變形，且自裁者就這樣把哀傷留給了家人，這和自在往生者的喜悅之情其差異如天壤地別。但差別又如何，人無法知悉死後之路。提早離開的故舊，例如N，離開前還飛到舊金山去血拚，最後回到紐約卻吞安眠藥，吞滿整個胃，直到安眠瀰漫血液而終至停止呼吸。或者C，在寫完最後一篇主編的話後，推開公司大門，徒步往山坡上走去的路程，他在想什麼？那一期她依然收到C雜誌社寄來的雜誌，那已是C離開多日之後的事了。她閱讀著主編的話，看著雜誌裡面的時尚美女，心裡想著自己當初是否不該介紹C去這份雜誌工作呢？或者K，拎著一個便當搭上區間車，月台的監視器拍下了他手上的福隆便當，這決意弔死自己的人，為何還要中途買一個便當吃？或者L，高䠷美麗時尚且聰明，以誘人的色身遊走在藝術家導演等才子之間，是如何無人可解的受挫與傷害，是怎樣地傷心而決意燒炭離開？詩人普拉斯將三歲和一歲的孩子安頓在另一個房間，旁邊放著牛奶，自己則轉開煤氣，是預料會被拯救還是預料日後詩作將因傳奇而大紅？就像在蒙馬特某個房間往胸膛一刺前所寫下的遺書已然成為文青的孤獨聖經時，決定提早離席的人是否有機會重新回望這塵寰一眼？想要進入死後世界的決心都勝於此刻的生活。傳奇後人善於塑造，但當事人已然遠離那個被塑造的傳奇，就像油畫堆疊，已失原貌。別被傳奇誘惑，傳奇是後人釋放的黏著迷幻劑，如果人可以看到那個被塑造傳奇的人在受苦的模樣與歷程，或許傳奇就像但丁神曲，但丁到地獄，看到許多名人在受苦。一千張以上的臉孔，就像地獄也開臉書也開即時通，每張大頭照卻無法修圖，凍得呈現如狗臉那般的灰紫色。臉友彼此互咬後腦勺，即時更新著誰的淚水先流誰的嘴巴先吐火。為什麼在神曲裡信徒會咬著大主教的腦袋不放？以宗教之名的惡甚比其他？故而神聖的琴音在陰間喧囂的怒意中靜寂。

18

欲死者的反方向是渴生者，欲死者的離開之謎與渴生者的留下之謎，誰離得開誰留得下？以死彰顯強大還是脆弱？渴生者，如神鬼交鋒，天生適合打仗的人，愈戰愈勇，贏過死神毫不認輸。蘇珊桑塔格離開那年她印象深刻，因為那一年她正在紐約一間青年旅館的交誼廳和陌生年輕的身體挨擠著喝啤酒吃比薩看美式足球，其中一台電視在播新聞，南亞海嘯狂襲。那是一場巨大的對比，她啞口無言地看著電視災難，太巨大的災難變成亡魂嘉年華會，強烈地覆蓋過蘇珊桑塔格的死訊。後來她在母親病房讀桑塔格兒子敘述著他的母親如何奮戰死神，不認為自己會死掉的那種奇特的果決，直到最後幾日，死神來到其母親面前，桑塔格卻仍不肯棄械投降。而她的母親渴求離去而不可得，在母親落難的醫院四周，她如幽冥遊神地走著，行過一間又一間的死寂廊道，推著冰冷鋼鐵推車的小護士和她錯身。

她聽見蘋果綠的窗簾裡有蜂鳴器響了又停，這床床有想了斷的欲自裁者也床床有渴生者之地是如此讓失眠者夢遊。

離開是謎。

離不開也是謎。

Y告訴她，她現在記憶受損，源於她年輕時自殺過，被救起之後，突然有些片段失去記憶。但是誰救了她？她多麼不希望被救起。因為感情被背叛而開瓦斯自焚的女生，夜晚都會聽見女生的呻吟，包裹著紗布的燒傷，燙著心。她有時會悄悄去探望這個女生，傳遞息苦的清涼風，同時悲傷地冥思著這被救起的倖存，不是被餽贈，而是被延長的痛苦詛咒時，如何可以再次求死？隔壁那個躺著的老翁用皮帶上吊卻被救起，腦缺氧太久失去意識，陷入如植物人狀態，最後掙扎多日才得以離開。她聽見家屬交代著說那只皮帶要帶來，自殺工具必須一同化解，否則魂魄也會黏著在皮帶上。用童軍繩了結自己的C，是否童軍繩有化除魂魄？離世者的物件要化解，是因形壽未盡或懸念未了？或復仇者聯盟的集體現前？或者像母親，母親獨自倒下時，為何那天自己會心電感應地狂奔回家？回家有兩種可能，沒救了或者還有救？被救起的意義是為了什麼？是被延長的苦痛或者被延長的懺悔？被救起是半身不遂，誰要這樣的延長賽？自殺未遂者最怕醒來成了半鬼半人。誰可以短暫留下，誰必須盡速離席？生死一瞬或者漫漫長夜？

她想起曾去某大學見到系辦抽屜掛著某所長的名字，突然倒下來的這位所長，被搶救之後也進入漫漫長夜，使之悲劇更甚的是說不出口的想放棄，使等待的心電圖變成一直線，使蜂鳴器響起的告別聲音，成了某種不敢言說的放手奢侈。

她有回被邀請去一場談論代筆者真實與虛構的兩岸會議，會議探討代筆者和掛名者之間的合作關係等等。她和這位所長同在會議現場，但當時沒人在意她這個影子作家，代筆者就像代工廠，辛苦卻不為人知，沒有品牌。掛名者拈笑輕彈代筆者的塵埃流年，轉瞬就以金錢接收成果。她需要錢，代工無所謂。別人知道是她代工，因為代工久了也會被業界知道。

她對會議沒有留下太多印象，因為她只是想趁機流連北京胡同、故宮、雍和宮、國子監、頤和園，就像在觀落陰似的旅程，不斷地看見自己的前世曾住過這些地方似的熟悉。她和母親上一世曾在這裡相逢，她看見母親在幫自己梳頭時，她從民宿醒過來。天未亮，老北京胡同到處是鬼火。半閣樓的屋外有一小陽台，她披著外套走到陽台，望著路燈旁幾棵竄長著晚熟紅柿子的大樹，紅柿子映著整片低矮灰黑屋瓦火花點點，空氣冷沁，夢裡母親跟來了這片老鬼地。

會議散去，唯獨她想再延長行程，留下來繼續住南鑼鼓巷這間老胡同民宿，每天悠轉，忘了島嶼，忘了母親，一頭埋進古物古魂的土地。那時如此容易忘記母親，後來卻又如此難忘母親。

留下也是謎，人如何變成植物，植物尚且能隨風飄動，植物人卻被機器和管線牢牢陷進時間之網，靈魂困在身體圍城。母親也靜似植物人，唯獨母親的左手仍算靈活，一碰觸就像老鼠黏板，再難掙脫。母親是不捨或是缺乏安全感的緊握？植物有靈，應當哭泣。但流淚常常是尷尬的，生者說你不能哭，不捨會讓亡靈走得牽牽絆絆。不哭不哭，哭壞寧靜，哭當譴責，哭必難走。生者的淚水是執著之果，將成亡者不好上路之因。多少長期照顧者不堪壓力而自裁的新聞不時出現，她哀悼，知道那個苦，但她當時不明白為何要受這個苦。慚愧，空有人身。懺悔，認不是生智慧水。如此，如此，苦當自離，獅子吼說。

胡同黃昏的柿子樹艷麗卻悲涼，胡同誰家在炊煙中吹笛？是但丁神曲裡的那個吹笛人嗎？斜塔上有白雲飛掠而過，那是在最底層的地獄，一片冰天雪地。她夢中的那些苦惱的靈魂說真不知自己幹了什麼壞事要受這種苦？靈魂渴望被冰起來，身體成了冰塊，等待最新告別方式，冰葬。但無法瞞過明眼人，因為靈魂的眼睛流露無限的悲傷，那個時候但丁看到兩個靈魂身體貼合在一起，動也不動著。但丁就問著他們，你們這樣胸膛相貼，可以告訴我你們是誰嗎？聽到說話的聲音，於是兩個人同時扭轉脖子看向但丁，眼睛突然見到真實的人，這兩個靈魂瞬間流下眼淚，流下的淚水很快就又變成冰。眼睛被冰封住，但丁無法敲開那顆有如鐵釘的冰，把眼睛封閉得非常的牢。但怎麼牢固也比不上淚水流下的侵蝕力，人類最奇特的眼淚，使人脆弱的眼淚。

流淚是不值得的，不要為過去留戀，也不要為你現在所看到的一切流淚。他們的眼睛被凍得如紫色一般，但丁說如果你想出名，我可以讓你遠近馳名，但說實在的，我寧可你是一個無名小子。靈魂說別來煩我。但丁說告訴我你是誰？等你離開這裡之後，你每天都會以淚洗面。我可以告訴你，生命的祕密就是那個淚水的奧祕。

被封閉在冰中生不如死，任何的鐵鎚都撬不開你的原因是因為你的眼淚是為自己的苦所流的。去了解生命真相的苦痛，你願意嗎？很多的靈魂的臉聽了但丁拋過來的問話，瞬間都在冰中扭曲，流出來的淚依然瞬間被封住。請求你幫我眼睛上的冰塊移開好嗎？如果你要為你做的事情付出代價，你必須說一個你們心中放不下的人的名字。

亡靈卻都不肯說出名字，因為說出名字就代表說出了一切他在人世間的牽絆牽掛。給一個至愛的名字，你就可以獲得自由。地獄使者接下來會去找那個名字，把他們的所愛抓走。於是他們都沉默了，原來要用一個名字去交換遮住眼睛的冰塊痛苦，他們不願意。連地獄都可以出賣朋友情資以減輕痛苦，就像抓耙仔。堅持再苦也不願意吐出一個名字的人瞬間冰塊掉落，他們不再感到刺痛。地獄使者跟但丁說，他們的眼睛重現光明了，因為他們已經開始會為他人設想，寧可自己痛苦也不願所愛痛苦。

地獄使者的把戲，鬼把戲。

夢見但丁，她跟著但丁去地獄，她想為何是跟但丁，不是應該跟鳩摩羅什？大師姐傳訊息給她笑說但丁的地獄一點也不可怕，妳要是真夢見鳩摩羅什帶妳遊地獄，妳肯定嚇個半死，哪裡還有這種詩心。管他但丁還是柳丁，她已看見幽冥使者與被冰凍在荒原的受苦靈魂。她想是否母親要離開的預兆來了，獅子吼提醒她這個夢的隱喻。漫長的告別旅程這時來到了起點，陪伴母親漂浮在外太空的神識，她靜靜地在病房荒原等待天亮前的最後一顆星黯去。

19

只有神祕的蠶繭可以撐過這蛻變時光。

色身羽化，等待撲火，落地成灰。

她的送行時間以香為單位，一尺六的香九十分鐘、香環十二小時、大粗香一日，雲煙群仙眾神，砌成結界母親的一磚一瓦。她的時間自此全憑命運，母親活多久她就擱淺多久。她願意擱淺，這不是什麼偉大的束縛，但卻是頗感安慰的擱淺。因為知道日後隨時都可以再昂揚，但為母親擱淺卻只能是現在。被釘在親情十字架上，如蝴蝶標本動彈不得，她心甘情願，甚至曾向神佛祈求讓她的母親延壽（直到覺得這個願望太自私），好讓她有機會報恩。她未必要看世界，因為世界早已駐足在她的過去。往後她上路，只為償還所欠，即使媽媽最後只剩一坯黃土一縷灰燼。時間是上帝的問題還是個體命運的問題，或者兩者皆是，她任由時間支配去與留。答應過母親一起旅行，只是改成帶母親的靈魂一起上路。

她突然明白立誓不用害怕，誓約就像結界，不會讓人不自由，反而因時時的提醒而讓人加深了信念，因為受到了保護而更能累積資財好繼續努力。一時之間她被龍樹菩薩的施捨信念充斥胸壑，好久未曾有的一夜好眠。龍樹菩薩對終有一劫的千年債主說要頭就給頭，他拿起吉祥草往自己頸子一劃，頭就掉了，但血是白色，色身立即轉化成菩薩。發自高原，小丑傳來的故事。

為何菩薩不能對別人說不呢？她不解地回著小丑訊息。

因為菩薩內心已然沒有分別，是戒律，也是誓言。所以人們不能隨便受戒，一受戒就等於發誓願，聖者的生命歷程為何讓她聽來都像是遠在天邊的神話。

因為妳無此大信與心無他人，自然覺得遙不可及。

所以做不到別亂發願。

那段時間她在自媒體的文章下方常被奇怪的廣告插進，她寫母親進入漫漫長照的生活分享文也常被包大人尿片或輪椅助行器等廣告插入，連病苦都離不開大數據，好像她的文章只能配這些屎尿身障用品。那時她僅成了一個薄薄的影子，唯有母親記得她，她也記得母親，彼此就是彼此生命的見證者與敘述者。這麼多年過去了，她的青春身影彷彿還寄生在十八歲的模樣，清亮的瞳孔下瀑洩一頭青絲。獨身是一個沒有什麼可以被留下的人，更無愛情可以供後人踩著傳奇足跡前進。

就像問旗動還是風動？是仁者心動。

死後躺哪裡？她是一個守屍人，守屍鬼，逐漸活成一無所有的人。

原本她以為母親會在敗血症離世，那時在母親危難中，她摸著母親兩條發燙的腿說，媽，我們還沒完全和解，妳還不能走。頓時母親又活了過來，但曾一度移到安寧病房，那安寧病房一住頗長時間倒是真正安寧下來了。母親病況穩定之後，醫院建議她先將母親移出醫院體系，不然經濟負擔再延長下去會承受不住。母親於是又回到了這座海，她繼續孤單守著母親，繼續想與母親和解，藉著回溯記憶的和解，藉著水懺的持誦。

很久之後她才知道自己其實是母病的受惠者，有歷練有苦痛，但即將滾到深淵前苦痛就打住，深淵老樹佇立的昏鴉。母親臥床算好照顧，非常安靜，也少呻吟。她有時間安靜看海與落花，母親已然成了這世界上最靜默的生物了。她有時見母親微笑，覺得母親好轉得驚人，但心裡又有點小小擔憂，聽說這都是生命末路者的迴光返照。但母親經歷過太多迴光返照時期，每回都被她嚇個半死，結果又被死神給踢了出來，死亡簿上還沒登錄。

母親哀怨女兒，不該救，殘母想死。她將母親從上吊的繩子解下，淚流滿面時，才發現是夢。無能自裁的身體，只能繼續和臥榻纏綿。從哀傷裡繼續長出哀傷，磨出乾枯的血肉。哀傷早已裝填進過去某個巨大的孤獨劇痛裡，也許是母親開始守寡的那一天起，也許是女兒十八歲轉身的那一天起。

不走的身體像寶可夢，每天都被取走寶物，永不被交換的寶物。

陷入遺忘流沙的母親，母親的腦中記憶還剩下什麼是腦神經的謎？核磁共振顯影的腦子內部如寒冬葉落枯枝，如此寒景凋零。醫生說，妳媽媽的腦部血管好少好細。看著電腦螢幕，她不明白醫師說話的意思。醫生也沒再多說，他看母親的眼神就已經回答了，意思是所以妳母親會變成這樣，就是腦幹上方一片灰白。

曝光值對焦點都模糊的過去，偶爾偶爾會把母親吉光片羽般地喚醒。

緊抓著她的手的母親出現一秒如貓的哀嚎，意識到自己竟還沒死去的哀傷，如小行星爆炸後的碎片，被拋擲在黑夜無極太空。

20

微波爐裡的盤子轉動著，跟著光源轉動的盤子，上面躺著裹上濃濃奶油的麵包，油劈哩啪啦吣波嗤嗤響。旁邊躺的是如如不動的母親，母親成了不動明王。停止閃光的微波爐，打開溢滿麵包香，為這個不動明王，她極力布置王的香氛壇城，連烤箱微波爐的小桌都緊鄰母親病房，食物香氣、除臭芳香劑、蒸氣精油、玫瑰乾燥花、薰衣草助眠，但抵擋不住長期不動的身體飄出的一股陳腐酸氣，更甚者是便祕多時如洩洪的分泌物，氣味咬進棉織品。自己照顧或者因看護還沒找到的家屬，學會照顧之餘，往往還要克服心理障礙去清理病人的排泄物。

她的朋友說從來都不顧家的父親倒下時，第一個反應是還沒復仇竟就要幫父親把屎把尿。關係不好時，這層私密難跨越，兩廂都難。她第一次幫母親清洗與換尿布時，搞得床鋪凌亂髒污，練習多次才逐漸秩序化。逐漸如專業看護，幫母親翻身，背部扣擊，避開骨頭處，由下往上扣擊母親的後背，發出敲擊的聲音。她拍完母親，手指尖轉為滑動螢幕送來的他者人生。她在微光的小房間，一手握著母親，一手指尖滑動。那樣靜，那樣躁。

她經常被母親抓著難以離開只好趴在電動床床沿的鐵桿上打盹，或拉開鐵桿，趴在母親的電動床旁睡覺。直到被一股臭氣薰醒，媽媽便便了，有時候屎便隨尿液狂瀉沿著電動床成為一條臭水溝，黃河腐朽臭氣瞬間塞爆她的鼻腔肺葉。臥床者陷落在不是狂拉肚子就是便祕的反覆過程。後來雇了阿娣，但半夜的阿娣早已睡死狀，臭氣也喚不醒。有時必須換床單時，就得先把母親抱到輪椅上。但半夜只好扛水桶先清洗髒漬床單，再用吹風機吹乾。經常半夜清理母親時，母親卻緊抓棉被不讓她掀起私處，她得貼耳朝母親大聲叫喚著媽媽，臭臭啊。母親聽了多次才意識到是女兒，丟掉棉被，轉抓她的手不放，她知道母親不是不願意女兒幫忙換尿布，母親只是不知發生什麼事地在黑夜的大海中緊抓女兒這雙手當作浮木。很快地臭氣已經瀰漫整個房間，擱在電動床旁櫃上的手機螢幕乍然在那一刻發出歡聲雷動的巨響，法國隊贏了。

她從母親靜止的身體轉頭看著那些活蹦亂跳的年輕運動員，肉體汗水淚水與天上的雨水齊下的喧鬧畫面刺進她的視線裡，接著她的眼睛也滑下了淚水。癱瘓的病人是住在荒原的月宮，這寂寞星球哪裡也去不了，通向沒有地圖卻一心想旅行佛國的指南。

那個因派對朋友起鬨而吞下蛞蝓活體染病的年輕橄欖球員度過癱瘓的歲月，那個母親流完最後之淚，兒子辭世，母親折磨殆盡，告別才抵達。她生命遭逢的第一場世足賽，曾闖進一個也是汗腺太發達因而身體常在午後發出狐汗臭味的男生。男生俊俏的臉龐全被這味道給稀釋了感官的美好，她很快就不再喜歡這個男生，因為她是好鼻師，容易解析氣味卻又無法停止呼吸，只好切斷關係，在某次親密卻讓她想嘔吐之後的毅然決然。交疊的時光也是發生在世足賽，汗水淚水與運動後所飄散的臭氣，如荷爾蒙咬著青春不放。

母親臥病遭逢的世足賽，她處在最靜謐無法動彈之地看著運動員的腳踢頭頂，身體展現動能的極致。或者轉台看到的溜冰、芭蕾舞的手足滑動，把筋拉到不符合人體的耐度。對比著靜室安養院裡那些變成剪刀手剪刀腳的雙手雙足難分難捨，那看不見的筋骨懸吊著人類從水中生物爬到陸地的漫漫歷程，脊椎撐起骨頭，一把老骨頭者就宣告老了。她一手拉著母親的電動床鐵桿，在母親旁邊練習拉筋，延緩地心引力的作用力，筋骨走到哀樂中年之前，就像一棟外表看起來似乎完好的危樓，潛藏地雷。

幫母親換完尿布，就那麼幾分鐘裡，法國隊的勝利頓秒殺成雲煙往事，臉書接著跳出各種聲音，喜悅失望憤怒。世足賽結束，再啟動下一場賽事時，母親已離開人間，而她應在高原。聚散有時，這樣一想，突然覺得和靜默的母親一起度過世足賽竟是荒謬得甜美。

世足賽臉書網頁瞬間成為時光墓碑，多少已死事件或人物所堆成的事件墓碑種植在臉書荒原。

她在母親床畔看著多少悲劇新聞如水滑過。多回地震，她抱著母親安撫著沒事沒事，自己嘴唇卻在發抖。阿娣念著她的阿拉，邊尖叫地看著檯燈與電扇倒下來，在電燈還沒墜下前，她用力推開母親的電動床，閃過如雷電的劇烈搖晃。近如花蓮地震、台北醫院護理之家大火，遠如葉門校車孩童被炸彈砲火攻擊或者熱那亞橋斷。熱那亞，她的地中海郵輪港口的起點。當新聞吐出花蓮、護理之家、葉門、熱那亞這些地名時聽來就像是一個夢境。在母親的房間看著電視，讓後期近如失明黑暗界的母親感覺有人聲存在。她滑臉書，陪病時，世界如此無辜，任人口水八卦。朋友寫當我漸漸老，閒話不談當年，不靠腰放下，但可彎腰捨下。看得她發噱。談老境成為臉書熱門，恐老與不斷秀出年輕照片的長輩文橫行，臉書變成一張老臉，彷彿老成了上個世紀的鬼魂。她喜歡潛海，東看西看，少浮出水面。母親就像窮得只剩下石油的委內瑞拉，一個婦人過去的榮光，毫無變現的可能，擁有女兒就是豪華的石油，卻讓女兒陷入貧窮線下的生活，女兒成了委內瑞拉。

母親逐漸陷入昏睡的重度迷眩時光，然而母親胸部如風箱的呼吸聲讓她知道母親還在，她那疲憊的心臟擊出的每一下震動都奮力地想要達陣，但往往只打到某處就打不上去了，她那心室肥大擠壓著血管，她有時會搖醒母親，免得母親陷入不醒的流沙。但知等待那再也搖不醒的死亡來臨前，她無比恐懼，又悄悄地感到罪惡式的寬慰。

死神上門，拉出一條死亡線。關於母親離開的悲與喜，終於喜的成分多過於悲，在漫長的折騰下，淚水冰封。

愛神出手，延緩死神上路的時間。

21

夢中的母親跟她說，阿娣可以走了。醒來她想這隱喻著母親要離開了嗎，所以可以辭退阿娣了？

夢中的母親，流轉殘月苦海，突然開始退去衣服，她看得驚嚇卻不捨移開目光。空間冒著水氣，氤氳中母親變成裸色的，抹上泡沫，搓揉著身體。夢中的母親自己更衣沐浴，回返過去，甚至回到更遙遠的過去，母親幫她沐浴。母親突然說妳也來洗澡吧，臭摸摸。母親以前總嫌她臭，只因她晚上不沐浴，沐浴後全身癱軟想睡覺，而她總貪戀不眠時光。她喜歡起床沐浴，精神清爽。晚年母親也臭摸，母親甚至曾雙手沾屎便放在鼻口沾著聞著，臉上如貓拓的髒屎嚇得剛從門外進房間的她瞬間抓起濕紙巾擦拭母親。

夢中的母親，飄著人工香精，滿室飄香。曾哺育她的母親雙乳仍碩大挺滿，那標誌著女體的雙丘，在胸壑中挺進衰老病程，她看著母親，要母親不要擔憂。母親浴缸四邊的白牆突然應聲倒塌，浴缸旋轉在一片森林，背後黑暗的星辰傳來著光的古老訊息，仰望天空就看見過去。

母親濕答答地走下浴缸，往森林走去。她在背後叫著媽媽，妳要去哪裡？千萬不要往舒服微光的森林裡去，那都是中陰之路的輪迴幻象。不要躲進黑洞或者往高樓大廈跑去，那是餓鬼道的陷阱。要往刺目不舒服的巨光裡走，那裡有光神迎接妳。母親聽了，轉身對她笑著，那微笑的臉不像母親，倒像是從她的壇城走下來的佛像，白瓷觀音，她的第一尊佛菩薩。她在母親的身影中，看見自己從一片環繞的繁榮綠景中散放出溫柔藍光，藍光如海，胸丘化成日與月。藍色的海洋洗滌母親的憂傷，歡喜的陽光注入母親的心扉。海水不增不減，時間不生不滅。她看見母親的線條已趨柔和。母親讓她看見自己也有另外一個面貌，原來暴烈之外也可以溫柔，不再以愛的暴烈來愛女兒，轉成一張快樂的臉，快樂的臉閃耀在日月遍照的柔光裡。她也掉入了幻象，忘了叮嚀母親，獅子吼說輪迴的列車決定進入哪一個通道其快速如光一瞬。

死神抵達應有夢兆，她妄想記錄睡眠與夢話，ＡＰＰ虛擬商店琳瑯滿目，還可靈魂配對，在睡眠中聯通彼此的夢境。她選了簡單的程式，可以寫夢與了解美夢和噩夢出現的頻率。清晨打開錄音，她咬牙切齒，磨牙聲如魔神，牙齒磨得表面的琺瑯質盡失，母親曾笑她以後會變豬公牙，如雷的鼾聲只有一點點，沉重的呼吸聲如前方河水的漲潮聲。至於夢，美夢沒有，噩夢有一些。多半都是喜樂參半且變形易位的夢，比如文盲母親在夢中跟她說要去大學教書，她問媽媽妳不認識字怎麼可能到大學教書？誰說我不認識字，我上輩子還編過四庫全書呢。啊，媽媽竟吐出四庫全書，不僅識字還是文淵閣大學士，只因謗佛故轉世成目不識丁的人，這是我文盲眼盲的罪因苦果。母親夢中說話變得文雅起來了。媽媽拿著她的手提包就要出門了，她朝著媽媽的背影喊著，媽，妳別去。

媽媽還沒回頭她就醒了，手機叮咚響，閃爍著螢光，提醒著今天行事曆。原來是她自己要去上課，在某社區大學有五堂好友給的兼差，課堂是長照分享。她起身看著母親，睡著的母親巨嬰，也像是有夢飛過似的眉間突然皺了起來，她想失語失智的母親是再也不需用到知識了。

殘破碎斷身體如何完美？時時勤拂拭可以，但莫惹塵埃根本不可能，時刻都是塵埃。她的青春在此時是燃燒的一把炬火，只要一念差池就可能深淵墜地，這段陪病母親的歷程大概是她生命最大的峰迴路轉。灰燼無法重返森林，米無法回到田裡，飛魚也回不去大海，但女兒還可以回到母親身旁。

她自母親生病後經常夢到數字，以為那數字是母親會離世的日期，但左等右等都不是。她在夢裡問過幽冥遊神關於這個數字是否有指涉？幽冥遊神卻微笑說他只說過去不談未來，而她卻只談未來不想過去。

過去有什麼意義呢？她問。

過去就是未來，過去不刪除就會到處流竄成為未來，幽冥遊神說。

顛倒女人莫顛倒。

少女時期她也常發生日夜不分，醒來見天色昏灰，以為上學要遲到，忙去抓制服穿，拿書包揹，經過客廳卻見母親和來訪的鄰居靜靜地看著她微笑，看她拉開門要去上學時，母親轉為爆笑，接著鄰居也笑開來。她在母親刻意的靜默與誇張的大笑裡，意識到時間是傍晚，不是早晨。回到房間逐一脫下制服，自己也笑了起來。昏睡時光，容易沾染朦朧氣息，彷彿一切都罩了一層霧，尚未離開的色身早就啟動了日常的中陰時光。

憨查某囝仔，睏到無知時光。她轉身回房間時，聽見母親這樣對鄰人說。於今母親也進入晨昏不分的靜止時光了。但她卻無法爆笑，她常爆哭，炸開來哭的一種哭法，她覺得很有洗滌效果。

夢中母親指示她，她必須逐漸增加睡在母親身旁的頻率，以把握最後的相處時光。母親的呼吸滯沉，吐氣如生活陸地的魚，每一口氣都要讓胸膛鼓起，如浪竄得老高地鼓起一口氣又消下一口氣。

就在這時母親第一次在她的夢中開了口，吐出的字句竟是心經：無有恐怖，遠離顛倒夢想。不要害怕，因我與你同在。母親的房間貼滿佛牌神像，也貼滿基督醫院福音機抽來的新約字句，隨著時光消逝，褪變成無言之言。所有的心靈雞湯原來都來自這裡，只是語詞的變化或轉用。她長年讀的佛經，太難，太抽離，太空無，太莊嚴。母親離開之後，她必須轉現世的安慰為來世的期盼，母親要離開這堪忍的世界，堪忍，還可以忍受的世界，心上即使插把刀也得忍著的世界。

空蕩得無懈可擊。

拉下紫綠色窗簾，把自己和母親裹進下午的打盹時光。白日夢突然來了，母親竟自行預告離別時間。現在還有冤親債主干擾，但有望解脫，妳要注意農曆十二月或一月。她從時間中驚醒，抬頭看牆上月曆，心想現在是農曆八月，即將中秋節。她聞到空氣中柚子的香氣。

媽媽請再給我一點時間。

我已經給妳很多時間了。

死亡再怎麼準備都來不及。但請媽媽別在醫院離開，妳在醫院我作不了主。那可否冬天再走呢，農曆十二月正好。很多答應的行程現在來不及推掉。

參加的活動行程有錢嗎？

有啊，費用給的還不錯。她知道母親在乎金錢。

她沒有把真正心底的恐懼說給母親聽，也沒說出這奇異想望，希望母親在酷寒冬日離開的理想告別，可保母親十二小時內限時靈魂升天，不被陌生人干擾。她怕極了準備上千個日子的母離日被醫院的驚慌趕人的移動，或者被陌生醫護人員翻來翻去確認死因，而打亂整盤布局那母親往生之時的必要莊嚴，寧靜才能確保母親正念不亂，啟動靈魂之旅。

她沉默許久，母親也跟著沉默。

好，就冬天離開。夢中的母親說話語氣和個性依然簡單明朗，這是她第一次覺得母親的語言在明快中竟有著詩語，充滿了象徵，充滿了安慰。

距離好年冬，她還有時間。

她勤於記錄夢中場景，收拾錯位記憶。母親的夢還沒抽繩，女兒可以繼續爬梳，以換得母親一路好走。獅子吼曾對她說心外求法就是外道。她因為母親，和夢的使者與幽冥遊神的陰司報信者交換逝者好走的情資，如是她已是外道了。但她想管它外道內道，只要能幫助母親好走，都是好道。她自我安慰，繼續擁抱氾濫的情。

夢漏盡所有母親想傳輸給她的夢境夢語，包括樂透彩券號碼，可惜醒來只記得三碼。她作的夢如同母親臥躺的時間流沙一般漫長，夢裡母親說她復活的時間即將來臨，往生的復活時刻漫長得像是一場看不見盡頭的雨季。

那時滯留醫院的母親病房的對門房間入住一位末期病患，是一位白天傳道晚上卻泡在酒精裡的牧師靈魂，被發現時已經身體僵硬，送來醫院就進入插管程序，一直處於昏迷狀態。她常隔著走道聽見許多教徒的禱告聲音。不知什麼原因使這位長年幫助人脫離精神苦海的牧師自己的精神也出現了裂縫，裂縫以酒精填補，再也沒有回頭路了。她聽見有教徒嘆息本來是非常有能力助人的牧師，卻因這個縫隙侵蝕而逐漸瓦解了自己，靈魂無能為力的牧師。他們在禱告時，她聽見他們祈求主的寶血來洗淨染污的心，讓我們和主合而為一，我裡面有你，你裡面有我。唯一能解除你內心恐懼的只有神。阿門。

誠心所願，她側耳傾聽，覺得比求婚詞還壯美，比愛情還愛情。

佛教的祈請詞偉大莊嚴卻常感遙遠，願一切眾生具足樂及樂因，願一切眾生永離苦及苦因。願所有眾生不僅具足樂還要永保樂的因，願一切眾生永離苦及苦因，不只苦要拔掉，連造成苦的因都要拔除，非常究竟，非常了得，但實踐起來卻困難重重，因為眾生無邊，而祈求者往往被現實掐住，常常連自己都是破舟渡河的泥菩薩。願一切眾生遠離冤親愛憎住於大平等捨，遠離冤親愛憎，她沒有遠離，反而更靠近。每一個下一步都成了艱難時，要胸懷他人已難，何況胸懷大千。她跟夢中的母親抬起槓來，母親對女兒說，我看妳一直在檢討自己，不用難過，妳別怪自己，媽媽不怪妳。有妳在我身旁，我很高興，只是我無法開口說話，無法說出我對妳的愛，對妳的關心與憂心。

她醒過來，滿臉淚痕，想起過去，還能聽母親說話的過去，那燃燒的青春之火。自我辯證是無意義的，還不如母親夢中一句話。

二　愛　染　經

མ 青春烈焰

22

如海潮的午後，他們像魚般地隨著梵音吸吐。

這麼多年過去了，青春身影彷彿還寄生在十八歲的模樣，清亮的瞳孔下瀑洩一頭青絲，迷惘者追逐治療傷口的解藥，我要不斷拔除無我無分別。即視即離，在千千萬萬的十字路口如盲人般的眼見而不見，如聾人般的耳聽而不聽。她是即視即黏的人，嚮往這種境界，藉由空入有，從有入空的訓練。

在那些年盛夏的那些蟬聲中，在那些年寒冬的那些雨雪霏霏裡，在那些年黃昏的那些鬼影幢幢間，她和大師姐在山林趕路，急著奔去暮鼓晨鐘的山上寺院，在寺院關上大門前急急趕到，彷彿她們是佛陀最後弟子，總是氣喘吁吁地趕著煙雲四合前衝進生人勿近的寺院。

那時她並不懂什麼是佛，就是愛那老廟老佛老僧老物老樹老貓。逛故宮，喝的茶杯是青花花鳥紋飾的瓷杯，彈古琴。喝瓷杯，養慈悲，她老這樣笑說。就像大悲水，以為是去喝大杯的水。她說以前自己可不是這樣靠近佛的，一切都是因為跟著大師姐去寺院擦佛像擦出感情的。趕在黃昏即將降下血色夕霞前奔往大雄寶殿。也許因為搭火車的班次使然，或者因為下午抵達時，從山下徒步跋涉到山上的路程走走停停之故，抵達寺廟已然黃昏了。又或者她們喜歡聽見暮鼓那雄渾的鳴響，總能喚醒心中窩藏的某些奇怪的力量，即使是污穢的。

黃昏裡，徒步的青春，牽引出山林水湄的孤魂野鬼和她們一起趕經懺，彷佛一白蛇一青蛇，終有一劫相逢的許仙與法海和尚在未來考驗她們。晨鐘暮鼓早晚課藥石經行持香跑香靜坐觀想唱誦禮讚，她們是所謂的修行大雜燴，修行拼裝車，什麼都沾一些加一點。大師姐上山原先是為了打禪七，而她自己多半在寺院抄經或者在廚房當伙夫助手或打掃，打坐的人坐在原地不動，竟比勞動的人還要飢餓，這是她當時詫異的，幾個大鍋裡的白飯經常被打坐者如野獸瞬間出籠地搶吃一空。

她的手寫字清雅，有點弘一法師的無煙火味，抄經善本受到禪院喜愛。她在歷史系學得修復古書，還會繪製佛像，僧人都很喜歡她前來掛單，寺院就像是她生命旅路裡最早的打工換宿經驗，和佛寺交換住宿。但她是真心喜歡掃地，散漫的心愛上規律的勞動，聽掃落葉的聲音，整座山林搭上風配上雨，像是新世紀的心靈配樂。她上山就愛上山，下海就愛上海，到了紅塵又愛上紅塵，她愛當下所愛，難怪感情也纏繞不休，無一完整能修得正果。她也喜歡大師姐，不喜歡斷無可能同行。她們兩人在一起的時光，經常將青春陷落在清寂的無名小寺院，大師姐當時偏愛新竹獅頭山一帶的老古剎與小寺院，而她喜歡東海岸一帶的寺院。在寺院，她有科技人處在無塵室之感，沒有多餘之物的空。

那些年的掛單，她不像尋道人，倒像迷惘者。青春正艷的色身窩在一間小小的石灰牆小廟，掛單的房間是未完工的幾堵水泥牆，鋼筋裸露，如她的心。功德主後悔捐款了嗎？那些蓋一半的寺院，裸露處到處生鏽，滴水。禪房簡陋，卻是複雜的她嚮往的簡單。

老僧與新青春，各自安居蒲團，一入坐蒲團彷彿就是一生一世的天荒地老，暗影靜謐，讓她錯覺已安撫潮騷的心。她的問題是一下山就又忘了山上有等她的佛，有等她的僧，有等她的物。許多寺院禪房或者伙房都還留有她的物，一只大鋼碗一雙大鋼筷，一些毛巾拖鞋，還有書籍。她總以為很快就會回返，但經常一談起感情就忘了佛，或者一陷入世俗就發懶。而那些物品就像她的青春殘跡，單一而不值錢，應也成為寺院垃圾了。

青春上山下海，在霧氣山嵐的古剎裡，就著小燈抄經，彷彿是歷劫多生的老鬼。老鬼吃經文，吐氣都有光。

但每一回她們上山卻總是遲到，兩個女生風風火火地急急趕上山，趕在寺院大門即將閉關前匆匆抵達。老尼待她們如被她們丟在俗家的女兒般，經常愛大鼠似地留著米飯給她們。她從沒去問過那些比丘尼出家的原因，她想應該是傷心人或沒有牽絆者或能夠放下的人。傷心人想要走向一尊菩薩，走向一間經房，傷心本身就是理由。她用小心小眼解讀老尼，後來她讀許多大成就修行的故事，才知自己小鼻子小眼睛，大修行者不因自己，回應的是這塵世的苦，出家水到渠成無一勉強，利他就是最大的利己，哪像她想的這般因感情而避世。

回想那些年的暮鼓晨鐘，敲得青春人心慌慌。當時她的心曾扣問父親走了，他去了哪？她不斷地問著這虛空，這水月世界，這佛戲一場。這空蕩的心，人如何活在擠滿慾望之地。獅子吼說處世界如虛空，似蓮花不著水。不得有言，不得無言，不是這個，不是那個。她說這真是折煞我們這般沒慧根的人。上山時刻她常想起淡水，想起這多雨的青春之城，想起父親，想起了海，想起了流徙，想起守在孤獨故里的母親。雖然很多年她已經很少想起父親了，想起父親是因為離城前，在脖子上掛上了寺廟住持贈與她的護身符。這和當年父親身上掛的是不同的神祇，父親臨終前不知為何突然媽祖附身，講的話盡是神仙神語。

有時她和大師姐分別去不同的寺院，因老黏在一起，也是執著。她一個人在上山前，扛著沉重發霉的記憶，跋山涉水來到大雄寶殿。大雄寶殿兩旁的護法神總是金剛怒目地望著她。那個閉關多年卻不開悟的禪師有一日大罵韋馱護法，大罵那一刻竟因此看見自性而開悟了。她微笑禮敬護法神，穿過大殿，去尋了熟悉的師父，之後往被分配的寮房行去。她晚到，齋房經常已四下無人，她在那幽冥的空間裡一口口地扒著飯，冷風拍打著柴門，房外的霧嵐一絲絲地像聲嘆息般，倩女不再，書生遠走。她常想著這大千世界何處是我的夢土一方，靈魂出口？無處青山不道場，她卻眼見青山成魂塚，甚至那魂塚上連個依傍的樹草皆無。感覺自己像個孤魂野鬼，生命如此地蕭索，身魂像組合家具似的經不起感情那般地長途跋涉，隨時都有顛危解體之憂。夜涼如水，寮房外無聲無息，極目所及，世界泅泳於黑潮之中，只有山野的矮厝裡露出一丁點的柔光。她往柔光緩緩踱去，卻只見寮房冷窗的比丘尼在冥思靜修。於是她又退回原路，沒有選擇地只得跟著在夜裡靜靜地讓慾念死心，在薄被中讓寒氣一點一點地離去。清晨，用完齋飯後，她獨自順著海邊走，拾了幾顆石塊，經年被海水浸蝕浪潮沖激的圓石，握在手中溫潤冰涼。走了好一段時間，她又把掌中所有的石塊丟回大海。石頭本屬於和大海相依偎的，她不該帶走它們。雲霧漸攏，葉落盡顯光禿枝椏的山丘，慘著一種荒涼的淒楚感。

兒時曾和母親在夏天時來此寺拜拜，回憶當年的畫面，寺外景色森然中有一種迷離的冶艷，冶艷的夏花開著喧意，她記得好像還頑皮地拔了一朵別在耳際，被母親笑了好一晌。爾今她的心帶著青春的殘敗，她對照當年母親的嚴厲，一時頗難適應地難受起來，她一個人孤獨地坐在寺院石階上，僧人個個皆有如揀盡寒枝不肯棲地冷絕姿態，而她自己卻就是個寒枝，只待被拾而去。

她幫校刊前往大寺院採訪叢林生活的一日，她去拍攝師父們從睜開眼睛到早課藥石晚課，天未亮像是大雨罩下的誦經聲傳入她的耳畔，她趕緊跳起，抓起相機往外跑。在大寺院裡，彷彿劃分誦經與不誦經的，不誦經的多半在忙著佛法業務，或者不誦經也不進行佛法業務的都是比較像打雜工人，種花種樹灑掃伙房煮食，製鞋製僧衣製燈製蠟燭。很忙很忙，忙到沒有時間讀經。這個世界有著比外面更純粹的閉關者，也有比外面更世故的業務群，任何事務都需要錢，佛法業務端牢牢綁著功德主的心，讓功德主長養出更多的貪與不安。她最喜歡的地方反而是製僧衣的房間，製衣的出家人表情非常淡定如常，五指往衣服一畫，彷佛僧衣瞬間就裁出了智慧慈悲。製油燈的房間也很美，一個個燈芯置入五十元錢幣大的油盒，彎腰的師父各各腿功了得，動也不動地盤著，手也像機器似的一放一收。負責業務的出家師父應該很挫折吧，雖知生活即道場，但明明出家就為了離開俗塵。佛愈來愈大，人愈來愈忙。僧說放下身段除去慢心，除去貪心。那回她上山，學著三跪九叩除慢心，將皮包裡所有的錢全給出去，人都還沒走到大殿。大殿裡躺著的那尊佛，像是停滯在夢中安逸的神情，油燈像是發光的水母，臥佛殿的佛準備入滅，即將入涅槃。大殿像是海底世界的古船，裡面有寶物，但沒有人有時間進來取寶。她是外來者，她有時間，但當時不知道要怎麼偷法寶，只知叢林生活考驗出家人如何打成一片，打成一片的工夫之外還要練習心如牆壁，內心無喘。心如何如牆壁？就是眼見耳聞都不上心，將心封鎖起來嗎？封鎖得起來嗎？只見心縫隙處處，簡直就是海砂屋。

她喜歡大雄寶殿，大雄不是小叮噹裡的大雄，大雄是氣概萬千的英雄，寶殿旁的忿怒尊護法神光目視就能瞬間收攝她的心。她笑著廟蓋得宏偉，佛像必須大，才能嚇住她這種小人。但那時她想自己應該不屬於這個地方，但自己屬於哪個地方？她也不知道。不知道不知道，她有時候像是夢中之夢的孤寂者，不斷尋找道，卻總是不知道。

那時她是又孤獨又逆反的。看著大師姐把整卷的心經經文用染料抄寫在白裙上，騎著腳踏車飛奔整條墮落街時，所有在打電動玩具或者撞球的青春人全都望向渾身飄著仙氣的仙女大師姐身上，她想自己應該是那時候喜歡大師姐的，因為佛學社的特殊屬性，她乾脆改叫這位很交心的學姐為大師姐，大師姐自此變成代號。

懷念那個青春的傻樣子，她愛一切中國古代的事物，就像她愛穿上心經裙子的大師姐，兩百六十字經文轉著，白麻裙上彷彿發光，行經英專路，每個人都側目。飛揚的草書手帖，飛過整個青春草坪，只見大師姐一屁股坐在「無有恐怖　遠離顛倒夢想」的字上，曬著太陽，啃著陰翳禮讚。

她曾向大師姐借那心經裙子想穿穿，大師姐竟是不肯，說是獨有的。獅子吼說，經文是要供起來的，哪有人屁股坐在經文上，還好她不借妳穿，免妳犯戒一條。大師姐我行我素，後來大師姐也被掛單寺院禁止再穿這樣的裙子前往。她們兩人都不喜歡被束縛，就比較少往寺院去了，覺得大家都乾乾淨淨如山泉，只有自己是濁污者。彷彿她的身上帶著旅館與寺院的兩極氣味，她的嗅覺在檀香與體臭之間游移，在清茶與濁酒之間擺盪。獅子吼笑說，很好很好，很好的訓練。她還以為會被罵跑去摩鐵打工幹嘛的，未料獅子吼卻說紅塵與山林都在妳的心，人世與非人世都在妳的腳塵。暗影遮蔽的密室與僧衣破履的寮房，那喧囂寂靜竟是一體的。她從旅館離開，她從山林走下，她的心一樣荒靜，如雕像石化的青春，還沒有遇到雕琢與熔化她的經歷或愛情。獅子吼從不加以干預他們遇到的人事物，常說我講的只是我的套路，未必適用你們。你們裝模作樣對我合十，或朝佛禮拜，只有你們自己知道自己的心在想什麼，或該說連自己也不知道自己在想什麼。你們也常佛言佛語，嘴巴上學著說話，但這都是鷓鴣禪鷓鴣佛，不過是模仿地學說些道理罷了，小心金玉良言的自欺欺人。更小心別變成野狐禪，以佛之名魅惑眾生牟利。

第一次聽到鷓鴣禪與野狐禪的那年她剛滿十八，遍地島嶼充斥著心靈雞湯的書籍，自稱神通者的照片透過科技發光地吸引瘋狂追尋的徒子徒孫，或者像她這般地也跟著學默照禪與祖師如來禪，但生命纏成一團。大學生活起初讓她如此的失望，因為與同學無話可說，整間圖書館也經常靜悄悄，只有快考試了才擠滿來做功課研習考題的人，所幸後來大學生活有她喜歡的獅子吼與大師姐，她跟著聽課，跟著四處走訪，有大師姐壯膽，她也成了鷓鴣學妹，大師姐笑她變鷓鴣，其實比較像是野狐，千年蛇仙狐精想要人間遊走。那時去的地方多半在對岸八里，去的地方都像是末日世界那是垃圾場與污水廠還有收留老殘病與死亡靈骨塔的異質地。她們幾個青春人假日去餵食腦麻痺孩童，看望獨居老人，去療養院陪病人說話，去兒童病院念誦佛經。其中療養院裡有個阿姨是大師姐的親戚，家人拜託探望，淡水離八里近之故。大師姐跟她說阿姨年輕時還是個才女，但因感情被拋棄而精神變異，曾被反對在一起的男方母親請高人作法過，自此精神怪怪的，以前到了傍晚會全身脫光光，跑到村子亂跑，他們小時候都躲在柱子後面看著，有壞一點的少年還上前挑逗，因此這個阿姨大學也沒讀完就被帶來療養院，一住三十年。她聽了嚇一跳，原來交男友還要看男友背後站的女人。

她像是臥底者前進這些奇特之地，但整個心經常被這些苦難的人掐住。因此有時候感到窒息時她就不當跟班了，改去她最喜歡窩的美術社畫圖，美術社沒什麼人參加，她被推舉當社長，到處辦寫生，以吸引學生加入。怪的是社員依然少，可能美術社太安靜。但這也讓她累積不少畫圖功夫，不論人像靜物或到寫生風景，都讓她後來獲得了如雨後春筍發展的摩鐵年代的打工機會，繪畫汽車旅館的牆壁或賣些甜美的圖讓旅館房間掛著，這使她存了些錢，可以任性，可以脫離母親，大一就開始脫離學校宿舍，在外面租間小小套房，過著又想禪修又想逸樂的矛盾生活。

23

獅子吼的靜坐中心後來在東區開了分部，方便畢業的學生下班後可以在市中心就近學習，不用週五奔往淡水。週五夜未央，靜坐中心的對面大樓有幾家聲色場所，她曾參加過摩鐵經理的生日轟趴，女郎舞到高潮是一件衣服一件衣服地脫掉，裸女跳到壽星身上擺弄挑逗，唯獨壽星不能碰她身體任何一個地方。她在靜坐中心打坐，在這樣繁華中心感到荒謬感到奢侈感到絕望。趴場與道場緊鄰。

後來還是常奔往淡水，獅子吼說就是要迎接境界，妳老往這裡跑，根本來避世。她反駁這個說法，說自己落腳在台北東區，那棟六樓老派公寓已經給她夠多的境界了。她住在那裡超過一年，在浮動的青春，這已算是不短的時間。那是一長排走廊兩側如豆腐般地切成一小間一小間的租屋老樓房，有男有女有老有少，每個小房間都是一個死寂的星球。門房是一個酒鬼，遞給她包裹時總是散著渾身酒氣。房東是個年約六十多歲的剽悍老婦人，從不穿內衣，走起路來兩顆奶在房客面前甩來甩去，房東在台北黃金地段有十一間的小套房，但這個老婦人房東自己卻居無定所，就是哪個房客搬走了，老婦人就暫居哪個空屋。老婦人每次出現都拎著一個紅白條塑膠袋，每天在樓梯間埋鍋造飯，嘴裡念念有詞。老婦人的兒子是混幫派的，長得很帥，那個兒子還是老婦人家最善良的一個，聽說女兒是西門町駐唱小歌星，早年在外私生一子，竟用報紙包著嬰兒放在她老媽的門口。那個包著嬰兒長大的孩子經常來跟老婦人要錢，老婦人總是叨著菸，氣呼呼地提起這個幼孫時，口吻是這個連娘都不要的臭兒孫。每個房客搬走前老婦人都會找刺龍刺鳳的黑衣人來，硬把一些房客的東西搶下來據為己有，說是房客該補償的，因為弄髒牆壁弄壞衣櫥家具或者延遲付房租的賠償。每回想到弄髒牆壁還要被扣錢時，她就把擱在白牆上的腳板放下。但這老婦房東還算喜歡她，有時還會送她一些從房客那裡搶下的東西，比如小烤箱，中古微波爐，缺腿不穩的桌椅，旋轉起搖頭晃腦發出嘰嘰嘎嘎的電風扇等等。

有個酒鬼門房住在她的斜對面，另一間小套房住著一位在東區百貨樓上跳脫衣舞的舞女，經常一身酒氣。她的另一邊的隔壁還住了一對不知為何流落至此的母女，母女在小套房偷偷養了七隻狗四隻貓，貓發春時和東區暗巷內那些ＰＵＢ的夜夜笙歌融在一起，形成她門外的奇異音頻。每到凌晨四點多，必然有喝醉的青年男女，哭哭鬧鬧地行經窗外的騎樓大街。

有一天她循著一股香氣聞去，發現窗外竟有一株幾乎有一層半樓高的玉蘭樹，夏天時節，玉蘭飄香。那時她若失眠會走去巷口喝永和豆漿，走在鐵門拉下的街道，夏日冷氣機滴落的水沿著高高低低的騎樓涓滴落下，有時落到臉上像是淚。或者有時會夜奔曾經的大學城，尋找雨水盡頭的青春。這雨水潮濕的城有清明如獅子吼大師姐也有混濁如她自己初發晦暗的情慾。

如有世可避，那還是避吧。

在淡水時她租屋遠至淡海沙崙，看海想起愛情卻遺忘自己，也常看到忘時，忘了上課。曠課太多，在被當的邊緣，遷回校區附近，大田寮英專路學府路，密密麻麻擠著學生的路上她習慣低頭走路，好像怕碰到人似的。校外房間外常聽見墮落的歡愉，她把聲音當成海潮音，比如喘息，踱步，沐浴，如廁，呢喃，電視劇或者音樂，只是聲音更充滿青春的摸索好奇呢喃。大學城落腳某間房間在頂樓，前方有一座籃球場，午夜總有失眠人不斷地跑步丟球。三樓加蓋上去的一個小閣樓，可以眺望海中明月，對面是觀音山，山丘下是淡水港口，傳道者上岸之處。往往黃昏就拉下窗簾，不能再看海，再看下去什麼事都做不了。午夜時分，那曾經燈火通明的城市回首已如連綿的青塚荒墳。淡水沙崙，海岸邊不復見當年她的青春身影，港口油輪停滿灣邊。逐漸荒澀的心，白日的戀人身影依稀在海水中幽蕩，獨她一襲白衫白裙，槁木死灰地立在無人的岸邊如弔唁者，過去的魅影浮沉在水面晃蕩。青春時她淪陷在雨水的盡頭，那時母親在做什麼？她從沒想過在平行的時間裡的母親也有自己的苦楚苦惱，失去丈夫的母親如何度過漫漫長夜？她沒想過母親也有年輕與壯年時光，她遺忘母親的色身，從沒想過還沒老的母親是如何度日的。

她的生命開始想到母親時，母親已不是母親，母親成了重症患者，七八級的身障人士，全面繳械的小兵。母親敗血症那回住院，有天毋須她留守，她夜奔淡海，在沙上寫字，寫著要放棄了嗎？放棄意味著什麼？放棄也就是把手一鬆，要飛了。人一旦飛去，就是想定點下錨也是路難行的。彼時觀世音菩薩聞眾生苦，右眼流淚化慈悲，為白度母；左眼流淚化智慧，為綠度母。而她的眼淚乾涸，目光空茫，渴盼灌大海水於乾涸的生命。她一生毀在情愛，她先是被父親的亡故與自我感情折騰，後來她舉劍斬情絲，情絲未斬，新絲又起，她舉的那把劍不是慧劍而是執著之劍，又沾又黏。愛情如此地來來去去，偶爾母親來電，罵她交往的查甫郎是垃圾郎，她是臭姬芭。臭膣屄，她在昏睡中自動轉譯成她是臭姬芭，台版碧姬芭杜。母親語言暴烈，總是能把她嚇醒，於是她轉身，一次又一次地掛上電話，一回又一回地遠去。

她住在東區公寓一年半之後發生一次劇烈搖晃的地震，她感覺暈船，一連幾天，使她幻覺一進入那間房子就天搖地動。未久，她在文創朋友標到的案子下得到一份在醫院兒童癌症病房彩繪外圍牆壁的工作，主題與顏色都必須是歡樂與甜美，陽光與燦爛。這使她非常高興，遠離過去那些摩鐵春宮圖使她可以少去很多的陰鬱氣息與慾望折騰。然而新的苦痛卻也來到，日日面對那些天真的臉龐卻罹患重症，也使她常感生命苦澀暗黑的窒息。就在那個時候她遇到小丑醫生，從此改變她的是這個好友，一位帶給病童歡樂的小丑醫生，她以為小丑是神的使者，她的浮木。

在那棟有著玉蘭花飄香的公寓，她從窗台往下望，看見小丑醫生來按她的門鈴，來找她計畫一起去印度旅行，之後小丑要轉去藏地高原。帶我走吧，她當時想只要能遠離情慾的騷水味與醫院的藥水味，無論哪裡都是她渴望的。但在她想要隨著小丑醫生前往遠方時，母親卻經常生病，彷彿害怕女兒遠去的身體啟動留住愛的方法，母親起先是心臟出問題，雖然尚未綁住她的行腳，但也使她不敢駐足遠方太久，最多就是一兩個月的旅行。幾年過去，彷彿看清母親身體留住女兒的把戲時，她決定長住他鄉。母親使出殺手級的留人招數，母親陷入昏迷，無預警倒下來。往昔她那一轉身就是兩三個月的小旅行，自此轉成一兩個小時的日常小七或咖啡館發呆，讓腦筋空轉。

她和小丑相約高原的約定也暫擱一旁。

歲月的山巒頓時遮擋她的陽光，老年的陰影籠罩著身體的山稜線。白髮的利鉤插入她的頭皮，疾病提醒她的歲月提早出現皺紋，親情的繩索捆綁她的身軀。

她將大師姐從異地寄來的明信片釘在母親病房的一面牆板上，板上還有自己與母親的合影照片。大學時大師姐像是波希米亞女子似的綁著兩根辮子，長長黑色麻花辮子披在雙肩下，襯得花色衣服更顯鮮艷晶亮。現在大師姐看起來更像是高原那片經過傷害性的火燒才能開出紅蓮的人，神色漸顯勻靜，不像以前那樣風風火火的。在心情阻塞時，她最喜歡給大師姐寫信。她們答應彼此，回歸十八歲時認識的習慣，用手工年代的緩慢寫字給彼此。

寫完信，口水封緘。

捻熄燈火，拉開瑜伽墊，在母親的電動床旁躺下，等待慢慢航進睡眠的海洋。

睡著之後的我跑去哪了？有人幫我看著身體嗎？她和大師姐討論過這個問題，身體睡著靈魂是否看守著自己此世的身體，但那些睡夢中離開的人又是怎麼回事。有一回上山在寺廟入住時，師父說起進入甚深禪定的某個老和尚也曾經被誤以為已經死亡，所幸經禪定功夫的明眼師父看過後說只要用引磬輕輕敲幾聲，即能從禪定出竅。如果被當作死屍拿去燒了，那靈魂回來不就找不到身體。當時他們聽完故事後，在山上大殿外乘涼時曾經這樣想過。

睡前她常想，拖著母親這具死屍是誰？拖著自己的又是誰？

她知道還沒想清楚時就會被狂瀉的臭氣薰醒，半夜拉肚子的母親是她的鬧鐘。

24

青春孤單時她常去掛單，就像現在常掛網。掛單各個地方的大小寺院，彷彿是她後來掛網過的各式各樣手機，被她老是摔在地的手機螢幕表面有的碎裂成一隻匍匐角落的蜘蛛，有的裂成玫瑰花，有的裂成一尾游魚。大師姐說妳的不稀奇，看，我的碎裂成大鵬金翅鳥。她笑回，就妳殊勝。

大學掛單回家，她每次都躡手躡腳避開和母親對撞，但吃齋吃得渾身彷彿凝結著素菜味，一開門母親就聞得到她去了寺廟。母親沒叨念她吃素，只說女孩別曬得跟黑炭一樣。吃晚飯，母親刻意燉了整鍋肉。母親邊吃邊說，小時候沒得吃，現在有得吃為何不大吃。母親像崛起的中國，要彌補過去的苦日子。她像印度貴族吃蔬菜，像德國雅痞為環保不吃肉，甚至過午不食。

她和那個才剛大學畢業就出家的師父就像兩個好朋友似地經常在殿前眺望前方大海，師父總嘆說前面賣生猛海鮮的餐廳很礙風景，很殺戮，他常念經回向，也要她這麼做。於是他們就在殿前各自打坐，唱誦。師父經常去市場，在魚肉市場朝著籠子裡的雞鴨或水箱裡的魚貝吐出咒語，意念無遠弗屆，禱音是能量波，可以傳達。她帶著一口缽，跟著大師姐到處參訪名山古剎，獅頭山掛單，東海岸靜坐，山上吃齋念佛。老參教她，逢人不識就叫師兄師姐，細胞有文武百尊，六十兆細胞都是生命，三萬個基因，人身難得。青春往事打禪七，打的都是妄念紛飛，她去寺院不過是偷生苟活，偷愛情的生，苟親情的活。一旦有了愛情對象或者有了其他的逸樂，她就忘佛。

心就像那間素樸水泥寮房長成一座巨無霸的寺院，雖說回頭是岸，但她已無門可入。在山城看天空過久，會有種錯覺，以為大海在天，凝固的海。舉目是雄偉山色，她像是一座大山跑向大海，所有的思念都浮出水面。小丑寫信說，每天在那樣低限度的光源裡望著一尊尊佛像被人群的眼睛穿過，在觀光潮裡，在假像世界裡，人不識佛，佛也不識人。

她手上戴著小丑從高原寄到沿河居所的珠串飾品，當時小丑附上的明信片是當地女孩掛滿手腕上的各式珠串，看起來像是瑪瑙水晶綠松石顏色的玻璃塑膠珠串，以彩繩編織，綴滿白牆，彷佛彩繪。

大師姐已當半雲遊僧去，

沒有什麼錢時，最好的方式就是去掛單或參加法會，法會提供義工食住。母親知道她沒趴趴走沒和臭男人在一起時其實頗為高興，怕只怕女兒去當尼姑。

別被剃頭！一句話就結束和母親的通話。

她去寺院，山上的生活經常一過就三個月，回想起來迷幻如夢境。直到母親來叫喚她是變尼姑了？還是跟人跑了？跟佛跑了啦，她開玩笑說。

母親愛她時，她是世間最美的柔水姑娘；母親氣她時，她是世間最臭的姬芭姑娘。她掛上電話，延遲著下山的步履，山下有母老虎。寺院研習佛法無有間斷，日課至晚課。天黑入晚，必然大聲昂揚普賢菩薩警眾偈：「是日已過，命亦隨減，如少水魚斯有何樂。當勤精進，如救頭燃，但念無常，慎勿放逸。」大學城有逸樂者有狂信者，有擦佛像的那一刻，就決定出家的，或者有看到佛像就掉淚的，或者和她一起住在雲客居的女孩，她們坐在高處，往下看見師父從山下走過時，那個女孩說如果師父這時候停下來且回頭望了我，跟我微笑招手，我馬上剃度成為他的弟子。女孩才剛說完這句話，法師走在山下，突然回頭對她招手微笑。賭很大的女孩果真出家了，願賭服輸，美麗的輸家，卻是可能成就涅槃的贏家。只有她在世間歹戲拖棚，遲遲無法回頭是岸。

只好自嘲師父也許走到那裡都會回頭，因為雲客居住著信眾，懂人性就有神通。

母親那時健健康康的，女兒也年年輕輕的，女兒常往死人堆裡去，她經常參加超度法會，牆上貼滿著陽世者所想祈福的陰間對象，整個法會彷彿瀰漫對陰間亡者的相思或者更多是對亡者說莫再相思。法會結束前必須把這些牌位或者寫上去的名字，分別摘下來火化的時候，她常感到肩膀特別沉重，像是被無形眾生壓在肩上。她最喜歡法會結束時刻，拆除所有，彷彿剛剛上演一場戲。

有形的物質經過烈火的焚燒，一切回應你的是灰飛煙滅，就好像人最後進入分解。地水火空風，然後她知道所有的東西都是陰陽，春夏為陽，秋冬為陰。整個世界如此的循環。迴圈時序，不用悲傷，失去將再回。將靈魂勾招到牌位的迎魂之旅，如烏盆可以告狀，物質寄生著人魂。她在台上看著獅子吼說話的認真樣子，大他們這些青春人頂多十來歲卻老成如千年黃楊木般。她看著台上亦師亦友的獅子吼，以一種無塵的念頭虔敬地看著。大師姐則比較狂妄，對她說妳的無塵念頭是自欺欺人吧，難道妳都沒有懷疑過獅子吼？或者想要靠近獅子吼？她捏了大師姐臂膀笑說我發誓，真的沒有，可能太尊敬他了而產生了無念無塵。大師姐聽了噗哧一笑，不要隨便發誓啦，我只是開玩笑。就是有念也沒關係，人就是這樣念頭來來去去。看著念頭就好了。

念頭來來去去，這句話她倒是聽進去了。那麼這些年的情人也來來去去如念頭，可以當成隨手拋隱形眼鏡了。那時候旅途裡她記得廣播常放張雨生的歌，張雨生在淡水車禍過世之後，聽說他的母親在他頭七之後返家，鋼琴竟逕自彈了起來。而且後來還託夢給他的母親，要母親找出未完成的稿子和樂譜。如果是母親的魂會寄生在哪個物件？母親最愛的是鈔票，也許是聚寶盆。

她住在山上時，她喜歡山上居高看下去的那座海。那真是一座美到會讓人遺忘自己的海，是否因為遺忘自己才好修行。有一次她剛好跟一個短暫交往的男朋友吵架，被她代號為木柵男孩的攝影師，讓她躲到了山上，上山前她跟母親說會失蹤一陣子。母親再次罵她又被垃圾查甫郎甩了，臭姬芭。她把電話筒拿得很遠，還是聽到了母親最不堪最習慣用生殖器罵她的粗話。耳朵像被母親灌了屎，聽見了髒水流過來。童年也是這樣，發燒時，母親的語言不是疼惜，而是妳是沒穿衣去感冒到？妳以為我有錢給妳看病。媽媽連對她都常常這樣發飆。母親跟別的女人對罵，那別的女人只有挨母親罵的份。女人回去找丈夫助陣，罵著妳這個可憐沒人愛的寡婦就轉頭走了，找了丈夫來，媽媽也沒在怕的。她在旁邊聽見媽媽罵那個丈夫說，你的卵葩丟給狗，狗也不吃。那個丈夫就要打過來了，她害怕地緊抓著媽媽的手，媽媽甩開她的手，轉身去找了根鐵棍亂揮地威嚇著，頓時把那個丈夫嚇得快步走了。媽媽揮著鐵棒，在後面仍一勁地罵著沒膽淩，無卵葩。看男人走遠了，媽媽丟下球棒，牽起她的手，她發現母親的手在發抖。

直到她聽見暮鼓晨鐘，誦經梵唄，才把母親的語言殘渣污垢洗去。

山上某些地方手機收不到訊號，狂心應可安歇。但有時候念頭還是糾結著感情對象，斷不了念，胡亂想著也許有電話打來，她在寺院外圍山徑走著，拿著手機到處移動著方位，尋找訊號，像個瘋子，只為確認手機出現未接電話裡有他，但真找到訊號，打開手機，卻發現根本什麼訊息也沒有，簡訊都是促銷廣告。別人早放下她了，她的心卻還抓著，瞬間她又把手機電源關掉，覺得自己走這麼遠的山路只為了尋找手機的訊號甚覺自己的行徑十分可笑，之後三個月在山上雲客居，生活早課晚課，井然有序照表操課。暮鼓晨鐘，伴隨海聲，進入大殿旁邊的小殿，裡面灰壓壓，在燭火中剪影映在石牆彷佛敦煌壁畫，一顆顆光亮潔淨的頭顱上那如刀痕的三道戒疤，映得她的心污濁如七宗罪。她趕緊找了個角落蒲團坐下，僵硬的雙腿無法交叉雙盤，單腳才拉起，引磬一敲，大眾請起，她忙就起身跟著三跪三拜，一身過長的海青，差點踩到衣角倒頭栽去。

早課先誦普門品，十二小咒，接著讀誦金剛經、藥師經。爐香讚、菩薩三稱、經文咒語、三皈依、經文內文、迴向文。她想咒文真有意思，嗡嗡啊啊吽吽依依烏烏就像漣漪回音。她一直以為咒語是在印度西藏那些充滿著色彩衝突與異國情調才有的，在素雅如禪房的正殿念著咒語，聽來如後方的海浪聲音。她一度昏沉想睡，突然有個聲音告訴她，昏沉掉舉念經比不念更糟。她心裡忽然驚醒，拉直了脊椎，驅逐瞌睡蟲，瞪大眼睛看著密密麻麻的經文，跟著出家師父念著經文，念著念著念頭又閃過，想著為什麼要把佛菩薩的經文再念給佛菩薩聽呢？在燭火搖曳中忽然她像是看見臥佛殿的臥佛突然起身踱步到她的身旁蹲下附耳說，我們之所以成道，並不是我們依著念經而成道，而是我們照著所發的願，累世累劫地實行著。我們，好親切，她將視線移到旁邊時，卻什麼佛也沒有。原來重點不是念經文而是去實踐菩薩所發的大願。她突然有點懂了，冥思著剛剛藥師經念的十二大願。聽到有人說十二大願是最少的願了，兩百多大願者比比皆是。那些都是什麼願？她想有天也要弄明白。

早課落落長，跪得雙腿發軟，餓得昏花。一聽敲引磬，她忙起身，匆匆放回經架，聽見肚子咕嚕咕嚕叫得厲害，走出木頭地板。在門口找自己的鞋子時卻傻眼，功夫鞋與出家師父的僧鞋光一樣的就不知凡幾，師父的僧鞋好認，灰色布面下有破洞，低頭看得破，她記得法師是這麼告訴她的。怕穿錯鞋，她找了一陣，還好這樣沒有暴露自己急忙想去打齋的尷尬。因為一個也來掛單的女生穿著夾腳拖，第一個衝去吃早齋，被數落著不懂禮貌，沒讓師父先行打飯。到了齋堂，在櫃子內找了自己的鐵製缽，等著排隊打菜。她喜歡在戶外吃飯，經常打好一碗缽飯菜後，就端到外頭吃，看海吹風。做完早課，回來補眠，沒有出家者的特權，也是懶散，有時睡遲沒有去參加早課，看著睡遲的自己賴床，腦中盤旋而過的都是罪惡感，懶散也是罪惡。無處不在的善與無處不在的惡，孟子與墨子坐在曼陀羅上對望兩不厭。

傍晚黃昏瀲灩的陽光淡去，她多半會漫走在沿著山丘的小徑，從各種角度望海沉思。有時在路旁還會遇見寺院的住持師父在餵螞蟻，住持師父抬頭看她一眼，起身摸著她的頭說，來給師父剃頭吧。她還沒回答，旁邊服侍住持師父的隨身弟子就笑著說還不快跟師父說謝謝。就像清宮劇似的，師父是皇上，旁邊的弟子要她快快叩謝皇恩。她仍沒回答，因為回答謝謝就默認要做師父的弟子了。師父笑笑，又蹲下身去餵螞蟻。其實她滿喜歡眼前這位慈眉善目的師父，她還曾經糊里糊塗皈依了這位當時還不認識的師父。皈依當晚現場有三個人，她和兩個陌生人都在臥佛殿，她只是剛好在那裡欣賞著岩壁上掛的佛像，突然有人拍拍她的肩膀說師父來了。面光處走進幾個人，接著隨侍弟子就要她和另兩個陌生人跪下，她一向非常禮敬出家人，也就自然而然地說跪就跪。整個皈依儀式結束，隨侍弟子發給她一張皈依證，當她在燭火中看著自己的法名叫幻世時，一個女生匆匆進來，慌慌張張嚷著結束了嗎？幾個隨侍弟子紛紛轉頭看向她，才知道要皈依的是遲到的這個女生。師父一群人離開臥佛殿後，那個遲到的女生跟著她，盯著她手上的皈依證瞧著，眼巴巴地好希望她把皈依證轉讓。

妳叫什麼名字？遲到女生很直接地問著她。她還沒回答，女生接著說妳可以把妳的皈依證讓給我嗎？皈依是在佛前皈依佛法僧的，哪有轉讓給別人的？她笑答。

問題本來妳的法名應該是我的，剛剛瞥見妳拿的這個法名真是好脫俗喔。皈依證不能給妳，因為跪在佛前的人是我，她又笑說。好吧好吧，那我要用幻世這個法名妳就管不著了。她覺得這女生可真執著，但既然這麼在意，卻又遲到了。望著女生離開的背影，她想妳要叫什麼名字我當然管不著。

幻世，這法名後來她一次也沒用，怪的是也沒在寺院遇過幻字輩的人。一般會同一時期皈依的弟子所領受的法名的第一個字會相同，比如在寺院她就遇到好多法字輩的法鼓法音法山法潮法嗣法勇法堅法果法同法濤等等法名，但她就是沒有遇到幻字輩。她感到被抓去的皈依儀式充滿著幻影，彷彿是一場夢。而那個跟她要交換皈依名字的女生也沒再看她上山過，她記得自己曾瞥見女生後來的皈依證上寫的是幻絕。她其實頗喜歡幻絕，幻世幻絕，像是一對在山洞裡閉關修習練功的情人呢。

幻絕已杳，人世幻覺。而皈依儀式，僅僅取得入學資格而已，不喜歡這間學校可以換嗎？獅子吼說何必換，整個大千世界不都是妳的學校。

25

在山上的生活其實也可以過得很城市，寺院許多的大功德主將寺院供養得彷似一座大叢林裡的身心靈渡假村，裡面有咖啡館有紀念品店有書店有茶道室有花藝房有靜坐席，彷佛是山下某一區域的微縮版，所不同的是這裡的人遇到都會微笑點頭或者雙手合十，像是機器人被設定了套裝模組程式。她中午過後會去寺院附設的咖啡館發呆或閱讀，想寫點東西，平常朝山課與遊客不太多。傍晚就走到吃晚齋的地方，那是她最喜歡的地方，幾乎喜愛到曾想要長留此地而動心出家的念頭，當然只是心動而沒有行動，理智讓她知道一旦出家這個地方就不屬於她了，她只會成為最低階的人，也許連到此地都會被限制。打飯菜的地方被稱為藥石，吃飯不是為口慾，只是如服藥般讓身體有動能。打齋的地方牆上都是標語，「是日已過，當勤精進，如救頭燃」在她照顧母親時倒是時常浮起。暮色到來想精進卻只是念頭轉過，雜務雜事雜念一荒擱經常抬眼就是夜深人不靜。通往台十五線的公路奔馳著不知生不知死的高速車族將引擎飆至爆破的聲音滑過深夜危脆的耳膜，精進必須像救火燒的頭般，真實世界的窗外是逸樂如火燃般。

住東區時光，就像念大學時租屋墮落街一帶，隔間的美利板十分薄，入晚兩具肉體的火燒聲音更顯刺耳，她隔著薄牆，以強大意志念著金剛經，彷彿是土法煉鋼地自我結界，以一道牆抵抗這漩渦四竄奔來的聲波慾流。如救頭燃，難就難在不火燒屁股時，不知頭也將被燒起，不能說是以僥倖之心活著每一天，而是連這樣的活著是僥倖的餽贈都無知，不以為長生不老，而是不知死前死後之苦痛，突然眼前無路，想回頭時已四面埋伏。在寺廟時，她經常去一間小殿內和一個法師聊天，法師之前在社會打滾，離婚後才出家，生命經驗豐富堪為人師，很多自小出家的師父就無法對話，一出口就是經典，無法安頓紅塵生命感情困頓的人。有時有認識的出家師父會召喚她要不要一起去住持師父修行的山洞請益。她也好奇地跟著去了，沿著山徑走到修行山洞，一路上聽著出家師父描述自己的剃度師父的偉大行誼，她也彷彿沾了神光。山洞十分潮濕，一群人已經圍著師父說話，肅穆虔敬的微光中每個人的眼神充滿了仰望神色，神就在那些個眸光裡現身，她景仰這種虔誠，是那種寧願相信也絕不會過問真神假神的人，但她也不著迷，只是在旁邊看著，沒有喜也沒有不喜。人與人之間的禮貌與對長者的虔敬，這不需要是佛教徒不需要是皈依者就當知曉的基本做人的道理。日常就是異常，她知道來此異常空間，要更平常心。

住持師父微笑，對她這個有禮貌的人又說著來給師父剃頭。

她依然笑著，甩著如黑瀑的長髮，算是回答。

大夥笑，她也呵呵笑。微光中，山洞濕答答的水聲滴落如山泉。離開山洞回到大殿時，一路上她都有如夢似幻的失真感。隨行的法師說盛夏時光師父會回到山洞閉關，秋風一起，師父才離開山洞回到道場。山中四季生活，盛夏時光幾乎無人，除了一兩場法會之外，整個海岸寺院如沙漠荒島，孤獨地迎著日出迎著日落，日復一日如果一直這樣過下去，也可以天荒地老。但她沒有天荒地老地和這座靠海寺院白頭，母親打電話來催她下山。一直打不通她的手機，母親急得四處尋她，後來想到她常往海邊寺院跑，問了電話打去寺院知客處，她在某個午後竟聽到廣播聲發出某某大德，請到知客處，有您的緊急電話。連續廣播好幾次，她變成大德，嚇得她趕緊從雲客居步出，跑到低處入口的服務處。接起電話，是母親，一如她所想的，她忘了給母親報平安的電話，手機又無訊號。

妳是瘋死了還是去做尼姑了，被妳佇死查某鬼氣身劉命。好在母親這回沒有罵她臭姬芭。

她委屈想明明很想我，幹嘛開口就是罵。嘴上沒敢回，其實知道理虧，畢竟是不該讓母親擔心的。

她忘了母親，就像她忘了紅塵一般，忘了她是有家有身世的人。她是在紅塵忘了山林，在山林又忘了紅塵。遺忘可以再被喚醒，母親就是最佳魔術師，喚醒她並非孤獨遊子，是母親的心頭肉與心頭恨。

她答應母親盡快回去看她之後掛上電話，對已經相熟的知客處義工微笑著，那些義工大部分都是一腳已經進入寺院體系的人，只是在等待被師父剃度，這段時間的義工訓練只是確定自己的心智是否真的是要走上出家這條路的候選人，

義工麗華曾對她抱怨為何師父獨鍾於妳，師父老是問妳給師父剃頭好不好，卻從不問我？我才是準備好的人，妳不過是個闖入者，師父卻從不給我好臉色。

她聽了微笑說，其實師父是愛妳的，磨練妳，所以不給妳好臉色，看妳會不會退縮。

那妳為何不用考驗？

因為師父知道我不會給他剃頭吧，所以跟我打賭似地開著這個玩笑。而妳是確定想剃度的人，師父反而要謹慎了。

麗華聽她這樣解釋，好像被安了心，整個臉因為了解而乍然地笑開了。那表情讓她不管走多遠都會想起的表情，花開見佛悟無生，大概在俗世裡就是這般了。那個大學時同她一起來的社團學姐，因為被交辦去擦佛像的瞬間突然痛哭流涕，決定不再回到學校執意留在山上出家的學姐似乎已經不在山上了，問不到那個社團學姐的蹤跡，廟方只說好像雲遊四海去了。擦佛像瞬間勾動了自此紅塵不歸的學姐，倘若再回到紅塵雲遊，不知她的際遇將如何？

她閃過許多畫面，緩慢地把聽筒掛回去時，彷彿聽筒裡藏著母親的愁惱苦楚與愛恨交織。

麗華安慰她母親的牽絆是很珍貴的，因為牽絆也不會永遠是牽絆。

她當下覺得麗華長智慧了。她相信下次再來山上，麗華應該已現出家相了，麗華將更名，麗華不復再。那麗華滿口都是出家是福報是緣分，這點她相信，因為沒有任何人告訴過她的佛言佛語，卻天生就讓她喜愛，她愛寺院，愛一切經文，雖然行為常控制不住習性地背道而馳。

26

她彷彿是在科考屢屢落選的吳承恩，她在選佛場也總是落選，佛看不上她，她蒙塵遮蓋的自性，貪嗔癡慢疑，闟闟不捨者，來這裡浪費時間，妄想上佛門避世。她的心在夜晚躺下時，如主考官似地對自己下評論。

大師姐寄信給她時說起在北印度佛陀之旅時的一段妙事。大師姐經過佛陀弟子阿難修行的山洞，修行山洞前有個很像石盤的基座，依據當地傳說，可以撿粒石頭，背對著修行山洞往石盤丟石頭，如果石頭丟得進石盤內，就意味著日後會出家。結果大師姐丟了石頭，卻見石頭在石盤邊緣滾動著，滾了好久，她在心裡頭念著進去進去進去，乖乖小石子，結果卻滾到外面。

後來大師姐去尋找流亡到印度的某位師父，那師父要大師姐閉關打禪七。大師姐以前常打禪七，心想七天，沒什麼難的，結果那師父說的打禪七，不僅要她短期內得到最佳的修行成果，還要她能打破七，打破阿賴耶識的第七意識才能出關。她也以為是她們大學時去寺院打的七天，不僅不吃不喝不臥不睡，還要打破第七意識，問題是第七意識怎麼破？聽起來像人的意識罩了層防護罩似的要加以破除。大師姐將找來的資料傳給她看，這《禪門鍛鍊說》入室搜刮寫著：「欲期剋日成功，則非立限打七不可。立限起七，不獨健武英靈奮迅百倍。即懦夫弱人，一心入保社而心必死，亦止捐身而捨命矣。故七不可不限也。」禪七選佛場，即禪堂，在禪堂中明心見性，見性成佛，故說「選佛」，也就是在禪堂的修行者，能見性者就彷彿被選上佛了。

她看著大師姐寫信的內容，覺得選佛場像是選美秀。問題是選美秀還能選出美，選佛場何能選出佛？誰來選？那我們不就參加一場又一場的落選賽嗎？大師姐七天後來信又說這立現起七，我沒打破什麼七，只是更多的欺。她出關，沒經歷生死。獅子吼知道後，也安慰他們說妄自菲薄自己的佛性也是謗佛。雖說是什麼七也沒破，但至少是精進修行的儀軌，運用參話頭，以靜坐和跑香，動靜之間，萬緣放下，來調和身心靈，一念返照，直至大地平沉，念而無念。她彷彿再次看見大學時把整篇心經用廣告顏料寫在裙子上的大師姐。那時青春的禪坐人，總是天未亮，就聽見敲鐘。整間大通鋪的人全都從被單中跳起，火速衝去打坐。那像是一間禪院，完全沒有隔間的大禮堂地板上鋪滿了蒲團，按著被編碼的位置坐下，按聲音所指示的，開始靜坐。坐了一天，晚上回到寢室累得躺在床上卻念頭紛飛。突然想起那個愛情毒教教主，她來這裡完全是因為對一段關係厭惡的逃避。但逃得了廟，逃不了自己的心。每天枯坐如石，念頭卻如水不止。嚴格規定不能中途離開，即使山下房子著火，即使山下有親人過世。沒有手機，就是發生也不知。所幸離開靜坐，山下世界根本忘了他們離開過，是他們把世界掛在胸口上打坐。

那些青春歲月，和有著小魚眼睛般的大師姐同往山上寺院掛單的旅程，兩人在火車客運上說說笑笑，不像去掛單，倒像去郊遊。大師姐更正她說不是小魚眼睛，是像佛眼，佛眼細長是因不忍視眾生而眉目低垂。日子灰白如冬日的浪，翻湧而來。在寺院音流交織一片的梵唱中，她總能聽見大師姐像貝殼收納潮音的唱腔。那些片段的回憶在她的腦海裡形成一幅遙遠古畫被刮傷的蒙昧感，最絕情的愛也很像是一個遙遠的故事，她有幸在年輕時來到寺院生活，那是個寺院相對單純的年代，沒有遇上騙吃騙睡的神棍，只有眼眸彷彿受過傷害的女尼與貓犬。那時候山上的日子大概就是做功課寫作喝茶，看日出日落，打坐靜坐，看海吃齋飯，用餐之後，繼續看海。可以一天講不到一句話，不妄語，因為沒有機會兩舌，更無可能喇舌。兩舌在一起多半八卦或被八卦，三吋舌根惹的禍患簡直如三大洋。失語的母親不再怒罵她當然也不再用言語懷愛她，安安靜靜彷彿在淨化過去，就像閉關的人禁語一般。她握著母親的手，用手勢來代替舌頭表達，在靜默中恍然有天語寫下。

於今在母親的病床前吃飯，她想起那只被她遺留在山上寺院齋堂的鋼缽，鋼碗外殼還用麥克筆寫著自己的名字。她一直以為很快就會再上山所以沒有帶走那個晨昏必然餵養她的缽。

那個寫有自己名字的鋼缽，彷佛青春墓誌銘。偶爾思起那個用麥克筆寫有自己名字的缽靜靜地躺在櫃子裡的畫面，像是雲端的黑洞般。她會覺得很像是落陷在母親病房的處境。然而鋼是不朽壞的，她也這麼渴望著自己的心性剛強，雖然常常期許一刻卻崩壞終日。

27

畢業後她離開佛學社，迅速滾入紅塵，腳下揚起的灰塵使她流下淚。那些為許許多多汽車旅館畫著春宮壁畫的日子，已然飛逝經年，度過奇異凋零的聲色日子。那誘佛不成的魔女憤怒將其經血變成迷幻人心的大麻菸草，她經常聞到空調散發出的魔鬼菸味，在滿室逸樂的唱歌密室裡忽然出現魔女經血的畫面。她常常忽然清醒地旁觀著周遭的這一切，這使得她無法完全沉淪，但又找不到向上爬升的力量，年輕時她只知道要逃離母親的語言傷害與情緒掌控。

在摩鐵流浪，畫壁畫。她跟母親說是在大飯店當行銷專案助理，她母親就信了。

在摩鐵的牆壁，畫著各式各樣的春宮圖。那些摩鐵的每個房間都有著比她的畫作還要超強的性暗示，總經理給她房間名字，要她自己想像如何呈現氣氛。那時她的頭每天都仰著，在床鋪上方的天花板上作畫，想像戀人（或者非法戀人）在解放情慾時能因畫作而多了想像的刺激。每一個房間的命名都像是躲藏著青春色身的自我隱喻：阿房宮、巴黎野玫瑰、查泰萊夫人……環抱的裸體，如星塵爆炸前的歡愉。她仰著頭畫圖，長久下來肩頸疼痛，幾乎變成了一隻肩頸歪斜的傷殘動物。休息時她躺在地上看著像是龐貝城火山爆發前的半成品畫作，男女裸體交纏，她直看到完全無慾為止。

每一面牆都等著被她完成，她從小畫圖，畫壁畫，從來沒想到有一天會畫摩鐵的牆壁與天花板。

有一回她和情人到了一間叫做總裁樂園的摩鐵時，她看著天花板上的情色裸男裸女圖在男人背脊的上方忽然交纏起來時，她推開男人，跑去廁所嘔吐。那種香菸酒精精液香水沙威隆消毒水雜染一塊的氣味，如夢魘掐住她。

新裝潢的房間，仍聞得到舊空間溢出的酒菸精液體液氣味，透過空調沾黏在地毯上，那陰涼如時光停滯的旅館長廊的每個房門空隙傳來女生的呻吟或者振晃撕裂的幻音，西曬的陽光如刀地射進日常的午後長廊，紅色的地毯拓著她長長孤寂的影子。她小心不讓手裡的顏料桶灑出，她剛剛才去某一間命名阿房宮的旅館房間補掉落的漆，著火的阿房宮，男女正準備進駐，油漆味將掩蓋身體的臭氣，天人敬而遠之的人體之臭。

獅子吼說，不踩紅色和黃色的地毯，因為那是象徵佛衣的顏色。她開始用跳的走，跳啊跳的，彷彿那沾滿酒精與腳氣或潑灑一地的紅地毯是一盆烈焰之火，彷佛青春自我的情色過火儀式。

春宮畫，懂吧，唯美的，充滿調情的，讓來的人都被挑逗了，挑動最細微的神經。妳還是大學生應該還不太懂，妳要我教妳嗎？摩鐵經理說。

她猛烈地搖頭，我自己會找圖片來參考，要帶她去房間作畫的櫃檯小姐笑罵著經理不素鬼。經理笑說我開旅館，當然是不素鬼，不吃素。

那是整修其中幾間的汽車旅館，和最初什麼都還沒有的新蓋旅館不同，房間早已疊沓類似酒家或者養殖場的腐臭海鮮味道，她在那個靜默新塗上油漆的空間畫著圖，隔壁沒有要整修的房間一會兒動一會兒靜，一會門開一會門關，女人晃顫的呻吟之後是打掃的阿桑。隔著牆，她開著旅館的電視，色情影片陪伴著，畫著還沒著火的阿房宮，還沒降下火球的龐貝城，還沒枯萎的伊甸園。初看旅館電視裡的色情影片，她會被暈眩而來的強大晃動與如蚌殼開啟那般潮濕的慾望勾起，她休息時躺到地板上，當指尖碰到恥骨以下時，瞬間激情卻成灰燼，罪惡感一陣揚起，接著轉為索然無味，她跳起來，讓情慾退潮，彷佛聽見那個經理在嘲笑她妳裝清純啊。

之後，再色情再雜交的影片就像是在聽反覆播送的新聞，沒有感覺了。她可以靜靜地開始作畫了，細細地將女子的膚色肌膚打得有如塗上ＢＢ霜，她在裸身的仕女肌膚上打著像林布蘭特珍珠般的光澤，雖然這種細部與暈染的氣氛是不會被猴急卸貨的入住男女看到的，但那是她自己要畫的，她要細緻的東西，在她當時那般粗礪的生活上。畫作裡的女人肌膚甚至還白皙至看得到血管，霓裳薄紗下的乳房像是鮮奶饅頭，她能想到的就是鮮奶饅頭，她最喜歡吃的早餐，山東的那種圓形大鮮奶饅頭，夾鵝黃煎蛋。恥骨下的私處粉嫩如櫻花。畫到男人她就不太會畫了，她那時十八九歲還沒談戀愛，接下這個打工的旅館工作後，她才開始被喚醒體內的雌性激素。男人該怎麼畫？古代的男人該是濃眉大眼，身姿有著騎馬的威風，長髮飛揚，吟詩作樂。男人吟詩，這是她喜歡的，雖然從來沒交過寫詩的男人。幻覺瀰漫在她一個人畫壁畫的房間，她是太空人，漂浮情慾太空卻四下無人，月隱星滅，她彷彿落日旅館裡最後一個站立的人，其餘都躺平成地平線上一座座等待情慾核爆過後的廢墟。

天龍八部的樂神來到摩鐵，不知誰在摩鐵播放印度風的音樂，當她畫到異國情調的區域時，她聽獅子吼說過樂神的梵音只要根器利的人一聽進耳裡，就可以直接入三摩地，她邊畫圖邊冥想這樣的音樂，壁畫上的裸男裸女帶著原始情調，也像敦煌壁畫的婀娜天女。那是一間老闆喜歡古典小說的旅館，室內設計師是一個講話總是瀰漫一股火氣很大的餿味，那個味道很破壞他的帥氣。設計師要她依著房間的名字來想像畫什麼圖，拿給她一個不知從大陸哪個觀光區買來的紙牌，紙牌上印的都是春宮圖，給她參考白描用。搜神記、山海經、西廂記、鏡花緣、白蛇傳、金瓶梅、紅樓夢、海上花。她按著這些古典小說的愛情片段或慾望篇章，將文字以古體仿字寫在牆上。這讓她感覺身處的空間又邪惡又美麗，像是要把未修完的中文學分往摩鐵的牆上修去。

萎敗的密室

28

雨天要存水，晴旱才好度日。媽媽的話，媽媽的生活智慧小語錄，媽媽牌心靈雞湯，用苦難寂寞匱乏熬煮而成。媽媽是怎麼把自己變成現在的模樣？往事已難拼出歷歷刻痕，她是直到後來才體會出母親是另一個分裂自我。她的業力警報器，時時提點著她。

直到母親中風，她才警覺還得再裝上避開身體危險的各式各樣避震器。

那一回她特別為母親找了個細心的女醫生。男醫生總是讓女生擔心害怕，內診尷尬，她看網路風評，找了個女醫師又有好評的前往。女兒陪母親進婦科的獨特風景，讓她想起的卻是摩鐵房間的按摩椅。差別是診療室的椅子中間隔著一個小布簾，阻隔病人和醫生的裸面相見。椅子旁邊架著一個螢幕，像是外太空站。

護士問母親要用拋棄型的鴨嘴器還是用重複使用的滅菌鴨嘴器，拋棄型的鴨嘴器要自付五十元。她在問診間看向母親在粉紅色簾子內脫著褲子，她知道母親聽不懂護士說的什麼鴨啊雞的。她在門口代替母親回答，用拋棄式的。隔著門簾，她想像著鴨嘴深入母親子宮。隨著醫生的超音波移動，她看見前方的螢幕出現一個比例看起來甚大如發射器的透明物，明顯到像是窩居體內逐漸長大的異形，一座身體羊水裡長期因潮濕而多出來的島。像是故鄉靠海那座插了上千根不斷冒著熱煙熱液如大陽具的人工島。

麥寮無麥，人只能賣命，六輕很重。

她看著螢幕上那像ET的T環避孕器對比著萎縮如指甲片的子宮竟顯得如此巨大。

女醫生從頭到尾都戴著口罩，看不見五官，短髮俐落，眼睛睫毛很長，說話輕聲細語，感覺是個溫和而冷淡的美女。超音波的小小鏡頭從陰道伸到子宮處，她應母親與女醫師之允進去看著螢幕，那個T環狀物顯影在螢幕像個古老生物。女醫師用一個儀器的探頭往母親的腹部爬行，超音波找出避孕器位置。她跟著望向廢棄太空梭上停格在螢幕上的白色透明物，清晰得像是一抹水母燭光。女醫師看著電腦螢幕，邊用手滑進一個鉤子邊說希望可以順利將它勾出來。沒幾分鐘，只聽母親輕哼幾聲，她就看見醫生手裡勾出的小環。原來這麼小，就像幾片指甲合起來，不若螢幕那般大。醫師說有聞到臭味，代表有發炎，所以我會開藥，交代妳媽媽記得要把藥吃完。藥方中文名字很奇特，Flagyi咪座尼達，脫帶淨膜衣錠。適應症陰道滴蟲感染之陰道炎，白帶，阿米巴痢疾。

停經多年的母親有日突然想起藏在子宮暗道如防守衛兵的避孕器，衛兵不老，宮殿卻已荒蕪。母親遺忘這個擱置體內多年的異形，一個新聞提醒了母親。那個新聞是一個老阿嬤取出擱置體內三十多年的避孕器，原因是每當這個阿嬤要抱孫子時，孫子都會極力要掙脫阿嬤的熊抱，且還掩鼻轉頭嫌阿嬤臭摸摸。那阿嬤覺得很委屈，就每天勤洗澡還被嫌臭摸摸。去了婦科檢查，照超音波發現早已西線無戰事了，但長期阻擋雄性敵軍闖入的異形卻仍滯留體內。阿嬤一經提醒，才不好意思地想起三十多年前的這檔事。因為太久遠了，避孕器卡進子宮壁，崁進整個血肉之後被環環包住，每天摩擦著血肉，長期發炎滲出氣味。都是外物惹的禍，而這個外物所抵擋的是自古以來女人身體又愛又怕的古老情事。

獅子吼對她千交代萬交代捨愛離怨的重要，他說人類本是天人，佛經記載在壞劫時期，初禪以下的世界都被毀壞；經過空劫之後，在成劫時期再次形成初禪以下的世界；在住劫之初，地表初成，有地乳產生。光音天因天福享盡、禪定力退失的男女天人，被地乳所誘，於是飛至地表，嘗了地乳之後，身體卻變得沉重，自此失去了飛行能力，成了最初的人類。失去天衣的遮蔽，男女露出赤裸身體，誘發了彼此的情慾，自此繁衍了人類。每回男女交合，她就不禁想起被地乳所誘的天人降生為人之說。天人嘗地乳的畫面，當年她在摩鐵畫圖時，屢屢畫到胸部時，都不禁冒出這個說法的想像畫面，心想還是無色界天人好，不需身體就沒有身體的苦痛，沒有香氣臭氣，沒有腐朽。只要看一眼就會高潮懷孕，聽獅子吼這樣說的時候，她記得年輕時的校園教室內頓時充滿了笑聲，有人羨慕有人不信。

這是母親少數求救於女兒關於看醫生的事。

母親原有的子宮肌瘤則在停經後逐漸縮小，母親把她放在肚皮裡擺放十個月的地方，已經萎縮成像是一粒種子的核。核是最強大的，即使萎縮也不會消失，提醒著人子曾經寄生在母親身上當三百多天吸血鬼的時光。母親的子宮猶在，沒有廢宮，只成冷宮多年。偏寒的宮殿，氣血不調，她的雙手偶爾在母親收下氣焰時會摸向母親的肚皮，幫母親輕柔按壓，讓氣血進入宮殿，捎來溫暖。那是國中尚未逆反期的母女之間的少數親密，如貓般拓在母親的肚皮，之後漸行漸遠，如獅虎落單緩緩踱步行走各自的領地，感情的大河阻絕多年，母女前進的生命與感情不再連結，食物鏈已斷，荒原佇立，只能心繫遙望。

婦科的病歷表像一本編年史，也像按時間年序寫就女人一生的長篇小說。除了例行問的家族史、用藥史、開刀史、過敏史。婚姻狀況：未婚，結婚，離婚，守寡。她第一次在病歷表看見母親經歷的四個層次，離婚雖然沒有發生，但母親將離婚這兩個字掛在嘴巴是她從有記憶就聽到大的，一直聽到父親過世，母親才沒再嚷嚷離婚，且竟不再面對其他的男人，冤仇人變成心中的愛，離開之後才能相處的人。母親覺得原來有個伴侶也是幸福時，轉眼就成為寡婦，進入漫長的守寡。父親的死封存了傷心也封存了子宮嗎？所以這可疑的避孕器有多少年了？這不重要，重要的是母親的愛意感湧出來了，這讓乾枯的身體帶著想像的梅雨來襲。

月經史，月經季經年經，她第一次聽到年經這個詞，身體太奧祕，卻又這麼脆弱。停經，幾歲停經，停多久？是否服用荷爾蒙？生育史（未，有）選有的選項下繼續問著胎次、產次、分娩情況。流產史更是讓女性在填寫時，不斷地勾勒起傷痛憶起那個悖負之人，甚至不只一個悖負之人，而是好幾個悖負之人交疊在感情如舟行海上的動盪青春時光。

她記得祖母得子宮頸癌時，母親曾照顧祖母好一段時間，雖然婆媳不和，丈夫又已不在，但母親仍克盡職守經常在醫院裡照護。她也常在讀國中時下課前往醫院陪母親一起探望祖母。有一回她看到母親為了祖母跟醫護人員大吵著，抗議著醫護人員對祖母粗魯疏忽之處，那真心真切為祖母抗議的聲音與姿態，讓看在眼裡的祖母突然對母親生起好感，不再那麼冷漠了。

母親進入初老，也很擔心自己的子宮問題，但母親一直都沒有什麼婦科的大問題，母親的婦科都是常見的細菌感染的發炎所引起的刺疼感，用藥幾日多可緩解，只是經常發生遂令母親不安，但每回檢查一直都沒有問題，甚至因為太常用藥用洗潔劑而導致太過乾淨所引起的乾澀不適。時隔多年，她仍很訝異寡居如此多年的母親有裝避孕器。她陪同母親去拿掉避孕器，之後她意識女人身體對避孕之迫切，也悄悄為子宮裝上一座阻絕異質者前進的閥子。小小的T環看起來像牙套透明的環狀物可以阻擋異質進入，可以阻擋命運慾望潮水一波波的湧進。

等待母親走出內診時，她在櫃檯幫母親拿了消炎藥，出了診間帶母親去吃東區涼麵。她看見多年前離家租屋的東區小窩，那株玉蘭花已經消失了，方圓幾里再也沒有香氣，不知那個房東婦人可還健在？那個被報紙包著的嬰孩都該長成少年了。東區落寞，街頭攤販比店家多，和她青春時的熱絡差異甚大。母親走著走著，突然有點不好意思地說，剛剛醫生伸進去還滿溫柔的，但還是覺得怪怪的。她不知道母親說怪怪的究竟是什麼意思，但可以約略體會任何一個下體被陌生異物侵入總是不適。又繼而一想，母親私處空巢如此久，一丁點物體進入都會覺得很不適吧。她想到此，溫暖地拍拍母親的手臂笑說我們去吃東區粉圓。愛吃鬼，母親緩慢跟著她，像小女孩唯恐走丟，那是她的母親最後跟她一起出現在台北東區的身影。

子宮卵巢，女性看不見的獨有器官，母親從經前症候群變成空巢期症候群都不曾有過好月經與美子宮。逐漸擴張領地的骨盆，刻痕出母親生產之後的勞辛時光，日後不斷被淺碟社會所污名化的大齡剩女與大嬸，媽媽從年輕就老了，而她好像沒有年輕過。她看著母親躺在像是摩鐵的按摩椅上，那必須高高翹起的臀部與雙腿撐開的黑暗虛空裡，她看見苦痛黑暗處流出的血水，她感覺自己對母親就像數百萬年才能讓淺海與深海的海水融合為一的愛，看不見的融合，早在她懺悔的淚光裡。

或許還能對話十年後的自己，但眼下卻是沒機會再對話十年後的母親了。

母親，晚安。母親，對不起。母親是女兒的另一個我，她在那一刻強烈感受到母親對她的身體暗示。一個小小如透明指甲片的T環就可以撫平她往後不再犯錯的懺情路，或者像是宮廷劇的麝香，可以阻絕另一個強行侵入者的傷害與看不見卻老是被提點會強烈懷恨的嬰靈碎片。嬰靈當慈悲，亙古母體有苦難言，有傷難伸。還是科技發明的這個像是小透明牙套的T環慈悲，置入體內，阻斷入侵。阻絕和女體最大的細胞卵子結合的必要隔離措施，數百萬卵母細胞打從出生就悲傷地進行孤單者的分裂再分裂，枯等幾日不見游過的蟲蟲列隊者而自生自滅。卵巢寂寞的母親卻看見女兒竟比自己更寂寞。

在診間時，母親突然在躺下來岔開雙腿要跨上冰冷的鐵板時，母親伸手握住她的手，母親的手溫度襲來，她感到母親的手因為有點害怕的冰冷，或許是因為診間冷氣的關係。她小握片刻，很快就又掙脫了母親的手，太親密了，這氣味比疏離更讓當時的她覺得燙手。

拋棄型的小小鴨嘴器夾著的T環，T字兩端捍衛母體，不讓偽裝成愛的東西進入，當起危脆宮殿的守門員。她偷偷趁著護士轉身時從垃圾桶撿起。半截尾指長的物體，沾滿著母親子宮外圍的體液，果然躲藏一股腥血魚露似的傷心氣味。母親在還沒截斷子宮之路時懷了女兒，但母親怨懟雄性那個入侵者導致了子宮異常忙碌，也許聽了年輕時髦阿姨的話跑去裝上阻絕物之後，雄性入侵者卻爆肝走了。多年之後，母親忽然在某個肚疼的下午，遙想起那個入侵者的雄性身體，雌蕊寂寞如寒宮，空巢提早到來。母親就像馬達加斯加島那困擾著達爾文的特殊品種，名字大慧星風的奇異蘭花，花朵後方有長達三十公分的細長花莖，如此艱難進入的深度結構，花粉藏在細長如吸管般的花莖深處，花粉如何受精？這樣奇特結構的物種如何交配繁衍？達爾文到死都沒有眼見為憑，但他推論這島上有看不見的某種蛾類必然有著細長的喙可以抵達大慧星風蘭的神祕深處。那個可以深入蘭花花粉器官的馬達加斯加長喙天蛾，被發現時可能達爾文在墳墓底下微笑呢，達爾文想凡所有可以繁衍的物種必然有可匹配其結構的物種存在。馬達加斯加長喙天蛾，那筆直的長喙是直搗蘭花神祕性感帶的授粉天線。長喙天蛾若滅絕，大慧星風蘭也將滅絕。T環也滅絕了她的往後罪之華不慎開出的慾果。

她偷偷迅速將母親身體內掏出的透明物用面紙包起來時，一股臭蛋的氣味襲來，她突然想起了自己的感情。在她這座如熱帶植物雨林的身體上所銘刻過印記的人。心中飄過在她的感情版圖裡占據最多時光的頑強感情，如十七年蟬，打死不退的蟬，她突然不寒而慄，子宮瞬間一陣抽搐痙攣。離開診所，在捷運車廂聽見很多新住民女生的腔調嘰嘰喳喳地像是某種冰塊相撞，她的子宮等待和年輕母親一樣的避孕器，更先進更溫柔的材質，將使她的世代的某些子宮進入蕭索的廢宮年代，她們不是願意成為廢宮年代的人，而是再也找不到可以匹配的馬達加斯加長喙天蛾。滿車廂這些異腔異調的女孩，她們沒有這種像大慧星風蘭那般授粉的艱難（外來婚配者面臨的是更複雜的其他艱難），她們等著將子宮承讓給在她們體內興風作浪的命運，以彌補她這一整個世代的廢宮疲乏與卵子寂寞。

她不再等待天蛾飛來。

她等待天神降臨，接走母親這個被時間遺忘的活化石。

29

那高原的湖，遼闊如海，這夢中的河，小如血管。被乍然崩落的巨石阻絕了流道，一如阻塞母親血管的神祕停滯。在母親走進生命尾端的那些日子，她屢屢從海湧拍岸逐漸走到蕩漾微波，她自問著走到風平浪靜，走到風停心息需要多少贖罪般的苦痛折磨？風心無別要踏過多少愛恨分別的歷程？

那時候她總是看著母親的臉，眉頭常鎖，紋如刀刻。

寡婦的母親，先是封鎖了私處，接著是食道。乾燥的穴，搔癢著夜。母親要女兒替她去衛生所拿藥，那是她少女時代難以啟齒的病名，滴蟲陰道炎黴菌陰道炎，或者乾燥症尿道炎。忙到沒有時間解手或者因為長期封鎖的穴處自身降低了免疫力？總之她不明白來源處，只知道母親不舒服。陰道毛滴蟲可能跑進母親的外陰皮膚皺褶內、尿道旁腺、下段尿道、前庭大腺、陰道及子宮頸管內，發藥的護士說。那個年代，簡陋的衛生所連程序也不太重視，母親常要女兒替她跑腿拿藥。少女女兒替母親拿藥，她臉紅著。很多年後，她在某一張床被一個晃動的身影滴下的汗水弄濁了眼睛的淚水時，她想起少女時期為母親去衛生所拿藥的往事。當無性生殖的黴菌進入無性生活的母親體內，恥骨，帶著羞恥的骨處，寂寞地等菌找上門。上帝也管菌嗎？她在福音機想著，手指按上紅鍵，就像算命籤一樣的方形機器，有個紙籤被吐出。「不用害怕，因為有我在。」多麼務實的現世祝福，或者「如果有一天你的生命有了艱難，記得來找我」的承諾慰藉。

突然有一天她一個人在自己的住處時，這些躲藏在密道的菌也找上了她，已經很久沒有過解手時有如被上百細針戳刺的那種椎心痛感，那種痛不是劇痛，而是微小緩慢難忍的一種細緻施刑，不會大叫的痛，也不會瞬間吶喊，而是隨著解手進入恍惚的呻吟之痛。一滴尿也會想要衝出的痛，躺在床上馬上就得起身，她乾脆坐在馬桶上打盹，但最後見白磁磚上有血滴子，於是大半夜地一個人駕車到急診室，獨居者必要的堅強。下著微雨的黑夜，在黑暗的病院區尋找急診的亮光，見到病院外的廊下有人在哭泣，哭聲震耳，應是親人剛離世。夜晚的急診室是奇怪的偶遇，吞藥燒炭被救的自裁者，被撞得血流滿面的車禍者，呼吸不過來的老人，突然發高燒的嬰兒。她覺得自己是整間急診室最淡定的人，也最輕微的人，很久才有人叫她，拿著塑膠紙杯與試管，要她驗尿。她在解尿時，又疼痛地冒了汗，將小小試管拿到檢驗室櫃檯，帶著口罩的年輕身形檢驗員指著某處說，放那裡就可以。她轉身時想起有個朋友原來也是醫院檢驗師，有一天決定辭職，朋友說發現讀那麼多書卻每天驗尿驗屎驗血，與污穢物為伍，真難忍受。她笑說那妳要改行當廚師，每天炒菜都是香的，再也不會看到食物從人體吐出來的東西了。

護士在門口拿著病歷表給她，她走進玻璃自動門，隨護士所指看見一個年輕的男醫生。醫生看著電腦，問著結婚了嗎？她搖頭。月經剛過嗎？她點頭。以前發生過尿道炎嗎？她想起大學時有過一次，她點頭。以前有過就會容易復發，醫生繼續盯著電腦說。她聽了補充說但那已是很久的事了。醫生聽了沒表情，接著遞給她一張如何預防尿道炎的書面文字。醫生停下看電腦，轉過來看她時，好像才驚訝眼前這個女子面貌清秀之美似的轉為友善親切的神情說，這很容易再復發，所以抗生素要整包吃完，不可以因為好了就不吃了喔。抗生素主要就是用來消滅細菌的藥物，好壞通殺，多喝水排掉。她道謝後轉身去等待拿藥時想從醫生口中說出月經尿道炎的字詞，連她都覺得不自在，何況極好強的母親，未老的母親。

她從幫母親送急診到為自己送急診，都是看不見的細菌在密道作怪。必須找出菌種，抗生素對治，殺得細菌在體內屍橫遍野。跑入泌尿系統的細菌，迅速吞噬女體的尊嚴。再也沒有比婦科更喪失女體主體性之地，在陌生者的眼中暴露私處，手指探進，乳膠手套爬行最柔軟的傷害地。自此守寡的母親害怕去看醫生，女兒成了拿藥的跑腿，母親隱私的防護者。但現在再也防護不了了，母親的私處只要掀開被單就敞開在陌生人的目光下。來的醫師護士實習生，掀開被單就像在翻書頁。但那被單在母親眼中卻如中東婦女面紗般的莊嚴，在醫院談莊嚴，大師姐聽她說起這事時還笑她天真。

維護了那麼多年的寡婦母親的尊嚴，終在晚年瓦解一空，私處不閉鎖，防可怕的褥瘡找上門。

她掀開母親蓋在私處的薄被單，手扳開母親雙腿抽出沉甸甸的尿片，換上乾爽的新尿片，再把母親翻正，重新整理蓋在上面的看護墊薄被單。再走到電動床上方，雙手插向母親的雙臂下，使力將母親往上拉，調整母親的枕頭位置，很快地母親在乾爽下就睡著了。她見母親睡著了，也拉上蘋果綠窗簾睡覺。當時母親一度移往傳道者醫院的安寧病房，因為那回的敗血症可能衝破母親最終身體的脆弱防護網。那時她以為母親已經走到生命的盡頭，沙漏將盡，雨水將盡，海洋乾涸。她握住母親的手，拉開櫃檯下方的沙發床，躺下。其餘兩床的病人被送去開刀房，房間瞬間安靜下來，最好的補眠時光。

高中某回她放學回家，丟下書包尿急直衝廁所時，卻看見馬桶蓋被翻了上來，她隨意地扯嗓揚聲問正在廚房忙的母親今日誰人來厝裡？

連男人這個名詞都沒有吐出口，她走出廁所卻見母親沉下一張臉。

只有她和母親的房子，兩個女生用的馬桶幾乎不翻蓋，翻蓋也聞得到是為了清洗而噴的清潔劑氣味。女兒的口氣讓母親聽起來以為帶著質疑，其實她只是隨口問，沒有別的意思，但經常嘮嘮叨叨的母親那回卻多心地沉默著。晚餐靜悄悄地連咀嚼聲都聽得到風雨欲來滿樓的氣勢，她低頭扒飯，生怕和母親眼神對上後，母親下一秒會飆出暴怒之語。

有人把她推醒。那時她醒來，極度睏倦地看著眼前的白衣護士，朦朧她想起自己還在醫院裡陪母親，母親也難得睡得打著鼾聲。護士拿母親的晚餐牛奶給她，她說了聲謝謝。拿牛奶起身，找針筒管要幫母親餵食，那回她曾仔仔細細地打量著母親的臉，烙印著夢的痕跡。可以縮短母親的臥床時間，她願意和無常殺鬼做交換，寫出無常殺鬼過去的所思所想，寫出似曾相識卻又虛幻的夢景。無常殺鬼交代只有男女合一，伊甸園才會再次從被詛咒的枯萎中重生。她不在乎伊甸園，但她在乎母親。母親臥床後，她的伊甸園大門早已上鎖，伊甸園外不斷雜草叢生的都是轉身即逝的愛染罪慾，而她要的正是過眼雲煙的東西，永恆太沉重。不情願的彌賽亞，無家可歸。如果妳再次出遠門找到了快樂的鑰匙，請妳記得回來，如果妳一直幻滅，也請妳記得回來。我會再度帶引妳走向神的祭壇。

夢中的無常殺鬼最後輸出的文字。

此刻想起請妳記得回來，她望著窗外湛藍的天空，心裡感到安慰。

30

文成公主守寡三十年。母親守寡三十年。她是自願寡居一生。文成公主守寡不是為了貞節，而是她喜愛佛法甚於一切。她的母親守寡不是為了貞節，而是這世上沒有她愛的男人了。但這不意味著她的母親愛她的父親，只是母親不想再愛男人了。她年紀還輕時就誇口寡居是因為她以為這世上沒有餽贈她好運的男人了。

蟬男人帶來的束縛感，抽走她的空氣，要終其一生打高壓氧才能復元。寡婦在高原不吉祥，修行者經常連寡婦都不見。古代寡婦不可再醮他君，五品以上妻妾不得改醮，寡婦在古早年代是一個危險的身分，被迫改嫁得不惜斷髮毀容或是吃齋入佛門，以表不改嫁的決心，或找個廟漂白身分，於是武媚娘去尼姑庵後變武則天，楊玉環去了尼姑庵後變楊貴妃，不是不嫁是時候未到或良人不良。文成公主哪裡也不去，連長安不回，只守著高原守著薄弱氧氣呼吸。母親也哪裡都不去，守著島嶼守著薄弱的鈔票。她是哪裡都可去，遊戲一場又熱鬧又蕭索，徘徊煙花與佛家，兩端都是走鋼索。

那些民間聊齋故事總寫什麼餓死事小失節事大，這種詞句在當代是餓死有所聞，失節沒聽過。用纏腳布把自己吊死的寡婦，生前無法獨自生活的寡婦，死後為了復仇那些侵凌覬覦她身體的人，寡婦遊魂自此在島嶼在平原在海邊在小鎮在高原……住了下來，和無常殺鬼最熟悉的吊死鬼寡婦在陰風中遊蕩了好幾代。

寡婦變成厲鬼，愛情未完成，因為她的對手是如油鍋沸滾的色慾。

女人靠著決心與道德紀律，獨自撫養孩子長大的寡母故事就像鬼故事長在她童年的心裡，她曾和母親去過金門旅遊，為何會一起去，應該是買一送一的招待之旅，當初有捐錢二十萬以上給千歲的廟方舉辦的犒賞功德主的旅程。那是一趟奇怪的旅程，母親對金門高粱菜刀麻糬都有興趣，一趟旅程簡直就是土產之旅。她卻是到處走在廢墟或碉堡，夜晚行過貞節牌坊時渾身都感覺不對勁，彷彿陽剛的島瀰漫著隱晦的性與死。風中草原一座孤立的貞節牌坊在艷陽下散著模糊的魅惑，再轉個彎，剛毅的風獅爺揚著男性神性的威武樣貌，瞬間驅走了貞節牌坊的女魂怨昧。過了聚落，草野空蕩，遠方閩式建築群落在夕陽裡燒出焦糖般色澤，近看有千瘡百孔，彈痕如私穴，只餘歷史陰風穿進穿出。慾女豪放女行經貞節牌坊的俱樂部已人去樓空，島上的軍人曾經每到假日即擠爆這小小方寸。搗上下體疼痛的熄燈號，看著貞節牌坊矗立在明月陰風裡露出的一張慘笑的臉。床與床在漂流、骷髏殘骸大跳燐火舞，節婦烈女與八三么妓孃如鬼魅的又笑又泣。

她觸摸那些磁磚的線條花紋，華麗致富的背後是男人落番南洋，以女人孤獨的時間所堆疊而成。一門三寡，某氏二十九歲守寡，某氏二十六歲守寡，某氏二十九歲守寡。重複的數字與守寡字眼，如島嶼日落，黃粱夢醒。在旅途裡她卸去了青春歲月長年在佛教聖潔的包裝下誤以為的清風明月，她開始真實去碰撞自己與他人，不再開口閉口都是鸚鵡的擬仿禪。

如母親被封喉，此去靜默。

放逐者，等待被領回，等待無望，遠方遲遲無訊。

31

在愛情世界，她總是遇到高手，比她任性十倍的男人，她經常吸引這類人，這類人也被她吸引，只是吸引的時間不會維持太久，因為在一起之後她就變成正常人，任性男子突然覺得她索然無味。

在她青春的烈焰裡，生活就像熱爐，男人就像冥紙，供過燒過，就灰飛煙滅了，好的人留下一些印記，有拜有保庇。壞的人也留下一些印記，沒有兌現的愛情神主牌只能供在記憶桌上，她捻香祈禱山轉路轉別再相逢。

她為不同時期的愛情狀態命名年分，就像改朝換代一般。比如住在東區時的感情就叫做東區元年。母親中風前一年，開始進入所謂的摩鐵元年。母親不是愛情客體，不然她應該稱這段時間為長照元年，可惜她只為愛情命名。

那時她正好和蟬男人同居的房子退租，原因是她明白地告知蟬男人真的無法再租房子了，還要幫母親租房子，雙重壓力再也負擔不下去，再兩邊燒下去她會瘋掉。原以為蟬男人這樣可以饒過愛情，結果是轉戰場，去摩鐵。不是為了銷魂，她倒像是去還高利貸。終點摩鐵，以時計費。兩小時贈一小時，非巔峰時間，她有長長的時間可以進行摩鐵田調。入口櫃檯促銷你買一本使用券，推銷的口吻讓她坐在副座都可以感受到性愛費洛蒙四處飄飛，必須以情慾票券方能安置。買券的慾望在當下是盲目的，當買十張之後，十次的重複減低了熱情，開始懊惱想換家嘗鮮。買券已經消費了，故經常被當成不急著服務的對象，問想要的那個房間往往不是沒有空房就是折價券不能用，於是常得等待處於平價房間的人將情慾卸貨完事走人，再加上打掃時間，等待讓慾折損。摩鐵通常送女生面膜或牙刷牙膏組合作為等待禮，是怕女方臨陣脫逃嗎？她的牙刷牙膏已經讓她的牙齒夜夜抽長，卻讓愛情夜夜縮短。無業的蟬男人由於經常經濟困頓，養成將一切要取回成本的習慣，連愛情也是連本帶利，何況以時計費的情慾空間。他會把所有摩鐵的贈品一掃而空，雙份的牙膏牙刷卸妝乳洗面乳身體乳保險套潤滑液浴帽，即使不戴隱形眼鏡也把眼鏡盒和小包生理食鹽水取走，臨走前最後的高潮是把面紙盒裡的紙一併抽光。摩鐵附贈的零食更是必拿，櫃內的泡麵茶包三合一咖啡，冰箱的可樂雪碧礦泉水，這些東西累積起來可以讓她開家小雜貨鋪。

印有摩鐵名字與電話的廉價原子筆更是塞滿她的抽屜，每一支筆都是情慾的時光印記。摩鐵在性愛之後經常還剩一小時甚至兩小時的剩餘時間空檔，有時她會看看雜誌，無聊地按著電視，一開機多半是旅館介紹，「本館裝置反針孔偷拍偵測器，提供您安全健康的消費場所」，針孔之後是如此冠冕堂皇的正義之詞。轉到色情頻道哼哼啊啊百體換位，在戀人流盡慾水之後，看這些肉體就跟在看政府反毒宣導片差不多了。無聊填寫可以換小禮物的顧客意見表，「請問您從何處來？」這像是她在獅子吼靜坐中心參話頭，從何處來，大哉問。「請問您來旅館，使用的交通工具？」汽車旅館的Motel在島嶼已轉為帶著日式英文發音的「摩鐵」專有詞，她以為來摩鐵不都是開車的嗎？選項：小客車計程車機車步行，計程車多半都是送來外叫女郎吧，而步行來的？她笑著想難道這摩鐵也有社區里鄰服務？

有時在蟬高掛枝頭沉睡時，她會下樓打開車廂，取出帶來摩鐵的一包衣物，再上樓將衣服丟入已經放置滿水的按摩浴缸裡，啟動浴缸的按摩鍵，看著按摩鍵震動出藍色粉色的繽紛螢光與洗衣粉的泡泡，衣服代替她進入銷魂世界，衣服滾動著，顏色多半黑灰，比洗衣機溫柔的按摩感，衣服再次美麗如新。她也像是被洗滌髒污似的整個人慢慢放鬆。蟬男人完事後的打鼾聲與按摩浴缸洗衣攪拌的音波共震，在微光等待時間移格，她的身體湧著一股難言的悲傷與深度的疲乏。

在摩鐵黑暗微光的靜室裡安放著巨大的按摩椅，如擱淺在慾海沙灘等待被解剖的巨型鯊魚，準備咬住她的皮椅也像是一艘過大的船艙。她躺著看著蟬的瞳孔浮現自己的臉，她想起母親躺在電動床，灰翳的眼神卻無法映照自己的臉。母親去過摩鐵嗎？童年和母親做生意落腳旅社時，母親半夜起身去哪？她沒有睡著，也沒有清醒。

摩鐵元年原來早在當年就開啟了身體的王朝。

青春的打工地，她那樣熟悉卻又陌生。那時曾自嘲自己像是建築工地的工人，幫別人蓋家屋或豪宅，自己卻只能住工寮，完工就必須離開。她在很多有著「蘭」字輩的摩鐵畫過壁畫，蘭與卵盛行諧音命名的摩鐵年代。那時她天真不知道為何摩鐵那麼喜歡蘭花，是有男同學跟她說那是一個器官的隱喻時她突然笑了起來，覺得被破壞了詩意。

在風起雲湧的摩鐵旅館打工，她曾幫某家室內設計工作室接壁畫案，照著他們交辦的圖案臨摹。臨摹對她不困難，依樣畫葫蘆。房間的命名和壁畫幾乎一致，伊甸園式的純情風，阿房宮的裸身環抱圖，凡爾賽玫瑰的愛情隱喻，情定威尼斯的浪漫渡假風，峇里島花布與雞蛋花瀰漫的南洋式慵懶，倫敦都會嬉遊風，日式簡潔風，紐約藝術狂野風，星空月亮的神祕情調，巴黎左岸的咖啡戀，非洲薩伐旅的原野謎情，沙漠曠野的大地呼喚。她時而蹲著時而站在梯子上，完成的圖案日後將提供一對對來解放情慾的男男女女對望，讓情慾快速因為氣氛勾動開始捲動千堆雪地四處滾床單，讓陌生或熟悉的人能迅速釋放體內積存的慾望引力。她一個人靜靜地畫著這些魅惑的圖案，完工後，一個人靜靜地坐在還沒被染黃的空間，望著之後不會再看到的圖案，像訣別似地望著，荒靜至極。她有時會試著轉換各種角度，躺在還沒鋪床墊的床上望著天花板自己完成的作品，遐想著如果眼睛的上方有個不斷彈動的身體，該如何躲過這具身體望向天花板，性愛時會想要望天花板的人一定是分心的或者內心隱藏著無法言說的其他心緒鬼魅。

32

她跟蟬男人說她來過這間摩鐵時，她看到蟬的目光露出一股刻意隱藏的醋意。

我一個人來，她給了蟬男人安定劑。

醋意頓時轉成訝異，一個人來摩鐵幹嘛？

工作。

工作？做什麼？打掃阿姨啊，蟬開玩笑說。

要做打掃也是小妹一枚，那時候最多也才二十出頭。你認真猜我來做什麼？

蟬真的無法想像，他環視摩鐵的空間良久，仍搖頭猜不出來，在他的想像裡來摩鐵都是消費的，消費之前之後就是打掃人員進駐了。

給你一個暗示，在摩鐵還沒啟用前。

難道你來當裝潢工啊？蟬男人一向在言語上喜歡開玩笑，接著他認真地沉思了一下說，唯一可能就是來畫壁畫。

她笑了點頭，眼睛望著天花板上的裸女裸男置身伊甸園的花園，被咬的蘋果與蛇。純情的創世紀猶在，而她卻已進入古岩層，身心靈都疲憊且時時有大爆炸之極限的黑洞塌縮時期。當年那個在微光中畫著勾招慾望的女孩，已經彷彿活了好老的女人，她的滄桑不在表面而在眼神，她在青春時行過慾望之地，旁觀他人的快樂，在島嶼城鎮不斷繁衍的摩鐵，不用開汽車來的汽車旅館。業主要經理趕工，經理要設計師趕工，設計師要她趕工，她和另一個讀美工科的女孩每天臉上身上經常沾滿著廣告油料，行經假山假水假盆栽，聞著油漆和可能中毒的甲醛。她還記得那個女孩靠近眼睛處有顆小痣，她每回都覺得女孩像是在哭泣，但那女孩又特別愛笑，使女孩的臉形成一種獨特的風貌，有點憂愁卻又開心，帶點瑪莉蓮夢露式的傻氣。她知道女孩喜歡自己，女孩在隔壁畫一段落想要休息時，總是跑來她的房間，拉她休息，兩人就這樣躺著，在一張鋪在地上的乾淨牛皮紙上。

妳畫圖怎麼跟拚命三郎一樣，躺著休息一下。女孩的臉頰轉過來時如火地噴向她，她聞到女孩身上有股淡淡的木蘭花香，讓她想起大一還住宿舍時整間寢室到了洗澡時間，受潮的空間頓時暈瀰著人工香精的玫瑰柑橘薰衣草等氣味，那時她就是憂愁的人，雖然當時她並不覺得那是憂愁，但別人都感覺得到她有一種奇異的沉滯感，笑不會太開心，哭也不會真正哭泣，像是埋在霧中風景的人，遮著一層看不清的水氣。很多年後她才知道歷任的感情對象都因她身上罩著的這層濃霧而無法前進。當時這個女孩似乎也想要穿透她這層水霧，她感受到了，但她沒有準備女孩的靠近，但她很喜歡女孩的笑，於是就任女孩玩耍了她一下，像是布施似的，女孩摸了她，親了她，搔癢了她，讓她格格笑不止。突然室內設計師闖進來，要她們兩人趕緊上工，說老闆快來了。女孩瞬間爬起，回到隔壁，她跨上木梯，繼續畫著星辰，一片黑藍中的幾抹星光正待她補上。

隔日這想要穿透她的女孩卻沒出現在該上工的摩鐵，她沒想太多，心想高中女孩也許回學校上課了。她提著顏料往房間走時，室內設計師卻悄悄對她說，阿雲走了。

走去哪？她不解。阿雲死了，中年設計師似乎看過太多傷別離，說起這死了就和吃飯差不多的清淡。她聽了眼睛瞪得大大地看著設計師，心想好惡毒開這種玩笑。真的，沒騙妳，阿雲騎摩托車被卡車拖進車底，頭爆了。她進入房間，放下顏料，躺回昨天和女孩並躺的地板，望著畫了一半的星空，靜靜流下淚，彷彿從星雲裡撒下了塵雨。

妳畫的星空像是不存在我們真實生活的星空，女孩說。她很訝異女孩有這種感覺，星空乍看是一樣的，很少人可以看到她埋藏在裡面的祕辛。妳的星空像是爆炸後的碎塵，星星都是淚光，為死去的暗黑之星哀悼。

女孩的成讖之語。

後來她繼續女孩畫一半的房間，女孩畫的是伊甸園祕密花園。她發現女孩把夏娃和亞當都畫成女的，驚訝地看著夏娃長得竟神似自己的臉龐，而亞當的眼睛旁有著一顆哭痣，是女孩的轉印之臉。躲藏在蘋果樹欉中的蛇卻滲著被處罰的鞭撻血印，咬了一口的蘋果腐敗萎凋。她重新調了顏料，將蘋果塗得更粉嫩鮮紅，蛇吐信如微笑，亞當長出他該有的肋骨，唯一沒有修改的是夏娃的臉和亞當的哭痣。

代替阿雲來的是一個瘦小的男生，也是念美工科的，繪畫的技巧很好，床上功夫卻很爛。她連名字都不知道，只是有一回畫著畫著，男生竟說起阿雲，兩人原來是同窗，她不知怎地覺得這男生有點阿雲的味道。男生還兼做電影公司的道具助理，他有一回拿到了拍戲用的大麻，男生在油漆顏料氣味中點了起來，突然有點帥氣感。他們在地板上滾了幾番後，男生突然說這地板太冰太冷了，我硬不起來。後來他帶她去一間廉價的旅店，櫃檯大嬸本來不讓他們進去，要看證件，兩人看起來都像乳臭未乾。男生說阿蘭姊不在喔，妳問她就知道了。大嬸打了電話報上男生名字，就讓他們進去了，她問你常來啊？男生笑，我爸爸的女人在這裡工作。旅店還送他們早餐和下午茶券，但那間旅店單人床都客滿了，大嬸給他們雙人床的房間，特別叮囑可別兩張床都睡，只能睡一張床，省整理。那一夜男生還是不行，太年輕太衝動太快速，在門口就熄火，因為抽大麻又夾著什麼毒之類且又喝太多的酒，男生不久就沉沉睡去。

夜晚她失眠，又叫不醒男生，推門離開，後方電視色情頻道還在呻吟。櫃檯大嬸在打瞌睡，旅店外的假椰子樹吹著假南洋風，她在旅店入口杵了一陣，直想不起來究竟剛剛發生什麼事，她感到很恍惚，緩慢地走著，直走到大門處，迎面人聲鼎沸，幾間服飾店的假模特兒盯著她，左邊有間超商，她走去超商買了一包薄荷口香糖，丟了幾粒吃，瞬間涼意衝腦門，整個人才真的醒轉過來。之前男生用摩托車載她走捷徑，不知身在何處。她走著，看著門牌，問著路，才知道是在中和，車燈掃射，時刻都熱騰騰的街，像是台北車站地下腸道裡的某個節點擠著坐在地板或跳著旋轉街舞的熾熱，男孩女孩不知老也以為不會老的那種一代又一代青春人都有的神情。青春讓她想起在街上草皮看過一個擬仿達達主義的小便斗，孤獨是青春，喧囂也是，千瘡百孔上布滿謬點刺點。

她看見往西門町北門的公車，跳上去。上了橋，看見淡水河，水中倒映著兩岸的霓虹光束，突然想起上大學之後都還沒給母親打過電話。她拿起袋子，發現書本裡夾著一張拍立得相片，相片上有男孩還有一臉潮紅的自己，男孩學著電影（烈火情人）的片段，要她貼著牆壁，男孩從後面環抱她，但她笑場了，因為她沒有激情之感，玫瑰花還沒綻放就枯萎。拍立得照片，她撕碎，秒殺。

男生隔天卻也沒來摩鐵，好像和她沾上就會失蹤。設計師也沒說什麼，只說男生不做了，剩下的圖妳自己完成吧，這樣也好，妳一個人畫風格比較統一。她第一次在這種摩鐵聽到風格兩個字，很謬感的荒涼，她聽了有點想笑。男生發生什麼事？她沒問，她想可能吸毒被抓去了，她可沒報警，也許男生在臭罵她也說不定。一個月後，她離開那個摩鐵建案。那棟摩鐵蓋好後，她幾度行經，很想去探望她和女孩共同完成的伊甸園，但從來沒有入住過，日久也逐漸忘記短暫遭逢的女孩了。那時她正要升大四，未修完的學分追著她跑，母親早說只能提早畢業可不能晚畢業，要她早早去上班別以為自己還小就老是在作眠夢。

直到她和蟬展開了感情的摩鐵元年，男孩與女孩的氣味突然襲來。她並不真認識那女孩，才剛剛彼此靠近的氣味還盤旋鼻息，就來不及交換什麼即離開的人，突然在事隔多年的這一刻來到了她和蟬男人的交纏之時。

她彷彿聽見女孩的笑聲，穿越天花板的暗黑星空粉塵。亞當與夏娃沒有老，是她老了。女孩如果沒有離開，現在幾歲了？那樣的女孩會接續什麼樣的人生，在酒吧尋找愛人，在午夜酒醒不知何處去的童女之惑？而男生呢？她不知道男生會不會走上作奸犯科或幸運地成了一個在罪與罰中的倖存者，或可能向上變成勝利組？

33

蟬男人在她的上方突然倒塌，蟬的腰差，頂不住剛剛停下來的空檔對話，他的身體頓時承受不住，才使燃燒的火焰短暫滅去。她甩甩頭，把遙遠模糊的女孩甩走。她想快快完成，於是她爬到蟬的上方。蟬男人卻開始看起她畫的天花板，蟬男人一向與藝術絕緣，他接觸的永遠是一買就貶值的硬體科技設備，不若她喜歡買的老布老玉老件可隨時間增值。但蟬的聰明使他如人工智慧機器人快速學習她的語言與內容模式，也因此她即使常感蟬的黏滯與占有慾十分讓她頭疼疲憊，卻也一路就這樣行過情慾曝屍的荒野多年。連母親生病於她如此艱難的時刻，蟬男人都不放過她，唯一的善意是找摩鐵歇息，好讓她暫時抽離照顧母親的火線戰場。

但她需要的不是離開母親的病房，她需要的是放空，什麼也不做，包括身體，包括以前著迷的性愛都成了負擔與毒藥。照顧病人會影響情慾這是確定的，但蟬無法體會，他總是說反正妳也要休息，而摩鐵的存在就是為了休息。但她無法休息，體力只是更耗損，兼且還懷有一種蟬無法體會的罪惡感，想到母親中風臥床，而自己卻讓情慾著床。摩鐵元年成為她的身體紀的洪荒初始，感覺自己體內的巢穴快速在流失與萎縮。

摩鐵元年帶來各式各樣的萎縮。

母親臥床的手腳萎縮成為剪刀手，愈怕母親痛就愈不敢幫母親按摩，日久萎縮。她的右手也開始經常無力，密度太高的過度使用，使得看起來雖然完好卻經常使不上力，帶媽媽上醫院時順便自己也去檢查，說是裡面的肌肉因過度傷害而筋脈縮短導致拉扯疼痛，因疼痛手就會啟動防護措施而使代償性動作增多，日久無用就更是無力，無力之後萎縮，萎縮要再伸展就會異常疼痛。荷包萎縮，感情萎縮，性愛萎縮，身體萎縮，筋脈萎縮。有時她還自嘲年紀離停經還很多年就連日久無用的子宮也要萎縮了。日久無用，關鍵詞。或者日久過用，兩端都萎縮塌縮。

蟬男人休息夠了，開始不萎縮。蟬男人的缺點是任性與執著，但她自己在認識蟬之前不也極其任性，且誤以任性為帥氣。起初她明知道要找時間去看獨居的母親，但她就是被蟬綁住了，她不黏蟬，蟬卻死纏她這根危枝。往往錯在她的初始，曾經有個男友還曾對她說，我只要滷肉飯，妳卻給我滿漢全席，當她只想給或只能給滷肉飯時，養成被豪華禮遇的對方卻開始要求滿漢全席。

第一次和蟬去薇閣時，她想起了當狗仔隊代號旺旺的一個男人。旺旺每天守在城市的旅館附近，可以看到出入的車號角落。輸入車號，可疑者追。

終於來到傳說的薇閣，她覺得感覺很跳痛，剛剛離開母親滯留的醫院病房，瞬間彷彿從苦亡之所來到逸樂之地。全身感覺還帶著屎臭與酒精味。在通往房間的通道上，有辦完事的車子陸續從通道和蟬的車子錯身，黑窗裡不見人影。在通道上看見要進入的房間正閃爍著數字，那就是等會蟬要卸下積存體內蠢蠢欲動的滿滿體液。再一回首就成荒地，一轉身就湮滅的摩鐵，她忽然又看見那亞當和夏娃混合的女孩臉龐，笑起來像是蛇吐信的哭痣女孩。

她聽見有人叫她夢露。夢中的露水。滴答滴答。蟬又回到枝頭，等待下一回纏她。她起身去了浴室，洗去一身潮濕臭蛋的腥味。那幾年她總覺得自己是一顆臭蛋。臭蛋和壞蛋。這說來也不能怪蟬，她自己被貪念纏裹。被綁架的感情，被她代稱為蟬的男人，如夏日蟬聲纏繞，纏人。若以上千個日子計算，除以二，她大概有五百多個日子夜晚潮濕著蟬的氣味再轉到母親的病房，她一邊安撫著夜裡經常無法闔眼的母親，一邊聞著氣味濃烈的空間，香精屎尿混雜的分子滲著自己如臭蛋的氣味。

最初的那幾年她常帶著逃脫的心情抵達新的旅地。表面上的交流其實都只是世俗的名義，在她的內心只想奔赴他方。但後來她的抵達不再是一個人了，她被迫要帶著另一個人上路，因為蟬男人徹底成了她的感情包袱。而那個錯是她造成的，結果也是她無法預料的。

男人是最強悍的蟬幼蟲，永不想成熟，且打算跟她混在地底耗上漫漫流年，無始劫以來的愛纏，以此為甚。她感覺自己的私密處才剛剛沒了他者的氣味，時間很快就又來到了（必須）跟蟬男人見面的時間。基於有過太多回她不願意而大吵的經驗，且她還是那個永遠認輸的人，於是她告訴自己與其掙扎不如躺下，沒有體力吵架，他不僅幫不上自己照顧母親的忙，還會來吸血。她只好將戲就戲。

週末有空時她依然會去獅子吼開的課程，上些獅子吼或他的學生帶的靜心禪坐課程，這些短期充電的課程讓她有種可親的安慰，在照顧母親的身體疲憊與勞動裡可以讓自己的靈魂避免因淚水而生鏽。

這一天，她要去上靜坐課時特意繞去蟬曾經承租的辦公室，蟬和她在一起的這幾年做過的工作可以寫成一本台北經濟史。蟬是她愛情史上最大的衰咖（那時她還看不見際遇，不知道男人最終會轉成她愛情史上最豪華的饋贈者。）蟬男人和她在一起，七年時光關了三家公司，最後又因為上年紀了，雖然很拚，卻仍成了男菟絲花，難纏的蟬大叔。他做過軟體設計、網路、開發APP、直銷、醫美，賣過消毒劑、負氫水、滅菌液、防磁波片、紅酒、清潔用品，仲介土地、賣房子，別人是時好時壞，蟬卻連三壞。她成了蟬感情提款機與經濟黑洞永遠少一塊磚的那塊永恆之磚。她也因此滾進負債歷史裡難以脫身，長期以來一直靠貸養貸，還了再借出來。母親這一倒下，更讓她苦痛連連，每個喘息的空隙都被堵住，好在還有佛法與靜坐。無可訴說這苦，只能跟佛跟菩薩說。難怪媽祖是母親的閨密，她後來才懂得，有神佛當閨密，再苦都能說，不怕被出賣被洩密。

她期待蟬的事業翻身沒來，只徒情慾翻身即逝。倒是蟬男人從各行各業撤下的產品讓她幾乎免費用好幾年，青春保鮮，醫美產品她受惠最大，玻尿酸面膜乳液精華安瓶與各式各樣的健康食品，負氫水設備與消毒水瓶瓶罐罐擺滿整個廚房櫥櫃。還有辦公室的折疊桌椅也擺滿後陽台。蟬男人後來不好意思再跟她要錢，但兩天見一次面，消費仍她埋單，且她聽不得蟬說連晚餐都沒吃只為了省錢這種話。獅子吼以確定的口吻說她上輩子欠蟬的，於是她只好每見一次就在心底說，我又還你一回了。

可以還要高興，別留到下輩子再勾勾纏，獅子吼提醒她。下輩子，她一聽就像苦痛被延長，心驚不已。還錢，還身體，還感情，還慾望，她數著當兵式的饅頭想一切總有個盡頭吧，故事有開始，故事卻還沒有看見盡頭。而蟬對她的愛已然逐漸僵化退化，她等著把蟬男人的愛送去火化，愛情的焚化爐。

有一回她和蟬男人在沐蘭摩鐵，她終於鼓起勇氣跟蟬男人說，我們別再來摩鐵了好不好，我也沒錢了，信用卡爆了。蟬男人聽到沒錢了，十分心虛與不好意思地點頭說寶貝，放心，我會努力，最近有新的案子進來，我一定有機會。她微笑對蟬男人點頭。起身走到按摩浴缸，按下按摩鍵，瞬間轉動的高速按摩彈力沖洗著她泡在浴缸裡的衣服，衣服泡泡浴。接著她走進桑拿室，坐在熱溫溫的木片椅子上，忽然一陣心酸，淚奪眶卻忍住，玻璃門的霧氣中她看見蟬男人正要推門而入的身影。她腦中突然閃過失聯已久的另一段古早愛情，那是關於和一個不愛自己的人在一起的自污自蔑故事。蟬男人晃著長期沒有曬太陽的蒼白和霧氣進來，她在熱霧中嘆了口氣，和一個太愛自己卻又無能給愛的人在一起就像自肥自戀的同時卻又自縛自傷。

她許願，摩鐵元年，快換年號。

34

午夜這間寺院後面的一間小小的茶室擠著熱鬧挨著惆悵，併著坐，吐著話語，蟬男人的養父跳河自殺之後依賴善導寺的師父得以辦了一場佛教入殮儀式，雖辦了儀式，卻說難超度，陰魂不散。她和蟬男人去師父介紹的附近小巷茶館改運，那夜晚的聚會就像武林夜宴，藏有很多不世出的奇特高人。隔空治療，氣功電療，聲波治療，茶療，光療。斷臂女孩和仙女是那夜的搭檔，斷臂女孩如果開始打嗝就是有靈體進入她的體內，說這通常是來討債的徵兆，仙女則是針對進入斷臂女孩的狀態來解析和解決問題。原本就認識蟬男人的仙女認為他一直有東西跟著因而這幾年他才運氣如此背。

她和蟬男人進入那堆滿茶磚茶罐和各種民藝竹籃石刻織繡木雕老布佛頭佛手玩偶娃娃的空間，有一群人已經在喝茶，那群人看起來像是老派的田僑仔，只管喝茶就會有用不完的時間與金錢，她和蟬男人進去到離開，他們都杵在那個位置一直泡茶，好像機器人似的。在那些機器人的背後突然仙女從堆滿物品的櫃檯後方冒了出來，仙女正在盛水準備繼續燒水泡茶給那群人，看見他們倆進來就撇頭要那群人之中的一個小胖仔過來。仙女對他們倆咬耳朵說進去後面的房間，我等會兒就過來。原來走過櫃檯茶水區，有個看起來跟牆壁一樣顏色的隱形門，推門進入所謂的房間，一進去之後卻像是經過了任意門，來到了另一個世界，從剛剛的擁擠錯亂錯置進入一個玻璃屋，玻璃裡面是植栽在暖房的熱帶植物，厚實植物的根部還開著蘭花，水聲沿著灰色石牆流下，擬仿的鳥聲與走動的雲朵，看得她和蟬男人目不轉睛。時間竟不知過了多久，只見一道光突然掃進他們的身體，彷彿他們倆是舞台聚光燈的主角，他們被光吸引，同時轉頭看見仙女和一個身影走向他們，仙女要他們往旁邊的沙發區坐去，入坐後，她才看見仙女旁的身影是一個斷臂女孩，神色空靈，卻頂著一頭灰髮，和那樣年輕的臉顯然不搭配，但神色帶著神氣，讓人想要從她的臉上讀出她會為生命帶來什麼訊息。一開始讓她失望的是斷臂女孩沉默不語。

仙女沒管斷臂女孩，只管跟蟬男人說他的背後跟著很多靈。問蟬男人有欠別人什麼嗎？有沒有沒償還的？蟬男人說沒有啊。她聽了心想，他欠的人只有我一人，但我不是靈，我有真實血肉之軀。你是不是經常事情做一半就會出現阻撓？仙女問。蟬男人猛點頭，她也猛點頭。她就是苦主，每回她都得幫蟬男人收拾爛攤子，聽到這句話時，她開始比任何人都要渴望出現救世主。仙女微笑說難怪，彷彿理解為何他還能活到現在的原因。仙女沒再問蟬男人，只說我會幫你。於是仙女開始問群靈為何要跟他？空氣一陣沉默，群靈沒有聲音，忽然斷臂女孩開口，原來斷臂女孩是靈媒，可以讓靈通過她說話。靈的首腦透過斷臂女孩開口說其實也沒為什麼。既然沒為什麼，那為什麼要跟著這個窮男人，又沒有好處。她搞清楚位置了，仙女代表的是投訴方。

斷臂女孩說他有什麼我們就拿什麼。別跟他了，你們沒發現他根本一窮二白的，仙女說。斷臂女孩打了一個像是雷聲的嗝，吐出像是有著煙氣似的話語說著但他旁邊的女生有啊。仙女轉頭看著她，她發出求救的眼神。仙女搖頭說，冤有頭債有主，你們不該轉借到這個可憐的女生了。斷臂女孩聽了沉吟片刻，突然她發出動物聲音，牛哞豬鳴的低吼，斷臂女孩彷彿打開結界，一時看不見的一股腥風血雨瀰漫開來。這樣吧，我請求觀音菩薩慈悲，讓你們可以重新投胎，重新做人，仙女帶著商量的口吻說著。她心想這竟然還可以商量，就像銀行的債款協商。

仙女說觀音降駕是慈悲接引，你們不把握這個機會昇天不是太可惜嗎？若執意跟著他，反而什麼也沒有，兩敗俱傷。且我還是會拿黑令旗驅趕各位，陷在地獄永不超生，這是我所不願意的。空氣停頓許久，終於聽見斷臂女孩無奈地說了一句好吧，仙女鬆了一口氣，微笑轉看蟬男人，意思是有解了。

接著仙女開始唱起如海浪般的觀音咒語，唱的音調氣派，且到了末端還帶著悲愴之感，她聽了都覺得被仙女的咒語歌聲催眠了，瞬間被勾招到靈山見到觀音似的。

你現在腰部和腿不太痛了吧？仙女問蟬男人。蟬男人卻是搖頭說沒有，且他更關心的是戶頭有沒有進帳。仙女點頭說是一定會有，只是沒那麼快，接著她好像自言自語似地朝空氣中說，大慈大悲的觀音菩薩，請您立即幫助他腰腿感受到不痛的療效，這樣他才能信服您啊。仙女和菩薩說話的內容都超級人性，使她聽了覺得有趣，但不免又暗自揣想觀音菩薩有這麼好請？但旋即又想菩薩無處不在，也許相信就存在了。說也奇怪蟬男人瞬間可以從椅子上快速彈跳站起，以前都要極為緩慢小心地站起來，他充滿感激地望著仙女。

突然斷臂女孩又打起嗝來，如青蛙似的嗝聲不斷，嗝聲聽起來卻有點奇怪。又怎麼啦？仙女狐疑地問，不是都接受觀音慈悲靈力個個超生了嗎？斷臂女孩說她現在是一隻豬。她差點笑出來，斷臂豬。

仙女問蟬男人有殺過豬嗎？蟬男人嚇死的表情說沒有，我連雞什麼的都不敢殺呢。最多是殺小強。斷臂女孩說我還看到好多兔子老鼠亂竄，看到好多老鼠兔子在一間很像實驗室的空間，以一種奇特的方式痛苦死亡。

仙女要蟬男人好好想想，蟬男人依然搖頭，喃喃自語說沒有啊，蟬男人看著她，她也在幫忙想著，突然她靈光一閃，想到之前蟬男人投資過生物醫學，那個矮博士做的生物醫學領域就有動物實驗，雖然蟬男人不是直接做的人，但他有過投資與販售。仙女說那就對了，你投資也是間接傷害。蟬男人說牠們應該去找博士才對，他開始跟仙女說做這項基因工程的過程。仙女於是又開始跟牠們商量，說蟬男人也是不知情，且他也是受害者，被那個生物醫學團隊排擠，最後什麼都沒有得到就退出經營。斷臂女孩沒有回話，但也沒再打嗝。仙女答應為牠們祈福解脫此苦，並祈求觀音菩薩助牠們超脫畜生道輪迴。斷臂女孩開始也跟著仙女唱起咒語，唱了多久，她幾乎沒有記憶，最後咒聲停止時，整個暖房的花海雲流彷彿都進入夢花園。

她和蟬男人走出那個房間，前方喝茶的人仍然在喝茶，好像時間不曾走過，遊園驚夢一場。仙女繼續加入喝茶，斷臂女孩關在房間打坐。仙女送他們離開前只跟蟬男人笑說下回有問題找我要開始收費喔。他們笑笑想還有下回啊，推開不像茶館的茶館玻璃門，走在善導寺的月光小巷，蟬男人突然說起自殺跳河的養父，說起去認屍的下午，在警局看見警桌上擱著養父公寓家的鑰匙上繫的正是他送給養父的紀念品時，他當場痛哭流涕。

蟬男人說每回祭拜過養父後，運氣就會變好，比如碰到她就是，沒有妳我無法活。她沒有接話，心裡想著的卻是沒有你我可以活。她低頭踩著月光小徑和蟬男人併走著，穿出小巷迎向忠孝東路，大路入夜一片寂靜。如果蟬男人事業好起來，就不會纏自己了，她衷心所盼祭改過的蟬男人自此將有自己歇息的大樹與天空吧。那夜回到各自的窩，她想起之前在獅子吼處遇到學了三個月就替人進行光療的小妹說得天花亂墜，她慶幸自己不是光療小妹治療的對象。但她慶幸蟬男人遇到仙女，她覺得仙女是有那麼點奇特。誰知道呢，雖然以神通示現不是究竟，但初心是慈悲解難助人，相信總是比較簡單，就像她相信母親的靈已經抵達天界，母親也是另一個小仙女。蟬男人後來果然事業開始好一些，蟬男人減少依賴她，雖然對她的執著不減，但事業心強烈的蟬開始走上另一條路。她發現原來蟬之所以纏她，是因為無路可走，無樹可棲。因而久了，在無路可走無樹可棲之下，不安全感就更滋長打死不退的心。

蟬逝之後，蟬在她的代號裡將不只是蟬，還會多了鷹。鷹男人，翱翔天空，徹底離去。和她共享神祕世界但不占有彼此，走到這條路得經歷過租屋元年摩鐵元年河岸元年母病元年，他們新的元年來到，不再是以地理方位來標誌，而是以靈魂元年到來。她很少夢見蟬。母病的晚期她曾清楚夢見過蟬的一次也是在一間摩鐵。但夢中劇情卻倒過來，蟬要她前來摩鐵，住了一晚之後卻把她趕出去，那是一個荒涼之地，除了那間摩鐵房間就沒有地方可以棲息。她在離去前說為何邀我來又把我趕出去？我只是想知道我對妳的眷戀之心是否依然，結果我連看妳一眼的心都沒有了，我對妳一無所感，甚至厭蔑。

從這夢境醒來，她知道蟬往後會放下她，只是她不知道蟬將如何放下她。換她自己也要放下了，但怎麼放？她在虛空問著蟬。

何時摩鐵元年，轉換年號？她不急了，心已置換，知悉有朝一日高原年號終將上場。

35

原來愛情都是遊園驚夢，那牡丹亭裡的可生可死，情愛的鏡花水月，種種故事都難脫楞嚴經的因癡而愛生，愛生則病生。獅子吼說楞嚴咒威力強，念此咒時，頂上經過的天神全都得立正站好，等念經者念畢才能移動。寅時念最好，不能吃蔥蒜葷，咒有咒神，不喜五辛。她每回吃素可念此經時，不禁想像天神突然變成一二三木頭神，定住不動地停在她的頭頂上，乖乖地聽她念完此經才可離開，真覺這可太奇幻了。

佛陀最帥的弟子阿難說時遲那時快即將被摩登伽女的愛慾咒破戒時，佛陀以神通看見這站在破戒深淵邊緣的一幕，緊急加送五百里，先派首座弟子文殊菩薩趕去現場，接著立馬又以神力加持阿難。阿難瞬間驚醒，眼看自己竟將破戒而羞愧不已。在文殊菩薩的提領下，雙雙來到佛陀足下。由此，衍生出不知多少五百劫世的情愛故事原型。她自己經歷那麼多的爛色桃花，佛卻不派神也不派人來救她，讓她真是無比羨慕摩登伽女。但又假想若佛陀當時沒去阻擋，阿難和魔登伽女又會如何？化為涅槃鳳凰或撲火飛蛾？

大學時她曾跟獅子吼說想一個人在山上閉關一段時間，那時她為感情執著痛苦著，以為逃到山林就可以躲去追迫。獅子吼說，妳先敢一個人去墓地抄七個墓碑的名字回來再說。不能找伴，只能妳一個人上山，可以帶著一個手電筒去。

她和大師姐面面相覷，大師姐笑妳別上山，會把自己嚇死。

不然我白天先上去看看，她想如果連白天都害怕到墓地，入夜想都別想。

白天，她借了朋友的車子往木柵動物園的方向開去，抵達富德公墓時群山飛鳥掠過，有一兩個來弔唁的人騎摩托車和她錯身，弔唁者手裡的塑膠袋露出裝著香燭的紅豔喜氣，壽金紙一路搖晃像星光般飛馳。車後一隻水煮的雞頭露籃子外，隨著弔唁者的機車顛簸行進搖晃著雞頭。她光看那不斷點頭的雞頭都覺得恐怖，心想還是別開自己的玩笑了，不過繼而又想也許父親會保佑她，但她其實和父親很不熟。穿過不知道幾座墳塋山頭，盡頭是一座高高的寶塔，安置許多亡靈。她爬了三層樓繞去東北方座位，找到了父親，看了靦腆的父親幾眼，合十祭拜。

多年前母親把父親的牌位接來台北，母親也北移。多年後，父親有天託夢說他很冷。母親於是和土公仔商議擲筊，可以拾骨。彷彿父靈知母要北飄，自此南方孤寂，央託他也要跟她們母女一起北飄。

拾骨那日天藍，泥石混雜的荒塚雜草覆身，彷彿有一群遮止戰士在地底埋伏。土公仔作法儀式結束後，高喊著他們迴避，母親立馬撐開傘，她偷偷睜眼看著底下的棺木，人形皮枯肉蝕。之後那又活過來的父親，以人骨方式回到宅院稻埕前，土公仔曬著幾對枯骨，包括祖父母們。骨頭排列人形，骷髏頭都神似，土公仔說拾骨就會先做記號，免得配錯身體。腳身手頭順序逐一裝進大陶甕裡，再擺入黑木炭，以防受潮，甕外繫上紅絲帶，貼著紅紙，土公仔隨手畫了張臉，父親的臉卻長得像是卡通。

媽媽跟土公仔說，免畫了，我尪長什麼樣子我知。

土公仔說還是要畫，不然我重畫，只畫眼睛就好了。這樣妳們來看伊，伊總要有眼睛才能看看妳們吧。

媽媽聽了突然笑說，以前不看，現在看了也是看辛酸。

女兒看著父親的眼睛，卡通眼睛下竟是巨大睫毛長長且水汪汪，她看了想笑，覺得這樣的眼睛確實不是父親的，但這樣的抽離卻瞬間減免悲傷，就只是對望，沒有情緒沒有悲喜。

下山時，看見那個騎摩托車的弔唁者懸掛的塑膠袋裡的香與金紙沒了，竹籃外仍露出水煮雞的雞頭，一路顛簸地晃啊晃的，沾滿灰塵的雞頭，彷彿也長了人情世故的心眼，陽光下一雙混濁的白瞳孔，看著後頭的她。

她去探望父親的靈骨塔，之後沒有去抄墳塋中任何七個墓碑的名字就下山，當然更沒去野外進行閉關，她知道自己無德無能無福無慧無才。倒是和大師姐去為無名屍超度法會當義工與助念團。那是為政治受難者超度的一場法會，受難者過去死在荒野，屍骨全混在麻布袋，難分誰是誰，被收屍時就像被裝進回收垃圾袋似的，一個布袋一個布袋地往萬應公放。多年來，人骨擠挨在山上的偏僻土地公廟的倉庫後方，手骨腳骨頭骨參雜，人骨交疊，彼此彷彿還在絮語，自此斷送餘生的受難者。

台北四獸山近郊山林，在煙雲中可以目及城市繁華，他們在荒山空地擺上一個小桌子，上面有供品，時辰一到隨著出家師父誦經，煙供，祈福，迴向。

她彷彿聽見布袋的骨頭齊響。山上雲層湧來，山霧縈繞四周，潮濕的墳塋彷彿都有了微笑。出家師父說，圓滿了，妳們下山後要把身上的陰氣過掉。

過掉？怎麼過？

去最熱鬧的地方轉一轉即可。

她和大師姐一路下山後，搭上捷運，往台北車站去。黃昏下班人潮擠得水洩不通，人來人往，汗臭狐臭味香水味飄過，她笑說這陽氣應該補足了吧，這種氣味天人不聞，連羅剎惡鬼都厭棄。黃昏時刻，車站人流逐漸湧進。她如吸血鬼大口地吸氣，彷彿陽氣灌滿胸膛。陽氣飽滿地回家，回母親的公寓，她開門喊著媽媽，母親卻不在屋內。她躺在沙發等母親。忽然卻見骷髏遍地，骷髏不斷耳語，她瞬間像丟保齡球似地擲了一粒巨大圓石，轟地把整排骷髏打落。頓時沉寂靜默，母親的臉出現眼前，母親像變了另一個人地說妳是我的送行者，冥河擺渡的唯一指定人。

她乍然嚇醒，卻見客廳燈火灼亮，香塵裊裊，佛案上有人拜過，聞到食物香味，蝦仁炒蛋，母親在廚房開伙。

那時她好安心，從沒那麼安心過。

之後，再也沒去過屍陀林了。

為了減緩夾殺在母親與蟬男人狹縫之間的窒息感，舉凡可以從中解脫的法她都很想試試，可惜後來分給獅子吼的靜坐中心時間已寥寥無幾。她代母親和死魔打交道，獅子吼說要打就要打成一片，得全部施身施予。獅子吼在年輕時曾經去屍陀林，也就是墳墓群裡做般舟三昧的閉關修行，百日閉關。他們十八歲起就聽著獅子吼說著奇幻經歷，如聽聊齋。獅子吼去墳墓堆的空屋閉關的第一天就看見門外有靈在窺視他的一舉一動，他就跟那個靈說讓我好好修行，你們若覺得我是塊成佛的材料，就保護我。奇怪此話方落下，靈就自動退守門外，不再入內干擾，如護法般地守護著。獅子吼也舉例很多修行人閉關都有護法神保護，如果閉關沒有正念正氣或沒準備好看住念頭，往往都會被山精鬼魅嚇到，嚴重的會發瘋還會吐血而亡。他們聽了面面相覷，彷彿狐仙蛇仙出籠，一時之間活動中心的社辦鎢絲燈一閃一滅，有人就尖叫起來。後來才發現獅子吼故意叫人去按電燈的開關。你們這樣就尖叫，就是太入戲了，只能當輪迴這齣戲跑龍套的角色，當不了自己生命的大導演。但沒關係，小角色也可以變大導演。你們太膽小，所以首先要訓練勇氣。獅子吼給他們看各種奇怪的死亡方式與各種血肉橫飛的照片，那一個月，她記得自己完全無法食肉。勇氣從何而來？從無欲而來。無欲則剛。獅子吼規定他們每個人都要把最愛的東西送出去，且是陌生送，不能依對象送，有對象就有攀緣。練習給予，無欲才會跑出來。

老師，無欲之後，我連生活的樂趣都一併喪失了。這只是剛開始，溫養期之後會教你們如何無欲卻又樂趣滿滿。後來獅子吼一直沒有教他們這個法門，因為很快地他們就拋棄了無欲的生活，滾入了大學各式各樣的生活與課業中，再也忘了什麼是無欲布施，無我布施。獅子吼說起有個同修，中風半年之後又突然好了，好了之後告訴獅子吼，說自己在要往生的路上被雷神打下來，沒死卻去了半條命。

雷神是巧克力嗎？有人聽了笑。雷神守在成仙路口，一失正念就雷劈。長年修行的老參況且如此，何況整天把靜坐中心當作度假中心的你們。訓練死亡的無常，獅子吼曾要他們學習有些西藏人每天睡前把杯子倒蓋，提醒自己明天可能就用不到了。你們也可以去躺棺木看看，或者去當安寧病房義工。獅子吼要社團男女每週找一個想去的地方或機構學習。她感激獅子吼讓她提早熟化，進入他者的過去空間，年輕者的未來空間。

獅子吼的訓練有各種超脫宗教的學習，反而比較像是心地法門或是覺知的學習，這也是吸引她大學在美術社、佛學社與慈幼社遊走的主因。一個是美，一個是真理，美與真理本是隔壁鄰居。她在如此閒散的大學城卻盡量每週社團時間不缺課，讓社友們都逐漸感覺她這個人表面閒散逸樂，但其實骨子裡有一種罕見的毅力。

蟬男人聽聞她的這段大學經歷時也驚訝說，大學生誰會選擇加入妳去的這些社團，大學生多半不是選張揚自己才華的攝影社詩詞社吉他社古典音樂社就是選擇可以玩樂放鬆的跳舞社圍棋社溜冰社登山社。她笑說也不是自己有多麼覺知啦，就是個性本質比較靠近安靜的社團，且當時也不覺得自己有什麼才華。她想最主要還因為室友阿潮與學姐大師姐是主因，阿潮每到假日就拉她去慈幼社當義工，她覺得這個漂亮女生真有愛心，慈幼社根本沒什麼人參加，當她進去一看發現竟然都是殘病學生比較多，有長短腿的，有碩士班的一個肢障生，有一個聽障生，像阿潮那麼美的真是成了異數，也因為這樣她就常去了。又剛好獅子吼要她做功課，那就是她當時的功課。

妳那個阿潮室友後來呢？蟬男人問。

後來就不美了，因為阿潮不重視外表，也不保養，她認為就是要好好去行善，但跟阿潮在一起很有壓力，因為設定的道德標準太高，老像是正義女神數落人，所以會覺得自己很不合格，青春時光也不能把自己弄得太緊，獅子吼說琴弦不能太緊也不能太鬆。這倒是提醒了我，善事也不能太一廂情願，所以後來還是比較常跑美術社與佛學社，美術社當過一屆社長，社費不夠還偷過媽媽的錢。

蟬男人說，這種偷用很好，用到對的地方。

其實媽媽也知道我偷她的錢，但她沒說破。

妳媽媽是一文錢少了都知道的人，妳是少了一袋錢都不知道的人，蟬男人笑說。

36

獅子吼曾說訓練白骨觀之前要先觀死亡，心緒不被死亡影響才可以往生有望。大學因應採訪寫作訓練所需，她在某警察局參觀時看到一顆泡在福馬林且還持續生長毛髮的頭顱驚嚇良久，很久都不敢吃肉。有一回她母親也不敢吃肉，不知為何母親去旅遊卻被帶去參觀國防醫學院，回到家裡緊緊抱著女兒說，媽媽好驚怕，看見被切碎的屍體實在可怕。往後幾個月母親看到肉都會嘔吐，看見鬼月大豬公被剖肚，必須動員怪手才能把豬公的肉載走的景觀屢屢讓她噩夢連連。她知道自己無法過白骨觀這個關卡。獅子吼看她一眼也說妳別學了，學久了，妳會對世界索然無味，太灰澀，雖然對世間所有的慾望再無想望，但此舉比如利刃，也會割傷另一面，頓失生活的意志與愉悅。

獅子吼年輕時就如當警探似地看了很多死亡的方式與照片，車禍自殺他殺戰亂，浮生荒原，毫無遮掩。於今小小手機面板，新聞滑過指尖，駭人聽聞的分屍案，殺父殺母殺子殺妻殺情人，這些都讓她守著母親守著荒涼，不懂這世界怎麼了，難道電玩遊戲世界跑到真實人生了，打打殺殺都不痛了？她不知道該如何安立在這變形的世界上。世界末日空中漂浮著各種失調症與譫妄症，自戀人格型的恣意膨脹，去人格而神格，她看著新聞播報著信徒只要用富有電極的器具連接上教主的腦波如此即可加快修行的速度。電極修行帽，一個月只要付一千萬日幣。信徒被下藥，被迫捐款，情婦部隊，生下教主十五個孩子……她關掉電視，想著修行帽的樣子，突然噗哧一笑，見到從浴室走出來的阿娣染髮劑沒洗乾淨，浴帽倒像是開出一些腐朽的玫瑰褐色花瓣。

妳若真割捨不下飲食男女，也只好修白骨觀看看，可以降伏慾望，獅子吼卻又這樣說。那該怎麼修？她好奇。獅子吼說起修難，因為妳得一個人再去墳墓堆裡抄墓碑上的十個人的名字回來給我，大師姐當時在旁忙說，我去我去。獅子吼笑，強調只能一個人去。獅子吼提到這件起修之事時，他們還在大學階段，正為情慾所苦。失戀時每天抄寫經文，一切雖知是夢幻泡影，慾望卻仍夜夜扎實襲來，春風吹又生。她沒膽子去墳墓堆看枯骨，繼續在墮落街聽著隔壁男女歡愉的聲音邊抄著經文。大師姐去了，聽說只是去了淡江中學旁的西洋墓園。獅子吼說不合格，要去台式的，荒山野地的，建議大師姐午夜去木柵富德公墓練膽子。

大師姐也算天生有修行資質，完成任務。

妳真厲害，墓仔埔也敢去。

死人很安靜，正念正氣有何好怕。大師姐躺在宿舍的床上笑著。不過其實還是很害怕啦，因為風聲大起時，全身都起雞皮疙瘩。還好妳沒去，妳這十八姑娘皮膚幼咪咪，才吸引人。大師姐把話抛上來，忽然又嚴肅地說，其實我在那裡什麼念頭都不敢有，獅子吼千叮嚀萬囑咐，不能有雜念，邪念更不可。

有收穫嗎？她好奇。

看到情人都變成白骨，什麼慾望都成死灰了，大師姐說。

死灰會復燃嗎？

也許，但應該很久以後了吧。

她想起大師姐說很久以後了吧，心想這大師姐確實已然走過好幾個生命波潮，她想有一天上高原遇到大師姐要問一問她慾望如死灰，之後有無復燃，復燃之後又如何滅火？她很好奇，在母親病房旁她塗鴉著一具具像醫院解剖圖的白骨，她想或許在醫院也是在修白骨觀啊。然後她接到電話，蟬男人來了。慾望飛刀射來。她想能否也把摩鐵修成一座色身的墳塚？一具骷髏，滿眼白骨。施身去。她前往摩鐵，將此一身，焚給蟬。

就像上午為母親念的經「請救度我的壽命」變成傍晚前往摩鐵的「請吃我的肉和血」。她曾跟獅子吼說自己只剩下身體了，心被掏空，錢也被洗劫一空。獅子吼笑說那還是很有本錢，被用這麼久，母親與感情消耗，妳卻看起來頗完好如初的，比我印象中妳大學的模樣還年輕。看來妳可以修古撒里法。她聽了笑，古撒里？這麼異國情調。意思是脫離世俗的瑜伽士，他們多以乞丐流浪這塵世，因而沒有多餘的物資來供施，所以靠觀想供施自己的身體來累積資糧，所以這是乞丐累積資糧法。

前往色身焚城的摩鐵之地的路途上，她想著獅子吼跟她提及過的年輕往事，去山洞或火葬場墳墓地的屍陀林修的施身法是屬於外施身法，獅子吼在高原寺院和一同受戒的戒兄弟們一起修的是內施身法，是將自己的色、受、想、行、識、肉、血布施給一切無形的眾生。獅子吼說起那壯觀場面神情發亮。藏文叫倔的施身法，倔就是切下東西的切，也是斷。大殿裡的每個戒兄弟們，每個人拿著天葬台送來給寺院用的鼓和死人脛骨做成的剛令法器，一起唱誦祈請文，發出呸一聲，切出身體某部位給佛菩薩阿修羅天龍冤親債主敵人鬼道邪魔蘊魔天子魔死魔煩惱魔與眾生，降伏山川、峽谷、危難等等凶險，不斷斬！斬！斬！切下送出，送出切下，直到空無所有，直至斷慾去執。唱誦歌聲繞梁不絕，悠揚如詩，真是連鬼神聽了都哭泣。

鬼哭神號，鬼使神差，養在她的心口很久了，只等她日後上路，在高原相逢。

37

她說這些社團往事給蟬男人聽，蟬男人卻用理性的態度回應她。用意念切割身體妳當然覺得優美如詩，又不會痛，切割時大概還很快樂。真拿刀切，大概全都嚇跑光了。

這是觀想法啊，是一種方便，也是一種慈悲，因為觀想久了意念種子深根腦海了，哪天遇到狀況時，意念就能回應行為。蟬男人仍然覺得意念容易，可輕鬆逃過逼視自己，何況只是做得有模有樣，如何檢驗自己真能施身？她不能和蟬辯論，因為蟬絕對死纏爛打。她閉上嘴，走進浴室。摩鐵的浴室是主空間，和她母親的病房相反，母親進浴室的時間隨著臥床日久已經改成十天沐浴一次，其餘時間都是擦澡。有的摩鐵附設桑拿室，啟動之後，房間一時霧氣蒸騰。

進退兩難，被夾殺的感覺深深地烙在她的心裡。他們是如此地不同，卻黏在一起。都是佛作的媒人，她曾對佛嬌嗔問為何讓我走蟬男人這一遭？

他的生命是數字程式電腦與芭樂劇，不知生不知死，她的生命是文字攝影手工藝與藝術片，知生知死卻也畏生畏死。他西裝西褲，整齊劃一，顏色單調。她的衣服不收邊，層層疊疊，經常找不到要穿的衣物。空山絕壁，無處容身。

佛作媒人，讓她和蟬成了躲不掉的台達米亞。

泰狄絲擔心兒子亞吉力會被召集去參加特洛伊戰爭，於是將亞吉力交給台達米亞照顧，亞吉力卻愛上台達米亞，且生下一子。尤里西斯計誘亞吉力，使他仍參加了特洛伊戰爭，最後戰死沙場，台達米亞也因悲傷而亡。躲不掉這場命運的亞吉力與台達米亞。

獅子吼的靜坐團體那天來了幾個商業人士說要上佛學課，蟬男人就在其中，由她帶引他念生平第一部經。一部藥師經，念得如洪荒漫長。佛牽線，她沒有避開命運雷區。蟬男人自此卻沒再念過藥師經，經常念的是她，她成了他的藥方，她的心也被擄獲。

她從期盼每天見他到每天都怕電話響起，他不是同一個人嗎？心不是同一顆心嗎？為何從渴望擁抱到每次擁抱結束都要在筆記本像行善紀錄似地記上一筆功德，且還得時時自嘲這樣是隨緣消業障。

剛認識時，她憑著他給的一張名片，就把蟬男人當成是逃離母親的生活浮木。甚至忘了獅子吼告訴過她來團體就是抱持一心一意學習法，夾雜著感情很難修好的戒語。她沒上班，少了社會化的訓練也少了警覺。不知一張名片底下藏的頭銜盡是虛幻。命運的警報器響起暗示的警鈴時，她也因為一廂情願而毫無察覺。那時她大有機會可以脫身抽身的，但她卻老往深淵去。在認識不久發生一次嚴重口角時，她就該體察到她遇到的是什麼樣的任性男人，但這些體察都還可以接受，最不能接受應該是她開始用手機找他卻怎麼樣也找不著時，命運給她如此的明示，她卻佯裝沒看見，沒理會，看不見未來的苦，只想眼前的不甘悵然，執意往死胡同裡鑽。她沒有為愛悲痛而亡，卻等著被愛情綁架。

她想蟬男人不接她的電話，她就用公共電話打，但也不接，她想到名片，打去公司總找得到人吧，未料那電話一直重複總機現在忙線中，工程部按1，業務部按2，行銷部按3，她聽得糊塗了，亂按一個，又回到總機現在忙線中（感情穩定後，她曾問過蟬男人這總機是怎麼回事？蟬男人說那就是個幌子，公司根本沒人了，只剩下他一個人還在校長兼撞鐘），命運要蟬男人消失，神大開生路，她卻往地獄死去。找不到那時還沒被她叫做蟬的民哥，她靈機一動突然想起蟬男人有個朋友曾帶她見過一面，她還保有那人的電話，無巧不巧，打通那人的手機時，那人不察蟬男人就是不要讓她找到，隨口就說妳要找民哥喔，他就在我旁邊啊。被叫民哥的蟬男人當時只好把手機接過去，然後他們在朋友居中協調之下，僵硬的上回鬧脾氣就緩解了，那至關重要的一次消失，她沒把握機會，日後她努力想要消失在蟬男人的面前卻不可得。

轉身的命運沒有再來叩門。

她牢牢被蟬男人纏住，當蟬男人意會到原來這個女生又傻又乖又可以幫助自己的事業時，嚐到甜頭的蟬男人之後常掛在嘴巴的話是我打死不退。蟬男人載她到摩鐵的公里數可以繞島嶼好幾圈。

她退不了，她被蟬男人破解了所有的密碼，蟬男人攻陷自己私領地她卻毫無所知。包括很後來她才知道蟬男人是她的感情駭客，蟬男人進入她的電子信箱臉書私訊已久，她毫無知覺，有時在臉書為了放鬆心情和某人的曖昧挑逗之詞，後來都成了她犯罪的證據。光憑知道蟬男人駭進自己的私密花園且任意踩踏就可以離開他，但是他的經濟弱勢加重了他的不安全感，不安全感又加深了占有慾，於是已經將他推到變成恐怖情人的臨界點，她又在照顧母親，毫無能力再應付蟬男人，稍有不慎將危險重重。只得繼續安撫蟬男人，且在他的目光監視下刪除所有的曖昧訊息或者挑逗照片，為了博取他的再次信任以換來自己和母親的安全，她刪掉所有可疑可曖昧的對話對象，且保留臉書只為了偶爾親友會傳來探問關懷母親的免費通道，其餘她鮮少再用臉書，蟬男人因愛情而當駭客，使她對蟬男人的愛自此驚駭，她對如何離開蟬男人感到遙遙無期而哀愁。

鬧性子時，蟬又會咬著鬼魅不放，妳敢說妳沒背叛我？她知道自己並沒有背叛，她只是想找個讓自己和他都可以轉身的理由，出軌往往沒有人想留下對方。蟬男人偷看她的社群與書信對話，她以為蟬男人會因此發現而離開她，結果恰恰相反，蟬男人不僅不離開，且展現他的攻擊性。蟬男人發信給和她有曖昧的對象，發出警告信函給他們。蟬男人因為有感到她會離去的陰影，故更加束緊了她，也就是那時候展開了他們的摩鐵元年，蟬男人四處團購便宜飯店的票，像是綁架她似的帶她上旅店。她怕蟬男人會做出恐怖情人做的事，加上母親病情嚴重，她徹底投降，誰叫她之前妄想成為蟬男人的聖母，聖母慈悲，不離不棄，她太早給蟬幻想，她苦不堪言，等待最後的救贖來臨。

把她夾殺得剩下很薄很薄的男人，以愛之名束縛著她的一切。在尋常的日子裡，蟬男人總因為害怕而希望保有情愛永恆的幻覺。他這個大男人突然在初老過後活得像是晨露下的蟬，濕濕的翅膀，無法飛翔，匍匐靜止在時光寶盒，窩在她身旁，期望她傾聽所有的渴望與酖美憂愁，蟬男人寧可靜止也不願意離開她而飛翔。

蟬男人唯一能給她的自由時間是不論多晚都會放她晚上回去陪伴母親。於是她帶著下體的刺烈氣息來到母親臥床的身旁，她痛哭流涕，那時阿娣還沒來，白天的大陸鐘點看護不在雇主家過夜，留她一人和無法說話的母親相對無言。她覺得蟬男人太殘忍了，在她的傷口上灑鹽，且出門幾乎都是她付帳埋單。難就難在蟬男人並非不努力之輩，也不是願意如此地吃她用她上她，是真的衰到爆了，做什麼都不成，她已經為蟬男人債台高築，她就像她母親那一代的女人經常因為替男人作保而成為經濟犯的傻妞。那回命運不給她找到蟬男人時，她硬是找到他且還租房子想要和他同居時，付錢這件事就已然形成了上對下的關係。她付錢但她處下風，她付房租付一切的生活開銷，只為了等蟬男人的到來。尤其在第一間房子租下來的第一個夜晚，那些租金如流水，完全是浪費的，那是命運給她的第二次暗示，趕緊離開這個男人，她卻仍置之不理。那時候她要離開是易如反掌的，她卻懶散安逸，即使明知自己很蠢，怎麼會去租房子等男人回家來。那時候蟬一點也不纏，不僅不纏甚至該說對她彷彿根本不在意的極為鬆散，簡直不把她當情人似的。她在租處從週一待到周五，周五蟬男人會來，接著再來的日期是周日。一週的時間蟬男人來兩個晚上，她習慣這樣的距離，所以不察命運的強烈暗示。那時候即使她跟蟬男人說不租房子了，蟬都不會有意見的，因為租屋和他同居的想法最初都是她自己一廂情願的，從找房子到租下房子，再去採買裡面的用品，她都一個人打理好，只等著蟬男人來時交給他一把鑰匙。蟬男人最初來到她租的房子時其實頗是驚嚇，心想這女孩的毅力也太驚人了，他一直以為她說要找房子和自己同居只是說一說的想法，未料卻成真。那時她剛好代筆寫了一些公家的出版品，有些專案收入進來，加上也還沒滿三十歲，不知是荷爾蒙作祟還是腦暈被遮蔽了清明，總之她好想和蟬男人有個家。更糟糕的是她後來才知道自己跟一個通緝犯住在一起，蟬男人是有案在身的經濟罪犯時，她已經無法抽身了。難怪她在最初幾年裡老是不懂為何蟬男人常要她幫忙辦手機門號，後來搬過一次租處，也要她代為簽約。開車臨檢時，蟬男人報上去的身分證號碼原來是他弟弟的號碼，蟬男人心思縝密，竟逃過了追溯期，那時她已經和蟬男人在一起多年，和一個逃亡犯同居，這讓她回想起來簡直像電影情節，但她自己卻像是遊魂似地在租屋處生活。

她常想這一切還不是都怪自己，她自己心存幻想，誤以為蟬男人是離婚的單身黃金大老闆，後來才發現離婚單身是沒錯，但大老闆卻是個空殼。至於他還是個經濟逃亡犯，這想都沒想過。

她在這座名為愛的十字架上動彈不得。她觸犯天條，如薛西佛斯。男人自此事業走下坡，怪她怪她怪她，連三怪，她變成愛情的怪老子。

38

那時蟬未老，心未老，掛名好幾間董事長的頭銜，公司卻都停業中，後來仍有很多計畫要找人投資，蟬男人可忙得很，蟬在遇到她之前已有兩段婚姻幾個小孩，責任尚扛在肩上，回到她那個租處也已是週五時光了。

她第一次為感情落腳而承租的房子，顯然等不到感情落腳，蟬只能偶爾飛到枝頭，週五一夜春宵，或者偶爾延續到週日，但她卻為此付上昂貴的代價。那時她突然對擁有一個家產生巨大幻想，可能因為身體的年齡來到了寂寞的風口。因此從頭到尾她就是覺得那是一個家，只是男人很忙沒空來而已。

有個家的感覺支撐她這股寂寞，她本身又很能一個人生活，只要精神有了確定，柴米油鹽就不是那麼重要了，她輕易打發，不讓疑惑從心底深處升起。日久因循苟且，一個小小的窩日添物品，再也動彈不得。那時精力正好，代筆案子接了不少，讓她這個影子作家的影子可以拉長一點，氧氣供應多一點。那時候她在想什麼？鄰近夜市的每一家攤販她都知道，小吃幾乎嚐遍，亂買東西大概是那時候養成的。因為漫步街上的時光太多，如果沒有購物的慾望連走路逛街都不想。唯一是她不想認識人，保持她心靈空間的小小安逸。那段時間接到母親電話，母親劈頭問她是否跟查甫郎走了？這麼久也都不回來，也不打電話。她心裡對母親升起歉意，嘴裡卻說沒有啊，就工作忙。

在那個空蕩蕩的屋子裡守著蟬男人來到的寂寞時光，她好像作了一個不醒的夢。有時夢醒是因為爭吵，禁不起壓力時她偶爾會抱怨蟬男人不付房租又不常回家，這樣要繼續嗎？蟬男人尊嚴一下子被掃落，轉為暴怒。那時她曾有過想要離去之想，但很快就被說服，蟬男人說他已經找到金主了，只缺一塊磚就可以執行計畫，開公司燒的錢就可以回來了。然後她就開始期待蟬男人可以給她錢了，當然總是幻想破滅。她依然繼續補錢坑，蟬男人缺的不是一塊磚，而是一座城池。她已經無法回頭了，因為蟬男人已經纏住她了，換她想要一週聚會一兩晚就好，而愈發沒有經濟後盾的蟬則愈怕失去她，當她意識到蟬男人快變成恐怖情人時，她的手腳早已失去自由，且精神也被監控，有一天她發現她的一切暴露在蟬男人的眼皮下。他警告她，如果妳要離開我們這麼多年的感情，別怪我使出殺手鐧。她不敢，她知道蟬男人會撼動整個枝頭整座樹林，他的公司收了，案子停擺，小人興風作浪，前妻無話可說，孩子大了各忙各的，他就剩枝頭唯一秋冬時節還會高聲蟬唱的人。他只剩下她，總是不離不棄的聖母怎麼可以琵琶別抱，他絕對不允許，沒有一切的人最危險，因為沒有什麼好怕的，沒有什麼可以損失的，他可以摧枯拉朽整個樹林，她相信這種恐怖，他自詡偉大的歡愉之愛。他暴怒時，可以用他的前足扛摔，或後足踢。他絕不掉頭離去，他耗，不收拾，比耐性，她輸定了。

她家裡有三樣壞掉的東西，依然滯留殘局，電風扇，椅子，花瓶。那是被蟬男人暴怒時摔壞的。蟬男人發脾氣時會像那個新聞的肉圓爸，只因兒子買的肉圓沒加辣椒就暴怒暴走。

他暴怒時變成吃人模樣，就像蠍子蜈蚣被截斷也還能毒咬你一口。怒火攻心，臉色潮紅，青筋暴漲，如海嘯將捲起沙岸邊的一切。

她當初喜歡蟬男人除了他的聰明幽默外，還有一個原因是孝順。每個父母，他都照顧，養母癌末時，蟬男人揹著沒有血緣的母親上下樓梯，載養母去看海，載養母看人生最後想看的風景。養父自殺，他去認屍，去善導寺為養父做法事，生母過世，他全程四十九天陪這個從小把他送走的母親法事圓滿。她看著蟬男人進行這些事時是愛他的，但很不幸的是這個男人必須是站在浪頭的人，作主的人，所以他從年輕就開始當老闆，當老闆有高潮有低潮，享受成功，也承接風險。她是遇到蟬男人人生不幸的大總結時間，所以也不是蟬男人不認真，相反的是他的心太大，不願屈就又不願認錯，常忽略現實，又被小人扯後腿而導致做到一半的案子被抽走，初老面臨全盤皆輸，負債她扛，蟬男人兩袖清風，常常口袋只有幾百元，她常三不五時給他三五千的，蟬男人吃她睡她，她成了飼主。她沒見過像他那麼努力卻又衰爆的人，最後她到處求神問卜了解和蟬男人的前世今生之因果後，神仙告訴她，妳的苦吃得差不多了。母親臥床，不知女兒承受的雙重苦，但母親離開，會順便帶走衰咖，她只是像在聽神話般地聽著。

蟬聲如禪，佛號咒語也像蟬，日日響在母親的床枕旁。寄生耳朵裡的蟬聲，彷彿裡面是一切的海洋，一切的島嶼，一切的嘶喊，總有靜默下來的一天。那個誓言即使離開後也會從他方或者冥界地府發信給她的蟬，在蟬逝之後，卻連一個夢也沒有夢過他。但她確實想念蟬，當蟬離開之後。男人離開後，過去的黏稠瞬間像沾黏被切開，疼痛消失，愛意開始湧進，她才知道她愛他。就像母親，父親離開後，母親才發覺心中已經被這個冤仇人占滿。

可愛的冤仇人。如冬日的枯葉思念夏日蟬的棲息。她悠悠地想起蟬，她不曾在島嶼之外聽過任何一聲蟬鳴，蟬聲就像西北雨，在島外才會引起她的萬分懸念。

蟬突然一夕之間就無法再纏了，蟬在母親走後終於也要離開她了，彷彿是母親幫助女兒的最後一擊。蟬男人這樣任性，離開也像一陣狂風，一場暴雨。

蟬男人離開那天，她無身分當送行者，但她為蟬男人點了一百零八盞油燈作為送行，且也打算帶蟬一起上高原。她感到蟬男人寄生在她的耳朵內膜裡，他繼續拍翅，和她的心共振。她和蟬男人的摩鐵元年，成了她感情白圭紀的不滅印記。本來求塗抹塗銷而不可能，天擇自動重組感情，以前那麼用力，突然斷捨離之後，所有的作用力彈向她，撞得她滯澀難挨，每天有空蕩蕩的感覺。

等待上高原這段時間，前不著村後不著店，全有或全無，全擠在一起要不就是全消失，蟬男人在她母親臥床這段時間最纏人最黏人，卻又在母親過世之後不僅不纏且也消失在她的周圍。彷彿和母親串通好，一起給她親情與愛情的雙重艱難。上天為何要開這樣的玩笑，她無法理解且十分痛苦。因為蟬男人離開之後，她才知道她其實是愛他的，且是很愛的，這超過她的想像，讓她嚇到。恐怕再也沒有人可以取代蟬男人，當她心中這樣想的時候，她為自己這個念頭嚇了一跳。原來有些人要走到時光的布幕之後，才能看見他的重量。

大師姐寫信來安慰她時說了度過漫長時日突然變成一個人，妳應該感到高興。原來要變回一個人也是那麼不容易的。斬斷纏縛，空蕩蕩的飄零感也不會太久的。

有時她會覺得有種作夢的感覺。她用盡所有的方法想要離開他都不可得，只有死亡可以分開他們。這種分開，心裡並沒有預期，於是蟬的離開又取代了母親離開的痛苦。就像新的煩惱覆蓋舊的煩惱一般。際遇已經幫她塗銷了蟬男人的執著片段。

她知道自己也將不會參加他的葬禮，他曾說我的葬禮不能沒有妳，看來這世界上沒有什麼是不能的，時間和際遇會讓人什麼都能地活了下來。她知道日後自己會在高原為蟬男人供養出家僧，捐印很多經典，捐助很多法事，她知道這是她日後上高原的事了，她想或許因為這樣他放下了。

某道長的另一封卜卦實際上早已傳來，另一封卦她問的事是自己被某段感情的男人一纏多年，被劫財無數，束縛而難過，不知何時可解？道長來函：此問題可望年底就獲得解決，有人會告訴妳好消息。有人？是誰？後來她發現是際遇之神，或者是母親來幫她呢？母親的百日期間，帶走了蟬男人。中陰身的母親有神通，知道女兒為這個衰咖男人受苦，她想一定是這樣的。男人可不能惹到母親，母親是虎霸母。

39

神降下符令。

她的媽媽最初是犧牲自己來救女兒，後來是整個將生命繳械給死神，才能顯神威地搭救女兒脫離苦海女神龍。

她第一次為母親租房子，只為了讓母親回到自己的身邊。她帶著深深的罪愆看著母親，母親竟以這樣大的死亡事件把她從感情的流沙裡奮力拉起。感情從摩鐵元年即將轉成高原元年。那無數個夜晚，她帶著潮濕赤熱的下體幫忙清洗母親尿濕微熱的私處時，她的淚在夜晚靜靜地流淌而下。母親病房白牆爬滿的靜止小強也常讓她想起那個和蟬男人落腳多年的租窩，夜晚那個租處也經常有著小強四處踩踏紙頁時發出的窸響，細碎如雨的微響會讓她覺得那屋子並不寂寞。

每次還了蟬男人的情慾一夜，之後她就在日期欄內打上一筆，就像每日善行的功德本，彷彿銀行員連一塊錢都不能少的計算清楚地用力。白天在獅子吼的社團中心帶的是功德簿，夜晚成了貼在母親房上不會有任何人看到的情慾年票表。

如雪花如火花的片段，逐漸在蟬男人之後滅去。

夏日的蟬蛻，她拾起，第十個落在她河岸落地窗上的蟬蛻，蟬的背脊裂著一道記憶的傷口。她把蟬封存在透明的樹脂，標誌年分的蟬蛻像是時間，盛夏的蟬蛻瘦小如尾指，在牆上懸掛如愛情牌位。

以為蟬將如十七年寒蟬滯留在她的生命地表。蟬男人竟心肌梗塞，秒離人間，乍然飛離，讓她自由上路。也許金鳳殿的師姐幫她埋了實現願望的符咒，也許菩提道觀的道長給了加持，也許大師姐在達蘭薩拉請喇嘛修法護身，也許獅子吼要她回歸本性觀自在，也許母親中陰身的神通木劍一揮，也許是她自己的祈禱文上達天聽。也許納迪葉的眾友仙人早在千年前就在葉片上寫好了這個劇本，她突然想起了葉子曾給她的訊息，三年後，妳將有一個全新的感情對象出現。她一直不敢相信，以為是神話，沒有相信這個預言，因而轉身就忘了。當解讀師說出蟬男人的名字時，她整個人像是被觸電一樣。後來為什麼忘了這件事？其實沒有忘，她甚至不敢想蟬男人會離去。覺得像是不懷好意。但明明她這幾年為蟬男人點燈供香，只盼望蟬男人可以不再執著於自己。一旦願望實現，她突然像踩空似的失神，失魂落魄。

母親還在七七，守喪期間蟬男人好說歹說終於答應讓她一個人守喪，七七過後再打電話給她。她安安靜靜地度過四十九天，生命裡最安靜的死寂狀態。她內心感謝蟬男人良心發現。只是沒想到，自此他也交還把她綁得死死牢牢的自由，從此銀貨兩訖。

那天她的胸部停飛著一只蟬，蟬不若蝴蝶會飛離樹枝和人親近。她端詳著蟬，正要抓起蟬時，一陣電話響起。她不知為何渾身發抖，陌生女生傳來年輕的聲音，我爸爸走了，我打開他的手機在分類家人的電話欄位上，看見妳的電話，所以我想妳是他重要的人。

妳爸爸？她聽了有點糊塗，妳爸爸走了關我什麼事？我家裡沒有男人，她還在轉著念頭。女生突然在電話另一端吐出一個會震破她耳膜的名字。之後就有點天旋地轉地聽著女生說著她爸爸突然半夜走了。蟬男人很少守住感情的承諾，但這回說要讓她一個人守喪期間安靜卻真的安安靜靜，原來蟬已逝。她想著這任性的蟬，和母親中風後重疊和她相處時光的男人。使她分裂痛苦的男人，使她一邊疲於奔命照顧母親，還要分一半的身體照顧男人慾望的男人最後真的倒下來了。男人成了家禽，不再到處打獵了，不會再來找她了。

心知肚明心肌梗塞不需要理由，幾分幾秒就可以說再見。

那女兒說大約是天氣變化太大，安詳離去等等，問她要不要參加告別式，時間地點等等。她忘了怎麼掛上電話的，像作了一場白日夢。她沒去參加告別式，蟬男人有兩個家，兩個妻子，她們是妻子，雖然是前任與前前任，但畢竟都不知道她這個被蟬男人纏了多年的寶貝老婆。她這個寶貝老婆應該躲起來，為了大家好，是應該帶到墳墓的祕密。

很多天後，她按著手機打來的電話回撥給蟬男人的女兒，說不會去告別式，但有個不請之請，能否在火化儀式後，取些骨灰給她，如有骨頭更好。她想做超度儀式。

要和我見面嗎？蟬男人的女兒已經敏感知道她是父親餘生的最後女人。

不用好了，妳可以寄給我嗎？她說。對方說好，她記得蟬男人最疼這個孩子，因為是唯一的女兒，且非常孝順懂事。常說還是女兒好，兒子都是別人的。寄骨灰應該是滿奇怪的。收到包裹時，她打開來看，蟬男人的骨灰很像是她在佛案上香供後的灰，白灰色，放在燈泡下看，像是霧中風景的灰白，有一種美感，不會恐懼，反而盈溢幸福。擁有蟬男人的蟬蛻，她覺得突然換成是她纏著男人了，就像這個關係的一開始，又回到那個打了不知多少通電話的那個執著之心。但她知道這個擁有的心其實不是執著了，反而是珍視。因為她要為蟬男人做最後的送別，一如母親。別而未別，直到別後。

寄來的信中除了用香囊裝著的骨灰外，還有一個頗大的盒子。她打開看，竟是一片骨頭，用著黑色皮繩繫著，像人骨項鍊。她覺得這女孩太貼心了，女孩猜出電話中這個女人對父親的懸念，應該是有找到父親的電腦信件裡有很多寫給她的信。寄來的骨灰小玻璃瓶，還附了一張紙條：傳說以前的草原牧人懷念死去的小馬，會取小馬的腿骨為柱，以小馬的頭骨為筒，以小馬的尾毛為弓弦，將其製作成二弦琴，因為通常是在琴杆的頂部按小馬模樣而雕成一個馬頭狀，而得名馬頭琴。雖然沒有父親的腿骨，但至少可以做成項鍊贈妳。我知道失去至愛的痛苦，其實父親不是安詳離去的，他起先是昏迷，最後送到醫院前有短暫迴光返照，只不斷地對我連說了好幾句找她，找她。

她頓時淚流滿面，她已經淚流滿面多年，以為母親是淚水的盡頭，沒想到尾隨而去的蟬男人才是她淚水的盡頭。她已償還，摩鐵元年翻頁。

40

物質或愛情的挨餓都曾經深深纏擾著她的母親，而她是深深被過飽困擾著。飽足者不知飢漢子的餓，但她知道，現下被釘在原地多年的感情，一旦拔除，突然空蕩蕩的，心凹了一大洞的空蕩。不可承受之輕原來是真的。

她的媽媽曾笑她一輩子沒穿過婚紗禮服卻曾在婚紗攝影公司打工過，真是荒謬。她笑回有規定穿新娘禮服的年紀嗎？老新娘不好看，但妳看起來永遠不老，妳穿媽媽都會為妳高興。

母親以前可是月老助手紅娘高手，母親中風最初，她曾想過她一直有個遺憾就是沒能見到女兒結婚的心願，為了母親這個心願，想過辦一場假婚禮，以圓滿母親心願，搞不好母親見了婚禮，還會高興到病好了呢。她寫信給大師姐，告訴她這個異想天開的想法，大師姐回信說何不乾脆辦場真的婚禮。大師姐說這什麼話呢，要能辦真的，誰要辦假的。但話說回來，真要辦真的，還真沒勇氣，本來就不相信海誓山盟。當時眼下只有一個蟬男人，而他剛好是那個最不能嫁的人。他吃掉她且不吐出來，他是愛情貔貅。

佛菩薩不需要穿新娘裝，他們嫁給了自己的空性，悟性。她呢？嫁給了自己的文學影子，愛情替身。她是自己的鬼新娘，又孤單又燦爛，又頹廢又昂揚。

一切總會到盡頭。

從盡頭回到一切。

就像原先等待母親住到一面牆的時間，感到如斯悠長，但真正離別的時光來到時，卻覺得時間忽悠飛逝。牆上的母親微笑，像是朝她拜別，此去江湖，島嶼化為胸口的硃砂痣。她在島嶼最後的駐足空間除了母親的病房之外，最熟悉的空間是摩鐵與電影院。

各式各樣的摩鐵成為她離開母親病房的奇特非日常空間。蟬男人遠行，摩鐵元年徹底按下熄燈號，此去將抵達沒有摩鐵的高原。或者往後的摩鐵將又回到最初一個人在百事待舉的摩鐵房間孤獨地畫著春宮畫的樣子吧，一切的聲色和自己無關，即使在春宮裡，也是一個介入的旁觀者。

被綁架的身體，被綁架的愛情，突然又被時間贖回了。贖回了，為何卻感到空蕩蕩。像是斯德哥爾摩症的愛情患者。竟一次送行兩個，就像死神的買一送一。母親應該在天上笑著說，女兒，眼睛罩子要放亮，別再愛上衰咖了。史上所遇最大衰咖，她想往後所遇都無法超越蟬了，這是蟬的計謀，連離去都不放過她。

41

電話響起前的那一刻，她正在為日後上高原的經濟煩惱，她摸著貔貅，要牠別睡著，要勤於出去咬錢。

許久沉靜的電話響起，她想乖乖貔貅出去咬錢了。電話聲線傳來一種歷經滄桑的熟女聲音，劈頭就問她是否單身？她心想我單身關妳什麼事呢？她已經為蟬男人離去難過了不知多久了，感覺自己像是個寡婦，因為蟬男人總是叫她寶貝老婆，她的前半生第一次有人叫她寶貝老婆叫了多年，有名無實，且老婆要負擔經濟。纏鬥多年的感情，就像出家，最後捨得，一無所有。沒有法律束縛的身分，卻叫得真真切切。以往她其實頗討厭蟬男人這樣叫她，但連連失去母親與感情，突然好想擁有這個身分。

電話響起，她的魂回神。

我這裡是婚友聯誼社，我們有很多優質男女生可以讓妳認識。
我不想認識任何人，我才剛死了丈夫。
喔，真是非常抱歉，我想那妳更應該出來走走，散散心。
妳認為可以嗎？如果是妳？
對方沉默，支吾說我沒有經驗，請妳節哀，我是好意邀請。
我想我應該先守寡吧。守寡，多古典老派的詞彙。她掛上電話，突然為自己這句話想笑。
掛上電話，電話又瞬間響起。我不是說我沒心情嗎？
對方詫異地說，妳好，我是新光人壽。
什麼光人，我沒錢。
不是的，是我們要給妳錢。
她摸著貔貅，乖乖，有這種好事。她聽著對方吐出一個可以火燒燎原的名字以及接下來述說的內容，她幾乎有暈眩之感，心跳加劇，千萬匹馬拉著她奔跑。沒想到蟬男人生前為她布了一個局，她竟是他買保險的受益人。難怪他吃我睡我，錢拿得都不會不好意思，原來我是受益人，但他怎麼知道會比我先走，她又想蟬比自己老那麼多，身體又不好，肯定早就想好了。
你真好，毀了我又救了我。她把其中的公貔貅自此改叫了蟬。不用咬錢給她了，只消傳達蟬男人的訊息給她就好了。告訴我，你到另一個世界好嗎？執著退燒了嗎？她摸著貔貅想著蟬。一隻停在身上的蟬開始把她的胸部當樹幹，往胸罩縫隙裡的雪白乳房爬行，五隻眼睛瞧著她，喧嚷在她整個生命的發聲器已然消失。蟬現在有六隻腳供他爬行一片雪地，她想要抓住他，他卻振翅飛了起來，最後停在他們的合影上，多年前的合照，她的生日，笑靨燦燦，那時是她緊抓著他，她的縱容導致整個基地傾斜的愛情。

電話裡面的聲音後來說的都是她該如何帶證件去辦理等等，她恍然作了白日夢地掛上電話，抬頭不知何時已然蟬逝無影。她看著牆上的母親笑像與旁邊的接引佛，阿彌陀佛如滿月，銀輝灑落，小小房間突然大如須彌山。原來蟬男人在世曾是她生命的大衰咖，走後卻是她生命的大贏家。讓她往後能夠感恩餘生美好的到來。

獅子吼曾說寡婦不能靠近修行人，她不懂寡婦為何不潔？

文成公主守寡三十年，注定孤獨？母親也不能靠近？她也不能靠近嗎？她自覺是隱形寡婦，為蟬男人守寡。她這時候才真正覺得自己的感情覆轍了母親。但她不會讓命運覆轍母親，因為她是送行者。在每個迎來送往的路上，她仔細，她慈柔，她善於別後的細節。遍尋多年，原來度亡師就是她自己。

度亡師不動聲色，她的心卻大為震盪，她想就讓獅子吼笑她怎麼修都又退到原點吧，要她心如牆壁，她卻心如豆腐。蟬男人離開，她才知道愛他，能夠將她的生命翻天地覆過的人真正是他，任性的他，溫暖的他，體貼的他，暴怒的他，善良的他，聰明的他，衰爆的他，幸運的他，一切都是他，如雄性的母親。她摸著像是馬頭琴似的骨片項鍊，死而復活，物中風景凝結著時間之蟬，四季棲息在她這個危脆枝頭上的蟬，以纏繞不休的火焰烤炙著她。

突然她想原來寡婦不是身體不潔而是命運不潔。阿拉姜色，她放上高原電影曲。阿拉姜色，今夜把酒言歡。她就著母親和蟬的肖像，倒了三杯酒。死黏在枝頭的蟬，竟說飛就飛。一定是母親在中陰身以其神力幫助女兒的。她這回喝酒，為愛喝酒不犯戒，因為愛情酒是甘露。

三　神經

42

個人的神曲

遇到了神奇的葉子，從印度飄來的千年枯葉。

千年枯葉，就像烏盆，葉子說話卜未來，一語成真。個人的神曲，遠方竟知道。

雖然報名時已經知道納迪葉的神奇，葉片上記載著一個人從出生到晚年的種種，包括人名、事件、時間、地點都詳細地記載在古老的葉子上。納迪Nadi，尋找。尋找前世今生的訊息，從業力總結到父親母親愛情子女財富都可以解碼。仙人比小鬼技高一籌，看指紋，看盡你的一切，只是這一切被劃分成細目，因為每看一片葉子都得以錢換算。

排定時程來到預約地點時，未料已經走動著不少人，這家承辦的公司牆壁貼著吸引生命被困住的人渴望去旅行的風光照片。她聽到有一個曾解讀過的女生分享著她之前的經驗，女生說她解讀之後終於放下痛苦，因為她的男朋友自殺，解讀師並不知道，但當解讀師看著葉子說出她的男朋友這一世會自殺的訊息早就寫在葉片上了。這句話來了救贖的靈光，女生想原來不是自己的錯，葉子早就寫在上頭了。分享經歷的人說納迪葉解讀師完全不認識自己，但僅從葉子就讀出了一切。他對於自己原來悲慘的前半輩子也就放下了。眼前這位分享故事的大哥說他在前一世是在西藏岡仁波齊神山雲遊的僧人，後來戒律沒有守好，而有了受苦的此世。才起了頭，承辦助理就在辦公室門口朝著她笑說該妳囉。

和印度解讀師見面，她見到解讀師的桌上已經有了幾疊的葉子，事先給的大拇指指紋與姓名生辰八字，使解讀師已經縮小了尋找葉子的範圍了。

她雖然聽得懂英文，但不確定這種和命運有關的英文自己是否聽得懂，且也不確定印度的口音，何況她要專心聽，因此她還是跟承辦單位說需要一位英文翻譯在旁翻譯。她覺得翻譯者的工作也挺有意思，就像一個竊聽的臥底者，聽了許多人的前世今生，命運的祕密。

起先幾疊的葉片都不是她的，直到解讀師說出她的父母親名字，才確認找到了葉子。當解讀師看著葉子說出她的父母親的名字時，她只覺得是小驚嚇，當葉子說出她交往的對象名字時那才是大驚嚇，因為這世界上沒有人知道她正在交往的對象是誰，葉子竟然吐出蟬男人的真實名字，彷彿有一個探測器在她的體內。她幾乎聽見內心的撞擊聲。解讀師用印度口音的英文吐出男人的真正名字時，她整個耳朵嘶鳴如寄生一只蟬。這世界除了神仙，沒有人知道她和這個男人的關係。她轉頭看著海報上的納迪葉神仙，解讀師知道她在想什麼，眼神跟著她看過去，說著這些都是以前得成就的仙人，他開始念著濕婆神等名字，其餘她認不得，如水般滑過的異語。

她看著那疊狹長的棕櫚葉，說是幾千年前印度聖哲早將未來寫在棕櫚葉上，以印度古詩刻下許多人的前世今生與來世，以及星座天文和哲學的智慧之葉。幾乎會來的都可以找得到葉子，也就是冥冥中有牽引。不會來的不相信的，根本也不會有這些人的葉子。

葉子家族傳承的神仙是印度的眾友仙人，她隨著解讀師指著海報上的人像看過去，心裡一陣淒楚，彷彿十字路口看見爹娘，說出了她的過去種種與揭開潘朵拉的盒子。解讀師先祈福地念了經文，接著他說妳和我會見面，在千年前就寫下了這一刻，妳這個時間會來找我，我在這個時間會找到妳的葉子這都是命中注定的。接著解讀師向神像祈禱，她看著牆上貼的海報，顏色很鮮艷的印度神像，充滿俗麗的可喜氣氛。

一直在旁邊悶不吭聲的翻譯者突然說妳放心，我聽過就會忘記了。她笑聽著翻譯者說出這句話，心裡想妳就是記得也沒關係啊。妳有看葉子嗎？她問翻譯者，她笑著點頭說有，聽別人的那麼多前世今生，她也好奇了，問有解開心結嗎？翻譯者說有，說起自己從小就當童工，因是老大，父親過世，幫媽媽的忙，但她對童工生活近乎厭惡，影響所及對母親也比較冷淡，好像是媽媽造成她童年無法好好上課的人。結果納迪葉寫她的前世竟是一個虐待童工的老闆，除了她媽媽，沒有人知道她這段童工歷程，這讓她整個人都起了雞皮疙瘩，後來她就原諒母親讓她成為一個沒有童年的人，繼而一想，童工也是童年，怎麼會沒有童年。現在跟媽媽的關係好多了，也開始幫助很多兒福團體。

她聽了心想這葉子可真是解冤咒。說服所有人的關鍵都是祕密，葉子竟然知道這世界上除了當事者知道的事情。她想起剛剛解讀師讀她的葉子時發出的不標準口音。妳的父親叫明絜，是，她說，內心不禁浮起這也太厲害的聲音。妳的母親叫秋桂，對，她想要尖叫。在陌生空間從一個印度人口中吐出母親的名字她內心十分激動。解讀師瞬間又吐出妳現在的男朋友叫善民，她被電到似地從椅子上跳起來，近乎大叫。解讀師和翻譯像是見怪不怪地只是微微一笑。蟬的名字在解讀師念起來像是殘民，被她暱稱為蟬的情人。一段像躲在地底的十七年蟬，葉子上的訊息竟在千年前已然寫了自己和男人的命運，那麼與其抱怨男人，還不如趕緊還清自己虧欠他的，她數學不太好，虧欠多少早難以記數。她看著母親的身體被困在最低階的有限裡，一條血管不通就讓身體翻車的際遇，而她卻漂流在看不見的高階靈魂，千年聖者的靈魂密碼輕易吐出扼住她呼吸的情。承擔與負責，這才是妳來解讀的意義。解讀師突然看見她疑惑的眼神時，繼續說著不用懷疑，以我們渺小的智慧是看不懂過去與未來的。

朋友去某個靈媒解運時被要求交出身上所有的鈔票，他不知道靈媒要幹嘛，還以為身上不能帶著鈔票，結果卻見靈媒把鈔票放進一個盒子，突然在朋友面前點起火來，瞬間盒子起火，說鈔票已經燒掉，靈媒要朋友練習放下。她笑著說，應該是靈媒要練習放下吧，盒子應該有祕密機關，鈔票早已掉到靈媒口袋。朋友敲了額頭一記說被騙了。但被騙也是學習，只是代價太高。解讀師還說妳的父親很哀傷，妳要做火供，他會收到祝福。她瞬間想起這個朋友，但她是一個對看不見事物寧可選擇相信的人，何況她很樂意為早已亡故的父親做火供，她知道火供是一種護摩儀式，亡靈將獲得超度財資。解讀師回到印度之後，會在廟裡做法會，每天的費用約是三美元，每天三美元買下父親的憂傷。也祈望為母親做祈福火供，解讀師說訊息早已寫下了，妳為母親做火供的時間要更長。接著什麼時候母親會離開這個痛苦肉身？解讀師說葉子顯示從現在起到三年之間，任何一天都可能發生。任何一天？她心裡想好寬的答案，但至少解讀師給了死神的結界時間。憂傷的父親，為自己擔憂不已的母親，纏著她的男人，神奇的古老葉脈，散發著千年前的訊息，彷彿從外太空發射來的祈福訊號，外星人和人類的第一次創世紀接觸。她聽見葉子對母親生病的描述，且葉子還寫母親非常非常關心女兒，一直祝福著她，母親很高興生病之後可以和女兒同住。這讓這麼久以來沒有聽聞母親開口說話的她頓時心寬不已，一絲執念縛在情關的母親啊。

妳在三年之後將會有一個全新的感情。這一句話讓她的耳膜有如被刺傷的驚醒，蟬男人會離開她，不再勾勾纏了。怎麼聽起來沒有開心的感覺？善民怎麼了？她問。解讀師聽了只是微笑，卻沒接話，只一語帶過說他很好，只是他會離開妳，且不會讓妳再受苦，不論心情或是經濟。

她心裡感到詭異，因為他如果很好，他是不可能離開自己的。但解讀師沒有直接回應，只說他會給妳祝福。新男友也可能是同一個人但這個人改變個性，對自己產生新的狀態？她這樣想著，但沒說出口，因為在她去解讀葉子的當下，說什麼也不認為自己可以擺脫蟬男人的執著束縛。就在那個關手機靜音的當下，她就不知收到蟬男人傳來多少瘋狂緝捕令的關懷訊息了。

聽解讀師的話，她好像整個靈魂被穿刺，看穿。因為所有的過去現在和未來竟像是透明似地展演在眼前。但過去何意？葉子說過去世她是一個極為美麗的女伶，出生廣州的戲劇世家，名氣很大，旗下很多跟隨的女弟子和女粉絲，但因為常跟女弟子和女粉絲宣揚不要結婚的理念，才會導致今生感情不順且孤寡，且因為想要得到某些有錢客人而唆使女弟子們捲入某種感情的騙局，好在中年之後頓然幡然悔悟，不僅到處去學校講學助學且出資興建講堂之外，也常賑災義舉，因而得以懺悔，也有了今生不錯的果報，妳上一世的老師就是妳現在的老師，他對妳幫助很大。

她聽了想起獅子吼，沒想到這個連葉子都知道。那麼蟬男人呢？他在前世非常非常的愛慕妳，狂追妳不成，且妳還騙走他的錢。她聽了心驚，難怪此世一直被蟬男人劫財。過去世變得如此透明，如此像言情小說。她這樣想著，彷彿連結到神的音波，凡所有想都被穿透。解讀命運的暗喻，她想這是加害者與被害者的角色在時空裡輪轉互換嗎？

解讀師又說妳會很長壽。她關心的是健康。解讀師說健康而長壽，只有腸胃偶爾有點問題，因為太緊張之故。她聽到長壽這個字眼突然覺得感傷，那意味著她將獨自在地球生活多年。地球，在古老的菩提樹下還沒被發明出來的字詞，娑婆世界，已知前世之果，但如何解？解讀師給了幾個解方，首先必須去寺院或廟裡繞壇祈福，妳現在幾歲就繞幾圈，買新的衣服送給五個單身女生，妳要為妳母親祈福點燈，點的燈數也是妳的年紀。有機會到印度神廟祈福。妳也必須為妳的父親祈福，妳的父親在另一個空間很憂傷。她聽了心裡一陣傷心，一片葉子竟容納這麼多的傷心人傷心事。

她包了一個之前有先被暗示的紅包用雙手遞給了解讀師，虔敬地鞠躬合十。解讀師用葉子輕按了她的頭，給予祝福。瞬間千年埋藏的宇宙龐大資料庫好像灌進她的體內。

離開時間被封存在外太空似的解讀室，她感到剛剛作了一個奇特的夢境似的恍惚感，解讀公司的櫃檯女生笑著對她說震撼吧，有被震撼到吧。她點頭，接著櫃檯女生給了她要繳錢的費用表，旅行社將代為交給解讀師，解讀師回到印度會進行祈福法會。

幾個月後，她收到解讀師從印度轉寄來的信，還沒打開就聞到一股特有的印度香味。裡面有兩個小信封，信封分別寫著秋桂與她的名字英文拼音，各有灰紅黃三色的香灰粉，註記著按香灰袋上的順序加入水中沐浴清洗，從頭髮洗到腳趾。她幫母親洗，母親的白髮瞬時像是染髮似的有灰有紅有黃，煞是好看。她將紅黃香灰水淋上了母親，母親笑著，也彷彿開了一朵花。

當時三個跡象都告訴她進入秋冬時節，要注意死神的腳步聲了。

先是獅子吼的提醒，再是眾友仙人的預言，接著是某菩提居道長的卜卦。她航進最後一哩路的告別，心裡既為母親脫離苦海高興又為離別傷感。不論相聚多長，離別一到，喪鐘敲起，伴一生，訣一時，瀟灑說何必掛念我，千山獨行且必行。在這個之前，她得先學習臨終照護，從長照照護轉成安寧照護，從漫長如靜室飄浮的無重力時間轉成最措手不及的乍然分別。暴風雨前的寧靜，或者臨終前的躁動譫妄甚至暴動。朋友的父親決定不再治療後，她以為可以讓父親在家安寧以終，醫生卻沒有提醒她臨終前的躁動可能不是她可以應付的。她安安靜靜陪著父親幾日之後，突然有一天父親力大無比，竟從床上走下來，且還把廁所坐破了，接著她抓不住進入譫妄狂亂的父親時，她只好叫了救護車，當救護車把父親送上車子時，她看著滿眼屋內的凌亂心裡對父親聲聲抱歉，因為最終她沒有完成父親在家安寧以終的願望。

她聽了卻希望母親臨終可以不要那麼安靜，母親安靜千日，或許臨終前的聲音，是母親最後的生命吶喊。但母親依然靜默，只有偶爾幾個深夜她聽見死亡的咆哮聲，帶著像鱷魚張開大嘴即將咬向一具身體的喀喀喀聲響。死神的馬蹄聲劃破千日死寂。母親沒有臨終躁動，是女兒躁動了。

43

那是城心之東繁忙之地的暗巷一隅。閃過無數的車流兩岸，迷航在一直無法左轉的路上，迷走在台北醫學大學鄰近的各種小巷，醫院鄰近的人生是她熟悉的，藥妝店藥局花店咖啡館自助餐，但都不是她這次要前往之地。她要去問神，想要解除情業纏縛，盼望情業空盡。她不確定能見到神或仙，但至少應可見到神仙的媒介人。他們可能有神通、眼通、他心通，但也可能什麼都不通，神棍之輩。獅子吼以前也曾經去踢館過，說他才走到某個神壇的門口時，整個神壇的香爐竟至破裂，香爐起火。獅子吼有一回在路上遇到神明出巡，他在路上跟著陌生人等在路上讓神先行時，心中自然而然地念起佛號來，突然轉頭一看前方的神轎動彈不得，任那些壯丁怎麼抬都抬不動。接著他就聽到廟方隊伍有人用擴音器廣播，在場信眾如果有人在心中念咒語或者佛號的人可否麻煩暫時先不要念，拜託拜託謝謝謝謝。獅子吼就暫時停止持誦咒語，說也奇怪神壇就抬得動了。

要尬神力高低，我只是一念咒，神壇就動彈不動了。她當時聽了覺得甚是有趣，咒語雖一樣，但有人念起來法力無窮，有人念起來卻像是在唱流行歌曲般毫無法力。獅子吼給過她一個概念，比如做大禮拜，有人做起來加持滿滿，有人做起來卻像只是在做瑜伽而已。既然要浪費時間還不如浪費在有回報能累積的事情上。

確定問神處時，她想起母親多年和樓下供奉天上聖母天后宮上下為鄰，下面住著神，人的八字要滿硬的。但母親終於敵不過硬頸，最後變成軟腳蝦。老舊公寓的一樓遮雨棚上植有許多爬藤植物，門是漆紅鐵門，門口停著許多機車與擱置一些等待回收的紙箱，看起來很平常，但穿過紅漆鐵門，卻一片金燦光亮，客廳的神仙金光閃閃，簡直可以閃瞎眼睛。地磚是紅色老款，屋齡也老，奇的是神壇上非常元氣飽滿。進門的左邊桌子旁坐著一個短髮俐落穿T恤的女生，也是平常至極，她本以為助理們應該也會穿得仙氣飄飄，卻簡單到像是從房間走出來的人。女生開口問她的名字，女生的聲線不高不低，說話也不疾不徐，因清脆響亮，感覺明亮。女生請她填寫資料，要問的事項。她勾選事業，但腦子裡卻閃過蟬男人，於是她改勾感情。女生收過紙張之後要她在後方的沙發椅子上等一下，說是前一個問事者還沒離開。她坐在沙發區，說是沙發區其實只是擺了兩張老款的大理石椅，那底部是大理石的沙發款椅子讓她感到親切，竟然跟小時候的一模一樣，坐起來冰冰涼涼的，椅背與手把都是厚重的木頭。她坐在那裡看著前方櫃子裡面擺滿問神的單子，粉紅和黃白色單子塞滿了好幾層高的木櫃裡，看起來就像診所的掛號單。

女生突然轉頭跟她說，妳可以進去了。她往裡面走，女生又喊著要脫鞋。她脫下鞋，見到一片光燦神壇上的諸神們彷彿都在微笑，供的花果顏色都非常鮮艷，和整間屋子的老氣與老舊對比差異甚大，但她內心頗為歡喜，一直覺得很親切，好像以前來過似的。金鳳師姐就在屋子的最裡面，門開著，她一看就看到辦公桌伏案的金鳳師姐抬起頭來看著她微笑著說請進。金鳳師姐穿的也是簡單的居家服，不是唐裝或布衣禪風，也不是飄飄仙女裝，平常到好像看不出有什麼神力。不是那些很有距離以至冰冷的神仙鬼怪，師姐不僅血肉豐滿且還是個微笑呵呵的親切婦人，不笑時倒是有點像母親，她盯看著金鳳師姐，彷彿她的喜怒哀樂與己無異，唯獨自己不像金鳳師姐在必要時會施展法術神通。她心裡流過這些想法，金鳳師姐抬眼笑著看她，眼睛瞇成一條線，瞳光卻射出活眼金光的人。

師姐對面有一張桌子，旁邊書櫃上擺的都是經書，她目光掃了一下，看到心經、金剛經、妙法蓮華經、觀世音菩薩普門品等。她對著師姐笑，師姐說妳要問感情，給我看看那個人的樣子。她忙取出手機，從一大堆照片中找到生日時難得合影的照片。

金鳳師姐看著蟬男人的照片說唉，這人運氣實在非常不好。

她點頭稱是，求師姐為他補運。

他就是因為沒事業才會纏著妳，所以要先補強他的事業，我會幫他做一個禮斗。

她聽過禮斗，但不知道這是怎麼進行的儀式？總之相信就對了。她聽了就說好，謝謝師姐。師姐接著就開始振筆疾書，在粉紅色的單子上寫了很多字。靜謐空間裡只聽到師姐有力的手在粉紅單子寫字的聲音。金鳳師姐停下筆來，朝著她微笑說著關於她和蟬男人的前世因緣。劈哩啪啦一連串的前世，聽得她的耳廓來不及儲存。重點就是前世她和蟬男人都是將軍，互相非常欣賞彼此，但卻分屬不同的敵我陣營。有一回雙方打戰，他把妳偷偷放了，救了妳，因此這一世妳要還他恩情。還了好幾年還不夠，從我青春時光一路走到熟女。她聽了跟師姐抱怨著。夠了自然就會停了，現在還繼續纏著不停就是還沒還夠，金鳳師姐邊說邊繼續寫字。寫好之後給了她看，內容是除了做禮斗之外，每週建議她供水，同時常念心經迴向給蟬男人。她包了一個小紅包放進金鳳師姐辦公桌上的隨喜功德箱，金鳳師姐給的藥方是念經，這是花自己的時間，而不是多花費錢財，這使她感到正面能量。

她卸下對蟬男人的擔心後，突然跟師姐說其實自己很想知道生病媽媽的日後狀況。金鳳師姐卻不疾不徐地跟她說，妳先處理好這個感情比較好。她想也是，於是拿著金鳳師姐給的藥方，她很開心地對壇城上的諸神頂禮。她發現神仙們彷彿也都在微笑似的。自己忙於母親的事，就把感情的事交給諸神好了。她的腦中閃過虛空中的諸佛神仙朝她巴眨巴眨地閃著像漫畫似的星眸，朝著她微笑。彷彿蟬男人這隻猴子已然逃不出如來掌的手心了，她走出金鳳師姐的辦公室，心情一陣大好，感到諸神的光燦燦地灑在背影上，她穿上鞋子在櫃檯繳給女生要為蟬男人增福報的禮斗費用以及供水費用，但什麼是禮斗？她看著準備祭祀的禮斗供品，除了清水與水果，斗內還安放著燈、籤、劍、鏡、尺、剪刀，她看著竹籃裡有剪刀，心想或者可以剪掉她的感情亂麻。期望借助剪刀的銳利無比，剪除凶神惡煞鬼祟，去除慾火。天庭諸神各有所司協調統轄三界十方，禮斗也就是和天人溝通，藉禮斗來助自己一臂之力。諸葛亮借東風、陳靖姑祈雨經由禮斗而奏效，天上群星為虔敬者齊聚閃耀。諸葛東風，她要借什麼風掃斷感情纏縛掃除內心塵埃？她不知道命運的風會在後面吹起微風大風或狂風，但求不闖入無風帶，那使風帆下垂使水手囈語使萬物靜止腐朽的無風帶讓人喪膽。

有了護身符加持，她腳步輕快踏出紅漆門，聞到尋常人家集結的公寓暗巷正傳來主婦們埋鍋造飯的聲響。主婦們，母親一生的角色，那些鍋碗瓢盆還靜止在母親舊公寓的闃黑廚房裡繼續生鏽，她想著好久沒有去母親舊公寓拜父親的神主牌了，應該找一天去打掃與拜拜。她在暗巷的遮雨棚下迎面見到一個似乎在尋找神仙那般又焦慮又茫然的臉孔，她跟那個在尋覓門號的女生說往紅色漆的那個鐵門進去就是了。女生訝異點頭笑著，那個微笑就好像看到同一個進京趕考同伴似的心有靈犀，彷彿在說著妳也來求神問卜啊，希望我們都好運。

她轉身時突然想起被某個算命師說一生男人都睡不完的女孩。

女孩蛻變成女人，不知是否真的男人睡不完。茫然女孩讓她想起那個一同去算過命的朋友，大學拍畢業照之後時間突然多了出來，兩人相約去行天宮地下街算命。她記得自己那個名牌高掛雨字輩的女人跟她說不能吃陰肉，也就是牛肉，她笑說本來就不吃的，雨字輩的女人好像還說了如果錯過二十六歲在一起的那個男人，之後要結婚就要等很久。朋友得到的訊息竟然是一生男人都睡不完，朋友苦惱著笑說，那是說我不會結婚吧，誰會要一個男人睡不完的女人。有個在旁邊等待算命的女孩聽到時露出非常羨慕的神情。她想如果在算命仙處得到的未來結果可以進行命運交換的話，這地下街應該很熱鬧。

不知道一生男人睡不完的朋友現在在哪裡，而她自己在二十六歲錯過的男人是伯爵老陸，她繼續漂流情海，遇到更棘手更難纏的蟬。

突然腦海倒帶那擱置著粉紅色卜掛單的櫃子，看起來就像是藥單的卜卦紙，她想這一路走來，有多少人在金鳳師姐那裡吐出了多少煩憂多少苦痛多少不安？要當師姐可一點都不容易啊，即使沒有神力也得有耐力。

她拿出計數器，計算念心經的次數，每天至少念滿一百零八遍迴向給蟬。計數器是她覺得整個佛教文物品裡最貼近生活的物品，每一聲都為了累積數字，且數字還可以上傳雲端，寄存外太空。啟發自性的空靈般若文字和比現實更現實的數字同時並行時，讓她感到極為夢幻。

44

她看著小丑從高原寄來的押花，貼在紙板上的兩朵花對望如日月。花名格桑，格桑意幸福，藏地戀人在格桑花下笑開燦爛。小丑說妳不需戀人，妳獨自一個人也可以傲看整個人間繁華。她看著卡片笑，一個生命無法作主的人如何傲看春色？獅子吼說她犯太歲要去祭改送災星。她聽了也笑，好像笑是她唯一的回應方式。因為蟬就是她的災星，她無法送走死鑽在她這個黑暗地底的蟬，當時還不肯蟬蛻的蟬，毫無要成長的跡象。獅子吼說有時候佛在天邊太遠，地祇神祉反而和人親，要她去送災星，進行祭改，請城隍爺作主。

她穿越城中區時覺得這一帶熟識，想起很多年前母親曾在這一帶擺攤子，賣些乍看像是仿冒名牌的皮包衣服之類的，那時島嶼城市女生個個都愛用仿冒品牌，嚮往名牌卻又買不起的都會來買。母親不知名牌不名牌，就只知道哪個包款賣得不錯。她看母親批貨回家，笑看印著三宅一生的T恤變三宅二生，CK變GK，GG變GD，變形名牌，不全模仿，合法可賣，只是地點是違法，母親跑給警察追。那時母親步履如虎，晚年臥床如病貓，一點都移動不得，她腦中閃過母親飛奔的背影，少數她來幫忙母親賣物的時光，母親拖著她來，說她很會幫客人搭配。她心中卻是百般不願，看著名牌被各種字眼錯亂顛倒不禁失笑起來，覺得底層的生命力好強啊，就像小強不死。城中老區時光停滯，老派生活凝固在此，連物價都停格，穿過一攤攤百元物件的市場，雨棚遮天，錯身的人都像是母親。

她身上揹著的酒神包，網站寫正品，價格卻是市場價。她喜歡酒神包這個名字而買，故正品歪品都無所謂。酒神有兩個雙扣，乍看是雙蛇頭，其實是雙虎頭，母親是她的秋老虎，她愛虎，就像很久以前聽小虎隊的歌一樣而買了酒神包。變形的名牌揹在身上沒有違和感，有的人揹真的像假的，有的人揹假的卻像真的。假戲真做或是藉假修真，不就是她這麼多年在獅子吼的靜坐中心所必須學的。她一路笑著回想母親賣名牌包的往事，母親比她自在，因為母親心裡沒有真假，母親心裡只知道可以換錢就是真的，不能換到錢的都是假的。

城隍爺對面是明星咖啡館，她買了一盒俄羅斯軟糖，準備祭拜城隍五臟廟。誠心誠意地祭拜，回家吃著軟糖，核桃咬得嗤咯響，白白糖霜沾著唇邊，邊和獅子吼說話，說不知為何沒什麼感應。獅子吼反問她幾點去？上午。太早去了，拜神不用看時辰，隨時心念可達，拜鬼要挑時辰，比如傍晚落日之後拜的可能是不同的鬼神。城隍下午才辦公，妳叨叨對祂說話祂卻不在。

原來城隍和她一樣晚睡晚起，她想早知就晚點去，還刻意起了大早呢。於是第二次下午一點後才去，到了現場有人跟她說祭改可不是自己買買鮮花素果拜一拜就算了事，得有一定的儀式。她先去櫃檯報名，報名後又才得知要看日期，不是想哪天來就哪天來。怎這麼多規矩？她填著報名表，一筆一畫地寫著母親的名字，寫著寫著又覺得安然，如果太容易就得到那才有鬼呢。第三次按規矩來，買了水果和桂花糕，照著引導人進入儀式程序。桌上擺放紙紮的送災星所屬的生肖，列隊像是動物園，桃紅天藍的紙紮動物憨憨笑著，如有了人格。母親的虎紮得特別維妙維肖，色彩俗艷卻威風凜然。因為天熱，廟方允許他們入殿誦經。跨進平時不准進的大殿，一陣冷涼吹拂肌膚，黑臉的城隍微笑，巍巍金相放出毫光，她又溫暖又清涼，她第一次和神一起吹冷氣好舒服。城隍爺好像知道她照顧母親的辛苦，左邊的文昌君，似乎理解她這個影子作家的無奈。她誠心誠意跟著穿著海青的帶引婦人唱誦南斗星君延壽真經、北斗星君賜福真經，善似光中影，應如谷裡聲，若有急告者，持誦保安平，她念著感到一股真炁灌流，接著讀誦隨求即得真言，這實在太給力，隨求即得。轉身離開，一路薩婆訶薩婆訶如蜜蜂不斷地咬進她的心裡。大藏經第二卷編號一一五五頁裡的真言，她像是烏龜在茫茫大海遇到浮木地複誦著從上千萬字裡濃縮成一句的真言。

大蒙山施食儀軌裡的花開見佛悟無生、不退菩薩為伴侶，佛言甚比情書，她那樣孤單，母親那樣殘破，能有菩薩當伴侶，隨其音聲，志心發願，神咒加持，普施河沙界，佛子有情孤魂，願皆飽滿捨慳貪，速脫幽冥生淨土。以米粒想像如須彌山，施食十方。

之後，她覺得心情輕鬆些，好像煩惱也化煙塵。走在泥濘人生旅路的倖存者，陷落回憶以尋找力量。現實這把火，距離涅槃鳳凰雖如光年之遠，但她想眼下至少也不會是飛蛾撲火了。如繭的母親聽她在耳邊叨叨說去拜觀音拜城隍，母親竟發出嗚嗚嗚的回應，她握緊母親的手，知道母親知道她的用心。母親不呻吟，她就不慌張，母親想要慢慢跟死神下棋，那就慢慢下吧，慢時光和死神下棋，和命運對賭，石頭流淚千年也能成玉。母親臥床千日彷彿為往昔洗垢，臥床者無業可造，無善無惡，無貪嗔癡慢疑，只剩執著與回憶干擾。

從城隍回到母親身邊，她靜靜地吃著桂花糕，童年最期待祭拜之後下供的祭品，她最愛吃的糕點，乾乾的糕點混著口水慢慢地咀嚼出帶點化合食物的桂花香。夜幕降下，她拉下窗簾，河神不再騷動，世界又剩下她和母親，核爆後的安靜廢墟。等待母親身體最後失溫時刻的來到，緩慢如斯，也感恩如斯。感恩之詞，她謹慎在日記本寫下這個被世俗化而成口語化的字眼，但她真的是感恩。感恩還有神可以祈求，雖然神未必回應她。迷信狂言原來有時是藥方，就像阿斯匹靈。

45

島嶼祀鬼，迎城隍鬼王。躲在七爺八爺巨大身軀裡的人在木偶像旁打盹，偶像斷成兩截，人疲憊呼聲連連，彷彿蓬萊仙境也需要午休。鬼神世界的祭典，在她的童少時期經常隨著和母親的尋神之旅。公開展演的鬼，其實很多時候神鬼難辨，因鬼也有神通。父親過世前長期在萬應公當廟公，萬應公百姓公大眾爺都是陰廟，但父親在那裡比在世界任何地方都自在，幾乎是和家鬼家神打成一片。

父親過世後，多年來母親從沒夢過丈夫這個冤仇人，於是母親經常帶她去牽亡和觀落陰，透過靈媒祈望父親與她們見上一面。靈媒是個長得很普通的大嬸，她們夏日去了三次，見到這大嬸靈媒穿著桃紅花朵圖案的薄紗上衣，頭髮燙得捲捲的，染墨咬著髮絲很深，體型胖胖的，笑起來親切可愛，鼻翼寬厚，眼睛細成一條線，一點也沒有印度靈媒那種冶艷的神祕感。但她們去了三次都沒有見到父親，靈媒說這代表他在另一個空間沒有牽掛，妳們也就不要牽掛。靈媒接著說起她母親一生苦命，頓時母親突然放聲大哭起來，把她嚇了好大一跳。在那個放縱的傾訴裡，母親突然獲得了當寡婦的寂寞療癒，父親的靈雖沒見到卻也安撫了母親的靈，她沒被安慰到，但喜歡那個異質空間與那個尋常靈媒，沒有作鬼作怪，沒有乩童那種嘴巴吐火劍砍刀背的嚇人。母親老公寓下的媽祖宮也有乩童，有回她經過，突然起乩，朝她喊著將軍在上，容弟子一拜，她冷不防被吐了滿身水，廟公說甘露甘露，不可擦乾。

媽祖撤走，廟公乩童全失業。現在沒人噴她水。高原在等著她，她得先送別家神與祖先神主牌的未來歸處。公媽神主牌最怕沒人祭拜，沒有香火就等於挨餓，聞香鬼鬧肚子疼。於是家神得歸返天庭，連佛桌都要化掉，使之回到純粹的物性。神返天庭的旅費是一尊一千二百元，佛桌化掉是三千六百元。去神，將神靈去除，化桌，將桌子的神氣化掉。就像搬遷移居前要斷去廟簷，免得人離去了，神卻滯留原地。來處理的佛龕店老闆環視她母親這間凝結在舊時光的老公寓，老闆說聞到很濃的不捨氣味，突然說你們家樓下以前是一間媽祖宮？她驚訝地說是啊，母病搬走不久，媽祖也搬走了。她差點脫口把媽祖說成閨密。

老闆點頭說，這空間很好，神氣很旺，媽祖雖走，但留下靈氣保佑著，這間房子沒有要賣掉吧？她搖頭說沒有，沒說出口的是也賣不掉啊。當作祖厝吧，畢竟我以後也會搬回來這裡住。這個地方和妳有緣，妳媽媽也會保佑妳，老闆像是通靈者地兀自說著，突然轉頭對她說祖先牌位旁邊是不可以放電視機的，這樣會吵到祖先。她想祖先怕吵，那一定是爸爸，父親一生沉默。但電視卻是母親的好友，那些可以上演百集以上的台語連續劇是母親人生解悶的舞台，且母親經常上午坐在那裡盯著電視機螢幕上的紅紅綠綠，心情跟著上上下下。賓士車進場，腳踏車出場，菜藍族賠光老本，賠得只剩這間老房子和她這個女兒。

去神，離開的最後。

老闆雙手合十接著用紅紙將神像的眼睛遮住，就這麼簡單就將佛像從神桌移下。接著拆解佛桌，她知曉佛桌是組合上去的。他拉開神桌的下方抽屜，瞬間取出一張大照片，她看了嚇一大跳，竟是父親的遺照，還有父親喪禮時接引父親亡靈的西方三聖像。這還要嗎？他舉著父親遺照，黑白照片上的父親顯得年輕而模糊，相片上到處是濕氣的霉斑。她笑著搖頭，故意裝陌生，好像不認識這是誰。心裡卻說著，爸爸你竟躲在這佛桌抽屜裡這麼久，你有看到我們母女的生活嗎？爭吵離開掙扎糾纏，最後的懺悔來到，這典型的母女家庭劇場你是否覺得很陌生，因為你離海很遠很遠，在岸上看著，事不關己的看著，看的時間就是你抽根菸的時間，最多喝杯酒的時間。父親在時間中白化，霧化，躲在神桌下的父親像是孩子。父親喜歡黑暗，躲在神桌好久了。母親中風時，被抬離經過神桌時，父親有沒有試圖拉母親一把？

看著父親遺照隨著神桌離去，她覺得安然，對這個已然舉目是黃昏的空間。

化桌去神之後，這老公寓就再也沒有懸念了。

她闔上母親公寓的大門前，她瞥了一眼母親牆上那抹最後的微笑，接著她想起什麼似的往牆上走，向母親雙手合十喃喃自語外，她取下了掛在鉤子上的一頂粉色漁夫款呢帽，她母親最後一段時間戴的呢帽。

母親牽掛的祖先神主牌要請回南部老家，她去見平原家神，母親的神，和她不同姓，也走不同的路。聞香入道的幽冥界，她去買了上等的沉香，上千個日子以來，她經常當起了媚神者。

46

她的母親以前總是王爺長王爺短的，好像母親是格格。母親知王爺，卻不知什麼是格格。我就是妳的格格，她跟母親說。妳變鬼變怪最行，母親沒追問格格是什麼，只咯咯地開心笑著。生病母親再也回不來這平原看望王爺了，當夢境得知母親可能在冬日離開時，她趕在母親離世前替母親重返這南方蒼茫平原。雲嘉平原，母親最初的荒涼地景，這比細胞核蛋白分子還小的世界，如郵票大小般地釘在母親的心房，無論到哪提及出生地都不免要吐出口的地景。母親的平原若有什麼值得母親回想的景象，她想那應該都是些關於沒落小說故事裡的那種悲傷人生吧。非典型鄉愁就是既不願回顧卻又不得不回顧的鄉愁，並非真正的鄉愁。

她帶著在超商買的杯子蛋糕準備祭拜王爺千歲，王爺有千歲，人間百歲都過不了，板蕩人生最終惶然不可棲。母親喜歡杯子蛋糕，為了減肥只敢一小口一小口地貪嘴吃，曾說這種綿密而小巧的蛋糕就像她，長得幼細而柔軟。母親錯看女兒了，不知那是她偽裝的武器，可愛是最有利的親情僵硬時的溶解器，也是生存競爭，就像這小小的杯子蛋糕如此無辜，裡面卻擠滿化學物質，脂肪酸丙二醇脂、L—抗壞血酸棕櫚酸脂、D山梨醇液、酯肪酸甘油酯、丙二醇、酸性焦磷酸鈉。

媽媽吃的藥都比蛋糕的食材聽來還甜美。

平原也有父親，和母親比鄰的隔壁小男孩未來成了丈夫，他們不是青梅竹馬，是冤家路窄，早晚相逢。她從沒看過白髮的父親，因為黑髮的他就走了。她很少回憶起父土，那是早衰的帝國，是早衰的君父的城邦。她陪伴白髮的母親，那時母親正和疾病搏鬥，因此她才願意回顧屬於母親的平原，那座只在夢中的平原，永遠不衰，夕霞餘暉落在平原之後，就是想像的開始。就是取暖的開始。廣袤的平原，魂埋著先祖的白骨，躲藏著她年輕母親的失落與哀歡。

她自己曾對王爺撒嬌抱怨，因為王爺愛疼的對象根本是一個只會趁火打劫的大爛人。王爺夢中對她辯解說此大爛人今生有福有錢，是前世帶來的。那母親晚年臥床呢？行善者是否有好報？她在夢中和王爺抬槓，王爺說當然有，今生行善者後世報，妳去翻翻第幾頁的慈悲三昧水懺，經文寫得清清楚楚。

她醒轉，看見佛桌上的經文，被翻頁的地方正是夢中顯現。

是她自己情慮躁動，徒自勞形。

她才是那個起貪念又作繭自縛的人，又何來怪那大爛人。

47

王爺進駐新廟的那一天，在透著昏沉眠眩的午後，田溝邊竹圍旁開滿油菜花的小路上，突然像掉下來一輪落日金黃般的燦爛。在沙塵揚起瞬間遮目時，鄉民揉揉眼睛，看著瞳孔映入一輛即使目光灰翳者也能目及的黃色超跑。開那種亮橘黃車的超跑人，在她的眼裡都是愛炫者，不論有讀書或沒讀書，愛炫者到處都有，但把黃亮色超跑堂堂開進如此荒蕪小村的午後，就不只是愛炫，還很臭屁。她看見那輛千萬超跑停在外婆家旁的廣場時，她在心裡叫他黃超跑。

黃超跑意氣風發，經常說自己擁有的財富都是拜王爺所賜。他跟王爺扯上什麼關係？黃超跑據說因為和王爺丟擲大籌碼從而變成巨富。這使她曾怨懟著王爺，心想怎麼保佑這種人，王爺也可以被賄賂？母親從小就拜王爺，還收留過流浪的王爺，王爺竟遺忘了母親。

王爺進駐新廟那日是她和母親最後一次一起返鄉。新廟新王，普度三年。新刻千歲高大，舊刻千歲僅掌中大。舊刻千歲，陪她的母親度過童年。新刻千歲，不打算陪母親度過晚年。拜過新千歲，返北母親即倒下。

普度第一年，收割後的稻田布滿著辦桌的紅桌子，上面躺滿了一隻隻剖肚的羊，一百桌的羊躺成一個末世荒境。聽說這些羊只是暫借來酬神，普度後，還要送回隔壁彰化溪州，化為成排羊肉店的羊肉湯。十二月的冬日，中央搭起舞台，鎮日鎮夜電歌電舞，鋼管穿著清涼如閃亮三姊妹，舞台霓虹大燈全開，原本暗如停電的小村頓如白晝般大亮，田埂裡戲台車拚戲，道路鋪了火路，上面鋪滿著厚灰。那是她最後一次和母親一同祭拜王爺千歲，走火路，過火。過火之後，母親一直喊疼，有小炭灰不知為何飛到母親頭上，燙灼了頭皮。後來鄉人成立王爺千歲臉書，她竟在臉書專頁看見自己和母親走過火時被拍下的照片，她下載照片沖洗出來，仔細地看著母親當時的樣子，雖然有點老態但怎麼看也看不出三日後要倒下來的死魔訊息。唯一的徵兆是迎神進廟時母親沒有跪下，不是不願意跪下，是母親腿疼。不知這樣是否讓王爺生氣？或者她太輕忽那個神的暗示，母親腦部傷的位置竟就是那個小炭火星落下之處。

母親從小就祭拜流浪的王爺，拜了一輩子，王爺流浪各家爐主，到了晚年王爺才有了自己的廟。傀儡神祇被香燻得黑，靠近這舊神祈母親就會打嗝。有了新廟，王爺重新刻了一尊，母親沒能跪下，隔沒幾天母親即像是中了什麼忿怒咒術般地萎頓，拜了一輩子舊神，卻無能拜新神，案上的新神鮮衣怒冠，旁邊還有玄天大帝，以及聖母穿著鳳冠霞帔，三尊合體，護法神身穿黑冠蟒袍，十分神氣。母親在還沒過火前，白日裡四處帶她走動看著，指著廟簷上的八仙過海說是媽媽捐款的，兩邊的風神雨司旁刻著有她名字的小字，她認了小小兩片大理石，喜歡風神雨司，其餘那些花花草草的雕刻她覺得平常。母親才是真正的風神雨司，母親生氣時罵語如烈風，高興吶喊如細雨，母親活得真真切切，連倒下來都這樣風風雨雨，真正的風神雨司。母親還認捐了打造虎爺的功德主，虎爺之後的虎王、黑虎大將軍、黃金虎將軍、飛虎大將軍、虎將軍都在鄰近村落立了寺，自此有遮風擋雨的住處。此後，她回到平原都是為了替母親拜見王爺，她告訴祂母親生病的事，但都沒有獲得任何的夢兆。母親的平原，關於母親的飢餓，母親的婚姻，母親的王爺，自此全遁入她的夢境。迎神成了她記憶母親最華麗的謝幕。

第二年普度之日，鮮黃千萬跑車開進這收割之後露出火燒麥梗的土地，遠方有油菜花等著入土當肥料。同樣是花，有的花只能當肥料，她曾聽見母親當時這樣揶揄自己地說著，當時在大樹下田溝旁聊天的村人全都抬頭死盯著這輛黃如蛋黃的超跑，好像它是五路財神，等著被貧窮者膜拜。

她聽見有村民說著這開超跑的人就是庄裡唯一不同姓的人，王爺胳臂竟往外彎，保佑外人。村人說詞和她一樣哀怨，匱乏者容易心生忌妒哀怨夾雜的艷羨心情。黃超跑祖父當年因為嘉義淹水徒步走到這裡，自此落戶。聽說在台北投資房地產賺了幾億都是靠王爺的幫忙，這次的新廟龍柱都是他捐的，一支龍柱一百萬，四支四百萬。她的那兩小片風神雨司才四萬元，這龍柱竟四百萬元，話語流進她的耳朵時她一方面驚訝連神都可以被賄賂又可厭著有錢人以數字堆砌自己人生卻不知人間疾苦的洋洋得意，但另一方面她更訝異自己竟然念頭跑過賣身救母的老掉牙想法。

這個念頭跑出來時，她發現原來小時候聽過賣身葬父的民間故事是如此地可能。當她看到開著鮮黃色超跑車的男人靠近她時，她的內心的第一個反應竟是這句話，我是否也可以賣身救母的狂想，閃過這個念頭，瞬間她為這個念頭感到歡愉卻又羞恥的混合感。以前都覺得那些什麼酒店女孩的故事都是編派的。她後來相信，有的可能一開始不是編派的，是後來發現故事從現實出發之後，卻被想像力愈堆愈高，愈說愈被繁衍了悲慘故事該有的悲劇枝枝葉葉，愈說愈覺得要有個動人心弦的故事方可賣錢。一開始她想應該是真的吧，但因為有時候太逼真也會因為情節太悲慘而被認為是編派的。火山孝子，也不是笨蛋。但她絕對遇不到往她身上滅火的人，因為她這座火山，是死活山。她在述說自己的情況時，太冷靜，太一副沒有也沒關係的聲調。而且她又不下海。賣身的說詞，只是一種姿態，但以貸養貸的日子已經快到山窮水盡時，她想救母親是真的。

那時他們避開人群，黃超跑帶她進入停在廟後方的千萬超跑裡，她聞到超跑的錢味，頓時想起自己那因情而築下的可憐債台，於是糊塗了起來，黃超跑吻她，抓她的鹹豬手又肥又髒地欲往她的私處恥骨撞著時，她都還沒醒轉。直到突然前方火光四處，鞭炮四起，她頓時被高分貝震醒過來，喃喃說著這種地方是神的地方，四周都是信徒，她心生不妥，用力推開壓在身上的黃超跑大叔說回台北再約吧。夜晚她在西螺車站搭夜班車回台北，距離買了回台北的客運車票還有半小時的時間，小小車站錯落著遊民或者計程車司機。車站外一片寂涼，只有遠方有一家便利商店的招牌閃著微火，這時蟬男人來了電話，她十分悲涼又對男人感到惱怒，要不是蟬男人無法給她任何金錢的幫助且還會吞噬她的所有的話她又怎麼可能陷入如此卑微作踐還一無所獲的被欺負地步，但她一個字都說不出口，只想好好的大哭一場。她按下拒絕接聽鍵，聽見帶著南方口音的司機叫著要去台北的可以上車了。

48

在夜行客運裡，望著逐漸退後的暗中風景，黑焦的田中央有養豬鴨人家，蓋著綠色紗帳的蔬果園，整車瀰漫著吐出的二氧化碳瞌睡氣息，白日躁動的身體都像消風的氣球攤在藍色的椅子裡。她突然想吐，想起黃超跑那張肥油臉急著鑽進自己恥骨處時的狗樣。靜下來後，她沒怪蟬男人，更沒怪生病的母親讓她陷於這種賣身救母的俗濫卻真實的情節。媽媽曾跟她講過一個讓她非常心驚難忘的碎片，她的心被那碎片刺得疼痛。那也是近乎為了飢餓所付出而變形倖存的故事，媽媽用的是她而不是我這個敘述者。

那時候死了丈夫的她很可憐地來到了我的廚房門口，我問阿嫂怎麼了，阿嫂只是哭著，滿臉滿身都是泥巴，手上腳上的指甲都是嵌進去的泥巴，我聞到玉米田的味道，知道阿嫂被欺負，被甘蔗園的老闆侵犯得逞。阿嫂肚子餓，我給了她一碗飯，給她水與毛巾，跟她說離開這庄頭吧，走得遠遠的，別回頭。母親喝著小七超商的咖啡悄聲對她說，這件事媽媽從來沒跟別人說過。母親口中的阿嫂，她不知道是誰，但這不重要，重要的是這是一件被欺負之後卻毫無所獲的那種失身還丟了工作的故事。母親年代的甘蔗園老闆來到當代可能是科技老闆。

母親也經常以一種超乎尋常人的厭惡那些掛在她口中的外省豬，那種帶著身體被染污過的厭惡。這竟使母親成了深綠人士，兩千年口號推出手牽手護台灣，母親也忍住被迫牽到陌生男人手的厭惡感，去參加牽手護台灣。很多年之後，她才知道母親十八歲時曾去外省家庭幫傭，被外省男主人欺負，但又好像沒被真正欺負到，母親是虎霸王，少女時力氣很大，說是咬了流豬哥涎的外省男人一大口，又推落一整片書架，震驚到女主人趕來。總之結局是母親被趕了出來，沒領到薪水且加深了往後母親不可抹滅羞辱感轉成了對整個外省族群的厭憤。

母親之後長了膽識，寧可去犯法，寧可去賣走私的洋菸洋酒的卑微，也不要讓豬哥男人靠近。她了解鋌而走險的背後其實是眼淚，是滄桑。想到這裡，她覺得自己的這一點點小小犧牲似乎只是被惡犬咬了一口吧了，何況是她自己釋放費洛蒙才吸引豬哥流涎的，她逐漸釋懷了剛剛的情緒，也不敢怪王爺了，她想王爺應該有朝一日替她平反罷。她並沒有像黃超跑丟籌碼給王爺，年輕時候的黃超跑當年要北上前與流浪在各爐主家的王爺對賭，說我如果獲利上千萬衣錦還鄉，一定回來給王爺演幾場戲看。黃超跑贏得第一桶金，靠賣房子，靠賭博，搭上景氣，也果然演了好幾場戲給王爺看。聽母親說那時候鄉下的農人都帶著鋤頭鐮刀耙具來看布袋戲，鄉下最熱鬧的一回。黃超跑有第一桶金之後扶搖直上，買房的地點好又搭上房地產大熱的年代，就這樣一路當好業人至今。

黃超跑後來有來河岸居所找她，被男人吻到胸部時，蟬男人的身影突然跑進腦海，她有點驚慌，覺得整個人怪怪的很不舒服，她突然說起媽媽中風臥床，就在隔壁房間。黃超跑聽了瞬間停下了吻，原來這賣身救母可不是聊齋故事，不是女生的編派之詞，且這臥床母親竟就在另一個房間，黃超跑受到驚嚇，立馬冷感，頹然坐在地板上，聽她繼續說著我媽媽中風，花了很多錢，我只是想跟你借點錢。我只是想跟你借點錢，這口氣就像馬奎斯小說〈我只是來借個電話〉的平靜口吻但別人卻以為是瘋狂的危險訊號。

黃超跑突然從他慣去的酒店招數中醒過來，像是被騙過多次的那種風塵墮落的受傷中醒轉，沒有急忙推門而出，反而以更高段的話術無奈地說，太不巧了，我之前去郵輪玩，賭輸了比一輛千萬超跑還要多的錢。

我只是借點小錢急用，她下身調整了一下位置，傾斜的胸衣，歪掉的褲子。

但我現在的錢都是我老婆在管，黃超跑無奈地說著。她想老婆大人出來了，臉部滲透一種痛苦的扭曲感，就像馬奎斯筆下那個瘋狂想要毆打護理人員沒瘋也被當瘋了的女生。

我再幫妳想辦法調錢，黃超跑邊穿上外套邊說。

十萬要調錢，你誆我啊，她想著但沒回話。

黃超跑真怕上演女生要賣身救母的情節，以超跑的速度開溜了。她白白送上嘴唇與胸部版圖，她十分懊惱。當夜洗了又洗，只差沒把自己整個丟進洗衣機，才把那個髒點與污點去除。

王爺千歲啊，黃超跑酬神，難道我母親和我沒有酬神嗎？難道王爺千歲只看數字不看心？

她望著黃超跑瞬間駛去的黃色如太陽的光速身影時，她內心突然又有了說不出口的感慨萬千。她惱著王爺為何要保佑這樣的人，黃超跑根本是瀆神者，以清涼鋼管女郎在稻田中載歌載舞怎麼可能取悅仁義救民的王爺您呢？她跟王爺叨念著返鄉普度自覺鄉下那種奇幻羞辱的感覺。但她略去了自己懷有借錢目的才跟黃超跑靠近的賣身救母情。

49

二十出頭的青春時光，她曾陷落在西門町那些在武昌街漢口街之類的電影公司。只要有日本人來買版權，她就會陪同老闆製片去酒店，進酒店後，她聽到男人被酒店女郎虧唉帶便當，來酒店還自備女人。但實情是男人們一到酒店就奔去那些冶艷飄香的女人身上了，王朝系列酒店，高檔時間昂貴，一節十分鐘，分分都寶貴。媽媽桑引領他們進房間，她看著黑暗中飄著酒氣的房間彷彿躲著鬼。

媽媽桑問男人說，做涼的？

她聽見製片點頭，日本人色瞇瞇地笑著。不久門再度打開，她才知道「做涼的」就是全裸的暗號，全場只有一個女人穿衣服就是她，她心裡自嘲自己豈不是「做熱的」。看她很尷尬，製片也分了一個女生給她，來的女生不用做涼的，女女純聊天。兩個年輕女生在角落裡彼此看著笑著，其實她心想自己一點也不在乎跟一個裸女坐在一起，她欣賞女生身體甚過欣賞男生，她常畫裸女圖。女生聊的話術不外乎是如何下海的，爸爸如何愛賭，弟弟如何生病，媽媽也躲債去，只留下紙條和一把槍，紙條寫妳要做什麼都可以，只要記得每個月匯錢給我，或者妳選擇一把槍。女生選擇紙條上面所寫的，趁年輕還掉家庭的負債，治好弟弟的病。她聽著當時還心想，這女生下的海可真大啊。

她當時還問了一個傻問題，她問女生妳這麼漂亮哪輪得到來陪我？女生說因為她被鎖檯了，所以不能陪別的男人。鎖檯？她聽不懂。女生解釋就是固定被同一個人買走了，所以鎖住了。女生笑著指自己的私處，比著被鎖住的手勢，她看了大笑。接著女生又說了些卡檯切檯轉檯上檯下檯等下海術語給她聽，她們兩個女生就這樣聊天著，直到男人們飽足吸吮涼水的快感結束。她看見朝代公主們的瞬間色衰之感。這些畫面有時候會在她照顧母親的夜晚冒出來，下海的理由真真假假，泰半多是假，但現在她倒相信是真的，窮途末路迫使雌雄變大盜，淑女也成陌路狂花。但她什麼海也下不得，她的這座海有蓋子，歲月的蓋子，她去下海可能比媽媽桑年紀還大。酒店這行業，過了二十四歲就屬大齡了。皮肉錢不可能，那麼只能勤快打工，工作有一搭沒一搭，她不能賣身總可以賣字吧，於是當影子作家，幫企業或那種文化買辦之類所取得的標案寫不用自己名字的宣傳書。

昏懵時她常會踩空跌跤，比如被那個藝術拍賣會上喊水會結凍的男人弄得目眩神迷，在年輕女孩的口中被代稱為拍賣王，以其舌燦蓮花讓人迷惑，女人被他的花言巧語魅惑，男人被他的能言善道蠱惑，拍賣王能用藝術與價格迷惑許多人，骨董真真假假，拍賣王要的東西品質保證，誰叫拍賣王的背後有個厚實的老闆。傳聞黃庭堅的繪畫是贗品，但他能以上億轉售，以四五百萬購回猴首，複製品一個二三十萬，很快就銷售一空。黃楊木生長一千年，死後不倒一千年，倒後不腐一千年，三千年微雕品，成就他的第一桶金三千萬。隨口都是和闐白玉黃楊木微雕酸梨木或者繪畫，好像那些珍品只是她身上的圍巾。這拍賣王是什麼樣的人，早就看到她的困境，她當時涉世未深不知道拍賣王剛好絕對不是雪中送炭的人，他若雪中送炭那一定別有居心，女人的床需要炭點火。

她曾某回跟拍賣王約在美食餐廳用餐，當拍賣王吐一口紅酒都可能是她好幾天的生活費時，冰雪來電話劈頭問她，妳有跟他出去過嗎？她馬上知道原來冰雪竟也是拍賣王帝國的一員時，她的心崩落成碎，把男人給的禮物全往窗外丟出，但已經來不及了，那些夜，她就是跟男人出門的，她且耍帥竟在飯店酒吧裡喝茫了，去上廁所後，正打開門要走出時就被男人一個熊抱，一個尖刺的動作就被鐵鉤刺得滿身是血，甜蜜的血腥最後轉成噁心的血腥。原來拍賣王是傀儡神祇，讓她在那個陌生廁所裡彷彿中了什麼咒術似地強烈抵抗卻毫無進展而稱降萎頓，男人脫下偽裝的鮮衣怒冠，瞬間她就像男人的骨董，等著披上鳳冠鳳袍上拍賣台。拍賣王快速落槌，情慾只值幾分鐘。男人的陳腔濫調落入不諳宮廷劇式套術的女孩，身體就活生生被浪漫老花招給上鉤了。

這樣的渣男，她為了自尊，因而在冰雪打電話來質問時說謊，她說沒有出去約會，為什麼妳覺得他要和我約會？

因為他和我約會卻又對我說妳長得標緻順眼又看起來很聰明，是他喜歡的型。她想明明冰雪比自己聰明太多，男人卻在一個以聰明驕傲著稱的女生面前稱讚自己，簡直把我推到火戰線上。

打算讓閨密翻臉的狠招就是跟這個約會卻又說另一個姊妹的好，讓對方燃起妒火。那個和她們差不多年紀的女主角犯下震驚社會的王水案，殺情敵溶屍案猶言在耳。她說謊，說沒有出去跟他約會，為的其實也不是保護冰雪最珍惜的自視甚高，她其實是為了自己的自尊，因為她已經被玩完了。她過招後就感覺到了，男人不會珍惜太輕易得到的東西，即使是稀世珍寶。她太快走下蓮花座了，就像男人打滾的骨董藝品，喜歡去蘇富比搶標的快感才是男人的重點。冰雪果然比她還聰明，要釣男人胃口久一點。她和冰雪日漸像兩座雪山感情走位，男人只是導火線，更重要的是她不喜歡被冰雪直闖內心劈頭罩下的詰問方式，原來冰雪和男人更旗鼓相當。她掛上電話，想起之前那被強闖的夜，掙扎想要闖開被侵入的難堪羞恥卻又沒有真正逃開（甚且想要用身體換取一點什麼）的欲迎還拒地滾入火燙的黏膜與獻上可恥的溫柔，男人很快就體察眼前女人的矛盾，知道自己是安全的，不會曝光的，也一定會得逞的，這女人有求於我。

當然冰雪的下場也不好，歹戲拖棚。不若她瞬間玩完，像藝品沒有增值空間就被脫手反而還來得幸運些。那二十出頭的身體其實不清不白地模糊嚮往著大約像是黃超跑離鄉時向王爺擲下的對賭籌碼：請讓我衣錦還鄉，我會連演幾場戲來酬謝神，讓神顯威。她應該錯以為那坐擁財富的男子可以帶她脫貧，她年輕時誤以為的愛情王爺千歲。但比她們大一輪以上的男人世故至極，周旋她們，卻又不定錨她們，停泊的豪華船艙永遠距離港口還有那麼點距離，使她們必須涉水來到身旁，她們經驗太年輕而高估了那一點涉水有什麼關係，不知那看起來離港口很近的水是海市蜃影，其實會要了她們的命。如果要從這個男人身上取得籌碼說來也不是難，但交手那一刻，她發覺自己沒那個拖延戰術的能耐，她一向不耐煩，這點讓她雖空無所有，卻又立馬沒有什麼太大的損失，被割斷的是小血管，不是大動脈。她很快復原。

多年後，她想起母親曾說過的玉米田事件，想起自己在超級豪華飯店被侵犯的廁所事件。她心裡已經很淡漠，但眼裡卻盛滿眼淚。又過了幾年，有天她看新聞，不意卻看見男人中風重新復健站起的新聞，拄著拐杖的男人如風言笑，她想男人早已忘了她們這幫年輕女孩的青春色身了。她在這條感情路上跌跤多次，比如那個叫蒼泱的男人的誘惑不是金錢，蒼泱根本是經常兩袖清風的及時行樂者，但蒼泱有一種霸道的魅力。蒼泱有一雙魔術之手，所觸皆毀。他對女人總是喜歡後不久就關上心窗。他害怕幸福。他說妳不知道我想了一百次，要去妳那裡。煮飯給妳吃，妳寫字我看書，我們可以各做各的事。蒼泱安慰人的方式帶著暴力，他說妳不要難過了，再難過我就打爛妳的臉。真是讓人難過的人。像是一個文學軍閥，詩人與屠夫的混合體。本質很文藝的軍閥，長得像土匪的人。後來她可以跟蟬男人在一起的原因或許是蟬除了沒錢而導致纏著她之外，其實蟬對比之下除了任性之外，他反而顯得如此誠實可親。

但在母親倒下來後，她年輕時寫的什麼寧可受苦也不要平庸，我就是自己的審判者且還是最嚴格的，時間已嫌不夠，沒有什麼事比讓自己良善更重要的。這些心靈雞湯，成了康寶濃湯，罐頭笑話。寧可平庸也不要受苦，她繼續寫著平庸的字，繼續救母，錢包失血，但終明白錢可以解決的事都還算是好事。她也告訴自己往後終其一生自己都不再靠近骨董男與黃超跑這樣的人，即使只是靠近一點點。當然在山窮水盡時，她偶爾還是繼續向王爺撒嬌怨嗔為何讓黃超跑這樣的人富而不仁。

獅子吼聽了笑說這哪裡是王爺幫黃超跑變有錢的，那是黃超跑自己的前世累積的財富罷了。前世一吐出口就完全砍斷想像的翅膀，打死想像的結。

於是她只能歸結地詰問自己前世到底幹了些什麼事，導致如今這樣為財為情奔波。有因有果，那片葉子不是告訴自己了嗎？那片神奇葉子，寫在千年前，直到此世才相逢。她想像著眾友仙人和一群以孤獨為風星月為枕的哲人，千年前在葉片寫下：妳的生命有很多美好事物。但在妳的過去世妳仍做過一些錯事，所以妳出生時有些星並不太好，有時候妳的錢會卡在某個地方。但很多男人和妳在一起都很開心，只是沒有人會想和妳結婚。男生喜歡妳，尊敬妳，但他們都沒有想和妳結婚（又重複了一次）。因為這是妳的命運，因為妳的生命是屬於公共資產。妳的生命不是妳自己的，妳活著是因為妳要帶給世間很多東西，妳過得像是個男人的生活。

我哪裡被男人尊敬了？我不要自己的生命屬於公共資產，我是我自己的！她在內心喧囂著，突然她被某個滴漏的油燙到，眼前一暗，酥油燈從頭頂倒下來，她聞到頭髮燒焦的味道。油燈被她的念頭一晃就掉下來了。那次的打坐很特別，獅子吼要他們將小油燈點著後放到頭頂上，油燈不可以掉落，掉落重新點燃之外，還得歸零，重新計算時間。放小酥油燈的玻璃器皿掉落的聲音頓時在靜坐空間此起彼響。有的掉落是因為被聲音牽動，或被隔壁影響。也有守住頂上油燈不落，身體不晃的。她被念頭擊落，發現身體晃不晃完全來自於念頭動不動。

如救頭燃，如魚少水。各位，善護念。獅子吼靜坐關燈前朝他們的喊話。黑暗中，放置頭頂的小燈，像黑海中的小燈，教室玻璃窗外開始出現迷航的飛蛾，著迷火光的蛾子。

接著聽到她自己的油燈掉落時，她彎身拾起掉落即熄火的油燈，獅子吼的話在黑海中飄來。大家要注意感情的業風吹來，這業風一吹足以摧枯拉朽，撼動生命的地基。給習氣練習離開的機會，第一次跌倒是因為看不清楚，第二次跌倒是因為習氣使然，第三次跌倒是因為被這業風狂吹，第四次跌倒就是愚蠢了，第五次記得繞道。她聽著，站起來走到油燈區，重新點燃另一顆油燈，走回位子上，深呼吸，接著等呼吸出入平穩之後，她才緩緩把小油燈放在頭頂上，隔著玻璃器皿的油燈，暖著頭皮。想像煩惱有如頭頂上有片起司正被融化般，想像起司流入心間流入丹田流入湧泉，燃燒煩惱，化空，只有這種空，不煩惱。

50

停好車，打開車門，會瞬間誤以為是停在一座海上，車子是一艘船。漁會停車場四周集結著上百攤漁販，蒼蠅黏嗜血水鱗片內臟魚皮眼睛。她快速行過，內心學著那個金山顛狂和尚口吐佛號。有人請金山和尚治病，他搓搓身上的髒污手捻如甘露給病人吃，給病人喝洗澡水，病人都痊癒了。同時間班禪活佛出巡，路人都偷偷說真正的活佛其實是那個癲和尚。而她比較像是一個歐巴桑怕死地念著佛號，穿過漁市場，把太陽拋在後方，踩在自己的影子上。夏日刺目的大街，毫無遮掩的曝曬，她一路頂著艷陽走到母親昔日的老公寓。

她呆住原地，不可置信地看著仁后宮的媽祖，那張臉像烏雲，燻得黑的媽祖竟在遷移。幾十年來無論計畫都更或環保來抗議廟燒的煙塵太多都不肯搬遷的媽祖，突然媽媽走，祂也就離開了。

原來媽祖是母親的閨密，那時候她才知道那麼務實的母親跟靈界也很有緣。

她親眼見到臨終前被媽祖附身的父親，父親變了另一個人，聲音轉成雌性，父親還沒離開肉身就轉成了有神通的靈，父親被媽祖附身，讓她從小浸淫聊齋唐人傳奇白蛇傳的輪迴與靈魂彷彿得到了實證似的歷程。後來她覺得媽媽才是媽祖的轉喻，那個從蓮花座走下來的媽祖，沾染著人間最污穢的臥床人生，所有的大小便都無法自理，從污穢裡開出蓮花。蓮花座，大家都仰望蓮花，而忘了蓮花是從最污穢的泥地裡開出的。那既入世又出世的蓮花都是同一個。

她在母親的醫院蹲點時，她才體會到什麼是真正的苦行蹲點，什麼是動彈不得，比靜坐還靜坐的植物人，是否能夠將罪業淨化？因母親無行無言了，甚至連吃都沒了。但此苦很苦，一個自願，一個被迫，二者之差距，如天壤地別。淨化自己，苦行之難行。

曾經在醫院裡撞見不進食的母親竟被五花大綁起來，她瞬間推開醫護人員，衝去解開束縛時，淚流滿面，心裡驚嚇不已。是誰允許你們這樣救人的？她嚷著叫著。

唯一能解除你內心之苦的只有神，她慣例晨禱煙供，安自己的心。母親變成一具躺著的人，而她成了守屍人，這改變她對時間的感覺，時間被拉長了。拉到帷幕之後，肉身的神聖世界已經消失，而精神的神聖世界依然牢繫。此生的抵達之謎，她從窗外目擊在市區走動的人們，她看著新世代逐漸遠離莊嚴的事物，但是她得為自己重塑個體莊嚴的世界。當她想起母親和蟑男人，她感覺到生命重新被召喚的尊榮追憶之路，她面對照顧母親時經常在睡夢前思索的無常與死亡。這樣的思索使她的生命黑洞一度填上了一種真正的哀傷，彷彿那哀傷正是為了母親那一刻離別而早已存在了。母親纏綿臥榻向她顯示，生命與命運才是奧祕，這才是一個女兒的真正哀傷與榮耀。這使她似乎比較能夠面對訣別，雖然苦痛依然。

51

曾有個男人說她是薩滿，靈魂的媒介人。與神連結，母病這些時日她沒少聽過這些名詞，關於什麼光、瑜伽、呼吸、脈輪、音波、頻率、振動、質子、量子，觀元辰宮、生命殿堂、心靈花園、心理意象外化、心理分析解析及調整。自己不能觀還可以代觀元辰宮、登天界、遊地府、探訪逝去親人、開運祕方。只要掛上招財或者招桃花，所有的商品都成了吸金磁場。

這麼多年來，許多的身心靈課程塞滿電子信箱，所有的身心靈課程有如精品昂貴時，她早已知道任何一個靈魂牽扯上私慾與利益時，靈性變得虛無而猙獰。那個說她是薩滿的男人手上戴著紫水晶戒指，肌膚襯著紫色發亮。男人說話的時候，彷彿在對她告白。

她熟悉算命這行業，從小看祖父畫符收驚看風水，大學在一家婚紗攝影公司當打工小妹，老闆每天要開發很多潛在客戶，都是和松江街行天宮地下道裡面的算命仙合作以取得資訊。她問為什麼是去算命仙處？老闆笑她年輕因此不懂，快結婚的新人父母都會去合八字，我們就可以派業務去促銷攝影優惠專案，妳的任務就是去拿到電話號碼。那是一個凡事要靠雙足雙腳取得訊息的年代，她也樂此不疲，她可以藉此脫離辦公室的滯悶，她喜歡那個地下道，像是一個命運轉盤的出入口，有靠龜爬行的龜卦，有靠文鳥飛的鳥卦，有靠自己抓米撒米的米卦或排八字或紫微斗數。

圍繞著恩主公的街，神鬼交鋒。

離開島嶼前，她特意去跟恩主公辭行。經過亮燙的紙錢與蘭花香燭店鋪，她進入恩主公大殿，忽然發現一片素雅，以往總是穿梭著和神明說話的憂心人，那些擺在紅桌上的供品如此俗世得可親。現下燒紙燒香儀式全抿去，一束馨香言說不盡，但卻也感到空蕩蕩的虛無。穿著藍素衣的婦人在為列隊的人收驚，跪著讀經的成排藍色婦人如一條河流綿延而去，三頂禮後，她坐在大殿外的階梯前，想著媽媽最喜歡來的地方，這個地方已經沒有流動小販了，因為大殿不再需要供佛之所需，那些她愛吃的糯米龍眼和桂花糕，買來只供自己的五臟廟和一己相思。寺廟變得乾乾淨淨，毫無煙塵繚繞，有的只是穿著藍色長袍為信眾收驚的婦人手上之香，還有擲筊的聲音與找卦片的劈哩啪啦響。除此，寺廟沒有和母親來的記憶，沒了濃厚的香塵味，少了上達天聽之感。但她仍喜歡這裡，坐在殿外吹風。

母親要到恩主公前都要半小跑步的，她很怕經過殯儀館，以及騎樓擺著棺材的喪葬公司。媽媽總是拉她快走，她知道媽媽害怕，安慰媽媽說棺木只是躺著的樹木挖成的，別怕啊。媽媽笑著說躺著的樹不就死了嗎，人躺到死了的樹還能活嗎？

她聽了笑，覺得媽媽雖然脾氣不好，但也直爽真切得十分可愛。

可以，用另一種方式活著。

那重新活著，我也不認得妳了，輪迴的暗號仍然沒有沿路遺下。

52

村外有人拎了盒餅一路走向祭拜的祠堂，三個斗大字太陽餅，就像高懸天空的太陽般明亮如太陽神，是視覺焦點的所在，尤其對於躲在柱子旁看著大人拎著甜點盒轉溜著眼睛的孩子而言。

彷彿太陽餅就長在記憶裡頭，伴隨著搭鐵路或搭公路局，或親人之間的伴手禮，圓圓的太陽餅，甜蜜的微笑。記憶中的太陽餅，是生活甜點翻轉的歷史底片，也是通向她童年的一枚太陽。尤其去台中，帶上一盒太陽餅回家，似乎成了當年的旅遊儀式。太陽餅牢牢地疊印在火車販售的旅程，那一條到處混淆著各式各樣店家的太陽餅鋪，永遠泛著童年時對甜點滋味的高度幻想。

她逐漸和母親一樣，平原再也想不得。

那象徵著飢餓苦痛哀傷流離恥辱的家園是屬於母親的平原，血色的平原。她和父親從鄰人變成親人，從只是行經時瞥一眼的人轉成在床畔比鄰一生的人，她走著一條頭也不回的離鄉之路。平原愈來愈遠，遠到她的孩子也都忘了自己是平原人。平原最後只成了籍貫，成了出生地，成了弔唁地，成了夢中的荒澀小村。

她和母親的名字第一次並列在一起，就像榜單似的比鄰，功德芳名錄的芳名如斯，家神看著她，讓她想起童年被母親帶回平原客居的記憶。那時她以為母親遺棄她，竟把她丟在小村就北上攢錢了。她客居親眷家，父親母親兩邊遊蕩，那時流浪的王爺可能也在看顧著她的流浪。她每天在村口眺望在太陽下走動的影子，尋覓著母親，哀盼她的到來。一天一周一個月兩個月……，母親再度出現，她笑靨如春日，她遠遠就看見母親手裡拎了一個餅盒，母親一路走向家。她看見母親手裡的餅盒有三個斗大太陽餅的字，那字體就像高懸天空的太陽般明亮，她盯著甜點盒轉溜著眼珠子，瞬間把眼淚擦乾，邊吞著口水邊奔回蘇府。她知道母親要祭拜她的王爺，她如貓地躲在門後，朝她不注意時竄出，把她駭了好大一跳。她笑著，好開心，拉她一起祭拜王爺，講伊總是笨拙和神講話，要她幫她和神說話。

然後，母親帶著她坐在田埂旁，前方太陽逐漸調暗光度。她撥開太陽餅，那奶油酥的味道自此長在舌根，母親那圓圓的臉，像太陽餅的甜蜜。她不怪王爺了，母親也不怪王爺了，她們都是客居者，在他方流浪。王爺與太陽餅，成了母親不在平原的生活另類寄託。她也開始學著童年的母親，偷吃王爺的供品。家神就住在家裡，祂像是生活翻轉的底片，轉印著母親的形象，而祭拜祂的太陽餅則成了通向她童年的一枚太陽，一抹甜蜜微笑。

客居平原的時光，家神代替母親陪著她。她流浪如貓。學著村人蹲在門檻上吃著西瓜啃甘蔗，平原的野性一直烙印在她往後的浪旅生活。

平原的神多，家神通天，在平原最貧瘠處予人撫慰。

平原的天空有六輕的煙火，在六輕的煙火中，夾雜著宮廟的香火。平原天空在綠色的平原中，常見火光熊熊，一圈圈地往外燒，家前廟前用鐵籬圍成的火，燒的煙燼充滿著對人間好年冬的盼望。

火光的平原，煙塵的海岸，在平原，她常如處眠夢。仿如家神般，看過太多的人間悲喜劇，聞過太多的死亡氣味。一如浸滿血色的夕陽老是掛在屋簷，像是等著刮傷記憶的色調。在荒涼小村，連太陽都有一種哀絕感。

秋分時節，母親的季節，她心中幻想的秋天，秋天桂花。她在這秋天時節想媽媽，想平原，想王爺。王爺千歲，王爺是神界千年不倒的黃楊木。

虎尾高鐵站矗立平原，在科技未來感的建築眺望平原四周。虎尾，母親也是虎，虎落平陽被犬欺，可恨的犬，以可愛搖尾巴，沒個性。母親不養寵物，母親說還不如好好養妳。妳應該比狗懂得報恩吧，母親押賭資似的認為，她聽著笑了，她懂報恩，但不會是用狗的討好方式。關於討好方式，她們母女有點共識，不用像狗般可愛搖尾巴討抱抱，但要忠主護主愛主。

村口的高高木麻黃，落日寂寥斜影框在細枝，過往母親的嚴厲井然如神之戒律，她總在一棵凝望的樹影下想著這天地如此寥寂，不知為何投生在此偏僻小地，和母親結了這麼個又緊又黏又牽扯不斷的母女情緣。耐風沙耐鹽分的堅忍木麻黃，沿著省道，互訴哀歡。她從小在慣性傾斜的原生家庭裡浸淫這土地聲色，久了也長成了一株木麻黃似的，母親是那海風，總將她吹得傾斜，不斷傾斜，最後傾斜成了生命長久佇立的姿態。

母親的男人自成婚後不僅沒有從野獸變家畜，反而更像野獸似的閒蕩。母親說父親活得像流浪狗，這種狗不能豢養，少了忠心。六畜不興旺，豬瘦狗肥的。婆婆豢養的黃金寶貝，母親也討厭，但散著穀稻的氣味是母親喜歡的，母親最厭尿臊氣，又是臭摸摸。一到炊煙時間，土角牆邊煮飯花綻開，如小小火焰的太陽花在殘簷下吐著熱氣，得了昏睡病的貓犬這時都醒來了，混合著夏日的蟬聲嘶鳴。蠶等著夜晚吐絲羽化，南方乾燥的土地如皸裂的古老風景畫，秋老虎的焚風掠境的蒼莽一路掃過。

穿過灰塵小路，溝渠旁覆蓋的綠色網紗裡的蔬菜已秋收，田埂散落殘敗的枝葉。

她一路提著小蛋糕和飲品，心裡如殘枝敗葉，沒有母親的平原，再也想不得。若不是因為王爺，這平原是再也去不得。

她隨意搭上台西客運，但見路旁小孩的臉被海風颳得紅通通的。西海岸荒澀如野地，這片海阻絕父親出海。這片滄海變桑田，六輕浮島買去了海。消波塊堆疊，看不見海的平原，使她想不得平原。天空瞬間總是被煙霧片刻濘老了，黑皺著一張臉，淚水裡總有飛沙走石，豪雨和狂風，不斷地洗劫父土母水，傷心雲朵使天色幽冥。

黑煙濃煙伴隨烈焰亂竄，火舌張牙舞爪，化工劇毒之地卻有著美麗的芳香煙廠之名，燃燒一座芳香煙廠的火光嘉年華會。她記得少女時代經常從窗戶看著燃燒的黑雲與烈焰。母親厭惡那雲那火，這種火，就是鳳凰浴火也會被燒成烏鴉。帶著她北漂的母親，往後除了王爺公，除了母親那早夭的母親之外，沒有人可以讓她的母親有理由返鄉。

她知道，從今往後，沒有父親母親的平原，她只剩下家神了。所以她必須起程，去高原問神找神，安頓她從童年被灌進的荒蕪與被黑煙遮住的天空。

在諸神的黃昏，只有王爺和她有血緣。母親的姓，讓母親一直以為蘇是輸，後來她告訴母親蘇是茂盛，芳草茵茵，蘇禾蒼鬱，之後母親又愛上王爺了。母親無法再前來平原探望王爺了，但女兒記得她的囑託，她生這麼大的病，沒有怪怨王爺吧？其實蘇府王爺當時有給暗示，只是時間過了，她們才看見神走過的記號。

神的記號如此隱晦，可惜她沒有轉譯天語的能力。但她相信王爺不會讓這麼愛祂的蘇姓女兒受太久的苦。那是一個很特別的冬天，王爺藉著母親倒下的病體，蒼啞地揭櫫那掩藏在時光厚塵中的愛。她看見母親的愛，她從來沒有被愛遺棄過。

她的意念隨客運起伏，不知客運將載她至何處，聽見風聲，知道離海邊小村近了。隨意下車，四處走著，已逐漸適應少了母親同行的記憶荒蕪。這時迎面有個被風吹得滿面通紅的女孩流著兩行鼻涕看著她，她看見她的童年，她舉起相機，按下快門。屋內有人走出來，他們望著她的表情像是在等著她幫他們按下淒涼的家族照。老人遲暮地轉動著緩慢的腳程，殘疾者移動混濁的眼珠子，接著她聽見屋內傳出外配新娘口音的聲音。平原，荒涼小村，彷彿仍吹拂著島嶼盡頭的悲歌。

當年離開原鄉一去不回的母親，她瞬間明白她的逃離與苦楚。

她許久未歸鄉，自己成了自己出生地的異鄉客。一如客居蘇府的王爺，母親或許終有一朝也會託夢給她，告知她的未來歸處。佛有三十三天，每一天都有神居，母親的神居此刻正在落成中吧，她會是母親神居芳名錄的最大功德主。

雲霧繚繞的林間，家神的黃昏灑下璀璨的金光。

家神在上，她想其實自己是愛平原的。

母親已不在平原了，母親已不能來平原了，成了在激流掙扎的人，囚禁母親的電動床，癱瘓了回到祖先的魂路。但女兒會來，或者她想王爺會讓母親格格入女兒的夢，讓她跟神耳語。

她看見母親吃的小蛋糕，母親已經有上千個日子不曾嚐過任何一滴水更遑論食物。母親笑著說，還是香噴噴的，王爺賞賜。

那個童年時躲在王爺桌下的母親又偷吃王爺的供品了。

等母親的照片要掛到牆上之前，她經常買小蛋糕，母親不能吃，她代替母親吃。有血緣的家神，神子神女都愛祂。蟬男人最後的豪華餽贈，使她這個格格又愛上了王爺。

四　七夢經

起霧時間

53

芝麻開門，死神微笑，謙卑地說我來遲了，讓妳們受苦了。她沒有眼淚可以交給祂，她想留下淚卻乾涸。仙鶴為伴，黃泉路上打通中陰路的財資籌碼已經到了臨界點。死神可以賄賂嗎？失語者如何交代後事？母親的千言萬語她早接收。

她七夢母親，如佛滅後，阿難七夢經。

夢裡母親穿著衣服，她和阿娣卻裸體，母親說換我來看妳們倆洗澡吧，然後她就醒過來。醒來時，阿娣正叫著她，要她幫肥胖難移的母親一起抱下床，洗澎澎了。二夢母親穿軍服，她仍裸體，任母親摸她。但母親邊摸她邊罵她，妳這個愛到處放電的女人，身體經常漏電，讓我好好修理妳。三夢母親，母親穿唐代衣服，幫她梳頭，叫她公主。四夢母親盪鞦韆，她在後面推著母親，推得太高，母親往下掉落時，突然變成一隻大象，她嚇醒過來。五夢她搭著一艘船，從船上的大桶子裡撈出一尾大魚，將大魚放生到海水，大魚快樂悠游，仰起頭來卻變成母親的臉，朝她微笑。六夢母親像敦煌壁畫的仙女，彩帶翩翩地舞著，她和阿娣在旁邊鼓掌。七夢母親盤坐在一棵千年松樹下，一陣風吹來，母親突然被風捲上天空，化作一隻仙鶴。

駕鶴西歸，她解夢，這秋訣的日子將近。

七夢，預言。

夢中的母親，發燙如夕霞，玫瑰色的臉頰吐出熱帶氣息。她看見乘著海而來的異鄉人在霧鎖淡水中翩然下帆，夢醒，她看見窗外兀鷹飛過，在晴空萬里中寫著天書，竹林在風中吹奏福音。

靈魂哀樂是誰在奏起？

夢中她行過一間間的病房，如巡禮似的經過尚沉浸在暗色黎明的病人，陷在白色巨塔的脆弱病體，遮掩難堪病體的蘋果綠簾子在飄盪著。沉默的雙眼，抽搐的雙唇，悲傷的容顏，腫如節肢動物的手足，殘敗的肢體，從遙遠過去涉水而來的夢遊者將跨入冥遊者，劫數、由旬、俱胝等古老龐大的計數光陰所砌成的輪迴大海，還沒淹沒這個房間。

將現實苦難如砍下的美杜莎，母親上路，母親飛翔，母親奔跑。

別後的時間，神遺下的暗號，夢中的訊息。

母親從小到老就是一個傷心人，鬱結傷心，為了吸足空氣，心室不斷肥大。從一天跳十萬次的心臟跳動，進入風心止息的最末晚景階段。人體六十兆好壞細胞的每日攻防戰業將休兵，一兵一卒戰到最後，一生為身體保護偵測辨識防堵修復替換吸收平衡排毒的工作已有了終戰的榮光，心勞身苦，母親完成了最後的臥床時光，她進行的一切如贖罪之旅，沒有任何一部文學可以描述臥床者的所無與所有，因為這是謎中之謎。那些瘖啞的失語、動彈不得的失能、闃黑陰暗的失明、靜默止寂的失聰、忘記自己是誰的失智，失歡失愛的遺忘。

一切只能經歷，就像解脫之路。

神佛是否也管這神祕的無數神經迴路？

我們不是被某個神祕體指定的，我們是被自我命運形塑的。一句等著被讚的發文，她在大師姐的大頭照下按了讚。捻熄最後一盞燈，在燈滅前，她看見昏暗甬道中的自己疊映著身後的母親肖像，白髮蒼蒼的母親容顏溫暖可喜，結束靜止的電動床晚景，女兒結束無可救藥的失眠與傷心。

她打開窗聆聽這最後一波島嶼的海風潮聲，等待一晃而逝的黎明藍眼睛擦亮天際。她相信看見天際的藍眼睛就是母親的重生暗示。

黑夜中，破曉，天眼初啟。紅塵嬰兒一抹純真的藍眼睛在天空眨眼。

多少個夜晚她附耳母親，喃喃說著媽妳放心地去，不要煩惱，往那個金黃光亮的地方去，那個金殿琉璃亮度大概是幾十個太陽的光，妳可不要往那溫暖舒服的灰色光去，或者千萬別往森林洞穴去，那都是幻象，海市蜃樓。我幫妳買了綠色的喜氣衣服，綠色是智慧，文殊菩薩的綠眼菩提與綠度母的慈悲眼淚會陪著妳，去當仙女，知道嗎？撫摸著母親的白灰色髮絲，要母親放心放下，自己說完卻放不下地將頭枕靠在母親的胸膛，嘴邊幾乎碰觸母親乳房，像是個嬰孩。她心知肚明，自己嘴裡說著放心放下，那不過是一種安慰詞，她的心抽痛，放不下的根本是她自己。告別來臨前，所有的放心放下都是一種擬仿，一種自欺欺人。

在想像的他方，在幻想中將另一個世界的起源牢牢釘住在母親即將要奔赴的靈界，肉身轉量子，量子再轉肉身，輪迴的迴圈何時停止轉動？就像射鏢靶命中核心，確認這就是要去之地，毫無猶豫？或者混沌地被丟進如洗衣機轉動似的輪迴迴圈，毫無招架之力？她一直提點母親，就像在提點自己。亡者的他方，太空虛無巨大，三十三天十方世界外加六道，往後如何尋母救母？

神聖的世界早就消失了，於今每個世代都將把自己放大成神，或者遠離神。神佛走下蓮花座，人卻競相搶上蓮花座。只有自己可以述說自己的世界，每一代人都這麼做，每一個亡者都被述說復活。當她為母親述說時，她感到尊榮追憶的必要。是一種奇特的尊榮感，尊榮追憶時，活著的人不得不去凝視死亡的歷程。於是突然一種真正的哀傷跑進了心，使心的回憶處處流血，使她不得不面對在每個母親生病的夜晚，死神偽裝成睡夢的樣子，使她驚醒死神的偽裝術。

死亡的憂鬱，不知母親何時會忽然呼吸停止的無知與空洞裡卻又滿懷對母親那種真正的愛，彷彿這個空洞是為了母親離開的這一刻才存在的。

在那漆黑的鄉下房間，男人在外，女人沒有救援，深夜時分，生死交關。女嬰突然要出來，震醒昏厥母親，女嬰要母親記得吐出自己。下體血泊之中吐出的女嬰，臍帶還黏著，母親又要昏死過去時，女嬰繼續哭聲震天。母親醒轉看著這血流滿面的紅嬰仔，心裡突然十分疼惜，扶著牆走到廚房，自己燒了熱水，將女嬰洗去血漬，也洗去自己一身的血。輪迴倒轉，現在女兒洗著老去的巨嬰母親的陰道，她生命的第一個出口，母親為半夜突然降世的女兒迎生，子時降世女嬰，生辰八字極好，四柱的年月日時各有食神正官正印正財，母親聽了算命仙語，樂笑呵呵，彷彿所有的疼痛皆值得。出生有徵兆，胎動異常，而死亡也有徵兆，臨終躁動。

臨死有覺知，只是母親無法表達。之前安寧病房護理人員曾告訴她，在漫長的生病過程中，大部分的病人會感受到已然逐漸靠近死亡線。有的人的雙手會朝空中揮舞，雙手遮眼彷彿前方有可怕魔獸，或者朝某處打招呼似的自言自語，但這都不是母親的徵兆，因為母親手無法動，嘴無法開。但她知道母親想表達，僅存的觸覺緊握著她的手，手愈發緊了，有時只是稍微碰一下母親的手，可以感覺母親瞬間呼吸加速，接著聽見是女兒的聲音而漸漸安心了下來。母親是否看見父親？那些和母親曾經熟悉的亡靈，過世的親人走動在窗外，或者神派天使來了？她觀察到母親的皮膚摸起來濕冷冰涼，皮膚四周的迴圈血路阻塞，血管逐漸從青變成紫。

身體的飢餓，通過胃造廔口可以灌進液體食物，如何使母親平靜地走完最後一哩路一直是她的首要任務，任何會破壞這種寧靜狀態都要被免除。問題是母親和一般的臨終者又不同，因為母親長期以來被灌食液體，不會出現吞嚥困難無法進食和進水的狀況，於是判讀母親是否已然接近死亡線，成了某種心境與情境互為干擾的困難。安寧醫護知識告訴她，關於瀕死的人多半不會感到飢餓。反而因脫水缺乏營養的狀態，而造成血液內的酮體不斷積聚，從而產生一種類似止痛藥的效應，這會使得病人有一種異常歡欣感萌起。她第一次聽到飢餓產生的歡愉，只要醫護人員這時給病人灌輸一丁點葡萄糖，都會抵消這種異常的欣快感。接著是呼吸飢餓，她依賴死亡的咆哮聲加重的頻率與速度來監視死神到訪的時間。母親夜晚開始從偶爾發出咯咯嘎嘎聲，病體無力將聚集喉後部的口腔分泌物咳出，吐氣時發出痰音。

死神的馬蹄開始移動步履了，氧化醣化脆化碎化的身體將任憑幽冥遊神處置回收。

她打開窗戶，啟動風扇，加大房間空氣的對流，以減輕母親的喘氣困難和焦慮感。她看見母親比以往更目光呆滯、無神，經常看著某個定點。但用手在母親的眼前揮舞，母親卻又無動於衷。失明者望著某個定點的用意何在？是和靈界溝通嗎？

她加深在母親耳邊說話的密度，每天晚上要到母親的房間多回，夜晚總是清醒的母親，耳廓不斷吸收她道歉道謝道愛的語言。

54

所有的準備都不及死神罩袍拋下的瞬間。毫無察覺的如常清晨，生死疲勞的色身終於停止轉動。她訓練自己面對這件事已經有過上千時日，比母親懷她還要久好幾倍的時間，都無法訓練準備迎接死亡這件事，來者是死魔或死神？準備只能高規格。她緊張萬分且初始仍有點心慌意亂。

天色猶藍，她比往常早起，像是夢遊者地推開母親的房門。

迎面是臨河的大片落地窗，兩片窗簾的中間縫隙看得到河水，水波湛藍。如常地走進母親的床畔，聽到的呼吸聲有阿娣，但她看著母親寧靜的表情，把手摸向母親的鼻息，毫無動靜，皮膚雖涼卻仍有餘溫，母親剛剛才停止呼吸。

這一天終於來了，她輕聲地叫喚著媽媽，母親躺著像在微笑。

她一個人在房間，她需要和母親獨處。

她打開室內所有的燈光，取出早已準備的移動式燈泡，使母親的床前與床尾也都明亮異常。她對母親再次說著不知說過幾百回的媽，妳安心去，沒煩沒惱，我會很好。妳要往比太陽的光要亮上千倍的地方去，感覺會刺眼，但就是要一念猛利地奔去。記住了，最刺亮的地方是佛菩薩在等著接妳的地方喔，像和小孩說話，要加尾助詞。

抱著母親的頭部，讓母親依靠在她的胸前。前方潮水逐漸凝結成冰河，擺盪逐漸止息，玫瑰褪色如百合。母親離席的最後儀式是幫母親套上亮色可喜的衣服，綠上衣外加一件美麗繡有白鶴和水晶鑽的背心，為母親入殮時，她看見母親微笑的臉如此放鬆自在。接著為母親失溫僵硬的腿套上一雙棉布紅鞋和一雙繡有卡通史奴比與小鳥糊塗他客依偎的白襪。

按下唱佛機，被轉動刮傷上千上萬次的光碟片發出慈悲佛音
人不時刻唱佛，只好讓機器時刻念佛。空蕩蕩的房間，此刻能穩住她的心緒，她想興許也能穩住靈魂還滯留在原地的母親，耳廓如隧道通往佛渡口，最後失去溫度的耳廓，收納著女兒對母親在一口氣上不來將往何處去時的最後叮嚀，她嘮叨如夏蟬，跟唱佛機比速度，一口氣快語不斷句不喘氣地高喊著，媽，就像車下高速公路岔路，光速剎那，遲疑即錯過。她當然無從得知母親有沒有看見那明光，所幸佛慈悲，錯過不用倒退嚕，還有七七四十九天的接引莫再錯過。

她一手摸著母親冰冷如霜的手，一手摸著母親的心臟，感覺熱暖如燒餅，臉頰貼著乳房，心臟不再跳動。怠速的肥大心臟，惹出讓母親臥床的折磨劇碼，此刻下戲卻依依不捨。心臟也冷卻後，她轉身走到佛桌櫃子裡，取出早在母親最初倒下送進加護病房就已經準備的送行物品。世俗的物品是一套新衣、新鞋。非世俗的物品都是為了讓母親得以快速解脫之物，她攤開陀羅尼經被，佛的壇城在上，覆蓋母親的身體。打開一小瓶罐子，取出嚐即解脫的彩虹甘露丸，輕啟母親緊閉的唇，將甘露丸放入唇下，想像母親一如大成就者報身成就時化作彩虹般。接著她打開一個銅罐，取出從恆河來的金鋼砂，沾著甘露水，置放在母親額、眉心與喉間，身口意三密不離。然後，她在床畔跪下開始深呼吸，翻開經本，一直告訴自己要穩住穩住，別怕別怕，殘夜已過，黎明來到。

這時候她清洗母親的身體，安安靜靜，她和阿娣如幽冥無常。比起王玲母親的葬禮，她甚覺母親

幸運。王玲母親在醫院斷氣，王玲去護理站慌張告知時，護理人員彷彿聽到的只是打一個嗝似地連頭也沒抬地說醫生在忙，等等過去。來的是葬儀社的人，火速把王玲母親推走，王玲在後面追著，跟著跑著，經過冰冷區域時，她知道太平間冰櫃區到了，但怎麼到處都是活人，走道還有許多躺在鐵床的死人，而活人就在旁邊喝著咖啡，轉個彎還有在洗屍的、化妝的，王玲嚇得直問葬儀社的人，我母親要在這裡嗎？葬儀社的人說都是在這裡啊，不然去哪？王玲看著母親的最後色身被陌生人用看起來很髒的毛巾擦拭時，她想起母親所屬的教會，打了過去，教會的人馬上就趕到，接走了母親。原來教會有所屬的葬儀社，將母親安置在合宜之地，進行祝禱與焚香，玫瑰經梵誦，讓王玲涕零，尤其當八十幾歲的老神父堅持為母親祈福祝禱且還親自到火葬場送行時，王玲就在那時改變了信仰。

她想起王玲，王玲口中的那個老神父，這種愛讓王玲一直在尋找，最後在其母親過世後找到了。王玲從佛轉向天父。不用轉身，母親也不需要老神父的祝禱，母親用自己的力氣走到了渡口，花開見佛。她溫柔地摸著逐漸冰涼的母親的手用腹語說著，媽媽，謝謝妳讓我有機會走了這一趟贖罪之路，以為漫長的盡頭的苦，其實一點也不漫長。我最懊惱的是當時非常希望母親趕快離去，王玲痛苦地告訴過她，因為王玲在母親真的離去時才發現自己不該有這種想法，這種想法表面是不希望母親痛苦，但其實揭開底層不就是為了縮短自己也跟著受苦的時間，怕自己被母親生病的這一切壓垮了而萌生的想法。不用學習活著，直接跳到死神擂台，人最後還是輸得徹底。

她慶幸自己踏上贖罪之旅，母親斷氣不意味著走到盡頭。只是平原路斷，高原等待攀爬。

她為母親的輪迴之旅早已畫下理想的路線，就像那個彬彬有禮的男禮儀師，臉上始終掛著一抹小傷小憂的同理心，細長且慘白的手指邊滑著手機讓螢幕跳出各式骨灰罈材質與各種靈骨塔樣式的專業。那慘白的手指，在太平間待太久的緣故嗎？禮儀師跟她約好時間之後，早已離去。轉身時，黑亮皮鞋敲得地磚響，讓她以為是中陰渡口的船塢鳴笛，或是平原的馬車聲響，輪迴的鐵蹄達達。

必須布下天羅地網，找出離開與抵達之謎，才能閉鎖六道之門。獅子吼在她耳畔說著似的，她有點慌忙卻又故作鎮定地在母親的色身覆上陀羅尼經被，往生被上的佛菩薩將是母親中陰所見的第一佛。佛塔在上，佛顏微笑，金光放射，真是給力。窗外從海那一方突然送來熟悉的聲音，竟是母親失語上千個日子的聲音。形象卻是從海底龍宮走上岸的龍樹菩薩，朝她唱著勸誡頌：孩子，我們過去世所用過的身體，堆起來將如須彌山高。無始劫以來，每個眾生都曾是我們的母親。就像大海與雨水，融為一體；就像把木材丟入火堆，熔在一塊。母親的生與死，心子莫悲傷。她走向窗前，聲音消失，海潮退後，母親依稀仍躺在那裡，一如臥床者的肉身被那個年輕的陌生男子推離這面河靠山居所，生病之後首次和女兒分開，進入入殮，等待好日。母親離開後，這座沿河房子，對她瞬間變得一無所有。

她感覺世間一切彷彿也一文不值了，但為何胸口被咬得異常疼痛呢？

55

直到她夾起那看起來像是吃了很多苦的一小片骨頭時，她心裡才真切地感到母親真的離開了。她聽見骨頭在鐵盤裡滾動發出的微細響音，像秋葉掃過石板路，那一刻她頓時淚流滿面。母親的骨頭吃了太多藥而變得灰白，灰白色是好色澤，靈魂死而不死。

十八歲時聽台上的獅子吼說起高原大師可以用自燃力將自己化為一道彩虹往天際奔去時，她就已然被別後的世界好奇。有的為了讓弟子有所懷念，且以自身拙火自燃後留下一些指甲頭髮或骨頭予弟子們。

母親的骨灰與骨頭，燒不枉的色身微粒，她留著一些。雖然母親無法自燃，但在焚化爐瓦斯轟然一聲燃燒殆盡後，也留下奇特之物來安慰她的心。

她長期因為勞累擔憂所引起的那種腦袋爆炸的感覺突然也在焚化爐瓦斯點燃的那一刻巨響中，化為灰燼。那種擔憂勞累不只是身體的，更多是長期壓抑。過去自以為在某種修行安全領域的肅靜樣子忽然瓦解成一個極為尋常的女人，她想像隔壁焚化爐的未亡人如大嬸般哭得哭天搶地，但她渾身乾燥，淚乾嘴乾下體乾。她看見自己那種身心分裂的不自然是以某種內核式的增生，在漫長時間的擠壓下產生了極其怪異的變形。也就是佛法給予她的一切在和自身生活感情對撞時，她已習慣試圖去壓抑各種本能帶來的感覺與情緒，她怕暴露自己習法卻無益於日常生活現況的窘境。她怕揭露開來這一切都可能只是自欺欺人的荒謬集合，就像菜市場那個騎著腳踏車朝著所有曝屍在綠色塑膠攤位上的雞鴨魚肉一路大喊著阿彌陀佛的婦人，別人以為她瘋癲可笑，於婦人卻是自然不過的福德累積。

此刻她好需要這種福德，即使會被笑會被嗤之以鼻。

在看似不知盡頭之處，死神是突然降臨的，但有形或無形的死亡經常是唯一的重生方式，打掉再重來。她看著火光盡頭的風揚起一絲骨灰，她想像著火花中的母親如一棵倒下的漂流木，熱爐中跳躍的星火骨灰。她混在一群群的家屬中，孤身等待著盡頭處等著再相見的母親骨灰。父親過世時是母親獨自一人走上前去接過禮儀師從火爐中取出的骨灰與骨頭，那時母親看一眼就說不用取走，全部都留在骨灰罐。她記得自己在身後幾步隔岸觀火似地看著母親靜止的神情，凝結著哀慟過後的呆滯。

現在換她要獨自走向母親殘存火花微溫的骨灰，她確定自己是要取走一些關於母親的骨灰。火花材堆上的人骨有觸覺嗎？她想起年輕時獨自出國讀書時和母親的離別，年輕時渴望的自由出航，於母親卻如割裂心的分別傷感。她知道多年後，這種傷感一直殘存母親心中。當時母親如此大方豪氣地將全部的父親讓渡給幽冥界，不帶走一絲父親身體的物質。但母親卻總是不捨女兒轉身離開。母親是父親的葬禮主祭者，母親目睹驚心動魄的火化過程，當棺木推進火爐的時候，印象裡母親好像有慟哭哀號，直到在等待火燒的時光，母親卻變得異常冷靜，像海浪倏忽退潮，她記得母親還和幾個來看她的姊妹淘有說有笑。母親對幾個姊妹淘說看著和咱們睡了大半輩子的冤家要被火燒，才知心好痛，想的全是這個膨肚短命的好。之後姊妹淘們也說了幾個玩笑，她聽見母親突然大笑起來，笑與哭都那麼鮮明。

她當葬禮的唯一主祭者了，她靠近銀盤時，她眼睛泛著淚光，淚是想著母親的苦難。母親的心中永遠殘存父親死亡的悲傷烙印，而母親對她最後一刻的烙印卻是喜悅的重生。

托著銀盤的送行者，第一個抵達母親死亡現場的年輕禮儀師依然用專業但冷淡的口氣說妳的母親有燒出一些舍利子，且舌頭竟燒不壞，這真是我入行至今前所未見的，妳要留著收藏嗎？還是放進骨灰罐？這麼驚奇的事被送行者說得不驚不喜。

她盯著鐵盤上的舌頭，微縮成像一枚碎裂的小小雞血石印章，她感到母親好像還要對她說話似的，母親失語上千日子，她都快忘了母親的舌頭。就在這時電話聲把她從盯著雞血石似的舌頭發愣中喚醒，獅子吼來電關切她。她跟禮儀師說我先接個電話。於是她往旁邊角落石階坐去，空地上仍有其他亡者家屬還在等待火化，送行喪家像是在郊遊野餐，因為煙塵處處，竟還有點中秋烤肉的氣氛。

獅子吼聽了她的描述之後，以喜出望外的口吻跟她說，妳母親應該去了很好的地方了，這是修行有些成就的人才有的現象。妳給母親喝多年甘露，不修而修，可謂稀奇。接著獅子吼往下說厲害的成就者有的眼睛心臟舌頭大腿骨或脊椎骨燒不壞，有的頭蓋骨上燒出梵文種子字，有的還出現菩薩圖。

她沒聽清楚獅子吼後面說的話，只知道這是好預兆而感到不枉上千日子以來為母親這場死局的準備工夫。掛上電話後，她忙快步走，朝捧著銀盤像餐廳服務生端烤鴨大菜的禮儀師說這舌頭和一些骨灰請幫我特別留起來，其餘放回骨灰罐，入塔。她看著銀盤上的骨灰如星砂，母親的過去即將如瓶中信。送行者轉身，筆直的西裝像海岸線，逐漸消失在前方。

入塔儀式完成後，她驅車下觀音山，這條沿海公路不知走了多少回，砂石車與垃圾車錯身，機車與轎車滑行，這條路她奔馳的店家幾乎都環繞著母親的病體轉，到對岸竹圍馬偕醫院到全聯到藥房到醫療用品店。她為母親的晚年落腳在可以眺望一片海洋的電梯大樓，一片被矯情叫成左岸卻又剛好和法國巴黎同音之地。望海時，她常想著佛以大神力，取大海水，灌注罪人，令大地獄如蓮花池。那時大地獄就在眼前，母親的苦痛，她的辛酸，如漁網互相勾纏難解的悲傷，除了仰望蒼天探向大海，她對際遇感到無能為力。削骨為筆，以血為墨，窗外一輪明月，窗內活著的每個片刻都可能是危險的黑暗。

她趁著天光還亮，帶著腦子要爆炸的感覺去了大度路上的農禪寺附設商店買印有心經的小寶盒和裝星砂小貝殼之類的玻璃小罐。結帳時，商店的師姐親切地邀她去吃個藥石再回去。平常她聽到藥石是不會不知道這個獨特寺院用齋的專詞，但當時她頭腦昏沉腫脹，一時竟不知道這師姐意指為何？心裡只是如雷鳴巨響，沾惹在身上的渾身藥味，與母親的藥味為伍，難道被聞出來了？她下意識地舉起手臂聞了一下，那師姐以為她舉起手是要問晚齋的廂房在哪裡，於是就指著後方不遠處，引她走去。她離開商店，迎面是傍晚夕陽灑落金光，鏤空經文「應無所住而生其心」正落在走在她前方的一個出家人的僧衣上，那時她整個腦袋突然炸成碎片，腦開花成曼陀羅。

她的畫面跳到大地震時她母親老厝上供奉的木雕刻觀世音菩薩突然震落，千手碎落一地，母親一一拾起，夜晚在餘震中落淚，懷中的木刻菩薩像是媽媽的女兒，母親努力地找著卡榫，把手重新嵌進神像裡。母親在電話中說觀音菩薩幫我擋災，我以後要到菩薩身邊當侍女。那是她那語言暴烈的母親曾經發出過的字詞裡最美的段落。她想也許僅憑這個因緣，加上她在母親耳邊念誦至長繭的字詞就是阿彌陀佛、觀音聖號，這使得母親捨報時沒有痛苦。但母親晚年的陷落與苦痛，有人問她又該何解？問的人是指拜佛依然受災殃，她知佛不是為功德而生，是眾生自心折射。但這些仍太抽象，只好自嘲可能菩薩太忙而忘了眷顧虔誠善女子。於今母親捨報，她在這夕照慈悲溫柔的金光裡沐浴著經典字句的深意，她往前走一步，「應無所住而生其心」因光線移動而落在她的衣肩上，那一刻她好像了解了什麼卻又不了解了什麼。

獅子吼來電時曾安慰她說於今母親解脫，妳理當高興。她當時心裡沒有時間反應獅子吼的意思，等到安靜走在寺院清水磚模牆下，她覺得人學佛時真有意思，死亡不說死亡，要說捨報或往生，不說完了，得說圓滿。好像恐懼會有什麼惡兆似的。她繼續走在這光影交織的迴廊，她想看見最末四句偈：「一切有為法　如夢幻泡影　如露亦如電　應作如是觀」灑落在前面緩步行走的黑僧衣上，還有自己一身白如縞素的麻衣上。麻布料咬著金紙混著檀香百合的靈塔氣味，還有鹹鹹的淚水味。應作如是觀，她理知如是觀，能觀卻不能自在，醒夢一如，何能一如？

正想著，突然後面有人拍她肩膀，她回頭一望，是剛剛那個師姐追上來，師姐以為她錯過了彎進食堂的門，告訴她要往哪走。

用齋畢她走出食堂時，她再次看見銀色的月光仍投射在「應無所住而生其心」，她笑自己原來自己的心是到處有所住。飯食畢還掛念欠人一頓飯，進入空蕩蕩的大殿，對佛像三頂禮後，尋找功德箱，合十放進一張千元鈔。走出殿外，前方水池倒映著明月，她抖掉一身沾染的素食豆皮味，頓時感覺輕安自在多了。

她延宕著回程，一個人的房子不可怕，可怕的是母親已然離去的空間太難以適應。母親已經掛在胸口了，冰涼著她的乳房中間，小小玻璃罐隨車速晃動。她覺得一整天告別式的疲憊在寺院裡卻有更疲憊但又有溫暖的奇特感，一起吃齋飯的陌生人彷彿都是今日母親的送行者，像鄉下告別式結束後得請送行者吃頓飯的廊下辦桌，有佛教信仰的會吃素齋，沒有的就把辦桌辦得像是喜宴。她知道自己的毛病，喜歡寺院的禪靜，但進入團體規範卻總感束縛。以前在佛學社時就有這種別人看不出來的內心窘境，進入團體一時之間的無言以對，只能微笑，表現莫大的親和力，好像天生就是當「師姐」的人的那種慈眉善目，她也不是裝的，但至少不能持續太久，太久會轉成怒目金剛，她在還沒變臉前往往會轉身，怕露出狐狸尾巴。直到大師姐成了好友她才算是成為社團一員。走一趟寺院，有了安頓母親骨灰的寶盒，見夕陽與月亮折射經文的震盪之美，這緩衝了她一個人回家的哀傷與恐懼。先前雖也是一個人回到沒有母親的房子，雖然一樣是空蕩蕩的，但當時每天都被要念的經文與事情擠滿心緒，現在這一刻她才真切感到她真的是一個人了。走進巷子，隔壁名叫格格的狗看見她並沒有吠，所以媽媽沒跟回家？她想狗可以看見陰界，還是媽媽怕狗，或者母親已在仙界，這樣一想頗感安慰。進屋前，她取出誦經師父給她的榕樹葉脈，避邪驅魔的葉子，得在進家門前丟棄。

她往空中一拋，眼睛轉著葉脈，看著葉子隨風飛舞，逐漸遠離視線。

56

回到為母親租賃的居所，難處才開始，為了省房租，她得在最快的速度撤離，最難熬的時光就剩這一關了。她落寞地轉動鑰匙，門開的剎那，她被恐懼擄獲，瞬間胸口急促沉重，心跳加速。只剩一個人了，她深呼吸再深呼吸，關門。回到和母親日夜不分住了三年多的囚室，美麗的囚室，臨海而居卻不得近海。這囚室光明處處，她買了好多燈，讓母親在電動床上轉動眼珠子時，可以轉著她的身影，房間處處都有她的照片，直到母親眼睛失去光明。

空氣依然熟悉，但空蕩蕩得可怕，無懈可擊的靜默。

她先走到浴室，打開水龍頭，衣服有焦煙味，火葬場的骨灰與紙錢燒香的煙塵吃進了棉絮，就像悲傷咬進了心。把一個人咬進心裡，要經歷多少淬煉？這歸途從陰到陽，皮膚毛細孔有著汗水，夾雜著燃燒的冥紙氣味。點燃檀香，用甘露水灑淨四周，卸掉所有的衣物，丟進洗衣機清洗，接著在浴室裡用石蓮花浸泡的清水淨身，沖洗。洗著洗著，禁錮的淚水終於流下了。疲憊稠膩如淤泥，冥土的氣味是否已開出蓮花，母親可好？小仙女，在嗎？她在心中叫喚著，像淘寶網那些店家敲她的留言：「小仙女，在嗎？喜歡就拍下喔。」

一個人來到世上就進入關係網絡，再變回一個人，經歷的時光已成謎。

只是沒想到要再次變回一個人得吃這麼多苦，要再變成赤裸裸的人身得走上多少時光？她在這間母親曾經的囚室裡靜靜地待著，禪說靜極生慧，如能，她盼望靜成一座雕像。靜止不知多久，她突然聽到鬧鐘聲響大作，案上鬧鐘仍處在早上七點一刻要幫母親餵藥的時刻，不知何時她睡著了，天亮了，袖子有淚水口涎。她起身，全身感到剝落感，彷彿裹在身上的時間石膏瞬間拉扯崩裂。走到小小餐桌，那餐桌就是餵養母親色身的一切，未用完的奶粉罐與鋁罐，一周藥盒裡還有之前擺放的白色粉色茶色藥丸，抗癲癇藥水、便祕鎂錠、眼藥水、維他命C、蔓越莓粉。未喝完的五百C.C.罐裝水，她不時走到超商特地為母親買乾淨的水所練出的肌肉全轉成痠痛。痠痛證明這段時間自己的存在，如果不是這樣的疼痛與空間剩餘的藥品物品，在如此安靜下，她會以為這一切都不曾發生過。

告別式後，孤獨才真正爬進了心。葬禮過後，餘生的悲傷才開始。母親被推離這棟面海大樓之後，進入入殮程序，也彷彿過了一世紀這麼長，她才緩慢地回到母親最後的色身居所。母親已像夢境般遠，但為何一想起母親還是熱淚想要奪眶？年輕時以為愛情的棄與被棄之精神苦痛已是頂點，無法說話，喉嚨灼熱，吞嚥刺痛，苦痛無解，只能等待時間走過。在陌地也是某種失語，她逐漸感受母親晚年的無言苦痛，那麼熱愛說話的母親中風後必然繳械的語言權，告別前要失語失能還要失明失智，唯獨不失聰，聽她喚汝名，唱佛聖號。那一只如雞血碎石的小舌，如秋日枯葉地躺在寶盒裡，她小心翼翼放進屬於佛物的櫃子。

整間屋子都是母親生病後的遺跡，整理物品成為艱難過程。母親生前之物還有人要，母親沒後就成了遺物，衣服幾乎是沒人想要，她挑了幾件之後，決定全部都放到衣物回收箱。光收拾母親的衣物就花了一周，從衣架取出，折進紙袋，一袋又一袋地扛進後車廂。一一取下牆上貼的照片，母親還看得見時布置的照片牆，大部分都是她們的合照，還有她放大輸出的照片，貼在母親的床尾，讓母親一睜眼就可以看見她。

她靜止在已然沒有母親的母親房間，直到幾隻不死的蟑螂爬過腳板時才回魂過來。她看看牆面，佇立著兩個三層櫃，一個櫃子是藥，必備的藥與各種藥膏，近來沒煮食物，小強們連藥都吃了。牠們吃了高血壓降血糖的藥，不知是否也沒病了？她看著白色藥丸，像糖霜似的藥丸帶著毒似的，她慌忙將之丟到垃圾桶。後來又撿起來，把外包裝上列印有母親名字的外包裝取下。她一直不喜歡把有名字的東西隨意丟棄，有時去開會看著會議桌有自己的名字牌，結束時她都好想把自己的名字牌抽走，但又怕別人誤以為她也太自戀了，連這名字牌都要取走而作罷。

她打開冰箱，看見冰塊，不用為母親身體冰鎮的冰塊，她取出了些，加在平常打擊母親尿道發炎的蔓越莓果汁裡，喝了幾口，不知不覺發覺自己淚流滿面。那些葡萄柚汁奇異果汁在冰箱裡，壓瘡褥瘡就像早安般普通。那些曾經熟悉的名詞，泌尿道感染，就像傷風感冒咳嗽般常見，可以躲進記憶，將日子變成傷疤。

打開亞培安素與桂格補體素，母親喝剩的牛奶。滲透壓三三〇，管灌，以等張滲透壓讓管線餵食者的消化道吸收養分。餵養食道封閉者關於人體所需的蛋白質、脂肪、碳水化合物。她像打開易開罐可樂似地打開了其中一罐，仰頭喝了一口，淚突然迸了出來，這封存的奶味刺激了她的淚腺。接著她放下電動床的鐵桿，把自己放進凹陷的電動床，按著遙控器，頭上腳上幾個波動地調著，這是往昔母親躺著的樣子。她望著天花板，母親在失明前唯一的白色風景，上面的圖騰，她畫的佛像四周是曼陀羅。再也不是年輕時期的摩鐵春宮圖，但為何它們看起來如此悲傷。我佛也要流淚，躺在電動床是這般難受，母親，受難經該如何寫下？母親的瞳孔倒映著佛，此刻她的瞳孔倒映著佛。她畫四臂觀音，慈悲喜捨菩薩四臂，愛恨情仇人的四臂。她只有兩臂，一個母親一個蟬。

她一個人在空蕩蕩的屋子聽見自己的呼吸聲，再也不用聆聽母親起伏的喘息了，也沒有阿娣經常叫喚她的小姐小姐。告別式後，聲音也被告別，如夢的鳴唱蟬聲也早已黯淡了。冬日海洋，蕭索如灰。

鬼哭神號，取走該取走的，一切都靜下來了。

她四處踱步，像是要確定母親是否真的離開了，真的五蘊皆空，真的苦路有盡。以為看不見的時光盡頭，事實上盡頭早在那裡等著，只是當時看不見。陪伴她的不再是母親的色身，而是母親那灰白的骨灰，還有那奇特如雞血石印章的小小如秋葉轉紅的舌頭，一朵乾燥花的可愛模樣。彷佛母親消失，卻仍在說話，無言勝有言。獅子吼說這是吉兆，這真是大大安慰了她，她為母親不斷修法供養菩薩與眾生，看來不僅冤親釋結，且還花開見佛，上品上生有望。看不見的世界任何人都可以用最安慰人的話一筆帶過，這是何等高貴的安慰。母親生病前對她說的最後一句話是放心，媽媽做鬼也會保護妳。

母親那甚比忿怒金剛的信誓旦旦，她只要想起就彷彿耳際颳起陣陣狂風，吹得她熱淚盈眶。

打開電腦，收到獅子吼寄來的信，他轉貼了幾個成就吉兆佐證他的說法之外，還貼了大譯師鳩摩羅什尊者過世前說的話來激勵她，深知她是鳩摩羅什的粉絲。鳩摩羅什在長安大寺圓寂，臨終前說：「今於眾前，發誠實誓：若所傳無謬者，當使焚身之後，舌不焦爛。」果然火化之後「薪滅形碎，唯舌不灰」。母親這千日失語，語業已徹底乾淨，彷彿洗淨母親往昔那暴烈的語言。母親失明，也已眼不見為淨，母親恍似空空道人，提早自毀好打掉重生，只差無法像得道西藏高僧可以引發內力一把火自燃而空盡所有。

先前腦熱如要炸開的頭痛感逐漸轉好，她有點昏昏欲睡之感。先前這種頭痛感很像觀世音菩薩一念退轉，頓時腦脹如被如來掐住的緊箍咒，碎裂成千手千眼。白日裡那些團團火光與陣陣煙塵，火葬場外等待的陌生人頗多，這使她感到訝異，彷彿連亡者都有結伴者。不同的家屬各占一方，有人靜默有人聊天。幾座熊熊火爐裡正在焚燒著已經化為物質的身體。

她聽見新推進去的棺木旁有其他親眷在喊著火要來了，要記得跑。陌生人推母親棺木進去時，禮儀師雖也照儀式要她這樣喊著，但她沒說這樣制式的話，她知道母親早已不在那具腐朽的軀殼上了。但為何當火爐的另一端將母親變成骨灰時，心裡會那樣痛？是因為母親是她的第一人，而她是母親的最後一人？她在心裡說，媽，我欠妳一趟旅行，妳放心，我會帶妳上高原。曾經她和母親參加過三場火葬，母親都是主祭者，母親不會不知道火葬場的氣氛，母親的靈識也許正在上空看著她這個送行者也說不定。

禮儀師幫她找來一個說是真正有受戒的出家師父來主持七七四十九天中的幾個重要儀式，入殮火化安塔，出家師父就像是祭司引魂人似的角色，但告別式那一天他卻遲到了，她覺得無所謂，因為她沒通知任何人，親眷早不來往了，且她知道母親一點都不想要見到他們，母親喜美，不願別人見其醜。出家師父一進入禮堂就跟她說告別日是好日，所以很忙，亡者很多。在告別式之前，他要誦經，他開始了工作。她在旁跟著念或者聽到要起身拜或跪著，不斷地上上下下。跪，她便跪下，彷彿清宮劇婢女下跪。需要的東西都準備好了，在母親的肖像下的小桌子上擺設了一個小小的祭壇，幾個銅器供杯，兩對大蠟燭，幾束百合。出家師父旁跟著一個穿牛仔褲的年輕女孩幫手，女尼笑著對她說，我女兒。她聽了有點驚訝地睜大了眼睛，女尼說出家之前，說著笑著，彷彿是在講一個不關己事的事情般之一派輕鬆。女尼開始進行誦經，她仔細聽著覺得好聽，但卻覺得好像有落掉一些段落，她想這出家師父像是在趕攤，看來出家師父等會還要去別的場子。一般人不會聽出經文有被落掉，經文聽起來就像是沒有起頭也沒有結尾的夢語，如沒讀過經文肯定不會知道有部分被落掉。她沒有怪這師父，只想今天往生之路可真擁擠，擁擠到師父必須壓縮經文壓短時間好跑趴趕場。

逐漸毀壞的身體，以為母親身上會傳來濃烈的老朽氣味，混雜了霉味和酸味以及極度貼近死亡的混亂味道，但母親氣味清朗，老人斑像是印在筋肉乾癟的畫布，布滿的大小圓點像是草間彌生的繪畫。

把身體還給大地，獻祭天火的神祕性，燃燒著如物質的身體，就像在燒一件家具。很多人看見親人被燒的那一刻，瞬間不是大哭就是大悲無言。恐怖的火花，傷痛著身體即將要還諸大地。出家師父如祭司，有別家的家屬問著師父，我們還會見到他嗎？我們還會再相聚嗎？師父說離開的人會不會回來的問題不是你能知道的，所以我也不知道。家屬們都流露著失望，心想為何不安慰我們，即使是假話。離開人世，難以了解的未來，未知的神祕。當傷心成灰，她知道多年後回憶火葬場的這一天，火所帶來的灰飛煙滅，使心燒破了個洞，返家之後的空蕩感嚶咬著告別的火化儀式，亡者幫活下來的人又再次重塑了自己，關係重新標誌，或者自身世界的重新凝視。這個告別式多少包含著倖存下來者的影子，前人留下來的種種付託。我們渴望在結束這一切之後，如大夢方醒，生命的渡口依然可以找到船好帶人子回去，天使歸鄉。

什麼時候會走到這一步，什麼時候我們開始跟其他的人不一樣。她想母親會回來嗎？還會再相聚嗎？妳母親會不會回來的問題在於妳而不在於她。這個年輕的陌生男子禮儀師好像知道她的想法似的，突然這樣地說著。必須多年後，重複經歷很多事情，從自身世界跳脫。事情在妳渴望結束這一切之後，就回傳到未來了。如果妳比光速快，妳就可以比發生過的一切跑得還快，一直跑回過去，阻止事情發生。禮儀師說著，聽得她發愣起來。禮儀師提醒她要包紅包給來誦經的師父，她腦子閃過師父誦經時落掉的段落，邊遞上紅包供養給念經師父，師父收了紅包，跳上一輛名車時，她突然覺得出家師父是門好生意。

很多年前這個星期天的下午，她和母親要送父親，母親在旁邊哭了又哭。這有助於幫助她這一次要獨自送行母親。她開始想去了解自己是什麼樣的人，把一些莊嚴的事物連在一起，她想永遠存留在人們的心中是什麼？她的心有著關於神聖世界的複印，傳真到心中的一些莊嚴的事物，關於童年時代的神聖地方發生在許多次陪伴母親送行，送走舅舅外公父親外婆表姊阿姨……，這讓活著的孩子以充滿驚奇的眼神注目著這一切，她和母親的送行旅程。這一回只剩自己送行了，而母親的靈魂也將上路。

她捐了錢給幾個單位，依母親生前所失去的東西來加以分配。母親文盲，她贊助偏鄉就學學校。母親眼盲，她贊助愛盲團體。母親腦盲，她贊助失智老人協會。母親殘障，她贊助伊甸園。母親煩惱，她贊助新蓋佛堂與大量印經書。母親愛美，唯獨這一點她贊助了自己，發給自己可以添加美麗衣物的許可證。

57

母親之河，霧鎖淡水。從下午就開始一場大雨，太陽從雲端縫隙露臉一下子就退隱，接著大霧就瀰漫開來了。冬夜的霧，特別寒澀。整間房間如湧進一座海，寒森陰沁，潮濕滲水。

霧幾乎遮掩了海，在霧中，忽然整間大廳沿著牆角天花板閃爍起各式各樣的霓彩小燈泡，街上人聲也逐漸滑了進來。

黃昏人車多了起來，光河瀰漫。之前入夜，這河流沿岸達到音爆的頂峰。引領企盼教堂鐘聲響徹的剎那，到處有人吶喊著聖誕快樂，接著新年快樂。歡悅的煙火，桂冠的鐘響，像是為她送行似地傳遞著一波又一波的歡樂。那潛伏在無盡時光的那些帶著永劫苦痛的臉孔也瞬間微笑了，當晚人車塞爆了幾條主要幹道，內線停車的人被外線停車擋住，到處狂按著喇叭，街上噪音直到入夜子時都殘存在耳膜。不遠方的淡海海聲早已變了調，台北港裝載油桶的貨輪吃水深，不同於漁船或遊艇划開海水的輕盈。船身的變化就是時間流逝的痕跡，就像人的臉孔。她覺得現在走在街上的青春人都和自己長著不同的臉孔，且還說著不同溫度節奏的話了。

她下意識地甩甩頭，想抖掉母親放不下她的黏膩在心的身影，忘了髮絲已剪，頸項一陣冰涼。之前她趕著母親離世前想把長髮剪去，在離老市區的黃昏市場不遠處的一家美髮店，裝扮不俗的美髮店，有點像是集體流行的文青風，連隔壁的麵店都很文青，木頭家具的背景牆是清水磚模或作舊紅磚，北歐式燈泡暈染著，工業風混搭。

剪掉，她抓起馬尾，告訴這個看起來比她還小的年輕設計師。

很愛剪別人頭髮的設計師摸著她的長髮竟覺可惜，且認為她很適合留長髮。

我的長髮會使別人興奮，我不想讓別人目眩神迷，她開玩笑說著。

她當然不是那個因為太漂亮而被拒絕於山門之外的美麗女子，她只是覺得日後要為母親送終忙碌一陣，嫌整理頭髮太麻煩。但這個理由著實讓設計師猶如要為她剃度似的，剪去青絲斷去煩惱。

像她每天念經文：手執寶劍斷盡煩惱，斬卻萬有輪迴根。離去時已經留了一頭烏黑長髮的阿娣，頭髮留多長就代表她看護母親的時間有多久，阿娣剛抵達台灣前在雅加達被仲介公司的人剪去長髮，阿娣一頭如小男生的頭髮出現在她的面前。即將離去的阿娣髮絲已然到胸下，無言的黑髮如瀑，若隱若現的熱帶雨林已經像是一座遙遠的夢境。等待阿娣回家的嬰兒已經長至五歲，每天視訊笑咪咪的孩子，吃不到母奶的孩子巴望著母親回去。三個女人的空間，角色除了母親就是女兒。只有她是永遠的女兒。她印象中母親一直是蒼老的，直到母親中風後，母親那慢慢長出來的白髮且今後只會更白的髮絲冒出來後，她才覺得原來母親年輕過，丈量時間的青絲，躲著煩惱三千。

她一直留著長髮，每季修個兩三公分，因而看不出長髮的變化。她的長髮無法丈量母親臥床的時間，母親臥床的刻度是在她的日記本與帳本，日記本到處寫著何時幫母親掛號看診，何時幫母親拿慢性箋的藥。帳本裡堆疊的數字每天都讓她心驚膽跳。母親的時間是長滿日期的藥盒，送走的每一天都是母親的每一口氣，死神尚不願意取走的枯枝敗葉。母親經常睜著眼睛等女兒歸來，將自己等成了一只繭。母親看著她的眼睛但抵達的卻不是她，而是深淵式的空洞。母親的時間只在多年以前，而她的時間只在多年以後。

死神上路了，她要趕著祂抵達前，先行剪去長髮，重新再留，把時間還回最初母親最初看到她出生的樣子。母親說她剛出生時就留有一頭濃密的短髮絲，像是還在子宮就已經在培養煩惱的因子。

每個人的身體姿態和裝扮其實都是在透露訊息，我們用什麼姿態走路或打扮就是希望別人怎麼來注意我們。妳看女生會穿那種穿起來超難走的高跟鞋，要不就是企圖讓自己露胸露腿露背，看起來很妖嬈美麗。她沒說出口的是招蜂引蝶，煙視媚行。別人注意妳不好嗎？設計師洗著她的髮絲，指尖滑過頭皮，薰衣草和玫瑰香精的氣味在水中被沖刷開來。我現在的心如喪家之犬，我要趕在我母親過世前剪頭髮，之後就不剪了。設計師聽了笑著說，這是我第一次聽見剪頭髮的理由，這麼老派，像是守喪似的。不可惜啊？設計師又再問了一次說。好像在問她遺言似的，她聽了笑著，搖頭說不會可惜，頭髮再留就有了。

她剪了一個學生頭。她笑著自己需索這樣的假年輕。但其實是為了旅行在外的方便。她把母親剪下的頭髮留在一只紅包袋內，部分帶在身上部分供在佛桌。長髮總和奉獻連結，窮女為丈夫賣髮轉成禮物，窮女一無所有用自己的長髮鋪泥地好讓行經的佛陀安然走過。出家要剃髮，最後的擁有。人生重病掉髮，憂愁也掉髮，有人削髮，有人植髮，有人一個月要剪一次髮，有人終生不剪髮。髮絲是色相源頭，人類為何不進化，難怪想像的外星人光禿無髮，乾脆落了個太初洪荒。

58

她每次回家常妄想母親會來開門，想聽母親罵人的扎實聲腔。臥床母親的喉音氣腔轉變成咳音痰聲，偶爾像貓似呻吟地回應她。最後一絲聲音消失，貓步成貓空。

沿著牆的櫃子內的每一樣東西都是母親的影子。牛奶還有一箱，母親預言冬天才走，冬季長長，每一天都可能是告別的一天，為了便宜往往一訂就是兩箱以上，她害怕存貨不是因為節儉，而是害怕不知如何處置，好像沒有人要用離開人世者剩下的東西。

大師姐安慰她，母親留下東西都是一種好的象徵，代表妳日後不匱乏。包括母親天未亮前離開的時辰都是有意涵的，留下三餐給妳呢。她笑說還包括宵夜。她喜歡這種非常扣緊現世生活的安慰話術。不只如此呢，妳母親連一顆牙齒都沒有，絕不會吃子孫的財產。告別式之後，大師姐的安慰最實際。

母親最後時光的物件，都是為了服務病體，滅菌物品占了泰半。菌也是生物，菌和細胞大戰。無菌殺菌，細菌是最古老的生物，球狀桿狀螺旋狀，壞菌好菌大戰遺傳訊息，又微小又原始，二十分鐘就分裂成一代，侵入寄主，產生毒素，菌如愛一般。卵生濕生強大時可以索命，布氏桿菌在胎型絨毛膜與羊水中大量滋長，可以使之離開子宮，這胎胚組織豐富的赤癬醇讓布氏桿菌貪婪地不斷吸吮。要饋贈出去的是母親的電動床、便盆椅、輪椅、氣墊、氧氣筒、復健腳踏板、剩下未用完的紙褲、尿片、看護墊、紗布、不織布Y紗、滅菌棉花棒、刮舌棒。瓶瓶罐罐都是乳霜膏止癢膏止痛膏雪花膏，面速力達母萬金油保濟膏青草膏一條根膏止痛膏涼膏。未吃完的藥物，白色粉色膠囊依然擺在藥盒上，不曾丟的慢性藥箋藥袋幾乎裝滿了兩個小A4紙箱，如果把藥袋貼在牆上就是裝置藝術的色身展演：控制糖尿病、心臟高血壓、凝血劑、防癲癇藥、軟便劑、利尿劑。

不須再服務毀壞色身的物品，她逐一打包送給社福或長照中心，病體沒後的二手物很多人有忌諱。在臉書分享的那些長期照護經驗，徒然讓她從藝術工作者變成看護工，她的等級和外傭差不多，每天與屎尿病菌為伍的人。長照中心派人來運走許多設備，他們的表情充滿著大豐收似的，因為物件都很新，幾乎沒有什麼損傷，尤其輪椅，母親坐沒幾次。

一個病人需要的就是這麼明確的東西，一個平常人的衣櫥大多是爆滿的。即使把滿屋的東西都清除，她的心仍擠滿著回憶。收拾遺物是一種磨心的過程。原本叫東西，此刻成遺物。要丟掉多少物品才能上路？整理自己的東西，看見內心的慾望黑洞，整理母親物品，可留之物都和女兒的記憶有關。

母親離開後，臉書的每個「我的這一天」都讓她想要刪除，隨著母親的離去，那些難堪的拜託，難堪的暴露，都再無意義。為了照護母親，掙來的錢都躲藏著委屈。她一度考慮假結婚不賣淫，好多一個幫手，昔日不奉子成婚，晚景卻想奉母成婚。母親倒下來時，已不復青春，市場競爭性弱，輕熟女瞬間成了即期物品，雖還未過期，卻最多也只能吸引貪小便宜之輩，容易陷入損了夫人又折兵的窘境。當然這都是陪病母親的遐想，事實上她當時被蟬男人的感情束縛到近乎無法呼吸，她被兩頭馬車拉著，明室與暗室，廢墟與祕密。這個祕密隨著母親離宴也不再是祕密，蟬男人生命隨著命運消失，彼此脫鉤，蟬男人對她的那種掐住心的愛瞬間鬆掉，她感激毫無傷害的離別，感激母親兌現就是做鬼也會保護女兒的諾言。母親百日後，蟬男人尾隨，蓮花座上從此兩炷香。

彷佛母親以空性之槌，擊執著頑石。

這是母親庇佑女兒遠離感情傷害的第二回了，第一回是她二十幾歲時曾差點訂婚老陸，卻在訂婚幾日前夢見母親撕破她的白色禮服，她後來成功退掉了婚約，自此有了恐婚症。這回她想一定也是母親保護她免於苦痛的降靈會。母親知道女兒的感情如罌粟，燦麗如愛，提煉可食可毒可藥，毒與藥都是自己。

整理母親倒下前的故居才是更大的椎心，老舊公寓空蕩多年。她推門見看見厚厚的日曆停格在母親昏迷被送走的那一天。母親的床，枕頭與衣服，沒來得及整理，一直處於母親仍在的樣貌，素樸簡潔，但卻又充滿執著。一百元一件的衣服和昂貴卻來路不明的營養品，母親的晚年。老房子充斥著母親的物件，擠滿物品的空間寫滿孤獨。包袱愈輕愈好，心才飛得了原地，才能帶母親一起飛過山飛過海，抵達夢中的高原。整理行李，場場煎熬。一襲襤褸，一雙破鞋。一無所有卻剛剛好的弘一法師，心嚮往卻難抵達。

虎跑寺裡那一無所有的房間，讓她面對著眼前的房間物件開始深思起來。

她不敢再按下那上千日子只播放同一片CD同一個曲目的收錄音機，句句阿彌佛陀，也得回歸天庭。那曾日日播放的咒語像是發自五臟六腑的共鳴，恍然以為某隻遺忘夏天的蟬在深秋時節的某處仍不斷地浮動著腹部的共鳴器。精神零食必帶的有跟隨獅子吼學習多年的經書與筆記，母親最後三年圍的遠紅外線圍巾，沾滿母親的氣味。她想其實那是自己記憶的連結氣味，圍巾本身是沒有味道的。磚紅色圍巾很適合高原，就像喇嘛僧服。羊毛手套是蟬男人送她的，蟬男人讓命運接走到他方，但他是離開之後才讓人懷念的人，在一起時太任性，分開後，任性全成了他對自己的寵愛。其實她的每個情人都是離開後才讓人懷念的，像老陸也是，在一起時太黏膩，分開後，黏膩全成了他給予自己的溫暖。她想離開後，很多情人懷念起她了吧，所有關於她的自我就變成讓人喜歡的獨立，她的揮霍就變成了大方，她的憂愁就變成了熱惱的遮蔭，她的糊塗就成了可愛。帶上鋼筆，老陸給她的耶誕節禮物，不知多少年前的耶誕節，鋼筆一直都陪著她寫字。

她等待上高原，誰知道會遇到什麼呢，唯一肯定的是會遇到小丑醫生，被她暱稱小丑的法國男人早已多年前在最冷的隆冬季節離開台北。台北對小丑當然根本沒有隆冬，台北於他只有盛夏。小丑開玩笑說在雪域不須鳥葬，或可研發冰葬，遺體放到雪山頂，有如液化氮負一百九十六度C瞬間覆蓋，急速冷凍破壞組織，遺體液化氮後瞬間就可化為碎塵。她覺得小丑真是冷酷，在她照顧母親期間還曾寫這種半帶玩笑的訊息。小丑說妳要練習看待最後一哩路的身體，妳最愛的母親離了魂魄的色身就只是一個物質而已，有待分解成空。

小丑在高原很自在，相較於他在台北時可真是一點都不自在，他走在台北路上到處盯著他這個阿兜仔看，彷彿他是異種人。他住的公寓很吵，每扇窗戶好像都長著眼睛地盯著他，看他帶回來的女人，即使那個女人是來探望他的好友卻都被當成妓女似的。她當時聽了大笑，因為這種殺向她的目光也砍過來好幾次，她也被當成野雞過。把島嶼城市大嬸目光說得如此鄙窄，但談起島嶼，小丑還是懷念不已。她的行李還包括小丑託帶的幾樣物品，都是一些乾糧，島嶼各式各樣的零食與各種口味的泡麵。小丑最懷念之物頓時和她的童年接軌，於是泡麵就占了行李箱的一半。方便麵，小丑入境隨俗。如果妳方便的話可否幫我帶方便麵。方便的時候幫我帶方便麵，她看了字詞發笑。小丑剛到台北時問她，妳和朋友過節，而那個朋友卻和我曾經有過過節，過節到底是好還是不好？最初中文歧異字與發音相近字常搞得小丑暈頭轉向，用錯情境常讓人發噱。

登上高原，異語之地，將學習新語言的語境解碼。到一個沒有記憶的新天新地，島嶼記憶已然老朽又殘破，隨著最後一個牽掛的遠去，直到母親這個最後的牽掛將成為一張肖像，以前是低頭看臥床母親，現在是仰望看母親。她要把母親這個老虎已變成老鼠的肖像，送上天梯，歸返天庭。她看著母親的肖像，她親選親洗的母親，容顏愁苦卻溫柔，像綠度母唐卡上的烏巴拉花。烏巴拉花，高原最美的花，碩如牡丹之艷，卻出世如幽蘭。

行李裡要放哪張佛菩薩像？這也使她很難抉擇。從十八歲開始窩居的佛學社團，時光歷經如此多年，她累積的經書與佛像也十分可觀。這也是貪念，每一張佛菩薩都有不同的感情與對治療癒她的配方，藥師佛治病，觀音菩薩治貪嗔嫉妒，金剛薩陲治懺悔過患，財神解貧困，阿彌陀佛往淨土極樂。最後她幾乎都帶上了，財侶法地她都需要，何況小小卡片的佛像不占空間，只占心間。

等待入藏就像文成公主等待和親，該帶什麼物品上路？她陸續收拾著物品書籍，也逐漸讓心進入捨離的狀態。什麼該留該棄？要收攏在兩口箱子裡的東西挑了又挑，放了又放。以往在意的穿著反而成了最次要的，高原能接納的衣物，簡單得只剩止汗擋風防水的功能考量。帶哪幾本書上路又比選擇佛菩薩像難度不知高出幾倍，因為中文好書在高原不易尋找，佛菩薩像到處可尋。

她不是公主沒有車隊沒有隨從，她只有兩口箱子，必須非常精選。

最後她將一箱泡麵放進行李箱，泡麵的味道多次讓她在熱氣中眼眶噙著淚，這氣味裹著她的童年，藏著年輕的母親。

59

有很多年寡婦的母親會帶著她跟著些村裡寡婦同去海邊做招潮魂的儀式。女人們帶著紮起來像是稻草人的人形到海邊，將稻草人插入海沙上，以稻草人代替亡魂，夜晚的海邊一波波地襲來海潮音，夜間潮水洶湧，招魂如天地為之同悲。

一群寡婦，鬼哭神號，年年流乾眼淚。

現在只剩她一個人了，在普度的鬼月裡，她去海祭生靈。看著海洋吸納著沉睡海底的肉身，就像古船裡那些沉在海裡的上等瓷器，逐漸覆沒海中的瓷胎瓷身，寂靜如死亡的潮水，重複水洗著傳世工匠日夜窯燒守候成形的官窯民窯，最後這些出土的窯品來到了紈褲子弟把玩的手掌或者隨意贈給煙花巷裡那些鶯鶯燕燕們較勁的裝飾細軟金簪玉鐲。百年時光，航海盛世的航道上埋藏的器物靜靜地沉睡。看著鑑真和尚七度東瀛，以致盲眼他鄉。大信者的眼盲和母親因神經枯竭的眼盲差異大嗎？為求法而眼盲和為一己之愛執而眼盲的差異，一個登上天一個下地獄，妳說差異大不大，獅子吼曾這樣說過。甚至說為一己之愛執就跟抱著垃圾不放差不多。母親眼盲，如抱垃圾的愛執，不值一提，但文學藝術全部都這樣的愛執裡開花她夜半撫經彷彿千倍陽光灑下的明亮，連夢都發亮。

誰配得永生？

三心二意者不配，表裡不一者不配，說一套做一套者不配，道人長短者不配，更別談什麼殺人放火或被利益熏心者了，獅子吼臉書發文，她潛海只是閱讀，沒按讚，她就是那個三心二意的人。她從十八歲開始聽獅子吼說了無數恍如傳奇的故事，那些初聞感到彷彿收納整個異鄉文明的名字，大成就者帝洛巴、那洛巴、馬爾巴、密勒日巴、岡波巴，密勒日巴日吃一蔴仔，整個身體轉成青色，瘦削見骨，讓她震撼，把密勒日巴尊者肖像日日高懸案上如醒心丸。岡波巴則是頓時失去妻兒的醫生，紅塵不必看破就已破。從王公貴族到下九流乞丐妓女的異鄉人以各式各樣稀奇古怪的成就方式進入她的耳廓，耳廓如洋流，描繪著新鮮如剛命名的名字，拖帶著信仰的齒鏈，輕輕削刷著她那發軟的耳根子。即使失去性命也要航向他方的大信取經者，善業無量，撐起文明千秋。因個我執念甚至不惜自我生命者，撐起這座地獄不空的無間道。無間道？彼時她才十八歲的大一學生，聽到這個名詞，煞是新鮮，問著也抵達這間大學社團當指導老師與當助教的年輕獅子吼，獅子吼笑著說就是沒有時間的地方，受苦無盡，像外太空的漂浮，不知所終。

一切總有個盡頭吧？

她用手機錄下母親最後的聲音是她教母親反覆念的阿彌陀佛。她反覆聽著母親最後的語言，佛語。母親百日前，她整整有一百個日子要為母親念經。頭七二七三七四七四十九日最重要，輪迴迴圈，命運轉盤，相看相思，佛魔神鬼路徑關鍵的四十九日，要不斷地提醒亡者一念清明。她有一個朋友的母親過世至今還逗留在她的房子不走，朋友經常看見母親的身影，不禁說投胎去啊，母親。朋友是馬來西亞華僑，她聽著想著朋友的母親在怡保過世一路跟來台灣，於是她聽了很安然，想以後上高原，自己的母親也會跟著她上高原去。

日日佛號如窗前河水漲潮退潮，跪拜起起落落如機械。累到極致腦筋空白，悲傷暫時停擺。撐過這些單調冗長的百日儀式，失去母親的後作用力才逐漸推倒了心的城牆。

她每天會在淡水河邊散步一段時間，望海，靜下來沉澱紛亂的心。或者她偶爾會一個人無聊地搭上渡輪，就像遊客一般。看著河水兩岸，覺得母親和自己既像是分隔兩岸，卻又同在一條河流。分而不分，念而無念。沿著海邊山丘一間一間地走，沿著階梯一步一步地慢行，最後步上了紅毛城，紅毛仔的城，疊映著西班牙聖安東尼堡的前世。母親童年的綽號叫紅毛仔，不知為何母親的髮絲紅紅。獅子吼說，東方人髮色不是純黑色的人，通常感情比較執著。問獅子吼為什麼？獅子吼說很多東西沒有為什麼，一種統計下的結果而已。可妳母親剛好落點在這個統計數字裡，妳母親不是超級執著？對啊，都已經失明失能失語了，母親還是放不了手。但我頭髮滿黑的，我也很執著啊，她又反問獅子吼。這是大數據下得來的說法，就像算命，統計學下的大數據，因而也總有不少的例外，不若佛法是絕對的。絕對是什麼？她問。絕對就是不變的，絕對就是吾道一以貫之的一。我說了妳還是不會懂，妳會問這世間萬象哪裡有什麼是不變的，對不對？獅子吼又幫她回答了。

她走在階梯上看海時想著獅子吼，想著十八歲就在社團跟著糊里糊塗讀經拜訪寺院的日子，竟就過了多年，每個人都在轉換隊伍，轉換教主，轉換情人的身體，轉換入世出世的空間，逐漸從青春隊轉成了陪伴死神的列隊者。許多人離開了，有形或無形的離開，或者離鄉，或者失聯，或者轉換了信仰的神。彷彿諸神在天上也搶著人，記得自己這樣說時，獅子吼聽了笑說神不變，但人心思變。世間有很多的絕望，但唯獨不該對信仰絕望。在訊息到處輕易流竄的年代，寫明信片顯得如此珍貴，大師姐寫給她的明信片，背後是佛陀當年在菩提樹旁的正覺寺，照片上寺院燈火輝煌，當初收到時那燭火瞬間就溫熱著她冷掉的心，大師姐寫來的字跡被靠海的陽光曬傷，褪色了。絕望的絕字看起來剩下色。

遠遠看到慈恩塔，有地藏王菩薩陪著母親，地藏王是永遠不會離開地獄的，發的誓言是只要有受苦的眾生祂就誓不成佛。這誓言的籌碼太高遠，從此把地藏王菩薩留在那陰府。母親果然沒有在盛夏時光離去，母親選了一個連葬儀社的人都不想出門的酷寒一日。

看海的母親已落陷到觀音山，夕陽山外山，觀音山上的塔內之塔，入門有地藏王菩薩鎮守，地獄不空誓不成佛的地藏王菩薩一直守在那裡，不離不棄。地獄如何空盡？她望著地藏王，跟地藏王說拜託了，邊說時邊盯著長得很像從小看西遊記唐僧模樣的地藏王，心想這願力根本是與人性對賭，實在賭很大，難怪地藏王菩薩一直沒離開地獄。臨別時，她朝著母親甕外的數位相片合十頂禮，深深一鞠躬，以愛封緘。

這冬日陰濕瀰漫霉味的霧鎖小城，母親的離去，像是拔掉了依賴的插頭，她變成一個無電的人，原來有責任的感覺是很好的，以前她那麼怕責任，怕束縛，現在空蕩蕩的，才感到難過。她想上路去充電，她自覺不是一個信仰堅定的人，堅定這個詞一直都不是她生命的基石，但她非常渴望搬一個這樣的基石來安在這老經暴風雨吹襲的感情之地。母親離去，她在世界上就只剩記憶裡不走的幽魂了。她的祖上，那些看盡海水來去異鄉人的祖婆們，是否曾經幻想去海島之外的世界看一眼，就一眼，是否寡婦也不再孤寡了？

原來母親自己一個人住的那間房子空了太久，陷入史前時代似的荒寂。

冬日送別，容易悲涼。

然後，她就成了孤兒。即將進入中年的孤兒，沒有人要收養，連情人都捨離。

母親還沒倒下時曾對她說老人就適合住在有回憶的地方，死神害怕回憶的聲音，她不知道回憶是否有力量，她只是認為回憶充滿腐朽氣味，應是死神不喜歡的味道。所以母親一直沒有搬離那間曾經有過父親身影的老舊公寓，無法都更的磚房建造的老公寓，連銀行都不願意多看一眼的老地方。母親一個人居住在那間老公寓送走所有女兒所愛的父親、小旺狗、阿花貓、黃金鼠、長壽龜、巧文鳥、小白兔、黃昏的野飛鴿，然後女兒離開。女兒再回來，是送走母親。直到女兒也只剩她一個人，她是這個單薄家族最後闔眼的人。

在滿月的海，與愛訣別。

那時她把母親推到新租大廈的陽台，看河望海。最後母親連河海也看不見，但她想母親可以用耳朵看，那時潮水洶湧，她幫母親點上一縷線香，聞香安神，也許也可以讓無常殺鬼聞香而足而拖延了該交差的時間。

年輕時的母親也喜歡看海，但後來就不看了，看海危險。而她自己依然保有這種只要不快樂就去看海的心。黃昏到來，樹叢黑得像是墨水，庭園矗立著有錢人家庭園的大理石維納斯雕像，死寂的後院裹著有如喪葬的顏色。她敏感地知道，春日短暫消逝，冗長與疲憊的熱夏，生活在與雄性世界對抗的奔波日子，吞噬母親稀微的柔慈與耐性，儲存在寒冬的材薪將快速燃燒成灰燼，那時候，她知道結束十八歲的夏天，在秋天肅殺時節她會離開母親，北上求學自此母女成為兩條平行線。離開名字有著秋天氣息的母親，母親再次來到她的眼皮下，時光已經轉了不知幾個秋。卡在生命的殘渣暗影，秋風總能一次掃淨落葉，就像女兒虧欠母親的，母親連本帶利且一次提領。

夏日的海赤艷光燦如熱海，冬日的海荒澀像是冰山。

小時候她和母親去看海總是充滿擔心，受傷的海吸引傷心人，深怕容易負氣的烈性母親往海走，就此一去不回。

這三年她和母親看海，再也沒有這種恐懼，因為母親連移動一步都不可得，母親成了一粒被放在她手上才能滾動翻身的圓石，離不開電動床的如來掌，夏日高峰用電時經常遇到停電就變成恍似棺木的床。

港灣岸上情人橋的霓虹燈閃爍，廉價的小吃與物質的人工美景，瞬息萬化的海色，注入了每天黃昏一到就燈火通明的燦爛，船舫遊河，船上有人唱著俗艷的歌，她就這樣看著聽著，覺得這景致怎麼這麼孤單，彷彿煙花燃燒天際，卻在心中落下灰燼。到了入夜，從母親的病房看著遊河的舟舫，遙想長安城繁華再現。有時散步往海港望去，熄了燈的港口，頓時寂寞的濃霧掩了上來。

那些靜靜坐著，看著黃昏之海的日子，總是悶了一日熱氣的晚風襲來，霧氣掠過一股腐朽腥臭的海味，頓時她感覺心臟跳躍劇烈，耳朵也脹滿了海水似的，好像那是死神所愛戀的氣味，當下蓋過了為母親點燃的香味，她想這就是訣別了。在這下午五點的陽光逐漸消褪的時刻，她望著天際，覺得連上帝在那一刻雖存在卻也蒼老，但上帝怎麼老也沒有母親蒼老。母親要走了，她當時預感大概過不了這幾個星期了吧，瞬間她感到這世界上她是最孤獨的人。

聽著潮騷，聽著海龍宮龍王的蝦兵魚蟹的耳語。這島嶼的海雖有母親的痕跡，但她必須往高原去，因為那高原有母親最後要通往淨土的天梯，神佛才能化解的冤親債主。母親憋住一口氣，就能撐過上千個日子，母親的骨灰也可以撐上許久的時間吧。病中母親極為靜默，不若死去的父親當年在病房時，屢屢到了夜裡就會聽見父親在床畔跟亡靈說話，那時母親照顧得癌症的父親，母親嘆口氣跟她說，人的身體怎這麼脆弱。

龍王宮的幽冥海神跟她說，妳看，妳們母女跟海多麼有緣，聲音溫柔慈愛，彷彿朗讀春天寫的詩篇。

母親卻不相信女兒說的什麼海底有座海龍王住的宮殿，還有個叫什麼龍樹菩薩的人去了海龍王的圖書館取經，這故事她母親聽了直笑女兒在佛學社學的盡是這些稀奇古怪不真實的東西啊。有時候她陪病母親在醫院裡復健那殘破碎斷的身體時，福音也經常會在她的腦中播放。有時不免覺得基督徒只要讀一本經典簡直就是太完美了，不若佛教有三藏十二部，終其一生也看不完大藏經。教堂親切可親，吃餅乾唱聖歌讀福音，連死後奔赴天堂都顯得相對可親，十分入世又不繁瑣。寺廟莊嚴卻感疏離，大雄寶殿又有高大的護法神守著，每個字句都是回頭是岸的讓不明究裡的人心灰意冷，以為寺廟專門收容失意者離婚者魯蛇的人。

大師姐在學校時曾嚷嚷說要去把關在寺院只求自己避世的尼姑們都叫出來，希望改變許多人對學佛修行者的成見。哪裡知道大師姐自己也往深山裡去了，後來她才發現能夠去深山林內修一段時間也是必須的，在還無法入世前得先整頓自己。當然只能是一段時日，不能永遠在深山，如獅子吼說的，一直在深山就沒有紅塵的考驗，所以以前的禪師要走江湖，去應證自己是否開悟。

很多年來，她曾經因為感情失落，上山尋訪不少寺廟，在那清寂無名的掛單小廟裡，只為了遺忘斬尾卻能不死的情慾變形蟲，甚且斬尾還能跳起來咬傷一口的反撲。

和南還有聖眾嗎？

前方冬日大海。一間小小的石灰牆小廟，脫落的油漆，到處都沒有裝飾，只剩下來者的心與從不停歇的海。這樣的小寺院在島嶼幾乎少見，島嶼寺廟愈蓋愈大，功德芳名錄就像放榜單。鑑真和尚七度東瀛以致盲眼他鄉的大信之輩彷佛只在敘述裡，天啟只為大信者，受難經比起愛經如此單薄，心懸他人而執意即便丟掉性命也要取經或傳教他方者幾稀，如是，天堂幾稀淨土又幾稀。這使她夜半撫經猶如被千倍太陽光芒照耀般，受難受苦無量，竟至撐起人生千秋。

她在母病期間曾幾次去了那間靠海的小寺院，遍尋青春執念而不得。

母親的日子不再言說時間，不再計量數字，一隻蒼鷹飛過，澹水在望。孳生繁殖，充溢海洋。她以蟲蟻之身恆望聖神之尊，見到行走海面的菩薩在水中寫字，如島嶼扶乩。她將微笑，也將流淚。她將風華，也將凋零。她將與神同行，也將寡居。但神遺忘了她，還是她遺忘了神。當她為母親擦澡清穢便時，她想神佛在嗎？神佛若在，看著這受難的母體，應在這宇宙洪荒的來處掉淚吧。

與神佛同在的寡居生活，是她喜歡的狀態，或許喜歡到有點不正常，因而她是母親眼中的奇怪老姑婆，是母親說將來要住到姑娘廟的那種不婚女生。

母親的寡居時間則難以計算，因此母親怕女兒也寡居，母親是被迫寡居的。除了她的母親之外，沒有人擔心過她的婚配。也許因為這樣她才能在晚年和母親相濡以沫，體會一個母親自從有了孩子的擔心，她從來無法體會的那種天性的擔心。於是她把自己嫁回了母親，嫁回了她的出處，她的娘家夫家都是母親的家。母親一生最後的住家在她的心，在她的眼皮看顧之下，在佛號咒音不斷放送之中，由是起初剛生病的母親還能發出幾個音階的字詞除了她的名字之外就屬阿彌陀佛了，有佛音傳送，有如指南導航，迷路者尋音辨聲抵達。危險的是，魔擬仿佛的聲音技高一籌。但不怕不怕，她附耳母親，女兒的聲線沒有人模仿，因為女兒這個咖不重要，魔尚不願成為敵手。母親牢記女兒的聲線，引妳渡冥河，孤獨橋上喜相逢，地藏菩薩已打通關。

高原大昭寺請開門，秋桂善女子請入內，不用遲疑，妳是善女子，雖然行惡之必然，但這名稱仍配得上。妳的女兒將一路跋涉高原，與妳的靈相會。

善女子，如果第一個昇天的路口錯過，請繼續往前，還有很多據點菩薩會閃著螢光記號等妳前進，妳看見天梯要記得爬，看見千手千眼別害怕，千萬莫走回頭路。

回頭是岸，回頭也不是岸。

60 贖回的記憶

刺目與遲暮的回憶浸泡在覆蓋母親身上的陀羅尼經被，大火燒來時，她彷彿錯覺那金線銀線織就的圖案舍利塔內的舍利子正在細胞增生，溢出如珍珠的解脫舍利子。想起那場熱焰，燃燒的回憶。

到處是塵埃的火葬場。

解脫者一塵不染，如何一塵不染？

沐浴後，水漬染著灰黑，混雜著母親最後肉身的塵埃，隨泡沫流逝。

這僅存只要童顏巨乳就會引發暴動的塵世，母親生前曾說根本不值得留下，但母親卻花了千日才離得開這塵世。

很多年以前，在她的月事還沒來之前，只要母親不開心，母親就會要她一同沖水沐浴，水柱讓惱熱淡去，然後帶她去看看鄉野那旱季過後的燃燒暮色。收斂後的島嶼南方風光，一切顯得溫暖而沉悶，永恆的渴想比起愛慾的執念如龜速停滯，沒有理想需要奔赴的一對母女，只有眼前的生存要解決。但母親總是望著燃燒的落日，母親眼裡的那一盆火，燒向她，她急於找躲在叢林裡黑得像是墨水的月色以逃脫母親盯著她看的眼神。鄉下的老宅，人走得差不多了，後方的稻埕，最後的停棺人是祖母。子宮頸癌的祖母蒙上一層奇異的色度，彷彿守寡的祖母不該得這個病離開。但那場葬禮天數做足了四個七，她和母親在那宅院待著很長的夏日，起跪拜，拜跪起，如沉滯的無風帶，只是人快瘋去。抬棺人說，停太久了，天太熱了，便宜的棺木開始滲著屍水。

她聽見媽媽喃喃自語，以後不要在夏天死去。

老宅凝靜如那尊村子入口的銅像，落漆的偉人等著被除去。就是那個時候，她知道往後她會離開母親，各自變成一個人。時間快速轉動，一個人又變回兩個人。千日之後，又變成一個人和一罐骨灰。她將再次遠走高飛，再次把母親留在原地，這一次以骨灰罐的方式。

耳鳴開始，她摸摸胸前如星砂的小玻璃瓶。

她把瞇笑成圓臉的小小巴掌大鎏金四面佛收進隨身行李時（她沒料到後來在進海關時，這佛像被搜出來不斷檢驗，最後還是被沒收了），她感到一派輕鬆，忿怒尊背後的火圈或者骷髏頭花冠也畫好了保護結界，從今往後，她要成為世故者，來借她耳朵討拍拍的友誼或者來借她心房討抱抱的愛情都將被嚴格篩檢。

她要成為母親，用母親喜歡的樣子接續往後的無母之日。

母親那堅強對付社會的部分，可以千山萬水提著包袱自力更生的人，不再祈求盼望他者。終於成為時光棄兒，她這個女兒已經不需要被挾持綁架了，這個放她高飛的贖金就是她的懺悔錄，她的文字，她必須寫下。於是她將帶著這世界彷彿只剩自己一人的苦難榮光即將穿越海洋，飛上高空，抵達海的另一岸。在這之前，她還有一點點事要處理，首先是領錢出來，然後去贖回這幾年她曾典當過之物，有個人意義但暫時漂流外地的東西。

包括幾塊白玉，一支手表，一只手環，幾條白金黃金項鍊。

她從童年就熟悉當鋪的氣氛，倒不是母親去典當東西，而是有一陣子她和母親落腳的房子的巷口有一家當鋪，當鋪旁隔沒幾間還有一家關著幾個精神病患者的類似中途之家。當鋪的窗戶砌著彷彿火焊都斷不了的鋼鐵欄杆，門口高懸一個藍染的當字。當鋪的鋼鐵柱子裡面的玻璃內鋪著白色絲絨，絲絨上的白玉黃玉翡翠黃金和手表擺滿著誘人的閃亮，另一邊的療養中途之家也是砌著鋼鐵欄杆，但欄杆裡面卻是一張張空洞的臉或抓狂的手從欄杆伸出。她就曾經被其中一個狂漢抓住衣角不放，她終於放聲哭時，當鋪的老闆跑出來拉開她，當鋪老闆之後走出她的母親，沒拉她，卻發出想笑卻忍住的表情，似乎在說妳看離開媽媽妳遇到危險怎麼辦。

那個當鋪老闆皮膚比她們母女都白皙，尤其在白燈之下顯得當鋪老闆手上的那只勞力士表一片光燦。母親笑意盎然，抓著她看著表，母親一直喜歡表，彷彿表可以帶來多一點時間的贈予，她敏感地覺得當鋪老闆對母親有一種遐想的善意，不能說不懷好意，只是說有種目的性的好感。

問題是那個老闆台語不輪轉，典型外省掛（唯一她母親不討厭的外省人），會的台語都和性器官或罵人的話有關，而母親的國語不輪轉，會的反而都是些客氣話。於是她常常居中像是翻譯地說著話，不真翻譯，倒像是她也是在和大人聊天，那一年她十一歲，小大人模樣地混在當鋪裡，有時也盯著眼睛看老闆鑑識物品，她後來很喜歡這些什麼白玉手表的，大概也是那時種下的奇特感官經驗。十三歲之後，母親北漂，奇怪的是那當鋪老闆卻趕在她們北漂前遷移。母親說男人沾上賭就毀了，我們以後都不要靠別人，尤其是臭查甫郎（後來又討厭了）。

很多年後，她推開當鋪，往昔的風吹進來，老闆不再是白皙的胖仔，而是一個瘦削的中年婦女。她贖回了典當之物時，中年婦女眼睛都一直盯著股市行情，沒有太看她一眼，彷彿已經閱歷太多，眼皮一抬就像掃描機器地看透來的人帶的物品是真是假，身世如何的精明。

把表戴上去，少女時期母親給她最好的一支表，據說也是母親從當鋪買來的。母親在那與當鋪老闆的曖昧中，學得了一些認物本領。感情不能白白損失，都是可以自己計價的，要嘛長智慧，要嘛偷到些往後求生法寶，要嘛偷得一隻咬錢的金錢鼠。

接著她去狂吃一頓。這種狂吃，帶著一種長期高壓之後突然鬆解的狂奔而去，烈焰濃煙後世界靜成廢墟的起霧，她推開了一扇門，金屬鋼上等餐具碰撞摩刮的聲音，刻意壓低聲量也可以聽到的那些無聊的商場較勁的聊天聲，有幾個男人抬眼瞄了她，但旋即因為座位旁的女伴而收回了目光。

高檔的牛排館，她本不吃牛肉，她為愛而吃，蟬男人的愛食。

小姐幾位？

三位，她說。

服務生說人還沒來齊嗎？要先入位嗎？

她點頭。

服務生把她帶到兩兩對坐的四人座位。

她點了三份餐，送來餐點時，服務生見她還是一個人，問小姐的朋友等等會來？還是？

她本來想說他們已經來了，但怕嚇到服務生於是把這樣的話收回去。只淡淡說，他們臨時說不能來，沒關係你照樣送上來，我等等再打包。

她假想自己和母親以及蟬男人一起吃飯。吃到第一口肉，千日不碰的肉味，讓她跑去廁所嘔吐起來。接著好像清掉了什麼似地，她開始像大胃王似地豪吃。她想像之前那麼落魄的蟬來到這裡的心情。蟬到這種吃到飽或者很貴的店家一定是狂吃到回本的，蟬有一種本事就是讓所有的東西都要回本或超值，這點和她母親很像。他們現在隔空對坐，應該會相見恨晚，或怨嘆她為何不早點介紹他們兩人相識了。

前餐主餐甜點都依序上來之後，服務生說，小姐的朋友仍不來嗎？

她沒點頭也沒搖頭，望著每一份餐都被她吃過幾口的食物說，這些幫我打包。

從此，她一人吃，三人飽。

結帳時，櫃檯的小姐用一種混雜的眼神看她，彷彿一個女生吃三份餐很奇怪但又有天龍國人要怎麼吃都行的不奇怪。

如果她當時身旁有男人，也許也會讓封鎖超過百日的身體密穴也飽吃一頓，那是很奇怪的斷裂，從害怕每天被蟬黏住到他突然鬆手，又進入蠻荒時期。她一直有一種困頓，全有或者全無。沒有母親，沒有蟬。絆住她纏住她的竟在纏縛得恍似漫漫長夜的無所盡頭裡突然就一瞬遠逝了。

唯一和蟬男人把所有的動作都慢下來是走路去離河近一點的岸上，為了放生黏鼠板上的老鼠。在她的屋子黏過一隻老鼠，老鼠籠抓過一隻。黏鼠板上的老鼠碰到水就脫膠，竟能自行游泳上岸。她第一次看見游泳的老鼠，又看見老鼠復活，開心地笑著倚著蟬男人的臂膀像對菩薩撒嬌似地柔媚笑著。彷彿放生帶來福報似的，期盼蟬男人日後可以給她空氣而不是抽走空氣的生活艱難。或者期望老鼠記得她的放生恩德，總之她討好被看見的加持。就像有些同學上課未必來，但點名的課一定來，期望被老師看見，社團服務時只要有獅子吼蒞臨，人就很多，希望被獅子吼看見，也許承蒙佛恩，獅子吼可以念經時一併成為他迴向的徒子徒孫。

這次沒有望女兒石，沒有像苦海女神龍的母親佇立海岸送行。母親早已四大分解，感情卻如頑石生出感情的青苔。新聞裡那個把祖母的骨灰摻在麵粉裡面做成餅的女孩，是基於什麼樣的心思做了這樣的事情？她不得而知，玩笑的成分或是紀念的成分？是愛還是恨？是要合體還是要解離？她的胸前掛著一個很像香水瓶的飾物，放著母親的一些些骨灰。猶如毀了古寺而擁有了舍利，在誦經祈福之後所燒出的純粹飛灰，心窩裡感覺像是遍地鋪下月光的柔和溫暖，母親生前是硬頸的硬骨頭，卻燒出一片柔和中唯獨舌頭不化，舌如一片紅葉，舌粲生蓮花。

獅子吼寫妳得幫妳的母親念經四十九遍，如果妳到聖地可以找到七個沒有犯過戒的僧人和妳一起念更好。沒犯戒？她想心戒難守啊。

她想僧人或許高原看似好找，但僧人都各有忙碌事物，誰會為對寺院毫無貢獻的人誦經？除非以金錢供養或以時間布施。她想起以前媽媽去寺院當炒菜義工時曾回家後對她感嘆道老又沒有錢，連寺廟都不愛，出錢的人大家都恭恭敬敬。她知道實情當然不是這樣，但媽媽當時的感受也不是沒有原因。沒有無緣無故的施恩，沒有無緣無故的給予，她要找到僧人誦經，首先要布施，一個異鄉人可以布施什麼？她記得大師姐曾告訴她一個洋人在尼泊爾山城架設電纜，因為眼見山城孩子讀書打瞌睡時把酥油燈撞倒而引起火災。低光度的旅店或餐廳，大師姐想像著那些酥油燈下的臉孔。架設電纜大師姐沒那個能力，但教孩子讀書應該可以，她只盼藏文學好基礎後日後可以去為孩子們教中文或英文。在荒涼之境，大師姐開始學著布施，第一回就被棒打，喚醒你的給予未必是別人的需要。有一個孩子有一天靦腆地對大師姐說，姊姊，妳可以不要再買糖果給我們了嗎？那些糖果很甜很喜歡，但吃不飽，我們需要的是可以讓我不飢餓的東西。這個對大師姐說希望免於飢餓的孩子有一天上課遲到，後來卻見他傍晚來到她下課的教室外，手裡捧著一些野花，希望回贈她美麗的花朵，是孩子教會了她回饋。

想著大師姐曾經寫來的遠方故事，她逐漸得將故里島嶼祭祀場的城隍千歲王爺千歲與八仙過海，化作高原的空行勇父護法神。

她開始學習認識新神的名字，她就像進入天神教室的新生，一一認識新神的名字。

那些奇異的名字其實早在她的心口生了根，如咒語天語般的名字。

越海行海穿海踏海而去，如預言所說，母親度不過那年的寒冬，在寒冬之前，她得空就跟母親附耳說，我跟妳約定，讓冬日作為我們母女一場的告別日，幫媽媽度過這一期一會的最後一場生日，別怕，媽媽，身體壞了就要換，就像汽車一樣，阿彌陀佛等妳很久了。說要歡喜，卻還是淚流滿面。

她說必須重新復活，敗壞的身體如柴薪燃盡，灰燼落地，自自然然，但為何人會覺得傷心不已？死亡進入重生，應該歡欣為何卻無法控制這種哀傷？

獅子吼說只因為人們看不見復活，以為死亡是徹底消失而痛哭流涕。

其實亡者復活，仍將環繞現世的親族的所愛所憎。島嶼關於死亡的字詞有「過身」一詞，人過一個身，就是另一個空間了，不只是一轉身一輩子，還是一過身是下一世。困境是過身之後，無法辨識彼此的存在，無法遺留前世線索追蹤，以減少現世的流轉迷離，連菩薩都有隔陰之謎，通過父精母血，通過子宮降世，前生往事無法一筆勾銷卻在剎那遺忘，一切歸零，重新學習。

還是西藏轉世系統有意思，過身前留下祕盒，可以尋找到轉世靈童，但唯大成就者可如此，她和母親都只是平凡人，即使日日虔誠敬佛禮佛最高境界也只是花開見佛，無法自見自佛。神為彰顯凡人之路的不凡多賦與機遇的曲折，以此對比之前之後的奇遇人生，必須擴大故事的神性，就像島嶼環繞的海洋之戲劇性。母親最後在這片河流與海洋裡越觀音山航向神佛之境，在雨水盡頭的潮汐送行母親到神仙的虛空銀河。母親沒有天人死前會有的衣裳垢膩、頭上花萎、身體臭穢、腋下汗出的症狀，母親乾乾淨淨甚至香噴噴，聖女抱母慟，她聞到母親身上最後一抹餘香。然後她輕輕拔起掛在母親手腕上的紫檀青金石手鍊。

原來，掛在母親身上的這些祈福物，是為了有一天回到女兒的身上。

她翻著經書，聞到手腕上有著母親的餘香，檀香裡夾雜著長久病室的氣息，一點乳酸臭酸，聞來盡是辛酸。

61

有很多東西都是來不及取走的。死亡是最大的阻隔，但很多時候是因感情生變。比如分手時，收到對方寄還的物品，或者催討曾送給你的物品（這是最沒品的，感情如果可以量化，那麼在一起的時間應該也要以秒計費）。更多來不及取走的，她想有時候也只好自嘲物品已在「淪陷區」了。

即將前往的高原一片空白，尚無淪陷區，因為沒有愛情地雷。何況東西已經少到只剩幾張印刷的小唐卡佛像，一個巴掌大的綠度母，幾件衣服鞋子。比起以前在島嶼那關不上門的衣櫃簡直是極簡到寒酸。觀音流下眼淚化為綠度母，她一直很喜愛，綠色得像是一片清新的高原森林。

她剝了橘子吃，滿室橘香，她吃了幾瓣後，仍去擠了點汁，供在母親的肖像前，她跟媽媽說快要去一個沒有柳橙汁的高原了，這杯給媽媽喝。

便器椅還在角落，等著她拉到地下樓回收。沒有人要收的便器椅，她想可以變成達達藝術的小便斗嗎？那時候達達還沒看過這種殘障者用的便器椅吧，可以寫下，這是藝術？還是寫下，這裡是苦痛。

她成了母親的戰士，神隱少女救母免於變成豬，她讓母親免於被菌吞噬。妳的母親晚景都是靠妳完成的，之後妳會很安心，因為錯過才會苦痛，但妳沒錯過和母親最後的時光，以後妳會活得更踏實，妳的母親也會祝福妳的。她想起納迪葉眾友仙人曾給過她的未來預視。

守屍元年，沙漏滴完。長照元年終結，摩鐵元年也結束。

她自嘲想著可以把母親臥床的器物展演成一面臨終前的啟示錄，如裝置藝術般。屬於媽媽的東西不僅貶值且瞬間變垃圾。她把許多醫療器材公司和藥局的會員卡丟到垃圾桶，把母親未吃完的藥包全倒空，那些用一半的尿片尿布看護墊一併丟入垃圾桶。把媽媽沒吃完的藥倒到垃圾桶時，她彷彿也把這，十日以來的採購地圖隱去。

但一時之間卻阻擋不掉那些經常出現的簡訊通知，買一送一或者買大送小的桂格牛奶安素管灌的簡訊通知像是記憶的雷區，使她在送行前不斷掉入陪病母親時所經歷過的各種起伏心緒。

突然手機響起，你好，這裡是八里藥局，通知蘇秋桂的家屬可以來拿藥了喔。慢性箋的藥來了，而媽媽已經不用吃那些毒了。她只說好，但隔了些天又忘了，電話又響了。你好，這裡是八里藥局，通知蘇秋桂的家屬……，母親的名字又再次刺進耳膜。她想起在禮服公司打工時，老闆要她打通電話給客人。那可說是一通頗驚嚇的電話，因為當她打電話給訂了結婚禮服的客戶時，接電話是一個聲線老些的女人，她在電話中說著麻煩您請某某某來試穿已經訂作好的新娘禮服時，卻突然傳來一陣悲傷的哭泣聲。她等待許久，才聽到對方啜泣說著那是她的女兒，她最近不幸突然過世了。電話頓時刺痛那個陌生母親的心，以為是地獄之神打來的電話，竟吐出亡者的名字。

以為不會被取走的禮服，卻在某一天，這個母親出現在禮服店，取走那件禮服，說要紀念女兒。那是她見過最悲傷的新娘禮服，主人來不及穿。微小的事情，最後扮演治療傷心的情節。那位來取走結婚禮服的母親，後來有一陣子常來店裡找她聊天，彷彿她就像她的女兒似的，那個母親通過不斷重複說話而療癒了自己。

你好，這裡是八里藥局，要通知蘇秋桂的藥可以領了。

好的，謝謝。

第三次電話響起，她去領回已經失去主人的藥，像是糖果，一種裹著白色糖霜的藥。

網購的衣服在亡者離開後才寄來，只好燒給穿不到的亡者。冥河時間，到另一邊的列隊者無法知悉。

一個超乎寂靜的寂靜世界就在眼前。佛陀對迦葉尊者微笑拈花，千古傳誦。母親生病以來收過多少束花，卻連個微笑的能力都沒有。總是眉間鎖緊如刀刻兩道紋路，可能母親知曉這三年花了三百多萬，母親那麼苛刻節儉，應該心疼至極。

然後呢，每天社群資訊傳來的生死探討，安樂死，尊嚴死。從母親生病，她就成了十八銅人。到處打工，兼臉書賣雲遊四方的好貨，但仍架不住有個臥床的母親。日子過得緊束，只盼突然有一天有個人像民間傳奇小說冒出來，賜給她聚寶盆或者幾隻錢神青蚨，何況母親也曾像母青蚨，離家孩子不管離得多遠，她都會找到自己的孩子。孩童時的迷路，或者少女時的迷失，青年時的迷惘，母親都以各種形式宣告她的存在，即使用怒罵的也是一種不離不棄。

再也不用想下海這件事了，經濟雷區清除。可以開始想海的印記，想童年的那座海，彷彿又近又遠。海也是母親最後的風景，那時只要回到屋子，先看望母親，接著往河海看去，海成為生活的第二張臉。夏日的海風吹來熱氣，河岸無人，被太陽趕進屋內吹冷氣。直到傍晚火紅的夕陽出現時，或許人們會奔出來望一眼夕陽暈染的水波。秋天海風呼嘯，揚起的沙塵使人流淚，很快地沒有船隻出入的海洋就會讓人看了平板而困倦，尤其冬日海域，猶如廢海。除了港口之外，沒有生氣。冬天的海是她喜歡的，因為那看起來比她的內心還要凶猛，反而使她感覺平靜。

冬日港口帶著規律的死板流動，射氣球吃燒烤啖蝦捲呷魚丸，歷史埋在深淵暗影處，冬日的河流如夜市被切剖的乾蛇皮，灰暗縮小，爬行的招潮蟹如蛇皮的丁點褐斑。等待蛇褪的春日閃電，海中生物活過冰河時期，她活過了感情的地殼變動，活過了失去父親與母親的孤單。在白令海峽分手的南島人，有人落地生根成印地安人有人抵達了島嶼成原住民，頂過深水上岸的大信者找尋插上十字架的土地，西洋異鄉人且發現了島嶼的愛情，海洋在黑暗地心串流。愛讓你陷入渦流，住在靠海那麼近的屋子，屋外河海時時變化，屋內的母親如石頭靜止。

別而未別，別後的故事還沒開始。母親等著她畫天梯攀上彼岸，她知道就快上路了。

62

那時每次出門前都跟母親說，媽等我回來，在我回來之前妳都不能離開。我在才能從容幫妳，知道嗎？她不知第幾次地對母親附耳說。

到底妳要幫妳母親什麼呢？沒有信仰的朋友問她。

幫助母親最後上路時能意識清醒，不隨恐懼流轉。她轉述獅子吼對自己說的，在死亡前，眼耳鼻舌身意，五根陸續敗壞，像我媽媽在世就失去眼舌的作用。又如果陷入昏迷時，第六意識就會提早失去作用。但是第七意識仍會堅持到最後一刻，確定肉身回不去時，意識才會接受這個死亡的事實，直到第八識也離開之後，才是真正進入死亡的旅程。醫學上判斷肉身的器官停工之後的死亡只是表層現象，但是人在斷氣時意識還沒離開，通常還以為自己還活在世上，所以臨終的重要也在此，一個人一生中最重要的時刻，之後，接下來的四十九天內會進入靈魂的中陰之旅，從生到死、又從死到下一世，這段時間是關鍵時刻。所以要把握母親臨終那短如一頓飯的完全斷氣時間，得要不斷告訴靈魂不要害怕，導引與幫助她往正念走。

朋友聽了連續喔喔幾聲，彷彿她說的是神鬼之事，不關人間。中陰就是肉體死亡，靈魂開始輪迴，但尚未投生的過程，靈魂在中陰轉運站的月台孤獨無依，就像一個人要抵擋整個宇宙龐大的神鬼戰士的夾殺嘶吼震嚇，從黑暗中不斷狂跳而出的分貝，夾雜著靈魂看到黃昏暗濛濛的影像，這時莫要恐懼。轉世的中途，恐懼中夾雜著生前不斷的耳提面命，那如蟬鳴在耳的梵唱。

善女子，妳現在要開始找路了，提起正念，往生極樂淨土。看見第一個燦爛的光明藍光就可以跟隨佛菩薩去了。看著光，注意光，善女子。我們是光音天人墮落於世，現在尋著光回到源頭，回到淨土。要提醒亡者要跟著最燦爛奪目的明亮之光走，為其行善，功德迴向，並以亡者名義印經捐錢。獅子吼說每一個平凡的人都會經過中陰狀態，善業多的人在第一個頭七前就可以決定往生之路。隨著業力的風，像羽毛一樣，不管什麼顏色都要跟著最亮的光走，比一般太陽還要大上千倍的光，不要怕刺眼。反而溫柔舒服的暗光柔光，絕對不能去。惡業重的會看到羅剎，靈魂遭到可怕的騷擾，被野獸追，有熊熊烈火，比這世間還強烈的颱風，亡靈會感覺被掐住被擋住去路，但這些都不是真的懸崖峭壁，是心的折射恐懼，因此愚癡無明者會掉入幻影，不論任何境界現前，都不要害怕。

不要害怕，善女子。花開見佛，悟無生。

誤吾生，亡者嘆人生自誤。

孝是世間最大最大的愛的實踐，比任何事都要強。沒有一件苦行是水面無痕之波。但這只是一種桂冠的說詞，真正於生活卻是步步驚心。午夜一個人靜靜看著臥床母親，她自問難道在難關面前不曾有過那麼幾刻扮演擬仿的死神，想要和母親結束這劫，共赴黃泉？如果昧著良心或者臉書之語，會強加給自己很多的偽堅強，但其實這午夜的靜室曾開過罪之華，惡之念。只是她在獅子吼的身旁太久太久，因而大雨瞬間會澆熄火開罪花，救贖了她。於是她非常非常同感那新聞不斷放送的兒子帶著重病的父親一起離逝，或者孩子將父親注射的胰島素調高了劑量，好讓父親可以隱形的離去，或有女兒開車帶著母親衝入海港的。她在夜晚深感悲慟，為這些陌生人同哀，扣問冥間明王難道不該幫助他們？

即使獅子吼讚許她撐過自我生命史這場下了最久最烈的暴雨千日，這讓她在放晴時刻感到被安慰，雖偶爾感到心虛。在母親耳畔唱歌千日，千百萬回，聲聲呼喚佛，讓母親即使不長記性也應該可以長出印記。她銘刻在母親耳廓的福音，烙下的佛種子字，種子可繁衍無窮無盡，種子千年不壞。藏文裡那些被稱為種子字的字，長得就像一個「人」的身形姿態。佛菩薩等諸尊所說的真言梵字，種字、種子字，含有引生、攝持，自一字可生多字，多字又可眩攝於一字。她描摹著種子咒，彷彿初學寫字的孩子，一筆一畫謹慎如畫符。

百日冥河之途，陽光露臉，鬼魂渺渺，她念經念到睡著了，趴在桌邊流淌著一手的涎，夜深踏落中陰深處，冥視母親而不可得。她不知道母親正看著她，母親喊她叫她，她沒反應，母親這時才知道自己真的離開女兒了。那一夜，她的母親飛天走地，遺忘悲傷，為有此輕飄自在甚感歡喜，當了上千日子的睡老人，忽然醒轉，雀躍不已。沒有身體的母親，一個念頭就來到女兒的身邊，也可以一個念頭就去探望老友。忽然有神通力，原來沒有身體這麼舒服，該死的身體，母親的靈魂依然可以咒罵天咒罵地，突然看到人之有限就在人之有身。沒有身體的靈魂，也如此無所依，這個剛離開身體的舊靈魂很快就看見飄盪在四周的靈魂，但彼此卻無法溝通。在人間時身體破碎，在冥間靈魂也看似破碎，唯一可以安慰的是神通具足。只是這安慰短暫，很快地這位想念女兒的母親發現靈界也論資歷，這新加入冥界隊伍的母親得尋找新的庇護，母親靠近女兒時，發現很熟悉的聲音，像鄉下蟬鳴，南無阿彌陀佛的聲音環繞。母親聽了上千個日子，佛字刻在心頭，是女兒給她的救世主。這聲音牽引著一股無形的力量，使得七日尚未投胎還得經歷再死的死中之死，算是堪能忍受。女兒在陽界是難以想像的，但女兒聽獅子吼說過多次中陰身，也知中陰狀態亦如陽界的日夜循環，故第一個七即轉世，可免後面幾個七的折騰。四十九日的靈魂旅程，七個七，和人間的漫漫旅程不同，是愈快愈好。母親在人間拖延死神的到來，這回可不能再拖延了。

她突然從這句話中醒轉，累癱的口水流涎桌面。母親來過，她知道。母親沒有抱怨，也沒有訴苦。她卻好想跟母親訴苦，但怎麼訴？

彷彿蛇蛻蠶蛻，皮枯血朽的靜止，剝落的靈魂看著用了一輩子的身體靜靜地躺在一個長形方寸，時間延伸的烙印打在感情的肌理上，人類的執著是怎麼長成的？不斷想要消滅死亡而以各種書寫繪畫影像和史冊來證明存在，覆蓋的靈魂如何指認那個原初從猿猴爬出的人形或者靈性回返出發的星辰？我們原本都是光音天的天人，但因在人間而長出了捨不下的障礙，靈魂逐漸罩在魔殼，就像科技發展，我們也不可能回到打電報或者用有線電話通訊的年代了。

回不去了，如此煽情名言嗎？

獅子吼沉吟微笑說，可以，捨就回得去。不能又要當神仙，又要妻兒金錢忘不了。曹雪芹早寫下了荒荒山涯唯絳珠草執意要還淚的情執。她想這執著是怎麼長成的？生命還是卵生在還沒打破外殼時，父精母血的臍帶就已是新生胚胎的感情養分，甚至在中陰身飄盪時，喜歡那個男子就投生成女兒來牽絆他，喜歡母親就投生成男來當媽寶。魔殼愈來愈厚，經得起感情宇宙洪荒的擠壓與荒無，裂變，焚燒，熾火將燃燒成為物質的色身。開悟者燃起自性之火自燃，其餘都將依賴業火。自性之火與業火，主動與被動，妳要哪一個？獅子吼問得她二丈金剛摸不著頭緒。什麼火不火的，我只覺得火大，人間是一場騙局，她想。但為何我們被騙得如此心甘情願，說都是幻象幻覺，但疼痛來時，可一點都不幻覺。宇宙如此之巨大，科技外太空競逐，但小小的疼痛椎心咬心，人卻毫無抵禦能力。

時間不等待腐爛，等待的是催熟，她父親不怕火可火葬，她阿嬤怕火選土葬，輪到媽媽時，媽媽也怕火，但到處已然寸土寸金，她無奈只能讓瓦斯轟然將業火一把燒。唯一確定的是母親靈魂已離開身體，身體不再疼痛，身體成了最物質的物質，不可能回收的物質。火化的只是外殼與皮相，再看母親一眼，青鳥般的眉線依然仰視如觀音，耳垂柔軟，心臟溫暖。善女子，善女子，她叫著母親如陌生人，蛻下執著的殼，等待焚燒的骨骸是如此神聖。不能掉淚，不能胡思亂想，中陰有神通，知你知我，最後一眼的凝眸抽開愛的神經叢，閉合的雙眼寧靜，最後叮嚀。母親要往最刺眼的白光去喔，溫暖的淡紅色與舒服的淡藍色，還有輕飄飄的黑灰色，切莫切莫去。

唯一要去的中陰之光，引母親殘存的魂魄之火如鳳凰奔去，不射下太陽，而是往太陽的光裡去。就此感情債一筆勾銷，就此記憶給燒葬。

不是幾分甜，是無限的幾分苦。

中陰身九倍記憶能力，母親不再是文盲。就是文盲也無所謂，只要不目盲。生前瞎掉的雙眼，現在可以當千里眼。生前聽不清的耳朵，現在可以當順風耳。母親身體不臭了，艾草龍涎香時刻繚繞。七孔不再滲出污濃臭氣，純金延展的感情除了祝福之外沒有摻雜其他。她貼伏在母親的乳房上，最後的哀慟感要如煙塵化去。取出抄經的經文和鵝黃的金紙，等待彼岸花熾艷燃起，花不見葉，葉不見花，媽媽，妳見得著我，我知道，她用手撫摸棺木，平價的棺木等待火燒成空，母親最後的居所。母親一生總是擔心沒有房子可住，中年遇上昂貴的房價世代，母親提醒她買房，有一落腳之地，免淪為無殼蝸牛，老了流浪。

63

燒焦味瀰漫的火葬場，咬痕處處，是蚊子，蒼蠅，這些朝生可以夕死的昆蟲咬著她這具傷心的皮骨肉，酸性的體質充滿著腐朽，流淚流汗過的皮骨肉，供養蟲蟻最愛的血肉氣場，紅腫如相思豆。

她感覺從火葬場折返的歸途，已然和母親產生時間差，就像抬頭看見星辰，那些黑暗中的星辰在我們抬眼目視時有的已然成霧霾似的亡靈。母親也是那如灰燼的星子，雖死猶生。漫長的距離以其孤獨的光速年朝擁擠的地球投射，只有心中對愛對生死有所連結牽掛者可以看到那一閃一閃的光塵抖落心間。

納骨塔的氣味，也許也沾染人間聞不到的氣味。是否有所謂的黃泉味？天人味？人不知盡頭，天人則提早看見末路，當天人五衰時，花冠枯萎，奇臭讓所有愛眷遠離。母親，臥床的上千日子那些排泄物在她聞來都是心酸的腐臭，並非真臭，甚至聞得到奶臭，亞培桂冠雀巢可倍力，各種廠牌成分的牛奶從耐熱管線灌入瞬間通達到胃，灼熱燒炙抗飢餓。飢餓是許多歐美國家建議母親這類病人的死亡方式，開始不餵食，病人逐漸脫水，甚至產生飢餓的幻覺愉悅。但她不認為母親可以，曾經有慢餵過母親，她印象太深刻了，無法再有一次的怠慢。母親用盡各種可能表達而她沒有理解時，母親還抓著她的手敲打電動床的鐵桿，拍著自己的肚皮，她才知道母親是餓了。如果她知道什麼時候會被餵食，那就猶如一種約定，她必須信守。即使後來母親的感知能力已經降到最低了，但信守時間的設定，她仍照表抄課，直到最後一堂課的到來。

天人五衰，她必不遠離天人之衰，衰咖的氣味她太熟悉。她瘡穢能忍，人間看護陸戰隊員，受過高度密集的訓練。母親如往天界，將沾染著女兒曾在的氣味懸念於地表。就像限時動態，發到她的腦波，震動她的神經。第三眼打開，阿賴耶識躲著洪荒就寄生的鎖鏈，能否脫鉤？她帶著燜燒過的冥紙氣味，腐朽中混揉著奇異的非人間酸氣。她長年像是個擺渡異國的駱駝商隊的商人總是征戰他方。再醒轉她發現自己竟在母親當年常坐的椅子上卸下了多時的疲憊後打了長長的睏盹來。母親在過世前經常入她的夢，現在無夢，母親已踏上中陰或脫離中陰？

記憶不必再害怕去擦撞到埋藏黑暗中的駁雜浮影。但媽媽妳在哪？她在心中自問著媽媽踏上靈魂轉世的旅程了嗎？她這輩子最深刻的思念海嘯突然在這間房子搖動了起來，那些長照用品都像鬼魅地飛了起來，包大人尿片像飛碟地飛了起來。熟悉的房間，到處是神佛的足跡，等著被消除的母親的東西，泰半要往垃圾車走，很多人不敢用死人的物品。連小強都不耐飢餓逐漸撤退，有些小強乾癟的屍體如枯殼，太多天沒開伙，沒有食物的味道讓這些古早生物不想留下。小強乾屍如裝置藝術鋪成一張時間的網，母親的餘生都在這張時間地圖裡。

當她順手將乾癟的乾屍一一掃進垃圾袋裡，一掃動，咖啡色翅翼剝落墜躺在她的腳尖上，乾裂的黑痕沿著腿的趾甲輕輕落下，彷彿是窗外吹起的冷風，意識深陷在這沒有母親的昏暗空間裡，昆蟲乾屍的廊道，光源微微，她發現自己釘在原地如站立往生的人，手裡拿著掃帚不動良久，不覺時移。

迎面走來，母親戴著斗笠，大雨中站在校門口接她，她感到難堪，母親竟戴著斗笠，腳踩塑膠雨鞋，看得出剛從勞動場勉強擠出時間來接她，因為大豪雨特報，老闆放行，怕出事，母親還想加班，但一起做事的女工都喊著她秋桂，別做了，到學校一起去接小孩吧，聽說那邊已經淹水，學校都提早放學了。她看到母親在校門口內心的驚嚇大過於驚喜，母親的臉濕漉漉的，手上不是拿著美麗的花傘，像同學那些優雅的媽媽們拿著細骨傘把笑顏綻放地接著孩子。母親看到她時遞給她一頂斗笠和一件帽子破了的雨衣，她不敢把斗笠丟掉，但也不想戴上。

淋雨感冒，我可沒錢給妳這個臭姬芭看醫生。臭姬芭，母親從小罵她到大的難堪代名詞。感冒要花錢，何不姬芭去給人幹。因擔心而生氣多於惡意，近乎無形無狀的口頭禪。母親給的忍辱無法得成就，這語詞的惡之華勾起了她記憶深層的泥淖，翻攪出臭氣，衝擊著腦門。

但在照顧母親之後，母親回歸太虛，呈現無辜老嬰兒模樣，使她淡忘母語傷害的齒輪曾輾過她的肉身一回又一回。如果母親沒有失語，或者也無法同居一室？往事的每一處傷害的環節，逐漸模糊且化成碎片，恥辱的潺濕印記，在時間的迴廊迴盪著哭泣的聲音。漫長時間難以掩埋難以消化的情結，突然就地掩埋，隨著母親的病情。病體危脆，她那失語的母，她那失語的年歲。

等著鏽壞的色身，不被墮朽的罪孽，她從母親的回憶中醒轉。發現自己淚流滿面，被阻擋在中陰身前，無法觸及母親，已成陰陽兩隔，即將轉世的渡口。母親在中陰折返回來看她，她起了一身雞皮疙瘩。淚痕輕輕沿下，消失的冥河如銀河最後一抹灰亮。

天微亮。

飽渡，bodo，中陰，靈魂之旅，生與死的轉運站。母親飽渡了，她放下搖槳，在起霧的渡口，望向刺目如白光的對岸，水岸對面的高樓大廈都化成天人天女，漫舞了起來。

64

她在幫企業寫書時，曾到受委託的業主其設廠的泰國曼谷採訪，台灣廠長帶她四處走走，還帶她到廟裡請了隻咬錢虎，那個熱心廠長說妳戴上神獸之前要告訴神獸妳的名字生日地址以及願望。她當時聽了沒有跟神獸說什麼話，她純粹只因為這咬錢虎讓她想到母親，因為她的媽媽是虎妹，她喜歡這樣的意涵。請回咬錢虎，把咬錢虎手環放在佛桌抽屜，日久就忘了。

直到這一刻，在離別的渡口。

花葬樹葬海葬土葬都不是母親秋老虎要離開的方式，或有新型冰葬，卻那樣暴烈，將人體冰凍過後打成剉冰，亡靈的冰果室，回到荒荒盤古開天的零度，挑戰色身承受極限。

秋老虎要如秋葉落地自成灰。

她取出咬錢虎戴在手上，摸著咬錢虎的頭，母親，她朝咬錢虎輕喊了一聲媽，媽媽是香的，沾著廟宇的香灰。媽媽是香巴拉，女兒是臭姬芭。她寫下離開前的最後一封信，帶著嘲弄的輕鬆。這緩慢來到的離開，用了她半生的眼淚，用淚水寫書法都可以勝過司馬光，如此才有了點難得的輕鬆。

母親O型，烈日正午生，頭有雙旋，手斷掌，骨盆壯碩，所有的母親模樣都指向一個悍，於是母親是秋老虎，虎霸母。女兒是小貓，小爪小獸。

小貓躲在老虎的陰影下。

冬日隆隆，不敢與母絕。

（阿凡達）電影靠著量子力學的傳輸將癱瘓的男子靈魂傳到了潘朵拉星球，肢體癱瘓的男子不僅自由行走且永遠不死。她想如果母親也被傳輸到這個潘朵拉星球，癱瘓的身體將被修補，母親會變成美男子或者美女子。但卻自此和女兒相隔兩地，不僅兩地，是兩個世界，兩個宇宙，往後的時間差記憶差將用幾劫計數時，她希望母親去潘朵拉星球，但母親會去嗎？母親的前世竟如灰地躺在觀音山的觀音寶塔裡，她特地為母親選的風水寶地，後有靠山前有水聚財。她聽見海潮音，每一聲都是告別也是重逢。

超度法會，母親請往最亮的光走。

慈悲三昧水懺三日大法會、梁皇寶懺十日法會、盂蘭盆會超度法會、中元節放水燈。活著的人怕亡者迷路，點水燈引路。就像呼喚一個人的名字，沿著每一條路，每一條河，每一個隧道。河道上布滿水燈，往海裡飄去。屬於母親的那盞燈，隨流速快速入港，入海。消失在她的目光中。海港，船品店處處有母親走過的路，看過的店家，嘗過的小吃。出發高原前，她又去走了那悲傷的雨港。從母親中風後，她從母親故居拜了數十年的菩薩桌上搶下的一小截萬年青的支脈卻依然青綠，根部枯萎，斷根支脈逐漸冒出自己的根鬚。往後沒水，它如何活？她想把萬年青偷渡到高原，只要水就能活下去。

只要一點水就能活下去，她勉勵自己這個旅程當如是。太脆弱就別當異鄉人，她望著萬年青時這樣想著。拿著葉脈，覺得自己像土。母親遺忘了她的年輕之地。這座島嶼有太多記憶纏繞心頭，阻塞的地下水道亟需通樂，人生愛欲通樂易尋，解脫自在通樂難覓，浮生聚散苦多情，這苦這情還是她浮生自囚的。母親的死，蟬的飛離，讓她在島嶼毫無親人戀人了。這緩慢的下一站，流盡了眼淚。獅子吼說人生最後一著才能秤出開悟與否的重量，她要前往從一出生就在準備死亡儀式的訓練聖地。她看見自願到地獄的天使幽靈，長著黑色骨頭手裡拿著刀的男人，他在夢中支解著屍體，男人的衣服上繡著字，職責：剁碎屍體。

男人的手裡血淋淋，在夢中飄著屍味。

她不知道那個男人是誰，她醒來時只記得男人最後朝她說，在我手裡消失無數肉體，但我卻是一個只配土葬的人。

那是一張來自高原的臉，深邃黝黑，眼睛被陽光和白雪曬傷。

來吧，我等著妳。

她不理會那個催喚她的聲音。她自語著我背海，是為母親，母親蹉跎一生的靈性之路將由女兒替她展開。

我死之後，只有愛能喚醒我，母親冥語。渴望說話的靈魂，像是要補足被封印三年三個月的舌頭。神通母親，路徑只通往女兒。母親的靈魂將像彷彿還活著時，在燈下瞇眼穿針引線般地凝視著女兒。窗外是連續下了幾日雨的潮濕泥濘，路人像是走出集中營似的倉皇憂鬱疲憊無神。

不信神的善良靈魂也是要受罰的，信神卻愚笨的靈魂倒可免責，她聽見遠方的高原傳來這個異語，她不知道自己是屬於哪一種。她在夢中看見大海在頭頂上關了起來，母親突然出現在雷聲彈跳閃光的遠方，倖存者一路閃過火雨直下的荒原。一座海朝山奔去，海洋奔向高原。別後的路途遙不可及，自此她得上天下地，一路鬼使神差，學習亡靈的語言。

母逝前，阿娣突然說吾去後百日，汝可放心上路。

阿娣暈過去，醒來不知發生何事說過何話。失語母親的靈附身在阿娣身上，不僅做最後的交代，更讓她相信有靈魂的存在，文言文語，非文盲者可吐出。就像父親彌留時，媽祖附身說祝汝們萬事如意。這些天語彷彿頓時安撫了悲傷者，於是隨時可以啟程，隨時可以流浪，一個背包就是所有，己身就是家當，腦海就是心海，世界只剩下自己和一口漂泊的箱子。當雙腳被釘在感情的十字架上而動彈不得時，沉重與輕盈的兩端，有些地方是不能再去，有些地方是等著前進。

此去，長途跋涉缺氧的高原，在每一塊石頭刻上慈悲，在每一座岩壁畫上天梯。以愛和苦痛砌成的天梯。她將在高原等候母親的靈魂再現，母親將不失能不失語不失明不失智不失聰，中陰渡口，母親的記憶清晰，靈魂能飛翔萬里能水面行走，也能穿牆。

那個入地獄而不時昏厥或因心生同情而痛哭的詩人但丁被他的引導人也是老師的維其略數落地說

著在地獄裡不心生憐憫才是真正的憐憫。那些背變成胸的人都是生前老是想看到未來的妖術師占卜師，到了地獄全都變成頭反扭過來只能看著後方前進的靈魂。她在空白筆記本畫著胸部倒轉成背部的人，乳房掛在背面的怪異占卜女人。

她的體質也算靠近靈媒級的人，但她膽小，對說出別人的命運還要收費並無興趣，且自己也不是老看著未來的人，時間沒有養大她的膽。她尊重相信那全能神祕的隱形之所在，她想著自己問神時的那些占卜者，母親這一病一死，把她推進靈界，那個靈界卻更關乎過去。她是先學知識再去歷練人生的人，她需要離開結界，再進入結界。她需要上路去征戰另一個結界與結界之外，打上各種手印，抵抗無形射來的刀光劍影。受傷的人等待更受傷的文明來撫慰自己，如果有人純為攬勝出發，那一定不是一個傷心人，不是負傷者。

秋訣，別後之旅的魔王下戰帖來了，重生的擂台等著她披掛鐵甲上陣。

妳這個還在呼吸卻到處和亡魂打交道的人啊，妳害怕嗎？

很怕。

【ཨ 抵達之謎】

五　遊步經

虧欠的旅程

65

我即將步入中年，自此之後，過去讓我快樂的事物，都變成憂傷，於是我懺悔、告解。那個狐狸尾巴的長度可以繞上八圈的奸詐者奎德將軍在地獄向但丁說的這句話，她在母親蓋棺時清晰地浮上了腦海。即使聖方濟出手都無能抵擋住黑天使把他拉到地獄的罪行如何名狀？轟的一聲，烈焰吐著火舌，灰燼在等待她。過去那些讓她快樂的性愛酖美旅行甚至寫字都變成憂傷，但她還不知該如何懺悔與告解。上路不再是旅行，上路只是離家。冬雷震震，鎮夜轟轟，雷神會不會也得了躁鬱症？為何自己一直在那裡哭泣，難道中了悲魔？悲魔不得不防，蝕骨蝕心的都是由悲轉魔。她離開平原，帶著甜蜜與傷口前來。行善者與行惡者的世俗慾望是等同的，一顆星星從十字架上墜落如同一顆星星從碎塵中飛昇，天門不開啟兩次，選好墜落或飛昇。但丁提出一個思考的問題，甫入地獄聽見第一圈的靈魂發出苦惱的嘆息聲，生前可能是立了大功的善人，其受苦並非因為犯了錯，而是因為沒有受基督教的洗禮，或無法充分敬仰上帝。加入神的羔羊的群體晚餐，你必須先被揀選。

南華寺惠能日夜搗米是他開悟前的苦行功課，她侍奉母親晚景是否也是她上高原的前行功課，抵達無我無心的空心路徑？誰可以把開啟悟門的鑰匙帶給她？悟門芝麻開門，門開是誰？在不動軸心旋轉的人，問著如何不動心，問著無心若猶隔一重關，那麼還隔哪一關？她要去高原尋找這個問題。沒有受洗禮的人是否就像佛教徒沒有領受皈依？沒有取得進入極樂國度的入關護照？就像聖彼得問但丁有關信仰的問題：好基督徒啊，你說說看，什麼是信仰？但丁說信仰就是應該希望的事物的保證，看不到的事物的證據，這是信仰的本質。希望的事物的保證，她希望的事物沒有保證過。一個聲音回答她，住在人世的人眼睛都被這些事物蒙蔽。你的信仰必須像錢幣剛被鑄造時般雪亮，除非你是假鈔假幣。有真假不就有對立？本質沒有真假，但妳問信仰就有真假，回到初心去檢驗吧。出聲的靈魂從牆壁發出，她錯覺是已經被掛在牆上的母親跟她說話，神的語言有新舊，佛的語言有真假，聖靈之雨本質一樣，只是落到的土地決定雨的污淨。聖彼得比其他年輕的腳力還快速抵達墳墓旁，為的是什麼？指出死亡的恆在性。但丁回答聖彼得神的光如四處蔓延的強大火焰，如天上的星辰，信者心中最燦爛的明光。聖彼得因而繞但丁額頭三圈，以茲嘉獎。她附耳母親千日，一口氣上不來時要往最刺亮的金黃色光奔去，莫回頭莫回頭，刺目的金光是否就是強大的火焰？誰能來我的額頭繞行三圈？她看著掛在牆上的佛像不動如山，彷彿說孩子用妳的慈悲願力藉我移動到他方吧，明白慈悲之為慈悲，善苗就會燃起。攀登到極樂的靈魂都要如劍般受熔爐的光淬煉。於是妳移動前，必須走出羊圈，燃起生命戰火的狼煙。她一時目眩神迷，感受從天而降的神威。讓妳最大的愛朝向神，讓妳最大的善朝向眾生。

如果沒有佩雅特麗琪，但丁無法進入淨界。母親就是她的佩雅特麗琪。眼前橫豎三際，必須將記憶一併超度。往後，山高路遠，而過去已是難以忍受的生命爛泥，離家前她寫的日記點燃一根火柴後化為灰滅。唯獨保留十八歲以來在佛學社到處寫有〇〇〇的筆記，還有以母親之名寫給自己的信。

長期照顧病人的人往往會失去慾望，而最先失去慾望的部分常常是身體，失去打扮失去性愛失去滋潤的種種慾望，處在汗痰尿屎血膿的酸臭氛圍裡，性愛頓時消失無蹤。她沒有忘記就在不久前整理物品的痛苦，面對滿屋之物，幾乎沒有走路空隙。七十七箱的書，等著二手書店來載走，很多書和雜誌膠膜尚在，很多衣服吊牌還在。母親的臥床警世錄，四件衣服足以撐過四季春秋。但無慾時，連出門都了無興趣，連認識人都不必要。果然無慾可閉關，果然當你心老，這世界的任何之處，看來都是異鄉。既是異鄉，無處可去也無處不可去。只因她答應靈入阿娣的母親的最後交辦，吾去後百日，汝可放心上路。不論千轉百轉，最終要抵達送行亡靈的渡口，女兒得親繪天梯，送母親上淨土路。

她在穢土，遙望淨土，穢淨的距離以氧氣衡量，淨土愈高愈稀薄，靈魂不需要吸氧。她開始為上高原鍛鍊爬山，逐步增加心臟血液順暢的迴圈路徑。大師姐說難以想像她會穿上運動服，她一直都是那麼仙氣飄飄。她笑著回，仙氣抵不過氧氣。

浮游於世，走了那麼遠的路又變回一個人，孤兒得提早啟動第三人生，為未來的往生提早做準備。就像在高原等待她的小丑醫生在繁華城市沒有為任何人留下，沒有為藝術留下，沒有為塵愛留下，沒有為名利留下，執意前往高原，打算為自己留下，為神佛留下。至於為何要相約在高原見面，她想是因為他們兩人都有因為失去的悲傷之慟。離開台北前小丑醫生給她寄來手寫信，信裡大約是說我們在高原重逢，一起守著枯竭油燈燃盡的這一天到來。

能和你的心好好相處，勝過修一切法。獅子吼送她上路的話，沒有神變月也沒有鬼門關，都是你的心幻化。盛夏街上普度，母親離世後她遇到的第一場普度，封街祭拜，剖肚大豬公咬著橘子，煙塵瀰漫。好兄弟返回那日，街上更是如霧霾。如果人間這麼好，好兄弟怎麼可能回去？她邊想邊穿過供品，陽光將大豬公的皮肉曬出腥羶，像停屍間的那種怪異，活人在屍體旁喝咖啡聊天，她聽見洗屍者搓著皮肉的聲響，裹屍布飄出難以解析的氣味。

清晨，心如海波退潮，逐漸平穩氣息。她照照鏡子，魔鏡似的出現另一個長得像她卻不是她的母親，她的肩膀彷彿像是胎記的紅色印痕已逐漸褪了色。

身上的家當就只有那麼幾樣，兩雙鞋子，一台電腦，一包藥品，一支手機，一頂帽子，三條圍巾，幾件衣服和幾本經書。原來要變成一無所有的人並不容易，即使能丟的都丟了，也還有難丟的記憶。這夜她夢見和母親搭上一艘船。那是一艘客輪，母親看起來十分年輕，身形豐滿，海霧迷濛，微笑下的美麗愁容。醒來坐在床沿整顆心恍似沉在海底的古船，逐漸地瀰漫上青苔似的時光，緩慢地，她忽然想起什麼地潸然淚下，那夢裡的風景，原來是她未能及時履行的約定。

未竟之旅，虧欠母親的一趟旅程。

母親始終沒有和她一起出國過，即使她一個人離與返母城如此多年，她從來沒有想過和母親一起出國，也沒有想過邀母親同行。因為她始終畏懼於每一回和母親出門的後果，母親難以控制的那種突如其來的莫名不開心。

現在沒有這種不開心，只有隱隱的傷心。臭姬芭女兒要帶香巴拉母親上路，進行看不見的旅行。

母親迴光返照，笑得像是一個孩子。母親一連笑了幾次，她忙取手機，按下快門，那影像成了臥床母親唯一一張微笑的照片。母親不再緊抿著嘴，笑容如月牙，了無苦相。母親生病前的相片反而都是苦的，身後容顏自此都是笑的。母親除了整個光亮的額頭皺紋顯現某種嚴苛度日下的滄桑外，連整頭白髮看起來都像鵝毛筆般閃亮，嬰兒剃毛可製胎毛筆，老小孩剃髮只為減少褥瘡。

她的皮夾透明層處另有幾張自己童年和母親的合照，年久失修的照片使母親看起來像流淚。年輕流淚，年老微笑，母親容顏的生命刻度，流淚多如藏地江河，又長又急。微笑卻如藏地春日，又短又美。

她用這張照片放大成遺照，洗了兩張大照片外，還洗了兩吋照片好放在皮夾。一張照片連框帶到高原，放在寺廟供養聽經，一張掛在島嶼的老公寓，點上兩盞不滅的光明燈陪著，電器行老闆介紹說這款LED燈日夜點著也至少可以點上兩三年。她二話不說，買了四盞。兩盞帶到高原，母親怕黑。前進的高原到處是油燈，明晃晃的吐著火舌。供佛供眾生。她將在移動的旅途房間布置一個小小壇城，立一個自己手抄的牌子，上面寫有母親的名字，為生前眼盲的母親點長明燈。但她知道自己容易打瞌睡無法顧油燈，感謝科技發明，有不滅之燈可點。

候機室有人望向她來，像是明知故鄉人卻又佯裝異鄉人的姿態。他們有人打量著她，而她看著停機坪，耳朵打開時，偶爾會有鄉音灌入。故鄉臉孔無處不在，提醒母土的存在。沒有陌生人要用耳朵吞下了她的背海故事，她看著身旁有個看起來眉頭緊鎖的女生在看的書叫《練習不生氣》，彷彿世界只要這樣的書就夠安撫人的躁亂。廣播聲響，她走入閃爍的航道，安然地尋著自己的號碼入座，黑漆的機窗外閃爍著藍水綠的星子。當飛機加速衝刺跑道時，她心裡的聲音讓她明白與其說自己曾幫助過母親的晚年，現下卻心知肚明其實是母親在幫助女兒，不論滯留或起飛，母親都給了她一個動力，使她前往自己曾朝思暮想卻缺乏內在驅動力的朝聖之旅。

她將一路顛簸抵達高原，揣著母親的笑相，而非苦相。

在高空中夢見自己加入大禮拜的行列，她在懺罪著，她看見自己在大昭寺前望著寺前的大雨，她看見正在談一場缺氧的愛情。她沉沉睡去，夢見去參加一場葬禮，離開的人以坐姿離開人間，身體久久不倒，身體逐漸縮小成手肘般大小，像是一具洋娃娃，突然那個娃娃抬起頭對她笑，臉卻轉成母親，聲音如蟬。

66

此次離島，首站是母親以往曾懸念的旅程。

抵達定海，一座波濤洶湧的海卻名為定海的島，搭船。舟山群島是除了台灣母島外，母親和父親重疊的另一座島。據說年輕的父親曾在基隆港等了三個月，等著鐵鴨子載他們這些阿兵哥去大陳島打仗，但還沒等到船啟航，大陳島就淪陷了。父親回鄉，感覺生命需要安定，回鄉娶了隔壁的鄰居女孩，這個剛氣憤離開外省家庭幫傭的年輕烈性母親，兩個人都年輕，卻到了大齡才生下她，疼她縱她也管著她，烈性相碰，注定碎裂。

她看著好長好長的橋，從機場搭上客運，一路都是這樣看著海，看著橋，看著黃水。這裡的水黃濁，海產卻鮮美，彷彿黃濁的水只是遮掩。群島被海切割分離，無數橋梁將島嶼串起如珍珠。唯獨普陀山不建橋，因觀音楊枝淨水灑三千，苦海化作人舟。必須是舟，才能抵達渡口。

她差點買不了船票，她把台胞證夾在護照，護照放在旅館。好不容易花了快一個小時才抵達港口，她不知道連買票都要看證件，請別人買也不行，每一張票都有打名字。在台灣她想幫別人買幾張都是沒問題的，完全超乎她的想像。她在皮包裡尋找各種可能，結果在夾層裡找到中華民國身分證。硬著頭皮拿身分證去買票，在窗口一直跟售票員說大老遠來，希望通融。年輕售票員勉強接受，看著她的證件說可妳看起來沒那麼老啊。那個數字要加上一九一一。為什麼?售票員太年輕,彷彿不知世事地邊打票邊無聊問著。這說來話長,她笑說著,遞上兩百元。拿到票時,發現自己的名字果真打在票上,她感覺自己的蹤跡自此是藏無可藏了。

但無所謂,只要能見到母親也見過的觀音就心滿意足。大船擠滿著觀光客與朝香團,母親以前也是朝香團的忠誠團員,這些團員多半會戴著紅色棒球帽,帽沿繡著某某寺或某某宮。船上沒有人在感受舟子的擺渡,喧嘩中很快抵達岸上。徒步走去普濟寺,島上居高的南海觀音是引路菩薩。她為母親還願,進入普濟寺才知道觀音菩薩像十分巨大,她突然悲從中來,找個無人行經的幽暗角落,咚地一聲,跪在觀音像前,叨叨述說母親這千日狀況,離那麼遠的海,突然傳來海潮音,她想是觀音的回應。以音聲通而得成就的觀音,回音著她的心聲。

她在普濟寺住了一夜,海潮音波波湧上。夢中那不願意被馴服的島嶼,陌生的島嶼,初抵的島嶼,車駛過太平洋的海岸路上,一路投下藍得像是墨水的藍和巨大如神樹的陰影涼意。突然斷手斷腳失明失語的無數人擠著彈跳到她的身旁,到處揚起的骷髏頭卻像麥芽糖,死神祕密結社的人們舔著骷髏頭如親吻愛人,她看見母親在裡面,蟬在裡面,想要往前,卻罩下鐵絲網,阻絕他們再前進。他們的手都是血,被鐵絲網刺得鮮血直流,後方的鬼影笑著。

醒來,她的臉一片涼濕,是菩薩的楊枝淨水,還是看過地獄而流下的淚水?

日暮鄉關,蟬的旅程。內陸航行,前世的港口,廣州。

廣州的人流像一座巨大的高壓艙。

中陰之旅,過關斬將,全憑一心一意。

原以為如果蟬男人離開的話，一切陰霾就會轉晴。但沒有，他早已長在心口了。在廣州，是她欠蟬，不是蟬欠她。仙人說前世她把蟬男人的錢用光了，還拋棄了他。我以前竟然這麼壞？她聽著心想。這種說詞，可以大大緩解這一世她被蟬男人掏空的感情與財務地基。能放下的前世，絕不放手的今世，蟬對她的感情像爐邊故事得從很久很久以前說起。在廣州沿岸美麗戲曲女伶如何周旋往來的文人神父僧侶商賈水手流浪漢偷渡客。她望著港口貨櫃停泊在霧霾之中，這條海上絲綢之路的起點港口千年前就是通海夷道，河網密布，水文徑流潮汐正迎著大船入港離港。她有一種熟悉感，不知是被暗示的熟悉還是真的熟悉，溫暖多雨的潮濕環著北回歸線南緣向她的心奔來。

港口往來集運著裝箱，煤炭、糧食、食品與石油化工，從這個定點將輻射整個世界。她在沿岸咖啡館發呆了幾個小時，直到要離開前，隔壁桌的女孩還在視訊。兩地相思，綿延成幾千里的桃花。女孩說英文和之前還沒視訊時講電話是兩種腔調。一直笑一直笑，一直說一直說，彷彿這個語言是她的保護障或者要凸顯的螢光記號，不知到處有耳目。異國戀情，或者網路認識，總之很熾熱，充滿探索的熱情。只是這種熱情讓她覺得好陌生，她已經好久沒有講過電話，在台灣最後一次講電話是和那個禮儀師陌生男子聯絡事情，內容都是繞著送行亡魂。和亡魂熟悉，和生者陌生，那陌生男子冷冰冰得很剛好。

定海之後，蟬跑到了她的夢中，敲著她的心，哀怨他們的愛情嬰屍已成千古遺骸，陷落在記憶黑洞的他一張哀愁的臉，她往韶關去。啟程前往南華寺，禪師走訪江湖，最想要得到印心之地。

過去的旅程像霧中風景，像是腦額葉被置換了其他事物，她想起來都是模糊的碎片。

她抵達南華寺時已經天黑，廟門已關。像是青春時期去獅頭山一帶掛單，總是遲到，趕到時暮鼓已敲，央求通報認識的師父才進得了寺院。

她是最不趕時間的人，於是就在寺院附近的旅店住了下來。

67

此山可建梵剎，吾去後百年，將有無上法寶於此弘化。預言應驗，她常著迷預言，比如佛說吾去後五百年，佛滅。吾去後百日，汝可放心上路。她恍然覺得母親的臨終之語，是禪語再現。

旅店附近可以看見曹溪佛學院的僧人，一千五百年前的寺院，那個在島嶼神變月總是得拜了又拜的梁皇寶懺，現在和梁皇賜名寶林的寺院相逢，感覺就像從網路社交媒體來到約會現場之感。她的行李中還帶著當年來到這座寺院時拿的結緣佛經，一句「應無所住而生其心」讓尚未名為惠能的柴夫心開脈解。獅子吼曾提醒她，惠能不可能不識字，這是禪宗公案，公案就是謎。就像她的抵達之謎。

嶺南彼時被視為未開化的蠻人，惠能也被俊美神秀戲稱是獦獠，惠能說佛性不分南北，立馬神秀就被比了下去。千年菩提本無樹，明鏡亦非台，此等空性難難難。還是心如明鏡台，時時勤拂拭，比較心安。大師姐曾說了她這個人不是無樹也不是有樹，不是時時勤拂拭，而是乾脆火燒明鏡台，一走了之的人。她聽了覺得大師姐真是明白她，她的空無一物是假的，不是本來的無一物。仁者心動，她是能者心動，大動聲色是她生命的落陷處。廣州曹溪華南寺西來庵，千年菩提路上是開了又謝，謝了又開，是風動心動旗動的扣問，但最終利根者幾稀。人人不僅無法是惠能，還可能是一堆假惠能，唯心成了自由心證。神秀卻有可能，有對境可依，有漸悟可緩衝，明白身是菩提樹，時時勤拂拭，勿使惹塵埃。她的塵埃飛揚，青春塵埃遮住了佛光。

那惠能未曾上過一次正殿，未曾聽聞一次法會，在獵人隊生活十幾年。當一個偽獵人，白天看獵人殺生，夜晚為獵殺超度。在受難之地卻不受影響，她想這是否是個暗示？紅塵才是修行地。但她沒這種定，她還是需要被迫關起來才能定。且異鄉晃蕩需要介入一個團體好安頓存在，於是她在南華寺外看見一個靜修團，大概是所謂身心靈的營隊，一種類似的靈修營。假靈修真放蕩？呵，總之她這個提早進入家庭空巢的人，一個人何處不天涯。任何事到了歷經風霜時，好像都變得可有可無。但報名後，她卻又很期待入營隊的時間趕緊到來。

等她加入幾天後，她才發覺這些名氣很大的靈修中心常常也不過是另一種渡假中心的變形而已。靈修中心住著一群看起來有錢卻怕死的男人，他們藉著靈修以延長壽命。也有一些是怕老又遇到婚姻或感情挫敗的女人，藉此來延長青春。因此攤開實相來看，靈修中心不僅成了眾人的渡假之地，還有點像是交誼中心。她到這個靈修中心報到時，就在領了表格與打禪坐換穿的衣服後，轉身竟撞見王玲。

妳怎麼也在這裡？王玲問。她心想是我問妳吧，離開獅子吼的妳不是改信基督教了嗎？王玲笑說是去教堂了，但心還是不定，心不定就還是習慣打坐。她不能佯裝沒見到王玲，只好相識一笑。在這麼偏遠寺院附近的靈修中心都會遇到，想來也是緣分，再也沒有比緣分更好用的字詞了，緣分就像國際中心常掛在嘴巴的業力與輪迴字眼，當使用這些字詞時，常常不是基於對於字詞的尊重或了解，只因字詞的方便性。

她暗暗希望下回到高原時千萬不要再遇到王玲這樣聒噪的人了。

台上的領導者要大家高聲念，我相信人可以成長、被改變，開拓新可能。她聽著自己如蚊子的音量匯入了在場人的高聲分貝。人是可以作出改變的，改變帶來醫治。你必須渴望被改變，我們不能改變過去發生的事，但是可以改變這些事對我們的影響，學員盯著大螢幕秀出的金玉良言，每個人不斷念著螢幕的字詞如梵唄唱誦的音波侵擾著心，她忘了為何身在此處，周遭這些人是誰？被治療的人為何痛哭流涕，彷彿度過神祕的贖罪時光。

王玲說她參加過多次的靈修與心靈治療活動，算起來費用大概也破百萬了，卻感到自己永遠都在外圍，像是一台拼裝車，像是一個永遠都無法被催眠的清醒者，很難隨著口號與暗示進入天堂或者進入地獄般的過去自我審判。路邊的霓虹燈閃爍著神愛世人的字眼，或者電線杆貼著南無觀世音菩薩的字眼，燕子飛過諸神的黃昏，她望著血色的落日卻感到迷惘。雖然她一直被認為是堅信者，但其實她不是。她像是生命被套住轡繩，卻無法解套。

他們的皮包與物件都被收了起來，包括手機和一切慣常用的物品。將你的習慣變成不習慣是這裡的訓練之一，推開國際中心的禪修大門後，一切門後的身後事都將化為煙塵，禁語與過午不食，對她起初是難事，山下世界的她得話說不停，餓肚子對嗜食者是難忍得忍的難關。三日不舉火、十日不制衣，真正安貧樂道者。將五官打開又關起來也是必要的對境練習。酸甜苦辣辛嘗遍。打坐眾生相就是日常相，她聽見有人不斷打嗝，從胸膛一路咕嚕咕嚕打上喉邊的陣陣痰聲，好熟悉，像是母親病床旁的死亡咆哮聲，近了近了，又遠了遠了。或有身體不斷搖晃的，或練習頭頂著燭火而燭台不能落地，有人差點燒到頭髮，她聽到隔壁的人打破禁語規定竟尖叫連連，唯恐成了自焚者。

有一天她在午休時光跑去寄物櫃，發現自己辛苦從島嶼一路小心翼翼帶來的禪納杯竟破了。旅行用的禪納杯摔碎了，陶片擱在木藍染的布面上，她感到有點憤怒，那是被人為打破的，上面寫低頭看得破，但她如何只是因為文字表象就看得破？難道打破的人沒有慈悲心？她知道是好意，但好意不能單方面這樣想，否則好意是對誰的好意，她一連串地發出問號。她知道自己很仰賴一些物件的習性，尤其對美的潔癖，喝茶不能用塑膠杯，吃飯不能用免洗筷，內褲不能穿免洗褲……因此她連旅行的陶瓷茶杯都帶在身上，此刻卻破了。

中心推廣零購物零消費理念，總說人生要清風明月，要有利他之心，但只要是辦財神法會，或有助個人功德福報的事物卻都不說零消費了，最好多多益善。中心義工告訴她，這可不是消費，這是投資，是投資到未來淨土的資本額。人生大道理多如牛毛，卻未必適合自己，如果你站在賣東西者的位置就不會鼓勵零消費。不思善不思惡。她念著牆上的禪語。鸚鵡禪即將離開，她打開寄物櫃，心情複雜，之前的憤怒變得感傷，但也不是以物喜以己悲之類的傷懷，而是感覺自我也正在碎裂中。同時之間，母親給她的貼身遺物一只玉環竟也碎成兩半，她望著兩地相思的玉環心想這難道是徵兆嗎？是該離開這間名氣響亮的國際中心嗎？外面的世界才是真正的禪坐之地？

在山下說是來打禪七的，但她在山上枯坐七天，望山望海，就是海枯石爛了，她知道妄念如潮水，別說沒有打破妄念，是根本無法斷念，煩惱無邊誓願斷，如何斷？她天生有打破砂鍋問到底的疑情精神，她總是扣問連連卻不得要領。難捨難斷難改難戒，有如一邊清洗生命這具大鍋，一邊又不斷沾染火焰火灰以烹煮慾望。即使江湖一點訣，知悉這密語深義卻又如何？這世界充滿密義暗喻，但仍無法解決煩惱纏身，禪七成了纏欺。到第七天時，她離開寶殿，向菩薩請給予她千山萬水的歷歷跋涉，如果這條路於生命是必須的。再枯坐下去只是打瞌睡或打妄想，花大把金錢靈修卻很浪費時間，她沒有告別王玲，決定偷偷摸黑下了山。

山岩沉默，它們動也不動，原來原來個個都比她都還會打坐。

68

在一路下山的路途中，月色明晰，她的影子一路兜蕩在前，想到一個無聊的問題，沒有光就沒有影子，她忽然擊額大喊原來原來，光與影，人與境。奪境奪人，或兩不相奪，問題的關鍵。自己不屬於這裡，但自己屬於哪裡？結緣的法師在白天時曾對她說無論如何要堅持到最後，繼續打下一個禪七，就是父母親死了也不能下山。但他們卻堅持沒有開悟者不能下山，就是山下你的家發生大火也不能下山，她搖頭拒絕。誰能證明我開不開悟？她想。因為不讓人離開，只好半夜竟像是逃犯似的躡手躡腳地趁著月光徒步離開了位在半山腰的營隊。她走到山下時，天色正露出如開天眼般的淡粉色光芒。

當光亮抹平了眼前大地時，一輛卡車在她面前停了下來，荒山野外，只能先搭便車。卡車司機正好下來撇尿，對著某叢林解開他的褲檔，吹著口哨，輕快地解放。旭日東升正一點一滴地爬上山頭，山色橘紅，也緩緩將絲綢般的焦糖色澤裹在他的命根子上。見他抖甩了一下，拉上褲檔時，她快步趨前詢問搭便車的可能？轉頭卻是一個長相算得上清秀狀似大學生的年輕司機。

年輕司機用眼神示意可以搭便車後，她就跳上了這部載滿了一串串看似被支解豬肉的卡車。送肉？她看著一點也不像是屠夫的斯文司機好奇地問。司機說，只是打零工賺學費。她忽然想起蟬男人，相片裡年輕的蟬，一個遠去的島嶼戀人，她對這位陌生的年輕司機忽然就萌生了好感。先前在上山充滿檀香味的大雄寶殿，突然一夕之間轉成了腥臊的肉味。在打坐營茹素的胃中滾動著一股前所未有的甜味，同時噁心之感直衝上喉間。不知這甜腥味從何而來，陌生的氣味流竄。

車駛進市區，窗外小城營生繁絡，看見一堆人擠在一張海報前張看著，拜卡車的高度所賜，她依稀能見著一些字眼，這些字眼像是磁鐵定定地吸引她的目光。司機像是知悉她是個浪跡天涯的旅人，沒有什麼事等著她忙，他給了她一張名片，說是他要前去送貨的地方是一家規模龐大的研究醫院，研究人類不老科學基地，需要打工的人，她若需要可以去這裡打工。

醫院！她聽了笑，看著名片意味深深地只是微笑著。司機不明白她的笑，以為她不喜歡醫院。她說醫院不可怕啊，死人可見多了。她當然不是不喜歡醫院，而是她不久之前才離開母親那漫長診療過程的醫院。

妳沒事就來吧。

你怎麼知道我沒事？

他笑說會從那個山上的什麼國際靈修中心跑出來的人，還會有什麼事，不都是沒事找事，一群自尋煩惱的人。她笑著想這司機還算明眼人。年輕司機轉動方向盤，黝長睫毛有神地閃動著如海水般的黑潮，睫毛深處像是神祕地心，不可知的神祕幽微都泅在裡頭。她瞥眼悄悄覷著他，心裡的某個部位忽然有點痛，任何人見了這個表情就知道定然是想起什麼心愛的人的一種揪心表情。她是嗎？她還有愛嗎？她看著這個長相有著蟬男人神色的陌生人，心想難道就為了年輕司機奇異看向她的神情而心念搖晃？

母水父土遠去，在大齡入口，她變回一個人，來到陌生地，看來好像要跟自己過不去，但天地只剩一個人，誰會跟自己過不去。

她點點頭對司機說，好，沒事再去找你。

司機說起最近願意捐獻大體的人少了，醫院不太需要僱用臨時工，因此他幾乎成天沒事幹，他就黏在給外國人使用的網路咖啡館。年輕司機說著將卡車停在火車站，放她下去後揚長而去。這種揚長而去的分道揚鑣很乾脆，相較於母親的漫漫長夜直如雨季。母親打到死神兵臨城下才願意繳械，打到山盡水竭母親才放手。

ཨ 中陰轉運站

69

輾轉抵達接駁高原的成都，過渡的城市。

記憶挫骨揚灰。

她在旅館裡打開不曾打開的行李箱夾層，突然聞到空氣中飄散著熟悉的氣味，才發現自己出門前帶了幾包母親吃剩的一餐一小包的奶粉，破掉的奶粉灑滿夾層，那氣味橫生就是母親再現。在旅館裡聞到那味道，想到母親往昔臥床如巨嬰的樣子，母親軀體的氣味她仍聞得到，但屬於母親的色身已成灰燼。那些不存在的童年去哪了？母親永遠塵封，沒能再說過那悲慘的童年。而她自己也只能在夢中預演一回又一回，直到夢醒不再流淚。悲傷可以練習，但死亡無法練習，赴死境者無人回來報信。

她在旅途裡特別不想要跟別人熱絡，她那麼容易哭泣，一丁點風吹草動就哭泣的人。當時她想就是聖湖的藍眼淚滴滿這塵世也不夠裝滿她的眼淚。母親生病以來，她更是像得了憂鬱症似的，一粒沙吹進心就會瓦解一座大海。修行與寫字都要慎防濫情，但她明知卻故犯。

在這中轉的港口，解除憂傷的方法就是放空。每天無聊到了夜晚就是看大陸那稀奇百怪的節目，尋人節目裡無數被棄與棄人的故事或半生緣的無緣情人或朝思暮想的初戀或雙胞胎被拆散的無言結局。女兒尋找罹患精神病走失的母親、尋找親生父母，時間之門打開的剎那等待落空與涕淚交織。

小時候她也怕走失，每每逛夜市時卻不見母親很多回。都因為她貪看小販賣的東西而耽擱，一轉眼母親卻不見了，小販看她哭了，要她在原地等，安慰說媽媽一定會回到原地找妳，妳千萬別亂走。

果然看到母親著急地尋來，她破涕為笑，看得出母親又驚又喜，因為她的眼淚。

媽媽牽著她的手說，妳看如果沒有媽媽妳怎麼辦？

多年後她想著那時母親的歡喜，因為被女兒需要而高興的樣子，這可真稀有。多年後，她卻把母親留在原地，尋回原地，母親已變成不啼不笑的老巨嬰，十月還無法吐出苦難，多少個十月才能吐出的母體。她在旅館裡看著電視節目裡關於別人的哀歡離合，那麼巨大的中國，超級故事的糧倉，彷彿也在治療她的傷口。走丟的，走失的，被偷走的，被掉包的……種種怪誕的失去，或者在外面偷生的，私生的，得驗ＤＮＡ的，即使再相像也得透過科學檢驗的，誤以為找到了卻撲了場空的。那些離散的古老故事卻不斷上演父母與養父母的雙重艱難與人生調包故事，在相認淚水流下之前，則是一張張充滿猶疑與不安的神色。

她看見那個纏著她不放的男人，那個在她的筆記裡代號蟬男人的他者，也曾在島嶼一起看過這個尋人節目，他當時戲謔說，如果我走了，會從外太空發信給妳，即使我到地府。

蟬男人無預警地也快速地離開了她，纏繞多年，離開一瞬。

纏綿臥榻的不再是身體，而是愛情。

她真正是一個人了。她現在才理解，原來要變成一個人也並不容易。她不喜歡用孤兒兩個字，因為一個人並非孤兒，沒有孤的感覺，而是不再有牽絆。沒有牽絆，沒有人拉住她的行腳，以前會害怕這種空無的感覺，但從未有過的輕鬆偶爾會襲來。除了記憶干擾之外，一個人的狀態她知道至少會陪她走很長的路。一個人不是沒有伴侶，也不是沒有愛情，而是她不要關係，關係是牽繫。她這麼地告訴著自己。一切都會結束，當咬牙撐到結束的那一天時，她發現並沒有那麼難撐。當時覺得難撐是因為不知道何時才是盡頭。就如同母親臥床，突然母親要離開那一張相依為命的電動床時，瞬間覺得時光之神腳步如此迅速。等成了冰山，等成了牆上一張肖像，一切只剩離開的背影。

母親走得好，必須殘忍地這樣說，有人如是安慰她。她記得那些年，到處聽到的都是誰的父親如何，誰的母親又如何。有一天她參加一個活動，一個前輩老者遲到，大家等了一陣子老前輩又來了電話說家裡出事，以為是老者生病，結果是老者以哭泣的聲音說是在科技公司上班的兒子中風，兩老到了晚年要照顧還沒有結婚的三十幾歲左右的兒子。聽到這事情時，她不知如何安慰電話中的老人，只匆匆說趕緊去忙，其餘事都不重要了。是不重要了，她掛上電話時，心裡又再次這樣說著。什麼是重要的？她心裡空蕩蕩的。

在島嶼母病那些年，她只要有機會到外地，就繞去當地任何一個郵局的信箱投遞信。從台北許多角落或者外縣市寄回和母親窩居的住處。一方面標誌這幾年來她都去了哪裡，兼且佯裝偽旅行的虛意浪漫。就像有些女人生日或情人節會買花送到辦公室給自己似的。但她的內在其實並非此族類，因為她的生活空間沒有他人，不須做給別人看，唯一的參與者是眼盲又失語的靜態標本。但打開信箱，收到信時，都有一種母親寫給自己的喜悅，母親變成一個讀書人，母親的遺願可以被完成。信是自己寫的，她一時之間收到信時卻不打開，留待以後再打開。她收到信後，就直接放在餅乾鐵盒，還放了木炭，以防受潮或被蟲吃。和母親傷別離後，作為時光紀念物。她的心一直還沒整理好要閱讀這些以母親之名寄給自己的信件。她把信件放在行李箱裡，和她一起移動。

每個旅館抽屜擺放有特製的信紙信封，但這樣的寄信服務隨著智慧手機來臨，信件服務幾乎乏人問津。愈來愈少人會用到信封信紙，連打掃的服務生幾乎都忘了要檢查是否需要補充信紙信封。或者有時候旅客拿信封信紙只是把它當成來此一遊一宿的紀念品，或者拿信紙來蓋紀念郵戳。因此像她這樣的旅人每天都要櫃檯幫忙寄出信時，櫃檯女孩顯得非常樂意，但同時也感到好奇，因為她的信寄的永遠是同一個人的名字，同一個地址，她總是提醒女孩要記得寄出，唯恐被丟包。寫著沒有人在家的地址，那曾裏住母親和她的童年老屋早已傾頹，那曾經囚住母親色身病體的電梯面海房間也易主。寫給自己的明信片，和之前她寫給自己的我有一封信如出一轍。但情緒截然不同，她感染著四周旅人的幸福，卻不知要寫下什麼。悲傷有話說，幸福反而沉默了。就像高原，重視無形比重視有形隆重，期許來生比期許今生的夢要多，凝視一個不能靠近的出家身體比擁抱一個渴望焚燒的色身熾熱。

一切都是為了回到家的路。

三關齊破，過去現在未來，她的三關不僅未破，且牢牢地關住了她。

轉經輪也許轉到無法轉了，她就明白了。

這夜，她終於第一次取出過往用母親名義寄給自己的一疊信。收信人她，寄信人秋老虎，偶爾她會隨興在寄信人上寫著她曾給母親取的各種外號，虎霸母，秋老虎，秋天的母親，深秋的貴人，相思的秋，喜秋的桂花香。這些信，漲滿她胸口的疼痛感與母親過往的存在感瞬間襲來，轉眼轉瞬，是處有芳草，滿城竟無故人。隨意取出其中一封信，展讀開來，好像在讀一個熟悉女子的來信，女兒擬仿母親的信，其實是自己對自己的期盼，自己等待自己的時光書。

親愛的我的好女兒，謝謝妳陪母親這段路，這段路走了這麼久，久到我都快遺忘自己也快遺忘妳了。經常必須依賴妳在我耳邊叫喚我，摸我，我才能有幾個吉光片羽地想起妳，我至愛的女兒，唯一的女兒，妳對我真好。

媽媽是一個不會表達愛的人，只會表達恨。恨裡有很多愛，我知道妳知道媽媽愛妳，因為這個愛，使我耽擱了上路的時間表，誤了這麼多時，媽媽的這口懸念，終於要吐出最後一口氣了。在吐出最後一口氣前，愛充滿我的肺泡，別人是夫妻肺片，我們是母女肺片。

一口氣上不來，將往何處？女兒要我往哪，母親就往哪。

相思的秋

70

在黑暗中，她又看見那西部平原靠海的小旅館房間，散發霉味與海水氣味的潮濕房間，離小鎮的火車站不遠，更遠方有千根煙囪，日夜燃燒，如地獄之火。

小火車站的微塵眾是末日荒涼的取暖者，車廂內擠著人，但一直開到快看見海的時候，車廂內只剩下她和母親，一個盲眼的老人提著一個鳥籠，老人裡面的鳥倒是眼睛發亮，一直盯著她看。她從塑膠椅子上溜下來蹲著看老人擱在地上的鳥，照進光的車廂將鳥的羽毛薰染成整個冬日最暖的微火。她的手指伸進籠中，摸了鳥羽，像是觸電地退回了母親身旁，母親從打盹中醒來，突然匆匆拉她下車。母親揣著她，幾乎是邊拉邊跑似的趕上另一輛客運。

客運老舊鐵皮凹陷鐵漆到處脫落，椅子有的傾倒一邊，隨著車速險險欲落。母親帶她往港口去，往幾艘船去，幾張臉從船艙露出，母親打開手上的包包，船艙的走私人伸手遞給母親一些包著報紙的東西，很多年後她才知道那是英文報紙，裡面包的是白蘭地約翰走路萬寶龍香菸。這些洋鬼物帶給她往後好幾年的流徙，且好像是生命從童年起就開始烙印的洋墨水，讓她往後走得很遠。母親不知這些洋物來自哪裡，卻無形中把她的女兒送往那些個地方。母親是她的童年買辦，提早將未來送到她的面前。但那些流徙，卻是一連串的哀歌，沿著商家低聲下氣地販售，或者被戴帽子的賊仔頭抓去關個幾日，母親都叫警察賊仔頭，有時候母親必須賄賂賊仔頭才能免於被關的卑微，那是母親強勢如女皇又可低下如奴隸的樣子，這給了她對人世有很寬很寬的想像，讓她對人性萌起很深很深的哀愁。

落腳旅館成了母女這段行商之旅的中驛站，她們母女的絲綢之路。那間旅館，一邊面海，一邊可以看見後方的鐵軌遠遠地延長而去，那是她的世界盡頭，卻是母親世界的起點。

不知何時她才放棄醒的堅持，沉沉睡去，直到夜行的火車聲音把她吵醒，夜行火車閃亮而過，轟隆聲響伴隨著海潮音，鐵軌刺耳的摩擦與火車的鳴叫蔚為夢中的奇花異草。她睡得汗水淋漓，黏稠的髮絲如海藻雜亂一團，她睜開眼睛，白亮的陽光下，母親在擦著她的汗水。另一個房間是她幫母親擦汗水，母親的身體忽然變成了嬰孩，但頭部還是大人，叫喚著她，罵著她，要她去死。嘴巴射出火焰，燃燒著她。母親，從年輕到晚年都是這樣，愛與恨都強烈。或者母親和男人打架，罵那男人鳥蛋卵葩就是割下來餵狗連狗都不理。是不是母親一生說太多的髒話，晚年要被禁語呢？獅子吼說的業力，很容易就被語詞的方便撿來用，去脈絡化容易，只是歸結，卻沒有細節。她在母親失語的晚年想著語言。自此千言萬語都被封印，是不能說不是不想說，呵呵啊啊嘰嘰歪歪卻無法變成咒語的嗡嗡吽吽呸呸。有一次聽獅子吼念咒語聽起來像是衣衣烏烏麗麗嘎嘎咂咂哈哈的連音，她後來都把母親的呻吟聲轉成這個咒語，子音母音咒，或許也可以是觀音了，音聲而成就。將聲音摺進這句咒語便利包，彷彿母親就安然和菩薩星球通聯。

她摸著胸前小寶盒，母親像養在紙盒的蠶寶寶。連倒下來都這般風風火火的母親已經徹底縮場成慈恩塔內地藏菩薩的信眾。玉石罐內一把灰，素色雅致的玉石上還加貼了一張招財進寶的紅底金字，母親一生最憂愁的錢財都在裡面，陰間好上路的資財。

顛躓的車程，晃動的夜行火車，弧形轉身時可以看到冒著黑煙，車內搖晃著擠滿像幽靈的模糊的臉，鐵龍正要穿行廣漠無人煙的墨色風景。她被擠到角落，面對著那扇關不起來的窗戶，風一直灌進來，隔著幾個農工民工，有個女孩咳得像是風鼓，女孩的母親的手裡還抱著嬰兒，另一手拎著包包，無暇也無多餘的手去拍拍小女孩。風灌得她打哆嗦，鼻子吸滿了黑煙。黑煙像著火的夏蟬，一路沿著鐵軌嘶鳴竄去。在這失去母親之後的第一場客途驛動，像是她那注定的飄泊離散隨機組合萍水相逢的異鄉人生，黑夜的煙塵風，她站著闔眼，風沙如刀磨著她的肌膚，四周的農工農婦氣味像是餿水倒在陽光曝曬的瀝青馬路，一車的人在集體作夢，夢十分陰慘，坐在位子東倒西歪的人睡醒醒睡，老人風寒地咳著，像是得肺癆病的人癱在角落裡任搖晃的人控制不住腳地老踩著他的爛布鞋。擠得沒有空隙移動身體，靜止如死亡肖像的人，停格在這晦暗如冥河的空間，一路任停不下來的鐵龍，像是著火般地鳴笛奔向曠野，等待一座城市來救贖他們，或者等待被觀光潮即將覆滅的神佛淨土發出最後一艘船即將登陸的訊息。登上淨土的星束幻影掃到哪一張臉，哪一張臉就被打上記號，如被揀選者。如何被揀選？守好五戒十善的人，殺盜淫妄酒，個個做不敢說，燈光一照，原形畢露，人人張望著被光照到或不被照到的人，彷彿昨夜才和某個人交歡淫慾或者才狂喝酒都被暴露在光的面前，無所遁形的光射，將每個人打回獸的原形。放下屠刀立即懺悔，是否有額度可以趕上這艘船？半獸半人的馬頭明王牛頭明王孔雀明王象鼻財神看著她說，不然妳要變成什麼？我們或可夾帶妳前去淨土地獄一探究竟。變成虎頭明王呢？秋老虎媽媽，她想讓母親先登上。虎頭明王？她聽見重複的戲謔聲音。我看變成虎神比較快，虎神在寶島是蒼蠅，那變蒼蠅王。蒼蠅總是不懷好意，她看見蒼蠅鑽入七月中元的大街狂歡，正要鑽進裸露著屁股黑洞的雞鴨鵝時，她醒了過來，那個一路咳嗽的小女孩拉拉她，朝她微笑，好像是她夢中的孔雀明王般的燦爛。她疲倦地對小女孩笑著，跟小女孩媽媽說，要去看醫生吧，咳得厲害，那個媽媽沒表情，一副不在意的樣子，只猛拉小女孩往前擠去。

時間不知過了多久，她的眼皮沉重得張不開來時，才發現黑夜已然散去，光束裡的懸浮粒子清楚地遊移飄飛，鐵龍停了下來，那扇關不起來的窗戶像個眼睛被挖出窟窿的死神，空洞地盯著她拿行李，被粗魯地擠來擠去，她是最後一個下車的人。那窟窿似的眼神，似乎告訴她，撐過這樣的夜，這樣的風，這樣的冷，這樣的煙，妳的肺還像活魚擺動尾巴似地跳動著，妳可以上高原了。

此去高原，訣在高原，妳將更名貝瑪，白蓮花。

71

抵達中轉站成都，她生病了，是車上那關不起來的那扇窗灌進整夜的風，是那小女孩咳嗽竟夜的感染了她也受到風寒，也或許那個小女孩一直叫著媽媽媽媽，讓她整夜胃抽疼頭泛痛。眼睛滲滿血絲，頭重腳輕地如喝醉般地搖晃著，沉默地在旅館長廊盡頭取水，熱水瓶用木塞，古老得整個旅館都不曾年輕過似的。將電湯匙放進鋼杯，靜靜地滾著水，等著煮泡麵。泡麵吃過後，身體才有了點暖意。她從背包裡取出帶來的感冒糖漿，旋轉蓋子，輕輕地將轉開的鋁片卸下，免得割傷手指，媽媽教她的。家裡曾經堆著滿滿這種葫蘆罐的糖漿空瓶子，生病就喝糖漿，甜甜的藥味，像是用來誆身體細胞的假藥。但喝過後再喝熱水，整個頭痛倒也趨緩了，假藥治真病。她感到極度疲憊，像是在母城剛剛離開母親房間的那種疲憊，不是身體的疲憊，是心的疲憊。母親的房間已然成為下沉的島。要回到母親的身邊，得歷經多少歷程，安養院退收，安寧病房退回，怎麼做都不安，能安母親心的只有女兒了。那間沿河居所，漫長如母親歷經寡居，無數寡歡的日子。

龍樹菩薩在尚未獲得菩薩位階時曾被獲准進入龍宮短暫閱讀經藏典籍，時光有限，書藏無限，因此必須能記誦且能速讀。龍樹菩薩入海龍王的宮殿，想像祂在海裡限時讀經，這超越了她的想像力。菩薩在岩石上留下手印腳印，成佛者繞行世界不需一天，而他們花費一生也到不了世界。

有人敲她，打段思緒的浪。大師姐敲她問她在哪了？

她笑說剛從墜落人間罪之華的深處要爬起。有性生活卻無情慾的陪病時光，是臥床的母親與蟬男人讓她一下子失去身體慾望一下子又燃起對身體慾望的兩端。她看著電腦螢幕上小丑傳來高原曬傷的小麥烘焙膚色，加上高原的氛圍，她才逐漸恢復了生命的趣味，努力從長期罪惡與勞心勞身之中拔除舊殼，等待蛇蛻的裸露是最痛苦的難熬。這些年，即使和蟬男人去摩鐵，她的慾望也是冷冰冰的，從離開母親病房到前往摩鐵時光，她常聞到自己身上可能沾染著死亡的況味，連她自己都聞得到身上一股藥味感。當然這是視覺灌輸自己的嗅覺幻覺，雖知道卻燃不起慾望之火。

靈肉得分家，肉體是肉體，靈魂是靈魂，如果難分難捨而精神分裂，別怪佛，別怪獅子吼，怪妳自己沒本事，她又自言自語，扭開水龍頭沐浴，在異地強烈慾望瞬間如五層樓高的海嘯襲來，一切都無法阻擋，這種感覺在每個月見紅的日子前後也都有過，但都沒有這一回強烈，該死的賀爾蒙，白骨觀修一點用都沒有，情慾沒有變成白骨，卻變成白骨精地追殺而來，反撲力量如海嘯震波。她以為隨著蟬死去的情慾仍隱藏最後幾股震波地搖晃著。從而明白自己只是壓抑來襲的慾望罷了，受到教育所給予的框架，她總感到羞赧與罪惡。但如果她一直都沒有結婚，是否永遠都要活成一座古墓？她洗冷水跑步勞動，提醒自己不欺暗室，因為罪惡感將足以刺殺自己的夜晚。

她坐起來深呼吸，練習打坐靜默，不言不語，不動不能，不思善不思惡。但她曾想要問已經變成天主基督信徒的王玲關於神的上揚與人的墮落問題，如何解決慾望的需求？伊甸園只有夏娃，這太孤單。索多瑪和蛾摩拉兩座城火焰飛舞，當神用大火傾覆這兩座城，罪的灰燼卻如紅字拓印人心。她遇見久別的王玲，王玲看起來頗無欲，但不知為何卻讓她覺得更悲哀。

她住的這間旅館叫隔壁子，住在這裡卻要把自己當成隔壁的人，難道這旅館的人也懂超我的修行，喝茶時光慢，這城慢，唯獨吃老媽兔頭時特別快，生怕兔頭一下子被搶光。

旅館的某個打工妹，頸上的十字架總是晃啊晃的，十字架本是人子的救贖，但打工妹掛著只是個裝飾物。想到這裡，她摸摸自己的胸前佛像，她將雙手扣到頸後，也把佛像暫時摘了下來，她想自己是否也沾污了佛？還是沾污了自己的心？又沾上什麼污？她望了佛像幾眼，她將佛像收到背包裡面的證件夾層。她沒想到這時她竟渴望蟬能飛來，以前可是多麼憎厭他靠近，現在渴望他靠近而不可得，人真麻煩，她嘆氣躺回床上，頭痛暈眩著，天花板上浮現一座壇城，像是母親病房天花板上她手繪的壇城，她盯著連眼皮都捨不得眨下。突然要仔細看時，壇城景象消失了。這種擬仿的幻象，就像她多年前曾和朋友去過一家上海酒店，黑暗中她看見好多明星的臉杵在許多男人的酒臉橫肉之中，鞏俐范冰冰章子怡，但再仔細看才發覺她們是故障品，鞏俐不說話，原來是瘖啞人。范冰冰袖套拉起秀給她看手臂，被火紋身過。章子怡可以說話，但聲音沙啞到如海底的鉛，喝藥自殺過的後遺症。但她們的臉都美得像明星，在酒店已是高檔的美麗幻影，足以支撐一個夜又一個夜。肥胖的時間，滴答而過的是錢潮。天亮前結束蜃影，一切都還可以笙歌如常。

蟬男人在纏住她之前，其實是一個任何女人都無法纏住他的率性任性的人，事業如日中天，到大陸酒店就像到林森北路。有兩年因為要將機器賣到大陸，在大陸閒晃兩年，各種奇怪身分與光怪陸離的闖入，坐拉長型黑頭車或者騎腳踏車逛市場，他就這麼晃著，他身邊當時有個助理，很漂亮但他不敢動這種良家婦女，深怕被仙人跳，除此都像個紈褲子弟地遊山玩水到處留情，他看過農工移工彼此在工廠噬血幹架，投資過養著一整籠如牲畜的各省北漂南流的女工生產線，球鞋牛仔褲腳踏車名牌包，藍染牛仔褲工人經常來敲他們的時候把他嚇了好大一跳，以為走來了廟會的黑衣人。或者去看過擠著數不清多少口子的歪樓地下室，當然他住在五星級酒店，沒有人陪同時，他一個人出來亂晃絕對是裝混混。

他是島嶼第一代回到父輩原鄉的離散者，但他身分特殊，小時候被叫外省豬後來才知自己根本就是本省牛，當年很多養子養女。養父是台糖高官，認了親娘看見自己有血緣的兄弟，卻都矮他一個頭。也難怪，蟬從小喝牛奶吃蘋果，回到父親老鄉更想要長臉地灑錢揮霍心態，他和後來在大陸的年輕島嶼人其行徑就像兩種不同基因遺傳導致了不同的光譜，形成各自表述的差異。比如他曾匪類地支付過整棟酒樓的酒錢，就只因心情好，酒館茶几腳不穩，他用人民幣鈔票墊進桌腳的隙縫，吃飯不用找，那簡直就像後來他落魄時常在車內推擋器旁找零錢一般。他移居到其他縣城時，全部放在房間的東西就送給了那個一直跟著他的大陸助理。極品女人他見過不知凡幾，維吾爾族女人的那種亮麗到整間屋子都為之放光的美艷他說見得還少嗎，但偏偏後來他卻黏上她這個不起眼的女生，把她放在美女如雲的美艷空間，她只會是一粒死亡後的星塵。那些美女很吸引人，不管仿冒或者正牌，在酒店的空間裡，她們都是燭火，燒向男人的蛾身體。但離開那個空間，她們的美都成了酒氣，一開瓶就消失，且勢利如刀眼力如劍，個個都精如鬼王狗王，他們一幫男子一落定，酒店女郎能聞到誰是付錢的誰是有錢的誰是老闆誰誰是囉嘍。

妳不一樣，妳是我的寶貝，人中之寶。蟬聲悠悠，她聽了笑這人中之寶，就是藏語的仁波切。蟬說我不管仁不仁波切，我只管心切於妳。真是歡喜冤家上門了，只能這樣說了，不然大江大水大美大錢都浸泡過的蟬，為何要獨獨落在她的這株小小枝頭上，且最後還把她整個枝頭蛀光光。為何之前如此揮霍的男人到了晚景卻總是兩袖清風。但又想，蟬沒錢是真的，可沒錢有沒錢的過法，也不至於非黏她不可。她第一次感受到業力的風吹來，這種深刻的不可解的亙古留下來的業力負債，就是起於蟬對她的各種行徑與牢牢黏住的不可解，還有母親對她的不可解，母親何以如此執著於她，而她又何以無法輕易擺脫？對於不可解的神祕相逢，只能遵從。遵從比抵抗容易嗎？不，遵從很困難，在所有的堅強都像不斷鎔鑄在火裡的鎏金佛像時，佛影消失，只剩黑金如墨色與燙灼的漿，當傷痕無法變成智慧時，只能對際遇賣傻。裝瘋賣傻，或可以偽裝而躲過一劫，一點清醒，多半糊塗，時光易過。最後成為陌路人，再將鐵漿鎔鑄成佛。那些被鎔鑄掉的佛，要再打造成佛，不知要歷經多少煙霧瀰漫的無情光陰。

一個長年照顧母親的人，從病房的哀視感轉成逸樂的旅館，從頻繁清洗到再也不用清洗，不用摺棉被，不用買衛生紙不用買水不用買牙膏不用買尿片不用買牛奶，這使她感到無比的放鬆，但也感覺一種說不上來的奇異。她現在才明白移動的滋味。一路上行過的風景都得仰頭，大樹大景大樓，拐進一些大樓旅館，她就像老鼠穿街，混入了人群雜處。雜誌上的旅館廣告：奢華時尚的旅館，擁有專屬管家，提供二十四小時服務，免費熨燙個人衣物，讓住客有賓至如歸的感受。迷人的風采，水晶璀璨閃耀，高懸著帆船龍骨水晶燈飾，讓人聯想地理大發現，海權時代，彷彿像大航海時代。這些雜誌說詞虛幻如窗外的霓虹燈廣告，人工的美到了一個極致時也像真的了。

城市無法黏住她的腳，但卻時刻刺激著她的視覺和聽覺。川流不息的聲音迴盪至夜，她盪去一間酒吧，黃色的燈嵌在鐵灰色的老牆，走在窄巷耳朵吸著聲納，在旅館房間看的旅遊節目感到無比真實，在旅途的現場卻無比虛幻。

動物星球頻道播映著四川臥龍熊貓交配的紀錄片，母熊貓小妃子搔首弄姿卻引誘不了公熊貓武岡的慾望，武岡只是埋頭大啖竹子。電視旁的餐桌，成都時尚美女個個也猛啃著兔頭，成都美女連啃十個兔頭也不眨眼，瞬間嘴油臉油，全把時尚美女的矜持給拋了。老媽兔頭，三百六十五天將三億兔頭全啃下肚的城。成千兔頭躺在鐵盤，仰望虛空浮雲，她幫兔頭配音：乖乖，我佛莫為我流淚。所幸她的老媽和這些小白兔早魂歸西天。

街上到處有男男女女閒散地啃完兔腦花，才得空接吻親嘴。在昏黃街燈下杵成一個圈子聊天的人都像是夢境走出來的醺醺然，無法對焦。穿得暴露的女人都在等待邂逅，這像是某種隱藏身分的變相妓女，除此應該沒有人會在夜晚落單於此，她在某間看起來相對安靜的酒吧窗台坐下，點了杯啤酒，看著窗外流動者的表情。這是禮拜幾？時間感在旅途不是至關重要就是完全不重要，至關重要因為要趕飛機趕航班，完全不重要因為脫軌於日常，沒有要趕赴之地，沒有要見之人。窗外忽然緩慢走過一個拖著垃圾車的駝背婦人穿行巷弄，垃圾車穿過西裝筆挺周五來放鬆的上班族，垃圾車穿過豐乳肥臀的女人，垃圾車穿過在醉歡中吶喊咆哮的醉客，垃圾車穿過不經意流露出無限寂寥神情的清醒者，垃圾車穿過不斷自拍或者被拍的旅客，最後垃圾車消失在她的眼底。她就像走了一趟人間冰火的燒炙冷暖。那婦人穿行的路徑，是否是但丁神曲的迴旋？

傷心涼粉，吃完更傷心，辣得讓她流淚。她喝下最後一口啤酒，變溫的啤酒如變調的愛情。傷心人喝酒更清醒，虛空中獅子吼傳話說，喝酒可以一直都保持清醒就不犯戒，因為酒不再是束縛，她覺得這獅子吼可真是佛心來著。她被束縛了嗎？走出酒吧，一陣熱風，整個熱鬧街心店家的燈光仍刺亮如畫。

每天吃廉價旅館旁的麵線河粉，吃到該離開了，但她還沒去成都外面逛逛，她每天在面對著寬窄巷的旅館小桌前，寫著字。跟故土鬼魂說話，還沒有打算認識陌生人，直到快要上高原了，她想也許去刺個能提醒自己的字。

72

窄巷的老旅館牆上掛著一個大地圖，櫃檯有一個老式的日曆，紅絨布為底金飾為框，紅絨布底下是磁鐵，可以吸住每天更換的日期與時間。過十二點的夜晚，還沒睡覺的值班人第一件事就是換日期，尋找數字，然後往紅絨布一放，吸鐵就吸住了鐵製的日期，時間的臉像輪迴，逐漸增加的數字，接著走到底，又回歸為1。

屋外寬窄巷開始竄流的聲音如海浪穿過耳膜，她開始換上外衣，套上鞋子準備外出。一家位在寬窄巷的民俗風衣服與刺青店，她的臉老得比實際年齡慢，但她的心卻又老得比實際年齡快。矛盾複雜的神情不容易使人親近，但只要她開口說話，就像一個磁鐵，就會吸引人想要和她說話，甚至傾吐。

她走進一家刺青店，在門外玻璃窗看見裡面貼著各國的文字，其中的藏文吸引著她推開門。

她指著某個藏文問刺青師那字是什麼意思？

浮生若夢。刺青師淡淡地抬頭看了她所指的字詞說著，眼睛從他正在背上刺著字的人移開，看了她一下，旋即又繼續忙著在客人背上刺字。刺青的針頭和皮膚接觸，在空氣中飄著疼痛又甜蜜的微響。

浮生若夢，她喃喃自語重複說著。手中卻查著手機字典，比對了一下字，果然是浮生若夢的意思。刺青師看著她在查手機時，微微一笑，彷彿對她的不放心帶著某種嘲笑意味。

放心，我對西藏很熟，每年入春，爆發辭職潮時，就是我帶團到西藏看桃花的時節。妳應該還沒看過林芝一帶村落的山溝林間陷落在桃花盛開的景象，就像灑向虛空的花雨，對天神進行謝曼達。

謝曼達，她熟悉這個字眼，獅子吼在進行特殊儀式時也會進行謝曼達，但獅子吼不灑花，灑的是米，她起先以為是食物供養，獅子吼笑說是要把灑向虛空的米觀想成漫天花雨。

她當下就決定刺在右手的掌背靠近大拇指附近，如此只要看見手就會提醒自己。

刺青師點頭說妳可以先去逛逛寬窄巷子，大概三四十分鐘後回來就可以了。

她點頭說好，推開玻璃門，窄巷的陽光正投在瓦片上，落葉已然飄零，石板路上和瓦片上疊著深淺黃綠，檸檬黃軍綠墨綠讓她心裡想起一座島。褐色枯葉已褪盡了顏色，她的母親。她想起母親就會心痛，告別前的緩慢時光，每一刻都是啟示。秋天的母親，烈性如秋風秋雨，一路跟著，她感覺到了。

只刺一個字就好，夢རྨི་ལམ，她說。

怕痛，還是為省錢，老闆故意說。

她笑著，是也不是。

刺青師微笑著等客人走了，招呼她坐下。準備消毒器材時，說一般人刺青的字詞多半是選朝向世間的幸福詞句，愛與永恆最多人刺，鼓勵自己的就刺堅定之類的，還有剛剛那個傻子在背上刺戀人的名字，刺在背上說要扛對方一生，結果別說一生，有的根本連扛一年都不行。

她問之後怎麼換情人名字？

刺青去除挺麻煩的，感情甜蜜時什麼瘋狂事都做得出來。

所以一切如夢幻泡影，她笑說著，坐了下來，等待刺青師準備針頭的消毒。

藏文就好嗎？刺青師回頭問。對啊，中文太直接了，藏文就多了很多層解釋。直接有直接的好，不用回答，妳刺藏文要經常被問。

我也可以裝傻，就是微笑就好。

刺青師在她的手背上擦上酒精，涼涼的，像冬天在冷風中陡然滑向臉皮的一滴淚。接著刺刺的痛，緩緩的痛。那痛讓她看見自己第一次離開島嶼為了相逢而非為了逃亡。

73

好些天她都沒買到青康藏鐵路的票，被旅行團訂光，使她延宕在古都，去了幾次杜甫草堂，杜甫的詩好到足以安慰連失兩個所愛的她，讓她足以夢見母親，但卻不夢見蟬，蟬藏匿在輪迴黑洞的樹梢，她經常提醒母親輪迴六道的陷阱，卻忘了提醒蟬男人，以為蟬會一直黏著自己，從沒想過要告訴他如何度過中陰的旅程，在死與生之間的灰質地帶，如何閃過各式各樣的心念誘惑，她想超度蟬要花上更多的時間了。夢中母親變得輕鬆，竟學會川劇變臉，夢中的表演像是很多世都不下檔的兒女情長。夢中的母親聲音多麼溫柔慈愛，彷彿朗讀春天寫的詩篇。

她帶著夢中的一種奇異時空交融的醉意感，微醺地在古城尋找歇息地，在寬窄巷子裡餐廳雖多，但適合一個人的卻少。最後找到可以一個人窩著靜靜吃食的店家，卻被餐廳裡的幾個中年或者初老女人的聲音不斷洗刷耳膜。成都人時光悠長，喝茶聽音，鄰座磨過臉打過肉毒的女人從入坐之後就沒有停止上下抽動，不斷地述說旅行，印度如何，德里飯店如何豪華，在酒吧看球賽時多過癮，摩洛哥如何，恆河如何，說的像是第一次抵達這些異地的第一人，經歷的語詞卻乾澀到像是沒有抵達的人，只剩下景點的名詞，卻沒有發生內容物的描寫詞，大抵都是多好吃多好玩多漂亮多豪華的虛字。

以前母親聽她說起旅行種種都會露出極為欣羨的眼神說，大家都有錢玩，我們卻被困在這裡。母親一輩子幾乎都在已轉成海的另一端的那座母島父城，所謂的旅行其實也只是和結拜姊妹們到處環島卦香。她整理母親的照片，照片透露著母親一生移動的旅程，從照片看得出母親在哪裡最開心，哪裡最恐懼。旅行時的母親看起來都笑得很開心，那時母親初老，旅行還拍到恐懼神色的多半是母親在不知情之下搭了什麼熱氣球之類的。母親一直有一種擔憂的神情，在旅行時竟捕捉得很清楚。她看著母親的照片，也看到了父親，父親更是少笑，她記得父親的時間非常少，他活著的時候她就沒有注意到他的存在，於是他的年紀和樣子就一直是模糊的。眼前的父親早已過完他的一生，母親在中陰等著也要過完死後之死。

她在上網寫信給遠方的大師姐。

大師姐問她感情要上岸了嗎？她把玩著大師姐的語意，突然想起另一個老情人，他曾說妳只要在岸邊看著就好。她想自己在岸邊看著不就好了，又何以弄到幾度沉浮，嗆了傷，水積在胸肺裡難受。

她回了訊息給大師姐，寫著關於近來發生的小事情。前些天她在成都旅店街道外看一個車行的師傅在補胎，一根微小的釘子就可以讓輪胎慢慢失去動能。拔除釘子，補胎，輪胎恢復動力。修車師傅拿起釘子給她看時說著妳看這釘子很細，因此漏氣漏得很慢，開車的人幾乎沒有察覺。她問補好了，還會漏嗎？除非再扎到釘子。師傅笑了笑，輪胎要補漏氣，人也要補漏氣。她想這簡直就像有人朝自己喊著放下的口號一般的輕鬆。

母親和蟬男人刺進她心口的釘子要拔除卻難如登天，釘子刺進心海，風吹雨打，日久生鏽，黏著肉生長，難捨難分。

這兩根釘子突然拔除了，說不上輕鬆卻長是陷入更多的空洞，洞口流出陳年的記憶之血，空蕩蕩的竟比疼痛更可畏，疼痛還有存在感。

她想起曾去過的東京，那個近乎為一個人生活所打造的完美都會城市，夜晚躺進如棺木的膠囊旅館，到處是形單影隻卻想擁有全世界的物質城市，和她即將前往的高原是融入集體卻隨時準備活成一無所有的對比。

在旅店裡入夜的聲音往往是旅遊與國家地理頻道的聲音，這是她最常看的節目，配著浮光掠影的美食攻略祕境私房的聲響，旅遊成了得意的事情，充滿著征戰他方一種高高在上的氣焰，即使語言都非常甜美溫暖。公主號郵輪在藍海上如一尾白鯨，盛世再臨，看得她淚光閃閃，她幻想著帶母親搭上船，看海吃美食。廣告快速翻轉，重播的旅遊節目，讓亡者不死，就像豬哥亮的餐廳秀，豬哥亮都不再當豬哥亮了，電視轉開還是看見他在搞笑。紐約帥哥廚師波登在巴黎自殺，難以想像每天美食家的憂鬱，每晚恐懼朝他奔來，日常以美食為主，內心卻是苦澀的人。她剛好相反，每天都在苦澀中，離甜美很遠，苦反成了朋友，雖不至於像卡夫卡說的苦是迷人的事（一點也不迷人啊），苦是迷人是文學語言，是文學讓苦變美了，但現實並非如此，現實很殘酷，吃喝拉撒，或者無法吃喝拉撒，她因為媽媽而變得十分靠近現實，靠近現實，她更能幻想。

虧欠母親的旅程，只能高原航行，以遺忘失約的海。

和神打契約，得步步謹慎。但也有想毀約就毀約的，比如人子遺忘神，弟子背棄上師（甚至有氣憤上師竟沒傳法給自己而毒害上師的弟子）。照顧母親這些日子，偶爾會收到背棄者王玲的訊息，她沒刪掉王玲的LINE與微信。王玲沒收到她的已讀不回好像無所謂，依然經常上傳照片給她看。基督徒偶爾出現感謝主的恩典之外，並無什麼特別的文字值得花心思看。倒是有幾回看得出王玲很想見她這個老友訴說往事，她仍沒回覆。她其實想聽聽王玲這幾年的故事，但最終作罷，她知道王玲變成基督徒之必然，王玲如果繼續待在其他的佛學團體仍會讓自己心情難受，必須重新進入一個神的環境，和過去一刀兩斷才能走下去。就像再也不想交往和過去情人或前夫類似的人，以免對境勾起傷心。王玲是不告而別，連跟獅子吼說一聲都沒有，自此就換了電話。王玲總是說她過得很好，有次非得寄東西給她，說贊助她給母親買尿片牛奶。她不置可否，因為以前她跟王玲買東西可買得多了，王玲那時什麼直銷都賣過，有新的物品總是讓她先知道，如何的好又如何的妙。她是王玲最好的客人，幾乎王玲向她介紹過的她全買過，精油、保養品、維他命，到現在有些東西還放在她的抽屜裡，而王玲卻再也沒見面了。

大師姐提醒她千萬別再和王玲碰面，妳和她再碰面就會受到污染。就像碰到一個得了皮膚病的青蛙，妳也會被感染，要知道一滴酸掉的奶會壞了整鍋奶。但她一直是沒有這種邊界的人，她的邊界不設防，尤其她知道王玲雖離開但仍非常尊敬獅子吼，她知道王玲的苦。

如果我不會受影響呢，可以和她見面嗎？她問。

保險一點還是不要見面，大師姐說。

她問為什麼？

因為不告而別，這是關鍵。

什麼關鍵？她不解地問。

不告而別有多麼讓人討厭，一個缺乏尊重，且行徑就是逃避的人有什麼好見的。

看王玲的照片其實已經可以想像她過的日子，王玲看起來比過往都要光鮮，好像要證明離開比留下更好。她知道這也是某種假象而已。神也會搶信徒，但總之基督的世界收容了王玲。王玲說她自己的心鬼太重，到了基督世界先行驅魔，懺悔念七個七就結束。王玲寫佛行懺悔卻幾世幾劫都懺悔不完，實在好沮喪。她曾將王玲的照片轉給已經抵達達蘭薩拉的大師姐看，訊息：已讀，沒回。很久之後大師姐才回，文字寫著：妳別好奇殺死貓，王玲的故事有什麼好田調的，不告而別的人是自私的，會上傳的當然都是好看的照片，照片看不到心的真相，也無法知道命運的未來，更不知來世。即使她現在很好跟我們也不相干了，離開我們因此看起來好是因為她不再為團體服務而奔忙，只為自己有什麼難的，打扮光鮮亮麗又有什麼難的，但死得其所且死得好看卻難。大師姐總是不假辭色地這樣叨說，她讀著文字，心裡忖度著這些話，知其難，卻苦無方法。

母親是走得好看的，她知道經歷上千日子，母親該還業主的應已還得差不多。母親闔眼那一刻，安安靜靜，平平和和，再無歪嘴手垮腳黑。剩下的路程，是她要償還虧欠母親的旅程，還有答應要將母親骨灰部分製成擦擦，部分供養高原佛龕。她斷了想要和王玲再見面的念頭，如果只是好奇王玲離開團體的心境而不是基於對王玲的關心，她檢視著自己的心，就像顯微鏡下看著微生物，剎那而過的念頭飛奔，禁語之地回憶卻電光火石。

和母親打契約，起先很隨興，總想哪天再完成。但母親不等她的隨興，讓她帶著虧欠遺憾上路，母親擅長讓她難過。

旅途夾帶著母親從沒用過的新版陸簽，放在她的護照本子的透明塑膠夾頁，透明夾頁裡面還夾著母親的殘障卡。級別重度殘障，她以前笑言可以推輪椅和母親去賣刮刮樂或者原子筆。殘，雙重的刀戈，最殘忍的證件，得證明自己又殘又障。簽證上的母親照片是幾年前拍的，那時的母親看起來已然有種愁容，這是她熟識的母親，愁容滿面的看海，看雲，看人。

母親的眉心出現兩道彷如刀子刻紋的那年，母親也才三十幾歲，母親提早老了，討生的奔忙如烈陽寒冬，可催萬物枯萎。還有另一個母親是什麼都是大的，大笑大哭大叫大罵，很盡興。

那是母親對從沒帶母親出國遊玩的女兒抱怨著妳四處跑，卻都沒帶媽媽去玩。在聽到耳朵長繭時，冬日的冷風卻已然吹起，不適合旅行的天氣。她跟母親說，春天吧，我們一起春遊。母親點頭，但沒等及。彼時大師姐正在印度和尼泊爾，發信來說那我們日後相約高原見。生命彼此吃苦受苦之後的相約之地。再次打包行李，高原濃縮成一盒盒高原寧、高原安、高原康、高原樂，備著高海拔高原反應症的救命丹，藥名恬靜，求寧求安求樂，這些藥盒瞬間像鐵鉤般地勾住了她的心淌血，她想起母親最後色身變成一座藥廠的那些以為看不見盡頭的日子。

說結束也就結束了。

把夢從平原划向高原，訣在高原上，送別者轉身。從平原家神迎向高原諸神，期盼草原的神鳥能噬淨她心的腐肉，還一個被母親與蟬灼傷的重生。

74

上高原的火車，怦然心動但血流速緩慢地開往傳說佛國淨土，佛在不在？她沒見過，也許見了也不相識，她看著經年累月放在皮夾的小唐卡，獅子吼親繪，但他說佛未必長這個樣子。她想像著各種樣子，但經常佛頭變成母親，有時變成蟬。缺氧使她感覺四周有一種迷幻效果，人影幢幢，她茫然如遊魂地隨著列車顛晃，晃得暈。晃著晃著就老了，所有的生命都關乎時間，她手上戴著母親的機械表，時間停在那個失去母親的清晨。母親愛表，是她們唯一共同喜愛的物件。但很多年後她才知道母親喜歡和賣表的那個中美鐘表行的老闆聊天，母親進去買表往往買很久，一個看過一個，老闆轉著機械表，讓母親聽那個滴答滴答響的機芯，那是母親溫柔的時刻，藏著沒有過青春就結婚的奇異好神采。中美鐘表行在她升國中時搬離小鎮大路，母親就不愛機械表了，說每晚都要轉動真麻煩，全都放進了盒子。一個同臥鋪的大陸女子問了她時間，她從母親惆悵的臉中轉過頭看著女子，尷尬地笑著說，時間不準，表不動了。她正要翻手機出來告訴女子時間，女子卻轉頭就倒下，一副表不動了，妳還戴著幹嘛呀。

母親很少買漂亮的衣服，直到有一回被朋友說我打賭妳這件外套起碼是十幾年前的款式了而感到帶著憤怒的羞愧。拉著她去逛百貨公司，要她幫忙看著，但她看中意的母親卻搖頭，不是太貴就是不喜歡，在專櫃之間轉著，後來櫃姐都懶得搭睬了。她留了兩件母親的衣服帶到高原，一件就是那個被說十多年老款的格呢子外套，她穿了正好搭上復古風，配上黑白布鞋，看起來很潮。

母親衣物如一座故島的風景跟著她移動。

千年前徒步來的偷拐搶騙娼妓毒販逃兵乞丐士兵走私者尋茶者沿著文成公主的路抵達高原，來到高原才認識了佛，體腋羊騷腥臭被風一吹，全化為供佛的物質。獅子吼說吃東西時把佛觀想在喉間，食物瞬間便如護摩，護摩即火供，以體溫之熱燒向食物轉成能量。她這些年多少也聽了很多仿如異國詞彙的詞，摩，這個字幾乎就長在心裡了。摩，她的摩鐵轉成護摩，火供給菩薩。

在開放鐵柵欄口之後，人像野獸被放出般地衝進月台，背膀彼此挨擠著。她想起曾經在舊金山搭過的一班航班，等待時航道擁擠著人，她聽見是越南口音嘰嘰喳喳地說著話，身旁大包小包。等待航班廣播可以登機時，這幫以像是還在打越戰的逃難姿態的越南人全擠在登機口，最後還勞動航班經理出來喊話協調，經理喊著放心放心，每個人都搭得上班機，你們搭不上飛機，飛機還飛不了。

車廂旁佇立著看起來美麗口氣卻頗悍的列車小姐，尋到自己的車廂，找到自己的位置，她放下行李，疲倦地跌進座位鋪，拉出綠色氧氣管，往鼻子塞，像個病人，疊映著母親最後的容顏。她取出母親護照證件，跟母親說媽媽，上高原了。那是有一年她陪母親在台大公館拍下的照片，老二相館掛滿學士照大頭照，母親像小學生坐在那裡，她第一次看見母親老了的大嬸容顏竟有那麼一絲靦腆時，就愛上這張照片。愁苦中滲透著坐立不安的一點羞澀。

她打開皮夾，母親縮小成一方格的肖像，看起來像學生證照。

朦朧中她睡著了，車廂逐漸瀰漫一股空調送來的體酸味。末等車廂裡盡是農民，把家裡最好的衣服穿出來似的揚著一片新窣窣的花布料，飄著可能不久前才參加集體出遊的埋鍋造飯野外舉炊味道。她睜眼，窗外已是午夜。車速平穩地前進，像是旋轉的泥胚，逐漸甩出一道道風景。黑風中的蜃影映著母親，如嬰孩，母親輪迴何處？為何輪迴之後還可以繼續念經辦法會超度呢？已經轉化到另一種形體物質的靈魂可以收得到祈福？她必須相信，否則這趟旅程毫無意義。出發前納迪葉仙人曾說妳的母親會一直給妳祝福，但妳的父親很憂傷。她聽著葉子的訊息，感到奇特，父親，多久的人，早不知輪迴到哪了，為何還會對前世的女兒感到憂傷？妳常做壇城火供就可以安撫父親的靈魂憂傷。她是寧願信其有的人，因為鐵齒是無法鬆動心的硬牆。

身體脆弱頭痛欲裂，很快就像熱能即刻就能讓鐵齒融化成五體投地的信仰，在命運面前求饒。我如何知道火供有效果？妳會收到夢。許多夢兆尚未來到，孵夢者還在等待上路。這高原路遠，山高水遠，夢可以來到嗎？

逐漸氧氣稀薄卻能激起更多的夢，這夢竟璀璨如萬花筒。夢醒時分讓她有種大學時在暗房沖洗相片的奇怪感覺，暗室過久，突然步出時的強光頓成失真的魔幻搖晃，現實變成暗房懸吊在細繩上還在滴水的相片，那是她愛拍的黑白死灰街景，風中微笑的樹影，高樓砌出的涼風。

她拿出一面鏡子。

她的鏡子看不見她的母城也看不見母親。

她在異鄉照鏡子，只看見疲憊的黃臉，一副毫無慈悲的線條。她摸摸逐漸留長的長髮，仔細看卻在黑叢中瞥見彷彿藏在黑色河床下的冬日芒草，能否淬煉出白色的智慧？她在異鄉的文明社會生活卻感到荒原無所不在，死寂的土地迸出的是萎靡的枯葉。騷動與靜止在她的心靈交織。

周圍臥鋪坐鋪到處有看著手機螢幕播放宮廷劇打殺時間的人，有人笑著癡著永遠斷不了的一齣齣心機心計，一個心計瓦解，又再上來一個心計，美女如雲都是毒蠍美人，美人中有一個命運多舛卻技高一籌的救世主，可以跳著看的戲卻又不想跳著看，但通常會跳到最後一集先看看結果好日後安心慢慢看。七八十集看起來疲憊，但卻很好打發時間，尤其這種長征。每一個手機的螢幕發出的藍光就像高原那些供佛的油燈燭火。每個撐住自己的東西都不同，氫氣棒撐住高原這鐵龍經過的凍原使之不下陷，撐住她的是母親最後的愛。撐住菩薩的是眾生，眾生居處是菩薩留處，撐住蟬男人的是自己，她在心中造句似地接龍。撐住熊貓的是竹子，腦中閃過這一句時，她兀自笑了起來，她看自己失去母親之後不是黑就是白，悲傷將她演化成熊貓，就像凍原將老鼠演化成無尾鼠，只有最強悍的物種才能活下來，必須演化。

佛城充滿一種觀光獵奇和悼亡的氣息，一種人還活著卻已經充滿骨灰的亡靈氣味，總有一腳在另一世。這輛火車的金屬科技鐵龍將高原開膛破肚，穿越千里，載著名為朝聖其實比任何一輩子沒離開過原地的人更市儈不知幾倍的觀光客前進。香格里拉，尾音拉得長長，心中的日月，消失的地平線，長生不老的國度。神山主峰的某個神祕的淨土，金剛手繞登芒果巴的化身。芒果，她想真是太親切的音譯。那靜默的老欉芒果樹的樹根都像是套了白襪地被塗上了白漆，在刺艷的南方陽光下白如燈管，鄉下機車騎士直闖無人之境的亂竄，撞了樹，撞進水溝，撞向安全島。母親的弟弟是母親第一個傷心的葬禮，爛摔碎成一地的機車零件飛奔。母親那方家族烈性的暴衝原來是有家傳，父親那邊卻是有出家的基因，經常聽到誰出家了。

車廂搖晃著向後退的景物，旅人擠在走道上，倚著窗戶，興奮的尖叫聲滑過，按快門的聲音不斷，大概是看著在可可西里遷徙中的藏羚羊或驚呼候鳥或者什麼沒見過的動物。藏羚羊群是被遺棄而成了變相的蕾絲邊，一群群都是母和母的在一起，公的交配完就走人了，她聽見有個台灣導遊這樣說著，旁邊有個當地人聽了回應說以前的藏人和藏羚羊卻剛好相反，多個兄弟可以共娶一個老婆。那孩子該叫誰爸爸？老大當家，兄弟老二以下全叫叔叔。她去取水，耳朵豎著聽，流過各種奇風異俗，眼睛看著一間間移動卻靜止的床上零落地躺著幾個缺氧的人，鼻孔掛著綠色塑膠管，氧氣流通的微響，讓她想起心臟打不上血液時也必須掛上呼吸器的母親。此去無父無母，但她有山有水，可能的話還會有神有魔有獸。

從人擠人的煙霧瀰漫老火車，轉為嶄新亮眼的觀光高原列車。餐車的每一張桌上擱著大朵的紅色玫瑰花，假得極其鮮艷，映著湛藍如月曆圖片，車廂到處有唐卡，小佛像，但沒人停下來看佛。觀光客因新奇而浮誇的神情與吵雜的音量，隨著冷氣飄送。沒有關不起來的窗戶了，旅人安心地進入不斷爬高的地平線，孱弱的肺開始讓許多看了一回又一回因重複而減低獵奇的旅人回到房間躺下，陸續像是幽靈似地躺回棺材般的長方型床。到處亮晃著光點的金屬車廂，帶著固定的速度節奏催眠著旅客。

黑暗的曠野，守在鐵軌旁的鐵路員像是被巨船拋下的孤魂野鬼，身後小小的帳篷像小小的祭壇，看顧他們的大黑天，護法神大黑天張牙舞爪卻是慈善的，一車城市旅行團貌似慈善但其實內心冷漠，尤其對她這種身分不明夾著悲傷浪遊氣味的單身女郎，臉色更顯排斥或者眼光寫著懷疑，她的靜默也把她和團體遊的人隔離開來，她是習慣這種異質的冷獸。

她埋在書裡，這使她更像是一塊靜默死寂的鐵鉛。

千百年前，沒有爬行的鐵龍。爬行的鐵龍，沿著唐蕃古道，三千公里等著長征。

唐代女子十五六歲就有了婚配，而她自己的十五六歲還在黑白衣服間飛揚著寂寞。沒遇過男人，連父親都沒有，只有化學老師數學老師物理老師，他們會用愛她卻又得打她掌心的竹藤說，妳的心別再飛到羅曼史小說了，妳可以愛我的課本多一點嗎？教室有人笑著，她聽見那個喜歡她的女生笑得最大聲。她把自己窩進硬臥鋪時，隨意翻看著幾本買來的唐蕃古道資料。現代地名與唐朝地名並置，一個女子改變了歷史，改變了信仰，也改變了許多地名。從此赤嶺易名日月山，尉遲川變倒淌河。看完地圖史料，正要擱進包包裡，卻掉出另一本書。她一翻開看到小強扁如押花，藏在紙頁之間。她只帶了幾本書，其餘所有的知識在雲端。公主當年車隊運載的佛經醫藥用書就不用勞師動眾了，但還是書本好，摸起來有溫度，讀起來有感覺，紙本有歲月的痕跡，書藏有乾屍，彷佛小強也有遺照，乾屍上拓印著記憶，母親病房的記憶全都湧了上來。

她闔上書本，把乾屍繼續夾在某個紙頁上，一路睜著眼睛望著青藏鐵路風景，這是她第二次搭青藏鐵路，第一次跟朋友來時，那時候母親還活跳跳地經常晨起參加早覺會山遊，她那時經常逃離母親。生命像是預演了未來，她再次啟程，卻是為了母親。

她想鐵路外圍奔馳的渡河羊群應該又老了幾歲了。偶爾行經某些路段會看見小小的帳篷，帳篷裡面的人會跑出來對著列車上的人揮手。他們是鐵路的養護員，孤身守著一寸天地一段鐵路，一小螺釘都是生死安危。這麼孤單的工作，從那頭鐵路段走到這頭鐵路段。只有風雨日月星辰。她看著軌道養護員，彷彿看見往昔自己看護母親的孤獨光景。火車筆直地切進高原，廣闊無垠的大地上羊群渡河，動物移動，車內的人們用看起來像是高炮的相機獵逐著，喀嚓聲與讚嘆聲擾人眠夢。

前方馳晃而過的速度裡，快進唐古拉山海拔最高的車站時，她見到凍原上有帳篷，走出一個年輕的軍警，他看守邊界，一個人一個天地，見到的人都是火車上馳騁而過的人。軍警揮著手，她也揮揮手。其實軍警是制式的動作，她看起來卻像和自己揮手。

茶咖啡點心便當有需要購買嗎？她的耳朵響起類似故里高鐵行經走道的銷售聲音，售貨員走過，要賣不賣的樣子。台鐵的阿姨大叔走過去高喊的是便當茶水餅乾太陽餅，這些聲音雜揉著母親的回憶。高原列車沒有賣便當的月台，沒有這些小販的聲音，要吃東西走到餐車，但沒有食慾，缺氧與旅途的疲憊使胃休眠。她感覺疲憊時就去泡杯掛濾式咖啡，或者回房間躺下，抓了牆上的氧氣罩掛在鼻上，在這缺氧的國度，搜尋記憶裡的愛成了還氧的幸福感。

她旋轉開關，聽著氧氣噗噗嗤嗤地送進她的鼻息裡。這時候她會遁入攀爬高原的缺氧嗜睡，她像個病人似的沉睡。她看見自己握著母親的手跟母親說，媽媽無論結果如何，妳的精神永遠與我同在。她感到媽媽抓她的手的勁道更強了，從胸膛一路咕嚕咕嚕打上喉邊的陣陣痰聲代表母親想要回應但卻有口難開。死亡的咆哮聲，近了近了，又遠了遠了。母親緊緊握住她的手，她企圖想要扳開母親的手……有人搖醒她時，她睜開眼睛，看見一個年輕的女子穿著高原鐵路列車的制服，跟她說驗票。一時她以為見到年輕的母親。她發現自己的嘴巴從醒來那一刻還在蠕動，彷彿念佛機般地吐出觀自在菩薩行深般若波羅蜜……字詞。她知道有朝一日她將在高原遙想在平原的母親，直到大地平沉，輪迴路絕，寂涅同時。

她看見自己在午夜大雨的拉薩，看見在大昭寺外走踏石板路的僧侶，看見她的夢中天梯。看見自己在缺氧的大霧中讀貝葉經，看見自己以各種形式協助母親登頂高原天梯，女兒帶母親上路。她看見母親睡在她的旁邊，母親也帶著氧氣罩。突然，母親扯掉氧氣罩，也把她的氧氣出口關掉。母親說走走，我們去看海。母親竟是健步如飛，她得用小跑步才能跟上。

古早漁村有女人用身體和岸上的男人換魚，以餵養全家溫飽。高貴的母親，卑微的飢餓。她的母親不是用身體，而是用她的膽識存活下來。小小漁村港口，跑船的走私人橫渡暗艙，船的馬達嘟嘟嘟地踏浪而來。透過她的母親，小女孩第一次離海那麼近。看見了那個貨物物質世界透過海洋彼此替換。逃稅的貨物，就像沒有婚約的愛情，少了認證標籤。母親帶著她來到海洋，不是看海，即使看海也是看向上岸的走船人。當台北已經走進機械現代氛圍時，南方彷彿還停在大航海時期，走私的菸酒洋貨少了高額的稅，在黑市上占有市場。母親在等待上岸的堂叔表哥，他們在查緝走私者到來前分散著隨海飄洋上岸的貨物。

母親要她在岸上等著，她看見母親隨著幾個人上船，且矮身走進船的下方，她不安地等待著，祈禱海神降臨，祈禱媽祖保佑，祈禱順風耳千里眼保佑，祈禱任何聽過的神名，忽然就看見母親的頭從船艙冒出，母親一臉笑意，身體搖晃著上岸，喜孜孜牽著她走回靠海的那間旅館。趁黑暗降下後，捻亮燈，在燈泡下母親拉開手提袋，從豆芽字母報紙中攤開一瓶瓶的白蘭地約翰走路。貨物經過海洋，顛簸路徑如抵達之謎。如同她在陪病母親時以掛網為逸，高顏值便宜美物，使她的手指按下鍵時沒有罪惡感，徹底當宅女，一如窗外霧鎖淡水。唯有貨物帶來海洋的氣息，帶來天空雲朵的味道，如母親當年在海邊小村等待上岸的貨物。

持續如奔騰萬馬的路上鐵龍繼續攀爬，乘客的臉龐日益雜蕪，異語他鄉。

扎喜得樂，你好你好。插下魯下，牛肉羊肉。拉行李的聲音，車上廣播的聲音，吃零食的塑膠袋弄得窸窣作響，缺氧讓她昏睡如死。

夢中的島嶼海洋，母親牽著她的手，靠近岸邊，等著船舶卸貨。夢中的高原夜雨，她見到沿路上的公主與馬車隊伍也在前進，西安—扶風—天水—臨夏—民和—樂都—平安—西寧—共和—鄂拉山口—瑪多—巴顏喀喇山口—玉樹—囊謙—類烏齊—丁青—巴青—那曲—當雄—羊八井—拉薩。進貢盟婚貿易朝賀送僧遣俘，往來於途，不融的雪色與永久凍土的高原看盡商旅來去。沿著唐蕃古道修建的青藏鐵路，兩個時空自此重疊，將她帶進高原最夢幻的藏經閣，召喚出她心底的一座海底龍宮。

從此，陸上行舟，內陸航行，把海裝進高原。

塵埃落定

75

一個外國人搭訕說因為沒有辦入藏證，希望她幫忙遮掩身分。她說你可以偽裝，學著戴上出家人的帽子，讓自己看起來像出家僧，再染上些蠟油或者酥油，看起來更像終年曝曬在陽光下的在地人。這個外國人的女伴從成都出發以後，也先把自己的臉沾染些灰塵與泥土，帶著一些食物上路。火車上，她的對床中途上來一個小姑娘和外國人，說是在路上遇到一個願意載他們的人，載他們搭上火車。

移動的車子與靜止的房子，擺放在天地之大的高山下，看起來像個小火柴盒。中途市場有賣新疆產的鮮豔葡萄與哈密瓜，走道上都是在驚呼風光的人。一路陸續上來哈薩克人與俄羅斯人，穿著皮毛戴著毛帽。有的人聊著之後要一路徒步磕長頭到拉薩日喀則與神山岡仁波齊，有人聊著在四川吃到氂牛肉，乾乾硬硬的，但在起風的飢餓裡嘗起來便極為美味。去哪都會戴著頭巾的少年對著她身旁的外國人好奇地嘰嘰喳喳說著話，突然少年打開胸前掛的嘎烏，一種裝著聖物的寶盒內放著流亡在外的法王照片，相片裡還是一個孩子樣子的法王有著神鷹般的眼神，那個眼神就收伏了人，只有帶天命的孩子才有這種眼神。

火車經過長途疲憊，終於抵達眾神之地，旅人陸續下車踩在這片空氣稀薄的神的土地，陽光長照的日光之城。這裡的長照映著幸福格桑花燦爛綻開，島嶼的長照映著的卻是傷心人的枯萎之心，長照在高原是日光長期照射，長照在島嶼卻是長期照護之意，一個是如此陽光明媚的日光之城，一個是在比深淵還深的深淵之城。她想母親應也乘著陽光來了。前進拉薩，這高原跳動最劇烈的心臟。她在低頭冥想時，那個不知身分的女孩與那個聽她的建議而偽裝成出家僧的外國人朝她說著扎喜得樂，她回頭卻說謝謝。好快就入境隨俗，是到哪裡都活得下去的人。

女孩也沒說自己叫什麼名字，她也沒繼續搭話。別人問她名字，她會說貝瑪，高原的菜市場名，就像島嶼的怡君。她想自己的臉上可能寫著一副別搭訕我的臭樣子，以至於把他們趕跑了，她不知道女孩和外國人為何而來，為何沒有入藏證也沒有訂旅館，但這樣的旅人在高原隨時都會遇見。一到聖城的火車站出口，她和陌生人分道揚鑣，隨著標誌，尋找各自要排隊的隊伍。

她離開車站時想起剛剛在手機看的紀錄片，某個文革時期被鬥的出家人痛苦地看著無知的人竟在佛像下小便、將佛經當腳踏墊的情狀，出家人滿面涕零，多年後有人問他當時的心情，他說我只怕我的慈悲心會因而遞減或消失。慈悲，上高原必要的詞條。缺氧，上高原必要的反應。別人缺氧，她卻醉氧，在車上不斷作夢，亡靈的嘉年華會，像神轎遊行地爬行而來。

輾轉抵達市區時，高原天色已降下一片霧灰藍。以胸膛走進古城的人，把自己放得很低很低，低到塵埃裡真正的塵埃。五體投地，禮拜前進。

鼻子吸進煙塵，溢滿動物的臭氣與植物的香氣，青稞與酥油氣味瀰漫，天空出現彩虹。一張海報，一個訊息，她走近看牆上的海報，大約是些旅遊名點的介紹與招攬客人的旅遊團。聞到酥油燈，喝酥油茶吃酥油餅，體味也可釀成酥油膏了。酥油的氣味和艾草的氣味難以描摹，神聖又庶民。很多迷你商店賣著小吃和雜貨，看板四處寫著可樂的英文字，紅艷白底的英文顯得刺目。小街有賣肉的店鋪，牲畜房的白羊在吃著乾草，畜便味夾著村民日日祭天的煙塵香味，成了她辨識方位的指引座標。

在街口看見煙灰繚繞的空氣中許多山民正轉著經輪，喃喃唱誦的咒語聲綿密低沉是她一直喜歡的聲音。聽到這聲音感到安然許多。山城市集的攤販收拾著東西。遠方山色被厚厚的積雪覆蓋著。日光之城籠罩在霧靄夜色中，她看見大昭寺寺頂融進黑暗中，她想像著那片閃得熾亮的屋頂上，雙鹿護法輪，心中藏日月，整個大地都是吉祥地。

寺院外旅客已毫無蹤影，眾神之地依然存在的是那些入夜之後不休息的朝聖者，匍匐前進以五體投地雙手擦地的響板，在黑暗中迴盪著神的聲音。她久久站立在通向旅館的大街上，緩慢地走著，氧氣珍貴，得緩慢地吸著活在高原的每一口空氣。

推開塵埃落定，客棧大廳的火爐散出溫暖，客棧裡的旅人有的還沒有睡，幾個外國人和看起來像是地陪的在地人還坐在沙發區喝著飲料聊天，很多人轉頭對她這個晚來的客人看著，外面有個板子寫著客滿，但她有訂房，在許多旅人的好奇目光裡，她揹著雙肩行李包，手裡拉著一個行李箱，走到櫃檯。她不想和任何人交談，拿到房間鑰匙後，便走到廊道盡頭的房間，沒有單人房，她暫時住到男女不分的八人房的宿舍型房間，房間有人在整理東西有人已然躺下，她不言不語地找到自己的床鋪，看見有人也用著疲憊的眼光打量她。高原缺氧，她一碰觸枕頭，就睡著了。

一個穿著像從大城市來的年輕人，在昏黃燈光下烘焙出一張高原特有的蘋果肌，紅紅的臉上掛著一雙細眼睛，兩道濃眉像是天上飛的神鷹。年輕人叫醒她，彬彬有禮地表示歉意，他是塵埃落定旅店的管理人，一切都得塵埃落定才能安眠。

入藏證。

她打著呵欠邊推開身上的毯子，起身找出證件給這位年輕人。年輕人接過突然噗哧一笑，原來是年輕人故意捉弄她，只因好奇她的年齡。年輕人以為她是年輕的學生，才發現她是老學生了。她知道年輕人背後的意圖時，覺得這個在旅館工作的年輕人可真無聊。年輕人離開後，她用一個小小的旅行背包當枕頭繼續沉睡，周遭還沒睡的人眼睛都盯著面板滑著訊息，到處閃著一顆顆跳動的蘋果。

直到燈再次熄了，四周暗了下來，她終於得到一種長久以來沒有過的安寧。缺氧的昏睡讓她感到奇異，她竟酣睡到第二天早晨，甚至八人房的旅人走進走出的開門關門聲也沒有把她吵醒。早上她的手裡拿著旅館提供的一只臉盆、一塊肥皂和一條看起來像是隨手拋的不織布毛巾，走到公共浴室，洗手台錯落著顏色鮮艷的運動服旅人，還有廚房走動著藏族婦人身上的美麗高彩度織布，窗台飄著祈福旌旗，彷彿旗上的菩薩無法停止擺動，被風盪來盪去。

白日她走出門外時，看見牆上有一幅放在深色畫框裡的人像。昨晚她在鋪位上睡覺時就已看到，但由於距離太遠，看不清圖案，以為木框裡是個油畫作品，只看得見黑色的底板。早上起床她看得清楚了，認得畫像裡的人，銳利的眼睛像老鷹，一個孩子的臉上掛著一個久劫遠來的老靈魂眼眸。有個外國人搭訕似地問著她，這個人是誰？她說大寶法王，外國人聽了沒有繼續好奇，接著就推開陽台的門，迎面是雪域秋日裡高高掛在天際的晴朗陽光。

昨晚抵達時天黑看不清，現在她才看見山城的日光與遠方山色。這是一間典型的山城民宿，她住的房間面向小街，黃赭磚已長年被煙塵燻成黑灰土色，襯著藍天，日光之城鮮明地顯現出輪廓，千姿百態，遠遠高山上的一層積雪比高原的一切都還要高，靄靄白雪，彷彿千年萬年以來一直堆在那裡，襯得人十分渺小，可是山上的一切看起來都如此輕鬆自在，她看得出神，高原雪山簡直太有神。

她站在陽台往遠處看，感覺這城雖然進入極為觀光化的庸俗危險，但大體上符合她的預想，一座古老的日光之城，由龐大的山稜線襯出山城的宏偉與古老，由連綿街區的樓房和櫛比鱗次的低矮建築物組成天際線，由白色大片的牆和紅赭黃土寶藍窗框組合成的顏色，讓喜愛繪畫的她覺得這古城一定收留得了她這顆淒苦的心。如果不是因為轉經道上匍匐著無數的朝聖者，在滿滿一團團的觀光客與穿著十分嗆辣的西洋美眉走動之下，會以為這不過是一個人來人往的普通市鎮。她看見大昭寺的金黃色尖塔上的八吉祥圖案，翱翔的鳥群正繞著尖塔飛翔。連鳥都在轉經輪，連風都在和菩薩共舞，她看得著迷，為那些順時鐘繞著塔轉的飛鳥吸引，大鵬金翅鳥張開的翅膀足以覆蓋母親長長的一生。

她一面盯著日光之城，一面向屋外走去，此外好像什麼也不關心。可是當她走近的時候，日光之城卻有點使她失望，到處有拿著辨識旗的導遊叫嚷著集合的聲音，剝落的石灰牆外不斷有人在拍照，觀光客快速消費這座古城，大量生產複製的宗教聖物失去了神聖，藏民手上抓著幾串假綠松石珊瑚天珠向旅客兜售著，或者有穿著藏服的女孩搭訕著合影收費。

她為母親而來，為蟬而來，為佛而來，她告訴自己古城要如何的觀光化或者如何被政治化都不關自己的事。她知道表面的高原和內裡的高原有著巨大的差異，但她只是異鄉人，她世故而純真，不打算讓那些聲音進入心裡，高原是她的客途，但卻是母親的陵寢，她得小心翼翼，單純度日。

失望的情緒逐漸抹平，從在地人身上又找到了她覺得可以留下的東西，一個旅地的友誼往往可以決定一個旅人留下來與否。喜歡上當地人，使得後來她看這座古城愈看愈有味。處處風旗飄盪，尖塔巍然矗立，喇嘛行經而過的動人喃喃誦音，建築線條挺拔，寺廟由下而上地逐漸變高變細，屋頂鋪著黑瓦紅片，這是一座人與神媒介的建築，與神對話，她想除了寺廟，這裡還能造出什麼更特別的建築呢，人們有著更崇高的神性，比起忙忙碌碌的日常生活，每日的念佛繞佛才是時時的懸念。

塵埃落定，她喜歡這個名字而預訂入宿。

生命已經到了要塵埃落定的關鍵時刻。但這座古城卻永遠塵埃不落定，煨煙供煙的煙塵日日夜夜飄在鼻息中，檀香艾草乳香沒藥，她感覺吸入一座森林。漢藏合體的建築牆上嵌著一扇扇黑框小窗，她穿著紅裙子，喜歡這種喇嘛紅。不禁想起大師姐在大學時曾有過的瘋狂模樣，大師姐當年在大白裙上寫滿著心經，騎著腳踏車行過老街時，陽光下觀自在菩薩行深般若波羅蜜多時的字眼花影似地閃過，陰影琉璃，在蔚藍的天空裡，彷彿一片靜好女子穿行而過。大師姐當年的特立獨行就像一個憂鬱成疾的狂瑜伽士，本來應該被關在屋內最偏僻的靜室裡，卻讓她給鑽出了屋子，且一路駕馭著風，行過一般人的眼前。

她站立的地方靠近大昭寺入口，人來人往使她幾乎無法好好觀察五體投地的朝拜者，她從旅人的腿中支離破碎地看著這些遠從他地來的朝拜者，有人走到這裡已是一窮二白，鞋子都破了，糧食也吃盡了，盤纏也用罄了，於是一邊朝拜，一邊乞討，只盼做完該有的數字再回到後藏。有的是替父親還願而來，有的是為母親祈福而來，有的是為淨化自己的罪業而來。她知道有一天她也會加入這樣隨時可以加入朝拜的隊伍，成為列隊者之前，她在等著學校開學，進入西藏大學的外國學生藏文進修班的目的不是為了學語文，而是為了留下。

塵埃落定的姆媽在小客廳有一座看起來像是千年來就一直被供奉在那裡的小神壇，天黑後，民宿姆媽就像一道小魅影似地東弄西弄，在一只銅杯上倒入酒米，矮小的她跪在神龕撥動念珠，雙手打手印，念念有詞。那神像是瑪哈嘎拉大黑天，是大護法。大黑天，天黑才來的嗎？她笑著這樣問。

就像大雄寶殿前，總會先看到兩座巨大的神像，神情猙獰忿怒口吐焰火狀。當時寺院僧人跟她說大黑天是大護法。護什麼法？她問。姆媽笑說他們這是保護佛法呀，他們都是被收伏後發願生生世世保護佛法的。護法者在各個宗教都是守門人，如警衛保護法的傳遞。她聽到生生世世這種詞彙都會肅然起敬，持之以恆對她是最難的。

她走去大昭寺，這寺院不大，但名氣太大，公主有了新名甲木薩，漢地來的女神。女神最初落腳的是小昭寺，小昭寺離塵埃落定頗近，一座低矮的方形建築，座落市區，少了釋迦牟尼十二歲等身像的吸引力，小昭寺安靜極了。盛名大昭寺則擠滿了人潮，連進入寺院裡面都無法逗留駐足，只能任人潮如浪地推著你前進。母病期間，大昭寺新年的那場大火像是沒發生似的已看不見痕跡，更別談那些曾經將自己的身體當柴薪的自焚鳳凰。

76

她在八廓街找到姆媽的兒子欽哲。她說這裡人好多，欽哲笑著說因為沒有人不喜歡日光之城，至少一生要來一次，來了就不想走，高原的廣告術語很多，還有人說沒來西藏之前不能死去，這真是太誇張的說法了。永不來豈不永不死乎？

我要在此地待些時候，現在就已感到有點清寂了。

開學就好多了，會認識新同學，欽哲說。

也許，但這也不能改變我的心情，我能在你的店裡打工嗎？她問。

欽哲從眼鏡裡注視著這個看起來埋藏很多傷心事的女人，他覺得傷心的人容易了解他人，是好的銷售者，於是點頭說好，不過我可以付給妳的錢不多，但妳賣的東西佣金都可以換宿費用，這樣好嗎？

她微笑著猛點頭，就這樣，她要滯留這座古城。

來到這裡以後，她第一次感到疲乏是在晚上到來時。長途跋涉一路輾轉來到此地，原先似乎沒有讓她感到疲憊，但打工之後，需要休息的疲憊逐漸冒了出來。在這些日子裡，她回想著自己是怎樣一步一步才來到了這古城？她倒在床枕上，想起島嶼的母親，再也沒有人抓住她或可以抓住她了。也想起蟬男人，不能想的人，卻因為過度疲憊而無法阻擋地湧了出來，記憶來得很不是時候。她有一種難以承受的生命之輕，過去的沉重使她不至於飄忽，現在輕得隨時可以上路，隨時可以離去，隨時可以流浪。她突然想要結識朋友，真正的結交，而不是只是打招呼似的朋友。她知道每結識一個新朋友就會增加心的疲勞，因為結交一個人是要吐出你的心，或者滾動你的身體。

認識欽哲，使她開始認識在地人，開始打工，意味著開始說許多話，和陌生人說話，這使她更覺得疲憊，但有收入有空間可逗留，她又覺得神待她甚好。

有一回她不知不覺走了很遠的路，闖進一座村莊。這個小村彷彿沒有盡頭，集結著一座座小房子、黑框的窗、白雪，闃無一人。

她敲門，藏屋裡出來一個女人。

她說想參觀傳統藏屋看看裡面的樣子可以嗎？我是貝瑪，欽哲的朋友。她說了藏語名字，女人聽見開了門，親切地請她進屋坐坐，倒著茶水給她。屋子很大，裡面光線暗淡。從外面進來，起先什麼也看不見。她差點被一個木桶絆倒，女人出手把她扶住，要她走好，這裡高高低低。房間傳來孩子的哭聲，還傳來酥油茶的氣味，明明滅滅的油燈使得屋子看起來反而更顯昏幽。

她在陽台看著遠山，感覺自己像是站在雲海之中。靠近門口，有人在洗衣服，慘澹的雪光從那裡射進來。陽光映在藏民身上，牧民的高彩度衣服發出絲綢般的光澤。在角落深處有女人在織毛線，腳踢著搖籃，裡面一個嬰兒在熟睡。

坐吧，貝瑪，女人說。她一路徒步走許多路，現在終於可以坐下來，感到十分感激。她喝著茶，一邊聽女人說著欽哲如何的好，經常幫助她的孩子學費與讀書的用具衣物等等。角落裡那個正在洗衣的女人突然轉過臉來朝她說欽哲是菩薩。她看見洗衣的女孩年紀很輕，看起來圓潤而豐滿，一臉的蘋果粉肌，盤著兩條烏黑的辮子，她邊聽著她們的對話，女孩邊洗邊哼著藏歌，歌聲嘹亮。她大概看了洗衣服的女孩背影太久，正為這幅看似沒有變化的美景卻又充滿細節的底蘊而冥思想要畫下來時，突然有人高聲喊著她，截斷了冥想，她發現不知何時那個給她開門遞茶水的婦人已然離去，而洗衣服的年輕女人也離開了，原來她竟釘住在原地。

像是補充能量片刻，使她的精神恢復了一點。為她開門的女人這時又從廚房走出來，手裡端著烤餅，烤餅鐵盤外還有幾個小碗，裝著一些小吃。她覺得這欽哲的朋友怎麼也像是菩薩，隨時知道她的需要。

餓了吧，姑娘，女人說。

她揉揉眼睛，睜著困倦的眼睛望著女人，女人身上披掛的刺繡羊毛圍巾圖案上有一隻鳥，她盯著那隻鳥看著，可能因為看得太入迷了，女人笑著說，這圍巾繡的是大鵬金翅鳥，如果妳喜歡，我想送給妳當作紀念。女人說著也不管她接受與否就站起身把圍巾往她的脖子掛，像是獻祝福的哈達似的。我給妳的哈達，女人說。金翅鳥飛到了她的頸下，她感到一片金光閃閃，冰涼的頸子頓時溫暖。原本吃龍族的金翅鳥被佛的袈裟罩下之後從此改吃素，龍族逃過掠殺，雙雙成為護法。女人說佛的智慧都是雙贏，而不是雙死，殺活同時。她想著女人說的話，想像著佛罩下的那件袈裟，母親往生罩下的陀羅尼經被上的佛，觸即解脫，這不是魔戒，這是扎扎實實給予承諾淨土的安慰。神聖性不是來自於神話本身，而是來自於相信本身，或許這個相信也包括恐懼，是美麗的敬畏。

那夜她在霧深華濃的旅店裡將臉埋進圍巾裡。

塵埃落定的夢枕飛出金翅鳥，揚起一片羽灰。

塵埃不落定。

77

手臂刺夢，拓著壓痕。她作了好多的夢，但都不記得。獅子吼曾說過這樣就是過不了中陰，睡眠時要比不睡時清醒，此為睡眠中陰的修法，不然睡眠時就跟死亡差不多。每晚死去，清晨復活。復活者眼皮沉重，坐在床沿揉揉眼，走到背包旁，第一次拿出母親肖像，將母親掛到牆上，然後將羊毛圍巾也如哈達般地掛在母親的相框上，頓時她覺得母親像是白衣觀世音菩薩。

她與母親的相會地，也是與佛的相會地。她開始今晨的念經，就像日光之城的大多數高原人一般，但相較於大昭寺外的轉經人或磕長頭人那永不關閉的祈請之心，她只付出一丁點的時間來進行醒來後的首次祈請文念誦。念到願一切眾生具足樂及樂因，永離苦及苦因，她的心感到既遼闊又瞬間心虛，因為闔上書本可能轉瞬就想到哪個人可真是討厭啊。陌生人的慈悲，她還在學習。

空閒時間她走到旅館大廳旁的咖啡網吧，走出自我圍城，她喜歡晃到這裡喝杯咖啡奶茶之類的，然後走到角落的電腦收信，亂逛社群網站，網咖有各國口音交會，讓她覺得沒那麼荒涼。收信時翻牆到臉書，跳出一個又陌生又熟悉的臉，阿娣。母親最後一年半載的看護，她在獨自照顧母親一年左右終於投降找了個印尼看護，阿娣的生活照，阿娣的房子孩子丈夫都裸露在她的眼前。阿娣所有關於3C產品的使用都是她贈予和指導的，阿娣早如魚得水，阿娣看手機的時間比看顧母親的時間不知多了多少倍。但她當時也無所謂，只要不太離譜。她現在自己也是異鄉人了，生命卻空蕩蕩的。她回信給阿娣，她知道阿娣會用翻譯大神。

母親生命的尾端連阿娣都有感覺要告別主人了。這個異鄉人是幸福的異鄉人，那時母親泰半臥床如繭，任何需要又都是她這個老闆開車出去採買，阿娣主要是幫她守著母親，好讓她可以時間自由些。想起這個異鄉人時，自己也變成了異鄉人。她問候阿娣，試著想在社群網站寫點什麼，但卻也什麼都不想寫。彷彿來到高原，山下的生活忽然如雲飛走。唯一仍不請自來的是關於母親與蟬的影像，尤其是母親最後的人生末日，最安寧死寂的時刻往往是午後，包括她自己也都進入瞑眩感。母親靜止如眠繭，她則成了不倒翁，經常坐著打瞌睡，東倒西歪。她在公共空間最怕聽見嬰兒的哭泣與吵鬧聲，但嬰兒至少還會哭泣叫嚷，母親則連這些都滅去，母親靜如鐵石，彷彿在等待遲到太久的死神。死神這趟路來得緩慢，難道死神丟了祂的座騎？偶爾她看著母親痛苦時，心裡會抱怨著死神折騰生者。但當真死神來了，她卻不開門，延遲著祂帶母親的上路時程。

貪執，祂笑她。她哭，一刻值千金。

送別母親，母親微笑。送別阿娣，阿娣哭泣。離開小姐，阿娣對她說，別送小姐，小姐再見。經常講顛倒句的阿娣，講出別送時，她聽了眼睛濡濕。多好的顛倒，阿娣不知她也送不了，別送就是送別。

仲介很快就來帶走阿娣。她在阿娣口中被叫小姐，她看著阿娣拖著當初來到家裡時的那口經常在機場行李轉盤會拿錯的黑色方形大行李箱，走出這個永不再走進來的房門之前，擁抱小姐。阿娣身後的房間是阿娣異鄉日子的一切，最初的一切，從種稻米到變成照顧阿嬤，從不知智慧型手機到玩的得心應手，從黑皮膚轉白皮膚，從短髮變長髮，腦中擠滿的中文新字詞與在小姐住處養成的習慣都即將轉手到另一個家。母親是阿娣第一個照顧的病人，她和母親成了阿娣日後投射的看護工原型，這個原型她知道將很難被超越，阿娣日後在新雇主的家會懷念她們母女。

現在她們角色互換，阿娣說是新雇主不好因此提早回家，換小姐離家。阿娣照顧家人，而她只需照顧自己。阿娣在熱帶雨林，她在寒帶高原。那座已在對岸的淡海跟隨阿娣離去已記憶入土為安，她送母親時，一併告別阿娣，陪病母親靜室時光的第三者。

阿娣很會作夢，她經常聽到夜深的囈語，可能想家。自己在高原卻是經常一碰枕頭就呼呼大睡。唯一會被吵醒是因為大通鋪半夜入住的旅人，除此她無夢。

多年摩鐵時光，使得她太熟悉旅館的空間配備。照顧母親是日日沙威隆依必朗。旅館附贈的一小包沙威隆和洗淨母親的沙威隆都是色身潔淨之品，聞起來卻大不同，一個沐浴色慾的淨身，一個飽含腐朽的淨化。後來還有朋友送來消毒水二氧化氯，聞起來像是夏日的游泳池，那樣歡愉的游泳池在病院裡只成了強烈的除臭暗示。除臭劑與除菌劑是照顧母親那段時間不可缺的必用品，除臭一灑，母親不再是包大人。她自己用體香膏，每天離開病房和朋友見面前都偷偷聞著自己，深怕殘留母親的臥床酸腐味或者夾帶靜室消毒水氣味。

醫院一樓是她經常去的地方，那裡有一切母親所要的物品。她觀察過提款機，不知為何她很少見到有人在機器提款，就跟醫院的福音機一樣幾乎沒有人按下福音機索取上帝的語言。她想可能來醫院的人都有所準備吧，像她這樣長期打仗的人也有很多的家人會分攤，不像她只有一個人。她的電腦手機銀行密碼以前經常改的原因是因為換情人，感情一替換，紀念的合體數字就跟著更改，後來索性不再用情人和自己合體的密碼。於今她的密碼用母親生日和自己生日數字或英文拼音字合體，思念意圖如此明顯，還帶著懺悔似的合體。母親過往總是抱怨女兒疏遠疏離，後來該抱怨不離不棄也黏得太緊了吧。

有支付寶，也不用提款了，塵埃落定也經常不鎖門，至少後門常開，留給夜歸人。和她過往的摩鐵時光差異甚大，旅館每一間房大都有設定密碼，磁片卡設定密碼的工作也幾乎是旅館姆媽每一天包含的工作事項，生活的每一天是密碼密碼，她是數盲，剛設定完畢的密碼可以馬上忘記。她發現開始以母親和自己生日合體的數字作為密碼後，她就沒有忘記過了，母親入心，不像情人數字經常更替。

塵埃落定住在單人房的旅者小馬即將離開日光之城，小馬要前往印度，短時間不會再回來，要把單人房讓給她，小馬的那間單人房人人搶著入住。她則答應幫小馬聯繫上大師姐，請在印度的大師姐託認識的朋友照顧一下小馬。她在塵埃落定寫信給大師姐時，想起這個社團社長過去的老情誼。現在她來到高原，和大師姐寫信更勤了，同為旅人，她在寺院，她感覺得到大師姐孤身在他鄉的嘆息，這不知是第幾張她發給大師姐的明信片了，她只知道大師姐一路從印度某靈修中心穿越邊界，去了尼泊爾，之後喜瑪拉雅山，再朝印度走。大師姐曾經沿著悉達多王子一路抵達佛的入滅處，在他鄉大師姐說她四處打工且也曾在醫院當打掃工與志工，不久之後，有了盤纏，也將來到高原會合，帶著她的滿身塵埃。

她和大師姐的回憶，即使是碎片也都是史詩。這段時間她都在為去山壁畫階梯而準備。階梯是給亡靈靈魂昇天用的。希望天梯帶母親去看神，帶母親去天庭。這裡看不到海，但卻看得到比海更大的心海。事物在千山萬水阻絕人的進入後，神性反而存在了，人所到之處總是去神性，卻又求神問卜。古老失傳的，通往來世之鑰，什麼都沒有，就是信仰。須彌山的琉璃瓔珞水晶珊瑚尚未打造，她就先去夢中拜訪看守母親過去幾劫幾世的冥府。

「羊卓雍措，經常有人在水岸哭泣，憂傷洗滌。碧玉之湖，羊湖，有如是一只神女散落的綠松石耳墜。雪山冰湖，尋找達賴喇嘛轉世靈童的班底之前據說曾在這裡尋找，直到巫師降神，指出靈童返世方位，在羊卓雍措誦經祈禱頌歌，往湖中投哈達寶瓶七珍八寶藥料，湖中顯影了轉世之謎。之前我還曾去幫忙處理一個西藏朋友的後事，幫忙念經。人遲早會死而發臭，臭是最終的人味。但我現在才知有人是不發臭的，比如有個大成就者終年不洗澡卻飄著香，圓寂時整間屋子溢滿了獨特的香氣，那是一股我從沒聞過的氣味，龍涎之香。龍的口水。這天還遇到一個朋友的師父，高人。之前他頭髮全落，牙齒全掉，皮膚長滿潰爛的瘡，很多失去信心的徒弟都離去後，師父卻又長出了頭髮牙齒，皮膚紅透如嬰孩。考驗弟子們的信心，順便清理門戶。但歲月不等人老去病去，就背叛了。人心思變，大概是做為人最難的。以前在島嶼我常去走海入海看海，只差沒下海。海總是會引起人內心最多的震盪與最大的荒靜，海如斯戲劇，海如斯多變，海納萬物生靈，卻唯獨不收我這種沒有鰓的族類。從海洋爬上岸時，人怎會遺忘海？海不陌生，我們的體內都住著一座海。太平洋的藍，台灣海峽的灰。彷佛前世的記憶了，我在高原想念母親的海，也想著妳。貝瑪蓮花。」她寫完信，將信丟入旅館櫃檯的郵箱，信中還附上西藏聖湖風景明信片，像菩薩的藍眼睛，把信帶到遠方，

當然大師姐不會自稱大師姐，大師姐是她叫的，想起大師姐總讓她想起逛新鮮人社團攤位，瞬間被大師姐的仙氣神色吸引的當下，那神色就像她的字，有神有勁。學妹，妳來參加佛學社吧。她轉頭望著大師姐的當下，瞬間被她的氣質吸引，大概就是那種所謂文藝款氣質美女，外表是一座冰山，內裡卻是火山。大師姐是不分，也喜歡女生是她很後來才知道的事了。最終大師姐和她走得親，因為大師姐喜歡她這種天生在兩端迴游的人，有這種流浪氣息的人，又魅惑又傷感、又性感又貞節、又秩序又浪蕩、既柔軟又剛烈、既煙花又佛家的多重氣質，矛盾卻又和諧，單純卻難懂。大師姐喜歡她，因為知道她擁有一雙最透澈的眼睛和一對最善良的耳朵，不會高估別人的智慧也不會評斷別人的沉淪。她自己則知道自己天生適合那種又美麗又破敗的地方，一種混合野生與文明的古國，以她那樣深邃明艷的長相，彷佛就是從土地長出來的罌粟之花，既是毒癮之花，又是藥引之花。

先前住的大通鋪隔間是用懸掛在鐵線上的衣服作為疆界，她用母親生病後穿那如僧人一貧如洗的最後臥床之衣當屏風，那是她最後放入行囊裡的東西。她想了很久，覺得母親的最後衣物充滿了母親氣味，那些被洗得褪得素白的睡衣，攤開如被過度曝光的底片，暈染洗了無數次所咬進布料的尿漬牛奶漬藥漬。攤開的衣翼如母親的翅膀，保護著她。她十八歲離家，流浪多年，才發現自己原來也是另類媽寶。現下有了自己的小小房間，這空間富有，有小書桌。她打開從抵達就未打開過的其中一個背包，找出母親的相片，將島嶼帶來LED燈插上插座，母親的微笑大放光明，連頭上的白髮都像雪花閃著光。那頭髮是她幫母親剪的，在她的寶物盒裡也有母親的一絲白灰髮。

在高原如能獲得上師的頭髮是殊勝加持，平常上師走過的地板大家都盯著看，心想也許可以撿到一兩根上師的寶貝珍藏。當然，什麼也沒有，她本來聽了還想這欽哲的上師搞不好是剃光頭，欽哲卻這樣跟她說著上師頭髮的珍貴，原來另一派別瑜伽士的修行者是終生不剪髮。她珍藏母親的白髮，還混著一點陰毛，她色身的來處。

因為她的長髮老是掉滿地，有時忘了掃起，欽哲會在身後朝她說，貝瑪，頭髮很珍貴，要記得撿起來。妳常掉這麼多頭髮，怎麼頭髮還這麼多，我要是像妳這樣掉，早就變禿頭了。她當時聽了笑著順手摸了摸自己的髮絲，回說可能我的煩惱比較多吧，三千煩惱絲，去了又來，掉了又長，煩惱難斷。

煩惱本來就不是用斷的，欽哲又說。當時她聽了嚇了一跳，她從小亂翻看她出家姑婆擱在案上的佛經最後一頁最常見的就是這句：煩惱無邊誓願斷。不是用斷的，那剪斷煩惱絲也沒用啊。是沒用啊，妳的頭髮不是去了又長，長了又剪，煩惱就像這樣，一個覆蓋一個，前面的煩惱又被後面的煩惱追過了。

那怎麼轉？

改天我帶妳去寺院見我的上師，他是堪布。

堪布即住持，類似這種藏語基本用詞她是知道的，她不知道的是改變自己生命的方法，她想一定要去見見堪布，她語氣篤定地對欽哲說好。欽哲點頭，繼續準備打包著他下午要去經書院參與校對的義工書籍，他有點自言自語地說著別說頭髮一根都找不到，上師連走過燈下都沒有影子呢。聲音雖微小，她卻聽得仔細，正要再問話，他卻已推門出去。門外的陽光射向當時坐在交誼廳電腦吧台上的她，她看著老闆的背影，感覺內心那個層層包裹的黑暗角落剝落了一點裂縫。

因為髮絲而引起這麼多對話，現下她看著寶貝盒裡的母親灰白髮，也希望母親的髮絲有法力，她握著如蝴蝶結的髮絲冥想了一下心裡的期望。這段走秀時光應該是母親對她最美好的記憶吧，而她對母親最美好的記憶是關於母親曾帶童年的她沿著火車鐵軌一路尋找海，找到海，母親等船來，等西洋走私物品來到生活的苦難處變成現金。她的人生旅程，從最初就是母親，到了此刻，母親這個議題也還無法拋掉，因為等待最終的告別來到。啟動別後，探訪死後的世界，她認為這才算是她和母親緣分的最後一哩路，她將最後一次書寫母親。

冥界使者扣問尤里西斯你乘船四處流浪，曠野漂泊，最後魂歸何處啊？她問著自己，眼睛看向燈下的母親，壓克力相框面板卻映出自己的臉孔，和母親的臉疊在一起，她發現自己跟母親竟然長得像，以前很少人說自己長得像母親的，又或者母親的臉孔這幾年總是倒映在她的瞳孔上，熟悉得彷彿是世間唯一她認得的臉孔，熟悉至長到自己的臉上了。

推開高原的窗戶，這間小房間最美的是位在二樓半，另一半是屋頂花園。她的小房間有一小扇窗戶，可以眺望連綿的遠山，看雲的日子，好像就可以讓她發呆一整日。在高原日子可以完全空白，也可以過得很忙碌，光是寺廟的節日與要修行的儀軌就有得忙了，何況她還隨時要到景點與寺院幫忙，還有八廓街等候打工機會。為母親祈福的項目更是有待圓滿。來找她的小丑說妳要替母親刷新藥王山佛像的祈福儀式已經排好時程了。

她剛剛望著浮雲時，還在想應該去外頭曬曬太陽，這樣正好，她跟小丑說，我總覺得浮雲裡面躲著空行母和勇父。妳又認得空行母與勇父了？小丑笑她。空行母大概跟佛像裡面畫的菩薩長得一樣吧，勇父我就比較陌生，她笑著說自己從小跟父親就疏離。連這個妳也可以連結到原生家庭。小丑聽了搖頭笑說。勇父可都是護法神，保護佛法的應該都長得威嚴，呈現忿怒尊相。菩薩低眉，金剛忿怒，這是她從以前就知道的，聽了小丑這樣說，她說自己也想修忿怒尊，比較威嚴。你教我呢？小丑又搖頭，他搔搔後腦說我不會啊，那妳問寺院的大師兄看看他怎麼修？但我覺得妳不用修就看起來很忿怒了。

她一聽，朝小丑要捶打過去，小丑卻早已跳開，逕自往進入藥王山之前的攤販街走去。她忽然想起昨夜他們一起看拉薩大昭寺的大雨時，小丑說這真是一場雨水和土地的絕美性交。從小丑嘴巴吐出性交兩個字時，她笑著覺得這小丑真是有意思的人，又莊嚴又常嬉笑怒罵。

78

繞塔點燈唱誦禮拜，就像一團團旅人抵達經過滯留離開般，不斷地循環在這些秩序性的活動中，在黝暗的大昭寺內，看著那些黑夜中的壁畫唐卡還有朝聖者在微光中的臉孔。蒙太奇電影或縮時影像快速轉動著，一間寺院即撐起高原的血脈。那不斷進入歷史周而復始的重複傷害嗜殺復興重建，彷彿是被封印的羅剎女與文成公主的戰爭，如果變成宮廷劇，少不得又是謀逆造反產子心機仇恨忌妒復仇后王位征戰，但這裡沒有，吸引嗜殺者如狼的野心是佛位，而不是王位。或有弟子毒害上師，還有罣丸竟被弟子偷襲掐破而死的上師。上師不知情嗎？就像龍樹菩薩難道不知道王子想要他的頭顱？知情的，但要還和弟子之間的宿業。或有不同信仰的上師彼此之間的征戰，這文成公主帶來的佛，是佛親自看過自己被塑成雕像的樣子，這佛目睹菩提樹星辰一閃一滅而發出奇異哉！人皆有佛性卻不自知。佛知悉這尊佛將見證高原千年的歷史悲喜，這佛讓魔轉成護法，這佛讓高原成了信仰者最堅定的土地，讓不相信過去未來的鐵齒者厭惡成迷信或被附佛者化為生財對境。佛袈裟沒有罩下之處，讓金翅鳥依然想要大吃龍族。滅佛興佛，起起落落，唯獨這尊佛不動。人對另一個世界的嚮往，使得這裡的佛靜默，旁觀興衰。

被遺忘的傷害。

被血洗過的寺院，彷彿變得更能吸收人痛苦的骨血。曾經諸佛神像掛的不再是琉璃瓔珞，而是被屠殺的豬心牛皮羊腸，血淋淋的沾染著神像，封禁的大昭寺，把佛請出來。但來到高原的佛，不走了。

被遺忘的救贖。

有滅者有興者。有殺佛有救佛，有把佛像往屁股一坐，有把佛像供在最深的心海。佛不生不滅，不動不動，人動不了。渴望成佛的源頭，來自這一尊佛，自此成母佛，母者根本。雪域高原的第一尊佛，無人可以動。也是世界的第一尊佛，釋迦牟尼在世時親自為這佛灑花加持開光的佛像，佛看著佛像，看著自己的樣子，如鏡照面，佛像自此成了千古膜拜的對境，誕生無數繁複藝術，一張佛臉，開成一座銀河。異族誠降獻給天可汗，成了史上最豪華尊貴的嫁妝。一路抵達日光之城，神佛住地，人開始看佛，看著看著也想被成佛，看著看著有人想要滅佛。佛仍不生不滅，不動不動。動的是寺院大門外五體投地的磕長頭者，三聲啪啪啪，獻身口意，不斷地滑行，雙手往前推，全身順手勢趴下，來來回回一百零八遍，即使不開悟，日日如此時時如此，也可專注一心一眼一塵一物。

看似機械性的動作，埋藏無限心意與咒語禱詞。大昭寺義工洛桑對她說當人用雙手雙膝和額頭同時碰地時，身體和地面形成了五個點，這五個點也意味著淨化自身無始以來的五毒：貪嗔癡慢疑，將五毒藉著身體在動作時邊作邊轉化，當人的雙手在面前滑向自己的時候，當願眾生離苦得樂。妳要去體會儀式動作的深沉內在意義，將使身心在禮佛念誦中愈來愈柔軟澄澈。就好像妳去畫天梯一樣，如果沒有經過內心轉化，和畫圖沒有什麼不同。洛桑說的時候，附近環繞寺院的無數小商家與小攤販，不斷地播放著六字大明咒，夾雜著殺價聲與喧鬧聲的觀光潮。黃昏不久即將來到，攤販都在做最後的生意一搏。宗教畫、唐卡、雕像、法器、音缽、經幡、念珠、藏香、水晶、綠松石、天珠、瑪瑙、硨磲，彷彿一座座贗品琉璃宮闕降世。

儀式是重要的，洛桑說日光之城就像耶路撒冷，永不關閉的轉經道就像永不關閉的哭牆。洛桑知她是為母親特地來到聖地，他說妳來的日子很好，可以為大昭寺供奉的釋迦牟尼佛換金裝，但要先在大昭寺的古井裡許願，聽說在這口井許的願都會實現。她想起自己第一次白天進入大昭寺的場景，她幾乎是被人群推著走，還來不及看沿著牆壁上的一尊尊雕像是誰。

這和之前夜晚的孤寂，觀光客與五體投地的朝聖者形成兩股氣流。

八廓街的黃昏，她走過無數攤販集結的商街，夜晚到來，觀光客的採購時光。

她聞到被自己刻意遺忘的市井氣味，往昔童年生活的市井氣味迴轉，瞬間敲著她的心房，刺痛她的眼球。雜蕪中透著秩序，市井的微小夢幻，小燈泡一盞盞地如星辰排列，攤位上鋪著機器織就的彩豔粗布，黑礪的膚色下露著貝齒，襯著各種奇形怪狀的心靈磁場物件的華美，瑪瑙綠松石擠在一塊，玉環玉戒玉珥玉玦被人撈起又擱下，玉石相撞如風鈴般地一陣嘩啦啦響。

每個攤位都浸滿了朝聖的慾望暗影。彷彿有魔力的法器，金剛杵排排列，小泥塑像如兵馬俑，抓著幾條金剛菩提子綴著塑膠瑪瑙手環的女孩，咚的一聲就擋住了旅客的去路。

她就是在這裡買了胸前掛的小銀盒和兩個供佛的小泥塑像。嘎烏是隨身小佛龕，小泥塑像叫擦擦。沒有錢請工匠打造佛身銀像銅像的人，只消花個十元就可以買到模型灌漿的小泥塑像，供佛一樣，全憑心意與能力。對於一個隨時可能離去的旅者，她覺得這不僅是慈悲，且是方便了。她在替換的兩三件內衣裡面還縫藏一個暗口袋，可以放進母親遺物和獅子吼給予的聖物。啊，獅子吼，她懷想著這位青春導師。從沒想過無常的人，就是再聰明的人也是個笨蛋。她想起獅子吼說過的這句話時，人已經穿過市集，把入耳的喔呀咿呀的藏語拋在腦後。

她經過磕長頭的行者，小心翼翼地深怕踩到他們的手。在這裡每個人都把自己放得很低很低，低到碰觸地面的各種氣味撲鼻而來，青稞腥羶酥油塵埃體味屎臭。她身上的那件羊毛氈外套已經沾上了無數的灰塵與難以分解的體味和食物。一點點去寒的青稞酒被潑滴到外套的氣味，甚至還有機油。

兩頰曬得通紅，頭髮紮在腦後，只是還沒長到可以綁一條辮子像高原女孩般美麗。她的衣物後來都在當地採買，紅色藍色黑色為主色，織布為主體，紅色系衣物，在日光下駭麗如罌粟。磨破衣服的位置經常在手軸與膝蓋處，她穿得破爛時也不脫掉，在塵埃落定縫補即是。高原人說死亡就像衣服老舊破爛時就要換穿別的衣服，她想母親脫掉死亡這件破爛衣物可脫得真久啊。

化身成當地人，有時迎面被觀光客要求合影或者問路，她心裡偷笑，卻為別人覺得自己是藏族人而高興，這也使她出入很多寺廟方便，隨意走到哪裡也沒有遇過盤查。不想離開這座日光之城的人眼光再也不同，高原已然吸進她的胸腔，她連呼吸頻率都不同了，逐漸長出適應氧氣稀薄的肺與鰓。

有時候她和小丑坐在八廓街的咖啡館望著街上的人，偶爾故里那輛沿海的列車會朝她奔馳而來，她省略了和蟬的段落，聊起母親還沒中風前有一陣子曾落腳在新北市一處人擠人之地，因為一座圖書館，讓她喜歡上那裡。黃昏時刻，靠近捷運的公園樹下總是群聚著一群人，像是來自某個團體卻又各自獨立似的不交談，他們從不視行過他們身旁的人們目光，他們各自在一棵樹下進行著身體的勞動儀式，卻靜止如漂浮太空的安靜碎片，又如影子，竟不憎不喜，毫無表情。唯一看得出他們在進行此儀式之目的是為了「養身」，倒非為了信仰。他們雙手雙腳與腰身上下左右擺動時其實僵硬異常，甚至她每天經過看著同一批人的身體，即使每天都做著同樣動作，卻無助於身體和動作銜接的熟悉。她每回行經，以眼角瞥著，總是納悶地想著，他們在想什麼？恐懼死亡僵硬著他們的身體，因而就是做一百遍也一籌莫展的樣態。每棵樹的氣根下都站著人，朝前朝後朝天朝地，人們日日豢養著這具吃喝拉撒的身體。但心靈呢？卻任其荒蕪，逐漸沙漠化。

那公園轉個彎有一群團體正集結在靜坐與誦經，他們的臉孔可以讀到一種宗教團體的獨特表情，瘦削蠟黃堅毅頑固武斷銳利排外，害怕來世而廣修福德的一種因修而修。期盼來世而忽略現世。他們關起俗世的種種，她感受到近乎滯止的心靈。但又自省屬於自己的心靈藍圖又是什麼？自己不也一直在前進與逸逃的兩端浪費時間，她看見這條窮索心靈無盡之路的聖潔與媚俗的兩端。

供佛者與媚佛者不同，供佛者誠心誠意，毫不沾染自身的福報與功德，甚至毫無遐想與思考，一心一意，空盡輪迴。媚佛者所有的一舉一動都蘊含著能否回報的計算，布施多少將有多少功德，嘴吐佛言佛語，眼睛卻老盯著別人。一心供佛者是了無自己，而媚佛者求功求德。她看著那些功德芳名錄，那些廟宇的一梁一柱，甚至呼嘯而過的救護車車廂外殼，都拓印著捐款者的芳名。

小丑說經文寫為了度化眾生遂先以利勾牽，功德只是方便。只是日久大家也只圖方便了。功德何能兌換智慧？媚佛者和附魔者成了一體兩面。附魔者擺明與魔交易，以墮落之姿昂揚慾望之沙。媚佛者以仁義謙卑之姿卻蘊含更多慢心的可能，莫怪禪心不離直心，如此直言是魔者或還可愛些。

我也是媚佛者，她說。我也是，小丑笑回。她看著小丑搖頭，意思是你怎麼會呢，我們這種庸俗者才是，小丑意會地笑著，好像在說我和妳沒有不同。人潮沒有斷過，如念頭水流。直到黑幕降下，觀光客都被導遊叫去集合地點，突然八廓街靜了下來，路面又還給了磕長頭的行者，安靜中頭磕在石板的聲音如此清晰。手裡那如護套的松香板，隨著長征，不斷磨著土地，有的木板已愈來愈薄，從木板厚薄就看得出短途或長征的旅程。

如果沒有為自己或為別人乞求功德利益，可能磕長頭進行大禮拜的人有的應該會紛紛站起身了吧，小丑笑說所以每個人都是先求媚佛，獻供者希望得到更多的回饋。布施者要三輪體空，但這種空是一種境界，不是說一開始就能夠達到的。

三輪體空？哪三輪？如何空？

三輪車跑得快，後面坐個老太太，要五毛給一塊，小丑笑唱著。

她聽了笑，拍了他臂膀一記。別想太多了，吃飯吧。小丑站起身來，拍拍身上的灰。走回塵埃落定，一路上她想自己也不是不知道三輪的意思，三輪就是沒有布施者，也沒有布施的對象，沒有布施這件事的內容，一旦給予，就全盤施予然後放下，空掉。而非牢記給人過什麼幫助。她只是覺得解釋也只是解釋到名相，但想多聽一點，小丑卻顧左右而言他。

她的腦海繼續奔馳在剛剛未竟的對話。落腳在大台北最擁擠的中和，高密度的人車交會在每一條街道上，下班巔峰時刻如魚汛奔海，充滿著生活的擠壓。島嶼的這種生活擠壓和小小寺院充滿著信仰的擠壓，完全不同覺受。當有信仰支撐時，彷佛所有的難受都可以承受。

媽媽以前去參加卦香，回到家裡我看見她的背部衣服竟然有許多被香觸到而燒成的小洞，被香觸到，母親竟渾然不覺。

聽起來很有畫面，可以想像朝拜者擁擠的程度，也可以想像妳母親當時一心祈求的專注，小丑說。

她突然很想掉淚，想著母親已經遠行多時，不知母親輪迴到哪一站了？

小丑安慰她，別被悲傷捆住，有緣總是能相逢，也許妳的母親就輪迴在高原。

母親如果輪迴在高原藏地，她想總有一天會重逢吧，她和小丑一起畫天梯已經定好時程。

千年佛萬古山看著高原的太陽落下又升起，人的影子將迎接光且被自己踩踏。而超市是最可怕的文明風景，一切都被罐裝，所有都被貼標籤。罐頭食品上貼著嬰兒的天真笑臉，行經整排的嬰兒笑臉，她感到輪迴的荒境盡頭是在超市的一整排嬰兒罐頭食品上。所有的可愛嬰兒臉孔將有朝一日會變成等待輪迴轉盤的臨終老人。

酥油燈下的那些朝聖者臉孔，像架在刀鋒上的感情，要怎樣的神諭，才能解開其中的奧祕？高原的孩子，盯著人，發出細碎的笑聲。空氣乾燥，靜電讓髮絲飛揚。天空近得如爐火烘焙，夏日的相逢，她的平原童年，她的盆地青春，轉移到一個陌生地，遇見高原的孩子，她看見某個年輕的高原母親在編織著帽子，在八廓街擺攤。偶爾她也會跟著欽哲去擺攤打工，望著那些為另一個空間維度所想像出來的祈福物品是如此地華麗，綠松石青金石黑曜石紫水晶黃水晶，財神度母勇父蓮花優婆羅花，曼陀羅與金剛杵，少女頭蓋骨鑄成的聖器，嘎烏裡的甘露，懸接天上與人間，她看得眼花撩亂，又新買了嘎烏，聖物愈來愈多，需要大一點的盒子才能裝滿她的回憶。她還有一只棺釘，父親蓋棺前被她從道士手中偷來的釘子，象徵性的小釘被她一直收納著，她想將棺釘放到母親髮絲旁。其實她也不知道這象徵著什麼，有時候她會把小釘子拿出來在燈下望著，小釘子隨著時間已經氧化成一種鏽色如銅的美麗，也許應該找條鍊子將它做成飾物，就像當地人會把犛牛的牙磨成一小片懸掛在耳際或者胸前。還有蟬男人的那片小骨遺物，回憶的憑藉。但其實她很少很少想起父親了，或許父親離開時她只知憂傷卻不知悲慟，母親離開時，她不僅知道憂傷，還知道悲慟，更知道椎心的苦楚。佛家說不能哭，不然會引發亡者執著。在馬雅人裡卻必須大哭，好讓亡者知道自己已經離開人世。壓抑的悲傷難以除去悲魔種子，但她真的忘了怎麼大哭了。

在高原開窗，風瞬間就吹散了悲傷。

八廓街一間一間店的遊晃，讓夜晚迷濛的山城帶著現實感。討價還價的觀光客，往胸前試戴項鍊的女生，穿著僧衣的出家人在玻璃櫃前挑選念珠，藍色紅色黃色白色黑色……她聽著僧人對在家人說著你修彌陀要用紅色念珠，修財神要用黃色，修觀音慈悲尊要用白色菩提，非常修行的字眼，卻是極度入世的目光逡巡。她覺得興味極了，道貌岸然的僧人也像處於市井般的簡單卻又目標明確。她看著那些色彩斑斕的念珠，彷佛白日的彩虹跑到了夜晚。

拐個彎，焚香和人畜便屎氣味飄散，各國旅客與朝聖者把窄仄的街道擠滿，原本稀薄的空氣顯得更加缺氧，她耳朵裡的那片薄膜感覺似要崩裂開來。頭痛著，焚香與獸味的怪異沾染，每一縷呼吸都滿含著無數氣味的兜轉，聖城是個混雜氣味的海綿體，氣味像是導盲磚，可以聞氣味辨別方位。

她常常是這樣帶著時光短暫再美好也賞之不盡的悵然之心離開觀光景點，或者從寺廟與宮殿的往昔盛世華美回到現實世界，藏族孩童或坐樹下或地上，見到觀光客出了門，旋即快速站起或者追至身邊，拿著一串串念珠、一疊疊明信片、身披五彩圍巾、身掛叮叮咚咚項鍊耳飾……繞著人們轉啊轉，放棄舊的一個，又追上另一個新來者，每天他們要反覆多少次這樣的追追趕趕，起起落落？她看著他們，他們日日見她已經不追她了，知道她已經變成當地人了。而她偶爾會帶著素描本，速寫一些臉孔。她看著高原孩童多半精瘦，黎黑的皮膚下一雙雙晶亮的瞳孔。他們朝她喊著阿彌陀佛！阿彌陀佛！她回應的卻是扎喜得樂！扎喜得樂！語言的陌生化，彷彿隔閡的保護網。

79

外地藏民來到日光之城的節慶日，轉經轉寺轉山拜佛的人潮休息時會去沖賽康市場，一座流動著朝聖者的市集，比平日顯得熱鬧喧騰。市集在大昭寺正北，離寺院近，聖俗一體。市場四周有著幕牆和瓷磚房子，房子的門簷窗框上掛著白幡，市集有不少鄰近來交易的農產品。市集外的五岔路口，常湧進從高原各地來的康巴商人，商人只有男人，像是小販似地站在馬路中央做生意。很有意思的「站市」，是她最喜歡隨著欽哲去逛的市集，大家都站著，像是在比身高。

珊瑚蜜蠟瑪瑙天珠銀器嘎烏，大家看上了也得淡定，不動聲色，不流露對哪個物件的喜好，不被看破，外人看起來好像他們不認真在做生意，像是聊天喝茶似的一派輕鬆，聊天氣聊寺院節日，聊家人，聊結婚喜慶，甚至聊死亡。欽哲說因為妳外行，其實厲害的商人在會心地笑語和聊天中早已將價值成千上萬的交易給悄悄談妥了。商人的寬大袖筒下，暗地都在談價，比來比去地搓著價，每根手指都是暗號。她看呆了，心想用手指談生意可真妙。比手指她可厲害的，和失語母親可比了千日呢。如果靠手語，那麼站市也有她的一席之地。和失語者溝通，她演練過千回。

八廓街鄰近市集賣土豆片的年輕小販仍在陽光下立著，黃麻袋裡的乾果是他的最大財富，他看見她正在看他，害羞地瞬間低了頭，覥腆地抿著嘴笑著。市集攤販的小辣椒藏紅花堆疊，披著圍巾的少婦正在餵奶，攤上擺著銀飾、蠟染、編織、毛製品、紗麗、蜜蠟、天珠、綠松石、珊瑚、貝葉木刻板經書、木雕、銅雕、佛像、唐卡、法器、地毯、面具、樂器、彎刀。再拐進另一個街區集結著上百攤位。摺疊桌鋪著編織的毛氈，毛氈料沾染著時間的暈黃；也有鋪著防水塑膠布的，塑膠布後方的臉孔大多是內地來這裡擺攤的漢人臉孔。漢人攤位物品讓她想起和母親最後幾年逛過的建國橋下假日玉市。一盞盞搖晃的燈泡下，陳列著白得很假的白玉扳指、綠得像是假的翠玉髮簪、銀帶鉤、銀帽釦、銀帽花、琺瑯鼻煙壺、紅漆木盒、非洲犀牛玉板梳子刮痧板、繪製閨房春宮圖的撲克牌、金銀絲交錯的繡花鞋、富貴長壽如意銀牌、繡著一個頂上一撮沖天炮男孩的早生貴子貼身肚兜、鴛鴦或蝴蝶香包、裙裾或外套拆解後的條幅碎片、皇帝皇后的繡龍刺鳳圖、官服繡繪的衣冠禽獸補片。那個一直微笑的男人不厭其煩地一片又一片地展示在她的眼前，仙鶴、錦雞、孔雀、雲雁、鷺鷥、黃鸝、獅虎豹熊，文禽武戲繁花勝景，像是高原繁複的儀式。

死人留下的配件，是一種死亡的信物。但在這座高原，到處都是死亡的信物。如能得到自己上師所贈的傳承之物，往生之物如舍利法衣頭髮法器，幾棟房子去換都值得，欽哲曾這樣告訴過她。她一直著迷於這些老物件，文玩繡品飾物畫卷。但在照顧母親期間都轉手賤賣了，剩下幾樣跟著的都是別人餽贈或有時光意義的。

妳還是很執著。她又聽見虛空傳來的心音。

已經是半僧半人的小丑，不留多餘之物，說用不到的東西再珍貴都是累贅的垃圾。又是一個要活成一無所有的人。

她在高原的市集，千篇一律的綠松石瑪瑙玉石等飾品，都比不過她手上掛著最後從母親身上卸下來的玉環手飾，亡物最相思。所以不買亡者之物，是怕那個物件染著相思。

那座島嶼市集，曾經的母城假日玉市是她和母親偶爾的樂趣所在，未必買，但在那市集流動的攤位裡尋著寶物的假日時光裡，她和母親是挨得那樣近，燈泡下的母親被暈光抹去了歲痕，看起來顯得年輕可喜。每個人都在這座慵靡的景觀市集裡尋找有緣的物件，討價還價的聲音，混著玉石相撞的聲響，或者隔攤賣茶壺的茶壺滾燙聲或賣牛角刮痧板的啪啪響。一條華美寒傖的長街，她和母親緩緩行過，學著人們在玉市裡東摸西嗅，企圖打撈什麼時光回魂的寶物。

直到母親的記憶陷入流沙，如雨中泥濘。唯她對某些物件和她的穿著打扮仍很清楚且非常在意，有一回阿娣在網站買了個玉環，掛在手腕時被母親看見，失能的母親竟用嘴巴想把阿娣的手環咬下來，因為母親以為阿娣戴的是她的手環。她見狀大笑，在笑的背後卻想哭，想起多少個日子，和母親無聊時在玉市裡閒逛的午後時光。

那時每天母親閒閒，就只怕老。那時她也每日閒閒，就只怕窮。最後，她們打發時間，偶爾亂買些廉價的玉片把賞。母親都是買實用的，比如玉梳子，玉環，玉刮板。賈寶玉有通天寶玉，而她有通母之玉，玉是她和母親的時光物證。新玉被她戴成老玉。玉最沾人氣，玉成了慾。她曾是手鐲的奴隸，她的一隻手腕被手環環繞著。手環跟隨她的打字節奏，有如一種陪伴。玉鐲子，女人甘願被奴隸的奇特貼身物品，跟隨到死之物，若有摔斷，通常昭告不祥。母親中風前，母親送她的玉環斷裂，玉有心有情，傳遞她生命的暗號，幫她擋災離憂。母親還喜歡黃金和銀飾品，因為母親的皮膚容易過敏，無法像她一樣可以隨興戴些假的飾品。她們去逛玉市，母親的身體就好像是測試機，假銀假金她一戴就發疹發紅，唯獨玉珮母親的身體無法測試。她們學著別人用放大鏡看著玉石的紋理，看了半天好像也只是自我安慰。

每次母親都對她說，也許我們買到的是真的也說不定，以後就把所有的飾物都給妳，妳就有老本可以度日了。母親想得真遠。而她只在意當下是否喜歡，喜歡為真，擁有為真。除此再真再貴也都於她無關。她們就這樣，有幾年光陰在那一盞盞黃燈下的玉市市集攤位閒走，那些燈泡背後的人像是不知從哪冒出來的奇怪人士，擁有那麼多奇奇怪怪的物品，各式各樣的招財物或者求健康求美麗的飾品，到處都有玉石在滾動著水池，有的甚至冒煙，彷彿一個異世界的入口。

她和母親邊逛著市集，走累了會在信義路附近便利商店的咖啡館小坐一下。她和母親訴說著她的旅行故事，她對母親說當她行走古老國度，像是土耳其印度，那些昔日帝國的飾品總是華麗到炫目，雕工繁複，材質銅銀金為底，寶石為表。醉人的酒紅，深不可測的土耳其石藍、冷麗的貓眼、閃亮的紫晶奪目琉璃。讓人想起這些帝國后妃全身掛滿冷冰冰的寶石水晶，搽著帝國特調的香膏，獨特的氣味，讓蘇丹帝王在黑暗中玩著以嗅聞香水來猜后妃名字的遊戲。寶石與香水，愛與性，無盡揮灑。后妃女子僅著金縷衣，擦著迷人香膏，踮起腳尖跳著艷艷的肚皮舞，手腳盪著銅銀鈴。

當時她跟母親說了這麼多奇異的旅途飾品故事，母親笑說，三八姫，跳肚皮舞真野。

她也曾在某年的母親節送母親一只從土耳其買回的銀鐲子，鐲子上有鄂圖曼帝國的繁複設計風味，壯美，醒眼，手鐲表面雕刻著兩隻手的姿態，是伊斯蘭教保護神的象徵符號。可這銀鐲子華美卻得經常撫拭。一不戴就發黑著一張臉，很難保養，一如當年她和母親的關係，總是時緊時鬆，時遠時近，端視母親的情緒。狀況好，她們很親；狀況不好，母親的一句話就足以摧毀她的一天。母親臥床後，她一個人獨自在假日玉市走著，走著走著，覺得好傷心，玉市裡陳列的繁複奇怪物件頓時全化了母親的身影。

年輕的母親牽著女孩的手，流徙在每一條路上，風塵僕僕，勞心勞形。以前她對母親的怨懟，轉成女兒對母親的擔憂，逐漸像電影鏡頭溶化成白，彷彿一只羊脂白玉，如雪片。

她曾要尋找那只信物，想當母親最後送行物而未果。

母親少女時代的物質象徵是什麼？獅王齒磨明色美顏水旁氏冷霜明星花露水資生堂乳液，還有美麗的包包。母親有幾個讓她印象深刻的包包，裡面有的裝著眼淚，有的裝著汗水。裝著汗水的是咖啡色的大包包，裡面裝著威士忌約翰走路白蘭地與萬寶路香菸。裝著眼淚的是一個小巧的皮包，拉鍊上綴著珍珠與假鑽，十分搶眼。那種皮包有一回她在紐約跳蚤市場見過，近乎一樣，連忙買下。母親用小包包裝眼淚，裝著愁苦。

她第一次瞧見母親拿著小包包，是透過蚊帳瞥見晚歸的母親來到她的床畔，她張開眼睛看見閃亮的光，後來想是房間的燈折射了包包上裝飾的珍珠假鑽，像是折射的月光暈染著她的瞳孔，她看見母親的淚水打轉，母親摸著她的臉，忽然變得很大力，原來有蚊子飛進帳內。那幾晚每天都聽得見母親高分貝的吵架聲，然後母親就說她要出去死。聲音聽得出痛苦煎熬，近乎沙啞。和父親吵架的母親總是語言如刀，所經之地屍橫遍野。

玉是她想念母親的一只鑲沁著繁複死亡儀式的物件。

就像一種提醒。來到高原，再也沒有臉書會不時地跳出「我的這一天」，不會被迫想起離去者，不會被迫看見記憶的軌跡。以往就只是那麼吉光片羽的提醒，就已經是火燒燎原，電光火石。就像看見沒有關掉帳號人卻已然不在這世界上的友人的臉書依然經常被留言，或不關閉的曾經書寫，曾經連結。來不及關掉的臉書，或者家人不知如何為亡者關掉？或者粉絲自動發起的經營？所有的悲傷，表面看來彷彿臣服於時間潮浪的沖刷，漸漸地沉澱了。但卻禁不起晃動，一打撈上岸，記憶如海藻纏繞，需要極其緩慢的梳理。她突然明白為何會有人在極度悲傷之後需索縱情縱樂的性愛逃避或者用已故至愛的名字命名新生兒。為了遺忘的狂歡或者紀念，本質相似。高原這裡只有山色，沒有物質的自然世界理應煩惱日減，但她自覺妄想之心仍四面八方乘隙而來，這究竟是怎麼回事？

那時她常想起那位被他心通師父收伏的出家學姐去哪了呢？依然很堅定自己青春的初心信念嗎？舉凡這種堅定特質都是讓她又喜愛又害怕的事，她知道自己的迷人恰就在自己的兩極特質兼具。她沒有特別羨慕那些頓悟者立即出家的那種堅定，因為她相信堅定不是從那襲法衣才能看出來的，人心難測。因為擦拭佛像就出家的學姐行徑，其實在高原人聽來一點也不奇特，他們有各式各樣出家的狀態，有看見佛像就一直流眼淚的，有神通看見來接他的佛，有作夢夢見自己的上師，有出家才能治好怪疾的。出家，高原人最神聖的身分，每一個高原家庭都希望家裡至少有一位孩子可以出家，西藏孩子從小出家和父母分離卻很習慣，孩童離家竟不哭不啼，而是頂著一片微笑榮光。她看著窗外踢足球的小沙彌喇嘛，四處飛揚的紅赭色法衣飄盪如紅海。她看了一陣就躺下來休息，缺氧的高原，他們竟飛奔踢足球。

難道我們的心臟長得不一樣，躺下來看著天花板，天花板出現虛幻的宇宙壇城。她在那個富麗繁華的壇城中逐漸呼吸沉沉。頭痛的高原反應，逐漸退去。瀰漫著濃稠呼吸的點滴室，葡萄糖的水光裡彷彿淚水。她見到自己朝佛像流下眼淚，淚滴閃爍著磷光，如未來淨土。淨土是另一個星球嗎？她可以自己命名嗎？不要那種科幻小說或物理量子世界那種異質命名。但要命名為何？她還沒想到就沉沉睡去。

80

塵埃落定的街上永遠是塵土飛揚。從寺廟走回旅館，耳邊還迴盪著一整天的經文讚頌，回音如蟬聲，像是夏日的大海潮浪聲，音波迴盪，將她帶回母親的海，帶到遠方消失的神曲，廢墟般的神曲。

這個感覺跟但丁遇到維奇列的時候，他們已經進到地獄的最底層。她已逐漸習慣生離死別，融入這一環時，轉眼看到崩塌的愛慾城堡。沒有夜晚也沒有白天，幽暗看不到遠方，可是那個時候，但丁突然聽到尖銳的腳提升吹起笛子的聲音，但丁發出的地方，是他看到的遠方，他問維奇列哪個地方可以看到城市？是什麼地方呢？你在黑暗中看得那麼遠，那其實是幻覺產生的不真實的事物，只要到哪裡去，你就可以知道遙遠的感覺是怎麼樣欺騙了我們。

快走吧對就是這種遙遠的感覺欺騙了我們。她想起蟬也是一種遙遠的感覺，雙方都帶著某種情不自禁的表演性質，被放大的愛，被扭曲的情緒，被蒙蔽的清明。感覺欺騙，就像人物圖鑑上面籠罩著空中的水氣，一旦退散，一切都看得清清楚楚。

她喜歡去一個阿尼開的店喝甜茶，靜靜地看著遠方的雪山，茶甜甜的，看著轉經之後的人流沿著八廓街叩叩叩地發出聲響，她就只是安靜地喝著甜茶，島嶼傷心往事後來就被雪山的神慢慢回收了。大昭寺那口許願古井，她喝著茶看著排隊的隊伍裡的旅人的眼神，整個投入的一種眼神的坦白，和願望交流與神的告白，她看了覺得很安靜。來高原上百次，她看的人和人許的願望大概都超過須彌山了。不知神的耳朵是否長繭，願望是否早已填滿那口井可以承載的深度了。一個人喝著甜茶，看著阿尼在沒人時靜定持咒的凝神，以前覺得一個人很悲慘，現在卻覺得一個人非常自由。

妳來高原有覺得熟悉的地方嗎？阿尼問她。

她喝了口甜茶笑著說，我最喜歡大小昭寺，尤其喜歡被找去當文成公主這齣戲的臨時演員。也喜歡在布達拉宮廣場對面的小店喝茶，可以邊喝茶邊看布達拉宮倒影。

每個人來到高原只要願意都能感受到吹來的風蒙著前世的印記。妳知道昭的意思嗎？

知道啊，經常要介紹呢，昭就是覺臥，就是佛。

阿尼點頭，忽然看見什麼地開門，走到甜茶館外。阿尼向她說是小昭寺後面的銅匠銀匠，從雲南過來的。幾年前這些工匠都還是年輕的小伙子，怎麼這會突然見到，感覺這些工匠看起來顯得有些中年大叔樣了，看來我自己也都是了。

高原時間轉得快，一下子就天黑，一下子就季節轉換，好在有凍齡甘露，她笑答。

妳真相信凍齡甘露？

相信啊，阿尼一定是吃甘露的緣故。長青不老在高原不是祕密，不老比不死更重要。

阿尼聽了笑，覺得女生都愛漂亮，都想不老，但我不怕老，怕死。

日光之城展演在窗外大街，不時走動著賣羊毛的牧民，冒出幾個賣飾品的小孩，臉貼在窗前微笑，朝他們揮手。她笑著也揮手，每天都會看到的小孩們，像老朋友了。甜茶易冷，窗外雨飄，天幕將落，風起微涼。

尼泊爾甜茶叫瑪莎拉蒂，不知何時已經走進屋內燒開水走過來的阿尼突然說。

瑪莎拉蒂，聽起來像是車子品牌。

阿尼聽了笑，問她要留下吃晚餐嗎？

她點頭。要了一碗熱辣的川麵，以前怕辣，雪域高原辣都不辣了，高原讓人轉性，也讓舌尖轉味。清淡的食物都加重了口味，就像從空境妙禪走到繁複法器色彩艷麗的藏傳。島嶼時光，她經常為水族箱或菜市場的魚蝦偷偷施咒，端上來的食物她也會在心裡頭念一遍供養咒，她不習慣那種在公共場合低頭虔誠對著食物合十的表情，都是默默在心裡念著，跟別人聊天也會跳電，跳到自己的念咒小宇宙，這是她經常有的習慣，起先大約也像是某種佛癡或精神偏執狂。經過菜市場的魚肉攤位，經過生鮮熱炒店，經過冒著水泡的水族箱，經過鳥鳴聲喧鬧不已的鳥店，經過貓狗寵物店，經過燒烤臘肉店，她不僅施咒還常佇立水族箱對著魚說話。有一次不小心吃了魚，問著蟬男人說這不是剛殺的吧，蟬男人就戲謔地說死很久啦，這些都是冰在冰箱的魚，活魚很貴啊。說的時候就是嫌她掃興的表情。因為吃素關係，她的餐會愈來愈少，加上不飲酒，幾乎可以免去許多的餐會。後來她發現這個理由很好，很省力就可以推掉。當然很多人會跟她說有許多素餐可點，但聚會滴酒不沾也是掃興。她有自知之明，愈發獨食。

母親百日之後，她開始葷素不分，托缽僧的雲遊心情，有什麼吃什麼。阿尼麵端上來，紅油一片，光看就不冷，但其實還是嗆辣，她吃麵配著甜茶水吃，滋味與溫度剛剛好。吃的時候來了阿戒阿定阿慧，阿尼養的一隻狗與一隻貓和一隻小山羊，在她腳下舔著擦著，她嗅著牠們摸摸牠們，給了牠們幾口背包的乾糧。突然停電，習慣這黑暗風景的阿尼打開抽屜拿出了供過佛的蠟燭，白色蠟燭一時之間刷亮阿尼的瞳孔，她突然看見自己的臉孔，沾滿風霜的臉，已經逐漸淡去母親過世的悲傷了。在高原，很容易看見自己的面目，黑暗中專注如燈芯的核心，遠離往昔城市與臉書社群那種濃烈的集體取暖的氛圍，眼下只有一枚燭火，與阿戒阿定阿慧，還有風中傳來母親與亡靈們的祝福。專心聽就聽得見媽媽無所不在的祈福，她記得母親夢中曾對她這樣說。等這句母親的話等了黃河彷彿都乾枯之感，在她幾度夢見自己排出很多黑髒的大便之後，母親終於出現夢中，且失語上千個日子的母親還開口說話。

放心，母親變成鬼也會保護妳。多年前母親倒下的這句話成真。她成了選佛場的備考書生，鬼魅夜晚來考驗真心，好在母親一路伴著她。

文成公主大戲也將收工了，她這個臨演只是在旁當布景都很開心。秋末逐漸沒有看戲的人，團員一年一度的大歇息即將來臨，許多團員將回到他們的來處。戲團的好友邀她去她家玩，她正在考慮。她發現這裡也可以想像成另一種紐約，只是紐約是城市叢林，這裡是高原叢林，形形色色川流而過是本質。日復一日等待有一天離開的和日復一日等待有朝一日能長住此地的一樣多。等待申請護照離去和等待申請入藏證的人朝不同方向前進。高原人為了等一只護照，可以等到生生世世都看不到大頭照下蓋上准許通行的鋼印，無法奔赴他方弔唁離鄉者，燃上煨煙，煙裡有相思。

送別，成了別送，因為無法送難以別。客途人恨，客途別送。

不得已離家流亡在外的高原人，心在高原，但人在紐約蘇活區賣帽子，在聖塔菲賣藏族印度服飾，在尼泊爾賣饃饃，在加州賣佛像。擺攤討生活，在藏式印度餐廳或酒吧打工，去了他方有的升等有的變難民，或者變成連自己都不認識的人。她想起那個在紐約畫具店裡遇到染著一頭金髮的藏人，年輕男生每天在畫室與白皮膚女人混走一起。他在畫具店外抽菸時跟她說，和妳們女生一樣，找個有辦法的一起住，生活容易些。男孩又說起靠近馬可孛羅廣場旁的一家印度服飾店裡面的藏族女孩其實是已婚印度老闆的情婦，女孩每天光鮮亮麗，坐在櫃檯後面擦指甲，穿著打扮都像紐約女孩。反而她覺得自己像藏族女孩，想學藏文想收藏唐卡。藏族女孩離棄的世界卻被那些打著身心靈的紐約靈修中心撿起，附佛外道者多。女孩塗著指甲對她說，要吃穿好一點，不然白人會瞧不起我們。

她手中的唐卡文殊菩薩正舉起慧劍熊熊，她想的是離開紐約。結帳，問女孩知道裡面的佛像是誰嗎？女孩搖頭說，看到佛像我就頭痛，耶穌只有一個，怎麼佛菩薩這麼多。女孩是昧佛者，而她是另一種媚，媚佛者。供上燭火，她虔誠媚著佛，在自己脆弱無資糧時的過渡必要之媚。

甜茶喝竟，窗外雨神齊聚降下。拉薩的夜雨總是讓她看得起勁，極其猛烈，絲毫不被關說，像是雨神彼此不妥協的討論會。在這裡過夜吧，甜茶館的坐蓆推開矮桌，鋪上藏毯就可以睡覺，阿尼說。說著藏毯已然鋪下，遞了只棉被給她。轉身吹熄了火，阿尼在黑暗中如點明燈地一路拐進後方的房間，誦經聲音傳來，彷佛和雨神競比的磁波如浪襲來。暗黑中，聽著窗外大雨敲打聲，街上齟齬聲忽明忽暗，零星踏著水聲走動的行人滑過。她和衣躺下，咀嚼著嘴裡殘留的甜茶與嗆辣麵混在一起的奇特餘味，眼皮沉重覆上，不梳洗不換衣，她日漸學習活得如高原人。就在今夜，有神來過。

81

金花變成寡婦後，她們才成為朋友。寡婦在高原某老派修行者的目光中帶著不祥，不祥而不潔，在女人作主的地方卻是永遠的當家。

被放逐的，我必領回。沒有人領回金花，金花一直在茶馬古道買茶，然後交貨給八廓街的商家。她熟了，有一回跟著金花去雲南找茶。金花變成寡婦之後就自由了，不用改嫁不用被掐死不用受委屈。有個寡婦不能獨自活下，被認為獨活蒙羞，要兒子把自己掐死，但兒子掐不下去，那寡母竟一路在村裡大聲說著丈夫死了，兒子竟然想和我上床。兒子被激起憤怒，終於掐死了寡母。金花說完這個故事，聽得她眼睛瞪得老大。放心，我不掐死自己，我要掐死的是命運。

金花自此轉了姓，變成一家之主，變成大丈夫。女生加入茶馬幫，總是移動在路上，然後抵達一個沒有人會在定點迎接她的人。她看見金花時，突然想起離開的人，離開的蟬，難以用人工繁衍的遷徙者。

有一兩個夜晚，她獨自走在街上，尋找咖啡館的時候，被路邊的某些野花香氣攔了下來。或者她在逛店家時，也會被某些古老的事物耽擱了腳程，像麗江保存著東巴文的小店，四面掛的都是東巴文的圖案，非常吸引她。她發現東巴文很適合給文盲和失語者作為溝通用，又抽象又具體的圖案，比如一男一女擁抱的性姿勢，女的整個被裹腹時意思是愛我，女的也可能裹住男的，愛他。而且愛一個人不只是要精神的愛，還要有身體的雨水之歡。

金花的母親來自走婚的國度，躲藏在臉上的不是她母親那一代的討生哀歡神色，而是自在輕鬆的神色，這讓她十分好奇。走婚國度的女人定點，而男人移動。女人在定點迎接不同的移動者，這樣會不會不知道父親是哪一個？她的疑惑讓當地女人聽了覺得好笑，父親是誰不重要，重要的是誰是母親，因為母親留下影響孩子，而父親只是播種，然後離開，女人要的是好的基因。當然為了血緣延續，母親的兄弟就是父系的變形。

女人屬於整個家族。

晚上金花帶她去參加一場白族的婚禮時，每個人的衣著花花綠綠粉粉亮亮，草原錦簇如茂盛花園，結婚當日冒出許多人，這些人都是和這名要走上婚禮的姑娘今生無緣的男人們，因為這些無緣男人在這一天有權利上前去掐新娘一把，掐哪裡或者掐的力道，看得她覺得尺度頗大，但也帶點雙方情感和解的意味，不論是被傷或被棄，彷彿在那一掐裡，冤消仇解。

金花是當地的菜市場名，新娘也叫金花。在結婚這一天，金花是屬於大家的。她發現每個男人都趁機去掐一把，不管是否過去有情感糾葛或需要情感和解。這一天，她看到金花都是我們的大方。她想如果這麼多年和這麼多人的感情可以藉由這樣的狠狠一「掐」而冰釋盡空且賓主盡歡該多好。

每個人在金花婚禮各有心思，她想起的是在島嶼時獅子吼帶她和幾個社團學生去木柵偏僻山區做的一場類似火供儀式。燒起一盆木炭，對著不斷丟入的木材火焰說著某某某，誠摯對你說對不起，希望可以化解我們之間的種種恩恩怨怨或者執著直念，然後深切地祝福著對方。壞的化作灰飛煙滅，好的如火增溫增強。

結束後她記得大師姐悄悄問她，妳跟誰化解？

那妳又跟誰化解？

大師姐笑說我跟某個冤仇人化解。

有說等於沒說。

大師姐掐了她一下，她尖叫著痛。突然有人也拍她一把，沒把新娘掐昏，卻把自己掐醒了，她才發現婚禮現場的金花們要她也去掐新娘一把，她笑說我又沒有和新娘要化解什麼。

今天金花都是我們的。

所以她就上去掐婚，掐新娘哪裡呢？她發現自己的高度很適合掐新娘的耳垂，她就掐了一下，哪知道那新娘笑燦如花，直發癢的癡笑著。

她想難道她掐到新娘的性感帶。

她看著新娘金花，悄悄跟她耳語。

寡婦金花問，妳跟她講什麼？

她笑笑，沒有，我舔了她耳垂一下。

寡婦金花掐了她一大下，怎麼掐我，我又不是金花。

妳比金花還金花。

82

約莫凌晨，她聽到房間裡的細微聲音，陌生男子在黑暗中推門進來。她醒來，起身，穿著無袖的上衣，她打開門走出房間，微光清涼，男子身上的白棉襯衫在門角突然消失，就像飛鳥在夜空掠過的翅膀沒有留下任何的痕跡。這陌生男子讓她覺得熟悉，想了很久才想起這男子的白棉襯衫讓她想起母親最後的送行者。她在島嶼最後認識的陌生人，禮儀師。

塵埃落定旅館，窄小的木頭梯子像是承受不住負擔地發出嘎響。使得整間旅館入夜都像是在集體夢遊。她張開眼睛，側耳傾聽窗外有沙沙的雨聲。那種雨聲就像小時候養在硬紙盒子裡的蠶吃桑葉的窣響。無數次她希望在這樣的夢裡醒來，在夜晚的夢境裡看見母親。或者看見拉薩的夜雨，看到他們以神祕的姿態出沒不定，在萬籟俱寂時。

高原的山谷回應大地，看見陽光，她知道夢境結束。

她很少失眠，但開始經常缺氧的頭痛。睡神在高原非常的強悍，幾乎每次碰到枕頭就昏睡。也許是因為空氣中氧含量減少，因此腦子供血的速度轉慢，輕微的暈眩。高山症的一種反應，只是最初她並不知道。這天她醒來的時候早上六點左右，天色已經大亮了。絢爛如夢，折射的光四處遊蕩。

屋頂上那些彩色的風馬旗和祈福幡在風中飛揚，潮濕的露水很快就被太陽蒸發了，大地甦醒，高原乾燥，小丑曾對她說過這裡的雨如同神奇寶貝，你不會在世上的任何一個城市看到這樣的人與房子。

任何一個東西你都能感受到的神蹟。

近在咫尺的此時此刻，和過去曾經有過的任何一次經驗都不一樣，她知道自己是被母親保佑的。過去拉薩是一個很活躍的小城，三分之二的居民是修行人但卻不會讓人看到一種刻板宗教的氣氛。混合的感覺強烈和靜修生活的純真無邪，念誦咒語的單調生活背後就像一座夜雨的神殿。她迷惘的時間，就會期待看到夜雨，覆沒在灰色的高原，如在島嶼夢過的風景。

一座被時間隱沒在歲月裡的宮殿。投射在距離很近很近的陽光裡，高原離天這樣近，天空像是床枕上的帷幕。

她問，許願的方式。喇嘛聽成許願的內容。他說這只有妳自己知道。

她一直覺得自己打從幾世紀以來就曾經是一個傳教士戰士歌女皇后牧羊人大學士戰將落魄的詩人畫家工匠繪圖師植物學家旅行者，這些生生世世的感官畫面，不用催眠，她自己就可以感知生命裡的曼陀羅。

庭院花草外還有水井幫浦和壁畫串成一間古老的小旅店。在清晨裡，有時候可以看到年輕的單身女生披散著漆黑如瀑的長髮，嬉皮似的一邊抽菸，一邊喝著黑咖啡。有的在做著瑜伽，或者有端著臉盆走過花園的石板路去洗澡的旅人。

走廊的木頭椅子上也有坐著正在看手機或者看地圖的旅人。深夜失眠，經過那裡會看到一些失神的人，在歲月裡等待重生的人，一切彷彿又近又遠，有陽光臨風著天際，就像大昭寺即使關門了，門外依然有著許多朝聖者朝著大昭寺拜著。

五體投地衣衫襤褸的人，留在已經習慣的高原，餐風露宿，小旅館到處是背包客家庭式的小旅館，北京東路大部分都是給新西方旅客的新旅館，老旅館隱藏在北京東路的陌巷，無數的曲折的小巷裡走動著回頭的舊客。來到這裡的西方鬼佬，好像每天都在這裡很長很長一段時間，或者有的人只是露水情侶來一兩個月甚至一兩個晚上就要離別出發。可以隨時說話也隨時地說再見。走過去借個火，隨時沉默，大家都非常的即時。

天涯海角，都在眼前。

瞬間她驚醒了。

好像一個夢闖進她的夜晚，飄進來的潮濕的空氣帶著寺廟的那種香橙奶油煙霧繚繞的氣味。彷彿男人白天是個朝聖者，身上混了很多酥油燈香與檀香的味道，這個男子洩漏氣味的行囊，男人打開了壁燈，特殊外套，高原人會穿的一種外套，有著精密的防風效果，他在空氣中發出摩擦聲音，把整個旅程都帶進了這個小小的空間裡，被幽暗的燈火照亮的那一瞬間，她看見的男子是一個熟齡的人，她知道這樣的旅行者通常是滄桑的年齡了。滄桑的年齡，她知道這種人開始願意用物質交換時間，願意用別的東西交換自由。住在這間民宿的人還有一個是想要死在高原的人，等待臨終的到來。等死之人已經是一個病入膏肓的人了，他希望可以死在離天離佛最近的高原。

男人進來的時候說了聲不好意思。

她聽見這句話時，在黑暗的床枕角落微笑著想，和她來自同樣的島嶼。

男子發出歉意，打擾你們休息。因為吉普車半路拋錨，所以晚上才抵達。

民宿的旅客都在看手機或者看書，沒有人在意。

從世界的某個角落出發來到這座高原有用飛機火車貨車客車自行車或徒步來到了這裡，總是停留之後，自此聚散。然後又從高原進入不同的空間。曾經在這座如小島般的旅館共鳴過漫漫長夜的人，在房間裡留下個性的體溫，起伏如同潮水。但是她一直喜歡孤單的，但也沒有刻意的孤單，只要有人過來，她也可以聊，但是沒有人，她也很自在，基本上每個人對她的感覺是親切的，因為每個人只看得到表面，但是她也不希望把她的內心深處給別人看，在旅途裡內在是不需要揭露的。內在是不需要給別人看的，因為每個人都沒有打算如此。每個人都會快速的遺忘每一張臉。

每個人或者成為別人手機相簿裡面的一個又一個陌生人的樣子。

或許短暫會被貼上社群網站，短暫很快樂，或者很快的交換臉書微信或者種種伊媚兒聯絡方式。但總之那種姿態都是社交的，沒有打算要真心交往的，甚至停留多久那些名字身分年齡還有你從哪個地方來都成了社交的語言。沒有人曾記得裡面的內容，就像每一個人的臉，其實很快就被遺忘。旅人想要進入某種關係，什麼樣的關係，性關係也是關係，但是性關係要演變成情人和家人在這座高原是困難的。這裡不是倫敦也不是紐約，進入關係，有一種誓言的感覺。

誓言是危險的。

她一直記得男人的那張臉，很奇怪她知道這個陌生男人跟她有一種倒映的關係，如果自己是月亮，那麼他也是月亮。只是一個是天上的，一個是河水的，什麼是真，什麼是假？中間隔著一個天空和一座藍色如鏡的海。他們的世界等待被打開，但是在很多年後，她一樣會忘記他的臉。她和男人就好像生與死之間的中陰狀態，每個人要離開這個世界上的臨終一瞥。

母親，她胸前的母親，落地成灰。

如兵馬俑的高原愛情，必須無氧。一旦出土，禁不起氧，揮發一瞬。這個晚上推門進來的陌生男子，她看到男子的臉，她想起那個在母親葬禮的禮儀師。

睡眠中不斷洗夢的人，她很確立這個男子是苦行者。總是長途跋涉的人，從雜蕪中提煉出一滴水般純粹而勞心勞力的人。母親，蟬男人。秋老虎與秋蟬，離去者，拓著她的胸口發燙。

ཅ 夢中天梯

83

第一座天梯。

她從不知道傷慟可以如此深，過去她一直認為傷慟是文學家語言所繡上去的加油添醋或天花亂墜。且經典總是安慰她輪迴如逛花園，有興有衰，有衰有敗。天上浮雲幻象如畫軸快速轉動，她心裡想著這問題，也想起這些話。她一直相信輪迴流轉，所以她來了。相信死後有生，所以她在這裡。她手提著一小罐白色油漆，身後揹著一只黑帆布書包，書包掛著一個猴子玩偶鑰匙圈。徒步經過顏色鮮艷的擺攤市集，點油燈的信眾，離開市區逕往山林走，抵達和小丑醫生約好的郊山，只有雜草和岩壁的荒涼地。四野荒原，景致單調。偶爾有幾輛載著觀光客的吉普車行經，相機朝著她按下快門。她也曾經是這樣的旅者，一直按快門，帶著鏡頭征戰的氣勢前進陌生領地。

她無聊地把玩著路上撿來的幾塊高原碎石，心想晚上帶回旅館，欽哲擅長刻石，她想請欽哲在石片上刻母親和她的藏文名字。她請大師兄為自己和母親取名，結果母親獲得占卜之名為央金，央金是女神是菩薩。她自己卻仍是以前在夢中獲致的名字貝瑪，菜市場的白蓮花。

她張望著單調景色的路口。等了許久，在山岩處點的酥油燈在風中明明滅滅幾回，也不知自己已經念了多少遍六字大明咒了，或者念與念之間也不知滲入多少念頭的縫隙了，仍未見到小丑。眼見太陽要移往山的另一邊，於是她提著油漆刷子，攀上較低較突出的易爬岩壁，覓得一小塊尚未被天梯占領的空間。

在光禿禿的山岩上，已經畫有許多小小的天梯，通往天上淨土的梯子，讓靈魂得以攀爬。她深呼吸，吸吐吸吐，專注描著一筆一畫，每畫一筆就迴向給母親與母親的冤親債主，母親的冤親債主也包括她自己。念母親的名字還好，一念冤親債主時，她的心就像被遮了塊黑紗，瞬間掉入黑洞的無邊無際。在高原想著平原的母親，內心的疼痛傷感已經轉為嚙咬式的微細感，緩緩慢慢地浸潤著肺，難以咳出的傷感，像是肺泡般地隨著她的呼吸起伏。

她不斷提醒自己得一筆一畫，一心一意。

她邊畫著邊想著向上延伸的梯子上方到底躲藏什麼寶物呢？畫在岩石上的白漆小梯子，線條質樸童趣。這梯子是為了給往生者爬上天堂用，她想這心意真美。她從嘉南平原來到雪域高原，初心就是為了這天梯。

這是她第一次為母親遠行，也將是最後一次帶母親遠行。她的左手掛著金剛帶與念珠。

女生戴左手。男生戴右手。一早起床浴沐後戴上，因為一天晨起是行善之始。心音如雷貫耳，她已經習慣很多的聲音和自己說話。有時她會自言自語或者思緒跳針跳電。大師姐說，這只是暫時現象。但這暫時現象，竟也已暫時了十多年了，十多年來在佛學中心學習的後遺症，美麗的後遺症，就像心意識被裝了一個打擊魔鬼，這打擊魔鬼後來也管她的性愛生活，不斷地提醒再提醒，使她渾身充滿罪惡感。關於這種罪惡感，大師姐也說是暫時現象，或者用她經常掛在嘴巴說的修行會經歷見山不是山、見水不是水，然後再轉成見山是山、見水是水。她大力地甩甩頭，仍甩不掉畫天梯時油然而生的平原母親的臉，只有臉，身體縮成嬰。母親最後從一張床住到一面牆，從她心中的臥佛變成頂禮佛。

曾經眼見母親斷氣，她跪下時，母親卻又突然醒轉，笑說只是開玩笑，她才發現是在夢境。之後鏡頭一轉見到秋蟬發出微弱的最後交歡的聲響，秋蟬離去，她的蟬男人離去。她在夢中預演一回又一回，直到夢醒不再流淚。地水火風，四大尚未空，酒色財氣已全空，她收起青春時期自以為當藝術家要有的任性與紅塵染污，那時酒色財氣除了財全沾。財是沾不上，不是不想沾而是沾不到。四大額度用罄，她提早進入空空無也之境。

現在連母親都空掉了。母親去哪裡了？肉身成灰，這歷劫流浪卻永恆不滅的心識種子是如何作用著我們？四十九天之後必然輪迴，那麼現在我在天梯做著這些祈福儀式，母親可以接收得到？她畫天梯時，經常感到耳鳴，那日日如蟬鳴的單調唱誦，重覆上百上千上萬句的佛名，往昔日日響在母親病床，期盼入母耳根。到了藏地，四周每日唱著六字大明咒，嗡嗡嗡響。藏地沒有蟬，她在耳朵裡養著一隻蟬，從島嶼帶來的。有時她發現去年的夏蟬還窩在自己的嘴巴，那些梵唱是她自己不自覺哼唱的。唱著唱著，有時又淚流滿面，她覺得自己好像中了悲魔。除魔要先去執著，她想起獅子吼是這麼說的，先執著，沒關係。

她繼續執著地畫著天梯。

已經完成第一個天梯。畫一個天梯，多少念頭鑽過心窩，多少往事影像自動倒帶，不可思議不可計數，幾億幾劫，她聽到長藺也還是功德零。別人是功德林，她是功德零。大地染污，甘霖降下也是染污，她深覺自己就是這樣的一塊地，土地上的受苦者。從小被母親感染的那種苦大仇深，到了她身上變成悲大愁深，浸到骨子裡。她提醒自己就是來除掉這些雜染物的。

她畫的天梯比不遠處已經被畫上的天梯還要寬大些。她扭頭看其他岩壁上的天梯時，正好看見小丑在荒原中逐漸走向她的身影。

她朝小丑招手。小丑也用右手揮著，小丑左手提著一小桶油漆。小丑在快走近她時，朝她揚聲說著，妳的天梯畫得比別人寬比別人大喔。她對小丑愁苦一笑，邊走下壁岩突出的小石階。荒地的草叢乾枯，踩起來簌簌作響。小丑接過她的小油漆桶，笑說休息一下吧，我看妳的臉都曬紅了。他們走到山陰面，坐在小石頭上，小丑遞給她一個餅，吃起來乾硬，咀嚼後甘香。她喝了口布袋上的保溫杯裡的水，對小丑解釋說自己畫的天梯不是給孩童攀爬的，是給我的母親，由母親揹著孩童爬上天梯。

小丑聽了笑著說，這點子不錯，一次度兩個，且免得孩童沒力氣爬，或者爬錯。但妳母親身上揹的是誰呢？她聽了也大笑，心想從沒想過一次度兩個這樣的事情呢。她說其實母親身上揹的孩子我也未曾謀面，是母親生我之前的一個夭折嬰兒。小丑點頭，女性無論經過多久的時間都不會忘記那樣的傷痛。男生就沒有這種感覺，少了子宮少了臍帶連結。那你呢？要為誰畫天梯？她問。為我自己未謀面的孩子，小丑說的時候眼睛看著前方蒼穹，灰褐色的睫毛如荒原的枯草。

她聽了心裡一驚，這個人嘴巴說男生沒有這種感覺，自己卻很重情呢。但她僅僅點頭沒回應，嘴上一直咀嚼著大餅，突然她丟了一些餅給天上疾衝而下的鳥。

走吧，自己的天梯可得自己爬。小丑說著起身就往山壁某棵荒樹走，矮身進入一個像山洞的地方。未久小丑從山洞現身，遞給也走近山洞入口的她一把木梯子。

我知道這裡有放兩個小木梯，不然低處山壁都被畫完了，天梯無處可畫了，只能往高處爬。

低處的水果總是先被摘完，她笑說流行語，一邊接過木梯，一邊喃喃自語，這樣也好，畫高一點，母親省爬一些，畢竟揹著孩子，那可是很重的吧。

木梯拉開頗高，架在岩壁上更好畫，她和小丑堅持自己畫天梯，他們這種沒經驗的人需要木梯，厲害的在地畫師像猴子，一溜煙就已在山頂，一轉眼天梯白亮如畫在眼前。

她慢慢爬上天梯，她腳上穿著專業登山攀爬岩壁的登山鞋，身穿擋風防水保暖的狗鐵士上萬元外套，全身最昂貴的配備，像是要在山城久居的樣子。

小丑比她還快就站上木梯的頂端，她知道小丑把沒那麼高的岩壁留給她畫。

仰頭看小丑，他的身影也如一株荒樹。枝影黑墨映在白灰礫岩如她畫在宣紙上的水墨畫。

第二座天梯。

島嶼沿河居所有一家便利商店。

永夜似的靜止時光。她帶著輕忽無常的心跟著母親待在整個城市都是我的便利商店的咖啡館，叮叮咚咚的聲音不斷導入耳門。她就在一抹微笑中，被母親打了一記手肘，她才回神，聽得母親低啞蒼老的聲音從對岸移到她的耳旁悄悄說著，汝咁無曾失去囝仔？

她當時聽了心驚，知道母親問的意思，一個母親會問一個未婚女兒這個問題的嚴肅背後其實是母親本身充滿著想要告解贖罪的心情。

她遲疑著，頓時堅決地搖起頭來。看到女兒搖頭，母親的眼神露出狐疑神色，且竟是有點失望，好像少了一個犯罪的同謀者。瞬間母親並沒有追問女兒的真相，母親只是哀嘆地說著，媽媽真會病子。

病子，她聽著這個詞，充滿想像的苦楚。為什麼不是喜子？

除了病子，還有夭子，神傷的母親。

母親沒有詳細說病子次數，她不知道要畫幾座天梯，但心想畫愈多愈好，也可以替無緣者送行。之後，她得為自己的病子送行，由她親自揹著爬向天梯。那時候她就不用木梯了，她要用自己的身體爬行岩壁，遍體鱗傷地爬著贖罪。

這青春時期結下的罪之華，帶著被形塑成駭麗的因果圖騰，纏繞著她的心識。她不知道母親如何捱過這樣的反覆凌遲？母親說真會病子，意味著母親病子的經常性，她不知道母親曾經如此受苦。但所有的罪都處罰女性嗎？只因為她有個子宮？

她的右手臂腕部以下日日疼痛不已，連脫衣服都痛，套頭衣服只能彎身雙臂往下拉出袖子。媽媽的手成了她的媽媽手，她的手是沒有當媽媽的媽媽手。狹窄性肌腱滑膜囊炎，重複過度使用肌肉，重複性動作頻繁。

畫著天梯，因為疼痛拉扯而更緩慢地進行描繪。

這樣的緩慢，讓念頭更有飛奔流竄的空隙。

畫好第二座天梯，她走下天梯，望向剛剛畫好的天梯，想像著母親爬著這座女兒為她畫的天梯，步履艱辛，也是緩慢如斯。病中的母親癱掉了右邊，母親最後在她的腦海畫面都是橫向的，躺著的。有三年多的時間她無法觀想母親走路的樣子。現在她清楚觀想母親爬著天梯，一步一步的往上爬。爬完第一座天梯，母親爬第二座天梯。像是被諸神懲罰的女子，來來回回爬著天梯。

這樣一想，她覺得不該畫太多天梯了，會把母親累壞了。小丑聽她這樣一說，覺得她的考慮太多餘。妳以有形體的自己去揣度無形體的人，自然會覺得母親累壞了。但實情不是這樣的。沒有形體時，靈魂可以穿越千山萬水。

所以我還是繼續畫天梯，直到我認為母親的送子懺路已然完成。

小丑朝她比了個讚。她看著小丑新漆的天梯，兩座小小的天梯被畫在荒蕪的岩壁上，新亮的漆白，像是有靈魂似地閃著光芒。但卻透著孤單感，也許是因為兩座天梯相隔太遠。她讓天梯彼此靠近，心想也許母親的那些無緣病子可以手拉手一起爬天梯，心連心和菩薩見面。

第三座天梯。

日光退避山頭。

有人渴望死在聖城，就像投入恆河懷抱一般。

人不僅將擬態的神像寄放於聖殿，更多是將神像賦予神性。許多人不明白這不再是一具偶像，祂的神性完全在人的意念裡，大如須彌山，跨越城與城，國與國，星辰與星辰，小宇宙大宇宙。

神像裝臟與開光。裝臟，結界，彷彿進入不同的語言系統與解碼星系。

看見陽光下映著白線條的大大小小的梯子。

那些天梯畫起來帶著天真的筆觸，可能因為高度與岩石材質本身不好畫上，加上家屬都非畫工，筆觸看起來都像是兒童畫，帶著天真的憂傷。像是在宇宙裡兀自發光的神祕物質，神鬼人間跨界，命途寂寥，粗礫琢磨，細緻拋光，終究讓死去的亡魂無限恐懼的陰間，不再冰冷。可以登梯至天堂，徬徨遊走的鬼界，荒蔽靈魂尋得天梯，一路向上，終登極樂，不再失魂遊走，不再忘神迷遊。

她繼續爬向木梯，藉由木梯，再爬到更高的岩石，往他人未履及的空白處爬去。新描繪的天梯在陽光下閃爍著刺目的亮白，如靈魂的新生。她那長年疼痛的手腕與大拇指逐漸減少了痛感，她覺得這是母親對她的感謝與祈福。

睡醒時經過一夜的彎曲折騰或者打電腦過後都特別痠疼。疼痛成為提醒，不痛則是祝福。小丑曾笑她說這就好像生病的人認為一直念藥師經就會好，而不去看醫生，佛癡者甚多，有病還是要去看。

隨心所欲的死神，行蹤縹緲，延宕著腳程。

照顧母親的後面幾個月，母親愈來愈胖，嗜睡時間增多，翻身有時如翻動巨石。她是薛西佛斯，日日滾動巨石，換得諸神的歡心與自我的假相安慰。將任性轉身無承歡膝下的過去換成以勞力意志的苦刑責罰。為什麼會有這樣的罪惡感襲擊自己？她不知道，一時無法釐清，只是任思親的情緒如黑雲湧在她的心緒。小丑聽見她鼻子抽答如風箱的聲息傳來，小丑不敢回頭看她，突然對剛剛笑她癡有點自責。小丑繼續畫著天梯，神情專注肅穆。從側面看，他帶點金色的髮絲飄逸風中，像是天使羽翼。

第四座天梯。

彷彿不久前她才為母親進行著人生最後的儀式。但想想，其實已經過了大半年了。

母親不進冰櫃。如果在高原就好了，整個高原都是冰櫃。那個陌生的禮儀師，陌生的送行者，年輕的男子穿著合身西裝，踏著嶄亮的皮鞋，一路如踢踏舞似的節奏行過地磚，冷白的長燈管照得她如處鹽地，四周都是冰冷的鐵櫃，冷得直打哆嗦。冰櫃，得控制在零下十幾度的溫度，他說著，口氣彷彿在介紹家電用品。

我只是好奇，其實媽媽說不冰的，她被多年前我爸爸冰過的樣子嚇過，結了層霜的肉像是蠟像館的肉，也像超市賣的肉。而且我爸爸進冰櫃當晚就來到媽媽的夢中說他好冷好冷，為此我媽媽哭了好多天。這印象太強烈，所以媽媽曾經交待我她可不要像食物被冰起來，且我的老師說遺體冰過之後，難超度亡靈到淨土。

陌生男子聽到淨土時，嘴角略略揚起，帶點玩味這話卻又閃著不怎麼信的那種眼神。但口氣仍極其溫和，只說那得盡快入殮，雖然天氣冷還可以撐著，但照規定停棺也不能停太久，得看有無地方可以租用。至少租七天，等過了頭七，她一直拜託著男子，像是在求校長允許學生過了開學依然可以入學的請求，像是母親當年帶她去做生意，總是晚入學或者晚上課的拜託著校長與導師的靦腆樣子。

母親身後的地方，她預訂了一片山海。面河靠山，視野遼闊。觀音慈恩塔，把母親餘燼放進去，火光燒著色身時，她看見天邊有一顆早升的星子，彷彿從遠古以來就高懸那裡，眨著眼望著她。鐵盤的灰燼中，有燒不壞的頭殼骨骸舌頭，上面出現一個奇怪的符號，像是跳舞的舌。還有幾顆舍利子。有人說舍利子大成就者昆荼才會有，但凡人吃鈣吃太多者也會有。當然，她拾起晶瑩如鹽花的舍利子如獲珍寶。那個始終拘謹有禮的送行者，臉上經常掛著一抹冷笑，這名禮儀師等待這筆業務走到最終。她始終叫他陌生男子，即使他有給名片，但她想之後不要再看到這個人了。不是這個人不好，而是他背後代表著送別。

選骨灰罐，她選了玉石防潮的材質，八里有海風，玉石堅硬。玉石表面貼著閃亮水鑽拼成的佛卍字，像是一個時尚寶盒，也像她往日綵衣娛親的閃亮花衣。沒有電梯的寶塔，因而六樓最便宜。得一層一層的攀爬，才能見到母親最後的居所，她覺得這樣很有誠意。陌生男子提醒她，妳現在年輕還爬得動，老了會是個問題。她聽了微笑著，心想那就一直保持年輕，她從六樓的窗戶看著海色，還有側面荒山魂埋的孤墳，期許自己能常在夢中遙見母親，畢竟有形的事物終有盡頭。

沒關係，能爬幾年就來弔唁幾年，母親的骨灰不是也被我放在瓶內了，母親其實沒有離開，她說著。說的時候望著墳塋處處的山頭，很多墳塋看來應該已經沒有後人來拜訪了，很多人在網路祭拜，一個按鍵就結束執念，虛擬得很徹底。陌生男子轉身之後，她看著他走下山的背影有種堅毅的線條，突然覺得這個年輕男生其實滿特別的，他的黑亮皮鞋和整個寶塔山色很不協調，但他的眼神有種淡漠的安定，這是她離開慈恩塔一路上想起來的。很奇怪的禮儀師，既不靠近家屬也不過度疏離。她記得男生有建議可買私人墓園，原因是風光比較美麗，但卻是慈恩塔公墓的五倍價錢。她搖頭笑著舉例有個朋友父親過世時，原本想在陽明山公墓就好，但朋友的妹妹說父親有錢，為何要那麼陽春，結果就在北海岸私人公墓花費了兩百多萬買了豪宅，說是以後可以當家族墓園，在父親入土時一家人看著父親骨灰甕旁還有十來個位子時，兄弟姊妹之間還曾互相開玩笑地指著說這是你的這是她的。哪裡知道幾年後兄弟姊妹卻因某些事而鬧得不愉快，很少來往。墓園登記朋友妹妹的名字，朋友根本不可能去用。

家族墓園成了父親孤單一人的死後遊樂園，空蕩蕩的。

陌生男子聽了微笑點頭，祭拜者最多到下一代而已。我同意妳說的不用買私人墓園，私人變化大，哪天要家屬遷墓也說不定。

你只是為了業績而向我推銷。

陌生男子推推眼鏡笑著點頭。她第一次看這個以死亡為業的送行者初次比較開心的微笑，她想起蟬男人也有一副和他一模一樣的眼鏡，德國細邊框的一款眼鏡，男人戴黑色邊框，蟬選配的是灰色的。看著男生的眼鏡，她看見男生回應她的眼神比平常的淡漠多了點溫度。

我們這一行不說再見。陌生男子揮手就走下山了。

她也揮手，走去停車場開車。陌生男子不讓她載，說是公司規定。她發動車子時，本來想告訴男生自己曾經在西藏帶團過，當短暫臨時的在地解說員，她這個工作是一天到晚在說再見，因為送走這一團就又有下一團。且都是在依依不捨的情況下告別，期望再見面的氛圍往往濃厚到甚至有人為離別而泫然欲泣。她就是這樣收到小費與擁抱的。而陌生男子不會有小費與擁抱，他甚至連再見都不說的。於是即使在這麼莊嚴的時刻裡相逢，在她最珍貴的淚眼時刻倒映著的人，依然是陌生人，轉身就是永訣。

她看著陌生男子的背影，他轉身後，她彷彿才認識了他，他走路的背影有一種奇特的堅毅，她常覺得走路這種樣子的人渾身都是硬骨頭，那是別人告訴她的，她看不到自己的背影，佛學社一個喜歡文藝的怪咖學妹曾這樣告訴過她，說從學校社團教室看見她從宮燈大道一路離開視覺的背影時，覺得她和周遭的人看起來就是那樣不同，她問學妹怎麼個不同法？學妹想了一下說，妳的骨頭特別硬。

她聽了覺得這樣的評審美感很特別，也就是那時候，她突然知道走路有這種硬感的人是通過很多的執著所長期形成的，包括忍痛這件事，包括收納自己與他人祕密這件事，她都有忍人之不能忍。

陌生男子走在觀音山徑的背影很快就消失在她的視野，她將目光移往不遠的山下，公路有奔馳蛇行的機車，她總覺得會騎如此速度的機車騎士應該無法感受死亡，或者該說他們無法真切感受到活著，因而要用這樣激烈的方式證明一種存在？刺耳引擎聲過後是一片寧靜，河水蕩漾，沒有人知道山上佇立一位覺得人世再也無親之感的傷心人。她轉身再看一眼慈恩塔，眼神幾許溫愛不捨，像是許仙告別被鎮鎖在雷峰塔的白娘子，自此一別。

人們的心不自在是因為不斷地回到過去而失去了當下，別再想了，趕快專心一意。忽然大師姐的聲音傳進耳膜，瞬間她差點從天梯上掉落油漆罐，趕緊把陌生男子影像丟到腦後。

大師姐在遠處揚起的聲音頓時敦促著她，畫著天梯必須置心一處，必須心住心位，必須萬年一念，一念萬年。她畫著梯子，意識卻四處流轉。無念而念，念念相續，她將差點滾落的油漆罐牢牢提著，穩住氣，不然她就會感到罪惡了，深怕母親靈魂下墜。罪惡感是怎麼回事？把自己推往自己不愛的另一邊，這是她和母親長期相處碰觸的狀態。很遺憾啊，她心裡想著。母親以最後的痛苦來喚醒她人生的這場大旅行，從人生最初的依靠到母親晚年身體對她的依靠，到離開人世靈性對她的殷盼，這些都使她遭受比以往更巨大的內我痛苦與反思。罪惡感的目的何在？罪惡感帶來什麼樣的禁錮或者自由？無數的夜晚她總是走到大昭寺，而大雨就在八廓街的商店陸續關門後降下的。拉薩夜雨如神，空寂街道只剩下雨聲與跪拜者敲響在石板路上的磕頭聲。

正要畫到第五座天梯時，小丑見她還在上面畫著，在木梯下喊說著，妳到底要畫幾座啊？我已經圓滿了喔。

這次傳來的是真人的聲音，不再是虛空傳來的大師姐聲音了。在高原她常搞不清楚何真何虛。她往下撇頭笑著說，我也不知道。大師姐還在印度，不可能跑來這裡，她搖頭笑著自己幻象重重。這是個容易作白日夢的地方，缺氧使人容易進入某種奇特的幻覺感，處處海市蜃樓，真假不分。

先下來吧，起風了，小丑說。

好吧。她畫下最後一筆，起風可不好玩，高原最怕起風，吹得人頭痛欲裂。她邊爬下木梯時邊想著明天先回寺院請師父幫我卜卦，看看還要畫幾座天梯才能超度母親的孩子。

第五座天梯。

打造天梯，她想母親和母親無緣的孩子應該都持續攀爬上天堂了吧。她自問著，虛空沒有答案，只有天空雲朵飄來。堪布教她只要心裡一執著就往高原的天空看，高原的天就是她的海，

母親生病前參加卦香團或者逢年過節也為她點燈所遺下的各種寺廟樂捐單據，也是母親為女兒祈福的無形天梯。母親為她一生堆疊的祈福天梯應該比她現在畫的天梯還要高了。不知那盞平安燈是否

依然高掛龍山寺？她在高原異地想起母親信奉的媽祖，聖殿裡的順風耳與千里眼應該有為媽祖通風報信來了個女孩想為母親祈福吧。想到寺院大殿內的聖母黑色臉龐時，她正好畫了最後一筆，朝天梯合掌。遊冥使者在天梯上朝她揮揮手，她感覺母親死去的孩子已經攀爬而上。她從突出岩壁的岩石塊上逐步爬下來。身上的棉布衣服因為攀爬岩石而磨損，天色黑得很快，梯子在高原早升的月空下，白色線條和遠方的雪色輝映。筆墨剩下白色的漆，唐卡的綠松石青金石黑曜岩紅珊瑚象牙白……，只餘白，只餘一心。她下了天梯，一心猶存，一念卻千波浮沉。因此她往往花比一般人長的時間畫一座天梯，遙想冥想亂想非想非非想，她畫一筆的時間是別人的一座。

那天回到旅棧，她在高原發著燒，又熱又冷，踉蹌起身在床頭背包找著藥，囫圇吞著。整個空間都是自助旅者的浪遊氣味，一堆大鬍子與披披掛掛的男女嬉皮，吐出的氣息混著大麻味，集體肉身在密閉室發出鼾聲，這些暗夜靈魂都已經飄到屋外的高原轉經輪，高原尖塔廣場飄散不熄的油燈，一盞盞明滅在窗的遠方。

偶爾她會感到一種瀕臨死神的召喚，或者夢中的母親現身，這些都使她感到時間這個魔鬼，時光催促，夜晚醒轉時她會去客廳打開電腦，看看島嶼城市老友的生活。而沙發旁常常是躺著一具具蓋著棉被的缺氧嬉皮，這景象常讓她的生命孤獨感無由地升起。濃呼濁吸，肉腐氣朽，色身必然凋零的命運讓她感到存在的無力。細胞裡的八萬四千隻蟲在她的體內滋養著煩惱，每一隻蟲都張著嘴，同時咬噬著她的腦波，就像神經叢似的張牙舞爪，像電腦彼端的失速生活。

這裡無物不神，夜叉、羅剎、鼠神、樹精、水怪、小精靈……胎生、卵生、濕生、化生……她感到自己的世界不斷在擴張，但卻孤荒卑陋。旅途中體驗靈與肉高高低低的折磨國度，在酷熱與遽寒的兩端刷著油漆，偶爾忽然喝到熱酥油奶茶時也甚覺甜美。在聖城為母親送行的時光寶貴，肉身危脆只能快馬加鞭，她深怕無法抵抗一切的劫毀的無情來到。

空氣帶著一股濃重沉厚的灰塵與樹葉精油的氣味，恍然有種錯覺以為身處在某個大工地之感，第一次聞到灰塵混著樹葉的氣味，身處這座高原城市，陽光的朱顏碧黃穿透雲層，射進寺廟的廊柱，佛像與轉經輪都浸潤在微光中。幾千年的古城古國，不變的是什麼？在悠轉寺廟小巷時，偶爾她會尾隨著出家人一路前進最寂靜的所在，但她的心中老想著這樣的問題。

藍色天空一路尾隨她作畫的時光。

第六座天梯。

我是鬼使，故來追汝。

顛倒女人，驚愕悲泣，抱如來足。唯願世尊，為我廣說。

唯佛一字，能免斯苦。

她悲泣醒轉。高原環繞一座海島，她在那島對母親說謊。當母親在便利商店咖啡座問女兒是否有過病子經驗時，她遲疑地搖了頭，聽不太懂病子的意思。卻見母親流下淚說，病子真可憐。她聽懂了，是懷孩子又不要孩子。這語言瞬間如鉤針猛刺著她的心，像一塊巨石壓著心，薛西佛斯的巨石又來到了諸神山巔下了。

她想過為何剛強的母親喜歡自己的女兒打扮柔美，因為母親陽剛故喜歡柔美。至於她自己呢？她問過自己，表面看起來柔美，底子卻比母親強硬，但這是她照顧母親這三年三個月才看見真正的自己，其實她並不驚訝，但別人見了卻驚訝，佩服她撐過這條長照之路，雖然傷痕累累，比如負債，比如手痛，比如心痛。但她很剛強，她的柔美只是包裝，這是她自覺比母親聰慧之處，藏起刀鋒，讓自己和現實世界容易相處些。但被誤認柔美時，她也會跟朋友自嘲說我如果那麼柔美早就嫁人了，那麼容易摘的果實早就被摘走了，怎麼可能放到熟。

曾被某任男友拷問過，難道妳都沒有想過結婚？她想了想說有就是大學交的男友，我對外都說他劈腿，其實我自己的擔心把他推走了，我曾在夢中見到我和他舉辦婚禮，結果母親竟把我的新娘禮服給剪成破爛，然後我就醒了，我想這是母親給我的暗示。後來她跟母親說起這個彷彿寓言的夢境，母親卻笑說怎麼可能，我盼望妳結婚，好了我最後心願呢。

結果直到母親倒下來，她都還是單身一枚。輕熟女單身並不稀奇，稀奇的是她曾想穿上結婚禮服拍組照片，貼在牆上給母親看，只為了博得一張苦相的母親笑，她簡直成了紂王，雖無傾城傾國，但也傾身傾資。

按掉鬧鐘，頭痛欲裂，想起夢境似有若無，起身取出抽屜普拿疼時，看見母親被她定格的那抹微笑，母親限時微縮一生的肖像。

聞到野嵩焚燒的氣味。

野嵩據說是宗喀巴大師在菩提樹割下頭髮，用其頭髮播種而生出了野嵩。野嵩氣味強烈，這種帶著鄉下黃昏燃燒木材的野生氣味使她躺在床上悠悠想起母親，還有遺留在島嶼陪病母親的流徙旅程，母親當時在不斷轉換醫院，讓她那段時日過得混沌。尤其最可能發生的混沌時光是上午剛幫母親辦妥離院再轉入另一家醫院，安頓好母親後，她通常會去某個地方喝個咖啡，等到傍晚再次驅車探望母親時她卻經常慣性地往離院的那家開去，忘了母親早已轉到下一家了。有一回跑去前一家醫院，到了母親病房見到蘋果綠的布簾拉上，以為母親在睡覺，沒敢吵她，兀自在床枕邊低低切切地說著話，忽然一個陌生女子提著便當盒進來，狐疑地看向她，然後瞬間唰地一聲拉開布簾，她才慌慌張張起身，想起母親在上午轉院了。空間迷航，病院太雷同。有時她不禁想如果自己住在那些長得很相似的房區，比如台中七期一帶或者內湖美麗華一帶，那些全部用米灰黑色砌成的樓房，故作高雅的冷漠區域，她定然會迷航。她的朋友聽她說這些事曾笑她說妳不會迷航，因為妳根本住不起這些區域。

好遙遠的區域，和現在所處的高原景色像是兩極永遠不會交錯。

真正的平行空間原來是這個，不同的財富與社群切割了差異。

她聞著焚燒野蒿氣味邊起身，盥洗一番後，打開共用的抽屜內專屬自己的一小方塊格子裡的經書，經書包在大紅布上，大師姐所贈，她感覺大師姐那年輕的色身很少被慾望折騰，想來大師姐是真正出家的菩提種子。她聽了羨慕不已，維持一個不被靠近的身體是如此的艱難，實現一個靈光乍現的諾言更難。之後她看到那個擦佛像而出家的學姐都是在某種趕經懺或者夏日鬼月的水陸法會上遇見。

在塵埃落定旅館房間的壇城前她早課做畢後，照例在蒲團靜坐一番。靜坐時意念常岔開，靜坐比行走時意念更翻湧，有時她的身體會一直不自主的氣動，有時還會一直打著像是惡魔氣味的嗝。有時則昏沉掉舉，有時什麼也沒有的空蕩蕩著。

在去漆畫天梯前，這天她先去了香火鼎盛的財神廟與藥師佛廟。她經過八廓街之後，會經過求財求愛，求名求利，求不病不死，求不離不棄的廟宇。旋轉冒煙的滾水黃金盤，刻有聚寶盆字樣的漆金元寶，在空中飄盪色彩的金剛結，飄著佛像的五色旗幡，鑲著金色雲朵和吉祥八寶的銀飾，麒麟猴子雙獅鯉魚龍虎木雕銅像，長得全一個樣子的觀光書法字畫。

這裡的事物有一種複製過量的粗糙所展現的詭異曖昧，甚有一種非常隱晦的情色流動。小丑曾說。沒有一件事物不隱含慾望，她回說著，小丑點頭說成佛成魔也是慾望的驅動。

無欲無求，無求無欲。她在遊走時想著欲求的關係，她的周邊是山城游牧族的市集流動攤位群，每個人都在現世景觀裡尋找依靠的物件，討價還價的聲音，混著轉經輪與磕長頭的聲響，她拿著美麗的嘎烏和擦擦，穿行華美寒傖的長街。

她帶著母親以各種形式登頂，她預計為母親畫五座天梯，為自己畫一座，為陌生眾生畫象徵的一座。將一切還諸天地。西藏從0開始而不是1。

ༀ 0，她練習寫藏文。

接下來，她要為自己的無緣魂畫天梯了。

小丑早已在她畫完第四座天梯後就獨留她一個人畫天梯，因為她畫得很慢很慢。

畫天梯之後，她轉去市集，聞著真實不虛的雜遝氣味，吸納高原城市的繽紛顏色，到雲頂咖啡喝杯咖啡或者奶茶。鼻息游移在甜膩的焚香、飽漲裂開的水果、腐爛的小動物屍體、濃烈至噁的精油、辛辣的咖哩、狐羴氣的人味……偶爾聞到炊煙人家燃起的米香味，她會想起她的雲嘉平原。那座平原的生死曾經牽動著她的返鄉旅程，直到母親走了，通往雲嘉平原的路就斷了，父死路遙，母死路斷。她的平原自此成了滄海，一路送她離開島嶼，一路向內陸行去，西海岸的海在冬日蕭索，夏日也無歡樂，一片空蕩蕩的下陷魚塭轉著馬達，魚池下的魚兒靜默地肥大地等待著死汛的到來。

一路從西海岸奔赴高原，來到一座看不到海的陽光之城，但這裡的湖比她童年的海要藍，要深，要大。她常到聖湖湖畔想著往事。

第七座天梯。

岩上畫的天梯，這個國度的許多儀式基於意念的基礎更大過於實質的，以象徵取代現實，以意念抵達無遠弗屆。

離天這麼近，離空氣這麼遠，呼吸緩慢，像低音鼓。兒時蹲身在夜市撈魚，怎麼撈也撈不到，撈魚像是一場離宴的挑逗遊戲，終不會得到什麼，但在那一撈一驚裡飽足了孩童癡情式的歡愉。離別前的傾其所有，因知悉不復再見的那種狂熱燃燒，有如旅途的愛情。很多的愛情都發生在最後幾天，不是在一開始那樣彼此擁有大片時光的時候，很奇異的總是發生在快要說再見的前幾夜，像是突然感染風寒似的需要被擁抱，需要告訴對方過了今朝，你我天涯。有人因此訊息而涕泣擁抱，有人因此感知還是保持距離得好，免得日後相思而痛。或者有人可以純然只是站在河岸邊界，從不涉水打濕自己。因為凡過愛情洶湧之河者，哪有不打濕自己的？打濕自己要有烘乾自己的準備，淚或許會混著體液而流，也或許有人可以視為一場離別遊戲，但心情的苦樂與否則未知。就如她自己寫下的你走後，我才知道我想不想你。

她以往的愛如紙網，撈太久就破了。為何不換個鐵網？這問題是無趣的，因旅途的愛情就只能是紙網，紙網的挑逗調情緩慢與注定分離的脆弱，正是魅力之所在。她知道，她明白，就像小時候穿過烏雲雨帶，躲過了雨，躲不了濕。

旅人是用風光與不斷地將他人的故事填滿每個日子，就像女兒用懺罪填滿了母親的晚景。

有人走進大通鋪，是剛入住不久的一個中年女子，她不知道這中年女子的名字，中年女子好像也沒有打算要認識她，淡淡地行過，走到另一床。接著又有人陸續進來盥洗。這時候她多半會離開大通鋪，出去街上亂晃。或者輪到她傍晚的打工時間到來，她就往八廓街走。

在八廓街商店打烊後，大昭寺大門前磕長頭的人依然敲擊著日光之城的心臟。五體投地的大禮拜，整個身體撞擊地心。此真正是她的夢中天梯。

在缺氧的大霧中，回到塵埃落定，她翻開貝葉經。緩慢地讀著刻在貝葉上的經文，於她如天書般，有一種空性的暗示。她感覺自己如此老邁，在人人都握著手機屏幕的年代。

日光之城的夜雨恍如神祇，只被夜晚從夢中醒轉的人得見一晌。

那曾經鎖住苦痛的孤靜空間，囚著美麗的一朵朵肉身蓮花。窗外苦楝結滿了一樹的果，這廂生生那方滅滅，有生滅就有輪迴，文字雖美卻感到隔閡，因為太理性，她此刻需要的不是解析。冷風向晚，飄盪流轉。她憶起年輕時因情滯情魘而奔赴的一趟又一趟的尋道之途，車速中一一重播在她的腦海：島嶼古寺掛單、叢林閉守，母親那臥床日子似的閉關。她曾在修行山洞步步參叩攀爬，然回到俗世萬丈紅塵卻又煙花四散，不斷地在悲欣交集裡冀盼留髮候燃燈。她的長髮已經留長了。凡情關皆不足以觀，但不觀卻常關出病來。

她的肩關節疼痛，骨肉沾黏，必須骨肉分離。沾黏疼痛，分離更疼痛。除此，手肘彷彿被開挖一座隧道，也極為疼痛，提醒她照顧母親最後的時光，日日如女工提重物，日久她已經習慣這樣的疼痛。但卻無法進行大禮拜，無法磕長頭，雙手試圖直直往前滑向土地，但她的手肘高高拱起彎曲，無法貼地。

高原的夜晚如此安靜。她的肺和悲傷一樣，逐漸被時間降伏，逐漸長出了新的能力，適應氧氣稀薄就如同逐漸適應失去母親之慟。有時會被聲音驚醒，她彷彿聽見屋外依然不分晝夜在磕長頭的行者。磕長頭人像打更人，一路雙手敲著石板的聲音。

她見到自己白天畫的梯子都變成真實的梯子，她揹著一個小背包，往白天畫的天梯爬上去時，抬頭卻見母親往山崖上的天梯爬下來，臉色急急惶惶。她欲往天上尋母親去，母親卻趁夜摸黑往人間來。她在梯子上叫喚著母親，母親一聽忽然從天梯墜下，然後她就醒了。一生辛苦的母親，認命盡責卻愁眉苦臉，母親的職業叫女工，但她的個性卻是女王，被時代拋棄的母親，被太早離世的父親留在原地的母親，最後她的靈魂還被不聽使喚的身體背叛。

她在梯子上，將純潔的白漆畫在粗礪的岩石上，她不斷地祈禱著母親要一念猛厲，向上一路，爬往這天梯的頂端，直到抵達淨土，母親妳可不要停下來。

高原天亮。

冰山頂峰一雙藍眼睛望著她。

84

拉薩的過去如此肅靜，現在她常被觀光客的聲音喚醒。聲音如鬧鐘，提醒她前往藥王山。

位於拉薩布達拉宮西南邊的藥王山西側摩崖石刻，她花了些時間凝視石刻，靜靜佇立在自己刷新過的岩壁上又被哪些人覆蓋了，新的傷心人。

這些石刻上六字真言和吉祥圖案稱為瑪尼，石頭散落在西藏各地的山間，路口湖畔江畔，四處可見。岩石上，布滿了數以千計的佛菩薩和瑪尼石上的經咒，畫面以釋迦牟尼為中心、觀音菩薩分布四週，大小神佛，相互交織排列。畫面布局大而不散，多而不繁。色彩瑰麗，生動氣勢壯觀。絡繹不絕的朝聖者，轉經人們相互輝映在鮮艷的色彩，深深入耳的誦經聲，漸漸融在濃濃的藝術氛圍中。

石頭砌成的天堂瑪尼石，幾乎隨處可見。繪製佛像唐卡非常費時費工，好的唐卡造價昂貴，經濟拮据的人家，如家中有人過世，請不起度亡唐卡佛像，沒有買佛像猶如缺少引導亡者靈魂轉世的菩薩。沒有引路佛，亡魂無路可走。因此就想出買原料來到這裡，將石佛像刷新一遍，深信此舉同樣獲得請度亡唐卡般的功德。

石刻都不是在一個時期內雕刻的，油漆也是新舊摻雜，每天都有亡者的家人來到此刷新岩壁。大大小小的瑪尼堆旁，那些手撥念珠口誦真言繞著瑪尼堆轉的人臉上像是蒙上一種奇異的光彩，身上也染著各種氣味。她可以聞到那種新舊氣味摻雜咬住布料的味道，藏香與油漆混合的新氣味。

每轉一圈，石堆上添一塊石頭，祈求平安吉祥，天長日久。

瑪尼石堆被照上神祕的光環，形成高原上的雪域奇觀。高彩度的日照與寺院，心靈與天近，很多物慾與苦痛在誦經聲中有可能跟著被抽離與洗滌。那留在島嶼的祖父房子，那木造日式房子瀰漫著古都似的鄉愁，小小咖啡館有著南國情調，一切小吃都十分可口，每條大道與小徑兩岸都有植物犒賞心情，水光湖色近在眼前。城小巧，城是母親的，但一切已如此遙遠了。但頓時又感到安慰，幸好有母親的一部分陪著自己，否則在此高原，她的失語感一定更嚴重。常常她會自言自語，就像母親之前的午夜魔魅時光，不知和誰說著話，誰躲在母親的記憶黑盒子裡，這樣讓母親相思？

往藥王山去，貧窮人的悼亡，刷新佛像壁畫。

她多回提著顏料，往山崖去。刷新著岩壁上的每一尊佛像，她想著前一個提著顏料來刷新佛像的人是抱著什麼樣的傷心與莊嚴呢？

在藥王山摩崖石刻前，石刻藝人長期刻著瑪尼石維生，雲遊僧也刻著瑪尼石祈福，帶著自己刻的瑪尼石轉山，華麗的生命彷彿一起跟著飛動的靈魂轉山，行者手上的石刻或者木刻都成了情感的主角。

石頭從山林江邊轉成了寺廟神殿佛堂的聖物，物我融合，主是客客也是主，翩翩化為靈魂轉世。沒有錢就作擦擦，沒有錢就去買一些顏料將藥王山面上的佛像刷新一遍。

刷新一次，再愛一回。

她聞到在她旁邊刷新岩壁的人身上有著濃濃的體味飄來，那是喪家七七四十九日期間不洗頭不買新衣的氣味吧。人衣如舊，岩壁的佛像一直刷新，古寺裡的佛也一遍又一遍地穿著新衣，嶄新的眼神在高原的陽光下閃著黃金般的神采。她想起和母親最後的死亡流浪，歷劫生死，精神荒原的曠野流浪。母親最後的島嶼生活，她帶著母親的骨灰上高原，等待母親的重生。

她畫著多年前就曾經不斷出現夢中的天梯，看見自己和母親的人間生活，那荒涼的嘉南平原小徑，母親帶著女孩流轉各地。黃昏時她們去看海，西海岸的海，小村落的海，如此寂寥。

她到處在尋找一種奇特的顏色，一種藍，比天空深，比大海淺，什麼樣的藍她想要漆在佛像上，她難以形容，問了好多家都找不到。店家告訴她顏色都是心理的折射，她心思閃過是這樣沒錯啊，她為母親祈求的都是藍色藥師佛的加持，或者該說島嶼的大海早已住進她的心中。

這天她在藥王山周圍幫忙小丑製作掌中小佛像，小丑日後要閉關，利用尚未閉關時間多做些佛像與人結緣。她跟著小丑製作著，倒入泥漿在金屬器具內等著塑型。

感覺很像在做雞蛋糕，她笑著說。

小丑要她專心念咒語，想要贖罪的人製作擦擦也是很有功德的。

她聽著沒有回話，從小丑手中接過被壓成泥佛像的擦擦，她將擦擦刷上金粉。半掌佛像在陽光下如蝶翼。贖罪，她需要，母親也需要。

小丑繼續說著這種泥土壓製成的一種小小塑像，當地人稱為擦擦，也稱作泥佛泥菩薩。只是這泥菩薩可以過江，還可度人。修行虔誠的信徒製作數以千計的數量以作為一種善行。將擦擦放置在隨身攜帶的小佛龕，放在朝聖地圖中，或者禮佛的步道上。地位崇高的上師在給予特別的法教時舉行的灌頂儀式前也會做很多的擦擦。法會結束的時候，贈送給每位來的有緣弟子。製作擦擦的多半是一些雲遊僧人或者是想要贖罪的人，或者是生活貧困的虔誠者也會製作擦擦，為自己累積一些福德資糧，也可以和別人結下善緣。

用泥壓模，她看著手中被壓模而出的佛像生動如雕刻，像是小時候看著阿嬤將糯米壓在刻紋的木刻模型上，壓出的龜魚花鳥般的栩栩如生。高原人對美好事物的嚮往都和生死有關，擦擦禮佛，也是對死者的加持。有一種非常珍貴的擦擦是用活佛骨灰與泥土摻混在一起，製作成的這些泥佛像，會分給上師的有緣弟子，以作為個人修行的佛龕聖物。她很期待有朝一日可以拿到混著上師骨灰的擦擦，但目前她連上師都還沒有找到。

小丑說有一天一定會出現能破妳無明的明師，她點頭繼續安靜地忙著將金漆刷在擦擦上。

這天來了一個悲傷的人，他希望小丑幫他用父親的骨灰混入泥土，壓模製成他要掛在胸前的擦擦。她聽了甚覺奇特，心想自己也要做一個混著母親骨灰的泥佛像，然後有天去轉山時把有著母親骨灰的擦擦放在聖山上，母親離天堂僅一步路。至於蟬男人的骨灰她另做一個擦擦，他們不混在一起。

85

這個人人叫他大師兄的男子就像高原的山，外表看來深沉。很多人不敢盯著大師兄看，只有她直直盯著他，把他的稜角都看得柔軟起來，大師兄走下蓮花座，對她說妳來上課吧，這裡永遠有妳的位置。妳是我前世施食過的……烏鴉嗎？她打岔笑說，很沒禮貌。她想起十八歲到社團報到時，獅子吼說她是前世施食的一隻喜鵲，應該是喜鵲吧，但大師姐說明明獅子吼說烏鴉。

不是，是禿鷹，專門吃腐肉，大師兄開玩笑說。

她笑著點頭，好像有人用手按著她的頭似地猛點著。腐肉好，很環保。

她獲准去聽課，因為寺院上課有分層次，她直接跳級，當日卻遲到，守在門口的護法事業金剛說，好吧，念妳是小丑引介的，她正要推門，又被事業金剛叫住，告訴她先淨化。淨化？她想我看起來哪裡有髒嗎？事業金剛要她右手在下，左手在上，接著就在她的掌心倒下了些水，然後要她喝下。

別吞進去，要吐出來。她已經吞進去一些，忙吐了出來，味道很像是中藥。她循著所指開門入內。佛的天眼天耳，卻變成了人間的肉眼肉耳，天人靠近人間一小步，就覺得人間臭氣沖天。大師兄正說到這一句，有些人聽到她開門的聲音，望向她來，她尷尬地微微欠身笑著，找著空的坐墊盤腿入座。

大家是不是感覺日子愈過愈快，不是各位老了，是真的變快了。火燒太陽核心，宇宙大爆炸是真的，大家都聽過釋迦牟尼佛說過的緣起緣滅。上師大覺者說宇宙加速在膨脹中，所以時間也跟著加速了。相當於一分鐘等於過去一年。

哇，那我現在豈不是天山長老了，彼此交頭接耳地說著。

一個二十歲的青年喇嘛大聲說著那自己不就已經千歲了。

她聽了笑，千歲，想起家鄉的蘇府王爺，家神可好啊？那南方平原，母土，桑田變滄海，地層下陷海水倒灌。

因為上師大覺者在閉關中，因此課程由大師兄上。大師兄的課經常引她進入地獄。母親會變鬼嗎？隨時都像是倩女幽魂跟著她這個遊僧書生。高原只有兩種存在，淨土與地獄，有間道與無間道。

高原每天陪伴她夢裡的其實早已不是母親，而是混著更多的蓮花公主，不是真實的台北，而是虛構的長安。母親尚未入夢，她在高原孵夢，常被大師兄的棒喝震醒。

聽經打瞌睡，掉舉昏沉下輩子會當豬，大師兄說著，整個酥油燭火搖曳的經堂學生頓時大笑起來。她說只是閉著眼睛，沒有昏睡。

別狡辯，昏睡就昏睡，當豬就當豬，氣派一點。

但我真的沒有啊。

那我剛剛講什麼？

要知道自己的來處。

嗯，果然耳朵沒睡著，那妳知道自己的來處了嗎？

不知道，我想知道我的去處，母親的去處。

經堂又哄然大笑。

大師兄用戒尺拍了她的頭一記，大師兄那麼高大，拍她簡直像是在拍螞蟻。有天妳會知道，知道來也就知道去。

怎麼知道？剛剛的授課都無助於她的痛苦，都是知識，她心裡說著。

講到豬，所以下堂課來給大家上下三道的課，畜生道地獄道餓鬼道。

大師兄，聽經昏沉的會跑到豬道，那執著情慾的呢？說話的男生臉上都是青春痘，看起來像是晚上常偷看色情片的眼神浮腫。

也是豬，貪執的都是跑到豬那裡去。

那林黛玉下一世不就變成豬？她情執如此深。妳在說妳自己嗎？

潘金蓮才是吧，她色慾堅強。

那只是小說。

小說才是真的。

總之豬真倒楣。

大師兄，小氣鬼跑到哪一道？

吝貪的餓鬼道永遠有他的位置。餓鬼道的眾生肚子很大，喉嚨卻如尖針細小，人間一口痰吐下，他們視為山珍海味，但搶食到了，痰卻變成火焰。落入惡道，將有八百萬億大刀輪，如亂雨般砍著身體，而致血肉模糊。又有兩邊鐵山合夾起來的夾山，造罪之人被夾之後渾身碎如肉泥，經風一吹再度甦活過來，然後又被輾壓而過，一回又一回。臥榻鐵床，瞬間通體被灼燒如黑炭般。

大家聽了紛紛覺得害怕，尤其年幼就被送來寺院的孩子們。

學生聽了紛紛嘆息不已，彷彿前方打開了地獄之門。這時前方傳來的是敲磬的聲響。磬音繚繞清脆，瞬間把耳語收攝。

下課後，有個人堵住她的去路，她抬眼看，覺得面熟。男生說我就是剛剛放妳進去的人。

她恍然連結，男生脫下法衣，她瞬間認不出來。

事業金剛是幹嘛的？她不懂。

有點像是護法，簡單說就是守門的。男生笑說，一路兩人聊著。她才知道男生就住在塵埃落定旅館的後面，典型的藏族男孩，平常牧羊，所有的知識都是從寺院得來的。

男生說妳想知道母親去哪裡？

她踢著小石子點頭。

天有三十三天，天外又有天，地有十八層，十八層又細分有好幾處，天海茫茫，地海蒼蒼，無處可尋覓。天堂在我，地獄在心，都是意念。男生說著就到家了，她才發現塵埃落定旅館的後面是一大片雜居，如果沒人帶路應該會迷路。

回到塵埃落定，旅館客廳只有一兩個背對著她看著電腦螢幕的陌生旅客。她上二樓進去房間後就昏昏想睡。夢中她看見一個穿著喇嘛磚紅色僧袍的阿尼不斷哭喊，要她救度。她一拉阿尼，阿尼就突然衣物鬆解，裸體地掉下山谷，傳來陣陣哀嚎，接著阿尼又被山谷的風彈上來，她伸手想拉，卻重複剛剛的情景，再次裸體，再次被拋下，再次哀號。八寒地獄冷酷異境，眼下所觸到處一片茫茫冰雪，狂風驟雪不斷襲來，她看見裸體阿尼身上長滿了凍瘡，她叫著一聲媽！突然驚醒。

窗外藍色一片，樓下廚房傳來食物飄香氣味。

她起身打開電腦寫信給獅子吼，要他解夢。

夢中看見那個阿尼全身皮膚被凍成瘀青色，接著身體被凍裂變成四片，再往內層的肉清楚可看血淋淋的紅，又寒冷又痛苦的表情與聲音，她很害怕那個真的是母親的映照。

昔日島嶼的褥瘡變成高原的凍瘡，我可憐的母親，目犍連救母，那麼我該如何救母？邊想著邊寫訊息給獅子吼。獅子吼很快敲了訊息，別害怕，夢境是相反的，妳母親很好，是妳太擔憂，那個寒宮其實是海龍王，母親暫時去了海龍王那裡。那座山谷呢？她問。那是海溝。墜下去不疼痛？她又敲過去。墜下去的是妳的煩惱，不是妳的母親，是妳的煩憂。一切地獄或者幻境無非是妳的自心意識所幻化所生。她邊讀邊流下眼淚，還以為淚水已經還給島嶼那座海了。讓妳的煩憂墜落吧。關上電腦，她去廚房找吃的，泡了碗泡麵，餓鬼似的吃完。抹著嘴上樓，冬日旅館靜悄悄。

嘴巴長著天鐵般的蟻蟲啃咬著，她嚇醒時已是入夜。此時的島嶼，她定是正在做梁皇寶懺，千年來，寶懺裡那個化為大蟒蛇的郗氏，因寶懺滌盡業罪，脫離苦海且化身俊美天人。

她擤著寒冷的鼻涕時，想起自己的鼻涕可是餓鬼道眾生的美食時，突然趕緊起身念經，直念到高原迎接新年第一道曙光。

86

她遇過八仙樂園火燒的其中一個女孩。女孩說他們成立一個黑腿幫，因為被火焚身者多半傷在腿，腿都變成黑的，故稱黑腿幫。這是她聽過最哀傷的幫派，受傷的男孩女孩就在她照顧母親河岸居所不遠的八仙樂園。八仙當夜應該都回天庭了，樂園成了廢墟，八仙不在，鬼門關開。

在高原過新年，卻想起黑腿幫女孩，她祈福著陌生倖存者永遠不再傷慟，自此能與神同歡，新年不再倒數，不用狂叫，不用轉瞬即滅的火殤煙火，不喝啤酒，不必看時代廣場的蘋果掉下來，不須歌星跳電車舞。人在高原，只要安安靜靜地點燈供香念經靜坐祈福。

狂歡者是因為害怕靜下來，靜下來聽見心那樣狂。黑腿幫女孩，那樣美，那樣青春，難逃的劫難，使之成長，苦澀轉換智慧。

為何新年要狂歡？狂歡的外界，誰解傷心人。電視上那些聚集在舞台下搖著螢光棒的人就像魚汛擁擠著跳動的心臟，捷運車廂擠爆著滿滿的人，年輕的心臟比較強，她想著，但自己從小就不愛這些東西，彷彿自己一出生就是個老人。那時電視開著，她不斷地掃著地，整個人彎進母親的電動床，掃著每天海風送來的塵埃。母親以前曾說，每天都要吃飯，吃完又要排泄，真廢氣。母親口中的真廢氣，台語的真麻煩。那時她還深深地看著母親一眼，感覺母親可真是開悟了。但嫌麻煩仍有個嫌字，獅子吼聽了說，要連那個嫌字也沒有。是在吃飯可也沒感覺在吃飯，在排泄也沒感覺在排泄。她笑了，接話吃喝拉撒無一不是禪。

以往的新年前夕她很喜歡賣東西，丟東西，掃地，洗衣服。在母親同住的窩裡度過倒數的新年，往後的舊曆新年，只剩她一個人，母親趕著冬日辭土，別去。往昔島嶼新年前夕，把身體讓蟬男人歡樂占領後，直等蟬男人也返家，世界就又剩下她一個人了，阿娣也休假幾日去。她在母親終於睡著後，一個人走去旁邊的小七發呆，小七櫃檯小弟在旁邊發出貨品上架下架的聲音，河邊有狂歡倒數。她從玻璃倒映看見進來的人幾乎都是往冰櫃取啤酒，或者泡麵和零食之類的。她也有幾年隨蟬男人去跨年晚會，蟬男人是永遠年輕的人，不陪他去有時還會使性子。母親離去前一年的新年，難得蟬男人放過她，答應不跨年。突然世界安靜下來，連阿娣都放假回鄉把月，只有她和母親一起跨那個還未跨過去的年。年獸凶猛，得好生度過。

掃好舊塵，晾好舊衣，上供佛菩薩天龍財神，下施祖先代代和六道四生之後。還是剩她一人和母親一床。她點燃起事先買好的仙女棒，在陽台望著河水悠悠，閃光點點，淚光點點，母親還做不了仙女。今年的河水和去年的河水有何不同？新聞傳來護理師趴窗邊等遠處煙火的畫面惹哭網友，現在人哭點都很低，怒點也很低，她搖著仙女棒，黑河水中突然蹦出煙火，花開四射。

揚長而去的舊年，煙火以秒殺前進。

有時候沒出門，披薩外賣成了最佳選擇。達美樂打了沒？高原人聽不懂她的笑話。

島嶼的新年伴隨悲劇，新年救護車奔馳。不怕死的重機車族自摔他摔。新年一言不合，往三十五樓跳下的妻子的跑馬燈閃爍在新年新聞上，或者恐怖攻擊的字眼。那時她淪陷在超商，前方是十五號公路，飆車族與汽車聲原就擾眠，跨年夜簡直像瘋了，終夜來來回回的車子就像那年樂園火燒，半途停下來吃泡麵的機車族像魚汛，突然有一段時間路上和店裡都安靜下來。小七店員來到她身旁，小姐，新年要倒數了喔。小七的手機，閃著一〇一的螢光倒數。三二一，新年快樂。小七說。

她還沒回應，小七店員已轉身跑去結帳。

有人拍她，她嚇一跳。

轉身，卻是大師兄一掌拍頭說胡思亂想什麼。

要記得物來則應，過去不留。

物來則應，回應什麼？

回應大師兄的拍頭，她立馬掐掐自己回神，意念稍不留神就天馬行空亂跳。

87

畫了天梯，刷新了佛像。安了母放了蟬，她才感覺自己真正來到了高原。

她在大昭寺買了一張明信片，夜晚在高原民宿伏案寫著字。我在夢裡看見你夢見我。我常覺得自己是這座山城的一尾魚，山上的魚，怎麼游都游不出大昭寺千年古佛裡的一盞微火，只為了給你點燈引路。她在夢中見到明信片飛過了高山飛過了大海，飄落在一座看起來像是佛龕之地，一路紙片飛啊飛的，最後停在六層樓高的微光角落，她看見明信片停在塔內母親的肖像前。母親像是一尾靜默的深海老魚，看著她這隻水雁歸返菩薩的腳下。

所有的聲音最後都要化成ཨོཾ。

轟然一聲，大師兄傳來聲音。

ཨོཾ ཨོཾ ཨོཾ，嗡嗡嗡。她的耳朵從寄生一只蟬變成移動在花花世界的蜜蜂。

ཨོཾ་མ་ཎི་པདྨེ་ཧཱུྃ

她練習著寫ཨོཾ་མ་ཎི་པདྨེ་ཧཱུྃ。「ཨོཾ」除天道生死苦，「མ་」除阿修羅道鬥諍苦，「ཎི」除人道生老病死苦，「པད」除畜生道勞役苦，「མེ」，除餓鬼道飢渴苦，「ཧཱུྃ」除地獄道寒熱苦。她在母親電動床旁念了上千個日子分分秒秒的這六個字，現在才知道意義。

大師兄卻說其實你們不需要懂意思，因為解釋都只是片面，遼闊如海的深意豈能解釋，解釋只因眾生需要。要你們念誦這些聲音，就是要你們練習收攝。觀音法門就是利用聲音成道的。

聲音干擾很大，她想起幻聽者的腦殼。妳覺得是干擾它就是干擾，不覺得就為妳所用。以毒攻毒？問題我看不到我的自性如何察覺自我？從習氣下手，妳的習氣其實也是妳的自性，妳的煩惱正是妳可以下手之處，開悟的契機所在。

每天習氣都是大師兄上課說的五毒。

妳有機會去看看藏地的狼毒花，狼毒花因為有毒沒人愛，蟲蟻不敢吃，因此狼毒花流傳永遠，成為印經院的印經紙，最毒的本性卻轉成最慈悲的智性。她聽著腦中閃過印經院的經書閣，她偶爾幫忙打掃藏經閣，寫藏經閣筆記多時，卻不知經紙來源故事。

煩惱來時怎麼辦？看清楚，融入而不亂，這個煩惱就可以為妳所用，或者妳不用，煩惱待太久自己也會不耐煩就走了，因為新的煩惱又蓋過它了。善哉大師兄，她微笑合十，這是她近來所聽過最美的聲音。大師兄下課結束，行經她時，用念珠敲了一下她的頭。謝謝加持。

她也開始佛言佛語了。她想這真是好事，總比瘋言瘋語好。

記得打電話給菩薩。

啊，打電話？她重複著說。看著比打電話手勢的大師兄轉身離去。

她開始唱起菩薩心咒，努力打電話，希望號碼是對的，她想。她邊打電話邊往藏經閣走，看著經紙的前身竟是最毒的狼毒花時，突然想起自己以前雖不是紈褲子弟但卻也是某種浪遊女子，最嗔毒的也可以是最慈悲的。大海雪域微塵花果林樹芝麻天雨……她這個食字歎以前著迷黑暗頹廢毀壞剝傷敗俗背德，現在毒花轉為經文，瞬間整個宇宙突然灌滿她的耳朵，浸滿她的胸膛。蓮花，升座，她看見從海龍宮轉位的母親。

པདྨ，蓮花。真如法性，出塵不染，具足無漏。

ཧཱུྃ，祈願成願。

88

桃花初開，藏曆新年神變月，冬日又聞到有人家燒乾牛糞的氣味，夏日牛糞受潮密布小蟲，高原人不燒。

在這帶著鄉下農村的焚燒氣味裡醒轉，四周飄盪著新的五色旗，羅薩西藏新年到來，她聞到杜松香。窗外走動著身穿高原傳統服飾與配戴華麗首飾的朝聖者。手持掛著金剛杵和金剛鈴的念珠邊繞行附近佛塔一邊誦著經。六字大明咒，嗡嘛呢叭咪吽，如夏蟬般地在耳邊嗡嗡梵鳴。最後她的耳朵彷彿也養了一隻蟬。高原她沒見過蟬。島嶼的蟬男人，那個揚言打死不退絕不離開她的人卻離開了自己，而非是自己離開了他，這樣讓她感覺好過很多。她很常想起他，那個名之為過去糾纏的他，耳朵的蟬聲。不是亡者留下了美好回憶，而是倖存者餘生選擇記得美好的回憶。

如果這時候在島嶼，早在新年之前就會被提醒，因為會不斷收到粉紅色炸彈，從寺廟寄來的點燈通知，她和母親會被稱為大德，或者更諂媚的會稱居士，她知道自己不配稱之，覺得自己倒比較像是魯迅寫飲酒食肉的闊人富翁，只要吃一餐素，便可以稱為居士，算作信徒。魯迅原來也是毒舌派，卻一語道破。或像是小說所寫的老和尚說道居士，你但放心，說凶得吉；你若果有些山高水低，這事都在我老僧身上。或更貼近她想要的文人雅士自稱，如李白青蓮居士，歐陽修六一居士，蘇軾東坡居士。那麼她要稱什麼居士呢？白目居士或無心居士。如果為母親命名受難居士，那麼她將是陪難居士。

阿難，佛陀最帥的弟子，可惜她和阿難不相識。

新年難過，只能新年當舊年過。以往還可和母親相依為命，即使母親無法吞嚥無法言語，但奇怪的是每回新年到來，母親會通過她述說的新年種種而變得有感，比如母親的呼吸會轉為急促，發出各種哦哦哦的回應，因為興奮而加快節拍的呼吸聲聽來也有種節慶感。或者窗外的鞭炮聲，阿娣把她那短肥的身子掛在陽台鐵欄杆，看著對岸人家的煙火，騎樓人家祭拜的雞鴨魚肉，對應著她們這方的寂靜，一個無法進食，一個吃齋，一個不吃豬肉，簡單兩碗麵和一堆零食，就是新年佳肴。當她拿出紅包給母親象徵過年時，在母親尚未失去眼力時她還會手抓紅包，深怕被阿娣拿走。母親的鼻胃管線流著通往胃袋的液體，鼻子最初代替了嘴巴。她想起許多病體眾生，最後也是如此，說話銳利的母親自此嘴巴被封了起來，這是她感到最傷心的事。獅子吼曾說妳只看事情表面，傷心什麼呢，妳應該高興母親禁語，再也不會造惡口了。我媽媽是兇了點，但也不至於她就是惡口。那麼那些正不斷造惡口的人不是更該讓他們嘴巴閉嘴？獅子吼不安慰她，反而用刀殺過來，殺得她片甲不留。業力因果此語一出，她招架不住。去過程，除脈絡，這是最容易的回答，但聽了卻疼痛不已。

想到此，她決定要去過一個不同的新年。

她學習穿高原人穿著，在過年的日子裡，外面穿一件無袖長袍，罩著裡面的皮袍，領口、袖頭則翻出內裡的天藍紫色襯衫。腰上圍一條彩虹般的「幫典」，腳上蹬一雙自家做的高腰氆氌鑲呢藏靴（松巴拉姆），頭上戴著紅珊瑚做的巴珠、耳環、戒指。這裡的老年婦女就不太戴首飾，但多會穿上大紅襯衣。不論中年還是老年婦女一概梳著兩根繫著「紮秀」辮子。當地人見了笑她，還沒結婚的姑娘是不能圍「幫典」的，且只能編著一邊的辮子，這是告訴別人自己還單身。她想我就是故意要穿幫典，讓別人以為已婚而免搭訕了。

紮秀顏色鮮艷，襯衣花色美。城裡的姑娘們不僅愛穿松巴拉姆，還穿擦得晶亮的皮鞋，踩得石板喀喀響的。來尋她一起過年的小丑也學著當地男人們喜歡頭戴著次仁根果，一種前後各有一大沿，頂上是繡花緞子的藏式帽子，欽哲則戴著解放過後的皮帽，身穿大袍。袍子顏色深的就是年紀愈大的，小丑於是穿得烏漆麻黑，硬是把三十幾歲穿成了五十多歲，她和小丑兩人互笑彼此在比老。

塵埃落定請住宿的異鄉人吃了一頓麵疙瘩，麵疙瘩稱古突。古是九，突是粥，她學習著藏語。二十九日吃的粥。一早她就看著欽哲在做著要包在麵疙瘩的九種餡，有麵餅做成的日、月形狀，代表至高無上的尊崇；如果吃到嘎玉兒就代表著好吃懶做，吃到有辣椒就是刀子嘴，吃到一團羊毛絲的是個懶人，吃到包著帶角的麵包代表吃到它的人愛發脾氣。

她吃了卻不肯吐出，被大家逼著快吐快吐，無論誰吃到什麼都要當場吐出，她仍不吐，小丑故意跑去後面嚇她，果然引她吐了，結果一吐是麵疙瘩裡面有一團羊毛絲，難怪她不吐，引起哄堂大笑。

我這麼勤勞，每天去畫天梯，去打工，我怎麼可能是懶人，她不服氣地說著。其實這個還有另外一個意思，就是要妳休息了，可以懶惰了。太勞累的人吃到這個要休息，可以發懶，原本懶惰的人吃到要提醒自己勤勞，欽哲在旁善意解釋著。她猛點頭，感覺有被安慰到。在初一的清晨，姆媽提來給大家用的新年的第一桶水，給大家吃過「觀顛」，用熱青稞酒加上奶渣人參果紅糖拌好後，再加上糌粑，吃的時候要先抓上幾粒向天上撒去表示祝福的米。儀式過後，大夥吃著羊肉煮的麥片土巴，卓突，也就是早飯。到了中午，吃菜、麵條或手抓羊肉、抓糌粑。晚上吃香褰，用酥油炒熟的羊肉塊，加上熱酥油拌好的咖哩及馬鈴薯一起熬煮，咖哩飯是高原人最喜愛的食物，飯畢互敬青稞酒，或喝酥油茶或喝甜茶，吃油炸果子，年獸自此才被開心送走。

明瑪，客廳很多人在下棋，小女生跑去院子踢毽子，跳繩。她也很喜歡踢毽子，毽子用老鷹腋下毛製作，上面還加了銅錢小鈴鐺，踢起來蹭蹭甩動的作響，她踢得老高，一蹬腳就像老鷹飛翔。男孩在院子博力，姆媽放鞭炮，鞭炮聲把她嚇了好大一跳，不知道高原人也像島嶼過年以鞭炮嚇年獸。

藏曆初一到初五，玩樂都是一天中的一兩個小時，主要還是去寺院修法祈福和冥想靜坐。

儀式很重要，因為這世間一切的活動都蘊含著心意識與開悟的察覺時，那麼即使是最一般的舉止也都蘊含著不凡的意義。於是吃飯不再只是填肚皮，走路不是為了抵達，工作不是為了賺錢，比如既然要慢跑，那何不繞塔而行，既能達到行走之身又能覺察心之妙用，就像很多人頂禮佛像，知道佛像是象徵佛身，尊敬之餘卻不知頂禮也要同時返觀自我。隨時都可以修行，比如走路時觀想自己在走向解脫之路。點一盞燭火時，燃起心中的願力，希望眾生得光明遍照。甚至梳頭髮，可以想斷煩惱絲，上廁所可以想身體是臭皮囊就不執著。每天開門，期許自己每天也能打開自性自在之門。

奇怪的是，她覺得大師兄說得真是好，卻不那麼入心，語言就像背書似地往錄音機按下播放鍵。她正想這樣自己是不是分別心太重的問題時，有人叫住她。她回頭一看正是大師兄，來跟她募款，她臉紅著，深怕被大師兄聽出自己內心的真聲音。

神變月，旁邊有人提醒她，此月做功德暴增十萬倍。

她很靦腆地打開皮夾，倒出所有的人民幣。但她瞥見大師兄臉色似乎一沉，彷彿對她僅捐的款項不甚滿意。神變月舉行的靜坐營，場場爆滿。為了立碼紅利升級十萬倍功德，擠滿著朝聖者和靜坐者。捐款得加持物，體驗飢餓清腸胃。一靜一動，自己的心知道自己所求何來或所不求為何。

你越是行善的靈魂越是靠近神，她聽到台上傳來這聲音。你就得到神的幫助越大，所以真布施不怕假和尚。她和纏綿臥榻的母親與衰咖蟬男人黏在一起太久了，時間漫長到她已經沒有辦法有能力釋出一點點對陌生人的善意，年輕時點點滴滴的耗損，在歷經蟬男人與母親之後更是有走到盡頭之感。飢餓可以更清醒，台上聲音又傳來。靜坐營禁食，體驗飢餓。在她整個少女年代島嶼就在風行減肥的年代，她遺忘食物溫飽的價值，遺忘飢餓。她經歷過虛假的飢餓，比如體驗一天飢餓的慈悲潮流。

大師兄繼續在台上說著，身上除了穿的衣服之外，所有的物件都必須拆下來。戒指有點難拔，肥胖的指頭，把戒指掐得緊，上了肥皂泡沫終於卸下。這是她唯一的束縛，愛的束縛，母親臨終時突然迴光返照拔下來給她戴上的。除此就是手腕上那些很好卸下的瑪瑙珠鍊金剛帶與菩提子，也是母親身後之物，一條代表一年，那時她的年輪長在母親手上，每一年在母城的新年神變月她為母親祈福之後為母親戴上的。母親是被迫閉關，而她是可以自我選擇的，她想有朝一日，自己應該會進行閉關吧，擇一處山洞，摒除外緣。

她把這想法告訴小丑時，小丑笑她，何必擇一處山洞，妳現在就可以閉關了。

她想小丑又是要說什麼把握當下，又是什麼紅塵即道場，她心裡笑著想就是誠實地說根本做不到才要利用某種形式來逼迫自己啊。小丑突然說自己不久也要閉關去。

你可以去山洞閉關，我就要在紅塵？

我們路不同。

她聽不明白。

小丑已經站起走向升壇高座，接下來的靜坐營換他帶領。鼓聲起，靜坐營休息忙看螢幕的人紛紛收起手機，剛剛在她旁邊玩靈魂配對APP的人臉上瀰漫著一股開心配對成功的笑意。她半張半闔起眼皮，心想一拍即合的陌生人，說是靈魂配對但往往配對的其實是身體，但又想還管到人家呢，先看好自己的靈魂吧。

89

這天她為一名同住塵埃落定的西方人義務導覽大昭寺，這名德裔美國旅者為自己取了一個藏名洛桑，在這裡到處都有叫洛桑的人，就像她之前在寺院遇到的許多當地人的名字般通俗，洛桑意思是智慧，和島嶼名字一樣人人取著有所期盼與意涵的名字。

當夜他們在八廓街的咖啡館聊到關門而渾然不覺咖啡館外竟下起大雨。他們陷在拉薩的大雨中，大昭寺的寺門已關，五體投地作懺悔大禮拜的藏民仍不斷地朝著廟門拜著，光亮的大石頭有著額頭觸碰的痕跡，大雨轟隆響徹。這夜，雨提早來了。她目睹這樣的神聖氣勢，高原的光電如神諭，將匍匐於地的大禮拜者照亮得更謙卑，幾乎要化為泥地的一部分。光把人砌成了雕像，她行經正繞著轉經道的磕長頭的流浪者，無視於大雨的姿態，讓她盯牢著他們的身影。一尊尊匍匐於地敲響著雙手木板的臉龐，雨刷洗他們那如蝕刻的皺紋深溝，鐵鋁般的反光著雨水，讓她在簷廊下望呆了。

她非常喜歡大昭寺，環繞著裡面的每一尊由人變成佛的雕像她都曾仔仔細細盯著，但於今遊人如魚汛，幾乎無法停頓一剎那來細觀每一尊佛的容顏，一直被後方的人推著走。或者對所有的參觀者都只是佛像，並無不同。她非常熟稔地介紹著菩薩，像一個精明的行銷員。洛桑說她的導覽文字精確卻少了感情。真的嗎？她一直被他白日說的這句話環繞著。

感情，只要有感情就會被流轉，她一直被提醒。於是她問著大師兄。大師兄說沒錯，感情的絲線一旦纏住，我們的心就無法自由。但我的工作需要感情，需要感性時怎麼辦？大師兄呵呵笑，這是因為妳還不懂扮演，扮演角色，既是扮演，當然可以融入感情，我要的是妳的本心不動，妳的外在卻是要動的，不然就跟木頭人一樣。

穿行大雨，店家一一拉上鐵門。最熱鬧的拉薩明珠終於頓入黑色夜雨的懷抱，沒有斤斤計較的價格，沒有真與假的辯證，沒有好與壞之分。拉薩最世故的一面完全展現在這裡，投入夜雨的拉薩，不再有白日那樣的俗鬧，僅剩她和洛桑，還有匍匐者。

他們穿過寺廟後，沿著廊下走到了大街上。一輛三輪車向他們招呼著，由於她的一句無心自語卻使得車伕拒載他們。她當時自語，不知搭三輪車危不危險。車伕只聽到危險二字，即使後來他們兩人怎麼樣也找不到任何一輛無人計程車時，想要轉頭再搭這輛三輪車，三輪車伕竟寧可沒人搭乘，也拒載他們倆。

自尊心這麼強烈，倒是出乎她的意料。大雨打在身上，濕透了的身體，完全沒有機會求饒。她想她要生病了，高原受風寒鐵定引發高山症。後來是一輛私家車好心停下來讓他們搭便車，送他們到塵埃落定，到旅棧時她渾身打顫。洛桑為她燒熱水，到櫃檯借吹風機，加上一些黑糖，一種常照料人的溫柔老手，看得她心都暖起來，噴嚏也停止再打了。

急於找暗喻神諭好給自己支撐這場愛情的力量，愛情突如其來，像淪陷在拉薩的夜雨。為戀人時光提早降下的夜雨，讓他們淋濕街頭且無助，使他們有緊密結合的慾望，且有海枯石爛的渴求。

拿著一本寂寞星球，在高原城市的彎曲小徑的破舊旅棧一呆就是幾日幾週幾月的旅人狹夜相逢，處處聞得到焚香的氣味，彩度很高卻仍感荒蕪的城市，因為高原的刺目與建築的灰暗，對比著祭神的物品明亮至極。夜晚，她習慣在城市裡尋找一個可以讓她走出房間囚室的燈光所在。那是她在台北的習慣，比如半夜去頂好超市推著推車，聽著輪軸滑過磁磚，空蕩蕩地飄在空氣裡，繞著大量的民生物品，有那麼多重複品相卻不同名字的物品，都是她不需要的，尤其大包得像是要救濟用的米糧，嬰兒食品，如冰封在血腥戰場的肉類冷凍櫃，標誌著幾齒牛溫體豬玉米雞。她整個人掛在推車手把上，無意識遊魂似地行走一列列的狹道，偶爾遇到失眠人，會望一下他的推車裡面是什麼。一個人的食物也是一個人的內我再現，那種推滿超大包物品的美式生活，不在這裡。她的大推車裡放著一包薄荷涼煙，他的放了貓罐頭。養貓男人，敏感憂鬱，可能很宅但未必愛煮飯，行經時她這樣想著。

尋找一盞明燈，在午夜寂寥的城市。

在高原，午夜尋找的是氧氣，暖氣。戀人以體溫烘乾身體，在大雨之夜，淋得一身濕，淚水混著雨水順勢滑下。

為什麼美國瘋子這麼多？她問。因為美國不是以真正的愛來建構彼此的關係，而是一種競比，連關係都是。這個比那個好，那個就出局了，關係不斷轉換，但慾求仍頑強而古老，無法靠岸的愛，若際遇不巧擊中了生命要害，就會崩解組織，而導致精神異常。他之前的情人即是如此，洛桑說美國女孩年輕時有上百個性交對象並不稀奇。她笑著想，那是否是過度開發的身體，往後身體難保，將不斷崩塌。而身體其實連結著靈魂，身體垮了，靈魂再強壯也無法自保。就像沒聽過修行人一天到晚生病的，那修什麼行？她念頭跑遠。問他，那你有幾個建構在性基礎上的女人？他笑著說沒算過，但二十個以上一定有。他說算是很平常，很平均的一般數字。妳呢？她笑著說沒算過。指頭夠算嗎？要不要我的指頭借妳算。都跟瘦子嗎？她問。她很瘦，尤其旅行時，因為曬黑，加上每天走路，更顯精瘦，背脊如乾枯樹枝，沿著兩肩而下的肋骨突出於髮梢像島嶼，露出無袖衣外的雙肩帶懸在肋骨上，像是攀沿懸崖的繩索。撫摸起來卻如鯨魚滑潤，他感到訝異，沒有粗糙蠻荒的表皮，西方女子那種毛細孔粗礪之感。

她摸著他的手，有著奇異的柔軟。他說是長年照顧臥病在床的母親之故，洗太多被單了，手都浸軟了。柔軟如雪，撫摸她的臉的手溫潤如老玉。她聽了心裡一驚。洛桑的手像是越南那些越戰後缺了腿斷了腳的退伍軍人集體在幽暗的工廠裡每日進行著蛋畫微雕，水洗的蛋殼將之碎裂地一一黏貼在不知複製過幾百回以致於非常熟能生巧的畫面上，那些畫面走遍整個越南都像是圖騰式地一再躍入眼簾，像是以絕妙的技藝套版在生產線的哀愁之姿，不斷地生產出戴草帽穿白紗長衣的越南女人，湄公河畔的水色與南國的稻田暮色，夢幻式的椰子樹搖曳，肩挑扁擔戴斗笠的赤腳女子……每一家商店看見的紀念品大致雷同。但只要想到是從這些戰後餘生者的手中製作出來，或許心裡都會起了傷感。長年水洗蛋畫，使他們逐漸失去了掌紋，算命師讀不出的未來，但其實也沒什麼未來需要解讀。

洛桑照料母親十年，終於在母親的絕宴後，收拾包袱出外旅行。十年睽違的旅地空氣，頓時吸得他滿腔熱血地涕零，又像是想起母親多年苦痛的淚水滂沱。這讓她想起之前的旅程，她在靜默裡和一個年輕的男子對望。由於語言的隔閡，遂使得無聲成了唯一的方式。彼此嗅聞氣味，舔著恐懼歡愉。腦子比性慾還要具有重量，性慾從大腦出發，藂成珊瑚色的卵聚，接著發揮在晦暗的房間，喘息的起伏大海。

她想起照顧母親時無法脫離的那段感情，那段綁架她的感情發生在許多的汽車旅館，於是她開始習慣用廉價的筆寫出內心可能一觸即發的靈魂重量，貴重的筆都收藏在故里的抽屜裡，她現在書寫記錄高原的點點滴滴，大師兄要求她寫的靈修筆記，她書寫用的筆都是島嶼這麼多年來收集來的旅館原子筆，筆管印著各式各樣的旅館名字，每一枝筆都是一個住宿點，也是關於她的這身臭皮囊的焚燒之地。

以前在島嶼那一趟又一趟的暮鼓晨鐘，於今在高原一趟又一趟的轉山轉經，無非是訓練面對慾望，訓練死亡，訓練如何取得輪迴逃生術。但逃亡得了嗎？除了因為要生存下去而忙碌外，藉由忙碌也可以減低失去母親的悲傷，藉此看清運裝傷害的砂石車是如何偷渡在現實的困境中，一回又一回地輾過了她。她必須小心現實的誘惑，免得之後被困在高原。以前被困在島嶼，現在被困在高原，其結果都是一樣的。

小心感情，於是她開始如大師兄教的要天天戴墨鏡，避免和別人的目光接觸，眼睛是勾招情愛的致命關鍵起點。小心財務，所有的商店一律不逛，先前母親生病打發時光的購物網站早已刪除，團購社群與淘寶是最先刪除的，陪伴她多年的午夜淘寶時光，不斷躍入眼簾的淘搶購有好貨全球閃購熱賣寶貝每日好店，忽然都成了遠古化石，所有的信件的那些稱呼她是「亲」的簡體字消失在螢幕之外，標誌著孤女孤獨的時光筆記，害怕失去母親而轉移的一種失心瘋狀態。

商店不逛，但她卻就在商店打工。

最危險的地方就是最安全的地方。

滿眼繁華卻不動心。

她推開洛桑的愛情。

即視即離。

她被大師兄內鍵了這句話的程式語言。

只能跟洛桑說抱歉。但她內心更清楚的是，不是大師兄的言語起了真正的作用，而是本質洛桑沒有吸引她，且傷心人不宜，所以輕易被推開了。

病僧

90

不要去尋找那些世俗的偏方了，她的心裡纏繞著大師兄一連串如炸彈的語詞。對她是醍醐灌頂的字詞，但她卻聽見被導遊帶進來初聽大師兄說話的好奇觀光客低語說著，這簡直是洗腦大會。大師兄也聽見了，笑說從我們出生哪一天不被洗腦而變成一個我們的樣子，洗腦洗出腦袋開花總比洗腦洗出腦袋硬如石頭好，洗腦也有可能洗出舍利或者腦花。有小沙彌笑說舍利與腦花，一般人根本沒看過所以難以分辨？

那我們願意被你洗腦，你上來說說，大師兄指著那名觀光客說。那名觀光客臉紅搖手，忙從大殿起座離開，大殿微火不明，突然聽見那人撞了柱子，一聲巨響傳來。看清楚路，別慌別慌，大師兄在背後說著。

念著願一切眾生遠離冤親愛憎住於大平等捨，自我的洗腦時光。但如何洗得了腦，遠離冤親愛憎，其實就像夢那般遠，那只是一種渴慕景仰。她知道如果連一點點起碼的信仰熱情都不願意燃燒或是一點點相信的力量都不願意牢繫，根本不可能走得下去。但她自問自己的熱情與相信是否帶著矯飾？其成分泰半是恐懼看不見的未來或者活在別人的目光。窗外原野上的動物不是在睡覺就是在發呆或者看不見的交媾，自自然然，誠意十足，沒有遮掩。

緊縛又放鬆的韁繩，任性與罪欲的鐵鉤，她在兩端太久了。還是只能繼續當鸚鵡，尋求自我安慰。高原的風穿過廊道，一路在她的頂上盤旋。為什麼我們出世之後就忘了前世？是上天為了保護人，讓人們在出生時將累生累劫的記憶鎖在黑盒子？不是通過自己實證功夫得來的悟，就像是玻璃，看起來很美，但其實不堪一擊。理性思維築好的堤防擋不住悲傷的洪流，浪潮擊倒心岸，潰堤倒灌。她曾經在失去母親那陣子逢人就問，你有失去摯愛的痛苦嗎？你怎麼度過來的？在每一場長途跋涉裡，那滲著苦痛悲汁的腐蝕如何將心鑿出無數的黑洞來，那午夜的回憶在每個脆弱的當下被生吞活剝的傷口是如何好轉過來的？當悲傷如鐵鉤刺入再倒鉤你的心時，再強的止血膏都失效時，如何自拔鐵鉤？且不任那腥紅迷霧似的血海淹沒苦痛的病房。

痛苦時萌生想與神一起永生的渴望，妄幻將悲劇視為重生的復原之藥，穿越靈魔最刺激的魔考。問題是可憐脆弱的軀殼，如何通過黑暗隕石撞擊之後的破碎？希臘人對苦痛的體驗誕生了史詩般的悲劇。但他們沒有退隱山林與滾入紅塵的分裂兩端，悲可以是一種淨化與釋放。希臘諸神就像六道中集合最美艷最帥俊的阿修羅男女，戰鬥慾望與幸福渴望如此交融在一起，氮醉的魔力之風晝夜掃過呼吸之間。高原的人也有這種將不幸席捲狂吹至腐朽凋零的能力，他們的心就像草原蒼鷹，可以將悲傷撕碎，叼至從此消失一空的雲霄。但趨吉避凶也是一種鄉愿，因而凶險來時也得學著頂過大浪，就怕折磨的盡頭信心突然潰堤。

對藝術家而言，苦痛是作品大跳躍的轉化劑。她學佛多年，最常聽人掛在嘴巴的是菩提心，但當被悲傷的潮水覆沒時，真正的痛感說不出口也寫不出來。懸掛在未知的狀態地難熬著，一旦塵埃落定反而就放下了。

神來一筆，人來也一筆。卻是不同的筆。放下，放下，聽到耳根長繭還是放不下。

從來這裡的拜師都是一場考試，考試有無放下一切，放下執著，放下分別，放下尊嚴。一心跟隨上師，上師說跟我幹嘛，我腳邊揚起的不過是塵埃。愈鄙視你就愈是考驗你的求法之心，客氣把你當朋友的都是沒有要教你密法的。她怕尊嚴掃地，又意志匱乏，仍在門外徘徊，只是如鸚鵡禪複製一路傳下來的梵唱，學習如寶瓶的水倒到另一個寶瓶，學習像鑄模翻印出另一個新生的自己。但這些經歷或者流傳的金玉良言都是別人給的，她自己還沒長出任何跟悟性有關的原創經歷或字詞。

大師兄說因為妳沒閉關，閉關去，包準妳現出原形，好好看看妳的原形是什麼樣子，說得好像她是九尾狐狸白蛇精，一股猛烈的妖風正吹過。她目前或者以後仍是一隻鸚鵡禪吧，只能裝模作樣或是有模有樣地跟著盤腿，跟著梵唱，跟著打手印，跟著觀想，求得安心。觀想著安立寶座上的日月輪，佛像鼻孔放射出璀璨的五色光，舌頭出現一朵八瓣蓮花，花瓣上浮現著梵文種子字，身體放出火焰和水花，座騎雪獅流出奶汁。這裡所有的聲音都會被咒語般的梵唱吞沒，脛骨號的祈請與鼓鑼螺聲音響在天際。男女粗粗的麻花辮子拖在胸前掛在腦後，沾著泥土的高彩度衣服到處是進行匍匐爬行而磨破的懺悔痕跡，在黑夜裡高原人的凹陷眼窩如一盆火，對著眼前的佛像，發亮如豹，像是白銀似的晝日高原。

她經常被這座古老城鎮的氣氛弄得心思又堅定又搖晃，瀰漫古城供養六道的煨煙，揉雜著紅綠黑黃的金燦顏色，油垢粗如麻的長髮與樹木葉片上總是沾著灰塵，腳底揚起的滾熱灰塵總是刺目。行過男女的眼目尖銳額頭寬闊膚色黝黑，天生高原的狼心野性在千年的日日月月已經被磨得處處佛心善性。在這裡不彰顯人，即使是身材都被包裹在厚重的棉布裡，連男子的長褲外都套著厚織的裙片，女子的衣裝遮掩住所有的胸線臀部，隱住所有皮膚的光滑與皺褶，手裡全罩著轉經輪轉出的暈光。尋著手裡的光河，就可以見到人，見到佛。

走入廣場那古老窄仄的無數小徑，川流的旅者融入煨桑煙似的霧裡，遊蕩的不是觀光客，他們結伴且一團團如肥胖雲朵地移動。

占卜者任意遊蕩，雲遊僧像風來去。

某個手搖著轉經輪的占卜者突然在她身旁坐下，漫無邊際地說身體的傷，靈魂會記住。妳說這靈魂的傷，誰來記住？說完也沒等她回話，轉身就沒入人群川流。她瞬間滿臉熱淚，覺得那聲線神似母親，母親確實跟她來到高原了，她感到一種確定。

入夜時分，街燈熄滅，暗巷細密如網，千盞酥油燈吐舌跳舞在這座由紅土與行腳僧踩踏而出的土地，古老得像是黃昏的廣場，神來一筆就吹出預言的風，當風吹拂，就是行腳之時。目的地也是終點地，如此一心一意的人就是一無所有也安心。就像垂死之家，每一口氣都是如此珍稀。

黑翼神鷲朝向黑夜趕路，彷彿聞到天亮前有一具腐朽的身體等待牠們去化為塵歸塵。目光所及，這裡沒有懶散的人，聽說飢餓會帶來懶散，但奇特的是這裡的朝拜者甚至過午不食，甚至滴水未進，甚至一連好幾天都是禁食者，甚至百日禁食，甚至三年三個月禁食，甚至終生禁食，但沒有出現懶散的人。即使入夜，身體都像著了火似地如救頭燃，如魚少水地掙扎，如點火即吹地懺罪。懺罪像是一種除淨勞動，都說心若滅亡罪亦亡。

母親到哪裡可以重新開始一段感情？再重新擁有一個新的女兒？

她在舊世界的五濁惡世懷著舊感情的記憶原始碼，才明白被束縛的人原是留下來的倖存者。

這個倖存者展開贖罪之旅，用胸膛走進聖城的人，將每一塊胸膛撫觸過的土地刷新得油亮。塵垢卻永遠也掃不淨，因為這裡的時間動輒起跳是幾千萬劫幾億劫，以致無始劫。人的年歲，像一粒塵埃。白日懺罪者看起來像是一般的高原人，到了天黑，懺罪者的路徑彷彿幽靈列車，不停地向前滑動，看似前進，但卻哪裡也沒抵達。此地，即是世界。此處，即是盡頭。

一如當年臥床母親那靜默的一人即宇宙，日常風景異常凶險，那時必須活得像是隨時隨地都有武裝配備的人。現下她的周邊擠滿如魚汛的眾生即一切，必須卸下武裝配備，活得毫無所有似地隨時可以把生命給出去的輕鬆。

打鬆胸膛，空氣才能穿過窄仄縫隙，獲得一點舒心的氧。

91

油燈散發著陳年油垢凝結的檀香混著酪梨奶油香甜的腐朽氣味，她混在人群裡，比占卜者更像占卜者的臉孔，沒有人懷疑她的來歷，彷彿她和羅剎女一樣天生就屬於這裡。有人見到她會突然佇足片刻，彷彿覺得熟悉，但卻又不知在哪裡見過的納悶。後來有人告訴她，原來覺得她彷似熟悉是因為她長得像古剎大昭寺裡的雕像，沒有公主病的公主，甲木薩，蓮花，文成。細緻的小圓臉上有著一抹富庶者才有的從容眉目。她從不知道自己有這樣的富庶，她一直覺得自己貧窮，揮霍的貧窮。沒底的生活，有底的是佛法，學習成佛的方法將她的行腳打得死牢，說到底她是膽小的人。這裡有兩種氣氛，把佛或聖地當作商品的人彷彿急急忙忙，把佛當作未來對境的人看起來虔誠拘謹，把佛當作懺悔對象的人則帶著一種燃燒過悲傷的廢墟感，隨處遊走的人倒是有那麼點隨心所欲的自在樣子。但這和無神論者又不同，無神論者的那種漫天潑灑是源於那看不見的未來，但有神又如何？神不理你，還是很無助。她看著潮湧的人離開了，留下來的都打算和神一起天荒地老似地在寺前圈地，有一小塊地方就可以膜拜寺裡的神。

朝聖的旅伴隨時在更換，昨天還一起朝拜的人已經移往下一站，也許想拜的數目已經圓滿或者需要更大的神聖才能減緩內心的焦灼。懺悔也能計數，計數拜過多少下，念過多少咒語。他們很厲害，邊跟人聊天還能心裡邊念咒語，且還清清楚楚念到第幾次了，就像數鈔票機般的清楚，一個字都跑不掉。觀心法門，數息數咒語，打成一片。這裡讓她想起往昔靜坐課，決然的兩個色溫，這裡如此華麗，法器目不暇給，連拜佛都懇切十足地不斷上上下下。禪寺安安靜靜，連人都文風不動。唐朝七禪師來和藏地瑜伽士論戰時輸了，她想這和土地性格養成高原人的豪邁有關，禪太安靜，高原人的魅力來自於高原，連到這裡的佛也要擅長如龜呼吸又如脫兔。

欽哲把寺門關起來，強力的一關，就像是瞬間擠壓出空氣，濃烈竄出一股氣味。彷彿信使的氣味，又像業鬼，把她拉回故里，拉回母親，母親現在已是真正的富有者，她的一切都迴向給母親，迴向給如母的眾生。

前方至高的布達拉宮融進黝黑的天幕，塵埃落定的北京中路沿線一帶的車輛開始稀稀落落時，她就知道觀光客睡著的時候，才將土地還給了最虔誠的朝聖者。大昭寺這顆心臟入夜正在劇烈地彈跳著，關閉的寺廟門前齊聚著五體投地磕長頭的信眾，朝聖者就像高原的浪，此起彼伏。千盞酥油燈將他們的影子投射大昭寺的大門上，裡面的佛是否聽見這巨大的心臟彈跳聲正朝祂直直奔來的眼淚與熱情。廣場上，有人席地而坐，不懼秋霜夜冷的是她的島嶼故里人，她聽得出這遙遠來到聖地禮佛的團體，唱經的腔調與偶爾說話的聲調裹著濃濃的島嶼聲息。不遠處的八廓街，走動著不眠的香客，在黑暗中他們手轉著經筒，將經文順時鐘地轉著，轉進了神的夢，繞進了未來的輪迴之路。

午夜的高原風光，還給最虔誠的信徒。午夜的雨是神曲，也只屬於有信仰的人。文成公主的這間大昭寺是高原的中心，每一個角落都具磁場，日夜吸引著朝拜者身體往地上就是撲倒，匍匐著胸膛。每一顆彈跳的心，分分秒秒地敲響在此。

她偶爾也會加入這個午夜的朝聖隊伍。就像以往在島嶼守著母親的病床，當母親的守夜人，在體內的島嶼藍色天空與藍色海洋風景化成了此刻的高原夢土。那時她和母親陷落在大屯山與觀音山環繞的宇宙盆地。月亮是一光秒之前的月亮，太陽是前八光秒的太陽，星星是無數光秒前的星星。而眼前的母親也是千萬秒前的母親，甚至是上億秒前的母親，還沒生病的母親，每顆牙齒都長滿了尖銳語言的母親，還是灰狼猶未蛻變成家犬的母親，那麼尖銳的母親隨時都可以刺傷女兒的脆弱。倒下來的母親演化成寵物寶寶，安靜柔軟無語乖巧，是誰說過可愛是生存下來的保命符，沒有人會獵殺可愛的生物，連死神都不忍。虐嬰事件總是會讓人同仇敵愾，非肉搜出來毒罵一頓不可。母親變成巨嬰，於是原本爆衝的時光列車突然整個慢了下來，停了一站又一站。看著母親，從過去來的母親，但已不是過去的那個母親了，母親有了新的質與量在遞轉流變。

母親一路奔跑將她吐到這個世界，也一路靜止棲息在女兒的窩。

她在塵埃落定，望著天花板，看見母親的臉龐，沒那麼憂愁了。

經歷多久的睡眠？她看看手機上的時間，三個小時。深沉睡眠如死亡，清晨醒來前的夢已模糊如往事，只模糊看見母親。每晚都會死去，每天會都死去，睡眠和死亡是一樣的，差別是還有生命力的身體清晨會醒來。大師兄提點她白天訓練睡夢瑜伽而不是睡夢中才訓練，如此才能辨識死亡後的法性。法性為何？她從死亡中醒來，練習失敗，睡夢混混沌沌。

92

窗外有跳神舞，驅鬼逐邪舞，喇嘛寺院經常舉行的跳神活動的村民預演。她很喜歡這種帶著宗教性的跳神舞，少了島嶼的七爺八爺威嚇，多了金剛之外的神祕與鮮艷色彩。出門看跳神前，她先在商家將大鈔換成小鈔。還沒有出現支付寶之前，鈔票永遠是最吸引人的施捨。最初剛抵達日光之城的旅人通常會找店裡換鈔，為了把十元鈔換成一元的，因為到處有乞討者，身上放些一元零錢，方便隨喜結緣。尤其去吃外食的店家外面最容易遇到抓著她乞討或者要把手上的珠鍊賣給她的流浪者或要幫她算命的占卜者。

不想在旅店自己弄吃的，她會去四川小吃店或山東餃子館祭五臟廟，青年路的夜市或者八廓街大昭寺外也有不少吃的。有時她剛從八廓街的唐卡畫室或銅像工作室走出來時，她看起來破爛又髒兮，乞討者還以為她是來搶地盤的新乞丐，不讓她靠近，直到她從口袋抓出點鈔票給他們時才被放開。

大昭寺的屋頂金碧輝煌，她朝著光芒合十，謝謝乞丐放了她。

天氣很反常，這熱很不尋常。這熱或許只能說是一種視覺幻感也說不定，因為山城家家戶戶都在冒煙冒火，不是燃燒艾草就是做火供，整個小城在陽光映射下，光影遊遊移移，顯得一切如海市蜃樓。

到處都是煙，每個姥姥看起來都像是菩薩。日光之城的老人給她很深刻的印象，他們和她的島嶼度日不同，她印象裡的故鄉島嶼老人總是在廊下或樹下或廟前聊天，或者看電視，或者泡茶，總之看起來無事可做，卻又愛抬槓。但這裡的老人卻很忙，每天都有事做。繞塔抄經大禮拜，在特殊日子她還看見老人帶領全家在湖邊放焰口施食和放生。他們手中打著各種姿勢、口中念念有詞，打手印念咒語，進行著破地獄、召餓鬼的變食、召罪、催罪、定罪、定業、懺悔、施甘露、開咽喉，然後送眾生回各界，讓六道眾生飽食，滿願。每天到處都有死亡的各種儀式以及傳說，一千零一夜的大成就者故事如床頭羅曼史，這些傳奇成了她每天入睡前讀的書。有傳說某大師死亡時最後身體愈縮愈小，最後自體燃燒，三昧拙火，身體化成一道彩虹消失在空中，這是她聽過最美的死亡畫面。化作一道彩虹地瀟灑離去，不若母親是纏綿臥榻又不忍離去。她想也許這是母親的伎倆，讓愧疚長在女兒一輩子的心田上，讓女兒永遠心疼母親心痛母親而惦記著這一切。

寺院阿尼代替暫時出遠門的大師兄代課，阿尼上課說人對轉世的想法就是關乎生死的迷惑，但差別只是人有身體，其實亡者仍十分執著，死後和現在一樣真真實實或說一樣虛幻。關鍵在心的禪定功夫，幻象就投射幻想，如知幻即離，就自由了。她聽著，勤記著筆記，騎乘著帶母親上高原的夢想，重新以小嬰孩似的目光觀看新世界。她看著高原佛地，心念嘗試純淨，慾望嘗試減低，學著寺院阿尼說的每樣事情都單純地看著，不做第二個念頭，不批判。但不批判就少了力道，她的字詞就被拔了牙，拔了牙的字沒有力量嗎？還是可以更像水般地滲透？

一定要張牙舞爪或媚眩顛倒眾生嗎？

看你要享受這一世還是要苦在下一世。

這一世看得到，下一世看不到，有學生答。

阿尼笑著闔上經文，看不到才危險，你們要懂得計算這因果投資報酬率。

大家摸不著頭緒地下課。她闔上筆記，倒是念頭紛飛。

走在高原的天空下，摸摸胸口的玻璃星砂，母親和蟬男人的下一世是如何呢？他們如果成仙，何德何能？如果成人，長得如何生得如何？她經常有一種自己竟然真的實現帶著母親和蟬男人遺物來到高原的魔幻感，高原的天空湛藍，可以容納得下所有陰暗與光亮的壯闊。

剛抵達時小丑並沒來接她，別說沒人朝她獻哈達，她更是一個人摸黑抵達旅館。小丑後來對她說，不要去期待這些世俗的虛假儀式，那都是給觀光客開心用的裝模作樣的儀式，我在關房裡念經迴向給妳一路平安，往後圓滿，這才是真正接地氣的。她當時笑著想管它虛不虛假，看大家都很開心，假的也成真的了。

不過隨著她在日光之城日久，她也覺得很多儀式已經被商業化吞噬，一切都可以換算成數字時，很難再回到初心。阿尼說所以我們每隔一段時間都要去進行閉關，沒有能力時要先防堵，先強化自己，不然不是去度眾生，而是被眾生度。阿尼說有滅者有興者，過去有一個衣衫襤褸的女丐，轉著轉經筒，喃喃念著咒語，爬上蒼翠巍峨的香色山，在峭壁間的山洞住了下來。瑪尼洛欽，人們這樣叫她，因為她從來沒有斷過念六字大明咒。她的真名是曲尼旺姆，膽識過人，穿過猛獸出沒的原始森林，翻越喜馬拉雅山，只為振興被蒙古騎兵毀去的香色寺。自此香色寺成了女尼的修行地。她認識的阿尼最初就來自這裡，這寺屬於流浪漢乞丐和苦行者。她聽阿尼說這故事時，最有意思的部分是曲尼旺姆圓寂後第二年，某貴族生了個男嬰取名多扎，被認為是旺姆的轉世，從此這阿尼著稱的寺院要轉成男活佛了，頗有性別差異的味道，這多扎卻不想當住持，他喜愛廣播電台的工作，竟因此躲過文革出家人被加害的大劫難。文革過後，仍每天到電台上班。活佛在廣播裡說的話是否就是女尼說的物換星移，沒有一定的事物，轉世也是轉來轉去，轉到面目全非，轉到被棄置在荒原的空景之中。

她聽到轉來轉去時笑了，阿尼不知她笑什麼也跟著笑。島嶼那些錯亂的真真假假，假出家與真信徒或者真出家與假信徒，或者什麼都不是，是心的慾望攀著了這一切，各有所求，有求就有是非。不斷在紅毯旋轉前進與邊灑水淨化的法師像蘇菲舞似地四分鐘轉了一百五十二分圈，被稱作是南無戰鬥陀螺，又戲稱法師應該是被宗教耽誤的芭蕾舞者。或者周刊上到處都有的情色僧事件。如今她在高原，彷彿有個制高點去看著這一切，真的是無處不塵埃，也無處不惹塵埃。瞬間火燒明鏡。火與明鏡本來不會相逢，或者該說樹木不被砍下也不會被打造成一具明鏡台了。

南無戰鬥陀螺，她失笑地想起鄉民的命名，命名代號的年代，犀利哥賓利姊法拉利姊，無數的哥哥姊姊，串起每天過目而過的人煙蹤跡。現在沒有新聞可看，世界如此安靜，一句咒語即千言萬語。

閉關去閉關去，阿尼又對她說著老話，轉身走進轉經道，人群瞬間淹沒了紅牆似的背影。腦海突然跳出那個曾經朝夕相處的島嶼阿娣一邊為她的母親放阿彌陀佛，一邊每天五次對自己的麥加方向禮拜。那段時光，她用母親名義寄給自己的信，像個機器人少女小冰寫的，有限的字詞被她拆解重組。沒有迷宮沒有濃霧，就像母親的病，臥床一詞就已言說一切。窗外隨著月亮引力起落的潮水，潰堤星散的夢與呻吟，母親身上的臭屎味隨著風吹進她的鼻子時，她知道該換尿布了，包大人紙尿片等著她放在母親的屁股下方，那像一道縫合傷口線結痂的陰道，被她剃得乾淨的私處，讓她為母親啟航降落一處乾淨明亮的所在。

這乾淨明亮的所在，沒有包大人的高原。

93

剛抵達高原時她去西藏大學語言班報到之後，沒選入住宿舍，她一直不喜歡宿舍，聽見很多外國學生聊到剛抵達高原的時候，每天晚上頭痛，甚至是痛醒難眠。大師兄教著大家靜坐，用腹式呼吸。感受氣流從鼻孔進入慢慢的穿越呼吸道進入丹田。想像每一個細胞都被氧氣充滿，學習藏文很像在觀想一個人的身體，字母加上其他的字母，完整的結構。音節組成不同的拼音，三十個輔音字母，如人形、如山谷、如青稞、如飛鷹、如花瓣、如飛簷，是神祕之歌。浩瀚的經卷文字記載著贊普們的律例、上師們的道歌、藏醫們的藥方，以及飛過草原飛過神山飛過農田的情歌盟誓，七覺士遠赴印度融合梵文的藏文，逐漸被漢語取代後成了舌尖的艱難舊語。當代高原故事裡總有躲藏在暗影的身分認同血淚。

地理差語言差，還有時間差，她照顧母親的日子裡，小丑在高原學習佛法與藏文，小丑有語言天賦，大師姐則流轉印度尼泊爾各地。這樣光明面的高原是屬於旅者的，如果去北京路江蘇路或者八廓街，錯身的在地人背後才有著真正的故事，屬於流亡者、告密者與巡邏警的層層疊疊如地毯的交錯，邊線不要任意跨越，懷著對東方風物好奇或者著迷將佛當裝飾品的異地情調器物的蒐羅者，回去寫的一本又一本異域，異國情調的拜佛者，擠在短短窄仄的幾個小道，因佛而伴生的消費商街，咖啡廳餐館酒吧紀念品旅店客棧雲集混著各式各樣的瑜伽班靜坐班解脫班佛學講座班，吃喝玩樂混著解脫之法，滋養著可能的惺惺作態或者真正的惻隱菩提。穿過主街之後，低矮老舊的房子到處是煙塵，從小出家的小沙彌的赭紅色僧袍在如霧的時間從她眼中一晃即逝。街道如河流，她母親最後時光的夜晚呻吟，又不像呻吟，緊緊抓著她的手，如有冤親債主討債鬼現前的無依神情。就像高原處處，神鬼交鋒，佛魔難辨。

成人教育藏語進修班是沒有學分的，經常有人蹺課，外國人的藏語課在高原就像裝飾，彷彿抵達就已是完成。課程隨著難度加高，最後剩沒幾個學生。蹺課之後跟不上進度，接著就退學了。學生愈來愈少，程度愈拉愈大。她屬中間級，這好像是她的習慣，不是最前面也不是倒數的，中間安全，中間少了面目。

多傑金剛，貝瑪蓮花度母，拉姆仙女，嘉措大海，打哇月亮，尼瑪太陽，強巴佛未來佛，高原到處有仙遊佛蹤。她的藏名貝瑪蓮花，蓮花也是甲木薩，文成公主是甲木薩也是貝瑪，她喜歡聽別人叫她貝瑪貝瑪。

課堂上叫嘉寶的那個挪威女孩舉手說梗拉，請問 kiss me 藏文怎麼說？

藏文叫老師梗拉，老師說妳有交藏族男朋友嗎？

大家笑成一團，嘉寶說有什麼好笑的，我就想交藏族男朋友。

嘉寶聰明，知道語言要變好就是要在當地交個在地的男朋友，光朋友不夠，因為愛情的動力是最強的。那些學不好語言的都是沒有談個戀愛的。那個從加州來的艾蜜莉取藏名格桑尼瑪。格桑花的格桑，她問她喜歡倉央嘉措？尼瑪笑著不懂，白裡透紅的肌膚彷彿格桑花，只有高原人知道那紅色是高原太陽烘焙的傷痕，尼瑪的白透皮膚角質已經炙燒過度，脆弱如紙，風一吹就轉成紅蘋果。彷彿是氧氣稀薄到不夠呼吸的皮膚，每天都紅通通著，甚至看得見肌膚下血管的流動。

洋妞用青春肉體拐走沒經驗的小僧，賣貨郎用塑膠射出的蘋果橘子模型和沒看過的牧民交換珊瑚、羊毛羊皮。

尼瑪不是這樣的人，她看起來比在地人還在地，是少見的洋人虔誠藏傳佛教徒，隨身都會帶著一串念珠，手一直轉著，嘴巴也喃喃念著咒語。她上課經常會請問老師關於佛教的問題，可是後來她學習狀況不佳，即使手轉著念珠，心卻波濤洶湧。最後因身體受不了高原又因太想念家人，連上學期都還沒結束就休學回去了。高原少了最會跳神之舞的洋妞，扮演起神與人的仲介，尼瑪是很擅長的。

大師兄像是心中伏藏著他人心事的人，不動聲色卻總知道一切。

大師兄和她一起去送行尼瑪，特別對尼瑪說妳太想念家人，這太執著了，不懂佛教的精隨，心無法轉化，讀了很多教義也沒用。手拿念珠也沒用，會跳神舞也只是巧言，兩邊都落得不是人，還不如徹底入紅塵，回家好，只是要記得一件事，如果學法無益，法無法在生活中實踐，那麼法是空中閣樓，成了最危險的裝飾物或者麻藥。

尼瑪難過地點頭，她徘迴在兩難裡，知道自己沒有魄力捨斷，但卻又真心喜歡高原的雲、高原的風、高原的神、高原的鳥。

他們聽到尼瑪用一種洋人腔調吐出高原的鳥，都笑了。

離別時下雨，就會再回來。

沒有下雨，尼瑪不會回來。

或者雨下了，只是我們看不見。

她心裡想起自己也經常陷入兩難，做或不做想或不想都綁在痛的兩端，倉央嘉措也有兩難，人生至少有兩難，一難生一難死，一難出世一難入世。尼瑪臨別送她一個木刻板，尼瑪在大昭寺前的街市上買的，她看木刻板刻著倉央嘉措的詩。她讀著不負如來不負卿。送機後回程，大師兄將她的書拿過來看，哼笑幾聲地還給她時還嚴厲地說著，拿如來跟卿比，這是藝術家的自我浪漫，妳最好腳踏實地，這種浪漫有害健康。在這座高原來來去去的人就像風，說要好好修行的西方人太多了，有的甚至出家，但遇到老虎就還俗了。

老虎，她笑著想有人把女人肉體誘惑視為老虎猛獸，有人把女人肉體視為度母再現，既非關老虎的惡，也不關度母的善。

眼見不為憑。

妳看我們周邊這些西方年輕女孩來到這裡都穿得很涼快，全身充滿誘惑，把沒經驗的小沙彌小僧人挑逗得紛紛辜負如來，脫下僧衣只想奔去她們的懷抱，不知漂亮很快就會被歲月催老，妳看在兩難的選擇裡，先選擇的都是慾望，選擇卿，選擇愛情，選擇錢財。不過後來愛情也幻滅了，被老虎咬傷，那些眩目耀眼的金寶之物自然也隨歲月折損，還俗者據說多半晚年後悔。後悔還好，有的人還發瘋了。這些離開的人自然得合理化自己的行為，或者打死不承認心裡的懊惱，只好又轉到更虛假虛浮輕鬆的事物去了，孩子大了也走了，一生都落空，不由自主地走向幻滅，將生命注入更多的絕望。什麼都會變，唯佛法不變，只有被背叛的佛。天葬台上那些神鳥不吃犯戒或使惡者，但每個人心中都有自己的天葬台，最後一次的供養布施，有的人布施給天地神鷹，有人布施給眷戀的親人家眷，有人獻給一把火一束柴堆，陪伴的有無形的佛菩薩上師空行本尊。這一生道路的盡頭，如果沒有定力，就會墜墮，墜墮像是一個開關，一但墜墮就會順勢拋下掙扎，接著引發一連串的挫敗與痛苦的骨牌效應。最初很難察覺到這一點，直到無法忍受時才知道最初就走彎了路。情慾價值就像點火燒油，很快就揮發一空。故事裡那個修定很好的老居士到了晚年卻遇到一個年輕的女人，法也沒修，頓入溫柔鄉，結果好景不常，年輕女人敗光居士的家產後，也移情別戀了，居士就這樣瘋了。

她想還好自己沒瘋掉，在母親臥床與蟬男人慾求自己的多頭馬車夾殺下，自己竟然還活得好好的，真是奇蹟。但獅子吼說大魔入大魔的心，小魔入小魔的心，天魔會入修行人的心，妳這點小事不過是小魔，大魔才懶得理妳。

我這哪是這點小事？我簡直是住在垂死之家啊。她這樣怪叫著。後來她才知道所有的人都曾是傷心人，她一直以為獅子吼是天生吼出那荒野叢林中令人震懾的吼聲，但那是日披曦光夜接露水所換來的征戰之吼，獅子吼從不談他自己，他們都不知道他幾歲，甚至不知道他的過往。這些年過去，她才知道正當他們青春喧嘩時，獅子吼正揹負千萬債款，且父親中風已經十多年，每天由他揹上揹下，沐浴清潔。身兼多份工作還債，還到處義務教導佛法，她印象最深的是曾陪著獅子吼去一攤又一攤的檳榔攤找檳榔西施說法，檳榔西施也是觀音，愈難度的人獅子吼愈有興趣。

離開島嶼時，她才知道這些細節。獅子吼贈她一個有如浸淫在一片清新森林的綠度母佛像，觀音眼淚化現的綠度母，雙手小圓牌如月亮綠，樹脂將觀音菩薩的眼淚封印，她是這麼想著。在獅子吼的中心有人問可以掛著佛牌上廁所嗎？大概人煩惱的都是這些無關智慧的瑣事。

獅子吼對她和蟬男人的遭逢卻抱持好的看法，認為她若不還清這情債，還會拖到下一世，不如乾脆這一世把債算清楚。她給獅子吼看過蟬男人傳來的簡訊寫著：就算到一百世，我也不離開妳。獅子吼笑說，如果妳不再虧欠他了，那麼別說他要一百世，連要再半生一世都不可能，冤有頭債有主，沒債主，自然就找不到了。這是佛家的基本盤，因果輪迴觀，從這個根本一花開五葉。

她想著已然遠離的母親與蟬男人，還清就會自動遠離，就像帳戶提淨一空已然到主掌愛情的月老天庭上去註銷一般，斷去纏縛。沒有纏縛毋須鬆綁，沒有執著何來解脫。像是傳遞無言心法，她聽見獅子吼給了這麼一句話。當然這種不論脫胎自佛經佛語或是菜根譚或當代心靈雞湯的話術，都是讓她這個沒有實修經驗者陷入平板化、去經驗值、除脈絡化的刻板危險，多少人告訴她走向宗教將導致寫作被限制的可能，她願為母親犧牲藝術，何況在迷惘當際佛言佛語是如此堪為受用，即使是安慰的迷幻，就像咖啡香氣，聞著也過過癮。

當夜她寫信給遠在西方大城的尼瑪。她知道再過一陣子，所有的通聯將快速按下熄燈號，就像電腦聯絡本那些按英文字母排列的隱藏星圖，剛剛別離的熱情終因日後的無有關係連結而失去如何言說了。建立關係，否則無法長久。所以人要進入一種關係，所以弟子要皈依上師。所以在廟裡要對著菩薩歃血為盟。沒有關係，變得可有可無，再也無法言說彼此。

後來她果然僅僅接到尼瑪寫來的唯一一封信，尼瑪回到加州，自此忘了高原的佛，加州有很多靜心禪坐的學習中心。尼瑪發現西方禪比鸚鵡禪更厲害，鈴木大拙影響垮掉的一代，海德格甚至說鈴木大拙所說的每一句話都是我想表達的。禪茶一味生死一如，讓喝茶都可悟道。說禪是雲是風是雷鳴是閃電是春花是冬雪是癲是狂，只要空無一物的寧靜就成了禪味，必得靈眼洞開，就像煮飯仙人五十年只專注煮一碗白飯，修行也變成職人。

高原沒有這種美感的惺惺作意，造作出來的美不過文人墨客，最後且成了心頭最纏繞執著之物。高原的空無近乎乞丐落魄，那個每天吃一粒蕁麻的密勒日巴最後皮膚還變成綠色的。有沒有功夫，要在生死關頭或陷入人間財務感情等大危難才能立判高下，大師兄要她小心藝術家那種美感的做作，把修行附庸風雅更是要不得。她看著尼瑪的信，附風者未必風雅，但至少她感覺尼瑪比較快樂了。大師兄聽了又回她尼瑪當然快樂，那些中心就像是城市人幻想的心靈加油站，不用苦行，不用念經，一切照常，犯了錯給了錢，還有人幫你贖罪。她聽了朝說完轉身去的大師兄背後吐著舌，她無法反駁，卻又覺得大師兄真嚴苛。

五十年只專注煮一碗白飯，她的大同電鍋做到了。五十年坐成一個不動的靜默者，石頭也做到了。修行當然不是為了變成一只電鍋一粒石頭，硬梆梆的，毫無柔軟與變通，那麼修行是為了什麼？修正行為，如何修正？她帶來的電鍋成了塵埃落定的最愛。電鍋藏著母親的身影，她樂於旅人使用它，彷佛媽媽還在做飯。旅人同在廚房煮飯時，有人問她想不想念家人？

她搖頭說沒有，因為家人都在天上和心裡了。

語文班的同學陸續四散，入學就像幌子，到這座高原需要太多合法的理由，否則無法駐足。她只是為了留下來，所以上不上課對她並不是很重要，但大師兄說上課懂些藏文更好，她也就偶爾去上課了。同時經常幫忙旅店煮酥油茶，將薑茶葉跟茶磚一起煮，加點孜然，酥油用牛油提煉而成，再加點食鹽，攪拌煮後，喝了保暖。還可以緩解高原反應。藏族的茶文化就是喝酥油茶跟甜茶，他們認為茶裡一定要放鹽，不然就跟文字沒有修辭一樣。唐朝喝茶也加鹽，她想或許跟文成公主有關。

喝幾次就習慣，甜甜鹹鹹的味道，喝甜茶加奶很像奶茶，在西藏約人都是去喝甜茶。一杯甜茶不到一元，或者晃去網吧，邊上網邊點杯甜茶度日。尼瑪以前常約她上茶館，交換八卦消息。一人一碗，閒話家常。後來她每次經過八廓街的瑪吉阿米，望著情緣無緣的房子，想著三百多年前十五歲倉央嘉措喜歡詩歌，喜歡美酒嚮往愛情。白天是感情的少年，在拉薩的小巷酒館寫情詩，晚上回到他的蓮花寶座。為了免於這種矛盾，也曾經跪在扎什倫布寺祈求五世班禪喇嘛，請求還俗。這是尼瑪最愛的故事，嘰嘰喳喳夾著中英藏文說著，她早已熟知此故事，不然還真聽不懂尼瑪在說什麼。

94

尼瑪離開了，她每回經過瑪吉阿米，就想起尼瑪，多情尼瑪在加州應該很快就會陷入感情的網。之前和尼瑪到給觀光客去的瘋牛餐廳看藏戲，覺得好像不在高原，就像在任何一座觀光城市進行制式化的團餐，吃觀光客吃的藏菜單，生羊肉羊血腸羊肺羊肝乾牛肉羊肉包子羊肉水餃酸奶奶渣酥油茶青稞酒，擬仿的所謂在地風味餐，形式都做到了，滿足了觀光客。但孤獨尼瑪反而喜歡那種失真的地方，失真讓寂寞的人飛離自己的寂寞星球。

她進入咖啡館，走到頂樓陽台曬陽光，點了牛肉醬和比薩餅。餐廳有留言本，這天有人留言：徵婚，敝人家境優渥，高富帥，需要靈性加持，徵婚對象要求必須通過岡仁波齊冬日轉山至少三次的考驗，並能將我母親祈福的風馬旗高懸山頭者意洽。

彷彿要娶的是神仙。她看了覺得有意思，知道應該難有人接受這種考驗。比如她最多能在秋天之前轉一次就偷笑了，還在想時，突然有個女生走近，把留言紙撕下，頗有接受戰帖的況味。

她想起這個女生是因自己曾多次在背包客雲集的北京中路巴朗學旅館去找阿尼時和女生打過照面，她記得女生好像也叫貝瑪，女生讓她想起草原的騎馬悍將，或者高原高歌的大地女神。

光憑文字就相信徵婚者自說高富帥？她替這個接受戰帖的女生要搏命在冬日轉山，這可是讓人擔心。她在陽台吃完比薩餅之後，看著山色不遠處的布達拉宮，心想也許有人就是天生反骨，有逆可叛的人生才有趣，宮廷寶座寧可不坐也要在雪日尋訪愛人的嘉措，或者在修行路上破戒的僧人，她想這算氣魄嗎？獅子吼這個往昔的社團老師孜孜不倦地陪伴著她多年，一路送行到她上了高原，把她交給大師兄和寺院才放手的獅子吼，她突然好想念獅子吼。獅子吼傳話給她說不用擔心，每個人都有自己的路，自己的障礙與福報，永恆對修行人來說是很低階的詞彙，何況連恆星都沒有永恆。獅子吼說談永恆很低階，大師姐說就是文藝腔的假掰。她把話放進胸膛，煮沸著永恆，感覺永恆很虛空。

還是朝聖者踏實，他們以胸膛走進眾神之地，五體投地匍匐前進，胸膛碰著了地，又像彈簧將脊椎彈直。懺悔者的隊伍，等著她列隊。

她期待冬日下雪的高原。欽哲也說他最喜歡拉薩的冬天，大雪過後，趕走嬉鬧觀光客，留下來的都是真正屬於這個地方的人。一定要去大昭寺廣場曬個冬日的高原太陽，高原才能烙印在心。那個誕生在蓮花且放棄王位的蓮花生大師預言空中有鐵鳥出現的時候，也就是佛法傳到西方之時。尼瑪就是被鐵鳥帶來這座高原的，但太方便取得的東西也很快被丟棄。拉薩這座日光城，八廓街與大昭寺上的屋頂是她最常去曬高原陽光之地，或駐足高原小書店內的窗台看著雲朵寫的天書，空行母寄來母親的相思。

塵埃落定的窗子面向南方，陽光曬進來，慢慢往西移動。冬日冷空氣總嚮往一抹陽光的溫暖，書看久了就趴在桌上小憩，讓陽光持續飛進來。最好是做個敦煌式的神變經變的美夢，飛天仙女與火焰忿怒護法大跳探戈。

偶爾去大師兄交代她要去學藝的藝術學院，白天畫院總是很熱鬧，去畫畫，起先解放自己，什麼都可畫，不管春宮圖還是聖像圖，同流合污或者背塵合覺，她隨意。有時候學校停電，整個畫室融在黑暗裡，什麼都看不清，什麼也都看不見。只聞到畫室氣味雜陳，為防熱量與氧氣的散發，不常沐浴的高原皮膚散發濃烈食物的氣味，循著殘留氣味路徑就可以知道昨夜的故事，有人性愛，有人狂吃，有人喝酒，有人拜佛，有人點燈。她的牙齒被高原食物磨得跟大地一樣粗礪，食物入口總是咀嚼至爛才吞下，減少血液供氧量的負擔。把平原的心肺胃跋涉到高原，將自己逐漸演化成高原的原生種。

日子過得很簡單，一旦上床就不知是明天的太陽先到還是死亡先來到，所以每個人都要珍惜眼睛剛張開的那一刻。她學高原人把杯子倒蓋，因為也許明天就用不到了。隔天早晨醒來，再把杯子倒過來。謝天謝地，謝生命謝眾生，謝自己的那口氣還在。大師兄說每個舉動如果通過覺察，這個覺察就像洗潔劑，洗淨染垢，她在這裡成了自己的洗婦，每天洗罪垢，洗完又沾染，她自問如何不沾染？有風有塵，塵埃落定，隔日又飛揚。惠能與神秀之辯，境界立判。但境界歸境界，生活使不上力也是空。

有時候她把一個人忘了就徹底忘了，過去不留，但有些人卻怎麼努力忘都會滾回心海裡，過去不忘。活得壯闊的山神也會放不下祂愛過的海神。強烈光束掃向高山，等著光移到眼前，灑落大昭寺屋頂的金鹿金輪。陽光就像唐卡，可以從任何一個點欣賞起，繁複的每個線條都是焦點。高原的陽光就是這般全景氣勢，但陽光收攏起來也是這般無情，整個天地為之暗去，如全蝕，高原人非常重視月蝕日蝕，寺院總是修法，有時半夜一兩點起修是常有的事。她有時候會被叫去修法，走在無光的雪路，差點跌個半死。走到寺院，大殿門外已然赭紅色僧鞋堆疊如紅磚。她的白布鞋發亮，像是饅頭。進入大殿，加入如海浪般的藏語經文唱誦，身體發冷著顫抖，瞌睡蟲全跑了。

有一天她可能感冒了，感到病毒侵襲。晚上睡覺的時候有很多的夢境，連下床都無力。肌肉逐漸發炎，她被迫去看醫生的時候才知道那是高原反應。到了拉薩北郊山區的金區總醫院，她沒有身分證所以就給台胞證。醫生說，沒事，連續吃三天抗生素就殺菌了。

菌也是卵胎濕化四生之一，不殺生，但也顧不得了。突然虛空傳來一個咒語，殺活同時，殺它的同時超度它。就像吃肉也有吃肉咒，她笑著念這個咒，減緩自己的害怕。

走出醫院時，正好下雪，高原含氧量低，空氣稀薄透明度很高，天空也相對顯得很近。

有時候她會一直發呆，雨後出現彩虹，通往天上有一種霓虹，亮的叫做虹，霓虹虛幻的美景。想像彩虹是數百萬顆的水跟太陽光相遇所經過的多重折射與反射，這短暫驚人的奇美，烙印在她的夢枕。

95

佛要曬，就像曬書。人也跟著曬，陽光不分佛與人，陽光不用學佛就可成佛，人學來學去卻變成四不像。她也拿下掛在牆上的一小張唐卡曬曬陽光，這張小唐卡最不分凡聖，最初是掛在母親生病的房間，母親臥床千日為防褥瘡使之通風因而少穿包大人，一塊大毛巾蓋住就是遮住私處。愛從最髒處升起，幫母親如嬰兒般清理一切，魔也聖潔。沒有一本她寫過的文字好過這一刻，孝是最大的小說，順是最難念的經文。我佛慈悲，唐卡流淚，潮濕異常。絲綢為底的佛像，每年春秋時節，風繞著白色雲朵飛翔，候鳥沿著祖先路徑遷徙來去。

來到這裡的她，暫時不遷徙。許多不曾離開高原的年輕人卻十分嚮往有朝一日借助鳥的翅膀飛到達蘭薩拉，或者巴黎紐約倫敦。看不見自己，渴望離開高原。行將就木的高原老人淚眼汪汪，望著天空翱翔的鳥幻想飛出去，一生為朝見離鄉的活佛而不可得，有人看著鳥飛流淚。老人被時間入滅，活佛被八卦口水殺死，世界繼續運轉到面目全非，價值全異，她已經走到如果沒有信仰何能活下去的關鍵交叉口。十八歲可有可無的佛學社，就像溜冰社攝影社詩社般，此刻佛很近，一生都沒有離她這麼近過，她自問為何感到從未有過的孤獨，在觀光潮流裡，她仰望雲朵，將雲朵任意想成菩薩下的雪獅奇獸，滴下白色乳汁等著餵養自己空虛的靈魂。

八廓街上的旅客商人乞丐僧侶朝聖者流浪藝人公安警察，川流的人潮沒有人看見雁正從天空飛過。那個自焚的僧人以身體祭給高原，持咒念經的人以靈魂獻給高原。她每天東晃晃西走走，總覺得每個地方都熟悉卻又轉眼陌生。像是風霜雪雨，每一回覺得它們相同，但每一回襲擊到皮膚的感受卻都難以捕捉。那個拋開世間八苦八風的高原傳奇，島嶼來的居士們來到高原學習，兵分兩路的禪與密，清寂與華麗的兩端她都喜歡。

寂靜含笑，牆上菩薩凝視著她。

不急著離開的旅人還有長長的時間可以想要成魔或成佛，病外有屁孩，病內有病孩，鐵齒者背對神，或許只因病魔未至。還沒閉關的小丑除了仍定期去高原醫院扮小丑討病孩開心外，偶爾會揹著吉他在觀光區街頭賣藝，自己的缽自己托。她有空也和小丑在街上表演，小丑敲打樂器，她搖鈴或唱歌，歌聲頗蒼涼，帶著藍調的質感，在高原那種如馬蹄的唱腔裡幾乎是低到海平面的聲音反而顯得獨特。小丑一向也有異性緣，很快就有流浪女子靠近他，不僅丟錢給他，還丟手機號碼給他。而她也有異性緣，只是桃花開了又謝了。她和小丑眨眨眼，比誰邂逅多，誰小費多，娛樂彼此。流浪藝人在高原是生活常見風景，在旅店常聽到窗外飄過一陣歌聲或樂器聲，她循音探頭出去，看見流浪者披掛羊毛氈圍巾，戴著毛織小帽，揹著麻編布袋，腳套著編織破鞋，顏面深邃俊美如韓國天團，但在高原卻只是一個乞者。

她在旅店廊外聽見有人唱著波濤滾滾江中流，一波才息一波起，眾生苦痛亦如是。此伏彼起無盡時。人生苦樂難捉摸，時有時無常變易，何物堪能作寄託？樂適好比日光浴，風雨來時頃刻消。無常遷易不可恃，念此誰不慨悲懷。正想上前問流浪者唱的歌詞從何而來時，欽哲出現眼前，看出她想問的，隨口就跟她說歌詞是出自密勒日巴大師歌集。密勒日巴，那個開悟的力量來自復仇心切的人。這是奧德賽的旅程，但卻又勝出奧德賽，復仇只是起點，終點是為了開悟，可以自己掌握生死，而不是讓別人掌握生死。她咀嚼著歌詞，幽冥感覺腦波變緩了，生活久了，也就成為當地人，心臟流速緩慢卻不堵塞。高原似乎具有一種淬煉人意志的魔魅吸力，使得進入的外來人只能想辦法改變以適應當地，改變習慣、改變呼吸、改變速度、改變發音位置、改變身體姿勢、甚至改變信仰。

塵埃落定的灶爐是泥砌的，幾個銅製的鍋碗瓢盆擱在灶上。一個大的淺陶瓷燒著炭火，上面擱著一壺茶。不去大昭寺當志工或者去八廓街顧店的欽哲會來民宿幫忙他的母親打點旅店種種。

她叫喚著姆媽。無人回應，倒是聽見幾隻牛哞哞羊咩咩的低吼聲音。

姆媽出去打工了，欽哲從櫃檯探出頭說。

去哪打工？她問。

聖湖公園旁有一家度假飯店，她去那裡的餐廳幫忙煮東西和兼打掃，一旦上工，會住兩周以上。

她聽了點頭哦了一聲，想起姆媽的樣子，嬌小駝背的姆媽總是綁著兩條辮子，粗黑摻白的麻花辮子掛在腦後，穿著傳統藏服，老了也美麗，她偶爾會把欽哲的姆媽想成母親，但母親一直短髮，和她相反。旅館裡還掛有幾張相片，吸引她目光的是一張姆媽小兒子嘉措帥氣天真的迷人照，以及姆媽年輕時還在藏東老家湖邊的肖像，眼睛裡倒映著父親身影的孩子，拍照人是父親，她看見姆媽瞳孔裡有個粗獷高原的壯年男影。

原來從一個人的瞳孔可以看見愛。

比如在人潮如流水的大街上盯住彼此，瞬間聞到沾黏幾世幾劫的宿命氣味，在高原轉角總是遇到佛或魔的經變圖。小心際遇，獅子吼的心音傳來。這讓她想到祿東贊從三百名女子中認出了命中注定要到高原的貝瑪，文成公主。祿東贊私下探訪，公主慣用的香脂有獨特的異香，香味能招蜂引蝶。三日後，當三百名打扮得一模一樣的女生齊集一起時，只見蝴蝶在某個女子身上盤旋。指認的第一人，祿東贊。

她感覺嘉措將來會是這樣地指認了自己。

嘉措，大海。

她看著嘉措的照片，彷彿他能指認出她是一座島嶼。蓮花之島，滿地爛泥。

96

街上看不見走動的僧。

結夏安居。唯獨大昭寺廣場前的岡堅藝品店還可聽見有人朝僧侶喊著苦修啦。某些僧人為觀光客正在解說唐卡，希望價格不低的唐卡有人請走，好讓寺院增加收入。

她喜歡藏語稱僧人為古秀啦，發音聽起來就像是苦修啦，好好苦修去吧。

小丑也進入結夏安居，之後他將進行生死關。閉黑關，一種處在如深井深洞的關。每年夏季的六七月，百蟲驚蟄出土雲集，為了避免傷害生靈，違背殺生的戒，規定每年藏曆六月十五日至七月三十日之間，僧人不可以出寺活動，以免外出踩到走動的百蟲蟻行。僧人在寺院中進行長淨、結夏安居，直到結夏安居結束後才能出關。因僧人閉關無食物，因此百姓們會拿酸奶供養僧人。僧侶出關時會曬佛與煙供，民眾只要看到煙供與山上出現佛像就知道僧侶已經出關。

像是燃起訊號似的煙，她也跟著仰頭看，心想小丑也許也看到她了。煙塵從山頂飄到她的眼裡，山頂走動著赭紅色的僧人。

過了結夏安居，寺院也開始曬佛。一早旅店外就熱鬧異常，每個婦人女孩穿著艷紅湛藍的衣裳呼朋引伴的，看見窗外的她也召喚著一起去曬佛。時間才清晨五點多，徒步一小時，曬佛儀式八點前就結束了，得趕早。

爬上最高點的曬佛塔，望著頂上的人將佛像卷圖放下，每個人都仰望同一個定點，等待佛像從山頂攤開。突然聽到上方有人用吼聲喚她，她仰頭看，竟是想念多時的小丑，她興奮地揮手大叫大笑著。小丑以手勢要她在原地就好，山頂到處是人。哲蚌寺在寺外的山坡即將開展出一幅巨大的絲織大佛像，煙供繚繞，煙塵瀰漫。當佛像攤開時，她學著善男信女向佛像拋擲哈達，頓時白色的哈達如雪花紛飛，上萬條哈達如雲雪降下。

她將寫有母親名字的哈達拋上了佛像旁，感覺像是把母親拋上了雲天。白色哈達巾剛好掉在佛眼，盲眼母親需要的光。到處是移動的花朵，紅黃綠白藍，五彩繁花，身處單色高原，繽紛顏色成了嚮往，火焰森林藍海白雲果實，佛經琉璃世界就在眼前，珊瑚彩玉瑪瑙蜜蠟硨磲琥珀金銅銀綠松石青金石黑曜岩，好富有的華麗。高原人泰半時間都在外，家裡可以清簡，出外卻必得裝飾得很美，節慶感使得整個世界的花都旋轉起來。一張唐卡就像世界博物館，收納所有的金銀財寶。

她去找小丑的山路上，一個戴著閃亮貝殼的女孩停在她面前，女孩說給鈔票讓妳拍照。我並不想拍照。

女孩說那講話也得給錢。

她沉默，看向女孩身上的貝殼，突然伸手去摸貝殼。

摸也要錢。

好好好，什麼都要錢，妳的名字叫錢鼠啊，妳應該躲到黃財神的懷抱，黃財神不是抱著一隻吐錢鼠。

我的錢可不吐。

妳不布施，她笑說。

女孩也笑，她掏了二十元給女孩，女孩跳著雀躍地收下來，拉著她的手坐在石頭上。

拉我的手要錢喔，她也笑說。

妳才不會跟我一樣死愛錢，女孩笑說。

妳怎麼知道我不愛錢，我愛極了，每天都念財神咒呢。

我看妳就知道是錢愛妳，不是妳愛錢。

她聽得一愣一愣的，隨著女孩坐在開滿格桑花的草地石上。

女孩說她每天都穿著傳統藏族衣服站在路口等開張，旅客通常都會想拍她，但得付費才能拍照，女孩的照片往後將被張貼在不同國度的旅行照相簿裡，或者社群網站。她想這是門好生意，哪天也穿上藏服去路口等開張。她對女孩身上的海洋貝殼感到好奇，她彷彿在女孩身上看到一座島，想起島嶼，想起海洋，想起母親。女孩說是有個客人送的，女孩從衣服裡面抓出一堆飾物，有聖母瑪利亞有十字架有黑面媽祖有土地公有受難基督像，旅客送的禮物就像一張世界宗教地圖。她發現媽祖像頗多，可見很多島嶼故里人曾行經而過。

她記得綠松石不能掉到河海之中，因為這樣就代表靈魂會離開身體，已婚女子更是必戴綠松石，表達對丈夫長壽的祝福。

女孩說對啊，如果不戴綠松石，會被認為是對丈夫的不敬。

但女人可能戴著綠松石卻和丈夫吵架，這不知算敬還是不敬。

女孩聽了笑，突然打開身上的寶貝盒子，挑了顆小小的綠松石給她。

她笑說我可不希望我的丈夫長壽，不過我也沒有丈夫。

女孩聽了大笑著，眼神乾淨如藍天，不若她的念頭雜染。

97

她參加靜坐營前，首先是要學習托缽，放下姿態。團員被要求學習像古時候佛陀托缽的精神，一天只能托缽七家，托到什麼吃什麼，托不到就餓肚子，且過午不食。萬一有人倒餿食或可怕的什麼奇怪肉類可都得吃。

幾天下來，她的托缽就像她不穩定的生活，缽裡有時不是太多就是托缽滿七戶仍空空如也。她不知道其實訓練他們的大師兄早就和當地人合謀，有時給他們有時不給他們，有時給他們好吃的，有時給他們發爛發酸的食物。不管缽裡是什麼東西都得吃，都得感謝。她看著缽裡噁心的食物時，心想要把屎尿當蜂蜜的訓練簡直太難。她吃到超噁的發餿食物時，偷偷跑去牆角倒掉，寧可餓肚子，她感覺自己就像宮廷劇那必須不斷被迫害的主角，經過鬥爭才能活下，才能捶打出千秋萬名，必須每天上演一場磨難，撐過動輒六七十集的劇情。好在這段托缽戲碼是迷你劇，十四天就上演完結篇，猶如佛戲一場。

這段托缽歷程讓她想起畢業後每回仍和大師姐從台北趕回淡水上獅子吼靜坐課的怪異對比，淡水的喧囂對應著一屋子的靜。屋外老街車水馬龍，屋內講心地法門。傍晚時分她塞在任何一條通往城市出口的道路，經常塞在一條條慾望街車裡。各種車輛不斷從路口湧入湧出，一條沿河公路光影燦燦，河水寂寞。

她在那個時候感到疲倦異常，像是自己的人生也站在十字路口般。

突然大師兄棒喝一聲，愛你的仇人，愛仇人勝過愛自己。把她從台北母城的周五時光喚回當下。

她的母城上演的週五夜未央，她希望天色未央。她正經歷的是一條充滿著人生奧義與隱喻的過程，她已把命運之輪轉向，她從過往的沉睡中甦醒，姿態雖然緩慢，但應該沒有猶豫。她當時加了一個「應該」。拉緊而破碎一地，腦門閃過這個詞，很多事情都不能太緊，太密。一張受傷的臉，帶著憂鬱感傷的氣質，她看見這張臉的時候，蟬男人已經把她裝在玻璃罐了，但她不是瓶中美人。虛空中彷彿傳來如引磬般的聲音，這時把她驚醒了，她睜開眼睛發現不知何時整間法堂的人都走出去了。只剩下她一個人在空蕩蕩的房內。

感到雙腿發麻痠疼，寺院外的天空在中午時光頓時一片昏暗。

母城的周五夜未央，像前世了。

記憶彷彿以空性之舞，翻湧起污穢的泥地，她卻還看不見心間的蓮花之蕊。閉關者的心，彷彿是不浮出水面的核潛艇，靜靜地航行，必須心如銅牆，內心無喘。像她這種大動聲色的人，念頭如水，喘動如潮。但閉關之後如何寫作？難道自己都還沒闖出名號就要收山了嗎？多年來她為企業寫東西賺錢，總想歷練之後再來寫東西，但眼見現在創作還沒啟航就要繳械，她自問放下了嗎？想要紅塵又想要山林，妳不能什麼都要。獅子吼在虛空中笑她還是沒學會要用提起，不用放下，提起時想放下，放下時想提起，根本就是顛倒女人。

98

島嶼河流旁的那間房子，母親一有風吹草動，她就嚇到滾下床去探看母親狀況，因此身體經常瘀青。那瘀青成了封印，沒有母親的庇護，她像個遊魂。在母親如植物人昏睡時的那些時光，她經常去外面遊蕩。她看了多少電影，吃了多少甜點，短暫的安慰，還有那讓人難以承受之輕的蟬男人，身體被挾持的性愛。印象最深是一起看（銀翼殺手2049），2049這個數字是個亮點，因為如果她還活著，老人一枚。電影裡的複製人來到世界，要首先複製誰？複製自己嗎？不，那種孤獨她知道。母親以前常數落她孤僻，她沒有想要複製的人，也是沒有後世感的人。我是誰？記憶是被植入還是真的發生過？一切如夢幻泡影，虛實無分，大師兄不斷拋出的語詞。禪坐，靜坐修身，她日日誦著可破我執的金剛經，內心不斷暗示自己一切是夢幻泡影，卻仍緊抓著夢幻泡影，不斷有人告訴她要捨得捨得，她總是想你們捨給我看，沒有苦過的人總是這樣說。當時要破執著的人可不只是她，更多是不肯嚥下最後一口氣的母親。那時已過了炎熱的盛夏，失去身體的靈魂在光下徘徊，等待冬神揚起第一道冷空氣。

冷不防，她的腦袋被敲了一下。抬頭看，嘉措，海洋來到眼前。

休息了，嘉措笑，遞給她一杯酥油茶。酥油茶，成了一個來到神山的西方人研發防彈咖啡的繆思，高原人的防彈不是咖啡，是佛法。

一炷香過去，開始走動時間。

窗外高原落日大如紅火團，在院外一點一滴地燃燒光芒，樹林線條漸漸如炭筆之墨黑，邊界銷蝕，連自己都看不見自己的身影。燭火搖曳微光，是日已過，當精進如頭燃。頭燃燒了，要立即去滅火，精進如是。大師兄吐出語詞時，四周已然昏睡一片，沒有人要去滅這永遠不熄滅的煩惱火。

打坐禁語，有一天靜坐營來了一個少年卻一直自言自語。她聽見少年在跟另一個人講話，但少年的四周並無他人。禁語解禁，後來少年和她一起走回民宿，少年沉默寡言，一路她老往屋簷下躲太陽，少年卻老往陽光下走。後來少年跟她說，我必須走到太陽下。因為他怕冷。他說他怕冷，卻不說我怕冷。他用的是他而不是我，她覺得奇怪至極。走到塵埃落定時，她發現少年也跟著她走進大門，且熟門熟路的拐進大門後的另一個偏門。

晚上她遇見欽哲，問那個少年是誰？欽哲說是么弟。妳覺得他怪怪的對不對？她點頭說他的樣子看起來魂不守舍，打坐時像是在跟別人說話，但旁邊並沒有人。欽哲說這個么弟十分重情，之前才失去從小長到大的學伴摯愛，竟祈求觀音菩薩讓好友的遊魂可以進駐他的身體。因此現在他的身體裡面有兩個靈魂。

說讓遊魂進駐就可以進駐？她不可置信地問著，早知應該來學習這個方法，但學了她要讓誰進駐？母親嗎？不行，母親太凶了，兩人一定不合。欽哲笑笑，不只如此，還有讓靈魂附到他者身上的遷識法。以後妳待久了慢慢可以學習。我們到處都有修破瓦法和遷識法的高僧，牽引未完成懸念的靈魂附身別的色身上。

那萬一轉到豬羊狗怎麼辦？

那只是暫居，借以保持靈魂清醒，繼續遷識尋找合適的身體宿主。欽哲解釋之後，又問她在靜坐營有沒有遇到什麼怪事？

怪事沒有，怪人倒有，在靜坐營開始報到的時候，有一個女人一直站在門口卻不進來，別人請她趕快進去不要擋路，她突然轉變成另一個人的口氣說我就是不讓你進去。

妳自己不進去還不讓別人進去，妳講不講理？

兩人吵了一團時，大師兄過來，明眼人一看就要別的師兄姐一起幫忙念咒語。當摧破咒語念到四十九遍時，這個霸占門口的女人突然昏倒了下來。別人把她扛進去，終於息了吵鬧。

欽哲說一定是千年業主來找這個女人，不讓她修行。

你厲害，大師兄說的跟你一模一樣，他只說了一句話就轉身要我們趕緊收攝念頭，說見怪不怪其怪自敗，像是口訣。接著拿出一張穢跡金剛符印，女人瞬間就暈倒了，醒過來又變成正常人。欽哲聽了笑說這哪是口訣，這就是一般常識。天色晚了，妳應該明天要很早起來吧。她點頭，客廳有人在吃泡麵，她大口氣聞著。那香氣，藏著母親的臉。後來卻藏著女兒的臉。

那閉鎖的食道，連吐痰都是馬戲團最高難度的高空走索，夜夜聽聞母親從枕畔傳來那驚天動地如索命的海嘯劇咳。她為母親的身體痛苦日日跪地磕頭，日日點燈燃香誦經，但母親從發病到離世，除了曾清楚唱誦一句阿彌陀佛與吸吮幾滴甘露外，除此再無食物穿過喉部。唯一一次她大膽想要讓母親試著進食，讓母親重新體嘗嘴巴與舌尖的歡愉，卻幾乎要了母親的命。每一口食物竟都化為傷害肺部的泡泡，為那幾口食物，母親住院半把個月，發出病危通知多次，醫生要她看著母親的肺部感染，看著敗血症的病毒是如何一步步地滲透到血液，負荷超載的全身性發炎形成的血栓，混亂訕妄讓病體不斷發燒。抗生素大軍全面潰散，點滴升壓劑氧氣罩不斷，人造活化蛋白C注入，種種醫療過程，只因那一口食物。

很多年前，一個星期三下午，她小學只上半天課，回到家裡空蕩蕩，陰暗的空間有一種深層的寂靜。母親不在家，她很高興整個空間都是自己的，可以做很多事又不會挨母親的罵。黃昏到來，她突然從看雜書中驚醒，看時鐘，母親快回來了，她像是宮女似的開始梳整掃灑，到米缸取了幾勺米洗，看冰箱有什麼菜。她打了幾個蛋來蒸，洗了幾把蔬菜，削了蘿蔔，下水煮排骨湯。煮好菜飯等待母親，這可以換取母親的一絲微笑，暫緩母親的疲憊。母親一如以往疲憊，但見滿桌菜肴也對這小女兒的討好開心。後來每天黃昏到來前，她就煮飯等待母親歸來。有時候同學找她出門逛夜市，她也先把菜飯煮好，用綠色紗網蓋下，然後就放心地和閨密出門逛街，但有幾次回家母親卻大怒，她看見煮好的菜飯竟絲毫未動，心想難道不好吃嗎？母親看見她在夜市亂買許多衣物，生氣極了，突然把其中一盤菜往下丟，碗盤碎裂，她看著母親的腳趾被瓷片劃傷滲血，嚇得她往後退差點撞到了冰箱。原來她一把空心菜沒洗乾淨，裡面竟有小強。她趕著和同學去逛夜市，菜洗得快，隨便大火一炒，就急著上桌。

小強啊小強，以我為敵。她默默地撿拾著瓷片，看母親轉身背影，母親不吃了。

那個母親不在的下午，自此成為對自由的企盼，化為永恆的想望。一種高飛的想望，但自由和母親抵觸，母親把線繩牢牢地繫在她的腳上，揚起的塵埃充滿執著的氣息絲絲縷縷都能使她的呼吸窒息。總是要花費更多的力氣來愛彼此。以往和母親見面的許多時刻，感覺彷彿有一世紀那麼長，讓她蹙顏瞬間猝老了起來。直到母親躺成一座嘉南平原，下陷的海平面，歷經苦日，母親才被掛到牆上，時間停止滾動。

99

天空飛過一群神鳥。

不遠方有人離開，天葬師刀燈又要開始忙碌了。翺翔的神鳥赴死亡之約。誰又走了？

那是比夢境還夢境的宮殿，佛像和壁畫浮雕絢麗多彩，高原風景、歷史傳說、佛教故事。在夢中一隻金翅鳥飛過一棟巨大廣闊的建築，白宮紅宮依山壘砌，蜿蜒直至山頂，宮殿遮住了山峰雪色。群樓聳峙高低錯落的金頂，岩石向上砌築的地壠牆在黑夜裡仍如探照燈閃亮，矩形房屋合併起近萬間的房子，裡面是木石結構，宮殿外牆用大塊花崗石砌築，紅白黃三色，威儀恬靜圓滿。她看見有人在牆的夾層灌注著黑黑發亮的東西。

鐵鳥，虛空有人回應。

像播放電影般地一幕幕移過。那些金質、銀質、玉石、木雕、泥塑的各類佛像數以萬計有如佛國市集。死後骨頭比生前肉身還珍貴的喇嘛們，靈塔以金皮包裹、寶玉鑲嵌，顯得金碧輝煌。塔頂、塔瓶和塔座組成的靈塔，以白銀百萬兩、黃金十一萬兩和一萬五千多顆珍珠、瑪瑙、寶石鑲著。如桂冠獎賞的皇帝赦書、御璽、印璽、印鑑、禮品、匾額、經卷、典籍、法器、供器，連綿成爆炸似的曼陀羅連環畫，頂端的日月火焰輪猶如電光火石般閃耀，塔瓶裡的達賴屍棺突然打開，一張臉微笑著，粉紅色的肌膚猶如佛龕外彩繪的千手千眼觀音的蘋果肌。

空蕩蕩的城沿著整片紅色的外牆，她走進去見到奢華的靈塔，她念著數字，第五世第七世第八世第九世第十世第十一世第十二世第十三世，八座靈塔林立，金碧輝煌的靈塔，獨缺第六世倉央嘉措。靈塔有大有小，形式皆同，塔頂塔瓶塔座，塔塔成峰，如雪山。塔頂十三階，頂端滾動著日月和火焰輪。佛龕供千手千眼觀音像，書桌上擱著法器和文房寶物，有如念誦佛經的壇場，如迷宮繞來繞去，全繞著達賴靈塔殿，穿過經堂佛殿，又繞到達賴靈塔，八座靈塔把她團團圍住。仰望著那尊銀得發亮的佛像，不，應該說是人像，以高原人的臉塑成的佛像，佛像上綴飾著二十萬顆珍珠，多少眼淚換成的二十萬顆珍珠，多少海底珊瑚珠編成的法物曼扎，她正要觸摸，床上還安放的一只達賴屍棺裡的達賴突然抓住她，躺在棺木裡的達賴說我落地不成灰。

落地不成灰，灰飛不煙滅，塵埃不落定。

連續三個不，字字鏗鏘。

她尖叫一聲，就醒了。

夢中那個人，她覺得眼熟，卻不知在哪見過。夢中的曼陀羅，晝時六夜，天雨曼陀羅華。每回參加法會她都會聽到獻曼達，圓滿功德獻給諸佛菩薩，再以此滋潤有情眾生。

我所觸皆毀，腦中突然閃過這句話，如螢光記號的關鍵字。

那是某個老情人，那個人所經之地屍橫遍野，焚燒感情片甲不留，有人自殺，有人罹癌，有人發瘋，有人跳海，有人車禍。惟獨倖存者她，逃過一劫。她記得自己曾跟他說你躺下來好像喇嘛，那麼慈悲。但你站起來卻像魔王。她把屍棺那個人投射成那個不知遠去多少年的老情人了。留她存活，讓她從地獄歸來報信。

祈請羅剎女拔除不祥的除人怨陰靈護符，她看見床頂掛著的符，可以吃掉冤親愛憎業障，原本貼在母親病房。高原常見的是防瘴癘毒害護符，木刻線條帶著古樸。她見過大師兄的怯中風護符，如果當時母親有這符多好。這裡凡形式都有意義。但她有文字障，著迷於文字表象。

打開窗戶，高原城市還在沉睡。塵埃落定的每間房間似乎陷入如鉛鐵的沉。缺氧者嗜睡，隨處高低共振的打鼾聲彷彿是引擎，躺在外太空如飛碟般的缺氧者陷入不醒的夢，抽搐著眼睫眼皮，微微如蝶翼的翕動。

她打開電腦，寫字給大師姐，大師姐尚在達蘭薩拉，但快要往高原來了。達蘭薩拉如此奇特之地，所有的人事物都環繞著佛，此生赤貧，嚮往來生化為涅槃鳳凰。旅者浸淫高彩度的日照與寺院，心靈與天近，很多物慾與苦痛在誦經聲中有可能。如來與愛卿能否共存，在詠誦金剛道歌與情歌之間，在蓮花座上與污穢泥地之中，如何能世事兩全？事幻重重，風知道草原知道，世間人卻不知道。而我也不知道，妳知道嗎？這個道，這條路，如何踏上？

100

扎喜得樂，有人合十朝她笑著說。

扎根喜氣就會得到快樂。

塵埃落定前的北京中路繁忙，不時有人拉著行李或者背包客來回遊蕩，看見她走出來，還有人以為她是高原女孩，問她有沒有住宿空房或其他推薦旅館。她身穿碎花棉布上衣和藏袍，頭髮愈發乾燥，已經可以像當地女孩般地梳著兩條辮子，絲線紮穿過辮子，走在路上像移動的五彩經幡旗。

高原有些迷惘在地年輕男生卻很想離開，盡是和洋妞瞎扯，期盼一段露水姻緣，臉上每個人彷彿都寫著「請帶我走」的渴盼。踩點趕集的跟團者，大聲小叫嘰嘰喳喳地和她錯身。丹杰林路上的旅行者酒吧和布達拉宮廣場東側的八廓街郵局也是川流不息，手機時代仍有人執意要寄明信片，旅地邂逅與在地相思並不違背。

在路上遇到拿手機掃描圖要她給錢的乞者開始出現，她很尷尬，她沒用支付寶，乞討者覺得她跟不上時代。窗外，一早路上已經雲集多人在禮佛，拜觀音。觀音眼淚化現的白度母，為這裡安置了八樣寶物的文成公主在唐朝時就命名的八吉祥名稱已經根生每一寸高原土地。塵埃落定的每個門也都懸掛八吉祥門簾，門低，連她這種不高的人經過卻下意識地矮身穿行。塵埃落定旅館後面一座無常院裡住的一個瘋瑜伽士，無常院收留的都是病僧，瘋瑜伽士有時被認為是精神失常，但她卻覺得瘋瑜伽士很親近她自己，她戲謔自己應改叫風瑜伽士，風來風去，幻化無邊，自在極了。還有一個自然師父是無常院後山坡常棲息其中的鷹，她帶朋友去山坡時鳥就隱藏起來，任她怎麼呼喚都見不到，朋友說是妳幻想出來的吧，誰會看見神鳥？旅館的人都知道這個女生老愛幻想。

無常院住著病僧，她常想大鵬金翅鳥可以叼出他們的病，往虛空一吐，病僧都痊癒了。大鵬金翅鳥，看起來就像一座雲。她的迦樓羅，她在島嶼念了超過上千部的藥師經結尾耳熟能詳。

她到無常院探望病僧之後，走到後山等著迦樓羅從虛空而降。她搭上翅膀，飛上天際，看見自己一筆一畫的天梯，她之前常會看見母親，後來就見不到母親了。迦樓羅說妳母親早爬過天梯了。妳現在看到的都是不認識的，陌生魂搭天梯便車。就像妳搭我的坐騎一般，妳變成毘濕奴神，才能坐上我。

我看不見自己。

別看，妳會嚇到。

什麼樣子？

神佛和妖怪人分不出來。以為神都俊美，妖怪奇醜或作怪，有時是剛好相反，妖怪比神要美上不知幾倍。所以忿怒尊也是寂靜尊，寂靜尊也是忿怒尊，人的一體兩面。

她坐在金色翅膀上，環遊高原，看見朝聖於途的禮拜者虔誠匍匐前進。

她要迦樓羅暫停一下，用金色的翅膀幫禮拜者遮蔭，翅膀罩下，如烏雲遍布。

表面是一下，卻過了好幾個時辰。禮拜者感受到清涼的風襲來，彷彿甘露降臨。

她總是將虛空幻化的雲朵想成大鵬金翅鳥，冥想著牠把翅膀往海上一揮一搧，海水就被劈成兩半，她特別喜歡這個畫面。心想原來先知是因為擁有隱形的大鵬金翅鳥才能劃開海水，整個海底都露出來了，所有的蝦貝魚螺全露餡。最眷念眾生的神鳥，卻最愛吃龍肉。神鳥吃龍肉就像在吃烏龍麵般，嚇得無法遁形的龍變成小蟲。金翅一揮，海水盡空，海龍宮的龍現身，就被吃了。龍去求佛，佛給了件袈裟，金翅鳥就不能再吃龍了。這下換金翅鳥去求佛，說再這樣下去，金翅鳥要餓肚子了。佛說不能殺生，自此龍供養佛的齋，一份留給金翅鳥，金翅鳥就改吃素食。她在母病期間從吃葷轉成吃素，感覺自己也是被如來掌收伏的大鳥。

西遊記寫我們吃唐僧肉，這根本不成立，我們是吃素的，神鳥說。

因為你們就是不改吃素的話也只能吃龍肉，說著神鳥的兩邊翅膀就像是兩艘宇宙船，閃閃發亮。

金翅鳥本吃龍肉，後改吃素，貔貅吃煙，也是吃素的。現在她葷素都吃，她自嘲自己太隨興，她摸摸帶來高原的貔貅，讓神獸吃煙，進行煙供時，都可以聽到天龍八部和眷屬的開心笑聲。她點燈時，也感覺明晃晃吐火舌的燈照亮了黑暗，如燒不壞的神鳥心臟。

她看見自己想要把手伸進剛巴拉，一種用童男童女頭蓋骨相頂接合且在顱口上用猴皮蹦成的法器，正要拿起裡面的龍肉吃時，卻瞬間嚇醒，感覺夢中好像要噎著了。

她嚇得彈跳而起，見到是頗熟稔的病僧阿空喚她一起去點燈。

高原人一生至少要點上十萬盞的油燈。

她的房間有座小小壇城，立牌上寫著母親的名字，微小的窗外射進一絲光，她看見母親最後失明的眼睛。阿空一路說起往昔佛陀十大弟子阿那律上課因昏睡被喝斥，自此發憤讀書卻又因不睡覺而得眼病，瞎眼阿那律後來供燈得天眼通，上觀下視，地獄女比男多，只因女人三心堅強，慳貪心、嫉妒心、淫欲心。

地獄女比男多？她聽了驚嚇。

因為女生容易嫉妒，喜歡競比。

這她相信，連團體都有不少女生經常比較著大師兄喜歡自己多還是誰多。

我點燈，願燒去三心，只留一心。

還留一心，阿空聽了笑，哪一心？

真心。

還有真心假心之別，阿空笑。

那請問大師您是真病還假病？她也笑問。

病哪有真假，這無常院不是任何人說住就住的，要是出家人，還要得病。

那心為何不能有真假，這無常院應該是無雜染，也可能病好了也稱病。

妳聰慧，但那不是妳的住處。

她正要問哪裡是我的住處時，阿空病僧已經沒入點燈的人流中，只顧移位往前點燈去。燈舌搖晃，阿空病僧看起來像是花團錦簇的一片春華。

難以想像不過前些日阿空病僧還抱手腳有如在母親羊水中的胎兒，要她將他綁成胎兒的形狀，然後用手機拍下。

死後的樣子，他要預先看。

還不難看，老嬰兒。嬰兒已老，要回家了。

母親巨嬰，爬上天梯抵達淨土了嗎？是否見到佛了？佛長什麼樣子？

101

冷天突然就來了，這裡沒有一雨成秋。

清晨用雪水把圍巾煮沸，高海拔沸點低，羊毛的韌度得到保持，晚上再取出來晾曬，工序反覆一週，去除雜質，緊密度，手感豐盈，不易縮水。她幫忙塵埃落定製作羊毛圍巾，冬天到來前，八廓街商家羊毛貨品跑得很快。

她也自製了幾條留著，披著，愈來愈像從小就出生在塵埃落定的家人。

清晨頭痛欲裂醒轉，還活著，翻正杯子，拔開軟木塞熱水瓶，倒了熱水喝，口乾舌燥的喉嚨得到紓解。如果在寺院看到某個供杯倒過來，就知道那個人已經離開了，有可能是去長途雲遊，也有可能往生，總之用不到的杯子要倒過來覆蓋。

梳洗一番，抓起圍巾，出門去。經過市集，跟幾個認識的小販打了招呼。漫步到大昭寺，大昭寺今天很喜氣，因為釋迦牟尼佛像要換新裝，她等著跟進去沾喜氣。敷金者，永保美麗年輕。敷在佛身，卻美在人身。音波在這空間密度非常高，地陪導遊的聲波竄流如海浪，耳廓住著一座海。人潮突然停下來不動，她知道那就意味著快走到釋迦牟尼佛十二歲等身像了。每個人都希望可以繞佛，或者親眼看一眼這尊文成公主帶來的覺臥佛。十二歲等身像也就是悉達多王子的十二歲像，她第一次進去時，心跳加速，匆匆禮佛，只記得佛像可比自己的身高還要高呢。為釋迦牟尼佛換新裝的人臉上頓時充滿著喜悅輕安，彷佛千年業主，一念冤消。她在旁分享喜悅，幫忙將換裝下來的佛像舊衣協助住持剪成半拇指大的碎片，加了些供過佛的米，幫忙分裝在夾鏈袋內，自己也分得一小份，她把祈福物放進裝有母親肖像的皮夾。覺臥佛換裝，她的嘎烏寶盒多了一塊從釋迦牟尼佛金裝裁下的衣角。

她的胸膛還掛著一只金剛杵，小丑送她的，說金剛杵可破執著，可獲得力量。至今她都還沒有感受到如何破我執。當年蓮花生大士要離開西藏的時候，從他的腰間剪下來金剛杵，被封存在馬頭明王神像裝臟。她第一次聽到裝臟，不可拜空心的佛像。高原佛像原來都要裝臟，裡面有經文、金銀琉璃硨磲珊瑚頗黎等七珍八寶、黃金白銀、珍貴飾物等。她觀禮過，覺得有意思，像是用佛像的基因培養出臟器，自此和眾生肝膽相照，還得開天眼，自此低眉垂目憫眾生。

祈禱，齊倒。倒成一片的磕長頭者。混雜的各種聲音伴著氣味甜茶酥油煨煙繚繞，轉經輪轉動一次就等於念誦千百遍，一路上人手一只經輪地轉著。非常入世，近乎表演。攤販跟觀光客走了，希望來生永生可以不用工作就有錢可以拿的乞丐，還在路口。不斷用身體表達儀式的高原，磕長頭金剛舞藏戲，高原人的身體像是一座寺院，心是壇城，細胞是常住僧侶。

她朝一個缽投入五十元，聽見那人回了一聲故秀啦。托缽人笑問妳覺得我會是菩薩還是乞丐？她笑著搖頭，說這二者都不是。摘掉妳的濾光鏡，妳會看清楚。她聽見托缽人朝她身後這樣說著，高原人彷彿都是寫勵志心靈雞湯的能手。但他們也很務實。比如她漏給其中一個施討者，那個人突然丟下拐杖跑起來追她要，跑的時候腳都變健全了。

妳不能因為我腳瘸就有分別心。

你哪裡有腳瘸？她說著。那人望望腳，才發覺自己剛剛一急把拐杖都給丟了。

混亂中也有人搶了嘉措的包包，最後連背包水壺陽傘都沒了。

錢也被偷了，不住相布施，她笑說還好還有些錢，不然回不了家。

真正變成三輪體空，一起來參加法會的欽哲也兩手空空笑答。

到寺院頂禮膜拜的隊伍很長，一早排到中午十二點，入口都還沒有移動。一直到晚上七點，她和嘉措仍在排隊，但人潮依然看不到盡頭。終於輪到他們進寺院，卻禮拜一分鐘就被推出來。走到公車站上的小巴，一直到晚上八點他們才坐了下來。她摸著堪布用金剛杵摩頂的頭，剎那覺得自己的頭像是蓮花蕊，被金剛杵的破執利刃直插而入。僅一秒鐘，瞬間醍醐灌頂似的，她看見淚水差點奪眶而出的虔誠者，說也奇怪她覺得自己的頭頂也一股暖熱久久不散，那個堪布還朝她眨了一下眼睛，像個老頑童。彷彿剛剛進行的是驅邪趕鬼儀式，人們頓時都感到安全了，她從巴士外看見有人家在吃羊肉喝酥油茶，茶果蜜餞，麵疙粘粑。突然有喝青稞酒的男人放著鞭炮，前往寺院的每個人都穿戴豐盛漂亮，如過新年。鞭炮聲，多麼島嶼的聲音，她心海彷彿被炸開一個大洞來。

萬人大祈禱法會從甘丹寺一路到大昭寺四周。大師兄所屬的小寺院也是燃燈不斷，歷經七晝七夜星火燦爛。窗台燈火吐著舌，火光將整座城市燃起如海，高原的海沒有魚蝦貝，只有佛菩薩。酥油燈的上方是各種用酥油揉上麥粉，捏成的多瑪，供佛菩薩的食物，卻被捏成像花朵綴成的立牌，飛禽走獸的式樣就像花燈。這時天黑前去大昭寺繞一圈，八廓街附近的攤販早已收了，可那些燈都還在，被高原的風吹得搖曳生姿。她和嘉措去吃了麵疙瘩和奶酪人參果，望著大昭寺一帶夜晚明亮如朝火，有小孩放著仙女棒，沖天炮。所有的燈都亮了，所有的燭火都璀璨，燈海交織迤邐成一條燈的公路，廣場上人山人海。她很訝異竟見到這紅樓夢似賈府盛世美景，羊騷味酥油燈，行經的人撒下的氣味，混著夜風扶搖而上，綴成一條隱形路徑。

經文印在五彩風馬旗，如此經文可以隨風飄盪到許多地方，又是高原人修道修佛的福慧雙運。又虛幻又務實的高原，入世這樣深，又出世這樣遠。就是遊戲也可與神對話，就是修行也可遊戲人間。

旗幟上升到很高的高空，風旗發出忽而低沉忽而高張的扯裂聲。夜空低語，經文飄盪天際，像是放符，又像是飛揚的蝴蝶。

窗台上探頭的人臉也都熱燙著。

她走到空曠處，再回望這一切，燈如星辰，忽然從熱鬧轉為有點孤單，她聽到寺院再次傳來停歇一陣之後一波波的誦經聲，如浪湧來。

她想應該是整點了，神的午夜，勾著人的心弦。

長夜不歇的磕長頭流浪者，啪啪啪，雙手拍掌，身口意頂禮，流動的靜謐，流動的風景。

青藏鐵路直通高原，高原靠近平原，高原人仍難離開聖城，只是更多人進來聖城。流動者上千上萬，從此佛菩薩變成觀光紀念品，靜坐修行營變成邂逅大本營。表面繁榮卻反失本來面目。神山聖湖河流雲彩藍天寺廟，會呼吸的高原面臨僵化。大師兄說不擔心，當我們真心渴望某樣事物轉好轉強時，整個宇宙都會聯合起來幫我們完成。她聽了笑，想起這好像是牧羊少年奇幻之旅的老人對牧羊少年說的話。勵志話語如康寶濃湯般好用，想不到大師兄也變成鸚鵡禪，她想起獅子吼說到處都有拾人牙慧的人。我們也是，寫作也是，沒有原創，都是再製再演繹。

不知不覺，她已經繞了好幾圈了。

雁行千里，注定遷徙。

102

大昭寺外晝夜永遠有人。磕長頭的人用信仰鋪滿整個土地，用胸膛將自己的身體變成地平線。她在寺外尋了個空地坐下念經。她想裡面的佛看得見我嗎？這十二歲等身像遇到滅佛者不走不動，遇到民不聊生時，佛像也流淚。有事情來寺前廣場表達意見，一把火燒向自己以明志。這座寺院如此奇特，高原的身世起點，一口老井比人還修行，這寺是曼陀羅也是屠宰場。曾經黑暗中到處有火光，寺院著火，裡面傳來豬叫聲，血流成河。變屠宰場的寺廟，豬瘟連連，人瘟時時。神聖的佛雕像被重新熔鑄，變成子彈。人塗污繪畫，在唐卡下屎尿。佛神像掛的不再是琉璃瓔珞，而是被屠殺的豬心牛皮羊腸，血淋淋的沾染著神像，封禁的大昭寺，我佛流淚。

在這樣的想像裡，她彷彿聽見寺內的佛像開口說話，沒有白流的眼淚。佛語給了她夜晚當作療飢靈魂的宵夜。

點燈焚香時，她都把頭髮綁成辮子，免得髮絲飛揚礙事。綁辮子的她更像是高原人，她摸摸髮絲，母親百日後，在離開島嶼剪短的長髮已經長到肩上，髮絲多長，母親就離開多久了。那條夢中之河的母親病屋與那座王爺千歲的平原，都帶著發黃的色澤了。

她想在高原大概開剪髮店不太有生意吧，她發現當地人幾乎不剪頭髮。最近她常在轉經路上遇到流浪到日光之城的舊識阿尼。她們是在高原鐵路的臥鋪上相逢的，這位出家阿尼剛好睡在她的隔壁，中間隔著一個通道。在房間在用餐在上廁所或者是在通道看風景都會遇到彼此。阿尼對她這個異鄉人非常的溫暖。每次阿尼看見她都會問有沒有什麼困難？她都笑著說有請很多師父幫媽媽修法，應該沒有困難了。接著換她問阿尼有沒有什麼需要的？阿尼也笑說沒有，出家人兩袖清風沒有需要任何東西。

我們是一無所有的人。

且你們還要努力維持一個不被碰觸的身體。

阿尼聽她這樣說時大笑，努力維持，妳說得好，我們這種沒天賦的人，確實是需要努力，不然慾望在體內悶燒。所以出家要剃髮，人好看有一半是因為頭髮，去了髮就醜了一半。

她大笑稱是，在家人拚命植髮，出家人拚命落髮。

阿尼又說不過教派不同，也有終生不能剪髮的瑜伽士，她想起看過的大覺者肖像，大覺者的長髮盤在頭上像座巢。他們當時隔著上下鋪這樣說著，她很訝異阿尼這麼誠實，很少聽到出家人口中說出慾望兩個字，且沒看過承認自己的慾望在悶燒的出家人，必須依賴白骨觀或靠制式重複勞動減低慾望，比如在房間撿綠豆。陪病母親時她買過拼圖梵谷麥田畫作，一千片，殺了很多時間還是沒拼好。或者她年輕時看的電影，禁慾的神父如何聽著他人的祕密，自己的祕密卻永遠封存。

不能把祕密封存，一定要說出來加以淨化，也就是說懺悔還不夠還要發露，發露就是當眾懺悔，每個月有幾個日子就是我們的酬懺日，要在佛前進行酬懺儀式，阿尼說。

她想著自己守了那麼多年的祕密，蟑男人，還有那整個潮濕與乾燥對立的夜與夜，光霧似的玻璃窗下河水漲潮或者退潮，黑河臭了或者淨了，蔓延生死兩岸。沒有止盡，直到蟑男人徹底離開。那些懺悔時分，被特赦的公開，說是到菩薩跟前訴狀就可以了，所有的人全奔到菩薩面前，唯恐慢一步就要昭告天下，不能承受之重的詔己之罪。她的懺罪裡面埋藏著感情劫殺或者像是母親病子之慟，懺罪法會前先做朵瑪，食子。食子，聽起來怪嚇人的。喝酒者絕對禁止進去，可就是這些渾身酒氣的人夜夜在如此稀薄空氣都還失眠的人最想要懺悔。

阿尼說妳想錯懺悔了。懺悔不是做錯事？是也不是，懺悔就像反省，凡人總有過錯，因為意念紛飛。是否可以說懺罪就像把木材丟入火爐，融入之後消亡，如何無心原來才是根本，黑煙似地收攏一切的罪。阿尼回答每個人的壇城即使在最莊嚴者中仍埋線藏針著惡念惡意，一閃而過的分別意念。她聽了想著我輩之惡，想著母親之輩之惡，想著祖母輩之惡。還在戰爭的年代，是如何搭建起罪惡之城？南京大屠殺，廣島核爆，集中營，死一個人不過是一滴水珠落下的時間。核彈秒殺，一秒按鍵，整座城陪葬。

阿尼不管歷史，只管未來。跟她說布施可以解仇恨，布施是這座高原最擅長最樂意的事，連死去的肉身都要供給禿鷲。別說求法要供養，就像要送上束脩般，平常所有事都可以歸結到布施。心施、眼施、耳施、面施、身施、言施、座施、房施、財施、法施，都是施。

就是沒有西施，她聽阿尼說時開玩笑答。

西施，有啊，西方來的布施者。阿尼故意聽不懂似地這樣說。原來阿尼的媽媽在她很小的時候是個得了痲瘋病的女人，阿尼當時還是個少女，跟菩薩跪求只要能救媽媽，她就出家。結果有一天來了一個藍眼睛的洋人，給了她媽媽不知道什麼藥丸，竟就幫她媽媽從死神的利爪中脫鉤。

阿尼說的藍眼睛洋人，讓她想起島嶼那條淡水河岸上的教堂紅毛城，雨水的盡頭。每一座古城都曾走來異鄉人藍眼睛。想來西方傳教士也曾企圖將十字架插在這座高原而不成。藍眼睛，小丑醫生也是，經常去閉關的小丑，連她都不見。閉關是為了出關，為了性定，性定茅屋穩，閉關守住一心一念，日後出關，萬千世界就不起作用。阿尼說著，跟著她點燈燃香。做這些事都要兩個人以上，寺院沒裝監視器，做不好難以解釋呢。她笑說，可以請菩薩開口做證，文殊菩薩不是開過金口嗎？

阿尼笑，那也得妳有這個能耐。菩薩能回答是因為善聽，觀音耳根通，也許在這裡磕長頭磕多了，誠心感人也會有這麼一天呢。如果菩薩可以開口，妳想要問什麼？

我媽媽好嗎？她問阿尼。阿尼說一定好，孝心大過於一切。

她沒說出口的是蟬男人好嗎？

妳日後就好好磕長頭吧。

在高原的修行者除了風雪還是風雪，尤其前往岡仁波齊轉山或者每天在轉經道上不斷地轉經，趁冬日大雪來臨前許多人都在加緊做著大禮拜，不做大禮拜時，也一定勤點燈。

她的手仍在劇痛，於是先在大昭寺點燈。當點滿十萬盞的時候，她想自己也許就可以離開這座高原了，她還找不到留下之謎。寺院外，五體投地的大禮拜與形形色色的人交會。她看見某個女人眼熟，才想起是那個曾被寺院擋在門外的女人，她聽見有人叫那個女人顛倒女人。

在黑暗中，她聽見歷史女子的跫音，聽見遠方的回聲，情人們的幽魂，欲超度的亡靈在呢喃。回音迴盪在缺氧的高原上，有時她連白天打個盹都作夢，夢中灑落著燦麗的流星雨，海市蜃樓的日夢。

過了這個旅程，過一段時間，她會攀高走遠。高原深山那些彎彎曲曲的谷壑，那些高高低低的連綿山峰，每一個峰脈都是由一座巨大的山組成，這對於她這樣好奇的人會是個危險的誘惑。她每天看著群山映入眼簾，深知這一切需要意志體力與心境際遇。

石板路上回音處處，五體投地的懺悔者，一路敲響的蹄音，伴著她走回塵埃落定。

103

寺廟裡的喇嘛群僧正在用低沉渾厚的高原唱腔反覆唱誦著咒語，咒語真言真實不虛。

突然一張喇嘛的臉在她的上方。她睜開眼睛，發現自己竟然倚著紅色梁柱打盹了，黝暗的空間裡酥油撲鼻，油燈把氧氣抽取得更稀少，容易昏沉瞌睡，四周嗡嗡嗡響。大師兄提醒她，要修法圓滿，不可落跑。

大師兄等她回話，眼睛如火金姑。她點頭。等大師兄轉身穿過坐在地上念經的沙彌們，隱沒在黑暗中之後，她心生一念地想著要是大師兄知道她以前在台灣是畫摩鐵春宮圖的話，不知是否還要她加入畫唐卡，是否會覺得她不潔不配？語言班蹺課愈來愈多了，大師兄幫她背書，不需要上課卻可以保留學籍，她也就可以住下來。她先是去學打造佛像，幾週後他們要她別再來學打造佛像了。

這空氣裡到處是毒，妳不屬於這裡，他們說。

你們自己吸毒，卻留下虔誠的佛像供人膜拜，這工作很不尋常。

離開陰暗的佛像雕刻處，銅的氣味還吸滿在胸腔。

大師兄要她改去畫院學習，自從大師兄知道她原來在旅館畫壁畫之後。原來夢中那個喇嘛問她要不要學畫佛像並非夢，大師兄找了個小沙彌來問她意願。

但我以前在摩鐵是畫春宮圖。

摩鐵？小沙彌聽不懂什麼是摩鐵。她笑說是汽車旅館，小沙彌覺得摩鐵的發音很有趣，像是摹帖，小沙彌經常的抄經，島嶼抄經卻是抄身體的經。

春宮圖？那不是很美嗎？小沙彌不懂。春天的宮殿，桃花四開。

小沙彌從小出家，不知世事，也是最容易在長大後遇到誘惑而還俗的一群。

她說哪天看到春宮圖再給你看。

是春天的宮殿嗎？

也算啦，宮殿裡有男有女。

那和佛像很像啊，佛像裡面也是春華蒔草，仙人環繞菩薩和佛。畫的和男女都差多了，只是穿得很華麗很漂亮而已。

我畫的是裸男裸女。

菩薩也有裸身示現的，代表著淨。

她聽了笑，我畫的剛好是污，不是淨。小沙彌不解，她搖頭笑說不管春宮了，我們現在在佛土。

山下有很多老虎，她摸著左手腕繫著的五色線上的老虎，從泰國龍波本廟請回的，母親是她眼中的秋老虎，繫了個虎，保護自己也相思母親。朋友叮嚀戴咬錢虎時虎頭朝外，小指方向，因為這樣才能幫主人從外面咬錢回來，她聽了笑。她不需要虎咬錢，她單純喜歡像母親的虎，她希望虎咬相思的訊息來。戴咬錢虎時，她就把貔貅收起來，放在佛案上時她跟貔貅說，請好好休息喔。因為咬錢虎不能與其他聖獸一起戴，老虎比較凶，一山不容二虎。老虎比較凶，她聽了笑，想母親就是烈性的秋老虎。但她沒有見到拉薩市區有老虎啊？咬錢虎幫她擋掉外來的煞氣壞運。

小沙彌的師父要小沙彌日後小心老虎出沒？她正想破題跟小沙彌說是要提防女人時，小沙彌已經轉身去寺院大殿。很多人和她錯身，像鬼影穿過陰暗的幾間廊道，推進一間低矮的房間。微光中，聞到作畫的氣味，背後卻聲浪如海，小沙彌悄聲說畫佛像前要先定心，所以每個人都在念咒，持誦佛號。

畫院住持給了她一本佛教卷軸畫，要她沒事觀摩佛像畫法，近萬幅的佛像，讓她想起幫母親拜佛懺時的那些奇特的佛名，繁複壇城，如宇宙星圖。

善遊步佛，母親靜臥時應該最想成為的佛。她這麼愛趴趴走，也可以被佛授記善遊步女子吧。離開前，畫院住持又給她一本造像量度經，三十二相皆有固定比例尺。這部經是一切唐卡的基礎，所有妳看到的視覺之美都是起源於此。她點頭，接過這部經，覺得沉重。不若她畫像前還要先讀經典，比如理解為何佛頭的青螺要畫旋轉肉髻，在佛的本生故事裡寫，婻毘林，佛的奶媽，把佛捧起來，要餵他奶水的時候卻看不到他的頭頂。

佛的奶媽，她聽了津津有味，覺得很人性。看不到頭頂？是因為神性的隱喻嗎？她問畫院住持，住持說，自己好好思惟囉。我說開了，妳不就是鸚鵡禪了。

她又聽到鸚鵡禪，想起獅子吼之前也常用這個形容，她噗哧一笑。

學人想法說法，就像鸚鵡。這世間到處都是鸚鵡禪，不是真正從自性開悟的禪語，和過去禪師走江湖參破本參的歷程太遠，不過拾人牙慧。畫院住持從北京來，少數和大師兄一樣從漢地來高原的出家人，她第一次在藏地聽到禪這個字。想起的卻是蟬男人，還有獅子吼。遠去的人，還有不曾遠去的念頭如雪紛飛。

妳畫佛像，要看住念頭。畫像都是要供佛的，或者和功德主結緣的，他們請回去的佛像自然要清淨。但我以前是畫春宮圖的，要我畫佛像意念清淨，感覺我走在剃刀邊緣。

妳以前做什麼不重要，就是屠夫也沒關係，何況妳還是畫畫的，妳的技藝是我們需要的。妳要清淨要收攝，需要自我鍛鍊。我看妳織染的羊毛圍巾頗好，看得出功力。畫師說完，轉身去指導另一個學徒，她繼續讀佛成道後，遊化波羅奈國，東方應持菩薩就想聽說佛成道後有了三十二相，首先佛陀示現的第一個相貌就是旁人看不到他的頂相，他經過恆河沙諸國時，別人依然看不到他的佛頂。

畫師剛剛說這是一種表法，意思是只能從表面上去表達，自此佛陀的頭頂就用螺旋髮髻表示其高深莫測，旁人看不到頭頂，但可以看見髮髻。

她悄悄和在旁的小沙彌咬耳朵說我們叫這個釋迦，一種像佛頭髮髻的水果。

水果？小沙彌覺得有趣，把佛頭髮髻給吃了。

吃了沒關係，吐出很多籽呢。

下次帶來，我們吐它個滿高原。

應該會長出來，釋迦應該很強壯。

強壯也要有因緣。

你們兩個別嘰哩咕哩說話，專心畫畫。

她畫著釋迦，想著島嶼，聽見海水聲。這是她最愛吃的水果，母親最不愛吃的水果，嫌麻煩。畫中的母親頭上長出了一座釋迦島。

後來大師兄教給她的新功課是畫唐卡，畫的佛像不是只有四隻手臂的四臂觀音，而是十八臂三目的準提佛母像，她瞬間想起那個島嶼盲眼按摩師，一個瞎掉的明眼人。她的臉上情緒起伏，大師兄笑說我還沒叫妳畫千手千眼觀音。大師兄胖胖微紅的臉在酥油燈下像是她小時候吃的紅龜，她喜歡吃表皮有著一點紅的白壽桃，還有拜拜的紅麵龜。她想起媽媽以前每到初一十五就常對她說我是拜神不是拜妳這張嘴。母親離去的日子已經用盡兩本日曆了。

為了收心，大師兄要她先念滿三萬回合咒語再開始準備繪畫材料。

大師兄傳給她咒語，彷彿大師兄嘴巴吐出酥油明光。以清淨的體性生起大悲，七十七俱胝佛共同加持，畫師先得受八關齋戒，有定力才能畫出妙莊嚴身。腰下著白衣，衣上有花。身著輕羅綽袖天衣，以綬帶繫腰，朝霞絡身。她仔細看著圖，就好像以前在寫書法前先讀字帖一般。佛像手上的法器又剛武又溫柔，又猙獰又慈悲。

小沙彌說他飢餓的時候，菩薩手裡拿的都是饃饃烤餅辣麵串烤甜茶蘋果。她笑說你這小沙彌可真是最誠實，最不假掰。小沙彌問什麼是假掰，她想著想著很難形容，就說很假就對了，假到連自己都不覺得假，連自己都騙得過。那也滿厲害的，我想要騙自己都騙不了。有真就有假，有正就有歪，有旁門就有正門，有右就有左道，所以我們的唐卡很繁複，壇城有噴火的神鬼戰士，也有低眉垂目的，我最喜歡畫大威德金剛，她看著金剛有著藍色的身體與灼亮的火焰，凸眼獠牙地猙獰著像打陀螺的紅火，幾十隻手張揚著憤怒姿勢，朝你的貪嗔癡砍去，駁火四射，燒得慾望如廢墟。父續母續密續，她繼續翻著唐卡，牢記著神祇手上的法器。

法器就像書寫的語感風格，是最容易辨識哪一尊佛的差異起點。她還沒找到最喜歡的，在神祕的各式各樣結印裡，她必須念滿咒語圓滿數字，才得以見到唐卡名師旺堆，她先去旺堆的工作室當學徒，工作室就在八廓街上，古建築四樓，還好有小沙彌帶路，不然低矮的入口很容易錯過。工作室光線充足，屋內堆放著顏料、畫紙，未完成的唐卡都剩下佛的眼睛成為一個個窟窿，眼睛是關鍵，好的唐卡你看的時候會覺得佛的眼睛隨著你轉，每個角度都逃不過佛眼。也彷彿佛菩薩的眼睛隨時隨地都在看顧著芸芸眾生。很多人都難逃佛眼，學徒多年多半還畫不成靈活的眼，佛臉空白，無眼。

她想畫準提佛母，她的島嶼盲眼按摩師曾說過她把準提佛母修得很好，那盲眼人心眼明，那唐卡太大，已被她離鄉前收進櫃子，唐卡吸滿母親病房的氣味，混著檀香和藥味，不僅有香的乙烯，還有藥的毒薰，她日日稱誦的佛已放進心裡。工作室裡有學徒正在畫四臂觀音和阿彌陀佛，佛菩薩的臉都還留白，沒有臉的佛，看起來充滿未知的神祕怪異感。小沙彌告訴她，佛臉都得等師傅來才能畫，得等師傅展示出神入化的點睛功夫，不然就全功盡棄。

她聽著，覺得這簡直太難。難怪學生們沒人敢畫，若畫也都是死眼睛。

她之前在摩鐵畫圖那般隨興潑灑，現在每一筆都像走在鋼索上。被升級的神聖。

窗外明月懸在街巷盡頭。

大昭寺的心臟依然無止息地彈跳著，朝聖者是這顆心臟的流動血液，一波上去，一波下去，寺院就是高原的血路迴圈，除卻信仰，高原人將飄泊，無以慰藉。

喜馬拉雅山下那空曠無邊的房舍下躺著寂寞的女人與孩子，男人有的出山尋覓更多的財富。她行經村落時給過流鼻涕的孩子一些零食，大一點的孩子說姊姊妳給的東西好吃但卻吃不飽，妳可以給我吃得飽的食物嗎？

女人看她要離開說，妳真好，可以自由離開。

她說為什麼妳不對自己說我真好，可以不用離開。離開的人，很寂寞。妳有家有孩子。女人看著她又說，妳這話真好，請妳留下來吃烤餅吧。

想到這裡，她才真正睡去。觀音的手想到第四隻，觀音的手裡拿著一枝蓮花，蓮花上坐著文成公主，她看見公主旁邊有個盲眼的女人，她朝那盲眼女人喊著媽媽，妳到公主身旁了？她乍然醒來。高原還沒天亮，媽媽還沒離開太遠，她對著空氣喊媽媽是妳嗎？我畫的天梯好爬嗎？月亮移近窗前，照亮了屋外堆的青稞麥子一片金黃。觀音第四隻手，正好來到了慈悲喜捨的捨。

104

媽媽突然轉身對她說，媽媽很不會跟神說話，妳來說，說著就把一支香交到她手中，那時她的個子還比香爐矮，接過母親手中的香，咚的一聲就跪在地上，大聲說著請保佑媽媽賺大錢，身體好，心情好。媽媽聽了笑顏逐開，說就這麼簡單啊，媽媽跟著跪。彷彿女兒的語言就是神萬無一失的承諾。但媽媽沒有賺大錢，也沒有身體好，心情更是像雷陣雨。

媽媽沒有怪神也沒有怪她，老說自己歹命，嫁錯人。在女兒的眼裡，這句話是終結母親一生的千言萬語。歹命，嫁錯人，先天與後天都不善待。於她這個逸樂者，放縱者，如果用母親對待錢財的姿態上對待自己在高原的學習，她想應該離精進也不遠吧。

她問大師兄，為什麼上師大覺者對您如此嚴格，您對我們卻很放鬆？

我如果對你們嚴格，寺院就唱空城計了，只好放低姿態，設好最低底線，比如傳法絕對要按佛經與傳承。只是改變態度，現在的學生管太嚴就離開了，要他們捐錢捐時間大概會走掉一半人，除非是錢與時間可以換取到東西。你們已經算是認真的了，至少一周都會來寺院打坐聽經幾個鐘頭，西方金髮妞是來寺院找身心靈安慰，或者有的人只是把寺院當作短期休息站。很難改變現代人，只好我自己放下啦。學佛已經成了非常世故的活動，佛變成時髦符號，八廓街不是開了一家佛陀浪居酒吧，石刻佛像就擺在酒吧入口，起初為了滿足人性所需以利鉤牽雖好，但最後許多人也只剩下最初的利與眼前的利，忘了佛，忘了自己，忘了菩提。

是否他們可以說已經把佛像與酒吧的乾淨與染污做到無分別心了？她問，知道每個人都可以用語詞合理化一切，那麼如何證明心是無染本淨的？

確實很難證明，也不用證明，境界來考驗時就知道有沒有真功夫了，死亡來臨前，候判所相見，就立判高下。只有你自己知道，所以有沒有，別自欺欺人，還是老老實實。

那我怎麼跟他們不一樣？她問。

妳不用想要不一樣，用行為去表現不一樣的自己，妳可以多多參與法務就會學習到東西。

於是她第一次參與哲蚌寺在夏日的曬佛節準備儀式，她和欽哲在節日將來之前練習著跳鍋莊，逐漸適應和欽哲的貼近，她以為欽哲學佛應該不碰她，卻見欽哲比她還自在。跳舞隊伍手上飄著黃藍紫色帶子，蔚為彩色哈達，吉慶歡樂。男人舞姿矯健奔放，男性著寬大統褲猶如雄鷹的粗毛腿健壯有力，舞姿多模擬禽獸如鷹展翅、鷹跳、鷹飛的姿勢。女性動作開放，細緻情緒展現優雅。大夥開腔唱著雪山喲，快閃開，我們要展翅飛翔。江河喲，快讓路，我們要邁開舞步……大家一起耍壩子，男女翩翩歌舞。帶領人群拂袖起舞，聚集再散開，散開再聚集，繞圈而舞，邊唱邊跳。眾人拱著欽哲和她一起跳孔雀吸水雙人舞，這是高原探戈。一種蘊涵求偶的孔雀開屏。

她邊跳邊想著孔雀吸毒使羽翼豐美，烏鴉吸毒卻死了。愛情之毒，人生之毒，不是每個人都能嘗。欽哲突然抱緊她的腰，她感到一陣臉熱，彷彿自己頓時變成禁不起考驗的烏鴉。想起剛認識欽哲時，周邊還經常飄散著費洛蒙空氣，曾有過喝醉了睡抱一起的尷尬事發生。但欽哲醒來若無其事，好像她只是高原擱淺的一道風，她卻覺得自己已化成天葬台上被支解曝曬後的白骨，被啃噬一光。

修行靜坐時有個禪師一直沒開悟，有一天一個婦人進來送餐，禪師突然捏了婦人一把說，原來女人是肉做的，說完就開悟了。

欽哲說他聽的版本是，有個出家人進行了三年三個月的閉關，出關那天一直為僧人送餐的婦人突然抱了僧人一把，卻被僧人推開，婦人就打了這個僧人一巴掌說送了三年的菜飯，卻沒想到你坐成了一顆石頭。這僧人頓時被打醒，發現自己還有很深的分別心，羞愧地又閉關去了。

不管是打婦人還是被婦人打，怎麼故事都是女生。為什麼不是打男生開悟，文成公主藏戲裡的一個演員阿金在旁聽了笑說。妳畫錯線，抓錯重點了吧，她也笑說著。想起待在獅子吼的社團中心多年，時光走過，人來去如流水。那個在中心好幾年的東尼每天都好像是如處佛身邊的精進，有時候想這個東尼是不是很快就要成佛了。突然有一天這個幾乎每一天都會見到的模範學習生就突然消失了，只是因為他新交往一個女生，而這個女生不愛佛，不想學佛。東尼竟就跟她走了，一個對象使人徹底轉彎。但某個叫大衛的人卻剛好相反，原本大衛愛學不學的，卻在某日遇到一個愛佛的女生，兩人昇華轉成同修，彼此打氣，十分精進，同進同出，萬年修得同船渡的好範。

她說愛情是危險的。

錯了，這些原本都不危險，是心危險，是業力的風厲害，任誰都擋不住。除非提前做好準備，就像颱風掛八號風向球一般，加強防護可以減低災害。欽哲說。

如何防護？在旁的舞者阿金聽了問，嘴裡正吃著一串烤肉，孜然味飄香。

老話一句，聽了很膩，但還是得說要自己去尋找。欽哲說完又抓她跳舞，她的舞步逐漸順暢了。

笑問你是會打婦人的修行者還是被婦人打的閉關者？

我得去閉關之後才知道，到時候你來開我的關房，門打開時記得抱我，看我的反應。她聽了大笑，明白禪宗公案一旦曝光底牌就失效了，因為人們已經自動會產生已知的對應機制，就無法直心相見了。

大師兄要她多讀經文，也破例給了她寺院的藏經閣鑰匙，她在藏經閣裡閱讀著許多傳記與經典，她勤於查經與讀經。她發現有一本理趣經和愛染明王經吸引著她。所有的經典都在斷欲斷念，唯獨般若部的理趣經反其道而行，因為此經典的學習正是逼視，以毒攻毒，你的習氣就是你的自性，你的貪正是你的捨，你的殺正是你的活，你的苦正是你的樂，毫無遮掩地運用貪嗔癡來修行，沒有眾生也無菩薩。

每回她說我太執著時，大師兄就笑說，妳還執著的不夠。如果妳能夠把開賓士當成開腳踏車般，那妳就不執著了。問題是我連賓士車都沒開過呢。她話語才落，就忽然明白如果沒有執著過，又何以了解執著。沒有愛過的人，怎知愛別離之苦。避隱山林者，如何知滾滾紅塵中人之煩惱苦痛？佛法如果都在名相打轉而無法融入生活，或者只求個人修行，那是無益於當今眾生的。所以說來也不是幻境有錯，而是我們應該利用這人間假境來修真心一如。這說明為何釋迦牟尼佛說要在人道成佛？而祂所示現的故事就是他在未開悟前也是一個歷經結婚生子的人，然後才從懵懂無知到明心見性。貪嗔癡慢疑化為推波助瀾我們到開悟的彼岸動力。所以有人錯覺佛家說幻談空，其實不是消極的什麼都沒有，相反地是在擁有裡而不被那個擁有束縛。所以這樣說來愛情與別離，或者財富與平淡，都不是問題，凡夫各取所好。若能對境練心，那麼我會說一切的發生都是好的。她在課堂這般說著，以為會被讚賞。卻聽大師兄說，妳這不過是聽來的再造文字禪，不過是心靈雞湯，還差悟性太遠，繼續參。

絲毫不給面子，她點頭說好，尷尬地坐下。

不過雞湯也分康寶濃湯或是自熬雞湯，妳有進步，至少敢站起來回答。大師兄先是給了她一把殺人的劍，接著又賜了她一把活人的刀。

愛染日以薄，禪寂日以固。大師兄吐出王維詩，這意境美吧，你看我一讀詩，就見到你們陶醉，我一罵人就見到你們神情枯索，這分別心搞得你們坐立難安。台上拉出一張佛像，愛染明王的佛像。她愈看愈覺得佛像和母親的臉重疊。寬臉，執著，眉毛上揚如鳥飛翔，紅色身如燃燒狀。明王頭戴獅子寶傘蓋，臉上三眼忿怒相，全身通紅坐在寶瓶上的蓮花座上，長有六臂，每隻手各拿着金剛鈴金剛弓拳五鈷杵金剛箭蓮花。愛染明王是金剛王等菩薩所變現。菩薩為憫眾生，酬償往昔的悲願因而加持具大信者。愛染明王外現忿怒狀，內以愛敬令眾生得解脫。以鉤召引入縛住歡喜四法，降伏欲愛與執染的人。煩惱不能染，名利不能染，下沉不能染，諸惡眾生不能染。修此法門無論修行者遊歷何方，神鬼聖眾皆當欣喜守護。

愛染明王，一如床的原初是慾與眠，但拆解了床，床只是床，但見愛染實為無染，縛住歡喜四法，空中樓閣一切頓成廢墟。愛染實為無染，她如念咒語般地一直重複著字句踱步走回塵埃落定。

她在高原聖湖用藍眼淚清洗這過時的眼淚，曾經一粒沙吹進心就會瓦解一座大海，現在一整座須彌的沙吹進眼裡也只當作珍珠般的磨礪。

自從她拜了水懺，她經常有的胡思亂想竟從紙頁跑進夢裡。夢中她遇過很多古人，她經過他們，指認出他們在世的名字時，他們的臉瞬間扭曲，十分受苦的樣子。經過時每一間密室就會跳出他們為何來到地獄的文字狀，原因不一，寫暴力情慾旖旎文字或污蔑毀謗者或滅佛者或反佛經典者，起訴狀不一。她看見韓愈與黃庭堅正坐在山洞，韓愈和黃庭堅在下棋，一派仙氣地吞著鐵球，好像鐵球只是炸地瓜丸。看見吳承恩與曹雪芹在辯論小說好壞，神話與史詩如何變形，轉個彎還看見寫下縱使白骨也風流的唐伯虎在欣賞著桃花開。

另一個山洞裡，她竟看見自殺的朋友，他們重複著生前的最後動作，不斷地從高處往下跳，不斷地套進掛在樹上的繩索，不斷地點燃一盆黑炭，不斷地拿刀子刺進胸膛，不斷地吞著白色的藥丸，不斷往大江大海走去。她認出這六個自殺的朋友，他們都保持著離去的年紀，很年輕的年紀，她叫著他們，他們置若罔聞，只是像無聲的表演者一直重複跳燒刺喝走的動作。她去拉了其中一個跟她要好的女生，這女生因為當愛情的小三而痛苦不已地走向絕路。她拉著女生的衣袖說，妳好嗎？話才出口就懊惱，這哪裡會好呢，不是白問的嗎。女生繼續吞她的藥丸，好像那個是甘露似的。突然聽到鐘聲大力敲著，眾鬼停下動作，動作劃一地轉身對她微笑說，其實我們不是我們，妳看到的是妳自己。說完就繼續之前的動作，只有幾秒的停頓，必須把握，鐘聲戛然而止時就又開始機械般的反覆動作。

手機鬧鐘響，她乍然醒來，看著天花板，自裁者馬戲團結束夢中反覆像是在進行永遠也不會謝幕的表演。

夢的高原，隱喻裡還有隱喻，來自高原人重視每一天的晨起之始，重視每一件事情的緣起。緣起，注定未來。比如見上師帶著空碗，意味著日後財富空空；比如念珠突然斷了，有事要發生；比如筷子掉了，有人要請客。緣起，是一天的起頭。行善也是從一天醒來即要開始進行，上師給的任何加持品聖物也都在醒來的白日戴上，象徵一天好兆頭的開端。每天都可以看見神語，天空飛過什麼，地上爬過什麼，左腳進或右腳進，意義也都不同。出門遇見什麼事情也都可以看見預兆，有功夫的人可以從樹上一片落葉或天空一朵雲飄過聞出端倪。念珠左右往中心撥，撥剩單數還是複數也都可以卜吉凶。

這一天，欽哲說因為一早打破飯碗，這是很不吉祥的徵兆，所以這一天他不能去印經院幫忙印經，托她代為前去。

我還以為打破碗是有人要請客呢。她拿起包包往外走，外面陽光燦爛，是曬紙曬書的好日子。

她在高原還沒有看見預兆。

ཁ 毒姑娘

105

她先到藏經閣頂禮經書，她喜歡上下翻閱的藏經版文本。朝著這些經書禮拜著，沒讀經，但聽說拜經也可以長智慧時她就認真拜了。佛寫的經，人要再拜還給佛，或者再念給佛聽？就像貼滿書皮的房間，沒有閱讀內文？她看著經書，供養在時間的灰塵，經文如密語。

在緩慢中，她想起她得到印經院替那個打破碗的不祥人代班。

欽哲變不祥人，心想自己則是不安人。枉死城，業鬼等待城門大開。封印在經書裡的妖魔鬼怪，以楞嚴經為最，陰魔五十種，業鬼齊聚開轟趴。大師兄要她讀此經百回，之後才能離開高原，現在她一回都還沒個譜。這削肉切皮為了藏此經的血漬經，讓她想起以前住的島嶼東區時光，白日陷落在東區喝咖啡的時光，經常見到素顏女人打著哈欠來買咖啡，當時男朋友蒼泱常跑酒店，明眼說這些女人開始要休四五天了。為什麼？她不解。血崩啊。她還沒笑，素顏女人在旁聽到先笑了，因月經來而休息的酒店小姐還跟蒼泱眨眼睛。蒼泱說白日見鬼，比夜晚見鬼還可怕。

紅塵打滾的摩登伽女開悟應比凡人易，歷經千帆。這樣想時突然蒼泱跑進腦海時，她嚇了一跳，她不是想母親就是會想蟬男人，怎麼突然想起蒼泱。突然浮現之前夢中的馬戲團裡有一張蒼泱的臉，她預感蒼泱已經離開了？管他死活，不再相見的人其實也已等同死亡。

老遠見到印經院的白牆亮在一片草原的靠山邊路口。

她遇到毒姑娘的時候，毒姑娘正在印經院的庭院造紙，工序已經從泡洗搥搗去皮來到了撕料煮料，後面還有幾道繁複工序，毒姑娘看到她來，笑嘻嘻地放下手上的工作，轉給其他助手，忙不迭地說走走走，帶妳去採料。

她以為採料就在附近，沒想到還要徒步甚遠的山徑。

山腳下的狼毒花成片生長，花剛初開時，紅色的花苞如火柴頭，等著被燃燒。她採下時，根莖流出白色液體，順間濃稠甜膩又刺鼻味道襲來，她感到一陣暈眩。

毒姑娘在後面喊著，小心有毒。她忙放下艷麗的火柴花，瑞香料狼毒與植物狼毒，人與牲口都要小心的植物，也因這毒性製成紙，才能保留經典。狼毒紙印上的經文，蟲鼠不碰，上百年來依然完好。與時間抗衡就是要夠毒，夠強壯。甜美慈善的都被吃了。長成二十年也不易，花開年年，長成雙十年華才得以被用。

狼毒花和桃花竟是如此不同，桃花年年被讚美，年年繽紛燦爛，像明星，像流行歌，像香氛，總是受到歡迎。狼毒花卻像修行者，一身武藝不輕易出世，只為留下經書永恆，其餘之生人牲畜勿近，非虔誠者無能靠近。在草原上看見毒姑娘說的狼毒植物，涼風乍起的時刻，有些草原變得全身通紅，像正要點燃的火柴，在夕陽下艷美醉人。狼毒有膝蓋那麼高，因此千株萬珠的狼毒一起開展，就像紅海洋，很華麗。可是明眼人都不喜歡這紅草原，因為只要看到狼毒就代表草原老化。這樣的顏色很像是瀕死之人的迴光燦爛。她突然想起淡水落日，金光晃耀的河水，在死神面前，沒有夢囈的煙霧，只有格鬥的傷痕疼痛。

那時獅子吼沒正面回答，只說修行成就的人最先轉化的是報身，報社的報。就是你們現在的這個肉身。她印象裡在活動中心社辦的小小空間裡看著放映的影片，西方科學家拿著儀器量著在雪地打坐的修行人心跳，結果沒有任何起伏，就是拿一把槍對著他，也沒有任何加跳一拍或減慢一格。那時他們的身體正是十八歲的新鮮，熬夜的頭痛與每個月的經痛都已經可以減低人生所有的快樂時看著這樣的影片，心裡大概都以為在看一個神話吧。

不是神話，是我們太低階而難以想像可以如此進化自己。獅子吼在黑暗中說出他們的疑惑。

她的血仍鮮艷如桃花，白色的血，只能是她筆下的圖和夢中的果。

回到塵埃落定，拿起一本島嶼帶來的書想念原鄉，那昔日的爬蟲類極樂窩已然荒塚處處，母親又遠又近。她做過很多樹酯封存蝴蝶蜻蜓鳥翼、喵喵的照片、旺旺的照片、兔兔的照片、童年的照片，最後一張是母親的肖像。她自沒想過封存這看起來厭畏的小強，但小隻型的德國小強乾癟之後顯得無辜無害，死在文字之間的小強有一種孤獨的風雅。

她把小強放進塑膠袋，貼到塵埃落定房間的窗上，看起來就像一張幻燈片，島嶼時間停格在高原。闔上島嶼書頁，潮濕的紙頁布滿黃斑。

她彷彿在高原窗前聽見那條夢中之河，水流的聲音飄進塵埃落定。

106

大師兄腰間經常掛著一個金牌，陽光下閃亮亮地若隱若現。每回在黝暗的念經堂，那金牌猶如移動的火光，屢屢擦亮她睡眼裡的一抹惺忪。

後來她才知道那金牌是九宮八卦圖，佛國出產的熱門祈福物，在八廓街或者路上小販隨處都可見到，只是材質沒有大師兄的那麼閃亮搶眼。

她在八廓街遇到一個為某電視節目來到高原尋找喇嘛修法加持聖物的女生。女生負責節目每年開賣的聖物，這些聖物都是她來到高原找的，聖物的生意好得不得了，只要寫上大師修法開光加持祈福，勾上開光與財寶，頓時賺錢好好玩。每個人來高原的目的皆不同，有人來高原想接近天堂尋死，有人來高原尋找如何不死，有人來高原送行，有人來高原尋求吃了會凍齡的甘露，有人來找解脫之藥，有人來超度亡靈，有人來看山看水，有人只想離開。有人慕名或者只為旅途征戰大山大水而來，什麼佛都不識也不想識，這些人配備超頂級，隨時將手上大砲拍下的祕境轉成社群的讚。有人來尋找寶物，有人來找手藝人，有人來找能破他無明的上師，有人來找登山旅伴，有人來找通往天界的神祕入口，有人來找人間沒有的神聖。

賺錢好好玩的女生說這次來高原找凍齡甘露，只要吃了凍齡甘露年齡就會停在吃的那一刻，所以吃要趁早，但也別太早，萬一小孩子吃了就成了一生都是個孩子的無辜者，也別太老吃，萬一吃成一生都是被時尚排除在外的邊緣老人，太小或太老都很麻煩。吃的年齡大家都爭相說著最好是二十五歲到三十歲之間，仍是青春可喜，但增明艷可人，有些歷練但又不會太嫩。那村裡的阿尼就沒有人知道她確切的年紀，只知比她年輕很多歲的人也早都走了，隔壁的阿公說他七歲時就曾給這位阿尼頂禮，那時阿尼看起來就跟現在沒兩樣，就像三十歲般年輕，臉色紅潤，皮膚光澤，說話的阿公已經六十多歲了。她聽了好想吃這種會凍齡的甘露，她覺得現在的自己是最好的狀態，熟又不過熟，是最好的凍齡時光，但去哪找凍齡甘露？

以前獅子吼給過她一些甘露，但她不知道是否能凍齡，只是每個看到她的同學朋友都說她和大學時看起來零時差，問她是否偷偷去保養。她笑說有錢也輪不到去醫美，何況還是窮光蛋一個，且陪病母親勞動異常。後來問獅子吼甘露名稱，獅子吼說是大成就者修法總集，能護身。能凍齡嗎？她笑著問。獅子吼說，妳站樁和氣功練得不錯，早就凍齡哪需要不老甘露。

她問過獅子吼如果修行人可以掌握生死，為什麼他要死？

獅子吼說還是要死，死了乘願再來，因為沒有人想和太老的人瑞在一起吧，只好再次輪迴，轉變色身，才能再次和當代人溝通，如果不死恐比死更多問題。

有人來看天葬，是為了解開對色身的執著。有人來閉關，將關房設在屍陀林。屍陀林就像墳墓堆，到了夜晚鬼哭神號，狐仙蛇仙龍族無常殺鬼和幽冥遊神魂都會出來，沒定力去閉關的人都瘋了。鬼也會考驗人的真心，化現樹精蛇精，所惑其實都是心的化現。感覺就像住在異時空食人族，只是食人的是看不見的黑暗之心，食去的是人的靈魂。高原整座山頭都是骷髏。

骷髏是我，我也是骷髏。紅樓夢寫王熙鳳，正面是美人，背面是骷髏。千間巨廈化作塵，塵與廈，都是本體。那個相是那個相但又不是那個相，不得開口不得閉口，那怎麼說？參話頭都有點繞舌，話頭變話尾，話語消失，纏著話尾不放的都是戀人絮語。她沒有戀人，眼下都是古人。

大師姐曾跟她說起她從小就有一點這樣的怪能力，有時會一個人坐在床沿良久，直盯著某個地方瞧，那時常見到簾幕外一個年輕的男人看著她，到現在她都還記得那男子的樣子。母親請家鄉祖廟的法師來她的房間驅魔，說那男子不知為何一直沒有投胎，因和她陰陽兩界而難解相思，法師讓她喝了符水之後，她就比較少看見他了。其實她看著他也不害怕，她知道那只是另一個空間維度的幻影，也許是她心頭的幻影也說不定。母親起先很擔心她，後來看她一路成長也沒發生什麼事情後，大家對她有雙瞳鈴眼就逐漸忘懷了。如果她要再遇到童年夜夢的男子，可能等他輪迴時，她就是老婆婆，而他是小鮮肉了。

轉眼大師姐終於快要抵達這座青春時相約的夢中高原了。

和大師姐分離幾年，回想過去刻痕歷歷，彷彿一個嘆息。心裡苦的時候，想些美好的往事，好像就好過一點。原本記憶就是不老甘露，凍在原地的青春。

107

離開塵埃落定，彷彿也離開陌生旅人四處勃發慾望的旅店。她走在路上，看見朝聖者就立即像被滅去慾望之火地心轉安定。心裡苦的時候，想往事不得，就再去刷新佛像與做擦擦吧，能刷幾回都不嫌多，能做一輩子更好，大昭寺輪流守門的仲薤突然在背後這樣說著，把她駭了一跳，知她心苦者幾稀。

不知是第幾次來刷藥王山的佛像了，貧窮者也可上天堂的入口。做了七個擦擦，她找了七個藥師佛模型，將泥漿倒入模型，等乾之後，像可可餅乾大小的藥師佛端然而立。

她在刷佛像與做擦擦的勞動裡，感到苦滅了不少。再晃去寺院誦經，誦滿一零八回之後，她感覺到母親生命那個獨一無二的大時代藍領女人終於走完這一生與女兒的一期一會，那獨特時代下的各種犧牲人生，知識愛情財富健康都賠上的飢餓與暴食的一代，從多語到失語，從趴趴走到失能。母親的靈體仍殘存些碎片，堅持要一起走進高原。過往卡在生命長河的殘渣暗影，讓河流的速度緩了下來。

高原到處有失語者與禁語者。自願失語者，像山一樣靜默，閉關人不說話。她去八廓街賣二手手機與手機雜貨的小攤子買遺失的耳機時才發現小販是瘖啞人，賣手機的人無能說話，她看著小販認真地和她比手畫腳，尋求著她的理解，她想這是否也是隱喻，在這處處是預言與象徵的土地，無字天書也是書，她這影子作家的書反而不是書了。

她最初認識仲薤就在藥王山的山下一起做擦擦，一起刷岩壁佛像，但沒有一起造佛像。仲薤說等妳哪天閉關或許也可以造佛像。

小丑已經開始準備閉關前的斷食訓練了，他之後會在閉關房裡面造佛像嗎？她問，她沒聽過在閉關時造佛像，她以為閉關是要把自己坐成了一顆石頭。

仲雍說這要等小丑出關才知道他在裡面都在做些什麼想些什麼悟些什麼，還是不做不想不悟。

那閉關幹嘛？她不解。大海騷動，要靜下來，她想只是這樣嗎？這靜下來的代價這麼高，死海如何寧靜？

仲雍，起先她一直聽成中庸。

我的名字仲雍的意思是乞丐，我的弟弟仲酉，名字意思是狗屎，有些高原人會取一些比較卑賤的名字，這樣就可以不被魔鬼注意，低調比較好，可以平平安安過了這一生，這很像我的人生。被當成狗屎般就可以不被注意，不被注意就逃過魔掌，像我祖母年代的罔腰罔市。她說的時候，看見中庸臉上堆著尷尬的笑。中庸指正她的發音，她也糾正中庸的發音。

不是中，是我很重。

仲雍，她寫著這兩個台語漢字，他點頭說也可以啦。

罔腰罔市，她教仲雍寫字。仲雍卻說這字很美，很惘然。

突然樹林深處裡的樹木晃動起來，仲雍說是他祖父和父親的前世回返了。他們是回陽人。她第一次聽仲雍說起家族，他的父親和祖父都是回陽人。從地獄裡回來的報信者，叫做回陽人，見過閻羅王的人。閻羅王有著白鬍子，白衣服瘦瘦的臉上永遠長一個樣子跟人不一樣的神情，會笑會哭會發怒，胸部還掛滿人頭骷顱，閻羅王對他父親吹了一口寒氣，整個人就像紙一樣地漂浮了起來，骨頭發出簌簌微響。

仲雍除了在大昭寺當管理員與藥王山造擦擦小泥像外，平常他的身體不太動，都在靜坐狀態，唯一會動的地方是他手裡轉動的轉經筒。蒼蠅黏在他的身上他也從來沒有揮手。帶她去看他父親過世的水葬儀式。她看見揹屍人旁邊一直跟著一匹騾子，騾子跟在送葬的隊伍後頭。到了河水湍急處，仲雍送行父親，仲雍想把屍體捆紮牢固一點好渡河，但眼前流水洶湧。

不該在雨季時過世，仲雍說。

這讓她嚇了一跳，突然憶起以前經常附耳母親說的媽媽，請不要在盛夏走。

後來仲雍想想也罷，這辛苦操勞一輩子的父親肉身，別再折騰了，於是仲雍要揹屍人放下父親，仲雍一刀挑開繩子，直接就將父親的身體祭入水神裡。屍體被放進水裡的那一刻，在山崖上看著這一切的騾子竟悲傷地看著主人消失而啼鳴不已。那時候滄江的水就像經文，在分解消融著人的苦難與塵世愛染。大師兄曾說從康區到聖城朝聖，得經歷五磨難，土石流的災難、凍土的災難、魔鬼的災難、瘟疫的災難、毒物的災難。平時嘴巴掛著修行誰不會，每個人看起來都差不多，只有危難時才能彰顯高深之別。

妳必須要翻越這一路的雪山，妳才會發現妳的心跟整個須彌一樣的寬廣，我的父親色身瞬間被水神沖走時，奇怪的是竟也沖走了悲傷。

她第一次親眼見證這如此自由心證的水葬儀式，有點海葬的味道。她曾問過獅子吼，海葬好嗎？獅子吼笑說如果找得到家的路是好的，但大海茫茫。

觀禮仲雍父親的水葬之後，她走回塵埃落定時，鞋子下都是沙泥。長途跋涉的自己和晚年無能走出門一步的母親時光重疊，而歲月已逝。溫情也好，信仰也罷，虧欠就是虧欠。受苦的命運繞進輝煌的太陽，燃燒燃燒，小丑說這佛眼無邊無界，佛早已看見太陽在幾萬劫之後將燒向地球，比天文學家早了兩千年的看見，到那時候連初地菩薩都逃不了這場火焰，火燒菩薩，那還有你這個卒仔的生存餘地嗎？要斷輪迴就這一世吧，要斷輪迴要有大氣魄，要和習氣有勢不兩立的氣魄，要有和輪迴一刀兩斷的氣魄。

母親當夜在她高原的夢裡尖叫著，說太陽落到海的那一邊，說火要燒起來了，但放心，媽媽做鬼也會保護妳。

媽媽不是應該早離開鬼界轉往仙界了？她問媽媽。

離開是離開了，但還是掛念著妳。

別掛念我，媽媽，這掛念是阻礙妳的惡相思，惡之華。

受難經是時代的宿命場，集體同誦的經文。沒有人逃得過罣礙掛念所愛。殘餘的碎片與神諭的生命之泉，讓失愛者如同某種苗種，必須承受被連根拔根的痛。

母親說妳要以受難者為銼刀，以此來檢驗自己的心靈的柔軟度與承受力，他者是妳意志大樓的鋼梁，必須能承受擠壓而來的硬度。

媽媽何時講話變得如此文藝腔，被女兒附身的母親？

夢醒，她坐在床沿望著窗外山色，靄靄白雪，終年不融，她感到缺氧的疼痛，女兒是母親的青春，母親是女兒的晚景，彼此的雛梁斜陽。她把人生最神聖的一場旅行獻禮母親，屬於這高原最燦爛的花火，但她想也許母親是失望的？母親以往年輕的身體日復一日碇在土地上勞動，不知有生也不知有死，只知太陽升起要去工作，餓了要吃東西，累了要睡覺。不需了解悲歡離合，不需知道慈悲喜捨，一生也是一生。母親務實的性格是否會喜歡這麼不務實的女兒的安排？她等待夢兆。

她問狗兒知道自己是狗兒？還是人賦予狗的悲憫？所有的扣問最後都離不開莊子早說過的子非魚焉知魚之樂。仲雍說我至少知道自己其實不是個人間乞丐。大師兄想為仲雍改名，仲雍卻不願意，悄悄跟她咬耳根說，大師兄還有分別心，我可覺得每個人都是乞丐，寺廟要人供養，不也是另一種乞丐。於是仲雍是一個注定會留在她心緒的名字，尤其在心裡苦的時候。

108

這座人與神混居的高原，每一個人在一生裡都會經歷漫長的與神對話或與鬼交鋒之路。你可以只是一個磕長頭，用整個胸膛去丈量高原的土地。低到塵土的謙卑，將自己變成如亡者的地平線，把自己給輕輕放下。體會像大地被踩被吐口水的感覺，這個時候身體碰觸這麼大的屈辱，就能感受到塵世何以為塵世，是非何以混著是非。你要翻越一路的雪山道阻，關於這一切，成熟的我們感知到生命的沉重，感知到離別死亡那真實恐怖且無法避免的這一切時，我們對這世界的所有我執我愛，就像石頭一直在那裡。遠離顛倒夢想毋須遠離，顛倒是你，你也是顛倒，夢想是你，你也是夢想。

人如何砍下這有如現世殘忍殘酷的美杜莎的頭？無法砍下，因為人一看見美杜莎的眼睛就會瞎掉，故要如何斷這現實邪惡的頭？頭是根源，是苦難。

有人知道嗎？沒有人回答，她在心裡說著用空無之劍空行之舞。比如那個想要快點繼承王位的王子索取不能拒絕任何人要求的龍樹菩薩的頭顱時，一根吉祥草就可以砍斷龍樹菩薩的頭。

課堂麥克風傳來的答案是柏修斯，柏修斯不去注視美杜莎，而是踩風踏雲，再運用反光之鏡砍下美杜莎的頭顱。且柏修斯不是將美杜莎頭顱棄之不顧，而是將美杜莎的頭顱自此放到了自己的肩上，砍之但不棄之。輕盈的同時也能不離那個殘暴殘忍殘酷的現實，她聽進耳根了。像大成就者宗喀巴的頭髮也能長出給予人祝福的野嵩般。那個島嶼痛苦的美杜莎要懂得擁抱她又能閃躲她，就像母親一生總是逼視美杜莎竟致失明，無法動彈竟至石化。

她自己呢？她想自己應該是比較取巧的人，就像後來和蟬男人的相處，如果沒有一邊放下姿態討好但又一邊暗示自己千萬清醒不要被捲入的話，她絕對也是情人看刀下的一縷幽魂，愛情功德主的慈悲放生。注視美杜莎但也尋覓風和雲，就像柏修斯的月光之鏡，就像龍樹菩薩的吉祥草。她還沒能力砍下時，要先懂得卑屈閃躲那讓人眼盲的熾燙現實。

她在滿室燃燒著藏香的大殿，突然才懂得，原來任性的不是女兒，任性的是現實，烈性母親不逃離，直接對決美杜莎，空手與現實格鬥，從此母親墜入黑暗眼盲，且碎裂成片。

除非能昂揚空無之劍空行之舞。否則在高原，不能任性，任性就會缺氧，一口氣上不來就會要了命。就像在海中，必須有換氣配備。良好的心臟，慈悲循環著血液的迴圈，連性愛都要拘謹。在高原要小心的是精神的匱乏，太匱乏有時會頓失心志，因為一點施捨而渾然忘我的失志。除此，高原算是好守心之地，物質少但可以度日。人不守心即狂，高原自動結界。每個磕長頭的朝聖者，必須儲存配備，至少手上得套上兩塊板，作為手掌的保護，手肘也放上厚厚棉布，外層包上牛皮，幾公里的長征與數萬個長頭一路拜下去，鐵打的信仰，脆弱的肉軀，拼出在這漫長的酷熱與寒冷、乞討與布施的時刻交替。美杜莎熾烈地在天頂打探著朝聖者的閃躲能力。

即使到了雪山，牧羊人也仍磕長頭，雙手雙腳還有臉都被凍，沒有知覺了，一樣繼續磕。把高山牧羊人放牧草原上五顏六色的花都幻想成這就是彩虹，未來的彩虹身。晚上回到家看見一排排的酥油燈搖曳著明亮溫暖的火光時，要想那是江水的跳動，彷彿是從遙遠的內心汩汩流動的溫暖，點燃明亮。心子，找個地方好好地坐下來觀想，必須放下世俗的牽絆，因為心裡是逃不掉這注定的生離死別，逃不掉我們的淚水，在輪迴的苦難中流下最後一滴眼淚也流不盡這種傷心。如果你把死亡當成修行的對象就沒有什麼可怕的。我也是在那個時候才看見死神的臉，但是一點都不會感到害怕，相反的感覺乾淨安息。修行死亡的方法就藏在死亡的鏡子裡，有的人看到的是恐懼。天地之大，竟然無法讓我們平安地度過死亡的河流，這樣永遠到不了永生。永生是屬於誰的彼岸？

坐成了石頭，坐空成枯木。枯木岩前岔路多，行人到此盡蹉跎。見聞不惑，心觸客邪而不能動。有出家弟子看鳩摩羅什娶妻甚多，也跟著想學。鳩摩羅什也不訓斥，只拿出一盤針說，如果你們可以和我一樣把這些針都吞進肚子裡且再從嘴巴一一吐出來，那你們也可以嬪妃環繞。

鳩摩羅什尊者的淫酒戒具捨，此後嬪妃環繞，如果是妳，妳的心會不會跟著對境起變化？眼睛看到的未必是眼睛看到。

注目美杜莎的失明者自此心是否都安住下來了？

黑暗更讓人狂亂。

她和虛空中的聲音一問一答。

高原易生夢幻，有時更經常自言自語。

就像遠行的人，就像夜晚走夜路的人，不經意就和孤魂野鬼或冤親債主打照面。她從小聽最多的字詞就是母親對父親說我前世欠汝死人債。冤家相逢，如魔鬼的瘟疫，等在路口。許多高原人都很會唱歌，他們把道歌唱得像是情歌，把情歌唱得像是道歌。把死魔變愛神，把愛神變家神，道歌就是高原人的吉祥草，可以砍下不斷將人裹進黑暗的美杜莎。道歌是一把溫柔高掛的馬頭琴音，唱著就舒心。有時候在空曠的荒原上，藍天很近，巨川冰瀑，白光很近。在人的曠野亙古孤獨裡滲著對永生的懷想，於是浪跡天涯，勇猛至有時一雙鞋都沒有就上路了。

相對於島嶼的顛沛流離，邪惡的生活經常是為了愛，為了別離。在這座高原越來越久，她發現很多過往自掘的路已轉成自覺的路，暗黑之神逐漸模糊了面貌，黑氣隨風而逝。

生命無常的門檻越來越低，有時候只有觸碰到邊緣，沒有啟動核爆，光是提醒無常就夠嚇人，比如差一點就如何，差一點就發生，差一點的慈悲，如何讓不偏不倚對回差一點。時間差跳過那個被叫喚的號碼，躲過了按下死亡的倒數計時器。但這一切都過去了，她想起母親，想起那些個就像累積功德必須計數的數字，那個把手上咒語佛號計數器按得嘎嘎響的女兒守著夜的母親，趴在母親身旁打盹，或靜靜流淚的日子。計數器的數字歸零，像點數般全兌換給母親抵達善道的財資。

母親儲存在她的手機裡的相片展現著病容，但卻完美，彷彿過去那些病苦細節那些愛慾眼淚那些歲月嘆息都銷融了，留下的是沒有遺憾。她陪伴過母親整整三年三個月，跟高原人閉關的三年三個月竟是一致的時間。母親度日如年，不知高原人閉關如何？聽說看不見光的黑關如地牢，會讓人瘋狂。

在母親的病房閉關時，以為那已是真正的難關，真正的黑暗之所在，病與愛苦為鄰，死亡痛苦眼淚孤獨執著，都在身旁。那些神奇夜晚，感覺人就是這些東西所組成的，骨頭屎尿眼淚肌肉筋骨，這些經絡纏繞就像骷髏頭。身體發出的嘆息，就是這些而已，但何以人這麼執著。人曾是光音天人，初抵地球，到處跳動著光，日久光暗淡，成為人。那些當初決定從光音天下來的天人，在想什麼？為何相約到這南瞻部洲？還是有天人迷路了，發出訊號給天界，謫仙而降。為什麼親眷情人的愛讓我們這麼執著？她遇到的某喇嘛說他在年輕閉關時曾遇到一個由狼變成的媚惑女人，也遇過狐狸變成的狐仙。喇嘛用慈悲降伏了狼收心了狐狸，而得慈悲喇嘛的稱號，慈悲是生命受傷的藥。

妳很悲傷，慈悲喇嘛在寺院遇到她時這樣說。

我之前的悲傷是靠近了母親，那麼我現在的悲傷可能因為靠近了落陷在大昭寺的許多傷害暗影，戰亂毀去，修復，再毀去，再修復。變成一座屠宰場的寺廟，可以再從屠宰場開出蓮花。蓮花中又有僧人自焚，又有新年火災。苦樂流轉，淨穢共溶，乘滿毀滅與新生。

香燈師供燈，唯此燈可以照亮她那自離開島嶼即蒙上塵埃的瞳孔。

十萬盞燈，她點幾盞了？

109

這裡經常像一間廉價的博物館展演在街頭。

銀飾、蠟染、編織、羊毛製品、圍巾、蜜蠟、天珠、手工製紙、木雕、銅雕、手工藝器皿、佛像、唐卡、法器、文物、地毯、面具、樂器、彎刀。這是真的還是假的？她的耳邊總是聽到遊客問這一句話。我說是真的你信嗎？小販說。她在旁邊也笑著，問的人明知故問，想聽到的其實是謊話，好付出鈔票時覺得甘心，就像期待對方說出我愛你之類的。她身上其實有很多贗品，感情的贗品。但那些假的東西其實也可以說是真的，喜歡一個東西就是真的。不管真假與否，不需要被驗明正身，在這個世界上，它的身世就是獨有的祕密。

她在八廓街帶欽哲託交的遊客們去八廓街的唐卡藝術村。怎麼買唐卡？這是最常被問的，她說就像看情人，但對眼就是啦。遊客期待她吐出怎麼看佛菩薩像的眼神慈不慈悲，圖像背後的意義，卻聽她說什麼就像看情人，覺得她很不經心，回答很隨興。有人問她從哪一本佛經下手，她也是回答先找一本你看得下去的。但她是真的這麼覺得，別人說莊嚴，還不如自己覺得親切歡喜重要。當她跟遊客說去大昭寺的古井許願祈福很靈驗時，原本圍繞著她聽唐卡故事的遊客轟然一聲全往古井的方向奔去了。

這種話最管用，就像摸哪根柱子會發財廟的哪根柱子就最亮，財神法會也最容易爆滿。

有苦修者可以長時間不放下手，她想修這個法門要做什麼？她的媽媽以前就經常可以將手放在臉部很久啊，母親根本忘了她的手舉在臉上。很多神話讓她有興趣的都是那些和大自然有關的神通，比如有個修行者要賒帳，老闆說如果你可以讓太陽不下山，我就讓你一直吃喝下去，修行人將他的金剛橛插在地上對太陽作一番比畫之後，太陽竟就在原地停留不動了。

摩登伽女過去五百世和佛陀堂弟阿難有著情緣，此世重逢，被阿難俊挺的外表迷眩，痛苦得幾乎欲死。最後是佛陀眉間放光，讓阿難不至於被迷惑。佛以善巧智慧，度化這對累劫的鴛鴦，雙雙成就菩提，又是一樁千古風流。很多女生聽了說這太困難，愛情的痛苦碎片，竟開成菩提。

像她和母親，她與蟬男人，只能雙雙成就一本受難經與愛慾經。

爬上二樓半房間，她聞到房間有香氣。推開門，彷佛見到蟬男人在房間等待著她，蟬男人仍未離開她的世界，打死不退的蟬，像是掛在她的心口上，任時光風吹雨打，卻只是生鏽而不曾消失。她驚訝的是，那個生鏽痕跡竟使這份愛變得更美，更具歲月的滄桑。鏽蝕未必是悲傷的，有時時間經過，罩上一層光暈，遂使過去的疼痛都有可能穿透哀傷而化為力量。

她從沒忘記蟬，但沒有忘記不意味著還有愛，那是一種複雜的情緒。蟬男人的臉孔淪陷在時光的黑夜裡，和他的那份愛像是漂浮在無間道，無從超生。

蟬男人曾經唯一的興趣就是賺錢與黏住她，商人性格使他將事物量化，習以為常也將感情量化。一直以為自己後來不再愛他，只因寂寞，只因難以拒絕，只因恐懼……但這麼多年過去了，當她終於夢見蟬來到高原時，她的心靜止了幾拍，像是被時光雷電擊到般。

過往他的事業心和她的那種堅毅的流浪是兩個極端的相似，就像刺青在皮膚上的那種難以抹除的強烈，她終於發現到這一點了。其實他們是近似的人，只是往不同的方向前進，她自以為是的藝術生活，其實埋藏著強大企圖心。他時時自嘲自己是奸商的同時，其實也埋藏著深度的自省。她卻以為商人就是商人，由數字與金錢所堆砌的世界，離她的靈魂很遠。但此刻的遭逢，她知道他才是真正的自省者，而她自己不過是個慕道者。

仰慕一切不可企及的靈修者或該說是靈修的氛圍，卻忽略腳下真正的現實與愛慕她的人。她曾經將一切對她的愛慕看得很低，將她自己所愛慕的東西看得很高。被愛慕與己愛慕，形成兩股巨浪。對她壞的人，她很難割捨，對她太好的人，很快就會遺忘。倒非因救世聖母情結，也不是沒得到的就是寶，也不是被虐待狂。但那是什麼？她走在愛情欲求不得的鋼索上，毫無覺知，因為一直以來並無真正的墜下，看似走在鋼索，卻有一股力量把她顛顛躓躓搖搖擺擺的生活，牢牢釘在受傷但不至於滅墜的兩端山谷間。

時而與世隔絕，時而與世通融，但何時隔絕何時通融，卻感到由不得自己。機緣埋伏，她不是預言者。但她有過幾次創造自己預言成真的事。藉由書寫的想像，彷彿召喚招魂，先寫下即將發生的，接著事情就如祭壇沙盤上浮出的天語，可以解讀，但需要靈媒。靈媒如果為愛生病，將是悲慘的境況，因為她本該超越私欲之愛才能看清現實，預知未來。但為愛生病就迷霧現前，失去了法力。

她的手機保留著之前的錄音檔，除了母親最後發出聲音時她特地錄下之外，還有錄的聲音來自蟬。他希望她可以幫他寫下生命幾度成功又失敗的翻身故事。

翻身記未寫成，蟬男人盼望事業翻身，生命已翻頁。

錄音檔卻陪她寂寞渡海，攀登高原。她邊聽著高原傳奇故事，邊演繹著她為蟬男人寫的故事，故事可能將胎死腹中，但她已經啟動述說了。只是她知道自己愈來愈無法幫別人寫傳了。這道別人的影子罩住她太久，纏住她，使她裹足不前。她要告別收費寫別人那長長自說自話的鬻文時日了。

作為信徒，大師姐後來走得比她更遠。但大師姐又經常羨慕她那種無所事事的樣子，其實獅子吼知道她的無所事事是偽裝的，她其實很有責任感，內心也裝滿著事情。大師姐闖蕩叢林多年，在信件裡跟她說，我當時啟程是不想被妳笑說我會變成一個即使到了淨土都還不知如何和別人聊天的無趣人。

我現在有趣多了，大師姐畫了一個笑臉給她。

說故事就像是電腦資料為了安全起見要在異地備源。說故事是一種複製重組拷貝，將生命資料儲存在另一個地方。曲折人生，問題是際遇來時，人怎麼選擇。其實人常常沒有選擇，像她就是直接就掉進去那個坑裡。

河流轉身是高原。

從他人的火葬場，大師姐即將上路，來到屬於自己的天葬台。

她聽見火葬場有屍體說話：這世界布滿看不見的死的塵埃，當人們停下來，呼吸到這塵埃時，才知道時候到了，他們想要的是轉成無死甘露，以往守住不放的愛情或者錢財，在死亡面前頓時味如嚼蠟。

大師姐成了她最熟悉的陌生人，她等待聽大師姐這幾年在海外遊蕩兼且以修行之名住進寺院或者雲遊的經歷。這些經歷自然不能成為傳奇，但至少可作為個人的螢光記號。高原的傳奇處處，人水上走，穿牆無阻，號召鬼神，在岩石留下腳印，繞行高原只需幾秒，繞行世界一圈也不過幾分鐘，空行母的頭髮可以織成會飛的黑帽，甚至天氣也是很有神的，一會兒陽光燦爛，一下子頃刻雪花紛飛，一彎彩虹劃過山谷河澗，雲蒸霧繚的神山神海，有如每天播放全景圖，總讓落單的人不孤單。佛睹天上明星開悟的時候，是否開悟瞬間即張開宇宙全景圖？

【留下之謎】

六 髑髏經

顛倒女人

110

塵埃落定，每夜塵土飛揚。連續幾日她張開耳瓣凝聽旅人那如懺情錄的旅途告白，故事來到了尾聲，天葬台到處都是情慾的枯骨。新加入的旅者帶來新的感官經驗，客棧夜夜笙歌，彷彿十九世紀的巴黎沙龍，人人都有一本離返的旅途經，一本客途的愛慾經。

新的重逢來了，新的離別也將上場。大師姐抵達高原，帶來了缺席在彼此生命現場的故事。

交換記憶不如交換體液的黑暗空間裡流洩著發黃的個人性愛檔案。原來表面講的是性事，骨子裡卻是展演慾望的脆弱，不堪一擊的騷動。飢餓與愛，人生兩大關卡。把一個年輕人關到山上七天，很多人就發瘋了。難陀跟著佛陀學習時卻忘不了美眷，佛陀於是帶難陀上天堂目睹什麼叫做天女，之後，難陀竟忘了美妻，滿腦子都是絕世天女。晚年不保的人只因難過美人關。脆弱才使人性連結。身體以慾望隔間，住進了脆弱，住進了渴望，住進了翻身即逝的性愛。

小丑也在閉關之前來到塵埃落定一起聽大師姐帶來的遠方故事，彷彿阿修羅的曼陀羅花開滿在廢土上。小丑閉關的護關人大師姐終於抵達了高原，他們在島嶼的這三口組，在高原重新組合。這也意味著小丑進入最嚴酷閉黑關的旅程即將開始倒數。小丑不找她當護關人，怕她這個女人糊塗又容易變節，一有桃花就忘了逃命，怕她時間到了卻忘時辰，給她護關太危險。

她心想就信不過我，我可是我母親的完美送行者。

他們聽過很多人間飲食男女，但聽過更多關於苦修成就的故事，這使他們有著虛擬般的甜美安慰，勵志自傳永遠是在寒冷人生裡的一碗濃湯，喝久了也就當真，以為自己也長出飛行的翅膀。比如海岫和尚的苦修，聽說他所閉關的山洞都是用自己的手指頭慢慢給扒出來的，扒了很多年的時間才扒出一個可以容身之處的山洞，比如善導大師三十幾年從沒臥床睡覺過，一心念佛，抄寫阿彌佛陀經三十萬卷送人，燈從沒熄過，念佛念到最後竟連嘴巴每吐出一句佛號就會出現一道光，從此善導變光明和尚。日日夜夜用毛筆抄經，抄十萬卷與人結緣。淨土看似只要念佛號就可以往生，問題是要念到一心不亂，如如不動，連睡夢中都不間斷，必須人和佛號打成一片，和咒語打成一片。這難不難？大師兄說完故事，棒喝一問。她聽了腦子還在想像著嘴巴放光的樣子，通神之路要有光，人渴望成為神的傀偶，放光的人容易被暗黑的心仰望，神通者通人通鬼。

曾經眾友仙人說妳的身體有光，因此許多人會不自覺被妳吸引，但這是好的，因為這就是妳，妳的生活方式。妳的大拇指的指紋有兩個點，有這兩點的人一生都有很多男朋友，妳一直以來看起來年輕美麗。納迪葉仙人在千年前寫下的字句，等著她輪迴的命運。這靈魂千年流亡，有路徑可以透視嗎？

千年仙人可以看見網紅閨密們那大型撞臉的現場，那些塑化的標準小尖瓜子臉高挺鼻梁與大眼的背後靈魂差異嗎？

美杜莎的頭顱若睜眼醒轉，變成是不需身體也能靈動的惡之華，注目美杜莎依然會瞎眼，整個世界都在石化中，只有這集結在酥油微火下吸著低氧空氣且逐漸靜坐成石頭的人要通往肉眼看不見的淨土。一盞酥油變成當代最紅的瘦身防彈咖啡發想起源，慈悲帶來財富。淨土的起源是誰？如果她偽裝，仙人可以看得出來嗎？何以只有她自己知道的祕密，解讀師竟從千年前的葉脈讀出她的祕密與訊息，泰米爾語如此莊嚴，仙人埋伏在生命的過去與未來，甚至從遙遠印度來到現在。她這樣想著，解讀師讀到她的想法，他說妳我在這裡相遇的這一切都是千年前就注定的。

大師兄聽過她說起這千年葉子知命傳說並不稀奇，心通者都能解讀過去，但談未來就未必準，因意念牽動未來，未來可更改。高原伏藏師可以從岩洞大海取出的一個字讀誦出一本千年前埋藏的經書，大成就者可以從今天早上哪一片落葉先落下，弟子從左腳還是先從右腳進大殿，讀出不同的意義與徵兆。但神通無法解除罪惡，目犍連這時候又被抬出來作為最好的範例了。神通第一的目犍連可以上天下地就是無法救回母親，神通無法解業力。那什麼可以解？她問，腦中飛過盛夏盂蘭盆法會在島嶼每年的盛夏焚燒的鬼宴狂歡，大街上整排的小鱷魚躺在供桌獻祭烏藍婆孥，或者大豬公全身蓋著得獎藍紅印章嘴巴咬著金橘的無語問蒼天，盂蘭可解倒懸之苦，盆內裝滿山珍海味。

每天大小便要通比神通更重要，大師兄突然又棒喝一聲，把她從光裡拉回黝黑的經堂。

四下依然是努力想把自己坐成一顆石頭的人。她偷偷看著自己的大拇指，指紋上有兩個小點似的漩渦，仙人說這代表一生會有很多男朋友。她想砍掉這些桃花，但好像桃花開了又謝，謝了又開，就像煩惱來去。以前她只知道自己的大拇指有孔子眼，指紋漩渦下的橫線有個突起的小島，看起來像眼睛，說有孔子眼的人聰明會讀書，她倒覺得自己笨拙。

當代科技幫助很多偽裝者，比如可以將圖像放光變成神光，或嘴巴先呑特殊化學配方之後就可以吐出火焰，或生前多吃什麼死後會燒出舍利子，但葉脈上的歷史記載可以更改嗎？她念頭太多，寺院阿尼鼓勵她多點燈，燈破千年黑暗，火燃燒煩惱過患。關於光，有太多回憶，大學時大師姐送她一條念珠，念珠發光，美如星辰。佛學社見了人人喜愛，團購每人一條，有人掛在脖子上有人掛在手腕上有人天天在指尖上轉著，一聲佛號或咒語，嘴巴念念有詞，有人阿彌陀佛有人觀音聖號。十方眾生，至心信樂，欲生我國者，乃至十念，若不生者，不取正覺。但稱念阿彌陀佛名號，能除無明黑暗，即得往生。唯念佛者必須信心淨淳，信心不二。基於此，人人稱誦佛名，小小社辦，音波綻放，到處發光。她也轉著手珠，那時祈求的心願不外都是希望愛神眷顧，還沒想到有一天健康的祈求會大過於一切。但過一陣子，卻發現愈念光卻愈淡，念到最後還不放光了。那些還在頸子上手腕上放光的都是沒有用手去轉的，這讓她和大師姐不解，怎麼愈虔誠愈沒放光。大獅吼拿到光下去看，笑說妳們女孩子好騙，念珠都是染上螢光劑的。

念珠頓時從神聖變成世俗，還很像小時候玩辦家家酒的娃娃珠串飾物。獅子吼見她這樣失望頓時又說，其實心念強，假的也是真的。信心夠狗牙也變佛牙。聽聞某個孝順的兒子要去佛國朝聖，他的母親就央兒子取得佛牙回來好讓她供養，兒子點頭說好，但到佛國朝聖後卻無能取得佛牙，兒子又孝順不忍母親失望，於是在中途就取了狗牙回家，沒告訴母親真相，母親一直把那狗牙當佛牙般的供奉著，最後那個狗牙旁邊也都冒出舍利了。她腦海編織著畫面，想像那狗牙如水晶般開出舍利花時那老母親的微笑。關於大信者的故事往往和童話神話如出一轍。

在有鐫刻咒語的念珠上修法，再將念珠套在牛頸上，用槍開射牛，牛就像被蚊子叮咬一般地騷動一下下而已，子彈化作金剛杵。即使是塑膠材質的念珠也可以有同樣神力。她想如果用人來練習，人可能先嚇破膽而昏倒，但也可能因無所求助無可攀緣，只有死路一條時，無前進無後退就乍然頓悟了。一念九十個剎那，一剎那有九百次生滅，蝴蝶已經搧動多少次翅膀悄悄將世界整個置換了而人卻不知。

便宜俗物一樣可以有感應，她現在用的念珠是星月菩提，一百元台幣就有一條了。欽哲說天珠以前在藏地和尼泊爾都是用湯匙一瓢一瓢的盛著賣，很便宜，現在卻可以炒到十幾萬一條，早知道當年就給它盛個幾瓢幾碗回來。她每天在八廓街大市集轉著，經常有人要賣她東西，很多市集商人向高原在地人買東西，然後賣給她這類看起來像外地來的觀光客。她看著那些染色的假寶石，常想起那串染色的放光念珠，假的也是真的，不屬於你的鑽石也是垃圾，屬於你的垃圾卻可能變黃金。

大師兄說我對你們很鬆散了，如果你們修律宗，那是連抬眼看女人男人都不行，也不能碰觸鈔票，不能接受沙彌比丘和比丘尼的供養，不受任何人頂禮奉行三衣一缽，獨自獨行，僧俗二眾不談世俗事。律宗祖師弘一出家時只寄了張寫了個「囚」字的家書回去，囚字就是千言萬語，律中之律。在弘一出家之地門外旁租了個小屋等著他的日本太太，等到骷髏遍地，也不見寺院走出一個囚人。

111

塵埃落定的告示壁經常貼著找尋想去同一個景點的同行者或者一起搭便車的人，

她曾在多年前的某一次旅途裡遇過一雙眼睛，眼睛說明了他沒訂到旅館想要分享她的房間但可以不分享床的訊息。她臉上的表情拒絕了他，他轉為驚訝不解。她想這個長相帥氣的南歐年輕男人一路應該沒有被拒絕過，忽然有人冷漠回絕，像嚇到似地直盯著她，心裡可能狂喊怎麼可能怎麼可能，這小妞以為她是誰，長得不高又一臉曬得通紅的麻雀臉。南歐男人悻悻然轉身，男人很快就轉向車站其他的旅人。她正因為南歐男人太帥了，而不願意分他一個角落歇息，對他那種自鳴得意散發著張揚的魅力認為隨意都可把到女生的眼神討厭。留言區貼的留言電話紙張被切成一條一條的，很像是魚的甩尾，白白的魚尾被風吹得發出細響。往高原深處確實結伴比較好，這大山大水會把孤獨人給吞掉。

天才透亮了些，她聽見有群人經過旅館的露台，聲音踏上二樓階梯，聲音愈來愈近，聲音來到了門口，有人敲著她的木窗。她打開窗戶見到竟是小丑，奇怪怎麼聽起來聲量像是聚集著一群人。你一個人？還有別人嗎？小丑轉身跟著東看西瞧。你後面可能跟著一群鬼魂，她笑著，揉揉眼睛，逐漸從長著勇猛翅膀的毘濕奴神的化身夢境朦朧醒來。她的東西就剩下一只包，一台電腦，一本護照，一張地圖，幾本書，筆記本，幾張照片。T恤、長褲、羽絨外套、手套、內褲、眼鏡、一頂帽子和一些零錢。小丑醫生依約來敲她的窗，要一起出發到藏南。

在小丑閉關前，最後一次兩人的小旅行。

以往小丑到處走訪醫院與窮苦人家時，每到一處就留下一個紅鼻子，她覺得這紅鼻子太可愛了，但小丑卻不給她，說只能給十七歲以下的孩子。離開島嶼看的最後一部電影（小丑），裡面的小丑去兒童醫院時，卻從口袋掉出了一把槍。小丑說他也看了這部電影，在某個旅人的手機上，看到她說的這一幕，小丑笑了，覺得電影誇張，但不無可能，瘋狂世界，人人也可能是小丑。

小丑答應讓她當跟班，這一天他們買了一包白色蠟燭與其他乾糧上路。路邊有青稞田正採收成，她也跟著下去拍攝採收金黃色的青稞，滿天飛舞的乾草，整個看起來就像是金黃色的夢，梵谷流動的雲夢，螺旋迴旋地暈著她。在太陽的照亮下閃爍得如她在臨終母親耳邊不斷提醒母親死去之後要記得往最刺目最透亮的白光裡去的風景。青稞田採收的婦人們身上穿的衣服都非常的鮮艷，紅藍黃三原色的上衣下搭咖啡色的裙子，看起來像米勒油畫。

在汽車站，他們上了開往山南的小巴。沿途是雅魯藏布江的支流，高低落差極大，聽得江水波濤洶湧。車停在某處休息，她找到某個民家有熱水，泡了麵和小丑倚著江岸的路邊吃。不怕掉下去？小丑故意推她狀，她邊吃邊盯著底下江水，輕鬆地回說掉下去就餵魚。峽谷切出巨大的凹槽，底下就是雅魯藏布江，所謂的底下起碼有一米，高差讓人暈眩，她往前看一眼瞬間往後退。小丑說怕了？她笑說沒敢餵魚，沒敢與君絕。小丑笑而未接腔，轉頭望著繼續趕路的吉普車馳騁而過，雅魯藏布江的最後歸宿是海，哪一座海有這樣的容度可以裝進她的淚水？

江水的歸宿已被設定，她的歸宿看似有軌跡卻未必沿著軌跡前進。就像此刻，她從不知道有一天會和小丑在高原重逢，且還一起前往山南。年輕時光在兒童病院的遭逢，如夢似幻。癌症病童的生命於今的軌道呢？兒童看著小丑表演著小丑，快樂地搶著小丑的紅鼻子。她則靜態地在旁念金剛經，孩子們都睡著了，她發現經文冗長晦澀形成了難得的催眠，這些畫面彷彿已是前世。小丑結束這個桑耶旅程，將進入閉關，生死未卜，這可能是彼此最後一次相見。原本小丑就不是一個輕易表達感情的人，再次閉關，彷彿關掉最後和世間的唯一聯繫，將不再見她這個俗人。她的下一步呢？大師兄說去無常院，她覺得甚好。無常院，她喜歡這名字。

之後再見你的時間就是我當初看守我母親的時間了，三年三個月。

我的時間將進入低速的慢，比妳慢很多很多，恐怕所謂的度日如年吧。一日乘以三年三個月，心理時間將以十萬年起跳，而這已是高原最短的閉關。

度日如年，如此緩慢，為何要去閉關？比坐牢還慘？

好像就是覺得時間到了，該過濾與沉澱了。

從雲層露出的陽光將山林的霧氣蒸乾，峽谷上方攀著的植物綠意疏朗清幽，她大力地聞著空氣，冷空氣像鳥翅似地拍擊著胸口，當往事如深水覆蓋阻塞時，只要覺得悶滯她就會大口呼吸，撐開胸口缺氧的狹道。她聞到小丑的身上有一種長期沾染寺院的氣味了，艾草檀香混合著酥油甜茶還有一點點獸類的動物氣味，寺院很多放生羊。她覺得很好聞，很真切。把泡麵覆蓋的紙盒掀掉後，那氣味瞬間被泡麵的肉燥香取代。

吃泡麵時，她不問小丑為何還要再閉關了。她想像著閉關者是否像是她在看護母親的許多個夜晚經常看電影的感覺，黑暗中面對許多滑逝的影像。那些殺時間的什麼復仇者聯盟鋼鐵人驚奇隊長等等所展演的超能力，她一邊看著臥床母親一邊看著宇宙無敵的打打殺殺，企圖修改時間回到過去的旅行，幻想著如果能回到母親中風前一刻去修改程式呢？比光速還要快就能回到過去，回到的過去又怎麼可能是形體？不該只是一道閃光？死神星在多年後將行經地球，那時人類可以讓身心不再痛苦了嗎？

她聽聞大師兄曾說修法時要專心，有時候只是對旁人一個語言的不舒服都可能和對方結上隱形梁子，對方可能會成為你五百世的障道因緣。如果這麼微細的語言都引發這麼強烈的五百世，這些科幻電影提供一種非常虛幻卻又非常渴望的星球避世。小丑像是感受到她的所思所想，忽然笑說我記得妳以前最常念金剛經，串起和我以往在兒童病房的聯繫，妳知道金剛經總結起來的兩大元素是什麼？

一切有為法如夢幻泡影？

只對了一半，如夢幻泡影，所以是空性，空性的另一端卻是功德，經文也一直闡述在做了什麼就有恆河億萬沙的功德，妳不覺得很奇怪嗎？又要空性又要功德？是因為做功德之後要放空？功德是現世，現世顧不好，何來空？講空的人其實要很富有。內心貧窮或現世貧窮的人反而會一直抓，所以以功德來累積福德先。她有點明白了。她說我當年在兒童病房念金剛經，那是我少數人生裡覺得很美很美的畫面。我想妳當時在念經的時候，應該沒有任何想法閃過，所以靜默得如一尊菩薩，只有嘴巴持續搧動法的涼風。她聽了瞬間停下吃泡麵的手，好想伸手去摸小丑的臉，但她停駐片刻想想還是繼續吃麵吧，一個即將閉關的人就像準備進入死亡的人，一點溫度碰觸都會覺得燒灼熾燙。

她說自己當時在念金剛經的時候，她曾經感到佛法與存在主義衝突得很厲害。一個是拚命把人定位得虛無縹緲，像大風在空谷中無聲無息；一個是極力擴充人的龐大莊嚴，不斷高聳而入雲霄。這兩種情調時相擺盪，不知不覺人就實利了起來。成功的時候多一點存在，失敗的時候多一點佛法。我看山底下的人間生活大抵是如此，或者看每隔一陣子就有人上山來找獅子吼的心與狀況也是這樣的。很多人在無助時才想起他們的神，卻很少自我惕勵。是啊，一切都是依附。就像我去兒童病房必須穿小丑裝一樣，必須戴上那個紅鼻子一樣，沒有這些依附的物件，我也扮演不成小丑，就是我扮得了，別人也不相信我就是小丑。所以出家人要穿出家的衣服，道士要搖鈴打鼓，和鋼管女郎依賴的那根鋼管沒兩樣。

她聽到鋼管女郎大笑著，但繼而頹喪地對小丑說，我近來有點喪失了動力，雖然你知道其實我這個人也沒什麼動力可言，但相較之下，我確實更往人與佛這兩個極端裡去冥想了。覓得了一絲心得，覺得佛法和存在主義似乎仍有融合餘地。體認出來的八字訣是「諸法無常，諸行有我」。也就是說本體是佛法的，人文精神卻是存在主義式的。諸法是外在的，是象徵的，是演化的；而有我是內在的，是實存的，是堅信的。沒有我，諸法不足以展現；有我才足以實踐。但佛法常說「無我」，於是很多人困惑了，無我究竟怎麼生活？我體悟到無我就是有我，我是真實不虛地存在，無我的意思不是我不存在，而是擁有我的同時，能夠不受執被支配。這麼說來，人的生活其實在於有我與諸法交會之間的模糊狀態，有如陰陽交界，既黑暗又光亮。既變幻又自主。這種動靜與有無交會的狀態，是我對人生、對自己最新的解說吧。這次是不是能天長地久，下一步又會怎麼樣發展？就像雲和天空，於存在的實體裡，有的又是無盡的變化。

既是這樣，也無驚怖之事。這部經也讓她連結到文成公主，這是唐朝公主最喜愛的一部經書，但我有很多的疑惑，文成公主那個年代讀金剛經時的體悟？那個開放的年代，女人袒胸騎馬嫁異族，如何看待應無所住而生其心，又如何感受一切如夢幻泡影？鳩摩羅什尊者太厲害。她偶爾也接翻譯工作度日子，總想這鳩摩羅什尊者當年是如何挑字的？如此朗朗上口又優美至極。

小丑從不管這些，他說除非把文成公主從歷史叫醒，但公主沒有留下隻字片語。

轉眼抵達松嘎渡口。

雅魯藏布江邊松嘎渡口，他們搭船過江。雅魯藏布江是典型的高原寬谷，江闊水緩，慢慢渡江三十分鐘滑行。船在大江中顯得渺小，高原人和他們同船涉江，歌聲開拔，兩岸如天籟，船終抵岸。

小丑說妳可以幫他們修復壁畫。桑耶寺嗎？往後任何一間妳可以駐足的寺院。妳不是很會畫壁畫嗎。你在嘲笑我以前畫春宮畫。畫春宮畫也很厲害啊，你應該感謝那個磨練妳的過去，而不是去遮掩那個過去。我沒遮掩，只是也沒暴露。你技高一籌了，有和無又是一體。在高原久了，每個人的心多少都種了些金玉良言。

她盯著腳底的繡花布鞋，已然陳舊得像是寺院的老壁畫。

他們沿著山色的曠野徒步，身影看起來像水墨畫裡埋藏在千筆中的隨意幾筆。

廣場沙塵滿天，小丑身穿的紅赭色僧衣衣角掠風而行，像紅花移動。穿越八吉祥黑色布簾，將外頭滾燙刺目的光線包裹在高原的第一座寺廟。桑耶名震天下，只因當時白天蓋晚上倒，最後精靈被從印度迎請入藏的蓮花生大士給降伏成護法神。這些護法長得都像妖魔鬼怪，但卻威力無比。陰暗中有一種冰冷，得看好路，不然會撞到彩繪著大鵬金翅鳥或龍族的柱子，柱子下到處是正在修法念經的出家人與小沙彌，很多張年輕喇嘛的臉孔盯著她，像是看到什麼美麗稀有的事物一般。畢竟她也是一個輕熟女，又和一個外國僧人走進，長年窩在寺院的沙彌頓時眼窩彷彿瞬間被灌進跳蚤似地發癢揉著，又盯著望。她聽見喃喃念誦的聲線斷了好幾拍，心念斷了，聲音也跟著停擺。有人發現斷拍忙跟上，填補那個尷尬的空檔，隔了一陣大殿唱誦的聲音才又整齊劃一，同步如集體夢境呢喃的巨大音磁場。

老虎進來寺院了，她聽見小丑附耳開玩笑對她這樣說著。

112

封閉在高原曠野最古老寺院的小沙彌們是注定出家的被揀選者，是家族尊貴的象徵，但孩子不懂，可未必歡喜，隔離俗世，使他們的生活只有酥油燈與不說話的佛像。她想起沒生病前多言的母親與長期不存在的寡言父親。

父親不憂傷了嗎？還是父親把憂傷轉給了她？她繞著小沙彌們的誦經房，仰頭看見巨大如父的佛像，誕生在蓮花的蓮師，應該是金碧輝煌，但空間太暗，只能看見那如燭影的眼睛像火燒般的燙人。在低光度的寺內睜大眼睛望著高原技藝最古老精湛的壁畫唐卡時，她幾乎是熱淚盈眶。暗藏在壁畫中的符號充滿著許諾的亙古大願，她被這種大願震晃了心海的最深處，那是比海更深的地方，比愛更遠之處。荒山之境的蜃影，一定是看過這種荒涼到極至如死的人才能把金剛經、心經這般若部的經典翻譯得如此看破又如此不看破的兩個極端之美，鳩摩羅什與玄奘，一個譯文優美一個譯文精確，他們是文成公主的懸念，也是她的懸念，唐朝的女子與二十一世紀的女子在高原相逢，心並沒有不同。

在千年的壁畫前，褪色剝離斑駁的低彩度壁畫裡的佛，看過人們在其面前撒野屠殺的只能無言只能眉目低垂，祂變成牠，不增不減。打開黑盒子，氧氣飄入，瞬間氧化脆化的那樣微細的壁畫僅存一絲依稀的色澤，微光瞬間吞噬她長年的憂傷。傷口不曾仔細檢視，現下這疤痕更鮮明，帶著深紅疼痛的殼，掀開時分，舊血汩流。不該扣問彼此的滄桑，答與不答都是艱難。除非回答即可將往事瀝結成水晶，但往往是變成無用且割人的尖碎玻璃。尤其尚未定位的一觸即發時刻，她憂心自我的愛情歷史會再覆轍，她深怕再來一隻蟬，那島嶼蟬鳴洶湧的夏日，她是提前進入晚景的蟬男人所曾賴以為生的盛夏，半翅目類物種像是有神力的鳥禽，把她狠狠咬死在心裡。把一個人咬死在心裡，要經歷多少淬煉？這句話如咒語，她經常反覆扣問際遇。

後來她才知道，該討好的不是愛神，也不只是財神，更該討好的是死神。死神幫她復活，從死蟬緊閉咬住的嘴巴裡敲開，吐出被時光纏住而陷入執著的她，給她充滿愛的葉克膜，她吸口大氣，就能再次蠕動。神太多難以一一討好，故不用討好，因為神是一體的。

妳得找一個本尊，高原人一生至少一本尊一部經一咒語，就這些，就能從容走到盡頭。本尊可以換來換去嗎？不行，要一本尊成就了才可以換。妳換來換去，就像感情不專一，怎麼成就。如何知道成就了？當別人看妳是本尊，看本尊就是妳的時候，一體合一。也就是妳如果以觀音菩薩當本尊，修到成就時，別人會覺得妳像是觀音菩薩。

若我覺得自己是菩薩而別人覺得我是卒仔呢？

那當然是卒仔，小丑笑說自我感覺良好很危險。

該從哪一個本尊開始起修？眾神的高原，寂靜尊忿怒尊琳瑯滿目，像是菩薩專賣店，她無從挑起。小丑直接點明說本尊其實就是指人的本性之尊貴，聆聽妳的本性尊貴就知道妳想選哪個本尊起修。

從愛情暴虐格鬥中生存下來的她，經歷現實殘酷拔翅或被剪掉腿的生存惡童所施加過的惡意，本性應該早已扭曲不堪了。妳喜歡的，有感應的，先從慈悲尊開始。她深愛過誰，誰就離開她，只有深愛本尊，本尊不離，因本尊是本來尊貴的自性，就像烏雲的背後是陽光，這她很確定。給予愛，愛給予，即使無法收割，但念完像咒語似的心靈激勵語言，只是為何內心空蕩蕩的？桑耶寺外走動著流浪者，高原野火羅織著夜色。這世界到處有說不完的故事，四處飄盪著枉死城的鬼魂，無聲哭泣，她聽得見，她是愛情荒城廢廟的功德主，她屢屢在愛情的芳名錄裡捐獻身體的潮濕與歡愉的眼淚，但她仍只是荒城廢廟裡那永不具名的地下功德主，是暗夜的行經者，等著被時光拆遷的無油燈無香火的小廢廟。

深海有氮醉的恍然極樂之巔，高原有缺氧的極度懸梁之幻。初來者必然陷入的昏睡表情與發腫的月亮臉。在這裡拍的照片她的臉經常水腫如麵糰，看起來像是發福般。清醒少了快樂，模糊增強了幻覺。缺氧性的精神錯覺，白日夢作得像是夜夢般璀璨，像是眾生喧嘩千舌吶喊，但卻走不出迷宮。漫長的寂靜裡，開出人煙訊息。洶湧翻騰而來的是葬禮，深海般的微光裡，霧氣瀰漫清晨，棺木不是木，是一口玻璃棺，在陽光下折射著星輝。來時空空，去時空空。夾著雷，閃著電，撒向玻璃棺的光束如星塵幻滅。她在白日提早進入夢的領地，啃食夢的故事。她在黝黑中一幕一幕地行過壁畫，斑駁的佛像，褪色的綠紅藍黃像發糊的老照片。

轉身小丑不見人影，她聽見念經的聲音裡有個比較奇特外國腔調的聲音，她想是小丑，果然見他不知何時已經坐進了誦經團，當誦經團離開後，小丑也不曾起坐，一坐竟夜，直至隔日。

小丑睜眼，一夜像是一個小時，不知時移。見她來了，說走，去桑耶寺的頂端。天頂的雲系如蓮花胎藏，放眼可見寺院依四大部洲而建的格局，南瞻部洲西牛賀洲東勝身洲北俱盧洲，千日萬月微縮在一座寺院，一座曼陀羅壇城。太陽月亮殿，四大天王並立，四方有四大洲與八小洲，歌女香女環繞。她點頭望向空曠的來處，大殿前的廣場走動著幾個喇嘛，紅衣飄揚在沙塵中，滾滾紅塵原來真是這樣，她想著僧人腳下揚起的塵土，生命大概就像那塵土，塵歸塵，土歸土。

中午又在寺廟打食吃，炒麵炒飯，咖哩飯，甜茶配麵，她還點了個蛋糕，吃起來極甜，超過她的甜。她喜歡吃甜食，聽說這種人比較任性。母親喜歡吃正餐，有匱乏恐懼與危機意識的人。餐廳電視閃爍不清著新聞，以聖經之名，引起的殺戮正在電視播放，按下一個按鈕，就足以毀城所有。人類要飛昇到地球之外，然後往自己住的地球丟擲飛彈，喜歡自毀又嚮往新生，死神的怒吼，土地流的血漬從未乾過。吃著米飯，有時抬眼看新聞裡那一塊磚掉下來世界都會為之矚目的加薩走廊與哭牆。往往祈禱之地也是流血最多之地，啟示錄暗示滅亡的印記，被人間氾濫使用。以仇恨還仇恨，天上的神之征戰比地上更劇烈。

走，我帶妳去鄰近一家小寺廟聽經打坐，我很喜歡沒有觀光氣氛的無名小廟。

在空曠地走了好久，沿途有些越野吉普車馳騁而過，有人拿著大炮相機朝著他們猛按快門，好幾輛車隊行過，揚起如霧的沙塵。她想自己和小丑走在曠野的樣子是滿吸引相機的，如果是以前的她也會猛按下快門。一個東方流浪女孩穿著色彩如藏地經幡的高彩度衣服和一個外國白人卻穿著類似出家僧的極簡紅赭色服飾，走在高原砂礫曠野就像電影裡的殺手與女孩，只是他們像是角色倒反，女殺手與僧人。

路程的砂礫曠野中她看見有人在禿山岩壁上畫著天梯，又有喪家來到岩壁送行。抬頭她看見母親在雲裡微笑。她朝天梯揮揮手，心裡說著媽媽，我很好，妳不用像看顧小羊般地看顧女兒了，趕快離開天梯吧，走向另一個旅程，仙人在等妳，菩薩在等妳。

走了大約有四十幾分鐘，小寺廟出現。小丑撞鐘，門開，小喇嘛看見外國人顯得神色歡愉，彼此嘰哩咕嚕地說著藏語，她才知道小丑連藏語都說得很不錯。直到引磬敲響，大殿瞬時安靜。突然喇嘛群集開唱，嗡字響徹，如六道輪迴，生死曠野，數劫流浪。六道的阿修羅俊美，卻個個都是殺手級的。有點頭痛，她在微火中覓得了角落坐下後，靠著柱子喘著大口的氣。眼睛痠澀，她閉上眼。看到自己走進一座藏經閣，空間裡到處是佛，鎏金、銅、銀、石頭、木頭，還有從畫像走下來的佛，佛們像是有生命似地彼此在交談，她不知道佛怎麼聊天，但覺得佛很開心。她看見一個女孩在禮佛，雙手合十，跪拜千佛懺。千佛萬佛，名字都好有意思，就像人類的名字一樣也有含意。她走過去看著佛名。看見一個王和一個公主，突然從佛的名字裡走出一個僧人，她卻一眼就能認出是無常院的僧人阿空，他身上有著病人與僧人的混合氣息，虛與實交錯，又衰弱又強韌，她一眼就能認出來。就像阿空曾說她也是一眼就能看出來的人，混合著十分執著又十分無情的旅人氣質，又拘謹又野性。她正要喊阿空時，阿空卻頓時轉成一個巨大的佛，幾乎有台北一零一大樓高的佛，她害怕得像是大佛腳下的螞蟻，很想睜眼卻睜不開也逃不開。後來發現大佛不理她，大佛在跟另一個人說話。突然大佛在那個人面前用法術變幻出一座寺院，她驚呼著桑耶，那個人轉過頭來瞪了她一眼，竟重複了她叫的那一聲桑耶。然後有人抓著她磕頭，用力地把她的頭敲下去，額頭磕出了一道道血痕，她大喊著小丑救我，就醒了過來。發現自己還坐在柱子下，微火中群僧仍在唱誦咒語，如浪搖擺，頭痛好多了。

小丑不知跑去哪？等唱誦結束，群僧紛紛離席，她才看見他，他坐進群僧裡，並沒有要下坐的樣子。她站了起來，適應腿麻之後，她走到小寺廟的門口，看見門外是黃昏將要降下前的山嵐茫茫，像水墨逐漸漫過紙的一路飄進了她的鼻息。小時候住的平原老宅一吹起山嵐就覺得前方的深山裡住有神仙，高原的霧野有神有仙卻也百鬼夜行，但她覺得安慰。放心，媽媽就是作鬼也會保護妳。

鬼最懂得人的世間寂寥。

在這間旅途的不知名小寺廟，她喃喃對著不斷飄向她的山嵐說著對不起對不起，媽媽，對不起，請原諒我以前的任性。我總是一直渴望離開妳，不想和妳攜手前進妳的苦楚，只想逃脫到沒有妳的地方去想妳，去一個沒有人認識我的地方舒展我被妳束縛成禁忌的野性。匱乏的人容易崩潰，身體疼痛的人失去耐性，她不知喃喃自語了多久，回頭看見小小寺廟的大殿微火全熄滅了，只剩下大佛前面的那一盞燈。

113

桑耶，出乎意料。悉達多，美夢成真。她很喜歡文字背後的意思，小丑總笑她太著迷文字相。彼時赤松德贊看見蓮師從虛空化現出一座寺院，頓時驚呼桑耶，頓時桑耶成了永恆之名。她慢慢拼湊出原來剛剛打盹所看見的那個人是王，贊普，赤松德贊，而那個大佛，就是蓮師。蓮師本可轟天一掌劈下，但知干戈只會引起更多的干戈，改以煙供上供下施，讓精靈與聞香鬼被收伏，發願生生世世願當佛的護法，與佛盟誓，永不棄佛法與永生供養寺院，將敵魔化為保護之友，愛你的敵人，這是最早的高原原汁原味的心靈雞湯。

在大師兄的引薦下，喇嘛們讓她和小丑得以在桑耶寺進行清淨山煙供和火供，以一解宿願。煙供她熟悉，大師兄教過多次，在塵埃落定也常見到欽哲燃起桑煨煙供。她心裡喊著母親，蟬男人，一切嬰靈，精靈四生，山精鬼魅，趕緊來吃滿漢全席，這是為你們準備的超度料理。如果一個完全看不懂儀式的人會以為她是神經病也說不定。她走進桑耶寺大殿，抬頭看向中央，是那尊先前在小寺廟靜坐所見的夢中大佛，引她來這裡的大佛。她點上油燈，捐了點錢在功德箱。寺院的堪布正在說著蓮師與國王赤松德贊的故事。這天說的是離別的故事，她聽了覺得有意思，寺院頓時不那麼出世間，反而帶著茶館聽戲之感，她喜歡聽戲。赤松德贊失去女兒的痛苦故事。痛苦的戲她太有感了。都怪那隻哪裡不好停卻停到國王脖子的蜜蜂，停在脖子還不知飛，還叮了國王脖子一口，這國王隨手就打死了蜜蜂，頓時心生懊悔，於是對著掌中蜜蜂念了懺悔迴向文，但因果自此結下。到了赤松德贊這一世，蜜蜂轉成了王深愛的女兒，緣分短，女兒夭折，藏王心中承受愛離別的痛苦，而這痛苦正是往昔被國王打死的蜜蜂所承受的痛苦。

島嶼母親病房的那些爬蟲類，靜止在牆上的夜。還好她沒拿拖鞋打牠們，也沒有餵牠們吃蟑會滅。輪迴的狂想曲，就是你抱的至愛可能是敵人，踢的可能是變成狗的親人。嘗愛別離的苦痛，人生必嘗的滋味。每個母親的羊水宮殿，都是夠苦夠痛的血海之地，她可不願重返。謫仙謫羅漢或變成昆蟲動物花園農莊，輪迴如禪繞畫般不知起不知終，蜜蜂變女兒，聽經蚯蚓變樵夫，樵夫蓋起三寶殿造下七星橋，樵子得福報轉生梁武帝，那用熱水燙死蚯蚓的僧人轉降成猴子，因猴靈性精，供佛最佳，孫悟空七十二變，變不出如來掌。猴子調皮把樵夫供佛的花丟在地上改換成自己的花，樵夫生氣遂封死猴子的山洞口，猴飢而亡。梁武帝的皇后用狗肉做成饅頭想讓僧人破戒，但僧人沒吃，狗肉饅頭丟到花園，花園竟長出了蔥蒜韭等辛物，於是僧人不吃這些辛物。猴子最後跑去哪？妒性皇后轉成大蟒蛇，百蟲噬咬，梁皇寶懺全由蟒蛇而起。故事像連環套，但怎麼套都無最初與最終版。中間套數卻很清楚，如果人在降生前有附張生產履歷，大概沒有人會控告父母不該把孩子生下來，反出生主義者的顧客應該要先上溯生產來源地。

她聽著故事，腦子閃過她弔唁過的那座前世的港口，納迪葉仙人說她某一世曾害過蟬男人，輪迴履歷清清楚楚，地點在廣州，故事是女伶與男粉絲，女伶要了男粉絲的打賞錢卻又不愛男粉絲，男粉絲鬱鬱而死。女伶投胎的這一世注定欠還男人，還他千遍也不能厭倦，直到蟬男人飛離，主客無所相欠。情感的履歷，如超市的肉品履歷，怎麼被宰的？如何變成碎片？幾齒生的牛，幾月生的羊，幾時宰的豬，產地是紐澳或中國，清楚就不怕豬瘟。不必遇到假仙人亂說觀落陰，不必遊園打盹卻驚夢一場，只要今生相識必有因。仇家成愛人，愛犬變母親，宇宙大雜薈，就是史上無敵的命運精算師也算不清。所以說，就當一切都是還，認了。無始劫，無始無終，人就認了。如果不認呢？她心裡說著。台上堪布彷彿聽見了說，那就繼續受罪吧，日後還是要連本帶利還，算數再差也知道輪迴不是一樁好生意。但你誠心懺悔，主客歡喜，各各回歸所來處，懺悔才是門好生意。

聽聞很多奇奇怪怪開悟的禪門公案，看了桃花開悟的，踢了石頭一腳開悟的，甩了女人耳光開悟的，拉了窗簾開悟的，見到下雨開悟的，看了落日開悟的，林林總總，唯半字不能相救，都不是自己的路。教外別傳，不僅隔一層紗，還隔萬重關。

小丑說，要走自己的路。他當小丑娛樂病童的時間過了很多年，多年磨劍，他的中文幾乎完美，那時的小丑就感覺自己的世間任務已然完成，於是他邀同在兒童病房誦經義工團的她同奔高原。誰知道就在那時候她的母親倒了下來，於是小丑決定先行上路，再見又是三年，左三年右三年，小丑要入關去，縫縫補補又三年。高原人對時間碼表一按就是三年。袁盎錯斬晁錯，鬼使窮追猛打，三生三世等你到天荒地老。賜三昧法水，澆灌人面瘡，冤解釋結，天庭和解。

小丑說閉關前先得拜懺，免得到了關房方寸之地毫無退路，生死格鬥，成了敗將，還閉什麼關。沒有人知道他曾經在病房當過小丑醫生，於是他常被叫回了傑克或是藏名多傑。多傑金剛意，多傑如多劫，只她喊他小丑，一聽就親切。為了解冤，小丑離開台北，他的第一站就是回到家鄉先還情債恩債錢債，還清之後才再上高原。

114

她離開大學後就轉往獅子吼辦的靜坐中心去，但也不常去，因為生性說來懶散，後來到處雲遊，接著照顧母親，於是她成了中心的游離分子，有舉辦特殊法會或是特殊講座時才會前往，或者偶爾她得空時會去當義工。除此，她感覺自己離開獅子吼的靜坐中心很久了，之所以愈來愈疏離並非是她不愛佛法，相反的是她太愛佛法，但她卻對團體適應不良。

一個人閉關可以解除對團體的適應不良，寫東西時也很像一個人閉關，她以為這很容易。

小丑說妳先可以幾天都不出門且不能倒下睡覺再說容易不容易。

閉關不睡？那我不行，還以為只是不出門，宅在家裡。

那還需要考驗啊，現在到處宅男宅女，誰不宅在家裡，連旅行都不用出門了。她聽過黑牢，沒聽過黑關。黑關就是暗無天日的地方，很深的山洞，或者很深的地窖。只有一個人在裡面，光線僅有以管窺天的大小。她好奇著怎麼下去？小丑說下去時有梯子或將人綁在繩上，待抵達地洞之後，上方的守關人會把梯子或繩子拉起來。時間到了才能再放下來，接人或者接屍骨。

感覺像古墓，且比古墓還可怕。

當時大師兄在旁聽了說妳若要閉關得先從短時間的某個小地方做起。可以三天七天乃至一個月三個月都不出門，且不是身不出門，心也不能出門，我們再來談閉關。所謂的小地方可不是躲在自己的房間，而是必須選一個遠離人群的山巔水湄或者墳塚荒丘進行至少百日的閉關。故先修禪定，才談閉關。近百日為一期，常行無休息，步步聲聲念念唯阿彌陀佛。四周綁著繩子，累了可以雙手掛在繩子上休息。醒夢定等之際，皆念念不離佛。一行三昧，對自己與外物，渾然不覺。捨諸亂意，繫心一佛，執持佛名。

百日心中只能有佛，只能念佛。小丑說他的那一百天，當然也是不能睡不能臥躺，腳腫之外，就先遇到無形眾生。那時上師大覺者傳話來說，閉得了關有賞，閉不了關小心門外梁上我掛了一把劍。以死的決心才過得了障礙。小丑說他當時一直想著大覺者的話來堅定自己的意志，但過去禪門人的經歷卻救不了自己，經歷是別人的，受苦卻是那樣真實，拋棄肉體的執著與幻覺，當時他的腳日日腫如大烏龜，午夜鬼魂夜夜干擾。他在當小丑醫生前曾是殺蟲專家與生物科技專家，夜晚所有的蟲都變成吃人巨獸，狂咬住他不放。有天不知是日還是夜，有隻狐精對小丑說這是我的地盤，你之前來閉關的不是變成屍骨就是瘋了，只有你的誠心通過我的考驗，你若成就莫忘回來度我，說完狐精就消失眼前。百日荒塚，小丑艱難通過了，沒發瘋沒吐血沒暴斃。般舟三昧閉關的考驗後，往生有望。小丑安心地回到拉薩，她去見小丑時，小丑秀著腳結痂痕跡，說起這百日彷佛一趟神鬼旅程。

第一晚幽冥遊神來了，鬼王也來了，看看小丑會不會嚇走。小丑堅持不走，整晚那間關房如地震般不斷晃過來又晃過去，天搖地動，撞得小丑全身傷痕。這關怎麼閉，他只好誠心誠意地和幽冥界好兄弟商量。我若通過般舟三昧，日後有成，必先度你們。說也奇怪，震動就沒了。三個月不睡不吃，腳腫如大象腿，上身卻瘦骨嶙峋，和餓鬼沒兩樣。

縱使白骨也風流，白骨觀九想觀，將身體想成一具白骨，眼屎鼻屎口水尿糞，慾望來時，連這些臭味都變美了。以前在島嶼時，獅子吼常要他們看不敢看的照片，獅子吼專門收集無常的照片來訓練他們。所謂的無常自然是那些以各種方式離開的人。九種橫逆的亡者照片，各種死相，要他們經常看著那些照片，說是看久了，自然就會產生出離心。她不懂出離心。感覺佛家都是用反面來訓練眾生。無常，無我，無心。最後變無感，但又不要他們無感。

小丑在進行百日閉關時，曾因山林太冷而吐血，他在快死之前竟見到一個老太太走進關房，給他帶來一碗蔘湯喝下，他才又活過來。就像悉達多王子在六年苦行之後喝了米粥。飢餓摧殘了極端的痛苦，咬自己手指的瘋狂，對著幻影追逐，看見自己咬著父親的頭顱啃，看見尖牙利齒的狼撕裂著自己。在黑暗中觸摸看不見的形體，每一根手指都滲著血跡，直到最後的飢餓暈眩壓倒了痛苦，飢餓的力量大過於痛苦，置人於死地的不是痛苦而是飢餓。地獄的居民像是午夜霓虹燈下展演著性與死的旋轉羅盤。如果妳不小心打開地獄的結界，妳可能自此不想書寫了，妳會慶幸妳只是一個影子作家，一個代工的人。

有人曾問如何才能離開地獄？大師兄當時帶點冷笑似的說那真是遙遙無期，但也可說是瞬間脫離，端看你的心。如何遙遙無期，就是人如果墮入到地獄中，受苦六十年才能算一粒芝麻的話，如此得要把六隻六牙大象背上所載的芝麻粒都數盡才是脫離地獄痛苦的日子。

大家紛紛低語，這是聽過最遙遠的時間。

別頹喪，不是聽過放下屠刀立地成佛嗎，這就是瞬間脫離。

只要放下就好嗎？

對，放下。

江湖一點訣。

你牛啊，上高山下大洋，就為了等待一句口訣。

她聽見彼此的自嘲。

大師兄總結說閉關就跟臨終死亡真的差不了多少，所有的冤親債主全都跑來了，因為他們怕你成就成佛之後，就找不到債主了，所以都不讓你修成正果。

大家聽了都覺得小丑很帶種，不打變化球，直接對決。有料的人，不怕被找到。像她就是沒料沒膽的人，怕被找到。

115

祈請文念誦之後，小丑身上繫著生死帶，生死帶繫在脖子上，打瞌睡時生死帶就會拉住他。聽見僧團有人唱著入如來室，著如來衣，坐如來座。如來室者，一切眾生大慈悲心是。如來衣者，柔和忍辱心是。如來座者，一切法空是。妙法蓮華經，她的偶像鳩摩羅什譯文，近乎創世紀的造詞。她也跟著念誦，盼望老友上刀山下油鍋，歸來又是好漢一條。大師姐說從最壞最困難的著手，往後就都是容易的了。抵達小丑要閉關的山洞前，他們一行人穿過高原土石路，偶爾經過幾座村莊，村民朝他們微笑著。一路攀爬山徑，四周盡是岩山，山下有幾畝井然有序的青稞田，藍天未現，天空濛濛如上了層遮霧片，某些小村童一路跟著他們一同走向山腰，村童死心跟著，有時會發出乾嚎以博取同情的抽抽噎噎聲。小丑攤開雙手對小村童說，你們看我什麼都沒有，我身上只有法，只有故事，你們要聽嗎？小村童搖搖頭，伸出髒兮兮的雙手希望獲得幾張犒賞鈔票，見小丑沒有，轉向她，她也笑著搖頭，他們就轉向大師姐，大師姐也搖頭，村童又跟了一段路才四散。

她氣喘如牛地跟著登上山腰處，氧氣更稀薄了。有些過往的修行洞窟已被封埋不得進入，洞口堆滿了石頭。村童沒有得願，倒是一路跟隨的賣花女在這時發揮了銷售威力，他們買了一些小花致敬以前的修行山洞。小丑選定的閉關山洞的旁邊多已坍塌，小丑要進入的山洞雖然完好，但卻極為窄仄，由一個窄小的入口穿進。

小丑在外面向他們頂禮合十，淡淡說著，就此別過，三年三個月，我們再見。

然後他也不等她和大師姐的回應，就轉身往洞口去。他全神貫注，背影堅毅，他下去後，梯子被收起來，洞口開始關起來。她和大師姐在洞外唱著大悲咒，梵音透過山壁在黑暗中傳至小丑的耳膜，宛如海潮音，又似遠古荒腔悲心低吟。他入洞之後，在四周撿了一些小石塊，堆疊一座佛塔的樣子，先供養山洞的山神地祇，點上唯一帶來的一根蠟燭一根火柴，他說不論來者是誰，請護持我開悟之心。他聽到山洞外的她和大師姐依然在唱著梵音，逐漸地山洞遁入了黑暗，最後連一明破暗的燭火都滅了。

往昔所造，化為碎片。我會每天念經文和用桑煙供養你，也請你托夢給我，如果你有困難，她在心裡說著。山洞外她與大師姐在洞口看見消失的小丑身影，她們互看一眼，向山洞合十，她們從靜肅的黑暗中看見心的一點點亮光，好似自己也經歷過一回的生死。下山時，她們倆在山頂眺望這座朝聖者來去的日光之城，忽然遙想起青春歲月在寺院暮鼓擊下時趕經懺地來到大殿，請住持讓她們掛單的往事，一幕幕地襲來，人生卻彷彿過了幾重山幾重水。

下山村童隊伍再度現身，或者該說他們從來沒有離去。忙碌的營生與祈求。一切如常，旅者來去如風，介入了他們的日常生活。湖水發亮，遠山雪霽，前者悠悠緩緩，後者蒼蒼茫茫。一者雜沓，一者孤高。遼闊的雪域大地，橫越高原的雪峰如斯壯美，念青唐古拉山和喜馬拉雅山穿越高原腹地，腹地上走動著牧群，眾水之源眾山之根的岡底斯山分界了內流河與外流河，環繞著拉薩城的高原山峰以此風光最為秀麗，山高水遠。這些高山峻嶺的名字在她心中如夜裡拜懺的千佛萬佛，她望著前方難得一見的夕陽正一丁點地沉墜，煙嵐已起，涼風已拂。背後的山色是突出於山階的岩石，狀若鷹頭，鷹頭映著霞光，她彷彿看見之前畫的天梯，但陪同畫天梯的小丑已經閉關，相約三年三個月後相見。同樣的三年三個月，她和母親難分難捨的三年三個月，現在是必分必捨的三年三個月。天梯沿著灰岩山帶林立，灰白油漆線條的童趣彷彿天真地跟她說著這一切只是遊戲。但轉頭又見高原的山色巍峨奇崛，山色上的鷹頭掛上一輪淡淡銀色月光，日月輪迴，遠劫久來，流浪生死，她忽然又淚流。

佛戲一場，淚流為何？她聽見小丑從山洞射來的心音。

已經走到山下的大師姐停下來朝她揮手，快天黑了，妳還要回到拉薩呢。

她快步走到大師姐身旁，眼淚已經擦乾，但大師姐看到了淚水痕跡，搖搖頭摸著她的髮絲說，妳總是這樣放不下。

黃昏他們倆就近在附近村莊的餐廳覓食，簡單吃了盤炒飯，大師姐就要她搭便車回城。她卻賴皮說明天再回去，今晚和妳擠一擠。

妳以為我們還是十八歲的時候啊，但好吧。大師姐看看天色，高原的風瞬間轉冰涼。兩人回到大師姐暫住的小小寺院，大師姐要替小丑護關，大師兄為她聯絡了當地小村莊的小寺院，騰出一間小房給大師姐落腳，大師姐要回饋的工作是打掃與協助藏文翻譯成中文的潤稿工作，以及偶爾當伙伕。大師姐笑說自己彷彿又回到印度尼泊爾流浪的生活。

當夜兩人回到青春期的掛單夜晚談心，她抓著大師姐問印度朝聖之旅的過程。

那時候我經常約莫清晨四點就開始朝山，朝山時要想像著六等親眷全跟在身後。

那妳的隊伍不就沒什麼鬼影跟著，她笑說。大師姐父母親早已雙亡，妹妹也車禍逝去，她就沒有親眷了。

我想像我的隊伍身後有妳。

我能加入妳的親眷隊伍，太感動了。

拜的時候超沉重。朝拜的時候還得一步一步地觀想本師釋迦牟尼佛在前。一跪一拜誦一佛號。趴下後還要禮拜懺誦往昔所造諸惡業，皆由無始貪嗔癡，從身語意之所生，今在佛前求懺悔。才能起身，如此動作一再反覆，一路從山下朝拜至山頂，再從山頂往下拜，但要很小心，因為常常磕頭的時候會磕到牛糞。

牛糞超多，朝山時赤足，一只背包袱，一路度飢過日，朝到那裡算那裡，明天的明天再說，心中無所住。獅子吼不是很多年前就老跟我們說只要虔誠，一路龍天護法在護持，有願望也都會實現。

聽到願望都會實現時，她說那我應該替母親去朝山。妳在這裡，有空去轉山，朝山轉山一樣殊勝。為何不能朝海轉海？海那麼遼闊不定，不像山一直在那裡。有朝一日一定要去轉山。但妳轉山的時候祈禱的應該不只為母親，最好的祈禱就是願一切眾生能夠離苦得樂。把一切的煩惱拜掉，三步一拜，第一步斷貪，第二步斷嗔，第三步斷癡。貪嗔癡一齊斷除。

她聽大師姐說話的方式逐漸和大師兄一樣，她想也許每個人修到最後都會這樣佛言佛語，但整個唐朝的文人幾乎都是學佛參禪者，詩詞歌賦傳奇的盛世，佛並沒有綁住他們，為何現在的這些佛言佛語語詞如此乾燥，並非從心間流露出來的自性語詞。她一直提點自己避免成為這樣的人，佛言佛語還輪不到她說，但自己好像卡在半路，既不是人也不是佛，不是獸也不是神，卡在半路的半雲遊僧，半愛慾人。像是迦陵頻伽上身為人下身為鳥，緊那羅樂神的半人半馬。

離開小丑，回望來時路，山峰已然煙雲四合。青春烈焰，摩鐵元年，這時才真的隨著她接觸信仰的第一人小丑的離別才真的要翻頁了。她想也許該將蟬蛻埋進土裡，以此告別。

幾本經卷與一尊小小佛像，一串念珠，一張母親肖像，蟬的殘存餘物，就這樣來到了高原。如果夜晚忽然慾望來襲，她看著佛像會感覺褻瀆，慾念來襲，她慌張地把佛像鎖進抽屜。心經一卷，金剛經一卷，藥師琉璃一卷，翻頁讀著，深怕供養給灰塵。

關在抽屜的佛像，就像是把自己的眼睛暫時蒙起來，深怕污染佛像。但這都是心魔，她忽悠想起阿娣，阿娣和丈夫分別，和一個不能說話不能走路不能看世界的老太婆與常常不說話埋頭寫字的小姐同住一個屋簷下，年輕的阿娣充滿血肉之軀的身體慾望只能靠和丈夫視訊解悶。半夜經常響起的電話，阿娣看著視訊嘰哩咕嚕地說著話，彷彿說話就是解慾。有一次阿娣沒料到她會突然半夜開門，來不及的自慰畫面直接暴露在她的眼前。她裝作沒看到，直接撲到母親旁看母親好不好。但那個午夜陷落在漂浮太空的房間躺著的電動床與小單人床，不動的母親與手動的阿娣，刺激了她太多的傷感。那時候，她知道母親該離去，阿娣也該返家。

苦行往往是一個入門，吃苦的人被打趴打掛，再起身時仰看的風景都是美麗的。她曾經有個男性朋友為了減輕自己的慾望騷動，也跑去苦行。但他說起有一回在靜坐時，忽然有個穿白衣的女生義工來幫忙倒茶水時，他聞到那個女生的香味竟然整個人都晃動起來，於是他就知道靜坐難解慾望，他起身離開了肉身的流刑地，發現苦行對治肉體，卻沒有拔根慾望。

在高原的好朋友都要進入苦行或者準備進入苦行的閉關階段了，每個人都開始鎖住嘴巴，收起雙腿，關閉耳朵，闔上眼睛，關閉眼耳鼻舌身意。只為了最終要空掉所有，空無所空。

無常院的阿空病僧，或許可以為她解空，但這陣子阿空病僧也病倒，也在禁閉中。每個人都宅著，修行人的宅，空無一物，連念頭都不能有。

無常會幫你作決定，時間會幫你度過。認清煩惱，但不被這個煩惱綁住。不用驅趕煩惱，因為後面的煩惱自然就會趕跑前一個煩惱。知道意念來了，就來了。然後就讓它過去。大師兄對另一個也即將要進行閉關的顛倒女人開示著。

距離邁進閉關的漫長禁語的一個月前，她希望顛倒女人可以說點閉關前她的人生，尤其是在想要修行的這段人生經驗。雖然在旅途結為莫逆，卻是陌生異常。

妳要為我寫傳？顛倒女人笑說。

她笑說誰聽妳叫做顛倒女人都會好奇的吧，何況我們對妳抵達這裡之前所發生的事情也一無所知。

顛倒女人看著遠方的山色，她悠悠然說那過去已是骷髏，或許我的旅程也反映了很多迷惘者的行旅，這樣或許述說就有了意義，而且我說完故事就將進入禁語的閉關，語言是我閉關前的載體。但我已然和過去切割，所以我說的其實只是一個魅影，局外人。過去不可得，未來不可知，我的過去不過是一個遊蕩在外的旅者幽魂故事。

她以前在島嶼寺廟掛單也老是追著一些師父問著關於他們為何會出家的問題，好奇出家人往昔在家的生活。

顛倒女人說她不好奇，想出家就出家，想閉關就閉關，很單純。

隨興聊天的客廳不知誰打開的電腦正放著Netflix奧地利變態狂紀錄片，那個打造一個地窖把女兒關起來的魔正拿著一個板子遮臉，在警察護送下走到受審法官面前。從地窖走出的女孩子已經變成中年婦人，地窖人如何見到久違二十四年之久的第一道陽光？其表情就像難以想像在星際出生的孩子當返回地球時見到地球的震撼。那個父親要女兒身體的時候她才能被鬆開手銬腳鐐，這是什麼樣的因果？是什麼樣的黑牢關？這樣的傷痕，往後如何活下來？

母親在那間房間躺了上千個日子，也等同被關起來。

母親想什麼？能想什麼？如果有儀器，可以讀母親的意識，或許可提供一些謎。

昏迷之謎，關牢之謎。

顛倒女人不知何時早已離開客廳，塵埃落定一無人煙。她這一想，時間停格如斯之久。

116

小丑一度從關房送出紙條，上面寫身體極度不舒服，是否可出關？大師兄請示大覺者，大覺者寫了紙條遞給大師兄。大師兄要大師姐在小丑的關房外大聲念給小丑聽。

放心吧，你若死在裡面，我會超度你。

小丑自此沒再遞出紙條，大師姐聽到山洞下的關房裡的誦經聲逐漸從虛弱中轉成強大。她想也許又有個好心的老太太來煮蔘湯給小丑喝了。

小丑曾經告訴過她關於他年輕時在西方耶穌會的訓練裡有所謂的神操，三十天全神貫注，心神操練，心靈運動，各種祈禱只為了經歷生命的蛻變，一趟重要的靈性皈依的旅程，在旅程裡認識自己的恩寵與面對自己的罪，直到全心全意追隨唯一真神。她曾問過小丑為何後來沒有全心全意追隨祂？他們都知道祂的代稱。小丑當時在兒童癌症病房外看著她畫著甜美的卡通與風光，接著他走到醫院窗前看著大樓下方的車水馬龍悠悠地說著我一直都是全心全意的啊。也許神操這經歷幫助了小丑在高原度過黑關的生死難關。她突然有點感受到什麼是全心全意，能和心好好相處，這勝過一切法。閉關時，心魔火力全開，冤親全部開掛，狠狠咬住心時，不發瘋也難。

大家知道小丑在關房內有難，也各自在關房外不斷助念回向給小丑。那些原來干擾小丑的樹精不知何時竄入山林，很多鬼魅彷彿也跟著一起誦經，四處跳動著鬼影，山坡上夜裡到處跳動著光。大師姐感覺關房外的樹林有著鬼魅，附著一股氣，那些因山難車關水溺等意外的非死時鬼，也全跑來聽經，不再擾亂小丑了。必須六親不依六親不認。那些不受超度的鬼，殺父殺母殺阿羅漢與自殺鬼都難超度，大師兄說要五百個無犯過戒律的僧人超度才可以，但他們卻跑來小丑的關房外聽小丑誦經。瘋癡鬼獨腳鬼漂流眾也來了，大師兄說閉關時最要緊是心定，其實鬼是可以溝通的，人比鬼可怕，人有時講不通。小丑遞出紙條時描述著他的關房來了三個鬼霸靈，打了他全身烏青。大覺者給他的方法是，白天應付陽間，晚上則宴客群鬼。於是要大師姐幫忙在小丑附近的關房煙供，迴向給六道，好讓小丑可以安心安定繼續閉關下去。

她想起大師兄對小丑入黑關前所說的，一切最重要的是你的菩提心，那麼再凶的鬼也會離開，以煙供布施夜叉羅剎們。留下之謎，沒有監視器，無人知道裡面發生什麼事，除了當事人。這閉關不是一般人可以的，定力慧力福德力，魔考過關，心才關得起來，直到最後心關心開都沒有影響了。

神操

117

旅人帶來了許多顆金屬蘋果，老少喇嘛們爭相看著那比經書還小上許多的蘋果，平板上那顆閃亮的蘋果，像是心跳。有時連念經都對著蘋果，下載經文，對著螢幕念經。幾雙眼睛盯著銀白發亮被咬一口的蘋果盯著，豎起耳朵聽著藍色光暈下傳來的比賽訊息。在休息時光，神聖的另一面是凡俗，凡俗才見真性情。高原小沙彌與年輕的喇嘛們為了看世界盃足球賽，可真是不惜一切代價。如何不惜代價，要拉電，拉電纜。喇嘛在廟屋頂架起小耳朵大耳朵。這讓她想起陪病母親的那場法國隊冠軍的世足賽。比賽廣告空檔，有人在卜卦，邊說著這年頭出生的嬰兒你去看他們的命盤，八字幾乎都是帶離婚的命，且子女宮都有煞星。她在廚房洗碗筷，任耳朵流進音海。餐桌某個旅人在和另一個旅者說著未來的星象預言，所有的人都豎起耳朵聽。她將碗筷放入瀝水的籃內離開廚房，離開塵埃落定時，把旅館那些短暫相濡一起的萍水之歡暫時拋諸於後，在客棧也有種真心感，陌生人不怕之後被八卦，反而真心了起來。

在高原走太快有時會撞到石頭，到處靜默的打坐者，在原地不動如石如山。

面對雪山面對桃花面對歲月，處處都是辜負眼前的閉眼人。在林芝看過綿延如十里緋河的旅者都消失了，沒再來打坐。有人在牆上寫著三十年來尋劍客，幾回落葉又抽枝，自從一見桃花後，直至如今更不疑。有人寫著放屁放屁，有人寫著寧動一池水，莫擾到人心。有人寫著菩提本無樹……紙張經常被大師兄見了撕去，他邊揉成一團邊說，還在什麼桃花、什麼菩提的，用別人的話語就變成自己的了，哪那麼便宜行事，連基本功夫都覺得可以跳過了，寫放屁的還比較真誠。達摩面壁那麼多年，難道他是傻瓜，功夫要先打好，才能說一見桃花後不疑。她偷偷睜眼望大師兄，被大師兄敲了一記頭。你們這裡有人是功夫打不好，有人是功夫打好但走不出來。告訴你們人跡就是神跡，人煙就是心神，別往傳奇去，別往名句學，你們看我養的八哥吧，有沒有比你們會念佛，我就教牠幾句，牠就老老實實念，比你們還要容易成就。小心依樣葫蘆妄豎一指，別讓我火大也斷各位一指。

大家聽得害怕起來，紛紛試著想專心，那個老是模仿師父也豎起一根指頭的沙彌有天被師父火大斷指瞬間就開悟，他們卻可能十指全斷也不開悟。

寧吹動一池春水，莫要擾到人心。靜坐處貼著標語叮嚀，人因容易忘性，只好揮動教條。藉此提點那些不認真卻藉上課名目來認識朋友，或來調情來亂的人慎入。寺院四周有一些打坐人，奇特修行者如一隻腳抬著不放下來的，有一隻手一直指著天的，有倒立的，有面壁的，有手指著太陽移動的。當然還是正常版的居多，七支靜坐，盤腿，雙手十指相對，眼皮輕闔，似見未見。這樣可以開悟嗎？比石頭還石頭的靜止？母親晚期也經常這樣，一隻手放到臉上嘴上鼻子上甚至凹折到腦後都可以長久不放下來，因為母親忘了要放下來，失智者的遺忘，都是她把母親的手拿下來，然後笑著跟母親說，媽媽手不痠啊，好厲害啊。

她悄悄走入初級靜坐室。有些頭也不抬看似在打坐實則是在打瞌睡，無法掛網裝忙的密閉空間，只能盯著自己的腳趾頭或者昏黑中的一抹光。念頭紛飛，發射千里至島嶼幽閉的房間。

每一次的生死存亡其實她都沒有強留過母親，但母親和死神對弈卻都險勝。或許母親明白她的驚慌，那種驚慌她自孩提時代即常常有過的心情，母親的消失，她的迷路，夜半的噩夢，被棄的荒原。

她縮小回母親的子宮，母親喝熱水，她就有被燙的感覺，喝冷水就如同在冷凍庫，又熱又凍，母親躺著，她好像被千斤石壓著。被從陰道拉出來時，猶如穿越兩片窄仄的山壁，如同被剝掉皮膚般。

母親如果輪迴，已然不可能再結母女緣，因為她自己的身體也已經閉鎖了子宮的甬道。

台上的大師兄說，你們都怕死，但出家人每天都在等死。打坐時她幾乎沒有打過瞌睡，卻直打妄想。腦海奔騰，千念萬想。父親不在，母親無處不在，之後母親也無處可在，連蟬的男人都離開之後，她才真正成為一個人。沒有人拉住她的行腳，拉住她的引力突然少掉，使她有點要飛起來的感覺。這種感覺竟也不是輕鬆，反而失去引力所產生的乍時無力，不適應。在天地之間，尚未老去的孤兒，說來也不孤單，因為愛情的客體仍伺機拋媚眼。總是一個人，也總是無法一個人。際遇隱去了什麼標記？如果沒有悲慘的那一天，母親徹頭徹尾會是個不一樣的人，但成為不一樣的人之後，她就不會是她的母親了，她也許不會投生在母親的子宮，她也許執意要找一個悲傷的人的宮殿裡投生？因為可以憎恨悲傷。

別胡思亂想，截斷意念橫流，棒喝聲突然傳來，她從胡思亂想中又提起正念。

她始終希望自己也能打個盹，穿越到眠夢之境，躺在一朵雲裡。但沒有，她眼睛睜得斗大，往事無法忽略而過。或者正襟危坐的乖弟子們也頗多，像是很快就會得成就的道貌岸然者也不少。靜坐室好安靜，稍微動一下都覺得如雷巨響。時間緩慢得如倒走，一樣的時間卻龜速。好不容易聽到敲引磬的聲音傳來，她頓時開始鬆動手腳，卻見別人依然如石頭矗立。她腿痠腳麻，向坐在台前的帶引師兄合十，悄悄步出，就是打坐都坐不好，坐到看見佛菩薩現前她更是沒有，她只有母親和情人現前。

高原太陽走到正頂，繼續行走的朝拜者的汗水不斷滴落，彷彿石階也流淚。屋簷或樹下的陰影裡，杵著一團團聽導遊正在解說高原歷史故事的觀光客，他們喧囂，語浪湧來。語言沿著陸地河流山脈前仆後繼，流到了她的耳際。她在八廓街打工的商家午後寂寥，無人光臨，她聽著外頭聲音湧進，感到可喜。彷彿兒時和母親一起聽收音機的下午，只是任收音機開著，母親踩著縫紉機的踏板，邊哼著鳳飛飛的歌，有時她會突然一陣風似地站起來，把蹲在旁女兒的功課作業本瞬間還翻起了紙頁，母親去調整天線，忽然聲音又清楚了。那台收音機後來被小偷竊走。她和母親去逛賊仔市，沿街逡巡著二手收音機，她悄悄地拉著媽媽的衣角說我看見我們家的收音機了。媽媽笑說都長得一個樣子，妳怎麼知道那是從我們家偷走的？

她蹲下來，將收音機拿起來給媽媽看，指著天線的角落處說媽妳看，這裡有我貼上去的卡通貼紙，我在紙上還寫了個兒字。媽媽瞇眼仔細看，笑說這賊仔真厲害，馬上就能脫手賺一筆，但我們不買回它了，離開就離開了。她想還是媽媽爽朗，離開就離開了。後來家裡多了一台日本的新力牌收錄音機。她喜歡在高原聽收音機，像是母親傳來的天線訊號。

收音機連線遠方訊號，她就像曾是人的僧，等待天啟。

母親臥床躺成巨嬰，日漸肥胖，翻身如愚公移山。枯瘦如材的什麼侘寂美感並不存在於人的身體晚景，老朽之美屬於萬物卻獨獨不屬於人的身體。侘寂是物的禪，不是人的禪。侘寂唯獨不對人產生美感，人工愛除歲痕，瓷胎塑膠臉到處在社群昂揚，老而不老的塑膠臉怪異得極醜。她來到高原，才看到侘寂之美可以發生在人的身上。提早進入侘寂境界的高原人與風霜混成了滄桑美，痕跡歷歷，彰顯無畏自然，減少了她對色身注定蒼衰的害怕。那些皺紋，歲痕，顯現侘寂的底蘊。

過去手機載體裡的勵志語言像是大海的潮汛，島嶼脆弱渴望勵志語言潮水氾濫。踏上高原土地，她感到那股潮水才有了灌溉生命的力量，扎實地朝她步步驚心奔來，金玉良言實踐起來全成了豆菜腐語，毫無使力點，於是她知道那些在理上有理卻無法在事上有能的難處，世界病僧日增，瘋心日狂。

118

她在無常院缺人手時當了阿空病僧的助手，幫其他病僧減少創傷，帶領病僧書寫。過去她沒有往內心習氣下手就直入大雄寶殿取寶，無佛處疾走，有佛處莫停留，她看到病僧才有點明白往昔獅子吼說這句話的內在意思。附佛者其實比附魔者危險，因為附佛者往往自欺欺人，而附魔者表白自己是魔卒仔，是魔子魔孫，一介魔咖，相對沒那麼危險。佛魔難辨。她每天上供下施，相信佛來，相信魔去。佛可未必慈眉善目，魔要討好你反倒慈眉善目。她當時總是附耳母親時說，媽媽免驚免驚，很多隻手的是觀音菩薩喔。邊說邊笑，心想自己要真見到冒出一個千手千眼的形象，大概心神不寧也近瘋。煙花蓮花，都是花。蛛絲馬跡的神蹟。伏線深埋，針腳穿梭，皺褶陰影稍縱即逝。

用人骨製成的剛巴拉法器盛酒喝，覺悟的力量可以將死亡必經的輪迴之路瞬間轉彎到涅槃。但這條路上瘋者狂者多，沒有經過允許就亂用人骨剛巴拉喝酒的僧人瘋了，去屍陀林住一年的僧人也發瘋了。每日觀想自己的頭目腦髓布施給無形有情眾生的僧人經常嘔吐不止，也被送來無常院。修不淨觀修白骨觀而生病的僧人也來到了無常院。病僧多半在閉關期間生病，有的會從關房奔出發瘋，有的胡言亂語，有的噩夢連連，有的發燒不斷，但也有一閉關就入定多年且自此成為未來佛的僧人。

她在高原不知遇過多少同名者，多少央金，多少貝瑪，多少多傑……就有多少神仙菩薩蓮花金剛。

央金說，我也在無常院整理著過往的戀情，我以為出家就可以不用管在家的事了，沒想到在家才是絆住出家的元兇。阿尼在她的創傷書寫課堂寫著：只有當找到生命所屬的荊棘，才能終結懸念。書寫的目的是給自己看，所以可以無所不寫。想分享的就分享，不想就火化掉，燒掉成灰。

她說這過程很像發露懺悔。不，不是，未必是懺悔，書寫或者分享出來時不要帶有任何的情緒，阿空病僧在旁補充說。說出來感覺會變成緋聞或醜聞，她記得以前有個學員分享時說的是自己和團體帶引的老師發生關係，瞬間引來炮轟，最後那個學員從分享者變成受害者，從此變得退縮。所以故事必須先放在安全模式，爆料是最危險的。

無常院分有許多院區，有一區是犯戒區，她進去時覺得氣氛很詭異，很像是戒毒聚會所似的，有人在地上打滾，又像中世紀教會，有不少僧人在捶打自己。

犯戒區，一律禁語，但可以書寫。

119

他們都叫她泰絲，本來在紐約下城當護士，每天看盡生老病死，忽然覺得無常，想出家。她每天在大師兄的寺院見到同是故里人的泰絲，覺得特別親切，而泰絲也都笑得很開心。很多天後她才知道泰絲的丈夫尼克最近來到日光之城，每天都來寺院像孝子哭墓般地哭著。

等到泰絲確定出家之日，泰絲就離開寺院，移到僧院為準備出家的人所紮營在院外草地的帳篷，在帳篷外結界，生人勿近。泰絲丈夫尼克只能遠遠地看著她，每天來到帳篷關房外哭泣。

哭泣的丈夫，是心疼泰絲還是心疼自己的孤單，哭佛帶走妻子。

尼克紐約白人，高大帥氣且還是洛克斐勒大學高材生，許多人不解泰絲為何要放棄這麼好的老公。

留學紐約的泰絲是在生物實驗室認識尼克，結婚幾年膝下無子，泰絲在印度旅行重逢故舊大師姐，聽聞佛法後竟跟大師姐來到高原，把尼克丟在紐約，沒再回去過。為了出家而離婚，她覺得泰絲怎這麼果斷。自此丈夫變成前夫，泰絲執意要如此，跟尼克說情慾是障道的根本，也是輪迴的根本。尼克當然聽不下去，認為說這些道理無非就是為了轉身，為不認識的佛而離開親人，他沒聽過？泰絲回說現在你不就聽到了。

泰絲之後閉關，結界築起，不得其門而入的尼克日久只得離去。說很愛很愛泰絲的尼克，沒有泰絲會死的丈夫，來到不得不分離的時間節點，突然也就不再哭泣了。沒多久聽說尼克和泰絲的好朋友在一起，也是華人，找到泰絲的影子，有了伴不再流淚。沒有泰絲一樣活得好好的，找到代替者覆蓋那個傷痛，也就慢慢痊癒。

很多人害怕一個人過日子，一個人想死還帶走妻子兒女的新聞在島嶼經常發生，在高原卻經常是想要一個人，朝聖一個人，旅行一個人，轉山一個人，閉關更是得一個人。有些人就是怕一個人，她想起蟬就是這樣的人，他是回到前妻的家還會把妻小都叩回家的人，來到她這裡就叩她回家，她怕蟬在河岸公寓大叫大嚷，只好順著，靜默等待際遇拆離炸彈。好在尼克找到泰絲的代替品，順利解除泰絲的障礙。要感謝別人接收自己的前段關係，但寺院通常不接受自行離開上師的弟子，於是像王玲這種不告而別離開上師的人經常變成別派教徒。

她倒是經常想起尼克在等待泰絲出家的日子，她見到一個大男人的眼淚，他總是被擋在門外，一哭就哭很久，連守著帳篷門房的警衛都來勸他。尼克後來經常一個人走去大昭寺，哭累了就加入磕長頭的人流，好讓自己好過些。大師兄看不下去，終於來到尼克的身旁說，我答應你，寺院一定會照顧泰絲的。泰絲有一回跟她說起婚姻的難處，她的前夫太想要有小孩了，想過俗世生活，只想和一般的女人過普通生活，但她不想只是這樣。泰絲見丈夫離去，很快出關，原來閉關是她的障眼法，大師兄要泰絲轉去幫忙其他寺院的法務。她見泰絲成法師，剃髮之後，愈發成大丈夫。泰絲說人都是從感官最粗淺的經驗開始進入心意識，比如看見美聞到香都是，所以女人的髮絲不見了，就不容易讓他人對她有什麼感受慾望了，再加上一身的單調嚴肅沉悶衣服，絲毫引不起人的興趣。

我發送祝福給尼克，他收到了，泰絲說完就轉身進入黑暗的寺院念經室，誦經聲如海，她聽了覺得好聽，泰絲沒有走錯路，她確實屬於寺院。她偶爾加入誦經，喜歡席地而坐地念經。春天要走我們不留，冬天要走也不留。物來則應，過去不留。一心多用，多用一心，樣樣清清楚楚，事事明明白白。泰絲的出家，給她很多的感觸。如果她看見蟬男人在門房外哭，她鐵定出不了家，淚水會沖垮防線，瞬間她覺得自己不過是個遜咖。結束誦經回到塵埃落定，靜悄悄的，聽說住宿的人都去外頭看藏戲尚未歸來。有的則已移往後藏，旅館顯得空蕩蕩的。不是人世間圓滿，出世間的佛果才能圓滿嗎？她想著泰絲的果決，還有小丑的果決，以及大師姐的果決，在達蘭薩拉大師姐可以一待就是幾年而過。他們都好果決啊，為何自己卻常裹足不前？她躺在床上看著天花板，沙漠商隊已經來到了一片廢墟，她看見廢墟上的佛陀塑像被削去了鼻子，佛滅，弒神者來到。

120

泰絲很在意美感，出家不意味著要醜，醜怎麼度眾，連鬼都不想靠近，所以任何經書或者結緣品也務必要製作得精緻，這樣別人拿了才歡喜，進而想要保存。島嶼擱在騎樓的經書經常蒙塵，泰絲覺得很不妥，務求日後印經書要印得精美莊嚴。

泰絲知道她也經常為美擱淺，八廓街今生今世的藝品店很多都是她去採買的。泰絲要她帶她去拜訪織女，尋求更美更快捷的織布技藝。只穿幾件喇嘛衣服的泰絲自然不需要美麗的織布，她說是之後要將手藝傳給當地人，自力更生賣給觀光客，如此可以增加寺院收入。自從她給泰絲看了手上綁的咬錢虎之後，泰絲覺得寺院製作結緣品換取隨緣功德金是不錯的點子。

她笑說咬錢虎其實是媽媽的象徵，媽媽是她的秋老虎，把母親轉成咬錢虎，每天戴在手腕上。泰絲覺得這立意甚好。但結緣品放在夾鏈袋太醜了，泰絲想要織布製成祈福小袋子，像是台灣廟裡流行的紅色祈福袋結緣品，裡面放著摺成八卦的小符咒。但紅色太普遍，如能用刺繡，裡面放著聖物也更莊嚴。

她覺得奇怪，哪有那麼多聖物？有，超多的。泰絲說起大師兄的寺院雖小但能量超強，她放在佛桌上供養的甘露舍利牟尼寶珠都爆滿，自動增長，愈來愈多，有一次甘露多到還把盒子擠爆開了。

不笑的泰絲像是冰山，笑起來卻像是冰淇淋。早晚課、上香、拜佛、誦經、處理寺廟大小事務。泰絲已經被訓練成常住，很快就要移往加德滿都。她笑說妳是常住，那我是常在。我這個常住比較凶，泰絲經常趕任意走進廟裡卻不禮佛的觀光客。

這裡所有寺院隨意飼養的動物都會被稱為放生羊放生牛放生兔放生雞放生狗，不說流浪或野生而說放生，她走進寺院庭園裡的動物群裡，也覺得自己是放生人。沒被宰殺故稱放生。她也沒被愛情殺死，沒被親情殺死，自嘲是放生人。放生鳥則看不見，已經飛向空中。泰絲開始與僧人們一起生活在大師兄的這間很重視依佛法修行的寺院裡，逐漸忘卻前夫最後一段時日帶給她的心情震盪，泰絲有時候會想，出家是對的嗎？平白把優秀的老公送走，換來常在寺院做不好就遭比她早出家的師兄一頓惡罵，過去還比較自由逍遙，現下反像是被關在籠子裡。大師兄說泰絲的心仍有比較心，這出家功夫根本沒準備好，簡直是開自己慧命的玩笑。

怎麼個玩笑法？不就剃個頭，還俗不就好了。她才這樣想時，大師兄就正色地說出家再還俗，福報都沒了。且日後想再出家也幾乎不可能。佛門又不是來觀光的，想出家就出家，想回家就回家。本來即將移往加德滿都的泰絲不知為何突然日益無精打彩，後來連織女那裡也不去了。程序性的工作很快上手，但內心的整地功夫卻難倒了泰絲。泰絲有回拉著她說，怎麼辦，我到了晚上竟然會開始想起尼克，想要他抱我，想到快哭了。

失去變成懷念，現出家大丈夫相卻又不捨女子往日情懷。泰絲有一天也就被送進無常院治療疾病了。大師兄上座說法時，泰絲突然在大殿上走來走去，還朝佛像經書吐口水，最後被半拉半抱地脫離大殿，泰絲卻衝出拉扯，往大街外直衝車陣，邊脫下僧衣邊狂奔起來，被車子輕微擦撞，頓時跌在地上，追出的僧眾連忙把不再掙扎的泰絲送入無常院。原來泰絲過去有憂鬱病史，伴隨潛藏的遺傳性精神症狀。泰絲天真以為佛法可以對治憂鬱，以為出家就可以讓心安靜。但夜裡還是幻聽，且年輕的身體其實撐不住孤寂來襲。

大師兄要她打電話問守在小丑關房外的大師姐該怎麼處置？畢竟人是大師姐介紹來的，當初說一切沒問題，身心靈都準備好要走上出家這條路。大師姐在電話中悵然地說，難怪昨夜我的小拇指痛，小拇指通心，我就想應該出事了，本來以為是我阿姨心臟病發作，打回台北卻沒事，妳就打來了。我找尼克去接她回紐約呢？她說人家尼克都再婚了，怎麼可能接她回紐約。那暫時待在無常院吧，畢竟她也是出家僧的身分了，她的費用我先來想辦法支付，再找到她台灣家人接她回台北。她才知道原來病僧也得付費，無常院可不是健保局。一般僧人生病自然廟方會付，但像泰絲這樣的例子絕無僅有，出家未久都還沒有貢獻什麼就住進無常院，彷彿出家成了遁逃藉口。大師姐只好說她付，免得成為廟方負擔。

自此去無常院除了看阿空病僧就多了探望泰絲這隻病貓了。泰絲不像病僧，倒像是被丟棄的病貓，瘦小成一團，眼睛無神，看見她會激動地口中念念有詞，一會兒笑一會兒又哭。

她把咬錢虎從左手腕摘了下來，繫到了泰絲手上。泰絲突然安靜下來，翻開桌上的經書念著應無所住而生其心。咬錢虎咬住了泰絲癲狂的心，泰絲暫時回到正常狀態，浪退，等待下一波浪起。

尼克為何當初不把泰絲的問題告訴院方，她看著泰絲讀經的背影，心想會不會尼克的眼淚是假的，尼克根本很高興寺院收了泰絲這個麻煩燙手山芋呢，也許根本早就和泰絲的女朋友有一腿了，否則才回紐約就結婚？她本來同情尼克，忽然覺得裡面有隱情而覺得尼克詭詐。她寫信問大師姐，大師姐卻回說，尼克愛泰絲，這是真心真意的，妳不知道當初泰絲要到這裡出家的瘋狂樣子，誰都拒絕不了呢。問題尼克也要活下去，泰絲一走，也許尼克才發現放下如此輕鬆，如此美好，一旦放下就不回頭了。是泰絲回頭，回頭的人就輸了。

妳也不要常回頭，回頭是岸，但不是人的岸。

原來泰絲也是另一隻蟬。

121

她覺得和大師兄聊天有時就像在和半神半人交談。往返神與人的雙重身分，使她覺得神界並不遙遠，甚至神界很熱鬧，大師兄常描繪那琉璃金光的美麗璀璨。那些奇特的數字單位，由旬俱胝劫數構建成的殿堂淨土，如此親切可喜，像是摩天高樓精緻閣樓的模型微縮版的宇宙曼陀羅。

她常看見八廓街街角那兩個瘖啞人的對話充滿神祕，那些眼神手勢，僅僅發出的幾聲喉音，都充滿待解碼的奧義。

八廓街到處都有她母親晚景的影子。比如那個盲眼琴師，日落時分拉著胡琴，把蒼涼都拉進了音符裡，從外地徒步來的盲眼琴師，讓高原多了點平原氣氛，她的外公在她的童年時光就經常在村口廟前拉著胡琴。她屢屢在心弦被拉得如被催熟要爆裂的種子時，大師兄就會要小沙彌來叫喚她到寺院做事情。

有時候她覺得大師兄是她見過最世故的人，所有的事情到他的腦子裡一轉就可以立馬知道歸結到功德的計算，所有的人在他面前都變得彷彿透明。有時候她又覺得大師兄是活在當下的修行者，他對外境可以視而不見。有時候她覺得大師兄不近人情，有時候她羨慕他在兩個世界能夠來去自如。

妳要常去觀落日，大師兄說。

觀落日？她想起陪病母親最後生命時光的那座靠海小鎮，她的青春和母親的晚景交融在那條古老的河流，淡海落日，她看最多的風景，也是母城戀人最常奔赴的落日，觀落日時戀人沒有人想無常，都是想永恆的吧，觀落日者追嘆這樣的美何以如此短暫。

在無常觀裡，觀落日是方法，觀落日體驗無常，最絢爛也是最短暫。妳不是去找過毒姑娘嗎，妳懂得最毒的植物如何變成穿越時間的經文紙。

那紙像是放下屠刀立地成佛似的轉性。

可見毒不是問題，而是妳怎麼使用它。大師兄說著，只見他擊掌自己的額頭懊惱地說，我其實說太多了，應該妳自己去體悟。

她想起獅子吼在大學四年時也是沒事就帶他們去觀落日。不觀落陰觀落日，觀落陰不需要，因為過去已經發生，送別已經啟程，觀又如何。你們要觀的是落日，看落日如何華麗謝幕，看各種死亡的方式。淡水落日，誰能不看，獅子吼說不要你們去看你們也早已奔赴。戀人看落日，老人看落日，貓看落日，她看落日如貓，舔著傷懷的毛梳理破碎的愛情。獅子吼猛然敲她後腦勺喝聲說不是看落日，是觀落日，看和觀不同，看只看到表象，觀卻觀到內裡。看只看到惆悵，看到瞬息轉暗的傷懷，觀是要妳觀落日最明亮的金黃，那一輪金光晃耀。接著，獅子吼就從包包裡拿出預先準備好的內文影印要她在河邊朗誦：今教先觀落日，狀如懸鼓，應永記勿忘，臨命終時，阿賴耶識與色身脫離，此識於茫茫前途，何所趨往？如契經云：唯見眼前為各色氈，則生鬱單越等洲；或見叢林、竹葦、蘆荻，當生下賤之家；見升宮殿，生尊貴家。修淨業者，死時不見此類雜相，唯見暮靄明處，落日一輪，金光晃耀，即向之直奔而往，自不迷途。若淨功成就者，佛自現前，更有恃無恐。故此日觀，不但為樂國之方所，亦備臨終尚未見佛者之旅行指南也。

聽懂了嗎？獅子吼問。

她茫然搖頭，但很喜歡最後一句臨終尚未見佛者之旅行指南，旅行指南，多麼當代之語。她望著獅子吼瞳孔彷佛火燒燎原的金燦逐漸化為黑銀色波紋，不必轉頭就知道落日已然落到觀音山的後頭了。對，你們要牢記。觀落日，觀那金光晃耀，直奔而往，卻又不被目眩神迷。

正能量爆表的觀落日從此長在她的心底，就像最初聽聞眾生皆可成佛的信念般正量。她想起冰雪，那個曾和她坐在落日河邊板凳上的女子，冰雪當時說真羨慕妳那麼容易就深信有佛存在這件事，對藝術家而言，剛好就是在做著反佛的事，因為佛太正能量，藝術家常挖掘的是暗黑力。

她記得自己對冰雪只是笑著，沒有回應，因為相信這件事的本身是無法言說的。臨終未見佛者的旅行指南，當年母親有她這個女兒送終，強迫母親要見佛，也不管母親見不見到佛，她都在母親耳邊日日大聲誦唱通往佛國的旅行指南。

於今孤單的她太需要這份旅行指南了，只是她觀落日觀了半天，仍毫無被指引之感。指南針彷佛亂跳，難以定位。也許去觀落陰還比較容易有感受？她想著。回到塵埃落定時，她仍念念有詞著臨終尚未見佛者之旅行指南，想起夢中之河的落日，眼前是高原的夕暮餘暉，沒有璀璨琉璃似的光影，高原餘暉很乾脆，快速就隱到山的背後。

臨終尚未見佛者之旅行指南，彷彿這是一句咒語似地反覆在嘴上念著，直到高原的夜霧沾濕了夢境。

122

大師姐曾說起她在柬埔寨看尋香人吃一種獨特的防毒藥去採香，可見採這種香是性命交關之事，這麼珍貴的香，卻不能放著，因為不點燃就沒有香氣，但一點燃就消失了生命。化空之香，這個啟示不知妳能否聽明白？

她逐日聽進耳廓，藏進心裡咀嚼。但知道傷痕對人生大概都是長膿變瘡，傷痕從來都是殘酷的，充滿臭氣的，不知如何轉成香料？她聞著上等沉香，來高原寺院第一次聞到這麼昂貴珍稀的香，一般都是聞到藏香，大師姐如此「斥資」提點她這個駑鈍之人，她內心充滿著感激。

珍貴的奇楠，奇楠是寺廟，奇楠是伽羅。大師姐說因為是寺廟尊貴的供養物而得名伽藍香。很快地施捨她鼻子的伽藍香燒到了盡頭，整座空間香氣繚繞。香被燒成灰，轉成她的呼吸，融入了她那一顆顆塞滿記憶傷心的肺泡。

到風裡去，到雲裡去，到酷寒裡去，到高原裡去，到神山裡去。香塵繞著油燈直上，似神語神諭。

供佛的花容易凋零，薰香釋出的乙烯催花老去。她想起鄉下廟旁的那幾株龍眼樹總是開花得比別的地方早，原來就是吸了太多廟供的香，尤其夏日祭典的鞭炮成串地放，煙塵如大霧，燻得這龍眼樹早早開花，也早早凋零。不知佛是否會說，憐花不點香？她笑著想，繼續聞著香，卻怕自己是否也會老去。

沒有人知道塵埃落定到底住多少人，他們的身分是什麼。但近來有幾間房間從門縫總飄著香氣，蹲低聞著還可以聞到頂級沉香。尋香人，以香溝通靈魂。入晚見到三個尋香人，皮膚白皙如鬼，但卻是酷愛東方的鬼佬。尋香人經過老撾、真那賀、真南蠻、寸門多羅、佐曾羅伽尋找香木，越南泰國麻六甲馬來西亞印尼緬甸的古名聽起來像是一個新穎異化的字詞。最後他們在某座熱帶雨林中找到一種高達十餘公尺的樹木，雨林中珍貴沉香極少，只剩幾株，他們砍下樹木，聞到木質香氣經過時光的催發，外皮受潮侵蝕而腐爛，最後只留下木心，散發著人間絕頂未聞的香氣，這種木頭還有個特性，據說放在水中會沉到水底去，不若其他木頭會飄浮水面。

她聞著藏香，腦中盤旋著香奇聞。

尋香人談起香氣的神情，彷彿眼前開出整座花園整座熱帶雨林。

獅子吼離別前贈她沉香，上等沉香昂貴。贈物逐漸在消失中，捨不得點香就聞不到香氣，但一點香就化成空無，歸零。捨得原來是這般，她好像有點聞到關於什麼叫捨與得的那麼一丁點味道。她去練習製香時，香卻都長得歪歪扭扭如蚯蚓，香像是在跳舞。受傷形成樹脂，倒地被埋在土裡經過百年熟成，才有這香氣，貴比黃金的身價，卻一燒就沒了。受傷才能催發出香氣，彷佛那受傷的鹿跳得最高。

她在香氣繚繞裡彷佛看見從天梯爬下的母親千里迢迢跑去島嶼卦香，薄紗衣被後面簇擁信眾持的香燒成一個個小洞。母親祭拜王爺、媽祖、聖母、玉皇大帝、三山國王、九天玄女、關公、華陀，進香是母親的島嶼旅程。端午節到來時，家裡懸掛的香袋散著艾草香。香的氣味，讓她進入一座又一座的時空，召喚了往事的生動形象。卦香之旅，菩薩有數人頭嗎？信眾不再去之後，菩薩有說一個都不能少嗎？母親少了那麼多個日子，菩薩懸念嗎？點上一炷香時，母親聞得到香，她相信啟動了香之旅，見到了常駐她心頭的慈悲菩薩，一炷香恍如永恆的時間停格。香朝記憶奔去，香也朝自己的鼻息飄來，煙迴圈打轉。打坐時，以一炷香的時間計，高原的時間古典。她想一炷香的時間不就是半小時，結果大師兄拿出的香竟粗大如島嶼鄉下財大氣粗功德主點的香，粗如小旗桿。一入坐，三個小時，香才燒竟。三個小時，腿麻腿疼。連打這麼一丁點時間都腿疼，色身搞不定，心就亂了。大師兄經過她的時候這樣說著，她想大師兄又用負面之詞數落徒眾了，但她還真是搞不定。這麼點腿瘦腳疼都搞不定還想開悟，我看你們是異想天開。梵唱的誦經聲音像雨聲，糊進了她的耳廓，像淹水堵住了出水口，她張開嘴巴試圖吐出蟬，島嶼熟悉的黏膩瞬間覆蓋她如一場西北雨，酷暑衝進了高原。她乍然睜眼，卻見經堂不知何時早已走光了人。昔日那個撫夫棺痛哭的母親，躺在棺木等待女兒痛哭，她沒有一滴眼淚滑去，那時她已然被整個疼痛掐住，直到背後有幾炷香觸到她的肌膚，她才意識到眼淚是必要的，雖然大悲無言。

從此一炷香的時間是她和身體與疼痛的最大距離。

མ 死神埋下的時間記號

123

找一天一起去絨布寺，妳應該去看看這高原最高的寺院，小丑後來沒陪她去，小丑閉關了，自己關自己。高原到處有把自己關起來的人，在山洞地洞巖洞雪洞度過寒暑無數。不知他好不好？她想著。一個人睡在高原城市，頭緊頭沉頭痛，頹然地倒在床上。窗外夜雨，高原不若島嶼一雨成秋，高原的雨瞬間帶來了冷，異鄉人很容易感染風寒而有了高原反應。高原的夜行人卻像海底生物有著強壯的肺，有人唱著一晃就老了，啊，一晃就老了，怎麼剛剛起了頭一晃就老了，她探頭看著夜行人邊唱歌邊磕長頭，那麼年輕的身形，距離一晃還很遠。是她自己覺得世事一晃眼就老了。她望著像拉胡琴似的唱著尾音怎麼轉眼之間就老了的夜行人漸行漸遠，是什麼樣的懺罪讓一個年輕的人成了大叔大嬸的列隊者，怎麼還沒走到就老了，她也跟著唱起來，躺回床上，想起自己初次聽到這首歌時，她永遠記得是因為那天她正在關注普悠瑪事件時，蟬男人突然傳來歌名，她以為那個「晃」是指普悠瑪的晃。等到事件過後幾日她打開連結來看，才知道是一個大叔唱的歌。一晃，轉瞬而過。爬上鬢角的白髮，老花的眼睛，死神埋下的時間暗號，按下倒下離別的地雷，她有時會在母親的房間偷渡這首歌，當愁苦的心想要聽點不愁苦的歌，這首悲哀的歌因為注入了被各地人們跳的方塊舞而有了歡樂動感。她和阿娣跳著，阿娣的豐乳肥臀晃來晃去如此有趣，這首歌瘦子跳起來不好看，太年輕跳起來不好看的大概是因為他們離一晃就老了還遠。

媽媽擱淺了上千個日子，一口氣上不來卻只是一晃之間。

她和阿娣跳著一晃就老了，幾個搖擺的晃動，一種難以言喻的自我調侃來的幸福剎那飛過這黑暗如永夜的病苦房間。她和阿娣扭啊扭的，母親那灰濁色的目珠聽著聲音來處眼球轉啊轉的，母親發出從胸腔勉強擠出的咯咯配音。她大叫著媽媽我們相約在冬季喔，幫妳過最後一次的生日，別怕，我們生生世世經歷很多很多次的離別了。那滿山髑髏都是我們的色身，她望著後山，觀音山墳塚處處，山林裡的相思樹柚子樹和若干竹林搖曳，母親最後的住處觀音佛塔，到處都是觀音的影子，母親歸往佛家的隱喻。母親依然皺著眉，彷彿這死路是不管經歷多少次都是無法獲得累積的恐懼，無法練習的分離，即使假想下一刻無常殺鬼就來到眼前，還是無法阻絕那種恐懼與悲傷。

在那個有著香檳色的秋日午後，山林染黃了所有的可見之物，河水樹林都如此可喜可嘆可愛可親可人，唯獨死神不理會這香檳色，依然披著即將降下的黑袍。大家都說死亡並非是悲慘的，有時生存比死亡悲慘。墳塋的髑髏耳語著那是因為人們不知道死後的世界才會以為死亡是解脫，母親臥床看起來是悲慘，但以三年三個月來還清債務，這總比下一世的漫長更好，獅子吼幫她計算時間，寬慰這眼前的苦痛，但下一世遙不可及，如何知道比下一世更好？獅子吼說，不用知道，因為無法證明，但妳深信因果嗎？她信，非常信，突然想起蟬。彷彿聽見死亡的咆哮聲，她不知道這聲音從何而來？彷彿隨著冬日腳步日漸靠近而凋零蕭索的山林終於露出了躲藏其中墳塋處處之景。

世界調暗光度的房間，當時她把最好最大的面河房間給了母親和阿娣，自己睡在兩個榻榻米大小的房間，一張床一個書桌一只吊衣鐵架一面穿衣鏡，多餘的東西或者換季下來的衣物就往母親不住的老公寓放。她的房間門永遠都開著，方便聽到母親的動靜，年老的呼吸聲與年輕的呼吸聲蔚為兩道氣流，像是在對話似的高高低低，如夢的囈語聲配著窗外奔往海港的油罐車砂石車和奔往對岸醫院的救護車，不提醒無常都不可能的分貝，聲聲都讓她豎起耳朵。獅子吼說每一聲都要匯流成佛號或咒語，這樣聲音就不是干擾反而是助緣。那時她想佛法真是無邊，卻就是不度無緣人。可以練習的分離是什麼樣的狀態？如何練習，那些臥床十多年剎那離開時依然傷痛的孩子或者父母，那個躺了半世紀的植物人魂魄在這漫長的時光是如何看著親人這般的守著？史上最漫長的父母親看護車禍倒下的孩子，三十五年對比她的三年三個月，她頓從受苦的須彌山跌成一粒微笑小芥子。

母城的每半小時抽痰每一小時翻身拍背每天清洗數次大小便，這些數字換算成她在高原的每半小時點香每三小時打坐每天誦經無數次。她想佛一定知道前者功德大過於後者，如果她也想兌換功德券的話。但佛是誰？她突然從打坐中睜開眼睛，望著黑暗中的油燈跳舞，火焰飛舞，吐著舌頭欲燒向已然石化的靜坐者。

不能看火焰，這美杜莎的眼睛讓她瞬間被石化。她起身，臉扭曲著，痠麻的腿一個踉蹌差點又跌回蒲團，所幸手本能地張開，平衡了站立，她一手摸石柱，感受到石柱壁畫上的摩尼珠，摩尼珠彷彿盲人的點字圖，黑暗中把她帶往門邊。她悄悄拉開木門，離開這石化密室。

街道是無時無刻不在為死亡作準備的高原人，山洞或密室修行之地空無一物，連坐的蒲團都是石頭，除此只有野草石壁，終生不躺床。她腦子殘留著島嶼的臥床者，卻是終生不離床。她行經不著床的不倒單修行者的山洞，彷彿這高原到處走動著亡靈，拖曳著往事的沉重鐵鏈，沿途是進行著大禮拜等身磕長頭的懺罪者，一路揚起的聲響就像塵埃繁密。提前參加自己的追悼會似的到處有懺悔者在進行著外人不解的一種近乎歇斯底里的偏執動作。一生禁語的人，一生茹素的人，一生點十萬盞燈的人，一生作上百萬大禮拜的人，一生閉關好幾年的人，一生不把腳放下來的人，一生不碰鈔票的人，一生不碰他者身體的人，一生抄經數十萬卷的人，一生念咒上億遍的人。贖罪者沒有贖罪券可買，必須通過自己發的誓言與實際行動結合成扎實的感激涕零之路，解冤解仇，贖罪才有可能。在這到處都是裝飾品的世界，唯獨贖罪不能是生命的裝飾品。

高原居民的生活是被放在這樣一個龐大死亡陵寢的背景之下，沒有墓碑但卻處處亡靈遊晃。出家人十分忙碌，教著人如何面對死神的好撇步。或教導如何護身，比如在空瓶子裡裝滿水，朝瓶子念咒吹氣。就像對著魔鬼揮舞般，看起來雖莊嚴，於她卻有種淒哀感。彷彿她連魔都同情，大師兄說小心這是中了悲魔的前兆，一點風吹草動都會淚流滿面的悲魔。她不知如何小心，如何突破這彷彿是她生命本質的哀傷感，比如一株玫瑰花要佯裝自己是一棵大樹般的難。她在團體時，就常覺得自己偽飾自己，遮掩自己，矯情自己，拘謹自己。明明討厭對方，也得擠出一股被教化過的親和微笑。但說自己裝笑，其實又沒有，但怎麼練習，她就是沒有高原人那種天性的大笑與陽光般的高彩度笑容。

她在高原的日子，開始進入秩序化，就像畫唐卡的工序，日復一日雷同，有人喜歡日復一日的安穩，有人嚮往時刻的驛動。就像眼前這風景看似終年不變，單調的峽谷與不毛地，如曠野如虛空。但春風一吹，卻又千姿萬化，草地的格桑花搖曳，夏日正午有時熱得讓人發暈窒息，在接近天頂的高野上走動汗流浹背，陽光如刀砍來，但陽光一遮掩，又寒風習習。在這段時間，她經歷了持續的疲憊，持續的觀想，持續的慈悲，持續的哀傷，持續的開心。她的持續，維持幾個小時或者幾天。她的持續一點也不持續。

今天快樂嗎？塵埃落定的姆媽看見她都會以像是在問著自己女兒口吻似地問著她。她笑著說快樂，但也不快樂。姆媽笑著掀起冒著煙的鍋蓋說，這樣很好，但也不好，好像作對聯似的。

背包裡面帶了旅途的配備，搭上接駁的車子，姆媽的身影成為一個小點時，她從車窗外看著高原的湖如夢般地尾隨，比海還像海，綿延上百公里，如海水，有漲潮退潮，不時發出海水的氣味，幾乎擬仿了海。湖擬仿海，就像來到這裡的人開始擬仿佛，就只是擬仿都能讓人跪下膝蓋躺平胸膛，低到塵埃裡。繞經八萬劫，終是落空亡，如幻影電光。如是，這一切灰飛煙滅前的勞心勞力又為了什麼？只為了來削骨還肉，有人來報恩有人來復仇，她聽見自己的聲音在問著窗外的風，風下的湖不尋求出口也不尋求入口，如何做到不增不減？她吃著姆媽包給她的饃饃與沾著酥油味的珍貴茶葉蛋上路，酷寒如地獄的冬神如施捨似地帶走這場風神的任性，陽光現身了。巨大的雨季災難結束，人車掉到深淵山谷的事逐漸被寺院傳法的喜慶給覆蓋。死亡再度成為遙遠，死神轉身背對，再次拉長與人相遇的間隔時間。

遇到野牛騾子馴鹿羊群出沒，牧羊人朝她揮著手，掛的珠串鈴鐺撞擊在一塊發出愉悅歡唱的如歌行板。最後讓旅行者停止移動的往往未必是抵達，而是發生近乎死亡或者一無所獲的事時，關於生病帶來的疲憊，關於離別的挫敗，那是比死亡還更深的挫敗。就像一路上她看見有些孤獨上路的背包客，車上有在地人說那是得絕症的年輕人，想把餘生給這天這地。

上路的人，各有理由，和死神對賭的人籌碼最稀薄卻最有力。

她沒有得絕症，愛的訣別哀愁不知算不算絕症？母親與蟬男人將愛的訣別感注入了絕症，她知道這是蟬男人的惡意，不讓她再被任何男人纏住，蟬已是愛纏的終極版。讓她對男人的關係產生恐慌症。身體轉塔也腦子轉著念頭。某一天她在中途跟著朝聖者一起繞著塔，一路彎彎曲曲如蛇行，有人提醒她一定要順時鐘，因為逆時鐘是笨教，順時鐘才是佛教。這樣的認定，她覺得有點可愛，堅持的可愛。

124

草原上，打扮成西藏公主的女孩，在路口等開張。女孩不曾旅行世界，世界卻行經了她。旅人將和女孩的合照帶到世界各地，像某種地方誌史博館似地展覽著，一如殖民時代在巴黎沙龍喝著咖啡，展示著島嶼高貴野蠻人生活樣貌的圖檔時光。大不列顛，那些皮膚如得壁癌的中年禿男人品著阿薩姆紅茶，展示著和東方羅莉塔和無語靜默女人的合照。或者將旅途照片炫耀似地放在臉書任人按讚與下載……女孩的影像將被儲存在各種廠牌的相機裡，直到有一天女孩被太陽曬傷曬老了，那些照片卻仍在雲端漂浮著，鮮艷依常。

肉食性猛獸一波一波地行經了女孩，有人偷偷拍公主女孩，卻不願意付錢。遠方禿鷹正在瓜食動物的內臟，或者殘缺的肉塊。就是千山鳥飛絕，候鳥也往返不絕於高原。

獵奇或者征服，四五月天氣明媚，聖母峰下竟成動物園，排隊登頂與下山者的鮮艷外衣將白雪映得如嘉年華會，留下8848登頂照成了死亡遺照的新聞在塵埃落定飛揚，酥油燈下的臉靜默。她聽見有旅人說交了一萬多美元才取得入山證，登頂者都是白領。和公主女孩合照的也多是西方白人或者旅遊團，不具危險性但具異國情調性，給二十元留下到此一遊，毫無挑戰性，甚至帶點輕佻感。她倒覺得在路口等拍照是有趣的事情，得空也好奇和少女央金一同穿上傳統藏地服飾徒步去郊外，停在通往日光之城的草原路口，就只是在那裡，就會有旅行團想要和她們合照。她稱這是在路口等開張的個體戶，每天等著行經者合影，開張快門。她跟金央被拍下許多照片，留下在高原草原區的絢爛照片，自此她沒有旅行，但許多人卻旅行了她。照片將被帶到許多地方，歐美日韓等地。如果遇到島嶼來的客人，她都不敢開口怕洩漏故里的腔調，在這種尷尬情境偽裝是必要的。只要曬黑一點，眼目原本就深邃的她一穿上西藏傳統服飾，掩飾在高彩度下的島嶼女子色彩頓時消失。

在路口等開張的日子，其實泰半她和央金都在草原裡融入了風景，好像是草原上的一棵樹一枝花，日子如金翅鳥啣來了神語，在遊客沒有出現的空檔對著風唱歌，央金教她唱歌，在高原唱歌幾乎是通往神界的媒介，整個國度就像是音樂劇的日常展演。戀人唱情歌，修行人唱道歌，失落者唱哀歌，送行者唱悼歌，思念者唱輓歌，隨口就能唱，唱音高低交織迴旋，高音彷彿觸及天神的耳朵，低音有如在海底搖籃，高原人的舌頭長出了絲弦鐘罄。

央金還有一個表弟在附近帶著犛牛，犛牛也是拍照用的，披著織得像是格桑花圖案的毛氈，耳繫銅鈴，腳也套彩色毛襪，比人還受歡迎。合影一次人民幣二十元，或者不合影，只要有拍到她們也要付錢。但很多人都是假裝拍風景，其實都是不想付錢而偷偷將她們入鏡。央金如看見就會走向前說，你有拍到我，麻煩付錢。對方都會說沒有沒有，央金要他們秀照片，不給錢就刪除。她在旁邊很尷尬，央金看著她，要她也幫腔說點話，她不想開口，因為不付錢的就是她的故里人啊，她聽口音就知道。對方聳聳肩說刪掉就刪掉。寧可刪掉也不願意付錢的人，央金說真想放獒犬咬人。

高山下的草原像一座海，風起草浪翻飛，她喜歡聞著風中飄來的植物氣味，讓她覺得清新。有時會遇到阿尼帶來的客人，阿尼都會提醒團員拍照要付錢喔。到處都有像她們一樣穿著傳統服飾打扮的人在遊說著旅客拍照的聲音。

其中一個乾瘦的女孩，搖晃著她，她感覺自己那美麗的頭飾都快被小女孩給搖晃下來了。姊姊，我今天都還沒開張呢，妳就跟我拍一張吧，小女孩頭低低，口氣更低地說著。乖乖，這麼乖，叫我姊姊，但其實我也是來和別人合照賺錢的。小女孩說妳是漢人，沒有人會和妳照相。妳沒看我穿著藏服呢，她說。假藏人，別跟我們搶生意，小女孩竟這樣說著。妳怎麼知道我上輩子不是藏人，她笑著又說。

上輩子誰知道？小女孩嘟著嘴坐在草地上，結果她忍不住拍了小女孩一張。拍照要錢喔，小女孩咚地一聲跳起，伸手要錢。她給了二十元，小女孩很高興說妳果然是藏人。為什麼？她想拿到錢就被認可身分了。因為藏人喜歡布施，比較大方，小女孩盯著鈔票看，唯恐它會飛走。

125

在路口等開張，她沒生意，卻給了別人生意。我只負責躺下，她突然聽到草地上傳來有人這樣喊著。原來有個攝影師一直用躺著的姿態拍照。在草原上躺著，幫每個同行者留下奇特視角的照片，於是他喊著，我不入鏡，我只負責躺下。

這讓她想到摩鐵元年，自己只負責躺下的日子。或想到母親臥床，母親也只負責躺下。蟬男人的靈魂不知到哪裡了，也許蟬男人會遇見母親。母親會生氣這個霸占女兒身體多年的男人吧，且還是女兒給他錢花用。好在後來有回本，蟬男人愛她的身體也愛她的靈魂，所以兩人才能走那麼久，又痛苦又歡愉。旅程裡，記憶如燭火影影綽綽，暗香浮動著，每回停下記憶的腳步，她就能隔著時空，悄悄地偷瞄著那些旅程的歡笑與凝結在相片中的心事。剛抵達高原的時候，她每天都買大量的煙薰香著，她在和別人碰面前，有一陣子也總是下意識地聞著自己身體的味道。

放心，妳很香。大師姐說，幻覺疾病要趕快醫，疑鬼最可怕，不知何時掐住念頭。

她轉頭聽見那個嚷著我只負責躺下的男人朝她走過來，她不認識。男人卻好像認識她的神情，雁兒，男人叫著她的小名。

她走過去才慢慢認出眼前這個男人是誰，天啊，好想跳到納木措湖。

年少也賤，竟是她年輕時打工作畫的摩鐵老闆的兒子，他根本是只負責讓人躺下。

好久不見，男人說。

她尷尬地笑著。

跟我拍張照片吧，男人要求。

她在路口等開張，男人給了她一百元人民幣，她推回去說，拍照純粹好玩，你給多了很奇怪。

小女孩在不遠處看見，奔過來要男人也跟她合照。

她轉手把一百元給了小女孩，小女孩嚷著說要收工回家了，在高原拿著一百元鈔票旋轉著，跳著舞。小女孩回到藏族村落，連小女孩的家也開放觀光，觀光客可以進去到處拍照，給點什麼都可以。旅人探訪藏族民家的生活習俗，蜻蜓點水地拍了照片之後上傳社群，一切都充滿了制式化的美與進入民家的善，兩相歡喜。

男人笑，妳還是這麼有個性。這算哪門子的個性，她看著如浪的草原，想起差點被這個男人強暴的可怕往事，這個男人竟然像失憶似地站在她的眼前，大言不慚地說話。那時她將這個男人的身體潑了滿身的顏料油漆，男人走出去時，大家都知道發生什麼事，男人覺得很沒面子，後來男人就要他父親讓她滾蛋，那一家摩鐵的春宮圖只畫了一半。

同團體的一群女生們叫喚著男人快點集合，聲音充滿喜悅叫喚之情。

她發現這個已經變成熟男的男人還滿受歡迎的。男人依然嬉皮笑臉，朝她又按了張快門，轉身前說，我在中和靠山上開了家新渡假風摩鐵，還有淡水也有一家，請妳來玩，免費住，放心，我結婚了，以前不懂事，年少氣盛，不知道感情不能強要，我真的喜歡過妳喔，只是我用相反的方式表達。是否是這片山水這座神山讓男人突然懂事了，她看著男人背影，彷佛看見自己在青春摩鐵畫春宮壁畫的往事。再過不久，她要去寺院畫佛像呢。色拉寺，色拉就是玫瑰，她的腦海開滿玫瑰花，她要幫忙喇嘛畫壁畫，但現在還不能去，因為她念經和咒語數字都尚未圓滿。

寺院的佛和春宮畫的人，她彷彿在色空的盡頭，遇見了自己。像她童年的那個紅色洋娃娃，如影隨形在每個遷徙的日子。直到毛髮脫落，衣物褪色，被時光漸漸收藏在記憶盒子裡那崩落的線頭、眼珠、金髮、毛衣，身體裡面的搖擺機械。依然記得那只娃娃，那是獨一無二的童年朋友。

高原就像她的前世血液，流得緩慢，但不曾消失。雖然旅程裡她得不斷往前，終至成為背對故里的人，烙印像刺青難除，總在心裡頭留下幻影。有如午夜交錯開往不同方向的夜車，最後只能在月台裡透過車窗凝視彼此，深深的凝視一眼，自此鄉愁如手腕上經久打字形成的疼痛，寫字者的疼痛不只是靜止的手腕所形成的隧道疼痛，還有心的疼痛。每一回都得瘋病似地發高燒，只要際遇消失一小塊，就會使整個人生走向完全迥異的結果。

她想是什麼時候自己才知道人生的眼淚如此多，她第一次看見眼淚滑過自己的臉龐，在母親的眼裡看見自己啼哭的淚痕。爾後在母親的眼裡看見自己的淚痕已是多年後。妳被拋棄了，被睡過的男人拋棄，還為他殺死生命，妳要懺悔，也要替媽媽懺悔，當妳夢中見流出的血是白色時，妳就知道洗淨了，夢中的母親說。

醒轉悵然，她咬自己一下，血仍是紅色的，血如何轉成白色的？那不像是母親的聲音，卻有著母親臉孔的一個奇特的夢語。媽媽，是妳嗎？妳好嗎？她在心裡問著。

只為一無所有

126

高原的明信片每一張都美到像是夢中才可能有的那種色度。有時會覺得太虛幻，她喜歡美術，感覺整個高原都是調色盤，但卻抓不住顏色，每個顏色都可能這一刻飽滿下一刻變色。上漆又落漆，轉瞬之間。比如陽光折射雪山的白刺，是她看過最極端的白，彷彿雪山女神的淨土。陽光照耀下的湖，宛如琉璃藥師佛端坐。每一座山巒到了夜晚都直攀上月光耳語，到了隔日又雪白至可直逼眼睛變盲人。

在沿河居所轉彎就可以看見海，在這裡到處雲端有神山，山撐起神力，加持一路上磕長頭的旅人一步步將虔誠信仰消融在身體的姿態中，撥動的念珠已不是念珠，轉動的經輪已不是經輪，但那是什麼？有人轉功德，有人轉信仰，有人轉希望，有人轉祈福，有人轉懺悔，有人轉淚水。她經常空轉，轉著轉著，彷彿高原的風，千年只為雕琢一粒石頭成玉。

天空飄來彩色的紙花，那是孩子拋向空中的龍達，她想孩子中有親人忌日了嗎？

她之前才撒了龍達，在母親忌日的高原上望著彩色的花飄飛，心裡的思念也逐漸落土。或者那些孩子有親人結婚了，喪事喜事都是龍達的事。駝著摩尼寶珠的駿馬頂著日月，半猴半女始祖生的高原人是動物樂園，馬這匹靈魂乘著象徵繁榮向上勇健英武的龍鵬虎獅，隨風飄盪的風馬旗是她剛到高原時為母親四處懸掛在高地隘口橋樑神山瑪尼堆上的神語，在荒澀的石礫路上彩紙像是旅者的路標風景。還有一串串一叢叢一堆堆的經幡，咒語佛菩薩經文在風中跳舞。她想為母親獻給大地與神祈的五彩布經文風馬旗與經幡應該早已腐朽化作泥，或者風吹雨打的褪色。

父親還沒拾骨時，每到清明，她和母親去祭拜父親的路上，清山也化作彩色山。她會先去撿一堆小石頭，祭拜後，母親會分給她幾疊彩紙，她幾張作一小份地放在父親的墳墓上，長方型的墳塋頓時覆滿彩紙，接著剝蛋殼，放在墳墓中央，象徵父親脫殼新生。做了這麼多年，她想父親早已不知新生到哪了，也許父親已經輪迴到這座高原，等著和她相逢？如果父親重生，現在應該是個英俊的熟男？她希望父親變成什麼樣子？她沒想太多，但她想父親如果重生，走到她的面前，她應該可以感覺到些什麼吧，難道輪迴會把所有前世的印記都塗抹掉？雖然獅子吼以前說連菩薩都有隔陰之謎，也就是通過子宮陰道出生之後就會遺忘前世。但我們常對某些人事物有似曾相似之感，這難道不是前世的銘刻？她望著窗外龍達胡思亂想，有一些孩子紅咚咚著臉向她微笑地揮手著，她也笑著揮手。

問大師兄掛不掛經幡飄不飄龍達？大師兄說每天都有用意念。又說很多事都會被後人穿鑿附會。龍達故事是以前有個藏族僧人去印度取得真經，渡河時卻把經書掉落河裡，僧人只好一頁一頁地攤開晾乾，等經文曬乾的期間，僧人就去河邊樹下打坐入定。這段時間剛好有個像妳這樣的冥想家幻想家寫作人走過吧，看見懸掛的經文在風中飄盪，充滿著美好的神語，之後也模仿著做，有人競相效尤，久了形成風俗。

這僧人應該覺得很有意思吧，只是曬經書竟被穿鑿附會成飄龍達。

那不是你們最擅長的？到處都有背叛佛陀原意的人。

大師兄對寫字的人好像很有意見？大師兄笑著搖頭說，只因寫字的人危險，比拿槍還危險。不過妳不會，因為妳知道因果。她聽了睜大眼睛，大師兄第一次讚美她，但她卻覺得很心虛。很多人在地獄受苦，我看過很多名人了，因為太常去地獄看他們，和他們說話，甚至幫忙他們改因果，他們的背後跟著揹令旗的人，其實是不能替他們改因果的，所以我之前病了好久。有哪些名人？她很好奇。妳看過他們的書，我不議論在受苦的人。

她來高原多久了？她沒算過，只感覺母親離去似乎很久了。

修得死福。死福，好死要有福德。她喜歡這個字，死福。生修死福。托缽，化緣。修放下功課。在旅館打工，在八廓街商店打工，都是放下身段，但放下這些身段還不夠，因為打工還是有錢可拿，有錢可拿的工作，再柔軟都是有目的，有為了保住工作的柔軟。她必須無執的柔軟，托缽去。這個功課每季都會出現一次來訓練他們，化緣至多一次七戶，給什麼吃什麼，給餿飯怎麼辦？照吃啊。換她這個舊生對新生說著。

路上到處有死亡的展演。蜃樓幻翳，如旋轉宇宙。

夢見朋友死去，打電話給他，他說他很好啊。

後來死在青海餐桌上的卻是一位她以前的美術老師。因失溫，在餐桌上竟以為他是喝醉了假寐。她想起在島嶼的夜夢都很蒼白，像是在漫步，在咀嚼。高原如萬花筒，光芒璀璨卻是死訊。

寺院大師兄問她，妳母親生病那段時間妳應該有很多覺受吧？她點頭。但當時湧起如潮的覺受，卻一句話都說不出口。來到高原，自此和母親有了時差。她睡著之後，母親才出現。母親離開，她才醒轉。無夢的夜晚，母親應是飄遊他方。到了高原，稀薄氧氣往往使她一靠近枕頭就進入眠夢，隨著時移，母親入夢的次數也愈來愈少了。

大師兄對她說母親的執念少了，這是好事。問題是妳自己呢？在愛苦之海人如何孤身而立？大師兄直指她的核心問著。她一時愣住無語。冬日即將不遠，雪域如雪獄，冬日一到連寫個字要先哈口氣才不會覺得手快凍到撕裂。她得趕在秋風起時完成畫所有的祈福儀式。

白天的西藏餐館，過了午後，每一家大多僅僅三兩個人在角落裡喝著奶茶配薯條。喝青稞酒的時間還太早，但高原的烈陽依然凶猛，使得每個人看起來好像也喝太多酒似的慵慵懶懶。全身家當都在身上的磕長頭者也棲息在牆壁投射的陰影下。

高原紅，世界之巔的幸福郵局，登山客擠在小小郵局寫著字寄明信片。郵差不按鈴，總登兩次山，四月到十月。母親剛訣別時，她回到母親的老公寓，沒有電鈴的公寓突然窗外有人高喊著母親的名字，掛號信。她奔下樓，郵差正要寫去郵局領的單子，見到她下來也嚇一跳說妳媽媽嗎？她點頭，代母親簽了名。感覺好奇怪，代亡者收信。母親的掛號信，原來母親有股票，天未亮離開的母親果然像民間所言留了好幾頓餐給她，留下錢財給女兒。

最高的郵局和最低的郵局。世界之巔幸福郵局與萬那杜海底郵局。一個人在高峰在深海裡等著旅人來寄出相思。這是否也是另一種打坐，一天可以蓋上三千個郵戳，一天可以在海底度過分分秒秒就只是呼吸。措姆在小小的桌子前，手就是一直蓋一直蓋，就像在打坐一樣，工序機械，臉卻保持微笑狀。珠穆朗瑪峰下基地帳篷五顏六色，非登山客在基地下朝聖聖母峰，感受聖母的聖潔，狂拍照上傳千里遠的社群，如此就是極致了。大雪還沒封山，路徑清晰，搭環保小車載他們上山的藏人司機把妻子和女兒都帶上車裡，妻子編織著毛線帽，看得出肚子還有一個，小女孩則一直盯著她看，彷彿她才是聖母峰。她已經很久沒有因為母親逝去而難過了，瞬間被女孩勾起對母親的想念。她掏出原子筆和一包泡麵給女孩，妻子轉頭雙手跟她合十說扎喜得樂，她也回說了一聲。

吉祥如意。聖母峰靜靜佇立，這個時節聖母慈悲，讓在地人載滿來到神山卻不懂神性的旅人來去，讓戀人可以到此拍下曠世婚紗。冬日阻絕了登山客，坍方滑坡雪崩道阻，那些在旺季因為登頂塞車在等待中死去的山客已然被雪掩埋。

懂結婚卻不懂誓言的戀人白紗映著冰雪，她按下快門。

夜幕罩下的速度不及掩耳就瞬間四周漆黑一片，荒山古廟裡有些微光，旅人紛紛用手機內建手電筒模式照著路，她沒有打開手電筒，聽著被人踩上的石礫碎石聲就可以找到寺廟的歇腳平房。有那麼一陣她刻意走在後頭，望著荒山曠野中灑落移動的手機星光，感受聖母峰下的神性，險峻的雪峰，覆蓋的冰雪如此聖潔，幾乎無人可抵達，抵達者有的得交出性命，魂埋冰山的登山客很多年後突然露出一雙手，那個和他們同行成為倖存的報信者，老淚縱橫地接受媒體採訪時確信那是他失聯的夥伴，他拭去眼淚想起那時他們才三十出頭，朋友自此睡在山神懷抱竟已快五十年。她想起在母親臥床期間曾經進入眼簾的新聞，或者更多登山客不顧性命一定要進入山神領域的各種罹難者的特異性也跑進她的腦海，她不懂這種非往山裡走去的必然嚮往，但她懂這種必然嚮往的本質和她非得來到高原可不是一樣的嗎，只是她不是那種不顧一切的人，她總是會設下防護邊界，所以她沒有往婚姻走，沒有往險境走，在某種艱難之中仍保有不讓生命走在任何藝術或其他形式而逐漸自毀的底線。

踩在地上的碎石聲消失了，不知不覺走到了供給來聖母峰朝聖旅客的寺院平房已經到了，她是最後一個進屋的人。登山鞋覆滿了霜雪，她踩了踩，才進屋。這是她生命裡的第二雙登山鞋，距離第一雙登山鞋過了不知幾年了，那雙登山鞋帶她去登過台灣的幾座百岳，她其實還滿喜歡那個當年帶她四處登山的新聞系男生，說來是新聞人，但奇怪的是後來她在任何社群臉書或網站都搜尋不到這個人的任何資訊，那男生頗優秀不該這麼無聲無息，這讓她覺得她和那幾座百岳山色合影的照片彷彿是合成的，她不曾真正抵達。她不是登山的料，也不是游泳的料，對於任何體能的事情她都會一些但卻姿態劣拙。她只喜歡看山望海，喜歡那種線條簡潔而內裡豐沛的神祕。

摸黑中走到房間，凍冷到骨裡。屋內和屋外竟一樣冰冷，漸漸適應黑暗後，她看見床畔有個老式的軟木塞熱水瓶，一面很大的鏡子，她想誰需要在黑暗中照鏡子？或者到這麼高的地方照鏡子？臉水腫如麵糰，床上的棉被厚重冰冷，床旁有一個氧氣瓶。環伺屋外的高山在暗潮中起伏著神祕輪廓，窗外走動著影武者，城市人千里迢迢來這裡朝聖的黑影。

她在這裡度過高原凍冷的一夜，世界最靠近天空的一座小寺院，擠滿著取暖的旅人，有些看起來虛弱的都在大口喘著氣，黑青著臉，開口說話的字詞拉得緩慢而長，熱水瓶與氧氣筒在旁邊讓一口氣上不來的人可以隨手取得。怕自己太早睡著，也怕整個沒電的黑暗房間，她也窩去了餐廳，聽著四周的人說著話，在黑暗中她差點撞到一個人，那個人說了聲抱歉，聽起來是英國口音。燭火閃滅中，小小餐廳擠滿著各國的旅人，幾個老外旅客有人特別看向她來，有的西方男人目光深邃地直盯著她。昏暗氣氛使空間曖昧，又因身體想要擠掉冷空氣而挨得近。她表情冷淡，沒有回應這些目光，她知道只要一接上目光，就是搭訕的開始，以前獅子吼還訓練他們平常戴著墨鏡出門，不和陌生人眼光接觸，一眼對上就是五百世緣纏繞。佛門計數就像阿娣國家的貨幣，數值很大卻兌換很小。

她來餐廳吃泡麵，取暖。留長的黑髮與異國情調臉龐，或許給了西方旅人某種東方幻覺，捉摸不定的氣質與黑眼睫下的憂傷眼神在燭火微光中更添神祕，彷佛她的懷中會閃出一只水晶球。但由於她的冷淡，加上同來的旅人也都有朋伴，不容易搭訕，只要不單獨說話，夜晚都是安全的。與世隔絕的珠峰下，人如此緊挨著，入世卻又保有出世距離。那些西方歐洲白人穿著上等的登山配備，坐在餐廳旁的沙發上說著話，她聽到有來自法國德國挪威瑞典英國日本的語言，身體的邊界看似消失，語言的邊界築堤卻更高。但大夥都笑著，不知在開心什麼，像是一個倖存者地擠在一起，畢竟如此高遠荒涼，能相遇且窩聚，顯得如此奇特魅惑的際遇。天涯海角走到這一步，所有依靠的外在都消失了，只剩下食物旅伴屋頂遮風避雨，這絨布寺寺院棲息地簡直已如淨土。

燭火下一口口白牙，像是雪霜，一開一闔。有人讓位子給她坐進去，她說了謝謝，端著泡麵吃，這時刻吃碗難以煮熟的泡麵真是人間美味。桌上有各式各樣的零食，絨布寺管理者或旅人隨意奉獻出來的零食。她喜歡吃零食，可以解憂。她隨手拿起一包零食吃，光線不清中隨口就往嘴裡丟，一咬動發現竟是乖乖，五香的，即使失去嚴重味覺大概也還能品嘗出來的零食，有記憶的零食。那些日子她總是離開母親的房間晃到小七，河岸居所終於有了家小七，她跟母親說妳繁榮河岸經濟了喔。各種時段的小七她都去過，有時一天去好幾次，只要覺得在房子裡悶了，或者做不了事，她就帶著電腦來小七。幾個輪班的人都見過，每次拿的零食都不一樣，有時候開心果，有時候海苔片，最常是五香乖乖或鱈魚香絲。飲料從上午的咖啡到晚上的青茶，有時覺得不要吃垃圾食物，就會挑顆芭樂或蘋果吃，冬天改成橘子。她習慣坐同一個位子，橫式成排對著窗外的那種，挨在邊邊角落坐。後面是冰淇淋冰櫃和自動櫃員機，吐鈔機聽起來有點幸福感，她常幻想著鈔票很多，她出過一兩本書，但不賣座又因母親生病就暫時封筆，就像自創品牌失敗似地轉往代工。幫一家賣肥皂的企業寫文案和幾本產品專書，以此換取鈔票。在小七透過玻璃反射可以看到後方來者，經常有機器吐出鈔票的聲音，制式聲音在午夜像是一種營生熱絡的配樂，就好像母親房間唱盤的阿彌佛陀。

小小的餐廳閃吐著酥油火光，幾盞小燈因長期照射而晦暗不明。黑暗中眼睛不管用，鼻子嘴巴卻忙碌，到處有旅人遺下的食物。高山下吃到零食，簡直涕零，彷彿一座島嶼直奔眼前。台灣團旅客似乎剛離開，遺下食物。她對食物很願意嘗試，母親卻永遠只吃那幾樣。回到房間，嘴裡滯留五香的味道。她隱約看見有戀人交纏在一起，在聖母峰下，冷使人遺忘抽象哲學的東西，進入最實在的擁抱。

有寺院小沙彌抱著放生羊守在寺院的最前院，蠕動的小羊肉團成了最溫暖的慰藉。她也好想抱隻小羊取暖，外面的冷空氣將水直接變成冰雨，整夜雨神輕叩窗前。還收得到訊號的手機，有人在看著重播的足球賽，小沙彌們圍成一團擠看著旅人的小螢幕。

珠峰下的星海被雨神擋住，天空漆黑一片。

尼洋河，女神流出的眼淚，淚水沿著次旁拉山東麓流下，她摸黑走到營地外看見珠峰尖端雪影，先前一路沿山坡碎石走，耳聞天崩地裂冰川的雪崩，其驚心動魄已成旅人訴說的戰果。她在冰川想著卻是母親病房的苦旱歲月，終於迎來了久違的雨水，苦旱終成褪色的記憶。她感覺自己就像一路出發尋找可棲息地的落單小獸，必須依賴記憶的餵養才能撐過孤單。

夜晚將白日珠峰下布滿的五顏六色帳篷隱去，肉雞型的城市旅者泰半住在絨布寺招待所，一夜人民幣二十幾塊錢，還有蛋炒飯和酥油茶，棉被附贈著濃濃的濕氣與窩藏的小跳蚤，供氧氣瓶，沒電。豪華級配備了，只是廁所是一條水溝，摸黑持手電筒走去要小心跌到溝裡。她用手機內建手電筒，提防手機掉到水溝茅廁。她一個人睡在絨布寺下的磚平房，棉被沉重濕透，溫熱不起來。她起身穿羽絨衣，再次躺下，仍陰冷異常，山精鬼魅環繞。一早起床，頭很重。聽到走廊有酣暢未醒的打鼾者，應是昨夜掛網太久，來到聖母峰下還抱著蘋果螢幕睡覺的人。

天氣逐漸放晴，她聽到有戀人歡呼。來藏地結婚的戀人的最後一站是拉車到珠峰下的絨布寺，請住持祈福法會與點上酥油燈。她跟著阿尼的戀人團來到這裡，順便幫忙為戀人拍下照片。

登頂絨布寺，放生羊的無辜眼神跟活佛差不多，在聖母峰的見證與出家的誦經聲中，七對來此結婚的戀人點燈，懸掛幸福五色經幡。風揚起，祈福的經文也跟著傳送，珠穆朗瑪峰日出粉淡，山彷彿看起來不高，因為她已經爬到五千米海拔的絨布河谷了，平視風景，望著東絨布中絨布西絨布三川匯聚之地，偶爾傳來很微細的小小碰撞，她的聽覺敏銳，聽得出是冰雪的崩塌聲，但也許是幻覺，何況更多時候她手腕上掛著的兩個銀鐲子也會發著細響。

母親給的玉環碎裂後，她就改戴了銀鐲子，永遠不怕摔斷。銀鐲內面刻有文殊菩薩的心咒，另一個銀環掛了個小葫蘆吊飾。根據她自己的說法，她需要文殊菩薩的智慧與葫蘆般象徵的平安福氣。銀鐲子外面中心點刻有蝴蝶和蟬。蝴蝶，福疊。蟬，腰纏萬貫。母親是蝴蝶，男人是蟬。她來到高原，最初是為了他們，最後卻是為了自己。

127

下雪的時候嘆世界，在即將要下雪的前夜，高原凍如冰箱，她的骨頭直打哆嗦地撞疼著。

第一次在轉經時下起雪來，彷彿神語，神界也有接待員嗎？她帶母親上高原，她早已替母親買好通往淨土的門票，她得在門票效期送母親抵達。

但入口之後究竟要通往哪個世界？她感到徬徨，會不會把母親送錯地方。就像年輕時自己彷彿是天堂有路不走地獄無門卻偏走進來的任性者。當鳩摩羅什譯出「三千大千世界，即非世界，是名世界。」時，那是怎樣的世界？不僅譯出「世界」，且譯出了「恆河沙數」「微塵眾」，如此巨大又如此幽微，這樣美的經文，伴隨旅途，彷彿鎮鬼之寶。在絨布寺寒冷夜晚，最後她是抱著經典入睡。嘆世界、捞世界、捱世界、做世界，在那個前世的廣州港口，她竟聽得懂廣東話：嘆世界是嘆這世界美好，捞世界是賺世界財，捱世界是撐過這個世界的困難，做世界是打劫這個世界。她笑著醒來，四周依然昏暗，氧氣筒開著，冰冷異常。捱世界，捱過了冰冷的高原之夜。

她在高原，今生今世。爬上絨布寺，戀人接受住持祈福，誓言不分不離。住持根本不相信煙火戀情，卻為戀人祈福不分不離，她按下快門時，覺得誓言好輕。恆星注定要崩毀，閃亮走向黑暗，母親的重力把她往內裡拉，這世界沒有永恆，連恆星都會崩毀。塵埃擋住光線，星球像舒芙蕾般垮掉，航行者或許記得地球曾有過的人類與萬物的故事？迷幻死亡之景，消失的氣體，崩塌縮小到連核心都消失。超越核心的終極新星，比新星和超新星還要爆炸性。她登頂，離銀河近，感覺淨土剎那可及，卻備感戰慄。

聖母峰星辰照耀著她，一路登轉，每天人群就像海裡的魚汛，總是不小心就會撞到彼此。登聖母峰等著攻頂拍照的登頂者，踩著屍體前進，在鏡頭前留下征戰的微笑照片。就為了攻頂照片這一刻，千年以來物換星移，看盡紅塵人登頂的聖母峰是否也笑世人執癡執念。

她看著已經抵達聖山的轉山者，專注禮拜中，外界寂寞得彷佛不存在。用身體來丈量自己的信仰，用嘴巴讚頌眾生，如癲癇者翕動著雙唇，相續發出氣連音，只有同類人才能知道的氣音字，神聖的呢喃。轉山一圈可以消除已經生成的業障，轉三天三生業障都消除。轉一百零八遍可免於輪迴。涅槃這樣是不是太容易了？她想。是可以，而不是必然。聖山難抵，況要轉一百零八回，堪布說。她笑著說那麼阿尼肯定可以出離輪迴，他光帶團就來了不知多少回了。堪布又笑說不只是身體抵達，還要心抵達，不只是心抵達，還要心相信這個抵達，不只相信這個抵達，還要一心一意地抵達。

心相信這個抵達，一心一意地抵達。她想著一心一意，她在旅館看冷血毒蛇交配紀錄片，殺手的甜蜜時光異常蜷縮，長達一個小時甚至整日，如華爾滋慢板。自己是三心二意的人，念頭紛飛如雪。離開同行的阿尼之後，她又一個人了，沒有要吐出誓言的戀人，絨布寺除了她只剩一個佛和一隻羊。走下絨布寺，她穿出穿進多少廟門？從十八歲至今，如走江湖為了覓得可以證其開悟的人，而她沒有要覓得什麼，回頭是岸，空空如也。

她想自己和母親有何不同？童少時，家裡作為糧食支柱的母親總會消失幾天，返家的母親春夏薄衣背後竟是布滿小坑小洞。母親一反平日的儉省，看見她嚷著媽，汝衫破去了。竟是面露微笑，表情且非常大方，一副衣衫不足惜的喜孜孜神色。那些春衫的小坑小洞可都是刲香聖蹟，人群簇擁的香火將母親身上衣衫給觸燒一個個小洞。母親對媽祖熟悉至如祭家王爺，媽祖與王爺，根本就是母親心中的最佳拍檔。母親搭客運去朝天宮，就像走後花園般殷勤。媽祖鑾轎出巡時，恍如東方版的玫瑰聖母，一路鞭炮震耳膜，香塵迷眼際，祈求之聲達天聽。母親當年是帶著什麼樣的願望抵達大殿？掛滿柱子的紅色小小香火袋，如一道光燦的神符，紅艷艷地澤掛在胸前，她聞到檀香，母親的汗水狐味。那些因為農忙而未能跟去刲香的鄉民們，殷殷在水田旁等著媽祖出巡十八庄時可以看見自己的誠意。跟著媽祖之後來的是汽車旅館，摩鐵紛紛進駐村莊，入夜後霓虹燈閃爍，重劃區到處閃爍旅館霓虹景致。通往神諭之路，也通往逸樂之路。一條大路，切開兩個世界。通往她母親求神拜佛大道，也牽連她落腳的逸樂之路。

平原已遠，踩在高原，在荒涼的曠野上可以看見自己的孤獨，什麼也無法去除。一路唯一的勞動是掛祈福經幡，彩色旗子隨風飄盪，如跳彩帶舞的女神。掛山頂路邊，掛石頭上，掛屋子四周，掛可掛之地。經文隨風飄盪，把訊息傳遞給她想傳去的看不見空間，眾神的耳朵。她幫母親和蟬男人以及死去的無緣胚胎，精靈四生掛上彩色經幡。那個島嶼海洋之殤，超級大白鯊被捕獲，剖腹後赫然發現內有十四隻小貝比白鯊，未及出生即死亡，十四隻貝比鯊，光是想像畫面就超級撼動她的心。卵胎生的大白鯊含淚被捕，紅血染滿地上。她在絨布寺點上燈，放生羊睜著無辜的眼神看著她，她摸摸羊。心想可惜這裡沒有放生鯊，海洋的倖存，上不了高原。

湖邊有人低沉地唱著咒語，傳送的聲音讓心專注，聲音如道歌，能夠收攝，能夠專注。她沿路看到很多人靜坐不動，如入關的人，變成一顆石頭，靜坐的人和石頭比賽誰不動，就像吃素的人和牛羊比賽誰吃草吃得多。在漆黑之中，她就像十九世紀斯文赫定走來的姿態，一個歐洲異鄉人來到高原，身上揹著像流浪者不知用了多少年摩擦多少背脊的布包。為了絕處逢生，為了心靈追尋，生命的原樣被迫必須看得清，高原危險，處處不能打馬虎眼，必須把生死帶綁在身上。踏上從日光之城往南，延伸至加德滿都的中尼公路。從日喀則轉西，下雨時節，路坍塌；下雪時節，山雪崩。雲遊僧內心要穩，難怪平常要把自己坐成一顆石頭，以度過崎嶇險境。如閉關者般，得小心狐仙蛇靈作弄，千年靈獸打探真心。牠們比人還熟悉人的念頭，人的不安，人的狂心。危險心靈，小心打開，一旦打開，性命交關。吐血亡瘋癲狂，幻覺叢生。路上的旅者也是，被逼回原點，甚至急送低地。入夜躺下，聽得到自己的肺發出如雨滴的水聲，肺水腫窺伺在旁，不讓人上神山。幸運者可以在日後回憶往事，或至少再次出發時得以從頭再來。不幸者，有如從未出發。

妳是個幸運者，我看見妳的眼神有著老僧的柔光，那是歷經很多事情才能滅去光芒卻保有光輝的眼神，像老狗的晚年。絨布寺的住持祈福戀人後看著落單的她說。

記得見到每個人都得珍惜，都要記得獻上真誠的祝福。回應慈柔深切的眼神，因為一路上都是陌生人的幫助，如此才能抵達心中的座標，路上的阿尼說。

她靜靜聽著每個人的高原經，上路警世錄。母親人生最後的旅次，也是到處都是看護經，生死啟示錄。長照工，需要陽光長照心頭。倒下的母親像洋流，周而復始的，自此目的地和終點站一致，母親成了最堅韌的旅行者，一心一意要通往名為淨土的國度，持著女兒為她繪製的無形地圖，長途跋涉在離開之謎，濡濕晚景的霧中風景，掙脫如蛹困境如斯漫長，重生的翅膀潮濕沉重難以飛翔，直到她召喚大鵬金翅鳥把母親叼走，一飛沖天，她看見翅膀下的母親乘風微笑的臉龐，笑得像是佛的好孩子。

請問阿尼的名字？

哈，我開悟的名字就叫老狗。沒有什麼莊嚴的法名，就是老狗，路上的一條老狗。

扎喜得樂，扎喜得樂，願大師此去吉祥平安圓滿。

就跟妳說是老狗，還稱大師，大師最可怕，傲心慢心最堅強的人，阿尼笑說著，邊卸下了手套送給她，磨破表面的手套，很溫暖，充滿俯首稱臣的老狗爬行姿態。

雪獅國度的高原，回家是一趟歷經千辛萬苦的路。前方等待的是什麼？她想有時候我們會去看到新的世界，我們的心裡頭藏著西藏這片無垠的高原上的高原，世界的盡頭，游牧民族的家，也是諸神的居所。在這片深山谷，千山之巔萬水之源，岡仁波齊神山是宇宙中心，朝聖者如一座大海，著迷神仙國度，如癡如醉，近乎忘卻現世安穩。這邊的靈魂如一道風，專注追求神聖的眾神的國度。崇拜未來的苦行僧，千里苦行，一生的朝聖都在這裡，生生世世轉經不已。

他們相信就有祝福，無關外人信不信，自己的信自己的念都是無關他人。讓她想起了童年幾乎每個平原人家都曾在彰化大佛前留下家族照，那像是一個時光儀式，平原上的阿里山神木群也是一定要去照相的，相片裡往往只有她跟母親，沒有父親，也沒有其他人，家族就是母女二人組。誰幫她們照相的？她記得有幾次旁邊跟著一個說話腔調很重的外省男子同遊，和母親經常雞同鴨講，她還居中翻譯，把母親笑得花枝亂綻。

阿尼突然說起她自己的媽媽在要離開人世的時候，央她說一定要去大昭寺再見一次佛。且要阿尼答應母親過世之後，女兒每天都要做至少一百零八遍的大禮拜。

她聽了覺得真好，阿尼的媽媽是有信仰的。媽媽無能言語，沒有交代任何非得女兒做的事。如果媽媽能開口，媽媽會說什麼？會交代什麼？也許媽媽只會擔心她的經濟，知道女兒對錢財與男人的任性，應該提點的都是這個吧。如果想去的地方，母親也許想去看看王爺千歲，那是母親從小就認識的家神。

旅人彼此說再見，但其實往後都不再相見，人人都知道轉身之後就是一輩子的不再相見。旅人不是輕言諾，是因為旅人過的是沒有核心的生活，再見，只是你好之類的語詞而非未來句。就像母親在醫院曾短暫照料的看護，離開前都說阿嬤我會再去看妳，當然沒有後來，看護這個職業和禮儀師一樣，都是人們不想再見到的職人。而阿嬤也只是一個病人的代稱，我會去看你只是臨別的客套話，和說再見差不多。她搭上載阿尼的出家人卡車，她隨著車子一路顛顛簸簸跳跳咚咚，一路上行走的碎石路讓身體處於這樣的彈跳狀態，整車的人像在跳乩童舞。原野上金黃色的青稞在收穫的季節滿天飛舞著，黃金雨非常漂亮，彩虹乍現也非常美，人的笑容也有著高濃度的甜美。她想這真是在她的生命苦澀經年中久違的甜美。

128

她在陰冷的地窖裡看見一張熟悉的臉，但卻想不起來名字。

白天去拉姆拉措在湖中進行靈觀，靈觀可觀前世今生，她只看見浮雲倒影，其餘什麼都沒看到。夜晚夢中，千山跋涉抵達的天女神湖才來到。夢中顯現一張熟悉卻被冰封的臉，直到那個身體上的冰雪融化又結冰，她在融化又結冰的反覆瞬間空檔凝視多回才認出是冰雪。冰雪的臉部發出扭曲變形的苦痛。

冰雪是忽然離開的人，在她照顧母親沉淪靜室的離開之謎時期。

她和冰雪在很年輕的時候彼此遭逢，冰雪覺得棋逢對手，她卻毫無察覺青春女性的怪異競比。冰雪在她眼中是冰雪聰明的女子，她經常自嘲自己是冰箱聰明而已。因而她在閨密群裡代稱此女子為冰雪，她經常這樣標誌自己心中深刻的人，比如蟬，比如伯爵老陸，比如小丑，她習慣取一個獨特的代號。

她稱冰雪的女子，在她們的青春裡卻是一把難言的火焰女子，在水面跳火舞的人。她在火焰飛舞的路上，看見冰雪佇立。受苦的臉瘦削，長髮削得很短，短髮下沒有美肌模式所露出的皺紋，濃妝下遮蓋不住的斑。冰雪突然長成了王玲，她嚇了一大跳，有了點年紀之後不小心露出來的世故與嘲諷的驕傲模樣。

還有什麼比一口氣上不來的時刻重要呢？當時冰雪驟逝的新聞，臉書被洗版。但她發現比較少閨密老朋友在紀念冰雪，這是為什麼？她看著悼念文，哀悼的其實是自己的折射，從冰雪身上想要拼貼的想像，寫的並非是冰雪，但誰又能寫下另一個他者。猝死或者驟逝或者震驚、驚傳，最慣用的新聞字眼。有什麼好震驚的。她記得當時寫給大師姐關於冰雪的離去，大師姐是這樣回覆的。震驚，若在印度就不會感到有什麼震驚的新聞了。她當時想大師姐也太不近於人情，連個哀傷表情也不傳來。大師姐又寫別媚俗了。

多年後，她覺得自己仍是一只舊款冰箱，耗電且占空間，過時而生鏽。冰雪卻已然成冰雪神山，快速累積粉絲。兩人再也無能交會，因為冰山供人仰望，而她這座冰箱只會愈來愈老，外面鐵殼已然鏽腐，製冰器轟轟作響，日後只會更老的二手冰箱。隨著冰雪的乍然離世，她突然想起自己整個二十出頭裡的後青春年代，她的愛情像鬼，日出就隱去。但那兩年的白日除了假日之外卻幾乎都和冰雪廝混在一起。直到她被冰雪擺了一道，加上拍賣王追求她又追求冰雪，離間了閨密情誼。她在同個時間點也離開了老陸，自此她和誰都不想聯絡。隱藏在冰雪下的絕對不是潔白也不只是水而已，冰雪彷彿是因海洋上升而沉在世人再也無法探訪的海洋最深處的連綿山脈裡的曠古冰岩層。冰雪很複雜，可惜冰雪只讓人看見她表面的一望無際與少女心般的甜美。

年輕時她覺得冰雪聰明，具有不俗的獨特視角，但隨著彼此成為要走到大齡女子了，熟女若要裝年輕，甚至比年輕更年輕的少女時，就要花費很多的努力才能維持，那樣的努力是會要人命的。獅子吼說，誰也不可能抗衡時間，所有的逆天都是違反自然，包括幹細胞研究，基因重新編碼都是。

在都會時尚年代，冰雪如此受到歡迎。本來她和冰雪要感情復合，在某一次朋友的文藝場子上她們說笑著，未料在約單獨見面前，她卻剛好看到冰雪在網路貼了一篇文章，裡面諷刺訕笑她和大師姐是大嬸，婆婆媽媽才會參加獅子吼的靜坐社團，她一方面驚嚇於冰雪是這樣看待自己的，一方面也暗自想冰雪究竟是無知還是膽大？她寫信給冰雪說我們可以自嘲，但別訕笑他人的虔誠或者恐懼。冰雪只寄來一個問號圖案，自此封鎖了她。因為那篇文章，她覺得無法再見冰雪，她沒辦法跟一個嘲笑自己與所屬團體的人見面。沒想到兩年後，再聽到消息是冰雪走了。那段時間她一直在為母親要跨到另一個世界做準備，所有的死訊都像是一閃而過的夏日雷鳴，雖是巨響但也快速閃過耳際。母親臥床期間，友人或友人的親友的死訊時不時就跳進手機訊息時，她常有一種奇異之感，彷彿只是跑馬燈，不是訃聞，倒像是廣告詞條。

死神被去脈絡化，直接跳到了終點。只有母親不被抹除過程，母親要她陪著四大皆空的經歷。

一路上醒醒睡睡，想想停停，一只背包跟到天涯海角，等待回收到垃圾桶的記憶，必須回憶幾次才能真正消除記憶。

融化的冰雪，塗銷的拍賣王，刪除的黃超跑，留下的人都是愛過自己的。

妳什麼人都可以嫁，不論貴族土豪販夫走卒屠夫罪人都可以，唯一不能嫁一個不愛妳又欺侮你的人，別用那個不愛與恥辱去交換妳的人生。迷迷糊糊她聽到虛空中傳來這些話，是母親的掛念嗎？沒有身體限制而有了神通的母親，倒帶將看見女兒那卑微帶賤的感情史，看見女兒為了母親差點賣身救母的畫面，母親在天上痛哭嗎？那曾經節儉叮囑不要買往生衣的母親騎著白象而過，像是提醒女兒千萬別再遇到感情金光黨似的還不離開天梯。母親和女兒一起走過的歲月，像是凝固的傷慟。那些島嶼的感情玫瑰，未曾開過卻努力死過。黑暗的時光不浮上來的人是為了什麼？水面之上沒有小說，水面之下卻可能要你的命也拚不出個小說。

陰影罩下，突然烏雲密布，一場山中大雨瞬間襲來。從母親的臥床輓歌一路寫到自己的愛情哀歌，一夜就可長出滿臉皺紋的心，這滄桑卻讓她的臉光滑依然年輕，彷彿是母親的餽贈，現下老死一個母親就好了。老少女的她發現母親已經轉型，不再愁苦，且還配戴智慧之劍，自此不再是活在她的記憶之中，而是活在她的想像之中。過去的刻痕歷歷變得模糊，如何看待母親和感情成了腦海躍躍欲試勃發而生的新樣子。母親早已過完她的一生，但死亡卻讓母親變得年輕。

或許因為高原的諸神太多，把她結界在一場無法醒轉的夢中之夢，或許只是缺氧的慣性使得感覺如瀕臨小死性愛的敏銳，餘燼猶烈。總之，時間空間彼此跨越，這有助於她脫離悲傷。

一念萬生之中也一念不生，萬生萬死。這未來，是沒有也許的未來，無心恰恰用，要用恰恰無。闔上眼睛前，她才明白自己並沒有奈波爾那離開島嶼，自此無家可歸，飄盪在永遠的渴慕的那種失落。家早扛在心裡，何處都是家。渴慕失落都是文學式的心情。沒有追求夢想那種離鄉背井，沒有尋求道解而受盡折磨。經由歷程，她獲得了屬於自己和存在的心感受。把自己重新安置在中心，卻又不在中心。她啟動千里苦行，彷彿只為一無所有。

她想像自己正處於萬物空盡的起點。找到這個起點，然後吐出媽媽。眼淚有佛，佛眼有淚，祥雲妙音，多情人的淚是固體的，不流給別人看，只躲進自己的時間長廊，讓傷害的感情砂石車慢慢地載走。

淚水完成洗滌任務的那一刻，她明白擺脫母親或者那種名之為過去暗影的路還有好長的一段路等待跋涉，流淚只是一個必要的過程，卻不是終點。

七 度亡經

129

ㄅ無常院

高原呼嘯的西風如帶刀的鋒芒早已取代了熟悉的島嶼冬日，那不斷滲透進薄牆的南風與烈性的東北季風，那個小女孩瑟縮哆嗦在潮濕厚重的棉被下的樣子早已被歲月翻轉成巨嬰般的母親。雨如繁星的島嶼，她生命的一段無風帶歲月。遠洋的船遲遲未能展開帆，張開也無風可以送走那些哀愁的日子。圍繞著生活周邊的是藥局，那種還沒推開玻璃門就先在騎樓看見等著廢掉身體入駐的電動椅便盆椅的成排展示。走進醫院附設藥局的有一半是傷心人。櫃檯妹不是太冷淡就是太熱情。冷淡者不願解走進店內者的苦，太熱情的只顧自己的業績。

我叫艾咪，以後常來喔。若非不得已，誰要常來。

包大人是當代最無辜最不幸的大人，不審案不黑臉，只被包完大人的屎尿即丟。因翻動而突然尿床，或者立馬狂拉肚子。鎖不住的肛門或者便祕的肛門，閉鎖的尿道或者經常的尿床。陽台經常高掛的尿床被單，包裹屎尿的包大人裝滿垃圾袋等待丟棄。溫熱的尿片尿袋，母親的晚年就像暖暖包。

這些連鎖小七連鎖藥局都斷了連，去了鎖。

歡迎光臨謝謝光臨，於今耳朵聲浪轉成阿彌陀佛扎喜得樂。這裡的人腦癱了怎麼辦？沒有包大人，沒有阿娣們的嘰哩呱啦。彷彿上師賜予的彩虹甘露就是安樂的盡頭，大信者的至高之至高就是上師的大香小香涎水唾液等得救聖物。小如螞蟻腳的一丁點甘露，大信者嘗了可直登淨土（不信者嘗了只以為是臭藥丸），天差地別取乎一心。她想母親是幸運的，最後入嘴的食物是彩虹甘露，獅子吼在母親臥床第二年就贈予她，給她時還補說了一句其實離最後的路途還遠，還不是給妳母親吃的時候，妳母親若一吃就走了。那一顆看起來像是小時候吃肚子疼的正露丸保濟丸的黑色小丸子猶如和天神宇宙神祕連結，她小心翼翼地裝進夾鏈小袋內，放在最珍貴的寶盒裡。有好幾回必須忍住想要給母親嘗即解脫的慾望，彷彿要賜死母親的快樂鴆酒，當母親在午夜呻吟痛苦難熬時，她就像握著情報員遇到死劫敵魔現前時要吞服的神祕小丸，以終結被活捕的漫長酷刑。

但她終是沒去實驗這個母親可能一嘗即刻離世的可能，她很想，但沒有決定權。忍住沒揚起這把終結時間的刀。際遇只能自己決定，聚散終有時，天涯相送贈母解脫丸。如是自己，片刻也不要和臥榻纏綿。臨終一刻，她將日日攜帶唯恐疏漏的甘露丸磨成粉泡水，用棉花棒沾母親的唇舌，母親終於嘗到了，她想像著母親化現彩虹奔去某一處神祕如羽毛飛揚在星塵中的菩薩星球或火焰大威德金剛的屬地。母親苦苦等候的這一刻，她沒有偷偷調撥時間也沒有怠速時間，全依母親的命定時間，依母親的呼吸節奏。

大海退去，星子墜落，月亮隱匿，身披曙光的彩虹在雨後現身。

父親沒那麼幸運，才剛斷氣，病床旁就冒出將他推到天寒地凍櫃內的陌生人，搶著送行的生意咖。她還小不知念經，不知求神。母親則整個空掉，甚且帶著憤怒，為何拋下我們母女？憤怒裡原來有愛，她很多年後才知道那種不原諒。

母親知道那種不原諒的痛，給了原諒女兒的贖罪機會。

只是動了一個念，往事就像刺鉤瞬間就劃破她的皮肉而血飛四濺。她念頭四竄地跟著大師兄走回寺院，沒有回大師兄說的老居士瘋掉的故事。一路無語卻又萬語，她笑著踢著高原的小石礫，望著晴空。心想如果換作是自己也是非常難把持得住的。那個瘋掉的老居士，染上愛慾的瘟疫，半瘋半醒，只為後來修行人報信而來，切莫晚年入花叢。他們正穿過暗巷後院廚房飄來用山羊血伴著糌粑灌進羊腸子的血腸腥味，她望著比自己快一步的大師兄紅褐色的法衣映著血腸，白鎢絲燈下，繁花萎凋，血水滴答。

她刻意慢一步，這裡的人對於修行者的尊敬走法。她看見正在屋外喝著青稞酒抽著水菸一邊手抓糌粑油饊子羊肉血腸的人站起來對大師兄彎腰，合十的手還油膩膩的。對著她也微笑著，黝黑的肌膚也像放太久的血腸臘肉。她看見有個正在吃油饊子邊轉著念珠的年輕男人朝著她發出奇怪的笑，笑裡好像藏著一把鉤，刺向男人正盤旋而過的念頭，她是老虎，對男子而言，她聞到男子埋藏深處的體味。死亡如此快速，高原人學會平常心，一句平常心，千年悠悠如何平常。她在島嶼的日常裡，最後陷入失去平常心的是母親最後時光的重重一擊，使人瘋癲的是異常，但使人失去耐性的卻是逐漸如白蟻啃木的緩死未死之日常。

依據三個占卜者，母親該走而未走，眾友仙人金鳳師姐和菩提居道長占卜的時間落空，最後是她自己的占卜最靠近死亡線，母親不盛夏走，不讓女兒在急急惶惶的時候走。在為母親等死的自我的河岸垂死之家裡，靜默的小強蟲骸也是繁星一景，死神沒有依約占卜者而來，死神也有良心發現的時候。

她沒有經歷醫院那種從病房背著亡者如悶鍋炸開拋出的痛苦嚎哭，這是何等的善意。蜷縮千日的身體，爬著爬著回天庭，死竟曾是不易之事。這樣的怠速，唯一善意，讓你有準備。但戰局拉長，反而泥濘了愛，模糊了等待的時日。

腳下一塊磚黑了，第一隻飛過的神鳥張開羽翼烙下影子。與這一切無涉的禿鷲，只依腐肉的氣息而來。春天將臨，腐朽者換成記憶的重量還陽歸來塵世。

她想問大師兄如果換作是他自己呢？但她可不敢問，就是問了，聽到的也未必是真話。大師兄沒有被考驗還是被考驗過後因而產生如今她所見的堅毅？

妳別想到我這裡來，每個人的天葬台是不一樣的，大師兄突然說著。

她吐吐舌頭，心想這大師兄像是有心眼通，竟知她剛燃起的念頭。

不是我有心眼通，世俗的事情透徹，佛法也會透徹，世俗想的事情或者好奇的事情都差不多。像是解答似的，大師兄又拋話過來。

回程來到寺院，大師兄要她靜坐一番。他點了香，在她對面坐著。貝瑪，妳要學習沉香，在世界所有香料當中，沉香最為神奇，沉香歷經傷害多年，卻能將這種傷痕累積成一種獨特的香料，而且最後這個累積還得焚燒殆盡，化空才能擁有。

她嫻熟這聲音，死神的咆哮。母親所創造出來的臥床晚景，邀女兒一同參與完成的長照生活，死魔迷戀的折磨，慢慢折騰消磨殆盡的死亡方式，她在清晨跋涉的夢境中走出，帶著還滯留殘存的衰敗感，她望著窗外遠方那巨大如鯨魚齒般的起伏巨山，後院沒有河岸的蟻塚與小強的歡樂窩。她似乎可以感受到死神侵入的一股奇異的悲涼感。無常院裡的病僧，都是被拋棄在這裡，卻都是活得太用力的人，停止述說自己的不幸，在無常殺鬼來臨前緊緊擁抱一尊佛像一串念珠一句咒語一粒甘露，空無所有的所有。稀罕一世，就等來生訣。

懸掛在未知的狀態是最難熬的，一旦塵埃落定反而就放下了。

生命的內核先失去慾望，再失去外核色身，無常院的同伴，走了泰半。慈眉善目，修得死福。遞出一句咒語如靈丹，無常殺鬼幽冥遊神全被回遮，幾世幾劫的迴圈線路暫停轉動。

四處微塵眾微響著嗡嗡嗡啊啊啊吽吽吽，增益除障消災，身口意白紅藍光放射，無常院的人都在懺罪，跪地求饒的身體，一直在請求別人或神佛的原諒似的終夜手撥念珠，用強悍的意志不倒臥床枕，彷彿和母親當年用強悍的意志不離開床枕一般。母親的意志在母城沿河居所冬寒那一天結束，意識與肉體分隔開來的那一天清晨，女兒的旅程就展開了時空交錯的荒景與榮景。就像這趟旅程，撲倒的身體不斷以磕長頭的方式環繞周邊如繁華都城，但轉眼卻是荒山空曠凋零。一個時程過去，再次重複一個時程。每一次的旅程都像是才剛剛出發，就像不知磕了幾個頭還是覺得才磕下第一次，熟悉伴隨而來的卻是一種心緒的枯竭。就像佛言佛語聽過之後又如竹籃打水一場空的飄飄盪盪，語詞是語詞，自己還是自己。島嶼過往寺廟灌入的福德資糧或者福報功德，在這樣與死神為伍的無常院，不知為何有種諷刺感，福報彷彿成了一種巨大被誤解的孤獨。就像無常院的病僧，總被罪孽的業力之說的刀口磨得血流成河。或許是高原這樣的高山大水的荒空地景，使得坐落在四周空無房舍的無常院，顯得如此微小如此要死不活。

時空再次調度到荒景，她最習慣的色澤。死神的咆哮尚未發出震耳欲聾時，在無常院的早晨是如此的寂靜，經歷一夜失眠疼痛折騰的病僧，上午反而容易入睡。這也是她熟悉的睡眠時光，母親也曾經如此，半夜醒著，早上終於撐不住才肯睡去，日日捱世界。醫院也是這般，那時得經常幫母親掛的門診有內分泌科、心臟科、腦神經內科、胸腔科，彷彿掛號達人。每三個月的慢性處方箋，每個月的固定取藥進入長期照護的漫漫時光，如太空漫步式的空間。後期的白日時光泰半只有她和母親及阿娣同在，她們仨，在寂寥時光一起面對生命漸漸調暗光度。為了安養問題，因而看了不少安養院。每一回離去，都彷彿吸滿了感傷的空氣。最難的是離別，母親如去安養院，每一回要轉身都成了艱難，每一回離開都是折騰，於是將安養中心設在家裡。

沒有安靜而容易的死亡，不能安樂。死亡成了艱難，人為的安易死是加工。

安寧院，拉丁語Hospice，招待所，招待誰？招待死神的饗宴還是亡者離開的盤纏資財？希臘設服毒宴，宴請想難忍身體折磨者服毒，設宴會款待離去者，允許並幫助疾病、悲傷、羞辱的人離開，幫助老病、傷心、羞辱無法存活者來參加服毒宴。自願參加服毒宴，而不是被孩子扛去山上餓死的楢山節考，或是老人必須先死好讓出資源的被迫。是歡樂的招待所，是臨別的狂歡。這只能是小說，真實世界也有，她在醫院親眼見到某個妻子哀求她的老公朝她悶住枕頭，受苦者嚮往瑞士那讓人喝下如鹽水的毒，渴求安樂，但這昂貴的安樂，不屬於島嶼。

老人安養院和無常院的差別在於病僧臨終前都仍在病中堅持修行，一盞油燈一本經書一尊佛像一條念珠，和斑駁歲月的安養院老人不同，安養院老人最後的人生只剩下一張床、一只櫃子或剩下一個拔不掉的鼻胃管尿袋與一個為他們拭淨身體的異鄉人。她一直記得沿河居所附近的安養院，在告別母親之前她去探望過的一個九十歲老奶奶，老奶奶雖然臥病在床，但蓋的棉被卻是少女時自己親自編織的花被，她喜歡那只花被，見證過老奶奶美麗的青春與往昔的時光，臨終之眼也將望向這只曾經蓋著青春愛人肉體的棉被，老奶奶的執著。老奶奶緊握著她的手，就像她失語失明的母親一般，她知道老人最有感覺的是觸覺，觸覺讓他們感到不孤獨，有溫度。安養院走動著很多從異鄉來到荒涼西濱小鎮的修女，行腳如上帝之覆轍，愛如上帝之封印。又是多久過去了，時光飛逝，不知那些老人是否依舊在？她此刻在無常院，想著往昔河邊的夏日金光燦燦，颱風前颳起的大風吹得窗簾劈啪響。那時母親的房間像是廢棄太空站，安靜極了，如睡美人，或者不會蛻變的繭。人命在呼吸之間。人的記憶是纏縛得更緊，或者遺忘得更多。遲暮時光，充滿孤獨的空氣中，她想起握了幾雙陌生人的手，看見他們稀有的微笑，彷彿以為是某個老友來探望他們了。

130

阿空病僧拍著她掃葉子掃一半的手說，妳常這樣發呆。

落葉掃淨，她幫忙煮菜飯以及煎藥。有的病僧還是持續吃藥，像阿空病僧就是這樣好轉的。煎藥的中藥材聞了很舒服，她也快變成中醫師了，當年她對母親的疾病恐慌至幾乎日日都在搜尋各種疾病的對治方法，彷彿密醫似地尋訪各種延壽治病的良方，甚至吞服過地龍酵素。

沒聽過地龍？阿空病僧笑說。

就是蚯蚓啦，日本人發現蚯蚓含有可以清血管的酵素。但媽媽吃太慢了，要在還沒倒下時吃，剩下媽媽沒吃完的我也吃了，想像體內好像有千百條蚯蚓在滾動，好嚇人。

我還有一排，你要不要吃看看？

阿空病僧搖頭，我吃齋。

救命也不吃葷？她笑著問。

不吃。

她搖頭笑著，如果連生命都沒有，那你修什麼？吃了再度化牠們不可以嗎？你不吃，牠們還不是早已變成酵素了。

那是妳之見，非我之見。病僧想想這樣說詞太武斷，又說妳的說法也沒錯，但每個人對生命覺受不同，時間快到了，我們趕緊分頭去送食物吧。

送食給病僧，能吃的食物都是流質的酥油茶或者打成汁的蔬果。

病僧一個人一間房，裡面一無所有，最多是一本經書與念珠。

艱難地走到一無所有。

沒有呼吸器、維生系統、心肺復甦術、電擊、升降壓藥、強心藥物，沒有延長病僧瀕死之器物。不需不可安樂死，一心念佛。安靜而容易的死亡自然會來到。信念是這裡的藥，安忍是藥，承受是藥。無常院幫助病僧的重點不是療病，而是好好離去。如果不餵食牛奶，母親就離開了，但她能夠嗎？那時候，她經常這樣想。阿娣說在印尼媽媽很快就會死翹翹，因為沒有錢買牛奶。她聽著覺得這原因很悲涼，她聽到的原因都是因為不要鼻胃管不氣切不裝胃造口，第一次聽到因為買不起牛奶的。她也買不起，因而她到處借貸。阿娣說沒有牛奶時，如此天經地義，她可以理解那種椎心的窮苦，否則阿娣何須拋家棄子，養孩子養希望，養臥床者養的是銀行，她的胸口好痛。還是無常院好，病僧安安靜靜，食物就是一碗像托缽來的米粥水，沒有亞培安素，沒有桂格補體素。

病僧安置的無常院，瞻病規範明列只有進入臨終安寧者才可以進來。強烈強調不可以協助自殺，自殺者難以超度，如自殺者要超度必須找齊四十九位從沒有犯戒的僧人超度四十九天且都還未必成功。

她進來當義工時被千交代萬交代的，雖然病僧不會自殺，但難保痛苦過於劇烈時會了斷自己而走上枉死城。怕她會因看不下那個苦痛也心軟協助病僧離世。她靜靜聽著，想著自己照顧母親的漫長時日，因看不見盡頭，卻又債台高築，也曾看著痛苦輾轉的母親內心煎熬著，不知不覺站在安眠藥與超市木炭區發起愣來，手情不自禁地往木炭抓的慾望升起。想想那種心神脆弱的恍神狀態，她在無常院起了一身雞皮疙瘩，臨淵一眺，就怕有人推你一把。

她知道自己被大師兄選進無常院當義工的主因是她曾陪病母親走過生命的最後一哩路，倖存者懂得長的是磨難，短的是生命。陪伴母親，一手握著母親的手，一手滑著手機，躍入眼簾經常是安樂死議題，不延長醫療，失控的長壽醫療，不氣切不插管、有道德爭議的救命科技，如何尊嚴自主地活得健康長壽與如何死得其所死得自在的訊息就跟減肥一樣熱門。

當時她會異想天開地望著電腦螢幕愁思著，在學習看護照料時，她開始覺得自己已經有當安養院院長的資格幻想了，如果是一本小說，她這個看護工應該會很受到歡迎，因為她手藝佳態度好聲音美，看護之外，還會幫病人剪髮縫衣沐浴按摩，她還會朗讀，誦經，幫老人家寫他們長長的一生故事。當然以上純屬文字的幻想。因為她一點也無法做好這份工作，實情是她會偷偷流淚，她會緊張，她會憂愁、她會胃痛，她會頭痛，她會為他們祈福而導致失眠，其實她什麼都不是。

沒想到來到高原，她想自己在無常院倒真有那麼點安養院代理院長的味道，代理阿空病僧不在時的事務，當阿空病僧的助手。

無常院的下午，她在廊下看著神山。億萬年的神山對比最後母親倒退成巨嬰的對比。想起母親離去的樣子，心頓時被扎了針。只好轉念想母親那不肯焚燒卻逐漸鏽壞的身體想給女兒的意義。母親一時之間還不願意離開這個苦多於樂的世間一定有其意義的，這意義或許要她成為見證，肉體鏽壞精神永存的見證，但她是否會羞辱這個見證，她不過是個貪生怕死的人，她時常感到胸悶氣滯，孤寂孤獨。一如佛陀六年苦行也是為了淨化自己。母親，最後上千個日子的衣不蔽體，公開的病體近乎恥辱，是否這也是為了等待榮耀來臨前的苦行。

榮耀來臨前的苦行，榮耀誰？她看著病僧的病容，像是看顧母親時的異鄉人阿娣。她想著他們朽壞的身體一時之間還無法離去的意義何在，一如冥想著母親當年受苦的意義。是一種償還？看不見的償還，最珍貴的償還。她一路胡思亂想地走過病僧的房間，來到他們的床邊，協助阿空病僧送食。

高原沒有掛鼻胃管的人，掛鼻胃管的只有象鼻財神。財神的鼻胃管是象鼻打造，鼻子引流的是眾生所需的錢幣，而人的鼻胃管導引的牛奶藥水等維生液體是如此充滿失落尊嚴的哀愁。

記憶的深淵，萬劫可復。

那些流浪醫院時，當她將母親推到陽光下時，突然看到廊道上坐著一整排輪椅病患，他們都和母親一樣臉上掛著管子，連著鼻子與胃的管線，鼻胃管成了臉上延伸的一條低速公路。那是母親還掛著長長象鼻的時日。來到家裡的居家護理師說她一天最高紀錄曾插過七十個病人的鼻胃管，人每天張開口就可以就食，張開口就可以喝水，遺忘液體是如此地容易被嗆到，不知道口水是如此容易嗆到，不知道不知道……她所不知道的醫療世界如此龐大，奇特的儀器，跳出檢驗數字，人按指數活著，卻遺忘身體的自主能力。

每天檢查鼻胃管是否纏繞嘴巴，或轉移到其他位置、顏色是否有改變。灌食前須先檢查鼻胃管是否暢通。每次都必須反抽，檢查前次灌食是否已經消化。膠帶成了母親身體的必要品，就像出家人的念珠，就像她包包裡必放的口紅。無痛膠帶、無痛保護膜，撕膠帶會痛，一只膠帶都像刀片，即使嬰兒用的膠帶，對臥床者仍會感覺痛的存在，當一切運動神經都罷工時，敏感神經取而代之。任何無痛的發明，都是被神恩賜的甘露。

萎縮的舌頭，不再舌燦蓮花。火化後，吐出金剛紅蓮的舌頭。那時，每日上午和晚上她幫母親清洗嘴巴時，也是另一場戰役。必須和母親玩遊戲，比如說麻麻，來，把嘴巴打開喔，我們來看看舌頭還在不在。那時候母親就會急著把嘴巴張開，深怕舌頭不見了。醫療器材發展出身體相關的所有東西，很多都是她第一次聽見的物品，比如張口棒，可以撬開母親緊閉的嘴唇。久了，這些服務病體的微妙小工具也就像女生化妝品那般的熟悉了。

在無常院，沒有鼻胃管，沒有胃造廔口，她不服務病僧的身體，無常院的工作沒有身體接觸這一塊，送到這裡的病僧雖然嚴重，但還可以自己打理身體，如果到了無法打理的地步會離開無常院，多半趁最後還殘存的體力前將他們放置深山山洞，當作另類閉關，吃喝拉撒在裡頭，甚至不再吃喝也就毫無排泄問題。如此也不用清洗身體，也就沒有必須被擦拭身體這種尊嚴問題。

病僧慢慢地吸著流質食物，或者吃點麥粥。不能吃的就直接打坐，像進行禁食的閉關。餵食或送完食物之後，有時她在空檔會去聆聽病僧說話，寫下病僧的故事或者遺願，即使只是隻字片語。因為這些言語碎片使她覺得自己比守屍人阿娣好太多了呢，她可以聆聽可以紀錄。不若阿娣當年看顧母親，阿娣這個守屍人永遠守著自己的手機。

她將學得的咒語吹氣在水裡空氣裡的法門，她每天試著將咒語吹向蟲蟲行經的路徑，「請你們行行好，快快消失吧。」她不忍取牠們的命，凡事都要惜命命，很年輕時她就看過豐子愷的護生集，但是在病僧交付給她的清潔時間裡，牠們依然盤據在絕對見光死的地方。一手行善，一手施惡，讓她感覺自己很偽善。將充滿咒語念力的水噴向蟻巢時，結果卻紅螞蟻兵團蟻跑出巢，將她的腳螫得紅腫一片。

她想她可能終生都難擺脫當這種兩面不是人的豬八戒。感情尤是，她在之間左右上下的拉扯中存活，心的擺盪，永恆不休的擺盪，入世出世來來回回。

她知道她的咒語失效，蟻類橫行。不是咒語沒用，是她的道行太低。

131

曾經與愛恨同行的蟬男人不再同行，當不再同行，浮現的都轉為美好，離去未能解決一切，但死亡可以排解情仇。所幸她沒有目睹蟬逝，沒有送行，就沒有奇異的揪心，一揪揪了好幾個寒暑的蟬，黏在她生命枝頭的蟬，自此與她解離。曾執意說要在下一世相逢的蟬說妳給個暗號，讓我知道下一世遇到的人是妳。你怎麼知道我們死後會重生在同一道？她當時聽煩了蟬男人這些黏蹋蹋的話，給予太多的愛執愛溺，形成她對蟬男人的每個執念都感到厭煩，像吃了假糖霜似的膩，不免嗤之以鼻他的執著。以前她常喜歡上不怎麼愛她的人，把不怎麼愛她的人變成很愛她之後，她卻想走人了，這讓獅子吼說她有病且病得不輕。

五感的訓練裡，眼睛的親自目睹影響人心甚鉅，貪由眼起，悲也從眼起，故得即視即離。觀音菩薩本來曾因眾生難度而想要退轉之際，在一念退轉之際，山崩地裂。違背誓言，頓時山河四分五裂，菩薩也粉碎成千手千眼，這時觀音菩薩的上師阿彌陀佛打開了地獄之門，頓時觀音菩薩親眼目睹了地獄之苦，流下了眼淚，一眼化為白度母，一眼化為綠度母。白如白螺旋貝殼的白，綠如森林樹木的翠綠。

眼淚收伏鬼眾。

錄鬼簿的八部鬼眾，乾闥婆（香陰）、毘舍闍（噉精氣）、鳩槃荼（甕形）、薜荔多（餓鬼）、諸龍眾、富單那（臭餓鬼）、夜叉羅剎、速疾鬼。阿彌陀佛，母親臥床的房間終日放誦著佛樂，用佛語佛樂來結界，阻擋八部鬼眾。有多少地獄？大師兄像念咒語似地隨口念出：想地獄、黑繩地獄、叫喚地獄、堆壓地獄大叫喚地獄燒炙地獄大燒炙地獄無間地獄。黑繩地獄堆壓地獄叫喚地獄大叫喚地獄燒炙地獄大燒炙地獄無間地獄頞浮陀地獄泥賴浮陀地獄阿吒吒地獄阿波波地獄嘔喉地獄鬱波羅地獄波頭摩地獄芬陀利地獄趣果無間受苦無間時無間命無間形無間。

她夢見像是布達拉宮那般擁有上千個房間的地方，每一間裡面都有人。其中有一些從古書中走出來的人物與作者。他們有的在受苦有的在享樂，有的看起來好像在入定，有的在等待輪迴。閉齋道人、湖海散人、夢花館主，三人朝她笑著，他們提醒她，淫逸荒樂之書莫再寫。她說惡之書其實也是一種反向的警世錄，白紙上場之人是為警世下場。他們微笑不語，繼續往河水洶湧之處行去。接著四周冒起煙來，她感到渾身滾燙，聽見吶喊尖叫哀號之聲。瞬間她看見一些洋鬼仔，僅指認出亨利米勒與納博科夫。走出黑暗滾燙之所，她又遇見山谷道人。她認得道人，因為獅子吼多次提及道人的人生，起先道人也寫過淫逸非非之文，學道入佛門後，四十歲時寫發願文：發願素食，戒除女色、飲酒。

母親生病時，獅子吼也曾以道人勉勵她，說此道人文采飛揚，蘇軾門生，蘇黃名震四方，這樣的人不僅後來文采大異往昔，且在母病時，親自為母親洗滌便溺之具，母病期間他日夜察問母病，竟至宵衣旰食，母喪他築庵守孝於墓旁，哀痛成疾，幾至死亡。她看見道人，崇敬慌張，額頭冒汗，深恐道人來責備她為了五斗米出賣文字魂，或為聲名寫淫意事。但道人只泡茶，邀她飲茶坐看雲起時。人生莫非求祿色，惟有山谷茶一杯。茶水入喉，雲散之際，她正想問道人發願文如何守得住時，道人已然拈茶微笑入雲間。高原的天色灰藍，這一晚她睡得忽淺忽深，行經八熱八寒地獄，遇到很多名人古人，錄鬼簿名冊擁擠。她依稀還看見三島由紀夫，他們從書中走出，她想拿紙筆請他們簽名，他們卻無法抽離那個重複狀態，比如三島由紀夫重複切腹動作。她走進一片樹林，駭然看見一位老友，他也一直重複著寂寞的遊戲，不願也不能走出樹林。她叫喚著他的名，他沒有回頭，仍不斷地拋著繩子到枝頭上，有那麼一個剎那頭仰望樹梢陽光縫隙，臉一片暈光中，挽住生命枝枒，偷盜著某種歡愉時，他彷彿聽見有人在叫喚他，但不願意鬆手的甜蜜如夢的幻覺正襲上心頭，四月初春的陽光曬得暖暖，他喃喃自語著一切如夢泡影。她疾步想走近他，卻被一股無形的電流彈得遠遠的。無法靠近，她就坐在草地上，敲著頭，努力地想著預防自殺咒：三千世界，本無罣礙，只因執著，惹諸塵埃。今依識力，無來無去，更無過去，也無現在。但來不及了，她看見隨風飄盪的雙腳，起風的林子，風聲伴著她的哭泣聲。似夢非夢如夢，故舊人不老；非陰非陽非魅，故舊人過不好。

她在淚光中醒轉。

缺氧的稀薄空氣裡，她覺得喉頭也被記憶束緊了收口。識力，眼識耳識鼻識舌識身識意識，依自己的識力如何得度？自己都識力模糊不清了。她問過獅子吼，獅子吼笑說，所以妳要練識力，練到不起作用。不起作用如何用識力？

獅子吼說無法言傳，就好像不遇詩人不吐詩。

等我變詩人，那你要告訴我，她記得當時自己的笑答。

看見太多眾生受苦，中了悲魔。少女時她曾親眼目睹父親斷氣，不斷倒帶重播了多年。這回母親憐憫她，沒在她眼前斷氣，在彼此的睡夢中告別，悄然離開。少了揪心的瞬間離別，不目睹斷氣，女兒才能安心冷靜地辦好母親登上淨土極樂的最後儀式。

母親在哪一顆星球？

死神星在二零二九年將掠過地球，代號999942的阿波菲斯。肉眼可見的小行星，屆時她將會開窗和它打招呼。載著母親去淨土的幽冥遊神，別來無恙。

132

她拿出皮夾看著放在裡面的母親髮絲，不僅睹物思人，也是心靈召喚。她胸前掛的寶盒嘎烏裡面就珍藏著上師穿過的衣物一角。她在最後整理母親衣物時，也保留了不少可以再製的衣物，她打算離開高原再回到島嶼後，將母親的衣物尤其是棉麻布料剪開攤開成平面畫布，保留一部分的布料原有圖案，母親喜歡穿有刺繡的花朵，那些衣料的部分花朵和她在空白布料畫上的顏色圖案合體。

失去母親那樣的悲痛，讓她對死亡開啟認識與體驗。三十三天是哪三十三天？色界與無色界，欲界與無欲界。天葬師為她解說度亡經，關於中陰身，解釋四十九天中的每一個七的意義，亡者每一天所見的景象，六道之景。她聽著，彷彿在聽一個多重宇宙空間的故事。那麼母親在哪一層呢？佛陀到叨利天為母親說法，阿難到地獄救母而有盂蘭盆會，那麼她呢？她如何救母？拖著死屍者是誰？一口氣上不來時，將往何處去？飛奔的念頭，在荼毘大會上，她望著天空的彩虹，是幻是真，雨落在她的臉頰上，舔在舌尖是香的。她確信上師來過，母親來過，情人來過。山魚水雁，彼此奔赴，流轉生死，無有出期。

當解說度亡經還不能脫離愛執時，就得觀想身體是物質合成，終會腐爛：是身臭穢，貪欲獄縛。是身可惡，猶如死狗。是身不淨，九孔常流。是身如城，羅剎處內。是身不久，當為烏鵲餓狗之所食噉。須捨穢身，求菩提心。當觀此身，捨命之時，白汗流出，兩手橫空。楚痛難忍，命根盡時，一日二日，至於五日，膨脹青瘀，膿汗流出，父母妻子，而不喜見。散在於地，腳骨異處，髀骨髖骨，腰骨肋骨，脊骨頂骨，骷髏各各異處，身肉腸胃，肝脾肺藏，為諸蟲數。

塵歸塵，字歸字，迷者仍迷。左耳進右耳出，看不見記不得。

夜晚她入睡聽到關電燈的聲音，知道母親來了。那是母親以前最常做的動作，怕浪費電。她知道母親回來看她了。一個學生轉頭跟她咬耳朵，其實這些都是教我們的神話，妳想想觀音菩薩哪裡需要打開地獄之門才能看見眾生的痛苦。神話其實都是人話。

夢中的天梯迴旋，她看見天梯上空飄著雪白的雲朵，湛然寂靜，深夜她走過高原，雪地沒有足跡。冬天來了，雪域的僧人都在關房誦經，白色刷過的石牆如雪屋，門窗裝飾著五彩繽紛的木框，窗內一名沙彌在她行經時召喚她一聲貝瑪，她仰頭對著那純淨至極的臉龐微笑著。她想沙彌會想被關在裡面嗎？空氣中逐漸飄來酥油奶茶與牛糞和某種腐爛物和麵團烤火的奇異混合味道時，她看見黑暗中一雙深藍的眼眸射來，欽哲在民宿的台階上，正端著一碗熱騰騰的奶茶等著遞給她。過去心不可得，她聽見空氣中有人這樣對她說著。現在我已走到路的盡頭……請依靠自己，以法為唯一的火炬，以法為唯一憑藉。

大覺者的聲音。

自己在一片廢墟中看見了金光燦爛的臥佛。奔馳的路途廣如叢漠，野生動物於途，強盜橫行於叢林。當年的荒蕪村鎮和城牆廢墟，但小鎮人來人往，有人在奔走。接著她看見娑羅樹林中，一位長相莊嚴像是佛弟子阿難的人正在兩棵大娑羅樹之間為佛陀架設了一張睡榻。

娑羅樹的樹皮白青葉潤，奇香隱約。在娑羅樹，佛陀頭朝北且右脅朝下側臥地在娑羅樹中休憩。

據說當時並非是開花的季節，但當時那兩棵娑羅樹卻一反常態地繽紛著花色，風起兮，落英飄至佛陀之身，這時佛陀告訴侍者阿難這娑羅樹神以非時華供養如來，這不是真供養。阿難問如何真供養？佛說能受持佛法並實踐的人才是真供養。就在這時候，她又看見一名看起來有百歲的苦行僧，僧聽說佛將入滅，自忖著我對正法有疑，唯有佛陀能為我解惑。此人連夜趕至佛處，欲見佛陀，但求三次都遭佛陀侍者阿難的拒絕。佛陀在門內聽到他們的對話後，知道了苦行僧誠心求法，於是便喚阿難讓他晉見。百歲苦行僧活這麼久就是為了見到佛陀，他想要親自見佛問道苦行僧是否也能同樣地證悟真理？佛答只要能持八正道，就能證悟真理。於是苦行僧請求隨佛出家受戒境修梵行，時夜未久，立即證阿羅漢，苦行僧是佛陀在人世最後一位弟子。佛先滅度之，而後苦行僧也跟著入滅。

天光魚白，欽哲來電話，寺院傳來上師大覺者圓寂。

大師兄目睹大覺者整個虹化的全部過程，他親眼看到大覺者從座位上騰起，先騰起又落回原地，第三次騰起一聲巨響，高僧竟消失不見，只見一朵彩色雲朵飛去，什麼痕跡未留下，再看是留下一些毛髮和一些碎布僧衣，虛空中傳來聲音，留給弟子們作為遺物。大覺者生前曾有過被雷打到卻毫無不傷的神異事蹟，還有腳踏岩石可以留下足跡，可以涉河而過。

大覺者圓寂後，遺體縮成一肘高，當時前來弔唁的親友誤把遺體當作了一尊小佛像。火化時天靈蓋自然彈起，雙眼逼視，衝入空中，此神蹟震驚在場的每個人。大師兄冷笑說，那些原本看大覺者生病而退轉信心的弟子現在都在懺悔了。大師兄後來跟她解釋，其實大覺者閉關時現生病相，整個皮膚潰瀾，且發出惡臭，為的就是考驗弟子的信心，留下來的都是大信者，不被境轉。

雪域神山，虹化青藏。

在上師離世之後，她才真正面對了死亡的世界，連阿空病僧不久也將要送別了。必須相信世上除了神的慈悲疆域，再無能收留苦痛。

133

每夜躺下時要觀想自己的身體裡面充滿著光，練習睡夢光明瑜伽。她想著光，卻常冷不防想起了濕答答的雨，那下在午夜的大雨，將那間凝結著苦痛的安寧病房沾染著愛的褪色記憶，雨水的盡頭，終點於母親的窗前。她用冰冷的手指寫著字，抹去水氣。

沿著淡水河可以抵達所有發高燒者囈語者的夢中之地。

那風光明媚如原始上帝初造的江河，上岸旅人宣教士水手貿易商和島嶼瘧疾黃熱病A肝霍亂寄生蟲肺結核共生共亡，前仆後繼如島嶼的潮濕不斷。在那樣死寂的安寧病房外面高樓環伺，搖曳生姿的竹林是島嶼常民物，鄰舍以竹子圍，竹籐竹籃竹竿竹椅竹筷竹床，化為島嶼的相思物。竹圍不再，樓圍窄巷，人車穿梭與救護車爭道，市場攤販流動著病人與外傭般的家屬，連結成醫病浮世繪圖景。安寧病房就像印度恆河的等死小屋，病房沉睡著等待死神呼召的魂魄，安魂曲未響，禱告室跪滿一地淚眼婆娑或者淚成乾涸的臉龐。而印度垂死小屋裡等待死神的病人，一半榻榻米大的等死小屋坐著等待投入濕婆神懷抱的人，混濁的眼白卻晶亮著瞳孔，望著日日上千上萬的旅者行者而過。生與死，死與生，她想得淚眼婆娑起來，這一路走來以為鐵了心石了腸，以為不再為情所執，超越放下捨得這一瞬間都成了名相。幽冥遊神在夜間笑許多人想成佛都想成佛癡了，但她沒有想成佛，她想自己連人都做不好。幽冥遊神說，妳這樣說，非常誠實，但妳的心搖擺不定。到了白日，換她笑自己是人癡，癡心難治，狂心難歇。

一隻蛾飛了進來，她坐起來，眼睛繞著蛾，目不轉睛，她還不曾看過高原的蛾子。

那不肯化作蠶的蛾，先是繞著她轉，轉著轉著，就快要撲上她的酥油燈時，她一大口氣吹向燭火，滅了誘惑的火。

黑暗中，她聽見蠶蛾的旋轉，撞牆，拍打。

或許這樣更苦呢？無法停止旋轉撞牆拍打的蛾，是否更想撲入火呢？至少死其本性之所在？就像母親不想苟延殘喘一般。涅槃鳳凰雖好，卻未必是飛蛾的歸處。

一隻蛾就這樣打擾了眠。

她睡在無常院，有時待太晚會睡在簡陋的義工房間，棉被濕冷，氧氣筒外殼都生鏽，看來很少人用氧氣筒，除了她這種外來者才會尋找氧氣筒作為安全配備外，高原人的肺彷彿天生帶氧。

一早無常院好安靜，連房子都像是進入閉關般。修行者不倒單，不躺下來睡覺。無常院的病僧很多人是躺下之後就再也無法起來。這裡的病人身分是出家人，生重病了被送來無常院。剛來無常院的病僧也會加入義工行列，直到肉身最後一刻不為所用時，會希望被移往山洞或者野外，修到死亡一刻來臨。阿空病僧即是，最初看不出他是個病僧，甚且比一般的出家人更忙，除了例行誦經，還要幫忙照料打點其他病人的醫療事務。阿空病僧原來是名藏醫，可以醫別人，卻醫不好自己。還不到中年的身體就逐漸不再為神佛所用，使他一開始很頹喪，有過怨天尤人，直到他跟寺院申請來到無常院之後，不知送走多少病僧歸天之路，阿空病僧開始覺得自己能每天與無常為伍是再幸福不過的事了。

她也喜歡來無常院幫忙瑣事，洗菜煮飯煎藥下田除草，抄經誦經法會儀軌等準備事宜或幫忙櫃檯接待家屬。

最初她想病僧哪來的家屬？

出家人一樣有很多的家人，出家人只是出家，但尚未捨家，阿空病僧笑答。

我以為出家人都兩袖清風，連家人都沒有了。

出家人有的比妳想的還要擁有更多的家人呢，這裡的孩子都有不少兄弟姊妹，陌生人也是家人。

那倒是，她想自己才是貨真價實的天地一沙鷗，天地孤兒，一個人走到天荒地老，難愛陌生人。

134

生活高原和別人說話就是最好的語言學習，她逐漸沒去西藏大學語言班上課，街上熱鬧多了，身邊總是一波又一波的語言如流水來去。她的耳朵打開把它們裝進來，下午從八廓街走去甜茶館喝茶，沿著外牆白亮得刺眼，必須戴上茶褐色墨鏡才能免於傷害。門窗裝飾的顏色很鮮艷，黑色框架下有著黑紅黃的厚厚布簾。

一點點陽光，就讓風沒那麼冷酷。高原人習慣把自己打到最底，走到最底之後從此人生都是往上坡，從此一切都是贈予。擇最艱難的事先完成，自此就沒有艱難這兩個字。勵志語言就像催眠，醒來發現難題仍遠在天邊，她經常發呆，走進每一間高原的屋內，聞到酥油茶夾雜著牧羊人的牛糞植物氣味才有點甦醒。香供品焚燒煙味，這裡的氣味就跟衣服一樣，空氣雜染著很多難以解析的味道。一直到黃昏，氣味被冷風驅逐，聽覺取代了嗅覺，旅人淨空，逐漸落下來的轉經聲音聽來清楚悅耳。擺攤人與遊客退潮，最後來到大昭寺的人都是堅信者。

大昭寺像是一艘太空艙，怡然著陸在高原。

廣場做大禮拜的人雙手合十，車輪滑過地板刷刷而過，她手上戴著手飾，母親往生剎那從母親手上摘下來轉戴到自己手上的，彷彿是擬仿無言母親的有言。能陪自己到死的鐲子，大概就是手飾了，但母親摘下來的交給了女兒，她的之後要交給誰？她的身後沒有人，也不打算有人。

手環發出噹噹響，到處都有這類的聲音，高原人習慣手上戴著很多飾物，做磕長頭時，飾品撞著石地發出的聲響像是打擊樂。

那種登珠穆朗瑪峰聖山回來的人則比較沉默，彷彿肺在高山受傷似地無言，或者可能看盡神山而覺世間塵俗已淨。從天葬場回來的更沉默，廣場行經各式各樣的旅人猶如看盡生死而帶著一種奇異的疏離淡漠。朝聖納木措的旅人常說起在湖邊會突然大哭大泣的感動。

阿空病僧來大昭寺廣場尋她，等她一起去拉薩博物館。沒有人會對死去的博物館有興趣的地方，幾乎是旅人不來的非熱門景點，就幾張椅子擺著，玻璃窗塵埃飛揚，讓她想起很多年前去的一間斐濟歷史博物館，空蕩蕩的博物館黑暗暗，館外不遠處是海洋，所有的人都在海神的懷抱裡，戲水游泳潛海，穿比基尼的洋妞與調情的斐濟壯丁的戲鬧聲一直湧進無人的博物館內。她一個人在那間極為空蕩黑暗的低矮博物館走著，看著蒼白微火下的展示品與陳列的黑白相片，被殺頭的洋傳教士看著她，彷佛石器時代的古老空氣。

拉薩博物館的空氣不是石器時代的，是屬於不存在這個世界上的空氣，不被窺視的神佛之境。館內有頂窗，陽光射入溫柔的陽光，她回頭看停駐某個古佛前的阿空病僧，阿空病僧的病容病身顯得如此寂靜，一襲紅赭色僧衣靜默如油火，如琥珀，讓她頓時著迷地看著。古老的空間裡有著許多古佛像，絲繡唐卡，遠從長安來的繡娘老死於此，技藝留下，繼續說話。典籍樂器法器工藝品陶器，整個四周像是擱淺的古代，活生生走出移動在車隊裡的文成公主。

來高原的人就像在景點常看到的人，全副武裝登山，搭吉普，手上拍照未停，追逐炫耀的社群圖像卻都是月曆看到的那種精準卻平庸的圖，那些照片在社群網站一直被按讚的得意，彷彿生活也得意了。沒有人像阿空病僧這樣有著平靜的哀愁，動作極慢極慢的移動，死已貼在額上的人。

因為很慢很慢，在博物館樣樣都看，天色就暗下來。

很慢很慢的吃晚飯，很慢很慢喝茶，很慢很慢做大禮拜，很慢很慢誦經，很慢很慢走路。

阿空病僧和她走回了塵埃落定。

塵埃落定入夜凌晨左右靠馬路的那個大門會鎖上，後門開著，讓晚歸旅人可以自由出入。深夜的空地天氣不冷時，仍有幾個不想回房的賞星者。看累了倒地，或者餓了去北京東路買藏族婦人推三輪車賣的炸烤串，光是聽油鍋響就有幸福。竹枝上串著馬鈴薯蔬菜或犛牛肉片，葷素皆備，炸熟了灑上孜然粉胡椒粉或辣椒粉。她和阿空病僧以及一些旅客就坐在地上吃，高原的空氣使人感到冰涼。八廓街擺攤西藏女子收拾著矮凳收拾著熱熱燙燙的鍋子，綁好賣的東西，推著推車撤攤。只有他們還留著在馬路邊講話，不遠處有喝醉酒的西洋男生和搭訕的日本女生。只有他們只是靜靜地坐著看天空，邊吃著未吃完的食物。

哪天帶妳去雅魯藏布江渡船，聽說渡船要有五百世的緣分，阿空病僧說。他總是要別人在他的名字後面加上病僧二字，彷彿這兩個字是他的姓氏。他說這樣可以提點無常，減少慢心。

慢心，她聽了笑。總是那麼慢那麼慢的他還要減少慢心。她知道他指的是驕慢之心。

我們坐在一起這麼久，那麼早就超過五百世的緣分了。可是這等待五百世的緣分竟五分鐘就用完了，像是放煙火。阿空病僧聽了轉頭對她發出哀愁的一笑，讓她吸到了五百世前的空氣。

在塵埃落定的白天總是喧嘩，空氣混濁，食物和陌生人的身體像潮水一樣。只有現在才如此安靜，彷彿人都被外星人帶走了。他們兩人彷彿是不願意登上諾亞方舟的孤獨者。

她咬下最後一口炸馬鈴薯，吃這類小吃很容易讓她想起自己的母城，但這裡這樣淒清，一個婦人的炸烤攤就讓人感激涕零。島嶼母城滿街夜市的吃食就是有好幾個肚子也填不完，四神湯肉圓粽子水煎包山東鴨頭蚵仔麵線炸臭豆腐章魚燒花枝丸鹹酥雞花枝羹米粉湯豬血糕……阿空病僧聽了笑說妳講的好像是一座海洋。吃完蔬菜烤串，阿空病僧走回無常院之前在塵埃落定後門對她說，如果日後我還活著，帶我去看妳的海。她在心裡說著等我，但她沒說出口，只以目光回應他瞳孔裡那用盡最後材薪所點燃的光。

雨季來了，她已然可以目睹日光之城的夜雨，逐漸適應稀薄空氣，不會一碰到枕頭就酣睡，龜息大法不練自來。雨季下雨，未來的諾言，不一定會實現。阿空病僧要看海，她只是目光回應，因為答應者不在自己身上，也不在阿空病僧身上，是在死神身上。

135

在這裡要把自己放得很低很低，不是低到塵埃，而是低到你跟大千世界的微塵眾融在一起，連塵埃都不覺得有塵埃。微塵眾，她愛的鳩摩羅什，何以在金剛經的翻譯上選擇「微塵眾」？在這裡有一個形容弟子對上師的心必須如大地之心，也就是弟子承事上師的心，必須如大地般。什麼是大地的心，也就是你要如大地任人踩踏，被吐口水，承受骯髒的東西往你倒下去，也是所有的事情都必須承受，這就是像土地一般，所以在這裡你要很低很低低到比塵埃還要低。

有流言說阿空病僧偷東西。她知道他沒有，但他卻沒回應，等於默認。阿空病僧當時說了一句影響她深遠的話，寧可焚燒此身千萬回，絕不對師懷疑一些些。阿空病僧把寺院的人都當作他的老師，他說自然也是老師，妳不會去懷疑自然界為什麼春去秋來，為什麼花開花落。所有的人都是老師，他們這樣說，一定有他們的道理。

她曾想為阿空病僧找出他沒有的證據，但他說這是百口莫辯的，後來她也放棄了，因為阿空病僧有點開始出現病灶，且比之前更嚴重。阿空病僧進入方向感錯覺的迷幻，有時進入一個屋子，他會突然忘記門在哪裡，兩層樓的房子更嚴重，明明大門在樓下，要離開時他卻往二樓走，在二樓找不到大門，差點打開窗戶走出去，把大家嚇出一身冷汗。

在無意識的夜晚，一個生命像是被一個生命勾起覺醒的意識，從廣闊無涯的世界中，所有的努力煩惱迷惑擠成一團。她遇到阿空病僧，旅途的僧人，卻是生病的僧人，也等她送行。

阿空病僧研究過叔本華關於愛的煩惱與生的煩惱，種種人的苦惱。幸福是一種迷望，最後回歸成一場空。必須觀察萬事萬物，才能夠逐漸分辨大部分的生命竟都是悲慘與短暫的，人生所呈現的就是從不間斷的願望。鍥而不捨的追求或者等待或者之後。阿空病僧常說妳怎麼這麼悲觀？雖然過去不可得，未來也不可知，但至少此刻妳在。妳會覺得和風吹拂陽光普照感傷嗎？那是真實的陽光，上面有烏雲，而人的愛慾也是真實的嗎？是真實為何捕捉不到？不是真實又為何分離苦痛異常？

佛，七問阿難，心在何處？她讀了茫茫然，像是哲學辯證，對她的苦痛愛慾毫無止痛或停歇作用。

因為妳沒有歷練，經典變成學問研究罷了，阿空病僧說他的父親某一天消失了，父親去哪裡了呢？後來公安打電話來說他的父親跑去林芝，那是父親從小住的地方。要抵達林芝，非常遙遠，一個老人如何身無分文跋山涉水地回到他兒時的家？為什麼他會回到童年的家？他的記憶退化成七歲的孩子，因而一個孩子自然會去尋找父母親。她想起這件事才理解阿空的病是遺傳的。佛法可以改變遺傳嗎？她開始不打工時盡量到無常院為阿空病僧放些改變磁場的音樂，她聽說量子力學磁場能量可以專注開發腦波，她想藉此恢復阿空病僧如流沙下陷的記憶。每天放著腦波冥想音樂，阿空病僧卻仍逐漸空掉所有。

136

男人用手來撥她的眉心。

她瞬間睜開眼睛，望著頭頂上的臉，感到陌生。臉的背後是刷著橘色油漆的屋頂與藍色的牆，男人移開她的眼前時，因為失去扶在床上的重力，身體還稍稍失衡，輕微碰到床旁的木雕屏風。木雕屏風古老而精緻，雕刻著裙帶飄飄的幾位年輕仕女在對奕與戲遊的幾個童子，庭園景觀有矮几矮桌，旁邊柳樹搖曳。圖案非常中國，很富唐風。屏風原本被擱置在塵埃落定的收藏間，被她挖了出來，費了好大力氣搬出後，抱著密布塵埃的屏風走到欽哲眼前，問可否將屏風搬到自己的房間。欽哲笑說，當然好，順便幫我清一清。

她一直在找一個屏風，當阿空病僧說要溜進她的房間之後。

一個人的房間可以貞潔，小小壇城和房間融為一體。但當男人留宿，就必須將床和書桌上的壇城分開，以示尊重。說是尊重，但更多是人自己的罣礙。佛菩薩不增不減，人卻增增減減。就像以前在靜坐中心學生最常問的問題不外是可以帶有佛像的項鍊進廁所嗎？金剛手鍊戴左邊戴右邊？可以戴佛像和女朋友接吻嗎？課堂轟然一笑。

人有罣礙，她有罣礙，她想以屏風阻隔最適合。

從木雕鏤刻的縫隙她看見小小的壇城發著亮，窗外的陽光射進一道光芒，照亮佛像金光閃閃，母親如星砂的骨灰在小小的玻璃罐內也發著亮。

她想難道已經天亮許久了。

這幾夜她都睡得不沉，身旁多了一個人的呼吸聲，她很不習慣。

她仍賴在床上，望著藍色的牆，想像久違的大海。

海那頭，有她的老家，窩在潮濕觀音山慈恩塔的母親。

妳睡覺時眉心都皺在一起，兩條皺紋快像兩條針了，男人說。

她已經很久沒有在男人的身旁醒來，自蟬飛離。她睡眼惺忪地貼近牆上的圓鏡子望著自己的眉心，果然是兩條針似的紋路已經悄悄爬上額頭。

白天妳微笑，夜晚卻發愁。男人在背後又說著。

她起身盥洗，心想也許是因為太久沒有和人共枕而感到不習慣吧，哪天要找時間開口跟男人說自己還是習慣一個人睡。

阿空病僧經過跟她的這幾夜，突然成了凡人，一般的男人。阿空病僧偶爾已被她稱為男人了。

她想自己是否成了誘僧罪人？為何自己總是很容易愛上各種形式的變型死亡，比如凋零的落葉，腐朽的木門，老去的瓷器，事業停滯的男人，這回竟是即將亡去的病僧。

天太冷，她給了阿空病僧一口青稞酒。男人像是生平碰到女人的手，生平第一次嘴巴碰到酒，一切都因為她，不知這樣會不會犯戒？男人笑說是我要求的就不關妳的事，我要在生命結束前知道究竟師父說的小心老虎是怎麼回事，還好啊，妳這隻老虎不凶猛，不會把我咬進死胡同。男人摸著她手腕上綁著的咬錢虎手環，咬錢虎很可愛，就像貓。

她用手機傳微信給獅子吼，她可不敢問大師兄這件事。獅子吼說比如妳來到高原，就是要學會在高原缺氧的地方怎麼呼吸，這也是戒，戒也可說是知道方法與守則，或者妳到了邊界，要守另一個國家的規定，是不是得先辦理入境證，一樣的，妳要到佛國也要知道相關規定。做人的根本戒是什麼？佛經寫得很清楚，五戒就是戒殺盜淫妄酒，說來簡單卻難做到，我從妳十八歲說到現在，妳還不是照犯，大家是各各都在做，各各不敢說。

她聽了臉紅心跳的，支支吾吾地說那麼光酒一戒就難，高原人常喝青稞酒，太冷了。

因為身體冷而喝是可以的，酒只是一個象徵，只要會亂人性子的都屬於這個範圍，比如毒品。喝了不會有影響的人，酒就跟白開水一樣。鳩摩羅什的故事就是一個範例，尊者被迫娶妻，為了弘法也娶了，結果尊者弟子也想效仿，尊者說可以，如果你們可像我一樣將一把針吞進肚子裡，又能一一把針吐出來的話。這就是有本事，有本事的人才可以做。

我沒本事。

沒本事就不要做，不清醒就別盲從，就這麼簡單。

但人都狂妄或無知地以為自己有本事。

所以他們會出事。

放下手機，她繼續給阿空喝了點青稞酒。阿空不會亂性，他根本快沒命了，哪來的亂。她放下酒杯後，加了點炭火。

阿空看著窗外陰鬱的天色，表情平靜如一張古老的佛像壁畫。

看到她在看著自己，臉上從平靜轉為慘烈的笑容。

其實他們什麼事也沒發生，只因為病僧體弱，兩人在夜裡身體靠在一起取暖，但不知為何這樣的靠在一起，竟讓她覺得純粹得比任何的愛情都還要親近。

她遞給男人小小錦囊，佛給你的加持。

男人接過去看著說我快要走了，我知道時間快到了，但仍然謝謝妳的禮物。

她說預知死期都是得道的人。

男人聽了卻依然慘笑著，脹裂的疼痛已經發作了。但她完全看不出來眼前這個人正在經歷劇烈疼痛。我該怎麼幫你？靜靜地陪我坐下來吹風，我走後，幫我燃起桑煨濃煙，幫我去做擦擦分送給窮苦的人，幫我去畫天梯。我不要天葬，我不值得神鳥吃任何一口，請幫我火化。我要落地成灰。自此當風揚起，我的灰一定會吹進妳的夢裡。

她聽著，不敢回望男人的眼眸。男人沒有接到目光，逕行閉上了眼睛。四周安靜，彷彿一切已塵埃落定，彷彿他已經跟這個塵世告別。

他們就這樣不知坐了多久，直到她又聽見身後的寮房又傳來了如深海般的那種低沉的誦經，這聲音像召喚幽冥遊神，無常殺鬼似的音波。

孤單的病僧，沒有燦爛，只有比一般人的離去還要孤單的孤單。

男人珍惜她，她突然明白，因為男人有了她，至少沒那麼孤單。

窗外有個僧人把自己的額頭敲在地磚上，再起身竟是滿臉是血。

末世啊末世，有癡狂人亂喊著。

島嶼彷彿已成了她的前生往事，照片黑盒子裡擱著一疊照片，那些照片躲藏著年輕的過去。那些看過她這具在年輕時裸露過軀體的人，有的已然琵琶別抱或老邁或不在人世了。

137

窗外霧靄茫茫，天降神鷹，飛往無常院的方向。

有病僧離宴人間了，她看到神鷹，從床上跳起，抓起外套，直往無常院奔去。後面的姆媽看見朝她喊著別跑別跑，小心啊。欽哲在旁邊揉麵糰接話笑說這姑娘以為她已經長出高原肺了。

阿空，等我，等我。她在心裡喊著，氣快上不來時，她才稍微慢下腳步，走入轉經道，閃過轉經潮，他們速度慢而有節奏。她喊著等我等我，就像上千個日子每回出門前都對母親喊著，媽媽，等我。唯恐自己在半路上時，母親離開。她要母親看著她離開或她看著母親離開，雖然後來證明這也是惘然，死亡不依人的意志。但她還是一路在心裡喊著阿空等我，等我這個阿呆可好。一路上和人影與色彩錯身，轉經人手上銅銀材質的經輪在逐漸射出的晨光中顯得晶亮無比，大地在眼前一點一點的發出亮澤，十字星芒似地回應著山神的光，每個人的臉上顯得平靜如扁平的月光。她一路走著，逐漸放下焦慮，感染到這種平靜，雖然內心同時也覺得這世間真是繁複得十分寂寥啊。

在無常院外圍，她聽見不尋常聲響，且天際飄起桑煨濃煙，有病僧走了。

她倚著牆，喘著大口氣，這時候才感覺高原的空氣稀薄，整個肺腔發出飢渴的擠迫感，她好想吸口氧氣，喝口甜茶。

還沒走進院子，卻見一個人拿著煨煙走出來，轉頭一看到她就喊著，這麼早，今天歡喜嗎？

她聽了想歡喜個頭啦，她聽見是阿空病僧的聲音，他習慣的問話。

她沒把自己內心的憂慮說出來，只淡淡地回說濯啦。

濯啦，歡喜。

一直等待被接走的阿空病僧還活著，原本他是無常院最嚴重的病僧。

我看見神鷹飛過來了。

阿空病僧點頭，摸著她的髮絲說，妳以為是我，放心，我會先托夢給妳，他邊說邊放下供養給天地的煨桑，要她一起進來幫忙。

天葬前，將往生者放在屋內用白布蓋上，再綁成胎兒的形狀，回到母親子宮的象徵，回到人子最初旅途原點。她進去前這些程序都已經完成，她沒被嚇到，也不知離開的病僧是誰，她想別問省得掛心。

阿空病僧要她為亡者點上一盞燈獻上一條哈達巾。她看見這個亡者病僧覆蓋的白布上竟然只有一條哈達巾，沒有其他人來弔祭。和她上回參加欽哲的親友往生很不同，那時候欽哲親友一直來，亡者身上的哈達巾最後堆成了彷彿一座雪山。亡者病僧身上覆蓋的白絲綢在晨曦中平坦如光河，看起來像是島嶼的那條夢中之河，母親之河，月光之河。她獻上哈達巾時，一頭已經留長的青絲對映著一夕亮白，彷彿她也像要來接病僧的神鷹。

這是她看過最寂寥的死亡儀式，一尊佛，一盆煨桑的煙，一盞燈，一條哈達巾，一個異鄉人，一個病僧。等著吃他的神鷹也很寂寥，彷彿這是一場不好吃的宴會。不說離別，說離宴。阿空病僧對她的眼神回應，並非因為這個僧人生病以終才使得儀式簡單，這是因為無常院都是這般處理的，來到無常院的都選擇默默離開，不驚動任何人。就像密勒日巴的死亡願歌唱的我去何方沒有人問，我到何處沒有人知，若能死於崖洞此地的話，我瑜伽行者感到心滿意足。無人山谷寂靜的地方，是我所發的死亡之願，願為眾生如實地示現。看起來很寂寥的無常院，其實病僧的上師或是其他師兄各自在關房誦經迴向給他，人不一定要到，意念到即祈福到。天葬是病僧選擇的。

她聽了想原來這樣，這樣讓她的寂寥感到了溫暖。黑暗總向濃霧襲來，瞬間將來路遮掩。

丹增，不要再去回憶過往從小就進入寺廟是如何地辛苦了，以及在寺院裡那些勾心鬥角的事了。阿空病僧對屍體說著。她也跟著聽，下意識地掏掏耳朵，心想是否聽錯了。

想這些事對你投生都是很不好的，也不要去想為何你的母親遺棄了你，你的種種糾葛都已經不存在了，你自此所去，要沒有任何好惡分別的念頭。你已經死去了，如果你還不知道自己已經死去，就是還執著這個對你殘忍的世界，而你不該執著苦，你已經離開了這個由庸俗大眾所統領的世界了，放心的離去吧。你這時候可能感到身體有著大地裂開，火山爆發，墜入深淵，巨石重壓，波濤洶湧，颱風海嘯，大軍壓境，猛獸出籠，雷鳴巨響，恐怖的打殺喊哭聲音四處傳來，我要提醒你，立即提起正念，這都是自性恐懼的顯現幻境，請莫要驚慌，勿意隨境轉。提醒你這一切是非實有，是幻境，如果你安住本覺中，自然心如虛空，境界不理，不理境界，幻境自離。

阿空病僧停止對亡僧說話之後，站起來掀開亡僧臉部白布，對她說，丹增已經平靜了。我帶妳去後院吃點茶食歇息吧。

吃食時，阿空說起這名亡僧生前曾經有過被羞辱的身體，不斷被檢查的過去，有人問為什麼要在這裡停留這麼久，他說因為要遠離過去，而無常院對他有如隔絕，對他的修行好像也有些益處。曾經亡僧丹增愛上精神癲狂者芭姆，芭姆有一次竟在佛殿經堂聽經的中途脫光衣服，跑去大街。丹增追著出去，將自己的袈裟罩住芭姆，芭姆不能住無常院，去了西藏醫院。芭姆醒過來後被認為是中邪，但芭姆卻怪她媽媽的爸爸賣酒，芭姆不說爺爺卻說是媽媽的爸爸。好像陌生人，賣酒喝酒都讓人不清醒。

那怎麼是妳不清醒？丹增不懂芭姆的邏輯。芭姆悄聲說，你不知道這就因果嗎？影響的不是只有一代。吃藥變得正常的芭姆卻不記得自己有說過這些話。後來芭姆停藥之後精神狀況比吃藥前更癲狂，竟至跳天湖而盡。

丹增也跟著一度發瘋。大師兄去請示大覺者，大覺者從關房遞出了一個手寫的紙條。上面是穢跡金剛的咒語。要大師兄讓丹增吞下，之後丹增說也奇怪瘋病就慢慢好轉了，他本來發瘋還會吃石頭。大師兄看見纏繞丹增房間的一條蟒蛇離去，說就是這蟒蛇纏著他。丹增瘋病好了，卻來了相思病。認為那條蟒蛇就是芭姆化現的，茶不思飯不想的，有時還怪大師兄把蟒蛇趕跑了。這讓大師兄非常生氣，心想要瘋就去瘋吧。有次丹增在樹林外想尋找蟒蛇，淋了夜雨，自此就病了。

芭姆讓丹增靠近她，靠近她等於靠近了死神，死神有時會讓人感覺死神惡意裡的慈悲警示。情執可生可死，現代版的杜麗娘。蟬男人的離開，讓她是從束縛醒過來，但有些人離開，卻讓原本清醒的人瘋了。

母親生病那段時間也改變了她人生的一些看法，感受到母親的身體細胞最後被恐懼包圍了，身體意識都淪陷了。她覺得當時醫師門診看到的身體，其實早已不是身體，而是由心電圖導尿管針頭液藥物組成的偽身體。

細胞都可以變成人造肉了，聽說口感跟真肉差不多，尤其是雞塊，太神奇了。阿空病僧說世人以後想吃肉不用殺生了。

她笑著想怎麼阿空岔題了，她問阿空，亡僧臨終有罣礙嗎？

沒聽他說，因來得突然，他之前看起來恢復得還不錯，他還以為可以離開無常院了。

138

大師兄不久也來到無常院對著亡僧說話，卻像是以對她的口吻開示著。她仔細聽著，腦中轟轟響，覺得大師兄從來沒有那麼銳利過。哪一個眾生沒有經歷過無始劫以來的輪迴？哪一種快樂我們未曾享受過？誰沒有得過以美麗白羽裝飾的桂冠？儘管如此，我們的執著仍然有增無減。無始劫來，沒有一種苦不存在，也沒有人真正因為所欲皆得而感到滿足。我們投生過每個人的子宮，可是那些身陷輪迴的人，其執著仍有增無減。我們不斷地投生地獄，所飲的熱銅鐵漿多於海水的量。投生成狗與豬時，我們所吃過的不淨食，數量勝過須彌山。與摯友生離死別所流下的眼淚，可以裝滿如海般的大船。與別人爭執，所砍下的頭顱，堆起來可超越梵天之頂。輪為餓蟲時，吃過的塵土和堆肥，可以填滿牛奶之海。永遠沒有滿足的一天，慾望如同飲用鹽水來止渴一般。就算用盡這地球上的一切事物，也滿足不了那強烈的慾望。鹿被音聲吸引，牛逐觸遭砍殺，鳥受形誘被獵，魚貪味而被捕，蒼蠅來回盤旋就只圖個香味。人則迷於五官，晝夜相續，無數你所愛憎的敵友，如恆河沙數一樣多。大師兄最後突然大喊一聲丹增！丹增！把沉醉在文字的她驚醒過來，好像剛剛死亡的是自己似的，從冥想中回到現實。丹增，趕快離開執著，放下放下牽掛。她想大師兄從來沒一口氣講這麼多過，且字字帶刀。

她看著大師兄情真意切，一連串沒有斷電的說詞，簡直讓他青筋直冒，唯恐丹增墜入下三道。丹增卻靜得像是石頭，而不遠處其他的病僧也都知道丹增離世了，一間間寮房在入晚時分紛紛點上了油燈，低沉的念經聲從深海一路漫上來，像一座古老的佛剎，亡靈處處，輓歌紛起。

這一切貌似為了他者，其實我們都是為了自己。

她悄悄問著阿空病僧，大師兄的開示文從何而來？

阿空病僧說妳可以去藏經閣看兩本著名的論，我們從小都必須讀的除憂論、入菩薩行論。她喃喃重複著，除憂，除憂，入菩薩行，怎麼這麼美的經題。她小時候都在看什麼書？都是些漫畫聊齋鬼話西洋羅曼史武俠小說，這簡直天差地別，難怪智慧天差地別。

大師兄開示之後，接著一起和他們助念了幾個時辰，說在死亡來臨前一切都沒有意義了，但體會到這一刻的人不多，即使最後一口氣都快吸不到了仍在為一切世間物擔心罣礙不捨。不知頃刻斷壁殘垣，轉眼黃粱一夢。

那些在乎的物質長相美麗地位名利愛情都不重要了，就像水流過指縫無法抓住。她聽著大師兄說話，想起母親自倒下後就為了預防嚴重褥瘡而沒有穿過任何一件褲子。暴露在身體的還有管線尿液，當一個人的私密處暴露在公開之眼中，沒有尊嚴的時刻，一切的一切都被摧毀。

最脆弱的時刻都是突然來的，對於沒有準備的人來說，以為是突然，對我們來說是無常早就在旁邊等待了，所以我們住在無常院。一切的假象都在退縮。無常院的病僧快樂服死刑。

她花了很長的時間，才把自己的慾望打到像高原流浪僧一般，一個行李上路。當她摸到母親斷氣後依然溫熱的心臟，還有尿袋依然溫熱時，她握住母親的手感到冰涼，將母親的胃造口抽出來時，那在肚皮上的黑洞，流出的褐色發酸牛奶。母親最後的殘餘，人生的廚餘。之後如夢，她去辦理母親戶口的註銷，身分證的取消，種種事物上的廢棄，再也不會回來的身體。

有一段時間她作夢，夢見母親從骨灰罈爬出，躲進佛的身體。媽媽告知女兒很好，已經住在佛菩薩的身體裡面了，很安全，還可以讀書寫字念經。

老有時苦，你的身體、你的頭髮、你的皮膚、你的容貌、你的能量、你的活力、你的美德、你的健康、你的心，都會產生全面的變化，最後，死亡降臨。劇痛襲擊你，死亡的痛苦更是無以計量。丹增！放下執著。這是你最後一次躺在床上。你不要落入輪迴，勿驚嚇恐慌，雖然死魔的信使來到你的面前。你的呼吸早已停止，你的口鼻懸張。你已離開這個世間，丹增！放下執著。不要往冥界走，你在一片漆黑之中，請抱持一念清明，別掉入坑洞，別漂浮海上。這業風正在吹襲你，你找不到棲身之處。你沒有其他的依處，你受愛別離之苦。你痛苦難當，但很快就會過去。丹增！放下執著。佛力已到，請保持一念清明。

引磬再次敲響，截斷語流。

度亡，繼續。

念誦中陰度亡經，在海拔四千八百多公尺的高原無常院，她口乾舌燥呼吸緩慢地大聲念著，連綿的念青唐古拉山，白雪皚皚，光明突然射進低矮的黑暗房間，彷彿亡者的靈魂已然超度。亡者似跟她說，妳不是唯一的孤獨者，人人莫不如此。中陰度亡經，夜晚非常的寂靜。

念誦至中陰度亡經抵達一百零八回的圓滿數，無常院真正靜止下來。

中陰度亡經持續念至阿空病僧為亡僧尋覓的吉祥好時辰。

揹屍人將亡者病僧屍身一路從無常院揹到天葬場，阿空病僧一路點香，靈魂的引路人。

她因而認識了揹屍人紮巴與天葬師刀燈，認識了神鷹夏薩康卓，食肉的空行母。從刀燈口中她才知道，亡僧丹增曾是最佳的辯經人，要看辯論經在典色拉寺哲蚌寺，這都是丹增的場域，也是寺院的招牌辯經人，甚至因為長得帥而刻意帶點表演性質的辯經總是派丹增上場。讓雜誌拍照，供重要旅客來訪時探看辯經過程。丹增姿態與聲腔還有論點都很出色。昂揚的手勢與表情秒殺不少觀光客的照片。

右手向後表文殊菩薩在你的身後，當丹增右手向後高高揚起，然後雙手用力一拍，發出長直的文殊菩薩心咒時，表情又俊美又莊嚴。她想可惜自己沒看到，她看到丹增時他已是病僧，兩眼常發直，有時還會抓住她的手，喊著芭姆。

刀燈說，丹增不寂寞，是有親人來送行的，原來大師兄就是亡僧丹增的哥哥。傷心人卻不顯露傷心的大師兄，難怪以冗長苦口婆心近乎八股的訓示做臨別的訣別送行。且在臨別前她看大師兄拿了一根很像台灣芒草的吉祥草的根往丹增的頭頂一插，頭骨竟軟弱如土，吉祥草輕易就插入頂門。

阿空病僧說丹增原本是用著瞋恨的眼神掃視著周邊，如同看著仇人一般，以他臨終送行經驗判斷這是即將通往地獄道的徵兆，於是他立即請人快快去寺院請大師兄來無常院修法。

大師兄來送行之後，見丹僧表情轉柔和，大師兄很高興地走出無常院外，她聽到大師兄法喜充滿地唱起道歌，她第一次覺得大師兄原來感情是熾熱的，在他嚴肅的說教外表下。大師兄繼續唱著我們揚棄通達解脫的修行，漫無目的到處遊蕩，及至終了。我們擁有寶貴的人身，卻用此人身來取得入地獄輪迴的通行證。

歌聲消失在夜空中。

丹增的身體依然是溫熱的，當大師兄離去之後。

她被允許觀看丹增的天葬儀式，是大師兄特別允許，說看了之後可以幫助她去掉沾染過深的執著，克服她對美麗色身的幻覺與死亡的恐懼。

她睡在無常院，夜裡有時會聽見病僧的夢話或者疼痛的譫妄。彷彿那上千個日子的陪病母親夜晚又來到眼前。母親，夢中的母親來到無常院，臉是微笑的，像滿月，空幽潔白。

139

誦經隔天吉時一到，魚肚白時分，兩個揹屍人來到了無常院的等死小屋，丹增靜靜地躺在黑暗中，白色的裹屍布像夢中的河。揹屍人抬起丹增遺體，他們跟在揹屍人後面，大師兄一直念著經文。揹屍人把丹增遺體放到平地上，拜了三圈，然後揹屍人來到天葬場一間小屋裡接受家屬的招待，喝點茶和青稞酒，彼此說著話，聊的卻很家常，好像這是一個餐會似的，她坐在角落，也喝了點熱茶。大約半個時辰，一行人再從小屋裡走出來。她看見有人在點著樹枝柏枝和糌粑，一時香氣四溢，濃煙飄散。

她仔細看，那個燃煙人中有阿空病僧。

天葬台高度不高，像是一片平靜的草原，草色中有些陳跡的血斑。她隔一段距離仍可見到開闊的視野，天葬台被連綿起伏的山色環繞，彷彿山神都靜默。阿空病僧在她旁邊悄聲說燃起桑煙，可供天地眾生，神鷹且容易見到。揹屍人開始燃起煨桑，供上了事先準備的糌粑、青稞，天葬師盤腿，肅穆地伴著丹增的屍體。接著他對著山神虛空合掌，打開了準備一旁的經書，忽然擊鼓吹號，剎那把她的心識也陡然喚醒的聲量，天葬師開始誦經。這經是用來召喚神鳥，天空從霧霾中突然開了天眼，湛藍瞬間擴散山色上，神鳥的首領已經飛到，其餘在天空等候司令似地盤旋，悠遠的嘶鳴，又昂揚又淒涼。會聽經的神鳥，等著大啖血肉的空行母。

天葬場是一座由石頭砌成的半圓台，石子早已被歲月天地磨得發亮，彷彿不知受過多少刀下屍骨了。即使如此藍天美景與樹葉都在發亮，這發亮的一切，讓她覺得整個天地空蕩蕩的。她能目擊大師兄靜坐在某處的喇嘛紅赭色袍子，大師兄手裡一直轉著紅色的念珠。她記得紅色念珠是阿彌陀佛。前方還有看不是很清楚的刀燈的臉，不知年紀不見細部長相，阿空病僧提醒她別東想西想，觀看要無念。

只見到天葬師手裡的刀閃亮異常，手上還有一把榔子。丹增的臉朝下，刀燈雙手合十，眼目嚴肅，開始動手，她看著刀燈的刀勢很獨特，阿空病僧補充說，僧人要按照袈裟的樣式來劃下刀。她非常驚訝地盯著看，彷彿那刀下的工序就像一個絕妙裁衣技藝似的，極為有條不紊地。四周只有風在吹，風馬旗在吹，一切是那樣平靜。

揹屍人突然唱起歌來，就好像他們在慶豐收的歌，好像這是亡靈豐年祭。瞬間死亡不恐怖，解脫色身執著，靈魂正走上轉世之路。

高原僧人內斂，她偷偷瞄去，真的沒人哭，大師兄只是抿著嘴，阿空病僧看著遠方，甚至沒聽見聊天聲音。刀燈叫喚著神鳥，赫赫赫地叫著，牠們先是在空中盤旋，停在岩石上，當刀燈舉起刀，切開丹增的筋骨皮肉，骨肉纏綿瞬間剝離，骨頭用石頭砸碎，神鳥首領才輕盈迅捷帶著一股王者霸氣地飛過來，只以腐肉為食，即將要吞噬丹增此生色身，結束這一世的苦難。丹增的色身成了物質，轉換成餵養神鳥的碎片殘骸，最後兀鷲們將丹增吃得一乾二淨，一直靜默的大師兄這時高興地說，丹增的轉世將會迅速異常。屍骨以食盡為吉祥，若有殘餘，則將其焚化。

天上的神鷹，不遠千里而來。

之前刀燈已經先拔去了丹增的頭髮與脫去丹僧最後的衣服，神鳥吃著，個個看起來飽足。阿空病僧說丹增是淨肉，所以神鳥喜歡吃。如是做壞事的肉，神鳥會嫌髒。越來越多的鷹鷲呱嘎呱嘎地叫著，黑雨似地降落下來。阿空病僧對她說這景象可真稀有，這代表我們的法事做得很完善，且有大覺者和大師兄的加持。丹增的衣服大師兄自然是不會保留的，大師兄只淡淡地說可以用衣服為弟弟葬一個悼念的處所，在無常院的後山。早晨溫暖的陽光逐漸透出臉，灑在平台上，從遠方看，乾涸的血紅色像是開著燦爛的桃花林。

當他們離開天葬場，聽見有個吹笛人吹著天湖的歌曲，阿空病僧說那支笛子是用處女的大腿骨做的，只要用這支笛子吹歌曲，可以用來呼喚死去的人。

笛音響徹，草原安魂曲。

她想起母親色身被推入火爐那一刻，她像個孩子似地想放聲大哭。瞬間丟掉了所有的法教，所有的矜持，所有的提點，所有什麼勿哭的提點。她像個孩子般的流淚，她確實是個孩子。

永遠的孩子，在輪迴這場大戲未落幕前。

她一直盯看著神鷹，要見到神鷹不容易呢，她是第一次見到，感覺很神奇，看著吃掉丹增的牠們拍著翅膀，在平台駐足，彷彿在等著消化丹增。

結束工作的刀燈走了過來，她才發現刀燈這麼年輕，長相如此俊美，還以為長得跟屠夫一樣呢。刀燈說，這麼多年，他沒見過死去的兀鷲，牠們不讓人看見牠們的死亡。即使臨死也飛向太陽，讓陽光把牠們的軀體吸收殆盡。她想起刺鳥，讓荊棘刺進胸膛之後唱出絕美的歌，用痛苦換取的東西。

神鷹在駐足大約二十幾分鐘之後，突然瞬間展翅飛了起來，旋轉姿態美炫，整個天空都是家，接著飛離她的視線，她想丹增已經隨神鷹而去了，芭姆在那裡等他嗎？逝者安息了，活著的人卻難以安息？那麼率真的丹增，辯才無礙的丹增，情深至迷亂的丹增，最後變成草原上的碎肉碎骨，只剩下被啃光的一堆物質，一無所剩，一無所有。

她沒流淚，突然她卻嘔吐了起來。

太陽漸露臉後，風送來了一股奇異的酸腐，死亡氣味。

140

高原第一場送行之後，她想起在島嶼某一天去獅子吼在淡水的靜坐中心，那是她熟悉的地方，十八歲起落腳的社團辦公室，社辦旁有一座集合瑜伽靜坐氣功書法古箏等靜態與動態共用的複合空間，獅子吼的辦公室與教室就在其中，多年來是唯一少數沒有變化的地方。她以前住的大田寮，好多年輕學子因為化妝反顯得十分成熟，倒是她看起來像學生，一臉素淨。

那次主要是提前來跟獅子吼拿陀羅尼經被，送行用的往生被。她看連網路都可以網購陀羅尼經被且還可以比價時，感覺到送行事業的蓬勃。獅子吼聽了笑說，連皈依灌頂傳法都可以在網路進行，買條被子就更輕易了，不是還有網路墓園，清明節對著電腦膜拜就可以了。獅子吼搖頭說，如理如法的事情已經很少人遵守了，我上課現在也被迫要視訊呢，但我去見我的老師從來都是親自親為的，逢年過節，一定要送禮，連我小時候的老師都送。

她笑著說現在這種行為會被叫做腐儒。

獅子吼遞給她陀羅尼經被時感慨地說現在只剩幾條了，這幾年走了太多人，有的是你們社團的人有的是社團的親友家屬。她接過來時，一時被金光織線閃熾得眼睛彷彿張不開似的，哇，好炫麗。

獅子吼說這陀羅尼經被上有中陰文武百尊咒輪壇城圖，可以隔絕或減輕冤親債主的纏繞及追迫。具有清淨磁場的作用，去除脈輪障氣，而延長壽命。在清代皇帝和后妃嬪以上才可用。慈禧太后出土的被子一整個都是金黃的經被，有明黃緞底，以捻金線織成。被面上織有眾多佛經咒、阿彌陀佛佛像、舍利佛塔、花紋等裝飾。生重病前也可以蓋被，去除障礙，只是一般人忌諱都不敢蓋，殊不知往生被上面印有陀羅尼，也就是總持一切的咒語，請往生被回去，就像是請了一套大藏經一樣，如果能供養起來，更是光明無量了。現在任何有緣的平凡人都可以蓋了，問題是相信的人少了。妳要體驗無常的話，妳就也蓋陀羅尼經被，想像自己的死亡。

文武百尊，寂靜與忿怒尊，聽起來像是很盛大的神佛隊伍，她想像著母親是皇后，蓋著織有明黃綢緞印有紅色梵文的大悲咒，她為母親徹底進行著保護的結界。

在這生命之瓶要完全洩空之前，攤開被子，讓驟然罩下的影子覆蓋，入夢的時候尋到了另一個世界，夢魔的兩鬢撐起了看不見的法幢，她窩在黑暗中，想著荒荒的漫野她和母親在不同的時間閱讀不同的生命課本，再也無能尋求色身的相見，這個世界一切都生了，生疏至此，幻笑一場，撒向天空。當她蓋上這往生被時，她覺得她的心是在夢中的人，行到最後一點，成了一丁點的灰。

她試著將陀羅尼經被覆蓋在自己身上，被稱為往生被的陀羅尼經就像佛桌上常披上的金銀線織就的被子，看起來也像囍幛般。只是活人蓋著往生被，把蟑男人給嚇了好大一跳，說他看了這被子性慾都被收攝了，瞬間無感了。她笑說那正好，她的身體這麼多年來就被母親和蟑男人給瓜分掉了，她蓋了幾天的羅陀尼經被之後，卻一直失眠，覺得把佛像佛塔蓋在自己的臭皮囊實在太莊嚴而難以入眠，雖說獅子吼要她藉此鍛鍊自己看見死亡與無常，讓她免於萬一母親突然斷氣的那一刻她可以習慣死神的來臨而從容不迫。但無常還沒體會到，無力卻日日報到。

當時她把蓋過的陀羅尼經被摺疊起來收好，用艾草薰香了一番，然後收進抽屜。靜靜地等待來迎接母親的死神到來，女兒預知母親的死亡記事。

141

僧衣一件，芒鞋一雙，僧帽一頂，一無所有裡的僅有。丹增一件僧衣穿到死，簡單明白。沒有曬太陽的肌膚如冬雪，這夜間遊樂場即將停止營轉，連牆上的爬蟲類都靜止默哀。

母親不像祖母有替自己準備壽衣，祖母自從生病之後就找出了封箱甚久的美麗衣裳，祖母最後幾年不斷地告訴子孫伊要穿哪一套衣服去見觀音菩薩，每年曬壽衣，卻曬了好幾年都還活著，曬到衣服都被蟲吃了，人還好好地又活過些年，祖母最後都遺忘了自己有壽衣這件事。而她的母親中風是突發性的，並沒有為自己準備告別的衣服。於是她這個女兒要送母親最後半哩路，人最後要穿的衣物雖盡歸腐朽或灰燼，但因臨終之眼看去的最後畫面將綿延成永久回憶的影像，故關乎追憶就必須慎重，臨終之眼將倒帶勾纏著人子之心。

當時她拖延著這項艱鉅任務的執行，她想著母親要穿什麼衣服去見菩薩呢？如果衣物最後要化為煙霧，母親肯定會說不要買太貴的衣服。她夢見母親來告別，夢中預演著一回又一回的告別，夢中的母親身上穿的衣服如星辰銀河，衣口上的刺繡如一座春日花園。

母親說，去幫我挑衣服，我們一起去過的港邊委託行。

夢醒，基隆港跑進腦海。

舶來品，水手或大兵帶來的閃亮物質。除了棺材，什麼都賣的母親委託行年代。母親從年輕逛到老的一座港口，由異鄉人推砌起來的西方文明初始。酒吧裡上岸的異鄉人可以把他全身的衣物都瞬間賣掉的年代，手表皮衣皮鞋皮帶帽子都可以談價錢，水手大兵賣了物質，抽起雪茄，昏暗中瞬間吻了一個陌生女孩。港口的日常，綺麗的夜色，海潮拍岸，漁腥混著酒氣歡色。那個年輕母親嚮往的鈔票是用布袋都裝不完的港邊奇幻。

她出發雨港前，照例去房間看母親，彼時母親在睡夢中陰，睡如嬰兒般。悄悄握著母親的手，睡神通夢，無醒。

出門，往台北火車站去，搭上了開往基隆的區間慢車，她要從淡海去另一座海。在霧中之海的港口邊，尋找一間物質發亮的房子。

孝一路，她不是孝子，但要盡最後一點孝。

基隆委託行是還沒生病的母親最後去買過衣服的多雨小鎮，她從那條夢中之河，滬尾，她的青春之城，雨水的盡頭來到雨水的起點，海上船員委託岸上商家販售的物品最初來到年輕母親身上，接著來到中年母親身上，最後來到晚年母親身上。母親口中的委託行在當代就像母親這樣的人之不合時宜，網路無所不在，昔日船員與華僑帶回的洋貨是母親那代人的閃亮世界，她喜歡進入母親那般的過去年代，過去比較不寂寞，當代太喧嘩，她常無所適從。大船吞吐，街頭藝人唱歌，以往母女雙人行，最後只剩女兒一人。在看衣物時心裡想的卻是這是所愛之人最後入殮要穿的衣服，母親穿起來會是什麼樣子？那麼愛美的母親鐵定也是要穿得美美的去出席佛菩薩的新生宴會，同一批亡者，會不會一起去淨土報到？她腦子閃過這些思索，覺得這些奇想安慰了慌張。

委託行凋零的感覺就像母親。母親只有她這麼一個女兒，心情好的時候總是把她當寶貝地裝扮，過度裝扮，使她的童年到少女，充滿海洋氣味的委託行，直至上高中拒絕再穿母親買的衣服，母親聽了悻悻然說妳買的衣物都醜支支，就妳眼光好，媽媽眼光就都不好。

漁市熱鬧，海族在一桶桶的水中掙扎的細響搭著漁人穿著防水膠鞋的雜沓聲，觀光客來去，走在血水血腥的水路，漁味撲鼻。捻亮的燭光有如舊時代捕魚船上的照明集魚燈，一條街的狂歡派對，派對下卻是死亡的廝殺。她很怕見血，雖然人多卻無法取暖。繞去買李鵠蛋黃酥和鳳梨酥，母親愛吃而不能吃的東西，她走在路上吃兩份，幫母親吃。也不知走了多久，突然抬眼看見愛七路。以前她有個大學社團學長常用最古老年代的信紙寫信給她，男人住在基隆，來信的地址上寫著愛妻路，愛妻路是愛七路的擬音，舍監朝她喊掛號時，眼睛懷著玩味的笑意。這個愛妻路男人早已不知去向，書寫的信封倒被她收妥，但有天看被食字蛀蟲吃了不少字，像是密碼的愛情告白。尋到孝一路，委託行鐵門竟泰半拉下，整條街陷在漁市的腥味，隱隱有幾盞燈泡亮著，幾間孤獨的委託行彷彿在等著最後的委託人上門。和母親年紀差不多的老闆娘看她推進也沒有多打招呼，彷彿她不屬於這裡。冬日衣物厚重，但亡者不怕冷了，亡者本身就是冰冷。只需挑長袖衣褲即可，素雅的粉色為主。母親的衣物雖難挑，但其實也不脫這個脈絡，輕薄長袖衣褲吧，她想。但母親偏花色，要帶喜的，脫離苦海，得為她高興。

她腦中閃過母親穿衣服的樣子，接著她腦中突然跳到那些五顏六色背後的佛像，藍色藥師佛，白色觀音，紅色阿彌陀佛，綠色綠度母，黃色財神。她看著衣服的顏色，想母親一定喜歡財神，但她想要母親慈眉善目，於是她挑綠色度母。

挑衣服結帳時，老闆娘覺得她挑的衣物非常特別，年齡跨的幅度很大，問說是買給自己和母親的？她點頭。老闆娘直說著小姐妳眼光好，這些都是韓版最 in 的衣服，穿出去一定好看。她想這和母親年紀差不多的老闆娘竟也滿口 in 時尚的字詞。穿出去好看？她聽了心裡笑，若老闆娘知道她是要挑給亡者上冥路穿用時可能頓時會啞口無言吧。亡者上路的衣服要時髦嗎？她拎著袋子想，當然她什麼話都沒說，默默推門離開時，她悠悠記起曾和母親來過這間店，真是巧合，也就是說這位老闆娘的眼睛曾倒映過母親的臉，她覺得這可真好。

母親晚年也常一個人來到海港，是為了打發時間才跑這麼遠來買，或是真喜歡這一帶委託行的物品，或者兩個原因都是。她走去看海，母親望過的最後之海。這冬日的海域，停泊著遠洋的大輪船，基隆的海適合離開，淡水的海適合歸來，她和母親依傍淡水河上千個日子讓她吸收太多潮濕，足以餵養熱帶雨林，開出一座從死亡進入新生的森林。

買好了臨終送別的衣服，感覺袋子沉甸甸的，彷彿裝了什麼又愛又怕的愛人頭顱似地讓她一時頭暈，想要快點尋個地方喘息一下。她往港邊走去，迎著海風的召喚，穿越港邊街頭藝人的風琴聲，走到面港的咖啡館二樓，就著窗景喝著咖啡，這是她最喜歡的海港咖啡座。在世界許多地方，她曾像直布羅陀的水手尋找愛情，但找到愛情她就不要那個情人了。她落腳過的港口，充滿異國的博斯普魯斯，充滿霧氣悲秋的泰晤士，充滿摩天奇幻的哈德遜，充滿冰凍孤寂的奧斯陸，還有廣州那座前世虧欠的港口，她記得的都不是美麗歡愉型的渡假海港。那些瀰漫著離別的霧港，有如北極圈永夜不醒之港。

她在港口想起亡者。

很多年前，母親看見葬儀社的人把父親的遺體放進冰櫃，母親在驚天動地的哭泣之後，突然想到什麼似地說妳去洗照片，挑一張最帥的爸爸照片。然後母親就轉身離開了那寒森如鬼港之地。再見到母親時，母親已經在超市買了父親最後要穿的白內衣內褲跟白襪子，母親還回家取了一套父親的西裝與皮鞋，像是早已準備多時地輕易就冒了出來。載著棺木的車子抵達火葬場時，她看到別家的送行者在等著排隊弔唁，等著要火化的遺體竟也在排隊。每個送葬的家屬圍成一圈圈，這麼多人趕著要離開人間，這讓她這個小小少女一時感到惶駭。她的腦中閃過父親斷氣時，母親那驚天動地的哭喊，彷彿天塌地裂，整個醫院長廊都是母親吶喊的回音，然後突然來了一個陌生人，說要幫他們母女辦好喪事的人像是鯊魚嗞血地聞死而至，母親不理陌生人，只是抓著女兒的手一直重複說著，妳爸爸死了，妳爸爸死了，妳爸爸死了。母親手指冰冷發顫，嘴唇發顫，一直搖晃著她，好像這樣可以喚醒什麼。母親總是大動聲色，連告別丈夫都是。輪到母親自己時，卻如被封印的蝴蝶標本。房間安靜至一風一雨都是神的恩典召喚。她是靜默的人，她把握和母親相處的靜謐時光，母女這場戲快要落幕了，一路高潮迭起，走到了餘波蕩漾，海面波潮不興的平靜。

在高原，她替母親買送行衣的這座海已經變成那座海。

母親在觀音山看著她出航，出航到一座沒有海的巨山山頂看海的往事。

從雨水的盡頭，滬尾，來到世界盡頭的神山。

轉啊轉的，不為自己，只為曾經的承諾。

142

她搭的吉普車從日光之城離開，經過她之前有空就來刷新藥王山的那片佛牆，她瞥見做擦擦的居民有幾個她認識的，她沒見到仲雍，她想可能去看守大昭寺了。搭車可以好好看看一路風光，布達拉宮前有醃牛肉的小販，拉薩到處可見石頭砌的房子，從拉薩出發，沿著雅魯藏布江可以到後後藏的中心日喀則，一路再往西，有時候可以看見沙漠地帶，孩子有時候會兜售著一些風馬旗，一邊朝她念著六字大明咒。

一路上開著青稞與油菜花，這油菜花海，簡直翻攪出她的那座童年嘉南平原，母土的還魂。

她這回來是替阿空病僧將他的髮絲送回祖廟供奉，阿空病僧原來是在吉祥須彌寺剃度成沙彌，這裡就像是他的家。

她最後一次看到阿空病僧時，他沉睡的時間逐漸變得長卻常又醒過來，臉頰凹陷，黑漆漆的眼睛變得混沌發白。她在無常院的阿空病僧房間裡和大師兄一起等待他醒過來，木造隔間的窗子灑進高原溫暖的陽光，她看著阿空昏睡的臉龐，沒有老死腐朽的氣息，像是乾淨的花朵逐漸枯萎，瀰漫神光與魔色不分的臉龐，消逝死亡的徵兆爬上臉龐，卻沒有悲傷。

阿空病僧沒再醒過來。

他早已寫下的遺言放在枕頭下方，還包括他出家前的髮絲，寫要贈給她。她取了一小束如黑曜岩般的髮絲，放進收納盒，盒子裡愈來愈熱鬧，母親蟬男人阿空。出家人的髮絲，善嫉男子蟬應該不介意吧。母親呢，她怕寂寞，氣息熱鬧，應該很好。

雨季因高山雪峰阻絕，印度洋飄來的暖濕氣流雨一陣陣地降落。當整個太陽出來時，光束像是從外太空射下的暗號。如果把時間穿梭回到上千多年前，那時候是松贊干布的王朝吐蕃場景依然可以見到此情此景。於今隨著拉日鐵路，拉薩和日喀則連接成不再那麼遙遠的城與城，繁榮的日喀則，將帶來更多的觀光客更多如明信片的相片，更多書寫身心靈的附佛者，但佛早已離去了。

在扎什倫布寺附近民家開的小小甜茶館靜靜地喝一杯茶，成了她在異地還能有一點淡漠的安靜，偶爾想想獅子吼母親蟬，偶爾想想小丑大師兄大師姐阿空，思念的名單她想就到阿空病僧，自此結束，她當時並不知道這人世相逢名單並不由此世的自己決定，而是過去的自己就定下了。

路上有很多無奈討生的人，直心面對生與死的體驗，直接面對死神，和死神搏鬥卻又期盼神降下祝福。轉山，虔誠。登山，理性。而她這類沒有太多目的性的人也要專心，不能浪漫而隨意透支體力，高山症仍虎視眈眈，每一口稀薄的空氣都珍貴，都會讓人感恩，每一口從遠方挑來的水，嘗起來都甘美。她想過母親一定是喝了她挑水千日來的水而被延壽且臥床才能日日近乎平靜如打坐的模樣。

天梯下是萬丈深淵，母親知道，她千日磨劍，用在母親送行的這一時。

母親沒有從天梯踩空墜落，母親只是爬天梯的速度太慢罷了，她知道，這讓她很安慰。人最怕所做的一切成空，卻又注定成空。雖然獅子吼與大師兄每天在她耳邊說著空，空性。但至少送行母親這一段路程不能空，她誠心所盼。

浮生若夢。她看著旅館的招牌，她掀開左手衣服，冷空氣灌入，左手臂上刺青的藏語夢字依然色澤鮮艷如青鳥，為何活著要活如夢般？為了不執著。為何不能執著？執著就掉入輪迴。輪迴會如何？苦痛無止盡。佛言佛語，人聽人說。抵達羊卓雍措。在高原的湖泊卻比海壯闊。她想起之前曾看見一個女孩看見羊卓雍措的藍眼睛時，瞬間奔去且在岸邊哭泣起來的景象。她不知這女孩為何事哭泣，但那樣傷心。

母親每吐一口氣，現在感覺就像高原的每一口稀薄的空氣。

脾氣壞的母親，上千個日子修成了禁語者，已是世界脾氣最好的人。

以前有個禪師本當早該開悟成佛，卻因為在某一世時，有一天他的師父在過堂用齋時對他說了一席話後，他因生氣而將碗筷一摔走出了齋堂。這師父說，因我的慈悲卻斷送了他的開悟契機。據說這個禪師弟子因此又慢了十五世才得以開悟。內心的一把無名火足以摧毀功德林。每次遇到脾氣不好的人，大師兄常開玩笑說，這個人是阿修羅來投胎的。脾氣轉好的母親投胎到哪了？她聽說思鄉過度會得一種桃花瘋的疾病。那時她應該得了桃花瘋病，在漫長的旅路時，但外表看不出來。如今她來到高原，離開送往迎來的海，在高原準備植栽一株南國的芭蕉。

小丑的守關人已經換人，因為大師姐前往屍陀林修施身法。她想起年輕時曾走過的一些墓園，和大師姐一起的超度亡魂義工，去無名氏墓園或者連墓都沒有的無主之魂，墓碑沒有名字。二二八事件之後的亡者屍骨被一堆堆地擺放在袋子裡，很需要後人超度，買棺助葬，以利生靈。

蟬男人有回看電視算命節目之類的說死亡被善心人買棺埋葬，日後報恩是嫁給那個人。我埋過妳，所以妳跑不掉。為何這一世都是我埋單，她經常付帳。因為我以前埋過妳，蟬又說著笑，她也笑。前世之說，就像當代小說家寫小說，怎麼唬爛或亂掰都可以。

鬼沒心機，人才有心機，她說。

妳相信超度？蟬男人曾問過剛從墓園歸來的她問著。

當然，不然做這件事就沒有意義，相信才做啊，她說。在荒涼無主墓地或是萬應公之類的廟超度法會結束後，他們會去人多的地方晃一晃轉一轉，吸點陽氣。當然這些事情她膽小都是跟著大師姐去的，說起來也有些年了。她記得當時做完超度法會後，回去多會夢見一些看不見臉孔的魂魄向她道謝，有的還沒手沒腳的。

任運寬廣，上下無邊，如龍王啣珠，游魚不顧。

游魚她顧，死魚她也顧，她顧得太多了。

高原的冬日感受著凍得發抖的寒氣，霧中風景如霧鎖雲山。每天從早入夜，雨絲瀰漫，哈口氣都是潮濕。偶爾太陽從雲端縫隙露臉一下子就退隱，接著大霧掩上來。

這間浮生若夢客棧吸納著這樣千里迢迢來覓物或者尋人的故事碎片。

起火，圍爐。她在這裡遇到許多又虔誠又顛倒的女人，每個人也都像她自己。加入這集體儀式的安慰，彷彿再痛苦再悲傷的事情也會被集體的重複性動作給吸納。她還答應阿空病僧這一輩子一定要去轉山，她再次加入集體儀式的療傷，那近乎機械性的單純反覆動作與吟唱，帶著非做不可的持續性，人因持續性的疲憊而逐漸無想，是無法想，無法再想。

通常儀式過後，四周一片昏沉，或臥或靠或坐地擱淺，像夜行無油擱淺的火車。

高原人跟她說許多在都市的年輕人一旦發現自己得了絕症就會開始上路，並非因為體悟到名利追逐如浮雲，而是因為不想死在醫院裡，不想死在難看的狀態裡，逐漸地這竟變成了一種時尚，一種風潮。甚至是想死在高原裡，直接死在他們認為的淨土裡，趕來的家屬也容易請到喇嘛念度亡經。

朝聖的車內，她看見有些頗有型的男女，但看起來不像是得絕症的人，就像她一樣，或許他們也是為朋友而來。這裡很多的佛像都被描繪著有多張臉和多隻手，在人的世界所畸形的樣子卻在另一個看不見的世界則代表法力。這回她帶著阿空病僧平時修的準提佛母法本，一路在心中默默念著，準提佛母有十八隻手，為了眾生，被雪凍、被雨淋、被日曬、被風吹，只為了讓眾生能接到因緣，到一個階段之後，祂才要上座。這車廂的人喃喃自語地轉動著念珠，彷彿神鬼正交鋒在這輛列車上，她的魔與佛逐漸重疊，難分彼此。

朝聖者千百年來不曾改變，就像時間的河流，靜靜流過高原。悠遠的祈禱聲音繞梁，綿遠不絕。她想起獅子吼說過的我們每一個人的心其實就是曼陀羅，就是壇城。她突然非常懷念十八歲起就認識的獅子吼，一個年輕的社團老師一直陪著他們這些非典型學生走進生命最動盪的青春歲月，感情纏繞，事業迷惘，親情糾葛，接著陪他們一路成為艱難的臨終送行者。之後又把她送到訣別之後的這座高原，別而未別的世界，在輪迴轉盤上轉著。也有的已經不在輪迴轉盤上了，她期待自己也能成為那個不再輪轉的人，但何時可呢？當下可乎？她看見曹溪寺的肉身菩薩，是風動心動旗動還是仁者心動。一路她跟著朝聖轉山者下山，抬頭她看見雲朵幻化成大鵬金翅鳥，她想是阿空病僧幻化的迦陵伽音，吹來了慈悲的涼風，她抹去一行熱淚。

回過神來，天色瞬間黑去，幾重山幾重水轉過，司機帶她抵達山頂上的佛學院附設的旅館後就先行離開。在寒風的無盡黑夜中，彷佛鬼魅夜行的朝聖者不知從哪冒出來的，他們加入沒有停過的繞塔轉經隊伍，她抬頭看著影舞者，遠看身影彷佛疊映在無垠的星空，夜空閃爍，彷佛流星閃過。每個人都在面對失去至愛與至痛的療傷路程，一直重複地走著轉著，拜著跪著，念著誦著，獨自一個人地面對過往的懊悔傷痛，修補失去遺憾，與自己和解的路程，死亡與重生雙重舞踏。抵達阿空病僧另一座傳承祖廟，正值寺院每年大法會來臨，擠爆了鄰近旅館的朝聖者，以及轉山遊客擠滿民宿或搭帳篷，她沒有落腳處，大師兄託寺院給她找了個佛學院宿舍的囤物間，是一間潮濕陰冷的地下室，大師兄託寺院送話來，要她隨遇而安，她其實已覺幸福。想起過往雲遊浪旅時期也經常睡藝術家朋友的地下室或衣帽間。寺院每日限領一壺熱水，其餘隨心供養。十幾個人擠在一起，吃喝拉撒的氣味雜沓跟豬寮差不多，但每個人都是微笑的。

靜坐比動功還煎熬，因為一入座，往事的生動形象就漂浮眼前。

死亡前的咆哮，死亡前的吟哦，她入睡後一直聽到母親的呻吟和躁動聲音。早上醒來，她四處遊走，才發現她睡的房子的山坡上有一座髑髏地，百鬼夜行，都想念她來了。

143

阿空病僧也來了，這場注定缺氧的愛情。

無常院，早晨穿透縫隙的陽光灑落在阿空病僧的光亮的頭頂、眼睛、鼻子、雙頰、唇邊、耳朵，她只能見到阿空病僧的部分了。沿著陽光，她看著阿空病僧，阿空突然睜眼，看見她一時迷惑，接著想起是她，美麗的雁，給了一個燦亮卻躲藏著悽慘的笑。阿空病僧一直都安安靜靜，沒有出現死亡的咆哮，也沒有躁動。只是當昏睡時間拉長了，大師兄就說是時候送他去修行的山洞了，不然阿空病僧會連自理大小便的能力都沒辦法，阿空病僧不願意自己走到這一步路。她看著阿空病僧的睡臉，看著看著，突然睡的人換成蟬男人，愈接近死亡之日，聽說蟬男人也沒有躁動，反而常打電話給她，但她當時不知道那是死前的徵兆，她有時會沒接。那是蟬男人自己才知道的死亡咆哮，不安恐懼，不知所措。她接過男人太多太多電話了，她付出到疲憊的盡頭時，她放下了電話，任電話一直響，直到它再也不響了，她懷著既解脫又歉疚的心。妳早已還清淚水，何須歉疚。她聽見和阿空病僧合為一體的蟬男人說著。

千山萬水，只為一眼，只為說一路好走，只為變成赤裸裸，一無所有。

途中她再次踏往後藏，這回沒有小丑，只有她一個人穿越雅魯藏布江，橫渡曲登尼瑪冰川，抵達珠峰山下，進行一場缺氧的愛情。她想起上回來到絨布寺時，差點要了她的命，每天頭痛劇烈。她後來才明白原來要她取的經典不是別人寫的經典，而是以她自己親身體驗所得的感悟為經典。她想這種感悟是難以寫下或者畫下的，只能經歷。沒有真正的紅塵，也沒有真正的山林。

來到佛城，看見的卻是自己的魔性。

偶遇的陌生人，使她不斷地用耳朵吞下了這山魚水雁的種種故事，她自己也曾為不同枕畔的陌生人說起一些島嶼的碎片，陌生人曾見證她的異鄉存在。

但當她想要整理這段人生的旅程時，腦門頓時就像一輛列車駛過的風景，繁複卻難以定焦。她在這條所謂的心靈成長之路甚久，但為何到頭來卻有如枯枝山水空然之感。是哪裡出錯了，是哪個環節沒有扣上螺絲？她想這回真的把原鄉的愛情傷害或者團體傷害給切斷了嗎？有時關係或捨或得需要一個開關，一個爆炸性開關，將過去炸開成粉末，使之再也難以成形。然後她將視野調回眼前，把海洋縮小成一塊山色，山色不像海洋敞開，需得攀爬，不斷攀爬，上上下下來來回回，一一在來時路做上記號，認識樹木認識飛鳥認識雪徑，銘刻復銘刻。

高原就像她的前世血液，流得極為緩慢，但卻不曾消失。千年業主，守著千年的報恩或者復仇之心，只為一瞬的遍地開花。旅程裡她得不斷地往前，最後終至背對，往事烙印像刺青難除的國度，在心裡頭留下幻影。像午夜交錯開往不同方向的夜車，最後只能在月台裡透過車窗凝視彼此，深深凝視一眼，自此鄉愁如手腕上經久打字形成的疼痛，寫字者的疼痛不只是靜止的手腕所形成的隧道疼痛，更多是因愛的無法相守。獅子吼不是早就告訴妳了嗎？愛別離怨憎會，妳還不清醒嗎？她自言自語，每一回都得瘋病似的發高燒，有時消失了一小塊，就會使整個人生走向完全迥異。

她最後一次曾在母親面前流淚，為了病子母親。她的眼淚在母親面前第一次流下是四歲，接著是十八歲，她離開母親偷偷流下眼淚。兩個記憶體快飽和的女人不該再住在一起，這只會平添怨懟之氣，母親的每一口愛都把她咬進心裡。

四歲時，在鄉下寄放冷漠的祖母家裡，像是被遺棄似的，只剩下她手裡緊抓的洋娃娃。祖母總是以冷冷的表情叫她吃飯，但並不會責備她，只是空氣冷得像是冬日的霜。祖母是不會持家的女人，她也是一個只會陷在想像世界的女人，但她哪裡也去不了，尋常她會搬張椅子在門口上看著遠方，攤在那裡像一只被思念燒壞的軟時鐘。母親是飢餓的女兒，長大非常懼怕飢餓。她記得母親常去鎮上一家宮廟，學著如何收驚幫人牽姻緣解問事收妖符。她非常懼怕那個空間，那些黑黑的神像真能回應人間所求或苦難？人不識心皆往外求，心在哪？她問了一生。

她經常在這樣的時刻，流著無聲的淚，像是聖山之眼可以看見她的淚是如此地聖潔。不為自己流的淚都聖潔，像綠度母白度母。不為自己所受的傷都聖潔，像碎裂成千手千眼的觀音。違背誓約就天崩地裂，違背自己卻午夜夢迴，違背自己是輕如鴻毛微不足道的事，因為整個教義不能有自己。想擁有自己的詩人喇嘛消失在這個聖城，徒留夜奔雪跡。

離別時，大師兄向她說，妳會找到心中的聖山，未必是眼前這個聖山。但妳找到還會再失去，因為妳的心不定。

一路高原山脈的白日夢綿延如雪山。缺氧的日光裡，被睡神附身似的昏昏然。漫長的遷徙，烈日車輪滾滾狼煙，輾過岩礪，滑過濕泥，涉過積水，陷過草溝……有那麼一剎那可能的偏離，即墜於雅魯藏布江的怒江奔吼。陷於昏睡的自己，日頭在玻璃窗形成霧靄似的幻覺。如夢之夢中，她見到骷髏遍地，見到鏡中奔走的自己，妄心風流。

來到高山，背對海洋，她的心隨著許多摯愛的轉身，她漸漸學習控制。控制是糟糕的修行方法，防堵不成將倒灌整心城。但至少她眼前需要，至少暫時不再湧起潮騷，只是更高的高山，空氣異常缺氧。缺氧的愛情，一碰枕頭就昏睡的缺氧現象，整片星辰起初都無緣見到即墜入睡鄉。唯獨慾望卻不跟著昏睡，夢中桃花瘋，桃花林在黑夜遍開荒地。她清晨在高山的寒氣裡醒來，曾幾度渴望一具身體，一個發電機，好讓她保暖。自此她明白，每天高喊的靈魂靈魂，其實是多麼無依。原來不只是太美好的靈魂令人懷念，太過癮的性慾也是讓人欲生欲死，桃花劫讓人失魂落魄。

退潮的海，魚屍荒岸。幻影獸形呻吟吶喊，竟已杳無蹤跡，爪痕仍在身體的某處，甜蜜獵殺後的疼痛。

挑戰時間，也挑戰對這自我與他者的熱情，世界傾頹了泰半，唯慾望之柱撐起流浪的旅途。如果沒有慾望，風也將靜止。是載舟也是覆舟，拋向遠方的夢等著她的抵達，感情一路中箭負傷，沿路都是血的記號。

藏訣歌

144

刀燈是鬼火，沒有人敢靠近他，除了死者之外。刀燈在陽間無人敢靠近，陰間卻求著他靠近。刀燈嘆口氣跟她說，自願住在地獄的人卻總是幫人送到天堂，注定只能埋在土裡，沒有人可以支解一個刀燈。長著黑色骨頭的天使幽靈，有人叫他多不單，她聽起來卻總是像刀燈。她看著刀燈的名片——職業：天葬師，職責：剁碎屍體。

召喚亡靈上路的刀燈，暗黑的行者。沒有人靠近的人她反而想要靠近，刀燈讓她想起慈恩塔裡的母親骨灰罈門口的守望菩薩，自願到地獄的菩薩。自願到地獄的刀燈。

揪心的纏綿，女兒的纏綿，母親的臥榻。世間有這種纏綿，何等的纏綿，那些夜晚，看著街上奔馳的夜景發呆，無所目的地任意識滑過。不加以分析也不加以挖掘，讓念頭如車水馬龍般地來來去去。或者那些黑漆漆的空間，一個人滯留在電影院，靜謐地淪落在黑洞裡，不約朋友看電影因為約時間很麻煩，因為她的時間都是偷來的，突如其來的，或者往往立即奔赴黑暗電影院的渴望也是乍然興起的。

高原經常漆黑。

天黑得很快，哪裡都可以去，但除了甜茶館還是甜茶館，入晚店家都打烊了。夜晚塵埃落定只剩下她和桌上的佛與母親那小小肖像，一盞油燈，一支手機，一台電腦。經常連電腦都懶得打開，當不再當長照工，也毋須設下感情的逃生出口時，這高原到處都是出口，但她卻驚覺經常自己有種徬徨感升起。沒有二十四小時的小七可以讓她的夜晚時光駐足，高原的夜晚更考驗黑暗之心。高原之夜，分成臥床與不臥床的。臥床的多半隔天要趕行程或初來乍到的旅者身體缺氧而酣眠未醒，不臥床的都在打坐。她懷念起小七時光，沿河居所一直都沒有超商，怪的是把臥床的母親接來後，就開了一家小七。她去的時間多半在晚上十一點半後，夜晚貨車送貨來到小七的車上下放著許多藍色籃子，籃子裡滿滿是麵包飯菜，那是她的廚房。

個人的神壇與個人的廚房一樣重要。

有時候在瑪吉阿米的露天陽台，她把咖啡館當成故里的小七，看街上人生聽留言的所在，所差不再有惱人的叮叮咚咚與沒有溫度的歡迎光臨謝謝光臨。往八廓街往下，會看到許多旅人在曬太陽，靜止的陰影，使日光之城像是中世紀古城，她看見混合著祈禱希望與恐懼輪迴的的人。

瑪吉阿米咖啡館的高原人正在聊著一樁罕見奇事。

她聽見他們講的是她在無常院認識的刀燈。刀燈憤怒，因為有一個西方人來觀看天葬台時，竟用攝影的閃光燈拍向他正在解剖的亡者，天葬師被攝影機的光閃到，氣得竟手持刀切了塊屍身的肉氣匆匆地奔到那個人，把切下的死者的肉塞到了那個白目拍照者，用閃光燈拍照的攝影師吃到了死人的肉，瞬間驚恐嘔吐不已。

整個八廓街的高原人都在談論這件事，之前天葬場才有家屬打死了一個觀看時不禮貌的觀光客。高原人說日後要禁止觀看了，有什麼好看的，真是的。天葬師後來說家屬很憤怒，他只是替家屬發威。他們認為亡者會因為閃光燈而不能登天，靈魂不能好好的往生善道。那個西方攝影師後來也被驚嚇過度，嘔吐發高燒，現在不知道在哪裡了。

死亡或離奇的故事經常在咖啡館或甜茶館迴盪。這會不會是源於文化與語言的誤解？

後來她才知道，刀燈名叫桑吉，桑吉意為覺悟。原本父親次仁要幫他取名齊美，也就是無死之人，但後來次仁說無死卻每天都與死為伍，可真是有意思，最後父親說還是覺悟好。刀燈脾氣大，但認識她之後好像第一次遇到南方島嶼人似的，整座山隘都被灌進了海水，刀燈變柔軟，手下的刀慈悲，彷彿每一刀都在說著砍你時我愛你。

他們是在放生活動的時候熟稔起來的。那時桑吉的父親次仁生病了，這個被取名長壽意思的人看起來奄奄一息。桑吉聽大師兄的話，為父親除了供燈齋僧之外，還要去放生，放生即將被宰的羊七隻、牛七隻。刀下留羊留牛，要向屠宰場或餐廳買回這些成熟的活口，費用不低，那陣子桑吉沒有工作，刀燈給的錢又不能用，她見了說我也負責一半吧，她一直也想做這件事，正好有機會。她還跟桑吉分享在島嶼聽獅子吼說的虛雲老和尚的事蹟，虛雲老和尚蓋廟經常只蓋一半，因為功德自己都做完了，別人做什麼，所以要留一半給想做的人。她說我就是那個想做的人，何況次仁也像我的父親呢。

因為這樣，桑吉在心裡種下了對這個島嶼姑娘的一種奇異的愛情。於是在日光之城的許多小廟又增多了放生羊。被放生的牛羊都有了記號。

塵埃落定聽她說起吃素者與放生，不禁說那你們要到泰國夜市，滿街都是昆蟲，經常屍橫遍野。她跟桑吉說起那座海，曾參與過的島嶼放生。港邊都是海產店，每艘船都貼著吉祥字：滿載而歸，只有他們是去把魚放生。在海邊，他們包船出海，海巡兵看證件，漁村時間遲緩，僅有老人、殘障者、小孩，突然村子來了這麼多要把他們視為豐收的魚給放生的奇怪都市人。他們直盯著他們看。出家師父在海邊的唱誦，獅子吼向裝著大魚的桶子灑入甘露，替魚兒們皈依，漁村的人看得發愣，彷彿看演電影似的超現實。接著他們開始趕時間似地唱得又快又急，因為生怕桶子裡的魚兒禁不起長久滯留桶子的危脆生命。

首先要跟海巡署申請出海，必須出海到深海洋，那才是大魚的家，沒有出海到深海，放生等於殺生。她坐在船上，一桶一桶地舀起牠們時，她才發現魚真的頗重，因為都是大魚，且都是當晚要被殺的魚。尤其是那種活魚三吃的餐廳，水族箱的魚都被他們掃淨了，買下那些魚，花了非常多錢，獅子吼說值得，因為之後再放生的機會也沒了，海洋污染，他知道不會有好的機會再放生了。魚兒們被倒入水中的那一刻，聞到熟悉的海洋氣味，那一口氣上不來的掙扎瞬間像是有了葉克膜似的全消失了，大魚們尾巴搖擺得十分劇烈，像是在和她說再見的姿態。

她和社團同學一起放生過魚，放生螞蟻，放生蚯蚓，放生鳥。那時她幾乎每天和大師姐在逛著鳥街，釣魚店，海產店，蛇店，為的是買下來放生，如果也做記號，那這海這天空頓時就顏色繽紛了。

那種奇奇怪怪的各種素食名相，海鮮素是不吃肉只吃海鮮的，或有不吃蔥蒜可以吃肉的，或有不吃兩隻腳的，或有不吃活的，其中以不吃活的為最。大師兄去過島嶼，說沿路看到什麼活魚三吃活雞兩吃之類的。高原人吃的都是死物，神鳥也吃腐肉。尤其不能在水族箱裡點著某一隻魚說要吃這一隻，或者對著某隻放山雞說要吃那一隻。

桑吉說起廟裡被他們放生的動物也都跟著在聽聞佛法，大覺者修法之後，豬羊牛狗雞都可以跟著飛到虛空。她聽了腦中飛過一句話雞犬升天。在法會時，大覺者喊一聲咒語，當場有一千個人都昏死過去。大覺者修的破瓦法，許多人都成功靈魂出頂了。

她跟桑吉說，自己在台北有個從十八歲就跟隨的佛學社社團指導老師，大家都叫他獅子吼。

桑吉說獅子吼，好有威力。

桑吉說著就神祕地解開外衣裡面的暗釦，從暗袋裡面取出一個打造得很美麗的銅盒子，銅盒子裡打開像是銀河小宇宙，黑色的除障甘露，牙白色的骨，綠色的度母甘露，彩色的碎片法衣，最裡面還有一張小照片，是大覺者，大覺者圓寂之後的骨頭變成了金剛骨，是鋒利之智，睿智之刀，桑吉去領大覺者的法照時有被大師兄用金剛骨加持，那時渾身像是觸電了般。他說起祖父以前在戰亂時曾被要殺他的人拿著槍射擊，結果瞬間所有的子彈都變成蓮花。

她因為這樣地相信著，也從放生過程中得到了安樂。她笑說，這些魚不用領皈依證。

桑吉聽了她的往事回應說，牠們在被放生的過程中死去，就像來高原想要接近天堂時離開人世。死得其所，萬靈之所盼。她聽了看了桑吉一眼，刀燈回應她從未有過的慈悲，如她的島嶼海洋，如高原的星空。就這一眼，突然她覺得自己長期被禁錮的愛情也瞬間被放生了。

145

她記錄語言就像刀燈的父親記錄他這一生手上的刀開腸剖肚的名單。刀燈的父親次仁對她說，我切過的人名都在這面牆，她往那面牆走去，像是島嶼小驛站的火車時刻表，也像是鄉下雜貨鋪那面賒帳的牆，來借打電話的牆。這牆也像紀念越戰亡者的牆。這些都是他們的名字，次仁說。人名的旁邊跟著一個數字，次仁說他都有寫來天葬場的家屬給他的錢，那一長串的數字好像禮金簿。

她看著數字，不多，從五元十元到一百元都有，但最多都是二三十元，折衷的數字。沒有規定，隨喜的，認為我這一刀值多少就多少，無所謂的。沒有錢給我也是沒關係的，畢竟我也是舉手之勞。但是一定要付給我一個象徵性的東西，窮人有的就畫一個很像錢幣的圓圈給我。她想起很久以前那些偏遠地區的農民到了農曆春節卻沒錢買春聯，於是就在門的兩側畫上圈圈，每個圈字裡面都是無字天書，隨你想什麼就是什麼。

我要記得這些人，記得他們最後的色身是消失在我的手上。而那些死人的錢，次仁說也絕不用到自己身上，那是亡者的財資，當回到布施的來處，也就是還諸天地。他常布施給孩子，剛出生卻沒有奶喝的嬰兒，給更窮的人，或者印經或者供養寺廟僧人或贈給刻摩尼石的老叟。用福報滾福報，不迴向出去，就像一滴水仍只是一滴水，但給出去一滴水滾入了大千世界就變成一座海。

當死亡也可以是慈悲時，沒有人哭泣。

天葬場山色在高原最後一抹餘暉照映下，一時之間霞光萬丈，彷彿所有的亡靈都來到這裡感謝著次仁。次仁是為丹增送行的刀燈桑吉的父親，手上的血腥是慈悲也是無念之後的沾染。她發現次仁的肩上經常停著小鳥，身邊也常圍繞小動物，次仁就像一個死過千百回的回陽人，一次又一次地往來陰陽之間。唯獨自殺者不會經歷次仁的手中。自殺者，她記得在僧團裡曾聽到日本來的小園秀實最初是為了來高原超度母親，小園秀實被大師兄賜法名卓瑪，卓瑪是仙女，小園秀實很高興，感覺好像自此有了法力可以送行母親。她在旁偷偷笑說，在高原喊一聲卓瑪，有一半的女生會回頭。小園秀實笑她，妳叫貝瑪，也是很多人有的名字。所以我們加起來是兩匹馬，卓瑪加貝瑪。小園秀實聽不懂為何會是兩匹馬？她仔細地說瑪和中文的馬同音，馬是horse。大家笑開了。為了區別一叫卓瑪跑來一堆仙女，她就叫日本女生小園卓瑪。

小園卓瑪的母親是自殺的，自殺日語發音聽起來像是塗佛。塗掉佛性，塗銷自性。還有盲佛，無知於自性者。她一直記得這些詞，塗佛，無法超度；盲佛，看不見自己。除非找來四十九個沒有破戒律的出家人願意為她的母親誦經超度，卓瑪一直找不到，沒有僧人敢說自己沒有破戒律，因為意念總是會有不淨時。她還曾天真想，卓瑪若真的找到了四十八個僧人時，她也來出家為僧，幫卓瑪的母親超度。

當時阿空病僧看著她，無限憐惜，覺得她真好，但也真心告訴她，妳就是剃度了也難度自殺者，妳法力不夠。她說但真心真意不是更大過於法力？阿空病僧想這女子還是有著浪漫。阿空說還好女生可以出家三次，妳若真出家，之後再還俗也可。

但男眾只有一次剃度機會，還俗就不能再剃度？她重複問著。對啊，剃度又不是買賣，還可以退貨喔。阿空病僧笑著又說，這讓我想起阿難尊者，當時弟子們想要集結經典，但要羅漢資格，卻少一位，阿難尊者因為平時都在忙佛陀的法務沒有時間好好修行，還沒有成為羅漢，但當下發願竟就飛到大羅漢們集結的僧堂。

她聽了也笑，怎麼自己就是沒有法力。別求法力，神通也無法解得了業力。阿空病僧說，那時他的病已經到了末期，每天不再睡去，即使疼痛萬分。我們的肉體到死亡之後都還可以布施，給兀鷲，因為兀鷲只吃死物，這樣可以免於牠們餓死。

兀鷲不能改吃別的東西？她笑說。

那要問問牠們願不願意，次仁笑說已經很仁慈了，如果吃活物更慘，我們都逃不掉。

被佛的袈裟一蓋就變成吃素的金翅鳥，高原吃肉的工作從此就交給神鳥兀鷲。

這裡的人死亡需要大師兄也需要次仁，殺活同時被需要，現在次仁已把工作交給桑吉。但桑吉不要接手父親的刀，他要自己鑄自己的刀，且在鑄刀的時候還把自己的頭髮與指甲融入刀中，給予祝福。小園卓瑪說這讓她想到日本的壽司師傅，專業厲害的師傅的下手刀都是要用自己鑄的刀，別人不小心用了還會受傷。

桑吉是新刀燈，沒幾年就已經送行百人，遇過凶惡的靈，晚上還來凶他，鬧他，夢裡都是血骨，最後到大師兄廟裡作了供養噩夢才消失。她記得桑吉為丹增進行天葬儀式時，下的刀法很奇特。好像在比劃什麼。她好奇地問桑吉下刀法有固定的儀式嗎？是不能亂下沒錯，桑吉用樹枝在平地上畫了個很像被綁起來的人形兒，桑吉比劃著刀法說丹增是僧人，所以下刀的形狀要像一件袈裟。

她想這儀式太特別了。

背後下一刀，肋骨下兩刀，翻身肚子下兩刀。男人斜著下刀，女人得豎著下刀。桑吉揮著樹枝下刀，地上逐漸出現樹枝的痕跡，像是古老的壁畫。

城市裡的色身最後一哩路是醫院，在高原，天葬師是尋常色身最後一哩路的依怙，刀燈幫助所屬地區的人靈魂讓兀鷲馱走，走上輪迴，通往善道之路。

能確定都走上善道了？小園卓瑪問，那高原這些畜牲道的犛牛小羊獒犬誰來投胎？

次仁聽了赫赫大笑說，這是好問題，我們也不會知道的，可能是別地方來的，嚮往高原的好山好水。或者沒經過我刀下祝福的靈魂，這不是一般的解剖。父親也太妄念了，你以前可是被認為是四舊呢，那時候不能天葬，父親的刀再也無用武之地，你還高掛在廚房，幫忙去把屍體往河裡丟呢，這些人當然沒經過你的刀下祝福。桑吉說著父親的舊事，抽了根自己捻的菸說這是因為高原的兀鷲不是一般的鳥，是空行母的化身。

說起空行母，又是一個故事，次仁說來看天葬場看熱鬧的人不懂，也最是妨礙靈魂的陌生人，沒事別去天葬場知道嗎。大家紛紛想起之前桑吉的憤怒，把亡者的肉塞到洋人嘴巴的可怕之事。一時空間陷入噤聲的靜默裡，唯恐桑吉又生氣了。

來來，不說話，喝茶。霧氣縈繞的山色，靜默如畫。我每天靜靜地看著山，就覺得有魂魄，就像我的刀魂。桑吉捻了菸，喝了口茶，靜靜地坐著，如一顆長滿著稜角的石頭。次仁也喝茶，也靜靜地坐著，看起來倒像是被海水沖上來的一粒圓石子。

風送來了次仁身上已經沾黏多年的屍骨氣味，他喝了茶，可能兩個女生來看他興致大好，看了一下天色，就站起身來去後院搬來幾張搖搖晃晃的小桌子，幾個小鍋爐，要桑吉幫忙搬來木柴點火。我的廚藝和刀藝一樣，請妳們兩個女生吃饃饃和烤串。一時木材香味四溢，驅除了次仁身上的味道。

我每次要下刀的時候，也觀想成這是我自己，佛陀捨身餵虎，作忍辱仙人時被節節支解時的覺受斷難在我們身上發生，但至少可以致敬致哀祈福祈善。兒子，你下刀我的時候，請溫柔一點，有人不小心按了閃光燈，也別生氣，可別切我的肉去餵洋人。

次仁還敢提這件事，她都不敢吭聲。桑吉不語，靜靜吃著饃饃，她這時發現桑吉長得非常出色，眉目深邃，眼睫有情，身形修長，難怪小園卓瑪第一次看見他的時候喊出Movie star。

高原人死了幾乎離不開刀燈，但活著的人卻沒有人喜歡看見刀燈，也沒敢靠近刀燈，刀燈身上彷佛有著死亡的奇特怪味，像她和小園卓瑪如此敢靠近這對刀燈父子的，大概少見。高原人認為那是因為這兩個小姑娘是外地人，陌生人沒有這種恐懼感。但她知道並不是這樣的，走過悲傷的人，走過漫長陪病的人，其實也是另一種刀燈，只是這把刀朝的是自己砍，而不是別人。刀燈遇見刀燈，只有憐惜，再憐惜。

夏薩康卓，夏薩康卓，你的翅膀載著我飛過天空時，就是我回家的時刻，我的愛人，請不要為我憂愁，我只是換個形式存在，我在你的身旁，依然守護著你……桑吉突然唱起歌來。

夏薩康卓，食肉的空行母啊，謝謝慈悲的一無所有。

歌聲穿過寒沁的風，和霧嵐融合成一股濕氣奔來。奔入她的心坎，她心裡開始住著兀鷲，翅膀把她的心撐大如一座天空，頓時她的憂愁像是一粒小小的塵埃，微不足道。

146

天葬場歸來後，他們坐在廊下，空氣飄盪著酥油味。她跟高原人談島嶼風俗，談祖母與父親的死亡，談祖父的風水，藥學，治臭頭臭腳。道士桃葉綠竹黃紙驅鬼繫於病人的衣服或身上的符咒用印蓋在病人的衣背上，搖鈴，吹海螺，跳驅鬼舞，神有喝香灰，叫病人躲在神桌下，巫師以三尺長的竹棒三支，每支棒端處綁紅布驅病魔，將一個草人請妖魔入草人中，把草人送至屋外以銀紙及菜飯送迎，或以黑狗身上拔下來的七根毛繫在瘧疾者身上或手上，她是好奇的人，也是容易被許多靈性人士召喚的人。

年輕時她常去各式各樣的宗教場合，那種烏雲暗流匯聚，形成教徒靈體陰陽交流的閃電時刻，脫離常軌現實，往往讓她著迷的是那信徒集體神交的閃電時刻，更甚千篇一律的天堂與地獄教義。電視上佈道的女人聲音沙啞，長年讚嘆上主的聲音過度用力摩擦所導致的後作用力，但那沙啞聲浪卻形成一個難以忘懷的佈道者激情的標誌。上帝的聲音透過人的傳達，必須是來自一個非常強壯的聲音，像是替上帝鋪路，明白祂的軌跡，人依循唯一的神軌，逐漸建立超我。就像回到母親羊水裡的受洗。

信仰與書寫冗長而不疲憊，愛情與出走短暫而倦怠。為抵永生的心，羊皮經卷被取出。為抵涅槃的心，伏藏大師密語出世。所有的發現都像是無意的，就像風的方向無人得知的前行成就者，描繪永生的經卷，如地圖指引但卻障礙連連。習氣像未脫落母體的臍帶，常感繞頸窒息卻又擺脫不得。

她記得別離母親時，眼神對望的一刻，自己幾乎要淚流的畫面。母親也望見，什麼話也說不出，但那關愛之眼，那臨終之眼就足以讓她走遍千山萬水。讓她知道僅存對島嶼的一點點懸念，這一眼就是最大的全部。

揹屍人紮巴和送行者不得回頭看，在路上把紅陶罐摔破後，交給刀燈處理，家人不送不別，她想大概也不敢看所親所愛被碎屍萬段吧。

不能回頭，她被交代著。回頭不會成鹽柱，而是會讓靈魂罣礙。

兀鷹是高原神鳥，神鳥聽命於天葬師鳴唱的悲歌，天葬師是送屍人，他知道何時喉中發出聲音來召喚天空的分食者。神鳥分食殘缺的肉體內臟，最後她看見只剩一隻手晾在皮骨外。

天葬師桑吉不是天葬師時，他是個木雕師，於今沒人敢和他坐在一起吃飯，或者用他使用過的東西。彷彿他的身體沾著屍體的血腥氣味，當她聽大師兄說這個人還沾著剛切屍體的手就把食物往嘴裡放時，她覺得這個人難道已經修到生死無別。

她悄悄問著大師兄，觀天葬時我的思緒要如何擺放？

不思不語，不思善不思惡。

刀燈，她覺得真是帶刀的人。

死亡的榮光隨鷹的背部飛翔。大師兄朗誦文學詩句，寬慰她許多。是啊，飛翔在虹光之中，軀體化為虹光。你還困惑在憂傷之中嗎？生死對於修行者而言是意識的幻覺，身軀是假合之物，不必眷戀。但對一般人卻還是難捨難分，說是要歡喜送親人往生，但是勾起往日情懷，送行者不免悲悲戚戚，火化的那一剎難掩哀傷，再堅固者也難不動情搖心。

大師兄說能夠天葬，是一件榮光的事，火葬是仁波切和喇嘛，土葬反而是因為有傳染病才需要掩埋，以免危害環境和動物。大師兄悄悄耳語，天葬師也只能土葬，黑色幽靈注定住在土裡。她聽了覺得奇。桑吉的手背也有刺青。བྱ་གཏོར。她目不轉睛地看著，發現桑吉也看著自己，後來才發現他看的是她手臂上刺的夢藏文。

天葬也是鳥葬，回歸天地，桑吉說，像妳手上的夢，大夢一場。第一次有陌生人可以在第一次見面就注意到她的夢字。為此她覺得這刀燈很不一樣。

幾天後，桑吉邀約她去他家。他家位在一個拉薩的邊城，山徑的死路，再走就撞壁，頗有隔絕之意。

桑吉笑說，沒人敢來他家，只有妳膽大。

你又不是鬼，有什麼不敢來，她笑說。

他的家簡單卻有一種侘寂的禪意美，斑駁白石牆和木桌，上面放了尊菩薩和一盞酥油燈，一小只花瓶，插了朵格桑花，幸福之花凋零著。

這幾天都沒有往生者，桑吉笑說他的手很乾淨。

我不怕，我怕的是回憶，我們過去若沒有回憶，將來也不會有，她笑說著一邊跟隨桑吉走著，彷彿進了色身即空的旅程，她希望可以化解對她的色身慾望與恐懼，遊踏天葬師的愛情花園，她看見一個支解色身的人如何回返他的色身國度，如何展開色與空的對話。和天葬師吃著泡麵，聊起被切割的女孩，高原的風吹著小女孩的眼睫毛，她連那細節都看得如此仔細，如此驚心動魄的大支解，而支解者就在她的身邊，一個看起來像是從偶像劇走出來的天葬師，面色安靜如雕像，連呼吸都聽聞不到。

桑吉且邀她參與壇城沙畫，費時一個月的沙畫曼陀羅壇城在一秒間灰飛煙滅。在酥油燈搖晃的微光中，她看見天葬師的目光朝她射來。那一刻，她腦中一片空白。

她的意念飄過白日在天葬場，她想著禿鷹。沒人在高原見過鷹的死亡。生與死的距離在這裡如此貼近，天葬台歸來的眠夢都是即將獻上肉身者的顏容。藏族那滄桑的高原歌聲飄盪在風中，她終於想要好好流淚了。這一奔流，止也止不住。

她對愛情有信仰，但對關係從來沒有信仰。這使得她到處飄搖、觸礁、擱淺、淤積、腐化、死亡，世人需索愛情，但卻更渴望關係的安全連結。她的內心並不需要這樣的連結，毋須拜訪彼此的友人，毋須拜訪彼此的家庭，毋須拜訪彼此的工作單位，毋須將關係彼此滲透，毋須錢財互通有無，直到一切都難以還原到各自生活的那種連結。異婚或同婚者渴望的關係連結，她一點興趣也沒有。在沿河那間纏綿臥榻的靜室，迎來世足賽的香檳狂歡也迎來同婚者結婚的爆炸喜訊刷板。她拿起手機和母親拍了一張類同婚的女女照片自娛，暗暗自嘲這應也算某種戀母情結。

她需要的是愛情的本身與這個人，且能維持本有的生活。但沒有這樣的人來到生命的版圖裡，來的人先是占有、品嘗、飽足，接著離去。唯一打死不退的蟬，也退下了。死神買一送一，帶走母親，帶走蟬男人。經常傷心之後，她逐漸演化一套生活與愛情皆得以往下走的說詞，因為她總是明白他們會想念她，她毫無失去，是他們失去。因為給予的人是她，收受者是他們。他們把她摒除在外，是他們的損失。他們總要過些時間才懂得自己失去了珍貴的東西，但回頭時，她已不在原地了。

你明白我說的嗎？她問。

用第三人稱，以觀看別人的故事來述說，這一向是妳採用的觀點嗎？他開玩笑說。

以超我的角度看自己身上發生的事，才可能減緩故事帶來的瞬間撞擊。

她每回都遇上擱淺的人，且大多預先就有感覺到，竟至不避危險，反迎了上去，甚比飛蛾撲火還來得熾熱與天真的盲佛者。她辯解熾熱或許是真的，但天真則未必，她當然也有盤算過，只是不知算盤打錯。隨著這幾次遇上的人，她漸漸分析自己根本就是刻意尋找開不了花結不了果的人，因為她就是不要結果，她只要過程。

他問她關於島嶼的愛情是否艱難？

她說，艱難是愛情的本質，但超越艱難的艱難是動彈不得，而動彈不得是因為她不想傷害對方，可怕的不是不被愛，而是對方愛妳但妳已經不愛了。

她問他在高原的愛情是否艱難？

他點頭，但不急迫需要解決。

他見她左手正面有三個煙疤，隨著時間加深了顏色的煙疤。她說是煮飯被油燙的，他搖頭不信。

他抽菸，對菸疤的辨識能力近乎百分百。

大師兄之前應她要求，口傳了中陰救度度亡經給她，讓她認識到原來還有另一個空間，飄盪在生與死的空間維度，停滯在生與死輪迴間的中陰身靈魂，需要被救度。

那都是一連串的死亡與祈禱的組合。

有些事是人無法自主與預知的，那麼沒有軀殼的靈魂呢？大師兄告訴她，中陰的靈魂的記憶會記起此生既往。但靈魂卻沒有因為記憶更好而有更好的選擇，相反地靈魂記得的都是負面的，誰對他不好，誰欠他錢，誰負了他？

大師兄繼續說著，她聽得渾身慄冷。人都是記起負面的，那所有正面的事物都跑去哪了？大師兄又說要往最刺亮的光走，卻莫走那種溫柔微光，那種舒服讓人產生渴慕的幻覺，他說切記切記。大師兄說當然如果能不經中陰身更好。如何可以不經這樣的飄盪過程？她問。直接虹化身，變成一道彩虹，大師兄比劃著天空中的彩虹。

這畫面給她很多的嚮往，但也同時看見自己的無能。成塔的香爐，隨著咒音傳遞給尋香鬼的安慰，也給自己安心。熾熱灰燼在滅絕前的高溫如他們此刻的心，紅心點跳動如慾望，然很快就要熄滅了。不動聲色是藥。她在拉薩高原，日日服用此帖藥，心像是一座圍城，但她知道並不是銅牆鐵壁。達摩心如牆壁，一路向上，密不透風。把種子擱在桌上，絕緣它的活水，種子永遠只是種子，成不了樹，開不了花。

她準備這樣過日子時，天葬師卻來了，準備支解她的愛情色身。

147

他們經過村莊，正有人抬著簡易木板裝釘的棺材要走向山坡上的天葬場，好幾口棺材移動著，看起來好小好小，像是一個個盒子。

村莊的人在街上送行，她跟著陌生人開始吟唱，為不認識的送亡者加入祈福行列。母親離世瞬間的那種彷彿有人捅了你一刀，掐住你的脖子，使你無法呼吸的難過，瞬間又襲來。

只為死者存在的刀燈，走過來拍拍她，她又吐了好幾口酸水。

她清楚看見被抬出的小女孩，連睫毛都看得清清楚楚。小孩不用綁成嬰兒，他們本身就是嬰兒。母親牽著她的手，那時她長得像是一個洋娃娃，童年時她是母親最佳陪伴者，母親晚年她又成了母親最佳陪病人。她想起母親還沒生病前問過她的話，妳有沒有病子過？她心也如被刀燈支解，碎裂成片。

她聽見路上有導遊說著走吧走吧，今天我們倒楣遇到的刀燈是出了名的凶，小心他把屍體的肉塞你嘴巴。

一隻神鷹竟飛到她雙手合十的上方，彷佛一朵雲，朝她展翅，搧來和解的涼風。她整個人顫動，朝那些小棺材跪了下來，流下病子的女人眼淚，懺悔懊悔吾之無能無助的眼淚。

這幾回送行下來，她感覺有替母親與自己曾有過的病子殺子的深深自責的那一口氣全給吐了出來，請你們請你們走向亮如太陽千倍光的地方邁進，瞬時鬼魅紛紛往光剎飛去。

旅館的姆媽見了她說，妳氣色整個明亮了。

她笑了，她想母親和病子們也笑了，在這冗長如一生的送別祈福儀式之後，訣在高原上，了斷此情此緣。

天葬是最後的施捨，將再也無用的身體獻給兀鷲，施捨是藏族人一出生就開始學習的功課，薰習久了就內化成習性的一部分。她想起島嶼的器官捐贈。桑吉聽了點頭沉思良久，他說善行非常非常好，但人的意識當時還在，不知是否可以承受那麼巨大的痛苦？桑吉又沉吟地說，我們進行天葬時，是已經進行甚深的儀式了，亡魂已然翩翩離去，離開歡喜，布施歡喜。天地互補，恰恰兀鷹只吃死的東西，兀鷲有靈，不吃活物。我們相信兀鷲知道死亡來臨前的徵兆，牠們在臨死前會往虛空的日神奔去，讓陽光高溫與氣流高速剎那將牠們化為虛空。自然回歸天際，在陽光中熔解。

就像大覺者化為彩虹身離去。

有人以為我們是跨陰陽兩界的操刀人，其實我們只是一個送屍者。我們支解色身時其實只剩下色身，超度亡靈早已完成在亡者上天葬台之前。在亡者走上這最後的一哩路時，上師才是幫助他的人，引他輪迴之旅別徬徨別走岔了。所以大師兄交代她大覺者給她的皈依名字只有她自己知道就好，別跟任何人說，包括大師兄，包括往後的情人。

為什麼？她不解。大師兄的解釋是如果真的無法直接往淨土去，靈魂勢必要經過中陰階段，落入中陰，仰賴上師救度，但那個時候很多的魔也會化作上師形象，於是哪一個才是上師，只有知道你皈依法名的才是。她聽了覺得好有意思，好像在玩著猜猜我是誰，感覺也像陰司的情報局，打探著靈魂密碼代號，也像偽裝他者的詐騙集團。落入中陰，就像高速行駛，你剎那就會滑進任何一個剎那必須決定的去路，所以才說平常就要練習清醒，練習專注，一旦走神，就全功盡棄。大師兄一直提醒的是，千萬不要掉入中陰，因為依賴上師太危險，萬一上師太忙怎麼辦，最好是得靠自己，一念剎那就往生淨土，威猛有力。

到底怎麼觀想淨土？

妳就把淨土想成很多的星球，看妳想去阿彌陀佛星球，還是藥師佛星球，還是觀音菩薩星球，文殊菩薩星球，依據妳的願力。

如依願力，誰會想去地獄，除了地藏王菩薩，但為何地獄擁擠？

妳相信願力，但很多人從來沒有願力，有的願力只是升官發財美麗富有，都是私力。這場菩薩星球的太空漫遊，比的是願行，有願有行。

太空漫遊，星星閃過眼際，她想母親和蟬去了哪座星球？可以打個暗號過來嗎？她抬眼見到窗外高原的雲朵裡彷彿有星光朝她射來。

148

刀燈騎一天的馬，搭一天的車子，走過多少峰迴路轉，越過多少湍急激流，古銅色的臉龐深邃如刀的皺紋，帶著死亡的氣味，來到天葬場。斑斑血跡已經被陽光曬傷褪了色。天葬師的刀，色澤沉鬱，

專屬的切刀，有著魂魄。一次又一次的盤腿，面對神山，打開經書，擊鼓吹號，誦經。經文召喚鷹鷲，

夏薩康卓，食肉的空行母，饗宴吧。鋪天蓋地的鷹鷲飛下來吃，得到成就大覺者上師的加持，鷹鷲特別愛吃，搶著吃。

雷電交加的暴雨狂下，天葬場的一天有如四季輪迴。

把手下屍體想成自己，祈禱自己下一世輪迴到善道。

昨天興許還在喝酒，剛剛還在和朋友高聲談笑，一秒前還在想著要去店裡收錢，去見愛人，沒幾天就被抬上天葬台。死亡之前，在想什麼？在做什麼？離開之謎，她在島嶼一直扣問的謎，於今來到高原，她想的卻是留下之謎，刀下留人，留下來一定有意義嗎？

蠟燭被吹滅，亡靈再現，燭火搖曳。

她想母親也許來了。有如水刷洗過的藍天，桑吉請她到大昭寺為他點燈念經。因為這次輪到次仁了，桑吉的父親，刀燈為刀燈送行。深陷的眼窩與瘦削的臉，桑吉溫柔大卸父親八塊，將父親交給神鷹。

桑吉跟她說，我得去神山轉經。

父親臨死前的願望，到大昭寺禮佛，繞轉經道，再到岡仁波齊。

妳等我嗎？

她笑著，靜默地看著水洗過的藍色雲朵。

我會去幫次仁畫天梯，做擦擦，供油燈，印經書。

妳真好。

她笑著轉話題說你不在之後有需要天葬的亡者怎麼辦？

那只好火葬水葬了。桑吉上路，她只在瑪吉阿米的高處望向小徑，直到桑吉消失，桑吉一路拜成

一個地平線。

她之前在桑吉的外衣裡放了一些盤纏。幾天後她在塵埃落定收到桑吉的信，信掉出一張照片，桑吉如阿空也綁成嬰兒一般的姿勢，像是回到母親子宮的嬰兒樣子，想像自己死去時回歸成胎兒的模樣。桑吉帥氣像明星的照片，卻寄給了小園貝瑪。她不知道這是什麼意思？

大師兄見狀笑說這是桑吉看重妳，愛重妳。他那綁成胎兒狀的照片代表著臨終，一個可以為其送行的人是他最在意的人，至於帥氣照片不過是過眼雲煙。

她聽了就把桑吉放進心裡了。她送行了多少人，簡直就是專業送行人了。突然憶起送別母親時那個乾乾淨淨的白面書生，淡默的禮儀師。

149

萬一你父親沒有超度成功呢？她曾問桑吉，桑吉說不會，從天葬場的氣氛可以判斷。神鳥吃肉的樣子，吃得乾不乾淨，天氣晴或下雨，風吹的角度，樹葉搖曳的姿態，桑吉說他就是知道，這是一種天分。

可惜母親是在島嶼火化，不然桑吉可以斷出母親去路。她問桑吉，次仁去的地方好嗎？很好，次仁幫助很多亡靈，這些亡靈也幫助他，他在天界享福呢。

榮耀隨鷹的背飛翔天際，他唱著唱著，彷彿他也化成了鷹。

桑吉年輕時有段時間去外地做了另一個工作，在青藏鐵路當鐵路維護員。和另一個人輪值青藏鐵路維護段的最末一段路，她彷彿看見自己當初搭乘的青臟鐵路上從窗外見過了桑吉。桑吉笑說，應該看見遷徙的候鳥羊群吧，看我幹嘛。

天葬師像個流浪者似地突然闖進她的生命。起先兩人即使共處一室也是彼此靜默的，彼此禮貌壓抑，甚至常常省略，僅嘴角牽動一下或連眼尾也沒掃過。有一天夜裡，她聽見他壓低聲量講電話，聽得出電話彼端是情人角色之類的，他一直企圖解釋與安慰，但都不得結果，以致於音量無法受控情緒昂揚地提高了起來。掛上電話，他聽見她闔上書本的聲音，頓時感到羞赧，幾乎忘了還有她這個臨時室友。旅館的旅人其實剛好都外出了，窩在暗處看書的她，他沒瞧見。她像是偷聽了整個故事似的，只好放下書本，端坐起來，認真地朝他關心著問，你還好吧？他苦笑了一下，沒回答，在微光中，表情充滿著對她包容的感激與渴望的靠近，但一抹害羞神色滑過藍色的眼珠，他又退到暗處裡。

大學時她曾在某間餐廳當帶位子的臨時工，她對某個婦人說，不好意思，您的愛犬必須在餐廳外面，但我們會幫您看顧好。婦人交給她時說，我這隻狗花八萬元買的，妳可要看好。她看著比她的薪水多好幾倍的狗兒，狗兒朝她輕吠了幾聲。此刻她覺得自己在刀燈眼裡，彷彿是不同族類的名犬，在暗處的刀燈的心已蒙上了希望她施捨的關懷與溫柔期待。

他那夜像是站在傷心的懸崖，望向愛情那難以捉摸的地貌。她看著這個自願到地獄的人，她第一次摸著那雙剁碎屍體的手，長滿了硬繭的肌膚，摸著自己時有著奇怪的觸感，磨砂紙般，溫柔卻微微刺痛著，呻吟般的快感刺痛。

打開黑盒子，微光迅速吞噬了長年在地窖的色彩。

她問這是否是他的愛情終站？

他誠實地說不是，人生與愛情都還沒有所謂的終站，何況他們是不同屬性的人。她看出刀燈只是感激她這樣的異鄉人，一個不在乎在地的風俗禁忌，不在乎他手上沾染的血腥，不在乎他的職業欄上印著剁碎屍體的怪誕恐怖字眼。在缺氧高原，她成為被他支解的愛情。

她知道人對於傷感的病兆往往其前身是來自於回憶往事。一旦開啟往事，從不幸往事活過來的倖存者一旦分享最內我的旅程時，戀情已然拓下印記。

果然他開始也跟她分享傷心旅程，他說起他的母親臥病多年而不記得獨子，多年女友因親密的姊姊自殺而個性丕變，在他出發去青康藏鐵路工作的前兩年，他們不斷大吵，任何安慰的話到了她耳朵都成了火焰似的燙傷人，最後他想夠了，夠了，沒有人可以承擔另一個人生命的全部重量。

她的神情與腔調透露了她可以幫他承載一些些重量，這讓他在每一秒的寂寞裡，感到涕零，不是濫情的，是扎扎實實的想掉淚。夜晚，他們知道彼此都沒有睡著，黑暗中，他說要不要出去散步？

她起身，推開棉被傳遞了窸窣碎音，這是同意的迴響。他撚亮一盞微暗的壁燈，走到門口等她套好鞋子，繫起圍巾。她把大羊毛圍巾繞到頭部，這讓她像是伊斯蘭神祕婦女。桑吉的家山下就是一片銀光草原。他們往低處彎曲小徑走著。她跟他說起一樁旅途的危險軼事。某一年她去耶路撒冷，從哭牆繞到圓頂清真寺，在圓頂清真寺差點被當地男生持棍棒打呢。他說，妳沒圍圍巾嗎？問著手伸過來幫她拉好另一邊垮在脖子下的圍巾。她說我有圍啊，但跟我同行的男人突然在圓頂清真寺門口情不自禁地吻了一記露在圍巾外的頭髮，旁邊有人見到就不知嚷著什麼，然後四周的男人就持棍棒把我們圍住了。還好後來有人指引我們快速逃生之徑，且和當地人大聲解釋著，請原諒我們，我們是外國人，請包涵我們做錯事。

桑吉聽了微笑著，淡白色的牙齒如貝殼排列。那也應該打男人，不該打妳啊。他輕聲說。她也笑著，是啊，做錯事是男人，但懲罰的常常是女人。女人善於懲罰自己，也善於懲罰別人。

但獎賞也很危險，他說獎賞易讓人失去警惕，而起了慢心。

已經熄燈的商店小鋪，木門深鎖，那些熙熙攘攘的人群各自裹在缺氧的眠夢裡，像是漂浮的氣球。

不曾實踐諾言的異鄉人，隨處撒下愛的種籽，雖是好的種籽，卻不曾落土，遂開不了花果。但開不了花結不了果原就是異鄉人沒說出口的願望，他們來去，以旁人無法辨識的真誠，偽裝熾熱的愛意，傾倒在每一塊履踏的土地。

他說我們終究也將成為這樣的異鄉人。

她說確實沒什麼不同。

說著就到了八廓街前，夜晚的大昭寺剪影在黑幕前，後方有銀亮的大滿月。金色的寺頂廟簷，垂下的黑布幔上繡著吉祥八寶，連續的無窮結，無始無終。在月光下那被腳步與朝聖者磨亮如拋了層光的石板路，僅剩一個朝聖者在做五體投地的大禮拜，身影那樣孤絕，一上一下，手中兩個板子在清幽的夜裡聽起來格外響亮，像是直達天聽。

八廓街白日順時鐘繞行大昭寺的轉經者已經不知轉到哪裡了。桑吉說想逆時鐘走看看，她笑著搖頭說不要，願望會走相反路徑。她沒說她剛許的願是想和他在一起。她不想這麼快就分離。他似乎察覺了，但卻執意要試試走逆反的轉經路線會如何。

她放掉他想一個人走，他們一個順時針，一個逆時針，還是會在大殿的起始點碰頭。

他逆時針走回來時，她在大昭寺廟門前跪著，她跪成了一尊石獅模樣。

他忽然有了悔心，似乎不該執意走逆時針方向的任性。

她像是感應到他來到跟前地睜開眼，給他一個黯然的微笑。

他們走去巷子裡的新疆燒烤小攤吃串燒，煤炭味在雨後的高原寒氣裡閃著火星般的溫暖。靜默地吃著燒烤，讓前方大禮拜的朝聖者手中的響板穿越矮凳上喧嘩談話的聲波。

他們吃得一嘴都是孜然味，髮梢和衣服也是。她明知道自己很容易愛上有肉體關係的任何人，如果不是他，也會是另一個他，當然愛的劑量不同，成分也不同，但她卻往往在很棒的性慾之後陷入對那個人的愛。從原本只是性卻一路高升到連她自己也無法控制的愛慾。那前提竟然是美好的性賦予強大推波助瀾的連結所導致的思念成災。但她明白即使人如此看輕性，但卻無法輕忽它攜來的惆悵與安慰力量。重視靈魂者多輕忽身體的需求，但身體反撲時往往讓靈魂求饒。絕不能輕忽身體，她明白就像渡河，不可能沒有一艘好的船來渡此岸。六年苦行的佛陀，早已揚棄過度偏激的修行。然過度逸樂，沉淪也難以向上爬升。

150

路上的人看見繼承者新的天葬師時並沒有流露太多的恐懼與疏離，因為刀燈的手還很新。就像刀燈對她的生命也如此新穎，她等著迎向刀燈那帶血色的身體，為了使對方不會忘記自己。美好的性連結，往往力量大過於靈魂。但太差的性連結，也是各自崩壞到讓人日後連片刻都不想，就好像是毒蛇猛獸似的。他會記住她，而她卻未必。未必倒非是說她的感受性與遺忘性低，而是因為她在偷生，在取巧，在難受時，會企圖讓另一個人覆蓋她好遺忘前行者。減低強度好讓自己走到下一個旅程。而他看起來如此深沉，就像大昭寺的夜色，鎮定鐵定篤定的好樣，給予她一種走過苦難者的那種世事了然於心。他會記得她，就像大昭寺在今晚那樣肅然的剪影。

走在夜路，高原寒氣襲來，她伸出手圍住頭巾，想著是否該去握住他的手，但終究還是放進了外套口袋。他比想像來得狂野，揭掉蓋子的悶鍋，忽然炸開來。他攜她走到客棧後方的雜亂花園，把她抱上一顆大石頭上，將頭整個埋進她的隱密黑暗裡，就好像那裡藏有黃金汁液。然後回房間，世界僅存他們倆，靜電使得碰觸充滿了觸電感，手觸衣物頭髮，像燙的星星之火，瞬間傳導閃電般的激情。

這使得他們眼睛裡倒映著對方出現的奇異痙攣神情，高原的懵魅氣氛包裹著他們。他的手充滿一點點血的甜腥味，手像是雕塑物件地觸摸她，他很訝異她的皮膚如此輕柔，觸感如大理石光滑，又像是煮熟的饃饃薄皮，軟滑溫手。黑暗中，她笑著當作回應。他沒看見笑臉，但知讚美讓她開心，但他是真心的，他從不說包裹糖衣的話。雖然他的個性纏繞，但纏繞也可繞出一個凝視的途徑，只是必須花上比別人更多的時間來釐清事物。

刀燈摸她的手時，那手像是刀，摸到哪她就被切到哪。被支解的愛，沒有執著的依止處。她的腦中突然轉到了成都老媽兔頭桌上那一盤盤排滿的麻辣兔頭，炒兔肉。每一隻成都的兔子都在筷子上走完牠的一生，美食書的介紹文，旁邊配著自殺的紐約名廚帥哥波登吃兔頭的影片，波登對鏡頭說這種美味就像在和戀人親吻。他握住兔牙，扯裂的兔唇分兩半，挖向兔腦花，戳出兔眼睛。九秒消失一隻兔子，十一秒消失一個廣島核爆的廣島人，十三秒消失一個南京大屠殺的南京人。兔頭拔頭籌，成都人的筷子比核彈厲害。

安靜躺回床上時，月亮已經移到窗前，有些微火閃爍在靜默的窗前。過幾天後，他將前往別處。會再聯絡嗎？她沒說出口。旅人的遭逢，連問都覺得不夠坦然。他想起逆時針的任性繞經，如果因為這樣而和她不再相見，他很懊惱逆時鐘繞經。他要打破不說再見的可能，他寫下聯絡地址與電話給她，同時問她是否願意同行？她沒回答，兩人在床上耳語。她沒有心理準備再遠行。耳語時，聽見早課的誦經傳來，不管路多艱辛，不管路多遙遠，你都在我心間。她聽見弟子在唱著呼喚上師的誦經歌。呼喚，呼喊，呼召……她喜歡基督徒用的呼召，呼召是雙向的，有任務的。呼喚是單向的，呼喊就更任性了，只求上師加持，卻不檢討自己值得上師加持嗎？像自己這樣煙花四處開的人，她想又哪裡值得諸佛菩薩的垂憐？她在朦朧中趴在他的身上睡著，由於她瘦小，將他躺成了一座高原，高大強壯帥氣的刀燈如果活在島嶼也可能是個明星呢。但刀燈選擇繼承父親的職業。

她想著想著，疲憊快速襲上，呼吸沉重，一如既往，卻更深眠。

151

在高原繼續住下去，她知道自己將會快速被天氣吸乾水分，這裡的陽光讓人老得很快。渴望雨，潮濕雨填滿。

那夜如瀑雨襲打身上，像是撞見了神聖的神，幾乎要淹沒人的大雨，卻又想要擱淺在那個雨夜裡。淋濕的地方像納木措湖，想要泡爛自己好融入大雨裡，她在夢中繼續那場夜雨，暴漲的愛情，沒法接住的眼淚湍急，裂開縫隙如深淵，她一直掉下去，恐怖的墜落，突然醒轉。

微光靜默，初生嬰兒的一抹純藍眼睛，稍縱即逝，即染即污。她看著他在微光裡醒轉的臉，被晨光剪成金髮天使，她燦亮的黑眼珠望穿著光，她想讓這一刻定格，如果愛情不被日常摧殘，不被倦怠席捲，不被厭蔑的情緒反覆折騰，那麼這甚比遙想的淨土更加讓她產生幻覺。

在陌生人的身旁醒來，比在夢中醒來更虛幻。他們已經在一起快一個月，最後一刻才揭掉遮蔽，開始燃燒。

當告別青春戀人老陸之後，她有幾年在旅途陌地異鄉男人的身旁醒來。接著有幾年在蟑男人租來的房間裡醒來，或者在各式各樣魔魅的摩鐵奇特空間裡醒轉。接著三年多在母親的身旁醒來。此刻在高原醒來，身旁是一個沾滿血腥的人，卻是慈悲的血腥。曾經是守著母親的守屍人，突然轉眼變成睡在揹屍人身旁。

獅子吼曾問拖死屍者是誰？她現在好像有那麼點感悟到這句話的意思了。

那個待了很長一段時間的塵埃落定，總先是靜默，接著是慾望，再來是期待，然後或許離別，或許聚首。她有一些地方還保有一種古老的天真，停止成長，看起來也不會衰老的樣子，老少女這個名稱彷彿跟定了。比如她的指甲，鈍鈍的短短的，看起來像個孩子。比如她的臉龐，撐起臉龐的骨骼沒有外移，保有她孩童時的輪廓。由於臉小，遂使得眼睛顯得奇大，黑色的瞳孔映著這高原城市。還有她的耳朵，小而完整，像是聽了太多傷心人生的窩藏在濃密的髮中，他不曾見到她露耳，她總是將大把的長頭髮披覆在兩側，黑瀑布垂降，黑眼珠黑頭髮，在高原裡這很尋常，但在外國人眼中，她這樣的眼睛稱作杏仁眼。

指甲表面橫生著不很健康的長條紋，缺乏維他命C的指甲兩旁的皮膚剝落，流了血又乾涸了，她很習慣。她很少花時間整理身體，因為她整個人被靈魂的欲求不得擺盪與折騰著。高原的白天酷熱時，流汗會提醒她的存在。或者去年雪域如地獄的冬季，酷寒也提醒她的身體具體存在著各種感覺。但沒有任何一種感覺可以蓋過情慾的追殺，她不知道四周持著念珠不斷繞經繞塔的出家人是如何度過這些黑夜的？她一直對於兩種人很感到困惑，一種是毫無雜念一心專修的人，對世俗全不動於心。一種是反面，世故到任何感情都當作生意斤斤計算的人，將感情秤斤秤兩。她從沒有在這兩端過，她總是縱躍感情的深淵，為對方苦，將對方的苦攬到自己身上，但又不是那種聖母救贖情懷，她只是情不自禁，最終才變成難以逃脫。

說後悔已太遲，但也沒什麼好損失的，她總是這麼安慰自己。損失的是表面，金錢時間，但賺到的又豈是金錢與時間可以換來的。

桑吉沉默地聽著，緩緩說，希望我沒有傷害到妳，我不希望妳因為我受到任何的傷害。

她驚訝他聽出她表面的不在意，其實話鋒裡藏著刀，切割著自己的肉身供給感情，卻成不了菩薩，因為她從頭到尾就是將肉身供錯了對象。

她想應該好好加入懺悔的隊伍。而不是將肉身獻給過客似的旅人。但何者讓她更有悟之感，卻是後者。有些地方從不見天日，有些人的苦難從來都沒過去。一場即將要落下的大雨將在午夜裡聚集能量，即將被翻身與翻頁的故事，她匆匆記下一些故事的隱喻與暗號，待日後回憶。每一次的擦肩她都沒讓它過去，因為擦肩者，突然停下來，凝視了她，看見了她，深邃的眼睛裡躲藏著幾世以來長途跋涉的淚水，她的淚水是她身體最乾淨的地方，但她並不輕易讓人見到她的淚水。罩著一層傷心薄霧，她的淚水並不準備洗去逐日的旅途塵埃。

她喜歡有霧的夜，或者大雨的夜，或者大雪的夜。就是不傷心的人也可以理解傷心的夜色。

他看見她望著霧夜，像望穿一座海洋的深邃。

他問，有人在島嶼的另一端等妳歸來嗎？海上有地圖可以讓妳歸返嗎？

海水開始氾濫，湧進她的高原。島嶼男人還在嗎？她回去的島嶼還聽得見幸福的貝殼聲嗎？那些沿岸的綠樹是否還在微笑？海底的魚汛是否仍傳遞蔚藍的訊息？黝亮的瞳孔還凝聚著等待她歸返嗎？所有的海風與碎浪都還是愛情的回聲嗎？海岸與島嶼邊線交織的夢境還有她的身影嗎？

亮麗的雙瞳折射的盡是滄海桑田。

畫者沒有名字，連塵土都附著不了，千年來如伏藏的經書不出世。因為繪畫的存在就是他們的存在。畫者就像一顆松果，靜靜地落下土，掩攏於白茫雲霧裡。煙雲四合，菩薩現前。畫者留下這些畫面，褪色筆跡帶點拙趣。

日夜交疊的肉身遺忘涅槃的可能，墜入的是不安嫉妒猜疑不幸深淵裡所長出的眼耳鼻舌身意。倦怠倦怠，酣夜棲眠，缺氧尤甚。愛情將前方隱匿，看不見歸鄉蹤跡。

殘存在別人身上的記憶，不會隨著離別而死亡。無法潛入別人的記憶體，刪除關於自己的部分。別人的罣礙與欲死欲活，卻成了旅途最難負荷的行李。

來到高山，背對海洋，她這座浮島的心漸漸不再被浪撞擊，減弱湧起的潮騷，在經常缺氧中，入睡卻仍異常靈敏。缺氧的愛情，一碰枕頭就昏睡的缺氧現象，整片星辰起初都無緣見到即墜入睡鄉。但慾望卻不跟著昏睡，每天夢中像是桃花瘋，桃花林在黑夜遍開荒地。她清晨在高山的寒氣裡醒來，渴望一具身體，自此她方明白，每天高喊的靈魂靈魂，其實是多麼無依。原來不只是太美好的靈魂令人懷念，太過癮的性慾也是讓人欲生欲死，每天桃花劫似的掉魂。但愛情已經走了。退潮的海，魚屍荒岸。幻影獸形呻吟吶喊，竟已杳無蹤跡，爪痕仍在身體的某處，甜蜜獵殺後的疼痛。

遇見桑吉，已是屬於他們各自要進入後半生的事了。

挑戰時間，也挑戰對這自我與他者的熱情，世界傾頹了泰半，唯慾望之柱撐起流浪的旅途。如果沒有慾望，風也將靜止。是載舟也是覆舟，抛向遠方的夢等著她的抵達，感情一路中箭負傷，沿路都是血的記號，

桑吉離開塵埃落定，再次回到屬於自己的小村，他的工作就是送終，就是死亡。離開死亡送終他就不是刀燈。送行者，得幫人走完最後這一段路，生命才能化空，肉身才能化無。

色身的盡頭，必得空無如夢。

夢，她的刺青。他想起竟有點心痛，只差沒有失去母親那種痛而已。

窗外有鳥飛過，這島嶼仍有海，有一艘等她上岸的船，去高原尋找諾亞方舟，去直布羅陀尋找不喜歡愛情卻著迷性愛的水手，或者擱淺在靜坐的燈火裡，任往事洶湧。在塵世生活裡被賦予的意義其實微量，小名小利更是微不足道。耗損在日常生活中的毋寧更多，耗材廢料堆積在每個入睡前的崩塌廢畜，人看著年華走過，冥想著時間是怎麼行過的？在不斷的閃電裡，在火裡燒紅蓮中，她行過人生的歷歷刻痕，多年後，年輕熱愛的事，如攝影繪畫，那些為愛為美擱淺的時間，如一顆樹長滿了新枝芽，那些歷驗種種都是為了讓自己成為有故事的人，為了讓自己的懊悔心著落成悲傷，祈求原諒的種子會開出什麼花？樹木一直相信花的快樂，她一直相信懺悔過後的承諾。在那座島那座海，她沉墜過的夜慾廢墟，母親的執著苦痛，病房前的河海總是行過旅人歡樂的揚帆，在河水航行的人，不知道有個女生一手握著癱瘓母親的手，一手碰觸窗，撫摸著光影，看著船滑行水波的時間軌跡，看著歲月瞬間移動著感情的變化。

一生都在學習告別，分離。一路丟東西，就是丟不掉記憶，習氣。

最後一夜，留宿的刀燈問她，妳想要知道我愛妳嗎？

她其實不那麼在乎，人都要離去了，說愛太罣礙，太虛幻。但她的個性經常隨口說是的。

為什麼？他又反問為什麼想知道。

因為我們要分別了，她微笑說著。

忽然刀燈桑吉從頸子拔下項鍊，往她的頸子掛上。桑吉身上拔下來的那兩條項鍊。一條項鍊像月牙微笑的象牙白，穿過一條黑曜石般的發亮珠子，構成一個完整的小宇宙。另一條墜子是白色水晶為底，漸層效果，黃色逐漸沉至底部，形成尖端褐晶色的沉積物，就像黃金般的水燦。

桑吉從十八歲戴到此時此刻，不是物質本身的昂貴，而是時間的昂貴，珍視者本身的昂貴。近乎奢靡的贈與，無價的。她那一刻就知道，不是她虧欠男人，而是男人虧欠她。桑吉當時所做的比起她可以給予的就像一顆星子和整個宇宙的差距。看起來桑吉給予最珍貴的，但其實不過是順水推舟的饋贈。而她是將整個心整個眼都交出來，她跟蟬男人心裡這樣說，但眼前人卻是刀燈。

桑吉在她的頸後戴著項鍊時，她感覺桑吉的手指觸摸頸後肌膚的冰感，解剖血肉的手，粗糙卻溫暖，傷心人的手敏感多情。

桑吉說妳非常非常非常特別，連用了三次的特別。妳對我是一項禮物，際遇的禮物。謝謝。他說。她知道桑吉必須說，因為他知道也許會再相見，但不再同艘床。

她屬於黑色板塊，來自地心。這艘像船的床是他們的短暫遭逢的旅店。高原傳說離別時如果看見下雨，表示會再見面。

結果他們從說要分離開始，卻連續看見離別的雨連下三日，窺見神蹟。

152

桑吉空下來的床鋪等待下一個陌生人。

床鋪的身體味道早已被酥油茶覆蓋，她和另一個他，沒有故事可以流傳，行囊卻擠滿回憶。客棧工作也叫貝瑪的藏族女生端著一盆冒煙的碗行經她的窗口，見她發呆，問她要不要一起去做煙供，指著手上的供品說是下施給孤魂野鬼，但也可以抽象的說是讓許多牽絆的人學著像煙般灰飛煙滅。她聽到後段心被鉤到近乎疼痛，跳下木椅，推開木門和欽哲同走至鄰客棧旁的山邊風口。遠颺吧，高飛吧，她站在傷心的懸崖，站在自己的過去，將纏袱記憶送至高山送至深淵送至遙遠盡頭，再無相思，再無相涉，她嘴裡念著。她想就是不經意行過身旁的野鬼們，也能看出她的心總是懸在梁上的辛苦吧。愛情本身沒有毒，但慾望卻攬毒而飲。她怕自己會重演下一個相似的劇本。

欽哲說，其實她就喜歡這樣不期而遇的人生，英語用的是意外兩個字，她說這總是讓她充滿期待，所以她在這裡工作，看盡人來人去，各色人種，有交集留下愛情痕跡的，有只是眉眼勾勾的，有只是交換旅途獵奇的，有只是兩條平行線，一無所知地來，一無所知地走。

她笑說交換記憶比較難，交換體液很快。

欽哲也被逗笑，一口白牙映得客棧低矮黝黑空間瞬間閃亮了。

妳愛上桑吉了，愛上那個可憐又莊嚴的靈魂，欽哲接過她的紙菸說道。

她說是愛也不是愛，也可能是因為純粹寂寞引發的思念難耐，或者因為陪他送父一程之故。她想著桑吉手上的那把刀，職業欄註明剁碎屍體的人，她愛的是他的奇特或故事？

欽哲說，妳太喜歡分析了，愛上就愛上，也沒關係，人的一生可以愛上很多人很多事。只要妳有摸著良心。但乾乾淨淨來去的很少，因此產生了絲縷交織的牽絆。會牽絆就是妳在意，剪斷吧，剪斷牽絆，愛情仍在。

數日的消沉慢慢淡去，欽哲的高原笑聲迴盪在空氣裡，像是要她整裝待發。溫存之地，封印聖櫃。被撬開的神祕空間，即使是星星，也是冰冷的愛情隕石。能夠離開的，都不屬於你的了，再美好也都不是自己的，一如跳針的回憶刮傷的唱盤，難以悅耳。對愛情要有像宗教般的信仰，才能追逐才能堅持。有時朝聖之旅不是為了上天堂，而是要你探勘地獄。靜裡帶動，動裡藏靜，要很小心兩端的擺盪。

她已經學了很多咒語經文，日常守著藏文，因不明白字義，反充滿了神聖神祕性。咒語經文如結界，幫助她把心的提防加高，不讓世俗洪流輕易跨界甚而潰堤。多年前那場愛情失守的崩壞感，已經使她在這座高原之城警醒著。

近四千公尺的高原，曝曬陽光如烤魚，在未來藍圖裡，神佛淨土是她的嚮往。但人間情愛總不時來誘惑她，她感到疑惑的是，如果這些誘惑是來自前世，那要不要去了願它？如果誘惑製造的是下一世的艱難，那要如何避免它？旅人洛桑曾和她聊過當年越戰打到中途，美國決定改採募兵，因為他們發現隨年齡徵召者很多都是不願意且恐懼上戰場的，一個恐懼者怎麼能上戰場，這簡直是叫人自殺。那麼很多人學習佛法究竟是出於恐懼，還是出於心裡的願意？二者皆有，然她不想鄉愿地帶著恐懼走，帶著恐懼待在一個地方，就像害怕戰爭者被迫上戰場。她知道她得先離開位置，但只是一時的，離開的是世俗的空間，而不是精神的對境。她對自己的恐懼感到恐懼，對自己的倦怠感到倦怠，但如何不恐懼不倦怠？

沿著舊地圖尋找新記憶，靜闇地等待舊的故事出場，攔截新的人物進場，看自己如何穿行各種遭逢，際遇就在前方，騰不出心的空間安放，舊的還沒離去，一腳偷偷爬行新天新地。島嶼情人不願離去，往昔透過科技寶貝來寶貝去，當時她都快甜膩而死。對待她要甜但不能膩，掌控甜分是一種關係的調劑，然而心要走時，任何調劑都是混亂而失了準則，她知道得離開。試著讓自己回到自己，在偏離軌道這麼多年，沒有發瘋真是被庇佑。像一頭受傷的鹿，負著感情的紅海，穿行整座森林，血滴在森林裡開成了花，像戰爭的星火。

喇嘛們都在做功課，趺坐成一只雕像，時間也靜止，心跳沒有高低起伏，梵音重複成一座密閉的海，煮沸咒語，迴向苦難，僅止一瞬宇宙飛揚，意念飛行藏土三匝。斷盡絕望，荼蘼已謝，長出希望。窄巷有小窗口飄進歌聲，被風吹斷，但仍聽得出是關乎愛情，蒼啞的聲調，飄揚命運的氣味。她住的這間背包客男女不分，有空床鋪就落腳，這是聰明賺錢方法，因為常常男女不均，如果男女分開，勢必很多床位空下，而很多人卻又找不到床鋪。他們不分，旅途嘛，分男或女又如何，大家都是累到倒床就睡。

一開始她失眠，後來也是倒床就睡。直到遇見能夠支解她愛情的人，高原稀有的失魂落魄又找上了她。她不喜歡想念人的這種心被吊著的感覺，但念頭不由她控制。

大師兄說，可以控制，你不執著就可以控制，但有控制就還是不自由，就有分別心。

她在民宿門上貼著對聯，桑吉問她意義，她都無法解釋，能解釋的就不是禪了。

可是這個　可是那個

不得有言　不得無言

連翻譯都不得，如何解釋？她喃喃自語。桑吉沒聽完就已經移步前方，他的背影看起來很孤獨，線條很堅決，帶著某種受過苦的傷痕。桑吉的身影讓她想起母親。這個受苦的人卻在幫別人肢解痛苦，化解肉身消失於人間。

她想起桑吉刺青左手的བྱ་གཏོར་。

བྱ་གཏོར་，天葬。

送屍人，沒有被命名的殺手天使。像是猶太人忌諱說出上帝之名，僅僅用 Hashem，一個不可說的名字。

八 心經

153

罪之華

歷劫流浪時光的永劫中，人已失去進入榮耀的鑰匙。最好的修行人永遠都在準備死亡，輪迴就像逛花園，有興盛有衰敗，有榮有枯，不會去煩惱這個現象，倘若一定死亡，為何現在會如此執著？就像秋天飄過的浮雲，時間其實如瞬目一眼。歲月的三輪車，擋了年獸的陽光，山巒年少，老年的陰影籠罩，無常如利劍插入了你的頭皮，皺紋的繩索綑綁你的顏面，死亡的深淵在眼前裂開。她闔上聽經抄寫的筆記本，這天她去無常院陪伴要將一個快到末期但還沒臨終的病僧往山洞送行。已經有一陣子無常院沒有派她工作了，自從阿空病僧離宴人世之後。她經常想起病僧寮房點起油燈誦經的畫面，像一座陸地上的海。她想這是好事，因為派給她工作就意味著又有人要進入臨終狀態了。這裡所謂的安寧陪伴病房與書寫人生經歷或遺願還是很新的概念，因為高原人注重臨終甚過生前一切，臨終一念，勝過千念萬念。

刀燈是殺手天使，她是陪病金翅鳥。

人生最後階段的陪伴，晝夜不分，每一回不論夜有多深，她這個守夜人彷彿和無常殺鬼搶時間。

無論病僧是誰，什麼病，無論他們需要什麼，不容討價還價。她陪病時光，都會特地去採格桑花，煮酥油茶，買蛋糕。格桑，美好時光重返。

病僧末期要送去山洞閉關自修，也等著死神來到，她一路協助病僧抵達山洞，一路陪行。

無常院和一般的安寧病房不同，只有醫好了走出去，或者沒醫好自己走到山洞去。這裡沒有安寧病房或者她母親中風時的那種幫臥床者擦屁股拍背的事情，更沒有陪著看電視或者幫病人打電話聯絡親友的事發生。病僧孤獨一人，離開也將孤獨一人，死神是最佳伴侶。

冬日，旅人打包離開雪獄。

安靜的冬夜，才有那麼點塵埃落定的味道。可以真正告別了嗎？還是仍然別而未別？

偶爾從淚流滿面中潮濕醒轉過來，她才發現不知何時夢裡哭泣。

那束縛著她的記憶之島。

以前母親的愛讓她窒息，現在沒有母親的愛也讓她窒息。

她列出曾經絕望的名單，列出想要和解的名單，列出虧欠的名單，列出報恩的名單。母親、老陸、蟬男人，幾個始終不離不棄的友誼與翻臉像翻書的閨密。現在一路加上小丑、大師兄、欽哲、阿空、桑吉。她在塵埃落定的電腦區發呆，寫著字。突然聞到香味，一個台灣客人正在吃泡麵，也遞給她一包肉燥麵。她開心地拿去廚房加熱水時，聞到這肉燥麵的味道，瞬間讓她在熱氣中眼眶噙著淚。

旅人不知道這氣味幾乎是等於她的童年，幾乎可以召喚出她的年輕母親。可憐的母親，沒有過過幾個好年冬的母親。

154

妳有沒有病子過？語氣裡有著懊悔，懺悔的目光。曾經母親臉上掛著的那抹歉意，她到高原一直深深掛記著，她知道有朝一日也要加入懺悔的行列，做五體投地的大禮拜，轉山，一路磕長頭。

病子，懷子，然後又不要那個子。

在陪病時光，當母親已經變成像裹在繭裡的蠶寶寶時，獅子吼曾說如妳希望母親能盡早脫離纏綿病榻，離開色身，可以找四十九位沒有犯過戒律的出家人為妳的母親修四十九遍的長壽滅罪護諸童子陀羅尼經。她找了很久，都沒有找到出家人願意幫她母親誦這部經，她尋訪過去年輕時掛單過的大小寺廟。出家人不確定自己是清淨的，而且她也只是一個曾經來掛單過或者打七過的人，不是什麼大功德主。後來她想那只好自己念了，她先做了一個功課表，每天要為母親念的經下面等待填寫回數。這本經念到十幾回之後經常停頓，不是念不完，就是那天特別忙，這經一念至少一個半小時。後來她想，或許她一直在延遲著母親離開，她很怕這一天的來到，雖然明知這一天終將來到。

朝母親離開的方向前進，和死神數度擦肩而過的母親。她想是自己延遲了嗎？還是她念經是為了下一世的更好的重逢。這一世和母親的重逢不好嗎？也沒有，她自問自答。母親最疼她，小時候她長得很像洋娃娃，母親帶著她，總獲得很多的讚美。但少女之後，母親卻說她愈來愈醜，後來一路都是負面的說詞。直到後來的彌補修補。

女人有病子，得深深懺悔。她後來才明白那部經不僅是為母親也是為自己念，更為所有女人念。

午夜的海，有傷心女人眺望海。

她記得那一夜，一個人是如何地在這陌生之城醒來，入了夜在安靜死寂的路上亂走。她確實一直記得老陸，即使後來蟬男人沾黏如此多年的感情都沒有被覆蓋過。她終於明白當年為何老陸要和她深度靈魂對話時曾告訴她，那我們得先通過身體，她當時無法明白，現在遇見桑吉，她更加明白有過身體痛楚的愛情，原來靈魂才會記得牢牢身體的傷痕，牢到想放手卻來攀著不放，她就這樣滑進這個美麗的誘惑。

她總是被這種罪壓得滿身爆痛感。在異鄉夢境裡，她的黑洞躲著一隻百年寒蟬，前世今生糾纏在一起的蟬。夢中繼續著故事，無才可補天的石頭，終於補到了她的身上。

那座前世的港口。

蟬男人渴望她的愛渴望到這一世，終於連本帶利全面索回。

昂貴的虧欠，高利貸的愛情利息。

155

她已經抵達送別母親的最後一哩路的歷程，轉山轉經轉自我轉習氣轉懊悔，轉得頭昏眼花。

她一路在轉經道上念咒拜懺，只是手仍拉不直。

為何不一開始就先走上這條轉經路？

不經過整個高原的生活，妳哪拜得下去，就是有拜也哪是真心在拜？大師兄反問她。

母親有往生善道嗎？神隱少女害怕父母變成豬，而她也是神隱老少女，深怕一念深淵，救母難成。

大師兄不知道神隱少女，只知道眼前這個神隱蹺課王，大師兄說要小心癡，豬就是癡果的象徵。聽過豬轉性變成悟能的取經人，所以豬不是問題，轉不轉變才是問題。妳癡嗎？大師兄突然問她。

曾經是大癡，現在應該小癡。

可以開小吃部了，旁邊聽到的人也笑說。

現在多拜吧，一個木刻佛像一個金銅佛像，一條虛空的轉經路，妳都拜得下去，妳的傲心慢心也會逐漸被降伏。

她想起在島嶼時，參加過大悲懺、觀音懺、梁皇懺、水懺、藥師懺、地藏懺、法華懺。其中的梁皇懺有巨蟒與天人，水懺有人面瘡，這都讓她的想像力達到了極致，很喜歡拜這兩部懺本。

我一直覺得很謙卑啊，她不解地回應，自覺自己的問題是癡，不是傲心慢心。她從小就拜佛，拜菩薩。她覺得體內一直住著出家人的影子。

表面看是這樣，但貪嗔癡慢疑，五毒是連在一起的，就像只是用一個鐵片隔絕的鴛鴦鍋，煮久了彼此還是會悄悄滲透。妳說妳一直都在拜，如果真的有降伏，哪裡還會癡，且一癡癡這麼久？浪費人身。

大師兄給了她幾個殊勝日期，這些日期是神變月，可以讓她就像加足馬力似地前進神變。她喜藏曆燃燈節，到處光燦，尤其高原黑，整個光火像是溫暖熱海。整座城點燃著酥油燈，到處都可以指物有神，捏成的飛禽走獸花燈就像她的島嶼廟會一般。星星都下凡，死亡也可喜了。她是屬於那種吉祥數不足時會被叫去的。特殊節日如月蝕日蝕更是誦經從晝至夜。來到大師兄僧團，大師兄更希望她加入每個月的酬懺。酬者供養諸佛菩薩與天地眾生，懺者鉤召自己洗淨罪業。酬懺儀式很美，彷彿是全方位禮佛懺己，包山包海，全涵蓋在內，無一漏失。

當你的身體接近地面的時候，也就是你的身體的身口意跟著大地結合在一起，你口中念的咒語心裡觀想著，佛像你就是你。一次的五體投地，你就可以有不同的覺受，有清淨之感。都是人發明出來的方便法門。但方便很好，妳才有路徑可循。

罪之華開在每個人的意念上。就像伯爵老陸曾跟她說過的那些充滿黯淡青春的情色焦慮灼燒竟至跑去女生宿舍偷窺的往事，如果那時候被抓到就做不成今日的他了，他可能被退學可能被抓去關而有紀錄，可能偷窺狂的不名譽事跟隨他的一生。沒有被發現的罪惡使他成為倖存者，他無法想像罪行被發現的那一刻。蟬男人也跟她說過讀建中的時候，下課都會去重慶南路書街看書，每次去都刻意把建中的外套反穿，以為這樣別人就不知道他是讀建中的鴕鳥樣，有一回按耐不住想把喜歡的某本書偷回去，就把書藏在外套裡面，但走到門口就被老闆叫住，老闆沒說穿他，只說以後喜歡的書如果沒錢買直接跟我說，建中的學生不要做這種事，自毀前程。蟬男人遇到好人，可以饒過他青春的迷妄無知。

但要公開發露懺悔，在伯爵老陸眼裡，簡直不可能。老陸說人沒有必要誠實交代自己的一生讓別人知道。但在高原，這情況很普遍，公開懺悔說著自己做錯的事，比如那個來懺悔的西班牙鬥牛士還有賽犬士，賽馬士，屠夫。非洲豬瘟蔓延時，屠夫手上沾著鮮血來到高原轉經，一路聽見豬八戒怒吼。

八戒就是八關齋戒，大師兄說。接著又教他們齋戒前，功課先把加行圓滿，也就是加強正行的前行功課，你們一早起來要吐出貪嗔癡的黑氣，三股黑氣如灰煙從體內跑出，貪嗔癡分別以蛇雞豬代表。

一時之間，她早上醒來彷彿置身動物農莊，雞飛蛇竄豬叫。

156

在這條路上，可以有各式各樣因為各種懺悔而來到的各國旅人，各種身分各種職業的人，全部都走在同一條罪花之路，洗著五毒毒液。這裡沒有耶穌的約旦河，沒有一夕之間可以罪業消除的法寶，不幸的是被庸俗化的一步一腳印，被世俗化的佛法功德，被神通化的上師。大師兄要她老老實實地一個動作一個佛號，或者念心經，一個字一個五體投地，拜完正好兩百六十遍。或者念一心懺悔文。要靠自己親力親為，不可能別人來代替妳懺悔。

誰能赦免自己？她點頭，明白大師兄要她做的功課。

認不是生智慧水。

在這條罪之華，三教九流一起前進，大師兄說歷史以來，妓女與屠夫立地成佛最多，因為他們是真心懺悔，真心洗心革面發虔誠，為自己在塵世沾染的塵垢甚深淨化。而藝術家和許多文人懺悔最少，因為他們只看見自己只放大自己，什麼都是我我我，非常驕傲，不覺得自己需要什麼鬼懺悔的。聽到懺悔，有人嗤之以鼻，真是狂妄。貝瑪，突然被大師兄改叫藏名的她嚇了一跳，妳是這樣傲慢的人嗎？

不是，我一直都低到塵埃，且低到都吃灰塵了。

妳看，又是一個不覺得自己傲慢的人。妳去做大禮拜吧，之後有什麼夢兆再告訴我。大師兄揮手，下座。大師兄好像也很驕傲。她突然喃喃自語。噓，蓮花姊姊，那可是因為大師兄故意化現忿怒相，為的是度化我們，忿怒有時候可比慈悲更慈悲。聽到她自語的小沙彌對她悄聲說著。

老高原人總是在懺悔，用胸膛抵達日光之城，用背部面對太陽。

陽光下她看著懺罪者一路行過，就像她在島嶼城中市場的城隍廟為母親和自己進行的祭改與超度，送災星與超度幽冥界。

她不是正妻，她是歪妻，她該受罰。像是古代囚犯上掛的夯枷的遊街懺悔者，他們把象徵沉重負擔攬在身上的枷鎖套上脖子，一隊人馬遊街，掛在脖子間的刑具看起來像是罪犯，一步一救贖，朝山朝聖，天上人間搭起一座橋。燒盡桎梏，化煙而去。終會得救，他們為此匍匐前進。街祭普度，擺滿食物的圓桌沿著街上如繡花球綻放。鬼月素雅的祭典不夠野性澎湃，普度桌上竟有人擺上一隻隻開口笑的小鱷魚、一隻隻口咬橘的豬公仔，剖開的血跡凝固，如地獄入口。陰陽間的一道結界，塵世的懸念，多舛的生靈，疏文念誦焚燒。頓時符令如彩蝶，寂然的天空下翩飛著灰燼。一道烈焰，幽冥兩利。夯枷隊伍，柏油路上跪著的膝蓋最懂得眼淚。

大師姐也跟隨小丑閉關去了，只剩她還在關房外徘徊。大學時期穿著印滿心經的裙子，滿眼飄揚著觀自在菩薩，行深般若波羅密多時，她一屁股將菩薩坐在椅子下，或者她穿著印著佛像的上衣，大師姐曾說想起大學的狂妄很慚愧，竟把菩薩坐在屁股下，把佛像往自己的乳房上擺放。

知道是一回事，但實修起來是困難重重。拜經會增加智慧。大師姐說妳也來試看看，她點頭。在高原，拜懺拜經，彷彿就像是走路散步一樣，她知道這條路她早已走上了起點。

旅館外面街道有在打掃的聲音，她不必看時間就知道是客人剛退房不久的十二點一刻，姆媽已經在清潔了。姆媽洗的杯子在陽光下連指紋都看不到，杯子透明得有如剛從爐火裡新生。

神可否讀懂睡前的禱聲？精神腦波是否可以抵達那個平靜的世界？想像千倍萬倍的陽光以照亮黑暗之心。

客棧依然來來去去，有人三五天就走了，有人三五週，有人三五個月，但最終還是會離開。

異鄉人的步履不決定於旅地風光與文化召喚，而是有無感情鉤召你。看來洛桑並不被自己鉤住，他走得很沒有牽掛，背對她後，再也沒有回頭，即使他知道客棧內有一扇窗裡的眼睛直直像是落日似地射向他的背影。但他沒有回頭，他走進了迷幻似的高原光影，最後走進了市集，人群淹沒他，直到身影消失路的盡頭。

她試著想著他的容貌，卻非常模糊。她打開數位相機，按了三角形鍵，倒退尋到幾張他的身影，看起來卻不像是她心中的樣子。他有好幾個角度看起來像是不同的人，有留鬍子和沒有鬍子更是差異甚大，他們的鬍子茂密而扎人，當然是相同的人，只是隨著時間，幻化成心中的許多想像片段。想像如此具體，真實卻如此遙遠。

夜晚成了煎熬。這裡的瓶中信，翻山越嶺的難度高過等待的相思海拔，遠方不過是海市蜃樓，如果畫作雲，或還可仰望。雲來雲去，打雷閃電，將瞳孔射進一方山水，霧夜的黃燈下，高原市塵沉澱，轉經者唱誦的六字真言悠悠隨著腳踱步聲來了又去，去了又來。涼颼高原夜，捕夢者受到誘惑外出，她晃去布達拉宮，白牆在夜裡有種失真，入夜之後，城中之心跳動的只剩下神佛，人回到出發的床，把杯子倒蓋，因睡著時用不到，醒來時把杯子正放，高興又有了一天。

高原很窮的孩子，一張喇嘛相片就歡喜失眠，不像自己的母城，給你一袋財寶就開始想要一座銀山金礦。這裡天空這麼近，像是伸手就可以被神佛拉至天堂，沒有誰會被神佛遺棄，只要誓言不枯萎，信仰依舊壯大成愛的翅膀。這是她喜愛的高原，不需要懂就可以明白的愛，如此大方。

喧嚣旅客走了，寂寞深鎖客棧，夜色像酗喝了太多青稞酒，茫茫一片陳舊晚歲的氣味，但時間才八月盛夏。重逢一回，就多離別一次。離宴太多，久了會遺忘可能真正的白髮聚首來到。一個人的夜，容易凹陷在癲癡山谷，起不了身。唱誦，讓人專注於咒語，像是打電話給神佛，她兀自笑說。

電話斷線，她唱了幾句忽就失去音線。從窗口飄過的藏香，日夜沾上這木棧，她掛在繩上的衣服也多是藏香味。人需要的東西其實這麼少，一雙繡花夾腳拖已穿了一季，米麻衣像染了蜜桃，和土地顏色等近。偶爾想穿點花衣，大昭寺前的流動市集，一件繡衣繡褲一百元，穿到海角天涯。

157

佛戲一場，人戲卻好幾場，且常歹戲拖棚。

她永遠記得最後一個人默默地淨空為母親暫時租來的房間，最後的淨空是撤下她的小小壇城，祈福母親的祭壇。撤下時感覺就像舞台謝幕戲棚收起，佛戲一場。

佛像是一種表法，方便法門，以前膜拜時，有人問她，為何可以對一張照片頂禮對一個木刻神禮拜。因為無我了，是這樣嗎？還是更不捨我了？

有天大師兄跟她說未來她應該繼續認真轉經轉山了，不能像觀光客那樣轉，而是一步步地拜懺，一步步地轉山。轉山前先一步一跪，轉山之前還要她先懺悔，淨化自己。受法的容器髒了，受的法也是髒的，法如雨，降在乾淨的土地是乾淨的，降在髒污的地方也就髒了。

我不是拜過很多次了嗎？

拜懺不會只是一次的事情，容器時刻都會髒掉。大師兄回答她，口吻頗有她懺悔還在管懺悔幾次的味道，妳就是一直拜就對了，妳總是想太多，想太多的人精神耗弱損害身體，身體不好也比較難進行懺悔，懺悔也需要體力呢。

這倒是真的，每次她拜完都全身痠痛不已，且她到現在都只能是小禮拜，也就是只是跪下去，雙手合十，她的雙手無法大禮拜，無法貼到地面，骨肉沾黏還未剝離，關節仍如冰凍般地卡住。

拜懺隊伍還有她認識的阿尼僧人，僧人白天托缽，晚上大禮拜。大昭寺外的石板路上，曾經她是躲雨者，旁觀者，現在她也在石板土地上磕下她的頭，當她聽見第一聲敲在地上的磕頭聲時，她久久無法起身，大雨就在那時又落下了。夜晚的拉薩一回又一回地降下大雨，曾經攜帶的榮耀與悲傷，彰顯的倔強與傷害，浮顯又消殞，被馴化的慾望與渴望新生的意志交融一起，在這座現實與虛幻之城，俗世的遊客如織，懺悔者出世般的禮拜聲不絕。她將雙手滑下去，接著整個頭部與雙腳匍匐於地，她的腦中閃過母親生病時流浪醫院的那些血液尿液心電圖血壓圖血糖數字針葡萄糖漿……伴隨著滾輪聲哀嚎哭泣聲。雨水滑過手指指縫，流淌全身的濕冷，彷彿母親也跟著她，她愈來愈沉重，但也愈來愈輕安。

煩惱無邊誓願斷。

煩惱無法斷，只能轉。寺院也有每日一句。

她的習氣，以情執情關為重。

燕鳴之悲，無所從來，每個年代都有的離別之傷，分別之苦。

老派旅人喜歡走玉門關再入高原，取石投擲牆壁，發出如燕的鳴聲，表此去可回。擊石燕鳴，一對燕子在城裡做窩，白天出外覓食，日落而歸。飛得快的進了城，飛得慢的被關在城外，擊得撞到城門而亡。城裡的那燕子也悲鳴致死，從此以石擊牆即可聽到燕鳴之聲。於是後來的將士出征和妻子在這裡投石卜吉凶。

現在給觀光客的大青石敲擊，只為聽燕鳴之聲，代表自己來過。

那時不知書寫啟航從死亡開始，記憶的死屍與感情的死屍都比活著更具書寫的力量。看見那個光，光裡重讀永不掩卷的經典，經典即地圖，幽冥兩界的導航。

她看見過去的自己彷彿站在冰山上的前景，如此清晰。

隱藏在冰山的下面與背面是她的那三年，遺忘的創傷。被冰凍的心，正等著解凍。解凍的扯裂，剝落的疼痛。為什麼拜懺可以化解願力？就好像我們在人世間常找德高望重的人出面調停事情，一樣的，藉助佛菩薩的偉大願力，透過佛菩薩出面調解我們與業主之間的因果問題，使因果問題能圓滿解決。

桑吉訊息，他在修不淨觀，白骨觀，屍陀林修行。

荒涼落日在樹梢墜下時間遺痕，然斷壁殘垣仍掩不住那股澎湃如雷貫耳的梵音在她心頭霹靂徹響。

時光已近黃昏，陽光降下熱溫，一片金黃碎影，紅磚襯綠影。

時間就是她的懺悔文，回憶也是回溯懺悔的路徑。那過往千百日子，已成雲煙。她那經常帶著下體的疼痛，回到母親的房間。然後她那潮濕的下體會轉為眼睛的潮濕。握著母親溫暖的手，傳達女兒哀傷的無言，她總覺得自己像是妓女似的，那如拇指小的花蕊核心，才剛好些就又要容納異物的那種尖刺的疼，帶著時間的老臉，一張發霉乾黑木耳似的萎縮。她在移動的旅館密室容易想起母親晚景，旅館那恆常擺放的消毒包不外是依必朗沙威隆之類的，橘色的殺菌液體，母親纏綿臥榻的淒涼風景。

人在生死曠野中，佛說有個偉大的種子即是這個不滅的菩提心。如是，為何菩提心卻轉成殺戮心？明日天涯，餘生荒荒，有如宇宙爆炸後被遺忘過久的碎裂星塵，尚未命名，也毋須命名。就像她有許多的畫作都沒有命名，無主之作，無題。冒險家、朝聖者、雲遊僧、宣教士、修行人，將高原荒地灌溉成一座璀璨星圖，江湖夜雨，躊躇阻絕，因信仰、因回憶、因殉教，而血肉糢糊，屍橫遍野。有的人的書寫至高至大，眼界都是世界，鄙視慾望鄙視陰性鄙視私領域。但對她追尋與書寫是詔已之罪，在攤開傷口時，冷不防迸開血流如注，撕裂的結痂極其痛楚，窺視著動人心魂的歷史故事彷佛血注也淋了自己一身。

她曾隨大師姐也去看守所訓練監獄裡面的受刑人學習打坐，她因此曾去過監獄辦過讀書會，那場讀書會是她一直很期待的課程。經過的少年受刑人正在聽佛經，也許是監獄放的佛樂，少年們的眼神渙散空洞。然後她聽見廣播，要受刑人集合，她看見走進來的都是刺龍刺鳳。

孩子長大為何會變成恐怖分子？

本淨本淨，恢復未出娘胎前的覺醒。修行到什麼程度才算可以？可以嬰兒乎？

妳表面看起來是慈悲的，但其實是有著很大分別心的慈悲，那不是真慈悲。

寺院的燈火外仍有無盡的大禮拜者，懺罪自己，苦行是唯一被驗收的，比道歉來得有用。

眾生若病，同一病。

以身體五體投地的方式做身體的空間懺悔，以焚燒檀香的盤煙裊裊的速度懺悔。不二過，不二過。大師兄耳提面命。但這個懺悔永遠帶來那個懺悔，一個悲劇誕生另一個悲劇。就像揚起的灰塵，不馬上蓋上蓋子，就只好繼續飛揚塵埃。

攀上向上一路的梯子上方到底有什麼寶物呢？

她想起之前畫給母親的天梯。

母親在她叛逆時期常常哀嘆說當初不該冒著生命危險把妳生下來。

那麼誰是該被生下來的？那些不該不能生下來的，她正在進行著最艱難的懺罪之路，這是殺生之罪，要淨除她們瞋恨的最好方法除了懺悔無它，自此是陰影也是陽光。陰影是當時她無力懺悔，懺悔不是一句道歉就結束，她在畫天梯時才明白，懺悔更需要的是以身心搏鬥過去，抹去印記，抹去紀錄。現在是陽光了，有可以走的路，亡靈和她迎向的都不是死路，亡者超生，生者越死，埋葬過去心。

158

來寺院的這名自稱顛倒女人的女人之前是一名駐外記者，無明所繫，愛慾不斷，復又受身。她拿出明信片，看到她寫過的這一句話，這句話後來一直在海洋波濤的旋律中若隱若現。中國提供這種時空旅行錯置之感。昨日喜馬拉雅神聖洗滌性靈，今日上海北京酒吧將骨肉化為慾血。她的內心住著一個雲遊半僧，度過平原的童年，盆地的青春，跋涉了幾段感情後，世界有她長途棲息的印記。比如此刻，灼人的烈日，戴綠松石聖物，聆聽悲涼印地安故事，在忽忽曠野揚起的大風裡……瞬間把她帶到高原深處的廟宇，那些被時光剝落的壁畫：以松石之綠，青金之藍，珊瑚之紅，曜石之黑，琥珀之黃，車渠之白……純潔之心，一筆一繪，壁畫幽微，閃著熠熠之光，靜靜地等待千年裡，有緣者的到來。

顛倒女人問大海還存在嗎，在整個高原的稀薄空氣裡。她如此迷醉於身體的懺罪，懺悔，其勞動的本質就和身體使她有過動物性的迷醉相似。

顛倒女人說欲哭的夜晚，交纏的燙傷的肉體，本質裡有一種瘋狂，和那些在大雨中依然五體投地的朝拜者竟有種相似，那敲著地磚聲響的板子聲音，彷彿那些年和情人在偏遠山區的白色柏油路，在月光下，路像一條河流，兩岸都是如雪的油桐落花。她記得那個畫面，也記得那個同行者，這幾年偶爾半夜三點多會響起的電話她知道是這情人打來的，只有這個人可以完全不顧及別人的時間，絲毫沒有廉恥。很多年在各種際遇的碰撞後，在各式各樣的意念流動裡，稍不慎就臨淵一跳的警醒裡，她才明白為何禪宗要一路向上，密不透風。有智慧的人不舞雙刃劍，顛倒女人沒有舞雙刃劍，是因為她知道另一面朝向自己的劍往往更傷害她自己。她的心不僅沒有密不透風，簡直是破洞處處，軟得一場糊塗，毫無原則。靈肉分開，如何分開？戀愛時沒時間懺悔，啟示錄早已翻頁。有時跌入愛情之河，要好幾年才能上岸，被想要救的人拉到河底一起滅頂，這就是她這十幾年犯的錯誤。

大師兄告訴過顛倒女人如何水中救人：必須具備一隻打昏對方的棍子才能下水。打昏溺水者，他才不會掐住你的脖子不放，否則一起沉淪。何況河裡還可能埋有巨大的鱷魚。必須先有一個人把頸部的圈套扯開，才能解去纏縛這也是愛情倖存之道。

她聽著眼淚滑下臉頰，繞過耳際，流過頸部，在肩頰骨處擱淺。枕上默默地承受這悲傷關於夜晚心的泥濘，喇嘛詩人的死慾與愛的渴慾。她的愛情尚未演化成功，求生仍得極其努力。在愛情裡從無凱旋，只有激情後的荒蕪。

踏著深雪奔出見情人的喇嘛，傳奇喇嘛的故事像是無法登迄的珠穆朗瑪。

未被夜踏的深雪小徑，未被親吻女體的虔誠聖者。晨起的唱誦成了心智折磨。他本身是一首情詩，情詩留下來傳奇留下來，真正的自己則像一幅空白的畫布不斷地塗抹已看不出原色。但人也不要看原色，人要的是故事裡的傳奇成分。

投海者未必聽見獨特的鯨魚之歌，剃度者未必能密解脫之路。投海者以海水洗亮濁污塵眼，不是海神需要，是投海者一廂情願的執意。剃度者以髮絲色身供養佛，不是佛需要，是剃度者要以此果決明心己志。但那剎那的明志，有時和談戀愛者以結婚示忠誠與負責有點類似，誓約是如此地表象，考驗無常裡人心思變。夜深踏雪情奔的傳奇喇嘛是否看見了這樣的虛妄？青海人丟魚入海唯恐投海喇嘛肉身被魚群所吃，如此故事比開悟更具血肉。

流放的聖地，自我的行刑地。

她已經忘了小丑進入那黑洞多久了，文成公主戲早落幕，人的酬神戲則不停。

人去城空，女神走回蓮花座。

常常在陽光烈焰裡，她想起初抵高原和小丑躲進寺廟看著那千年壁畫之景。當年是哪些虔敬的喇嘛或者只是小沙彌在那陰翳的牆壁，一筆一繪地勾勒著那些對淨土想像的世界，曼陀羅的神界宇宙圖。她想應該是小沙彌畫的，小沙彌不會去分穢土與淨土，因而純淨。筆觸帶著天真的兒童氣質，稚氣的哀傷，小小的緊縮但卻是自由的，那是成人最難回返的原初，就是藝術大師也不會再有的孩子之眼，童真之筆。很多自小生活在寺院的小沙彌，一旦被放回俗世，很快就成了踏雪夜奔情人的還俗者，對俗世的激情取代了走向淨土的意志。

電視放映著飢餓的公北極熊和護衛小北極熊的母熊大戰，公北極熊一腳把小北極熊踢進冰水裡，母熊無法跟進，公北極熊再刁起幼熊順勢就是一口吃下，飢餓頓除。油燈下吃飯的人，都難掩一股憂傷。物競天擇裡還有母愛，公熊不知因果，本能就是他的因果，當本能就是道德時。在生死邊緣，很難守住防線。

她感覺自己在縮小也在放大，如何把須彌山放進小芥子裡？

在客廳入坐時，旅人分享的故事是大成就者躲進牛腿裡避雨，如此輕易的縮小與擴大的功夫，給對色身執著者震撼。

問喇嘛說如何用功？我飢來就食，累了就眠。

就這樣？對，就這樣，就這樣簡單，也就這樣艱難。

連這一念都不想，那她的心思豈不是千年洞穴裡的巨大蜘蛛網。

159

深海有氮醉的恍然極樂之巔，高原有缺氧的極度懸梁之幻。清醒少了快樂，模糊增強了幻覺。漫長的寂靜裡，開出人煙訊息。洶湧翻騰而來的是葬禮，深海般的微光裡，霧氣瀰漫清晨，棺木不是木，是一口玻璃棺，在陽光下折射著星輝。來時空空，去時空空。玻璃棺的暗喻是世人皆如此。夾著雷，閃著電，撒向玻璃棺的光束如星塵幻滅。

佛以觀星而悟道，說奇異哉，世人皆有佛性啊，星子一閃一滅，也是一生一世的隱喻。

她在白日提早進入夢的領地，啃食夢的故事。

高原浮雲聚首，分離。

有旅人在整理背包，幫不上忙，因為連整理東西的人都不知道東西該放哪裡好，旁人難以插手。就一徑地全都放進背包裡，東西愈來愈少了，心的感情負荷卻明顯重了。

日光之城，日日見這喜馬拉雅山連綿山峰，每個踽踽獨行的旅者，在裂縫的深淵裡望向波濤洶湧的過往，都會覺得往日這一切都如此遙遠，不可捉摸。那之前幾年，曾經大師姐有空檔就想飛來拉薩，但山城裡的邊防卻嚴格管控，不再發給單獨上路的旅者入藏證，只能團進團出。因此之後幾年，大師姐沒有再到拉薩，她再次來到時這回是仰賴大師兄幫忙。

洛桑也早離開了，洛桑的血液裡有著極有秩序的節奏，處處和西藏子民的隨興對比。洛桑一度也在拉薩的八廓街上開家小店，綴滿綠松石的銀飾、音缽、唐卡、紙燈籠、手工衣、繡花衣、帽子，加上一些書，一角落咖啡。在洛桑離開後不久，她才想念起這個人。這是她的毛病，她喜歡看不見的神祕事物，想念離開的人，用想像力過活的人。

洛桑離開，自此失聯。某一回她在拉薩曾經看見非常相像洛桑的西方人，但那只是相像，就像記憶裡的幻影，或者只是跳蚤市場裡被拋出的老照片之不可辨認了。有時認得的八廓街商家會招呼她同去工廠，那都是一些血汗工廠。地毯、羊毛氈、犛牛圍巾、拼布、棉被、銅器、雕刻、佛像，之後以翻好幾倍的價格成為觀光客競逐攜回家的旅途囊中物。小小孩與老老人組成的奇異工廠，她們的小手與布滿皺紋的手在上下拉動著織布機上的木板，直至織錦圖成形。每個地區的織工人，眼睛快速敗壞，她們長期在黑暗中織著顏色如此精細，圖案如此繁複，每天吸入微細的毛，喉音沙啞低沉。或者銅器街，也是傷害的街。刷得精亮的銅器，粉末飄揚，吸入胸腔，化為鈔票上的一口痰。

她偶爾也加入工廠的打工仔，因個子小看起來也像童工，像是盲眼刺客，學習繡女如何織繡。還有幫忙印刷，那些木刻板是她熟悉的，小時候也做過的，一層層色刷上去，圖案就在紙上形成。她喜歡樹紙的那種粗糙感，日曆月曆年曆，一年份的日子一張一張地跳躍在眼前，吉祥八寶圖案，雙魚無窮結金剛杵法幢……充滿著祈福，但日子驚心，步步都是深淵，然而每個新的年曆被賦予著聖潔，等待著人們以為人生將一切無損地浪擲下去。

他們教她每刷過一張紙，即在心裡念至少一次的觀音心咒以加持在紙面上，專一而執著，表面是注入自己的祈福，實則也是在鍛鍊自己的心無旁鶩。我有這樣的加持能力嗎？她自疑。大師兄說，有的，妳有的，妳的心就是妳的壇城，不要輕易讓這個壇城空虛化或者崩毀中。

妳的心很美很敏感很善良，我看得出來，大師兄說。手轉動著念珠，眼睛並無張開。

通常刷三個小時她就轉往別的地方了，也許是四處走走，也許又蕩回了八廓街，在茶館喝點飲料，如果是入晚，也許會喝一點青稞酒去除寒氣。

她想起她的島嶼，多年的佛法學習，終至是千日砍柴，一把就燒。

為什麼？前進又後退，後退又前進，於是還是在同一個點上。由於一直沒有進步，她想暫時離開，重新看看自己，看看這個被遺忘的旅程。

塵埃落定到處是一轉眼就是陌生人的旅人。而她也是別人的陌生人。

大昭寺觀光客增多，五體投地的朝拜者卻少了。

黃昏時提筆，日落後散步，影子映在石板路，任人踩過，或者朝拜者跪在自己的陰影裡。夜晚在門外，跟著念經懺悔。眼下都是腳踝，還有木板敲擊聲。她未停經的子宮仍有待發芽的慾望種子，她明顯感覺有時候夜晚入眠時會被一陣襲來的旅途寂寞與騷動擊倒。

她接受神佛的測試，總是沒過關，但也未必總是。

160

大中小的轉經道，稀稀落落零星著轉經者，或許觀光客太多，使轉經者轉到了別處，當神聖性變成物性的觀光時，當許多鏡頭對著上下匍匐於地的朝拜者時，就逐漸淡化了本有的意義。那些泰半短暫駐足拉薩兩三日即要轉往阿里、珠峰、日喀則征戰的旅客，很容易辨識，因為他們總是形色匆匆，腳程也匆匆。將大昭寺擠得只能寸步緩緩移動。

那時，她哪裡也沒去。就只在日光之城，或許很多人會為她感到失望，但她不會，她知道其他地方總是會去的，但在高原城市閒晃的日子則少。

化為煙塔的香爐，化為風信子的風馬旗，發出烈烈聲響的五色旗，回來保護她的母親魂魄，像是一道氣味地飄過她的鼻息。她知道媽媽來過，疼她的媽媽，罵她的媽媽，還有在生命裡長期沉默如牆上高懸肖像的陌生父親。

夢想不再被現實粉碎，它們等待被她的行動力完成。

在漫長時光中剝落的壁畫，所虔誠供養畫出的壁畫，如此地讓人靜靜地穿越千年。千年一瞬，一瞬千年。不肯定的未來，但肯定的此時此刻，朝聖者拉開身體，五體投地，踏在千年的木板上，揚起了如嘆息的灰塵，在射進的窗光裡舞動的光塵像是一種回應。人用如此俗凡的心來祈禱著一切的想望，就像這些壁畫千年來闇啞地存在著，靜默如星辰。

現在她明白為何人們大都以憤怒表達，因為憤怒像是可以什麼都不管地丟出情緒，但選擇以愛相對，卻是什麼都得包容，連悲傷黑暗都得獨自吞服。愛太難，生氣太容易。沉默太難，背負太難。

思鄉過度會得桃花瘋，流離失所過久的精神疾病。

很多角落都看得見這樣的人，他們全身的家當都在身上，瘦削得皮包骨，背包破舊，但有的皮包破舊得如一只發亮的骨董，連她都想用新的去交換。神情恍惚，魅異，心理空間獨具，一切世俗的連結都切斷，只是不斷長途跋涉，缽裡空空或者偶爾有幾聲丟下銅板的聲音。朝聖者行走時，面無表情，像是雲來雲去，但有的一連月裡會見到好幾回，停滯在高原城市，像是此城已是他們世界的盡頭。他們的人性依傍在神性的山城，如此得以寬慰破碎的人生，流離蕭索的身形。

從來不知道歡愉的起始與消失，像一場大雨的來去。

如行過悲傷草原，看見草原上駐紮著白帳篷。白帳篷裡有個女孩正在等待陌生男子的到來，那不是她的情人，但將是第一個進入她身體的男人，為的是試驗她的肚皮是否可以繁衍子嗣。女孩必須懷孕，夫家才會娶她，必須被測試的肚皮。每個文化的差異，此地嚴酷，在意的不是處女之身，而是能否延續生命。她能懷孕，夫家才會娶她。每個文化的差異，此地嚴酷，在意的不是處女之身，而是能否延續生命。

大昭寺的燈火外仍有無盡的大禮拜者，病子女人要懺悔，無子女人也懺悔。她換了衣服，決定加入大禮拜的行列，她需要懺罪自己。她想起和刀燈的那幾場大雨，缺氧的愛情裡躲著蟬。

161

她爬上瑪吉阿米的屋頂，靜靜地看著前方山色。煙雲四合，高原最強的日照的殘餘正一點點地溶化著山那冷峻的面龐。山無陵，江水為竭，冬雷震震，夏雨雪，乃敢與君絕。蟬男人黏著她像黏著樹梢的時光遠去多久了？她對時間逐漸喪失了數字感，本來就有數字盲，在高原待久，隨著陽光冰雪，只劃分兩季了。或者僧人的出關閉關，她知道時間過了多久，時間的刻度不再以感情的客體為座標，而是以佛菩薩的節慶為刻度。釋迦牟尼佛佛誕到了，就會提醒她，日子又將翻頁到初夏了。藥師佛誕來了，空氣聞到晚秋的冷。神變，神說看我三十二變，她還是沒變，她感覺已然停止老去。可能真的吃了不老甘露，每個見到她的人都很驚訝時間沒有在她身上發生摧毀的作用力。

敢與君絕，君也早絕。

高原山稜遠看其實像是江水線條，在山色調暗的黝黯中，到處煙塵霧靄的煨桑煙四起，酥油燈金光流溢，大昭寺進出著像是佛陀衣裝上的金銀絲線纏繞的旅客與朝聖者，打著陀螺的時間，順向上下移動的朝拜者，在屋頂看向人群，彷彿轉經輪的軸心機械發出嗡嗚咒語的響音，如蟬寄生她的耳朵。

一切就像她剛抵達的景象，時間有流逝嗎？母親，蟬男人，阿空病僧，逝者站在那條夢中之河，隔著些距離看著她，河水逐漸攏上的霧靄裡，她看著他們的神色被夕陽照射出飛舞的瀲灩橘光。白日已盡，鬼魅進出。所有高原的山神開始耳語，沌暗的光線中垂憐著她，她的眼眶瞬間潮濕，滿含著往事的露水與島嶼被她帶來高原的濃霧。

島嶼的故事，總有一座海，一條夢中之河，潮浪浮沫捲上來又退下去，日復一日。高原的人生，總是神佛神山神鳥，除此是水洗的藍天與承接眼淚的湖泊，滅了又點的油燈與煙塵，等待來世相會約定的暗號。

那些年，這些年，她每天為母親誦經，讀到優婆夷、乾闥婆、迦樓羅等字詞時，腦子想也不想，只是讓字詞滑過，知道一旦落入中文表象將阻礙誦經的平穩，甚至心臟的跳動還會斷拍。她每回誦經就覺得自己像是一個老女孩，為母親生病而青燈古佛度日，遺忘了自己那充滿情色的青春。

有人怕老，但也有人求老而不可得。

她記起在飛機上看過一部不知片名的電影，一個女孩子有一天被雷打到，從此不老，活了幾百歲，卻年輕一如以往。但知道她年紀之後，男人都嚇到了，於是她都是先跑走的人。直到最後一個男生接受她已是百歲老人的年紀，最後女人發現鬢角長出白髮時竟非常喜悅成為會老的正常人。她想起那喝了不老甘露之後就凍齡的阿尼。

世界早在她的血液裡交織成各種排列組合。終點仍是謎，我不知道我會被死神遺忘多久，但至少趁祂還沒想起我的臉時，我仍是祂廣漠世界裡的陌生人，因此我得趕緊懺悔過去點滴，在每個被折騰的時刻。她和顛倒女人，聊著人生的懺悔世界，她用離開抵達留下寫下往事懺悔錄，用時間寫身體的存在之詩。類似中世紀修士的那種懺悔錄，她回顧與母親和情人的生活，她經歷的島嶼過往。她經歷的旅行世界，她經歷的露水姻緣身體，她經歷的慾望焚身，她經歷的內我空亡，她經歷的一場又一場的送別……。超度最難的記憶，記憶不再，人情蕭索。長久以來，她像是一個拼裝車，什麼都學一點，什麼都會一點，但拼裝車如何能開更長更遠的路？她得重新出發。

顛倒女人某日要變成阿尼，要出家去了，她前去觀禮，看見出家的儀式之慎重。法名白蓮花，接著顛倒女人某日來辭別她，因即將離開高原，奉上師之命前往日本京都傳法。

她再次想起日光之城的那場大雨，那一場又一場缺氧的愛情。

桑吉刀燈，阿空病僧，小丑與大師姐，顛倒女人與她的顛倒人生。

偷取來的愛情，像是在雨天裡萃取的眼淚。

一切皆從潮濕裡襲來，彷彿神蹟在她們身上定格。那個三輪車伕如此倔強，拉下塑膠面板遮雨，一個人躲進三輪車裡吸菸也不願載客地偷覷著他們在狂雨中落難。她一直記得那個畫面，雨像是搭起一座人間與天空的浮橋，暗地羅織的其實是一場他們的愛情。不被見到的愛情，像是拉薩的夜雨，雨聲為含氧量低的嗜眠者羅織夢境。一夜的雨在清晨散去，人們張眼就是天近般的藍天，潮濕憂愁都在夢裡。把雨夜拉長，愛情在烘乾中被蒸出，旅人忽然覺得有愛，有光。親密體位不用複習，歇息在夜雨的愛情很短，短至誓言還來不及起跑。

我很想念妳。

她彷彿聽見從天梯傳來聲音。

愛情使人退化成奴僕，美麗而甘願的奴僕，還唯恐被辭退。她的內心住著一個雲遊半僧，這個半字，使得她總是卡在兩種極端情境，是個半調子，要煙花不像煙花，要佛家不像佛家，進進退退，終究難圓。

太陽升起，昨夜已逝。露水夢幻，行經者不察那山陰裡的傷心處。

夢境隨著日光消失，日光又把時間移走，換上暮色，心裡就開始難受一天又過去了。街上的網路咖啡店生意最好的時間，背包客都在那裡上網，和天涯海角聯繫，或者多年不見的人突然秀在電腦螢幕的一角，系統提醒你和他的關係，建議你加他好友。還有每天來陌生訊息讚美漂亮的，還說是她見過世界上最美的人兒。這簡直把她笑壞了，她想自己住在高原嗎？每天電腦上有多少臉孔，多少資訊？

她上網了一下，覺得無聊，一切都和她離去前的世界沒有兩樣，而她自己其實也沒有太多的兩樣。

日暮鄉關，與君無往。

日暮不相關，與君再無往

兩個她最親愛的人小丑與大師姐都把自己關起來了，方寸斗室，人要幻化成佛，移形換位或者真正的無死弘身？還是一具骷髏一把青灰？沒打開戒門，無人得知。

只有她還守著高原守著油燈。

她數算著日子，他們也快出關了。這高原之旅已到尾聲，往返彼此之間的訊息也停下了腳程。塵埃落定的四周牆上貼滿了旅人的明信片和照片，在水面寫字的時間之旅。她感覺到在暴風雨中停下了，他們身上也啟動著另一個人生了，夢中那座島嶼沿著海岸線著陸的感情已經日漸脫離了悲傷。

旅人交換命運，那是彼此對彼此的承諾，安寧的末端，奢華的安靜，伴著一條河流的安寧。人類受造管理大地萬物的使命盟約早毀，傍河的臨終之眼，泥沙淤積城市廢水湧進，遠方台北港的油輪刷新了大海的臉龐，海吞吐城市物質的所需。

在寺院每天的日子，日出日落，秩序如科學大數據。

因為政治或因為階級或因為貧窮或因為性別，一生都在郵票大小地方度日的高原人，他們穿著傳統衣服或者牽上一頭犛牛獒犬等著世界行經各式各樣的朝聖者與旅人，將影像帶到陌生者目光下的攝影人，總是以相機掠奪自以為是。每一天都有新的旅人行經她，她也自此加入高原人行經各國人種的世界，那些奇異咖啡莊園的國度都如此遙遠，肯亞哥倫比亞巴布亞新幾內亞坦尚尼亞，天堂鳥莊園聖伊蓮娜莊園吉利馬札羅莊園，高原的帳篷與寺院裡從來沒有入宿過這些國度的人，而她的島嶼年輕人也大多是往日本美國歐洲跑，好像這世界不存在其他國度。但世界旅人帶來寺院供養給僧人的咖啡香，讓她也嘗到久違的咖啡香，那時每日在照顧母親之餘跑去咖啡館的日子如此真切地像放映電影般地來到眼前，突然馳騁在被釘在寺院靜坐的晨起時光，在香味裡遙想異鄉人的土地。

她在孩童時聽聞過悉達多王子遠離美麗妻子與王子榮華富貴，這讓她永遠也不明白的離棄。因為她正好相反，她總是必須從獲得中才能逃離束縛。

162

花了好多年才變成一個人，人陸續離去或把自己關起來。一個人在天地之間，忽然像是拔掉所有電源的人。成人孤兒比兒童孤兒難受的一點是成人的覺知太強，強到無法遮掩悲傷，且沾黏太久，骨肉難以剝離，分離注定扯痛。從此，母親的海住在她的心中，但看不見了，也不用看見了，就像登月者看不見月亮了。海在她的心，每天唱誦著願智慧如海，蔚為心海。每天也唱誦著願一切眾生具足樂及樂因，願一切眾生永離苦及苦因。冤親愛憎都平等。唱著唱著，她此後成了一個不可救藥的懺悔者，尋找救贖的慕道者。

際遇使然，所幸她的肚皮安好，只是子宮長滿荒草。

蟬男人算是善終的，雖然過程極其辛苦。海市蜃樓的愛情她理應熟悉，但熟悉不意味著有堅強的意志可以抵抗，何況突如其來的幻滅，在年輕時很難釐清究竟發生什麼事？可能是連續太高的密度傷害緊接而來，且她都以靜默方式承受這一切，因而她不知道傷害其實掩埋得很深，且在黑暗中持續滋養。掩埋不是消失，掩埋只是看不見而已。很多年來一直以自己任性的模式過活。但其實她在任性之前有企圖整理。只是那種到山上的所謂「整理」，其實也是一種逃避。

那時她大概跑遍島嶼可以提供掛單的寺廟。廟裡日夜都有人在進行懺悔的唱誦禮拜頂禮朝山，一步一跪，夕陽下如一只雕塑。她跟著做，不用解釋任何儀式，她就像極為熟悉的了然所有的唱誦儀式，她只看一眼便多能進行，只消聽一次，大多能無誤地唱出梵音或藏音。像是不知幾輩子修過的，只要輕輕在耳邊呼喚，她即能了然於心，甚至不用筆記。但沒有留住她，即使在島嶼掛單時，在東北角最美的修行山上望著海面時，師父摸著她的髮絲，說，孩子，剃度吧。很多女生原本修行修得很好，後來卻突然不修了，都是因為冤親債主作祟，她在昏沉的油燈中突然被這嚇醒，大殿上，臥佛慈悲微笑，怡然自得。

她是那種任性的人，要某件事來迫使她，她才會進行變化。很多人誤以為她的行動力，其實她都是被動的迎接命運，迎接流浪，迎接情愛。

解脫者一定是一絲不掛，一塵不染的。

她聽到腦海閃過這一句話時，突然覺得自己赤裸裸將念頭攤在強烈的刺白日光下，無能閃躲的過去如著火地燃燒起來。

為了得到一個東西、為了追求一個人、為了抵達一個地方、為了完成一件事，千絲萬縷如蜘蛛網的念茲在茲，執念頑強，捆著心繫著念。一樣一樣來，先斷物念，在高原這是率先完成的，沒有台北櫥窗的花花草草。人也斷了，該閉關的都去閉關了，上不了高原的和她相隔兩地。她早已抵達在茲念茲的高原，也完成母親的淨土理想圖。但為何她的心還是如此黏稠呢？沒有要得到東西，也沒有要追求人或被追求，沒有要抵達之地，也沒有要完成的事。她的心一絲不掛，不掛一絲的空蕩蕩，但為何嘗不出什麼叫解脫的滋味？但這種空蕩蕩並不難過，只是需要適應。她寫信給獅子吼提及這種空蕩蕩的感覺，她問這是大名鼎鼎的空性之說、空舞之舞嗎？獅子吼說因她的空也是偏廢一邊，和她過去擠滿事物的心房一樣。

要她自己參，參到冤親債主無跡可尋，冤親債主莫奈你何。

冤親債主，她好久沒有聽到這個彷佛從小就聽得的詞彙。

她的冤親們，父親母親情人們都已隱身到命運舞台的布幕之後，債主們也不再上門了。從功德主變債主，再從債主變功德主，她想自己不就是自己最大的冤親債主。

163

夜晚，寺院寂靜，起伏著如島嶼的海浪誦經聲。她的手上掛著母親離世後拔下來的許多手鍊。手鍊掛在腕部的佛珠如樹木的年輪，那是很多年的新年她去參加祈福法會得到的佛珠手鍊，母親手上開始集成道點數，掛著瑪瑙綠松石青金石，一年一鍊，塑酯很輕很輕，紅綠藍，顏色比真的璀璨。她把看著轉手到自己手上的青金石手鍊，藍色裡滲著星光般的沙塵，是藥師佛藍，琉璃遍灑光燦。青金石手鍊的頂珠是淺藍色的珠，像是海的一滴淚。返家為母親戴上，母親手環的刻度，彷佛就是女兒修法的懺本，感情的讀本。母親紀元，她的年輪。

第一年慈悲水懺，第二年金剛經寶懺，第三年藥師經寶懺，第四年梁皇寶懺。

但第四年母親沒等到，法會十卷寶懺懺本讀畢，終了之日，母親最後一口氣吐出，沒再吸回。色身告別，落地成灰。遺恨卻未了，她帶母親上高原。

她的手腕於今多了硨磲與赤珠交雜串起的手鍊，雪白與赤紅。彷彿雪山在等待內心淌血的她登上，而她也真的登上了，沒有被愛慾纏死在路上，沒有被悲傷凍死在高原。她的前世血液，流得緩慢，但不曾消失。雖然旅程裡她得不斷往前，終至背對的旅程，將使這些烙印像刺青難除的國度在心裡頭留下幻影。像午夜交錯開往不同方向的夜車，最後只能在月台裡透過車窗凝視彼此，深深的凝視一眼。

她想起那些摩鐵日子，她的摩鐵元年，那些春宮畫，彷彿開始焚燒。她打開窗戶，面對高原的荒景，和母親一起看海似地看著前方虛空的藍，後方是黃赭色與紅砂色的單一色牆，隨著光影倒映著虛幻的雲朵，樹枝，石礫……嵌住每一面的窗戶，彷彿可以裸體狂奔而出的空曠世界，也像是汽車廣告畫片裡的景致。她在異鄉見到故鄉人，在燭火幢幢的儀式裡，為母親與病子送行懺悔的儀式她想起母親，想起島嶼。在看不見海洋的高原，她想起海洋。

她的藏族朋友為她慶生，也感謝她這個異鄉人為無常院與雪域高原畫下的每一幅唐卡與壁畫，她的島嶼名字逐漸被藏名貝瑪蓮花取代，她重新有了曖昧的西藏愛人刀燈與彼此精神珍惜卻亡故的阿空病僧，彼此的過客。母親如果在世，一定會數落的她的任性。她在心裡說，媽媽，妳這一生唯一的女兒守著妳這唯一的島時，那時沒有誘惑，卻只有苦楚，只有眼淚，與無盡的夜。那時不用拒絕誘惑，因為根本連撒旦都不聞問，撒旦連看她一眼都沒有。當時她看著刀燈離開自己房間的背影時，她開始安慰自己，一次的誘惑算是為了體驗人生，為了了解誘惑而必須的誘惑。她知道會找藉口安慰自己的人，都沒有真正地面對過自己，把自己活得像是一座古城的過去。

環伺四周的所有旅店，大部分裡面的旅人都是純粹來玩的，以肉身的逸樂告別時光，旅程不需要救贖，不需要懺悔。因為旅遊都在當下像酒精揮發一空。懺悔是對來世有所想像的人所設計的，但往往懺悔的起點與終站是愛與死，揮霍時光之際，若有一刻的清醒時分，人們總是擔驚受怕年華與美麗的老去。她在高原遇著這麼一群人，她覺得塵埃落定甚至寺院都像是被阻絕的孤獨星球，在密閉劇場，孤獨的人擦身而過，想擦出火花卻得點火即吹，即見即離，但離了又來相見，如此週而復返，和記憶玩著遊戲似的鬼影幢幢。

窗外高原的紅太陽出現童年嘉南平原的紅太陽，她也看見母親爬在天梯之上，母親花了三年三個月臥床，竟又花了三年三個月才爬上天梯。是她畫的天梯太陡嗎？還是母親的相思太漫長？天梯下有著如幻影的骷髏頭齊聚，顛倒夢幻，高山症的熱病已然克服。

她等待著迎接小丑的出關，她彷彿看見小丑的身體在黑洞裡被坐成了一個雕像，眼神爍爍灼人，是否風心無別了，開門是否會抱住她呢？還是推開她呢？或許她也要來考慮進行三年又三個月的人生停止鍵呢？寺院來了一些新生，課堂不斷重複卻總是左耳進右耳出的法語。她聽著大師兄曾經也跟她苦口婆心說過的善男子善女人，要警覺輪迴世間，何以故？你們無始劫以來在輪迴中受苦，時而為蟻，時而流浪。我們所投生過的身體堆起來，比須彌山還高，所流過的眼淚超過四大部洲的海水。

164

她再次來看剛抵達高原時畫的天梯，現下又多了好多好多天梯，這些日子以來，又走了不少人，也誕生了不少人。再次來到初抵高原為送行母親所畫上的夢中天梯，只是當時的陪伴者小丑已閉關去了，時間一到，打開關房內是生是死，還沒有答案。

初抵高原的這座荒涼山巖，那些像孩子塗鴉似的大小不一線條不整的天梯依然在灰色的山岩上懸著生死的古夢，高原陽光照映山壁，天梯雪亮著她一筆一畫為母親祈福的線條。

高原是女兒的客途，卻是母親的陵寢。母親的天梯在此，她們相約在此，有母親的地方就是永恆之鄉。

世界之巔的絨布寺。從峽谷河床邁進，從絨布寺到珠峰大本營，放生羊，飄龍達，豎立風馬旗，刻下摩尼石。沿雅魯藏布江抵回到日喀則，再回到日光之城，時光過去多久了？

她感覺彩虹身的大覺者正以殊勝法要在度引她回家，用法的羽翼，搧動慾望的襖熱追破，帶著慈悲與智慧的便利品，讓她的心舉步即淨土，雖然往往只有一瞬清明。心吞沒了黑暗。雖然只是看見，但也夠她清明好一陣子了。痛苦是對自己和他人的利益一點也沒有用處的。

妳洗淨血就會流出白色的。

她已刺血抄經，抄了好幾部當初怎麼樣也找不齊四十九位無犯戒的僧人可以為母親念誦的經典，護諸童子，童子皆得度。血色依然鮮艷如紅花，她想起母親在夢裡曾說過血色轉白的夢語，彷彿高原的靄靄白雪，但終究血還是紅如鮮花。也遠去的大師兄倒是託寺院的人帶給她訊息，因大師兄聽過她說過的母親夢語。大師兄訊息說妳要血流白色，可能不知要歷經幾世幾劫之後。但妳走懺悔與布施這麼一番，自然不會是無功而返的。妳之後要記得白天修夢，夜晚修白日。如果醒來記得夢中的自己身上的毛孔流出很多灰暗的物體或者是流出很多的小蟲小蟖子，或者夢見自己在爬著高樹、登上高山，或者夢見飛翔在虛空中，或者夢見自己一直在排出黑色的東西。

有一天醒來，光影交織燦爛如毛毯，她在夢裡見到自己一直排出黑色物體。就在火燒大昭寺的新年，火光烈焰沖天，煙塵飄到塵埃落定，塵埃如何落定？她住了這麼久的客棧，一直沒問姆媽取塵埃落定這名字的由來。

終結母親臥榻纏綿成繭寶寶的哀傷時光與病子懺罪之路，她覺得自己的心好像長厚了，開出智慧之花與撐住壓力的能耐，她想這是母親對她的最後饋贈。自此污穢之地她能睡，高山荊棘之路她能爬。但母親總是捨不得讓她餐風露宿，她總是能在擠滿朝聖者的寺院被安排睡在寺院一隅。只是她總是躡手躡腳，不敢輕易讓夢發出任何一丁點情慾的色彩，她知道這些念頭都讓自己充滿罪惡，好不容易轉經轉山，就怕夢境洩漏了罪之華，惡之華。深夜她聽著誦經的海浪聲，眼前出現大海，海平面持續上升到她躺下的窗前。

本來要閉關的大師兄不閉關了，因為大師兄聽到上師大覺者在印度輪迴的消息，不久他將出發去看轉世的上師，因此要為寺院找另一個助手，還沒問到她，她就躲起來了。她想自己是登不上這蓮花座的，人要有自知之明。她想這才是他們之間的暗號。

摩鐵元年原來這時候才改朝換代，結束感情朝代的年號。

當年那逃開母親病房奔去的每個午夜陷落的小七時光，何時也已像是夢境般的遠去，母親的島嶼，母親的平原。

大殿有個不認識的女人一直在進行跪拜的懺悔，新加入的懺罪者。在燭光下，她的神色十分悲傷，剪影充滿懺悔的暗度色彩，有個資深的師父，對她暗暗地訓示著，深山寒冷的燭光被風吹得搖晃，臉上淒苦得如城外寒山的冬日枯樹。女人一直數落自己，審判自己，檢驗自己。她想又是另一個顛倒女人來到，也是另一個自己。

自我才是地獄，鬼影已淨空。

她寫上這些字，闔上筆記本。

她抬頭看見牆上的日曆，心想自己在高原行過了多少時間？歷經了多少回的生離死別，她感覺自己也是無常院的一枚隱形病僧了，但已無刀燈可以支解自己。

回望〇

0

回望人間一眼的佛不會被石化，不會變鹽柱。高原極度乾燥，堵住淚腺，即使那如沙般的往事仍刺目，即使眼淚常想要任性流下，心卻被塞住出口如一座堰塞湖。唯獨眼淚不落看守的屍，以免被執著遮住一念清明。母親亡別，不落淚。蟬男人亡別，不落淚。病僧亡別，不落淚。大覺者亡別，不落淚。淚水逆流，全給了自己。眼淚起點是她的煙花，眼淚盡頭是她的佛家。

死魔不怕盛夏，也不怕腐朽之臭了。

走出閉關，不開悟，劍落腦袋？

高原的時間浪濤的不是英雄，師徒之間的傳奇只是佛戲一場，卻忙壞了有心人與鬼遮眼的無心人。色身如沙，不斷沖刷無盡欲念，海還是海。她闔上藏經閣筆記，她想往後高原的文成公主大戲應該會摻雜些許島嶼味吧。

趁陽光正好，她徒步走到當初為格桑花戀人拍照的最佳景點，換上文成公主的衣服，在以布達拉宮為背景的高處，按下自拍快門。回到塵埃落定，她將照片寄給了一生亦師亦友的獅子吼。文成公主藏戲每年從曬佛節當日開始演出七天七夜，她彷彿覺得自己也是文成了，寡居的人，那是母親最後的樣子。她整理著往昔上課獅子吼與大師兄的上課筆記，筆記依然到處是〇〇〇，佛菩薩走過的暗號。高原的佛不跳牆，人不吃佛跳牆，高原沒有佛跳牆，她再也不用去拾荒被丟棄的佛字了。

她的催眠曲，獅子吼的聲調安然，伴她睡如海，聲音也像是母親最後吐出的女兒名字與阿彌陀佛，百聽不膩，彷彿瞬間她聽了就可移民到長壽天，去看望當天人的母親。時時刻刻都在逸樂的天人，應該忘了女兒的天梯了吧。那些岩壁，天梯風吹日曬，等待未亡人。

她的小小世界安然，金剛經擱在床畔，阻擋爛桃花，鎮煞她往事殘餘的心魔煞。鳩摩羅什尊者成了新的心上人，代替遠去的蟬。

原來最深的證悟，必得隱藏在最大的煩惱與最深的苦痛中。

字句停在如夢幻泡影，她聽見雨聲，不眠人起身看著高原降下的神祕夜雨，為流落人間的她譜出的個人神曲。

神曲的吹笛人，笛聲走出了那佇立在京都荒林的佛，貪望一眼人間的佛，不該有情又該有情。

東京是為一個人的生活而打造的城市，京都卻是為一個佛打造的古城。佇立京都永觀堂的回望佛，因不捨而回望人間一眼？回望佛是留校察看的預備佛嗎？佛是覺悟者，這個只差最後一關就通過考驗的未來佛，在回望的那一刻其實也同時看見所執著的，即起即滅，回望的同時又滅了那個回望，即生即死，殺活同時，她再度想起大師兄曾滔滔不絕地朝她耳廓灌進佛言佛語。

閉關者的身體被鎖在一個黑洞，快要出關的小丑會告訴她什麼驚心動魄或平淡無波的經歷？

這人間不要再來了，她聽見虛空在雨夜劈開的雷音聲。

不要再輪迴了？如何不？她仍不懂。但她彷彿放下擔負母親之死的苦痛了。長久以來寄生在她肩上的那一顆心，脈搏逐漸緩慢地停止了跳動，她清楚地感覺到這顆心的心跳已然結束，像醫院蜂鳴器最後發出一條直直的紅線，最後連那刺耳的聲響也化為寂靜。紅色心跳胎記消失，那個每回她脫下衣服都會被嚇到的一顆心印痕，如打開黑盒子立即曝光的相紙，又像開封的兵馬俑瞬間剝落了色彩，一如桶底脫落，一如往年蟬蛻。永別的蟬，極地之蟬，百世都要等她，百世已然一念轉瞬而過。

心息相依，心息永絕。母親轉身，女兒轉身，送別我，別送我，山高水遠，那用眼淚圈在她身上的堰塞湖要鑿出開口洩洪了。

親愛的母親，最牛的秋老虎。

晚風習習，死亡咆哮，感情躁動，靜下來了。

最亮的那顆星從過去的死亡鑲進她的瞳孔中。

這回她雙膝蹲低，試著將雙手滑向土地，聽見關節咔了好大一聲，冰凍肩融化，不再卡卡，她的雙手竟可以平貼至地面了，骨肉分離，剝開沾黏，剎那痛得快暈過去，卻又喜極如回到太初。

撐開的雙手可以承接高原的夜雨了，她在夜雨中開心的跳著。每一天都可以和不同的陌生人，學著用胸膛走進每一天的日光之城。她自問這罪之華是否可以開成菩薩手裡的蓮花？她看見異教者將藏經閣點火燃燒一空的七天七夜的那場佛滅佛難的古老大火，她看見大覺者輪迴到印度，一個小孩子在虛空中對著她笑，口吐金光。

大師兄申請護照卻一直被拒絕，大師兄等不到護照下來，因此夜半偷渡，翻山越過喜馬拉雅山，長途跋涉要去和轉世的上師會合，即使粉身碎骨或成凍死枯骨。她朝大師兄離去的方向默默頂禮，一起身突然淚流滿面。她看見涅槃鳳凰，自焚者在空中自由地寫字，自由地唱誦。她想起母親那間靠河的晚景靜室，纏綿臥榻的床畔走來的保險員阿芳說起她的姊姊以身體換取一家溫飽的意外金故事，她忽然想自己那場難解的愛情劫難以突如其來的無預警方式終結，是否蟬也是以身體回贈給她往後的經濟無憂？以報廢之身去償還至愛後半生可以獲得的溫飽無缺？她想起寺廟門前那把自己的身體當柴薪般地丟入理想自由熔爐的前行者，火焰飛舞中，她想著南華寺那千年前說出本無明鏡台的明鏡台是否也燒盡了，虛空中傳來密在汝邊的耳語。

佛經，最初名為眾經、一切經，她此刻才明白為何佛陀悟道時最感謝的人是障道祂的提婆達多，大師兄提醒著她。別忘了磕長頭的起步，要先觀想左邊是母親，右邊是父親，前方是冤親債主，他們都跟著妳一起進行五體投地的大禮拜。一路拜到白日將盡，暮色生成的晦暗中，她看見淨界山頂上生靈走向幸福的靈魂，頓時父母合體，秋蟬合體，高原平原合體，愛染經受難經度亡經心經也合體。銀河系般的朝拜團，網路星團似的夜空綻放，個人的神曲如此精彩。沒有盡頭的世界，卻躲在一粒塵埃裡。

她感到當身體低到地平線時，嘴角胸口溢滿著塵埃，四周卻一片塵埃落定。當乳房碰到磨著肌膚的石礫，扎實的刺疼。高原這一步，她感到拜下去的每個頭，都將是傾斜生命的一路校正。

塵埃落定窗前那株島嶼偷渡來的小小萬年青，正勃發一片綠意，和她這隻鷓鴣禪比老。她的筆記本又回到了十八歲寫的〇〇〇，她最初遇到佛菩薩，遇到獅子吼，遇到大師姐。初心轉著海，又回到了海。〇〇〇，她的初心密碼元年。不忍讓佛字成垃圾，撿佛跳牆紙盒的那個少女。

她聽見雨聲，夢的中陰，辭土時刻，雨落。

她想起離開海之後，她不斷想起的這一切。那個母親最後的送行者，在觀音塔上捧著母親卍字鑲鑽的白玉骨灰罈在夢中朝她笑著，接著竟瞬間把骨灰罈往地上一拋，塵埃飛起，白玉碎片化成飛鳥，飛到高原，佇立天梯。

密在汝邊。

母親病床那間靜室窗外的喜鵲從海那端飛來高原，化作大鵬金翅鳥，金色的翅膀上她看見母親坐在右翼，左翅黏著一隻蟬，冬雪下發出盛夏的迦陵伽音。

送別，千里。

這回，別送。

國家圖書館出版品預行編目資料

別送/ 鍾文音著. -- 初版. -- 臺北市：麥田出版：家庭傳媒城邦分公司發行, 2021.04
面；　公分. -- (當代小說家；31)
ISBN　978-986-344-879-2 (平裝)

863.57　　　　110000512

當代小說家 31

別送

作　　者　鍾文音
主　　編　王德威
責任編輯　林秀梅、莊文松、陳淑怡
校　　對　杜秀卿

版　　權　吳玲緯
行　　銷　何維民　吳宇軒　陳欣岑
業　　務　李再星　陳紫晴　陳美燕　葉晉源
副總編輯　林秀梅
編輯總監　劉麗真
總 經 理　陳逸瑛
發 行 人　凃玉雲
出　　版　麥田出版
城邦文化事業股份有限公司
104台北市民生東路二段141號5樓
電話：(886)2-2500-7696　傳真：(886)2-2500-1967
發　　行　英屬蓋曼群島商家庭傳媒股份有限公司城邦分公司
104台北市民生東路二段141號11樓
書虫客服服務專線：(886)2-2500-7718、2500-7719
24小時傳真服務：(886)2-2500-1990、2500-1991
服務時間：週一至週五09:30-12:00．13:30-17:00
郵撥帳號：19863813　戶名：書虫股份有限公司
讀者服務信箱E-mail：service@readingclub.com.tw
麥田部落格：http://ryefield.pixnet.net/blog
麥田出版Facebook：https://www.facebook.com/RyeField.Cite/

香港發行所　城邦（香港）出版集團有限公司
香港灣仔駱克道193號東超商業中心1樓
電話：(852) 2508-6231　傳真：(852) 2578-9337

馬新發行所　城邦（馬新）出版集團【Cite(M) Sdn. Bhd.】
41-3, Jalan Radin Anum, Bandar Baru Sri Petaling,
57000 Kuala Lumpur, Malaysia.
電話：(603)9056-3833
傳真：(603)9057-6622
E-mail：services@cite.my

設　　計　莊謹銘
排　　版　宸遠彩藝有限公司
印　　刷　前進彩藝有限公司

2021年4月　初版一刷
2022年12月　初版四刷

售價／650元
ISBN 978-986-344-879-2
ISBN 9789863449348（EPUB）